GOLDMANN

W0358967

Buch

Tragik und Triumph, Abenteuer und leidenschaftliche Liebe prägen das Leben von Jebu, einem Angehörigen des Zinja-Ordens im Japan des 13. Jahrhunderts.
Zwischen den Häusern der Muratomo und der Takashi tobt unter einem schwachen Kaiser, der sich auf seine Samurai nicht mehr verlassen kann, der Kampf um die Macht. Jebu, ein Anhänger der Muratomo, des Hauses des Weißen Drachen, begleitet die junge, schöne Taniko auf ihrem Hochzeitszug. Als sie einander zu lieben beginnen, durchbrechen sie eine heilige Überlieferung ihres Volkes. Die Untreue Tanikos wird mit Verbannung bestraft, Jebu muß auf fernen Schlachtfeldern um sein Leben kämpfen.
Dieser große historische Roman entwirft das packende Kolossalgemälde des mittelalterlichen Japan; er findet seine Fortsetzung in dem Roman »Der letzte Zinja« (Goldmann-Taschenbuch 6836).

Autor

Robert Shea, geboren 1933 in New York, wurde nach dem Studium der englischen Sprache und Literatur freier Schriftsteller und veröffentlichte in der Folgezeit Erzählungen und Romane. Er lebt mit seiner Frau und seinem Sohn in Chicago.

ROBERT
SHEA

Zeit der Drachen

ROMAN

GOLDMANN VERLAG

Ungekürzte Ausgabe
Aus dem Amerikanischen von Rolf Jurkeit
Titel der Originalausgabe: Shike

Made in Germany · 3. Auflage · 7/86
© der Originalausgabe 1981 bei Robert Shea
© der deutschen Ausgabe 1983
beim Wilhelm Goldmann Verlag, München
Umschlagentwurf: Design Team München
Druck: Elsnerdruck, Berlin
Verlagsnummer: 6816
Lektorat: Irene Rumler/MV
Herstellung: Peter Papenbrok/Voi
ISBN 3-442-06816-9

Für R. D. Shea, meine Mutter,
die mich lehrte,
alle Menschen zu bewundern.

ERSTER TEIL

Das Buch Jebu

Die Zinja finden ihr Glück nicht in den Dingen dieser Welt. Alle Dinge sind vergänglich. Die Zinja finden ihr Glück auch nicht in der Hoffnung auf die Ewigkeit. Es gibt keine Ewigkeit. So ist es uns Zinja vorbestimmt, ein Leben ohne Glück zu leben.

Aus dem Stundenbuch der Zinja

1. Kapitel

Sie hatten ihm die Kleider vom Leibe gerissen. Seine gelbe Tunika landete in der Opferschale neben dem Altar.

»Du wirst diese Tunika nicht mehr brauchen«, sagte Taitaro, Abt des Tempels der Wasservögel. »Morgen wirst du einer von uns sein. Oder du wirst tot sein. Wenn du stirbst, werden wir deinen Körper verbrennen.«

Taitaro saß auf einem rohen Holzstuhl vor dem Altar. Mit prüfendem Blick sah er Jebu an. Die weiße Kordel um seinen Hals war das Zeichen seines Amtes. Er war Jebus Stiefvater, aber der Blick, mit dem er Jebu maß, hatte nichts Väterliches. Ich kenne dich nicht, sagten diese Augen. Er würde Jebus sterbliche Hülle verbrennen lassen und die Asche wegwerfen, wenn jener bei der Prüfung versagte.

In einer knisternden Lohe verbrannte die Tunika. Aus der glühenden Asche stieg eine Rauchfahne auf zu den dunklen Zypressenbalken an der Decke.

»Dein Gewand ist zu Asche geworden«, hörte Jebu seinen Stiefvater sagen. »Und so wird auch dein bisheriges Leben zu Asche. Höre, Jebu, es ist ohne Bedeutung, ob du lebst oder stirbst. Morgen früh wird der Mensch, der du warst, tot sein.«

Ein Mönch auf der linken Seite des Altars holte mit einem Klöppel zum Schlag aus. Wenig später war der melodische Klang des Holzkörpers zu hören, der an der Tempeldecke hing.

»Bringt ihn zur Krypta!« hörte Jebu den Abt sagen.

Zwei Mönche in grauen Kutten traten zu ihm. Sie hielten flammende Fackeln in den Händen. Die beiden reichten ihm kaum bis zu den Schultern. Eine Weile kämpfte Jebu mit der Versuchung, in die Knie zu gehen, um sich nicht von den beiden Begleitern zu unterscheiden. Es war eine schmerzvolle Erfahrung, anders zu sein als die anderen. Dann kam ihm der Gedanke, daß Taitaro vielleicht bewußt die kleinsten Mönche ausgesucht hatte. Wenn es so war, wollte er ihn damit demütigen?

Sie hatten ihn in die Mitte genommen. Als sie einen Schritt vorwärts machten, folgte er ihnen. Er spürte, wie die Kälte der Steinplatten in seine Fußsohlen drang. Es war besser, wenn er sich an die Schmerzen gewöhnte. Bevor der neue Morgen anbrach, würde er andere Prüfungen zu bestehen haben. Langsam gingen sie um den schwarzen Steinblock herum, der als Altar diente. Auf der Tempelwand dahinter waren die Umrisse eines Wasservogels zu erkennen.

Die Mönche erzählten, der Tempel der Wasservögel sei vor Urzeiten errichtet worden, als die Sonnengöttin Amaterasu ihren Ururenkel Jimmu zum ersten Herrscher über das Inselreich bestimmte. Die Seitenwände des Tempels wurden von einer Holzkonstruktion getragen; zwischen den Holzbalken waren Wände aus Papier eingezogen. Als Fundament diente ein mächtiger Felsen. Die Zinja hatten keine niedergeschriebene Geschichte. Niemand wußte genau, wie lange der Tempel schon stand. Im Laufe der Zeit waren Nischen in den Stein gehauen worden, später hatte man diese Vertiefungen zu Höhlen und die Höhlen zu Tunnels erweitert, die in die Tiefe des Gebirges reichten wie die Wurzeln eines alten Baumes.

Sie waren an dem Loch angekommen, das hinter dem Altar im Boden klaffte. Jebu gewahrte die steinernen Stufen, die ins Dunkel hinabführten. Erst dreimal war er im Tempel der Wasservögel gewesen. Der Anlaß war immer der gleiche: die Totenzeremonie für einen Mönch. Jebu hatte zugesehen, wie die anderen die Asche des Verstorbenen in feierlicher Prozession jene Steinstufen hinuntertrugen.

Einer der beiden Mönche machte eine Handbewegung. Jebu verstand. Er betrat die erste Stufe. Eine unheimliche Beklommenheit befiel ihn. Schon nach wenigen Stufen wurde das Licht der Fackeln vom Dunkel verschluckt. Undurchdringliche Schwärze umgab ihn. Jebu spürte, wie die Angst in ihm hochkroch. Nicht die Angst vor den Schmerzen, die ihm bevorstanden, sondern die Angst vor dem Unbekannten. Keiner der Novizen hatte je den Initiationsriten beiwohnen dürfen, die mit der Aufnahme neuer Mönche in den Orden verbunden waren.

Immer tiefer führten die Stufen in das Felsgestein hinab. Dann sah Jebu im Licht der Fackeln die neunundneunzig schwarzen Urnen, die in Nischen an der Wand der Krypta standen. In jedem Zinja-Tempel gab es eine solche Krypta mit neun mal elf Urnen. Wenn ein Mönch starb, wurde die Asche aus der Urne links unten in den Ozean gestreut. Die leere Urne füllte man mit der Asche des

Verstorbenen und stellte sie auf die rechte Seite der obersten Reihe. Alle anderen Urnen wurden dann um einen Platz verschoben. Auf diese Weise wanderten die sterblichen Reste jedes Mönches im Laufe der Jahre von rechts nach links. Wenn die Asche ins Meer gestreut wurde, war der Name des Toten längst vergessen.

»In diesen Urnen ruht die Asche unserer Ordensbrüder«, sagte einer der Mönche. Jebu nickte. »Du weißt vielleicht nicht, daß die Hälfte der Urnen leer ist, weil diese Ordensbrüder fern von hier starben. Wir wissen nicht, wo ihre Gebeine vermodern, aber wir verehren die Urnen zu ihrem Angedenken.«

Der zweite Mönch trat aus dem Dunkel. »Die meisten unserer Ordensbrüder sind eines gewaltsamen Todes gestorben. Sie starben im Kampf, wurden ermordet oder hingerichtet. Es ist das Schicksal der Zinja, eines gewaltsamen Todes zu sterben. Trotzdem willst du ein Ordensbruder werden? Du bist ein Narr.«

Jebu hatte nicht den Eindruck, daß die beiden Mönche eine Antwort erwarteten.

»Siehst du den Ring dort?« Der erste Mönch deutete auf einen Eisenring, der in eine schwarze Steinplatte eingelassen war. »Heb ihn hoch.«

Der Ring glänzte im Licht der Fackeln. Gehorsam beugte er sich und zog daran. Jebu war einer der kräftigsten Novizen dieses Ordens. Trotzdem gelang es ihm nicht, die Steinplatte zu heben. Er konnte sie nur etwas zur Seite schieben, so daß ein Spalt entstand.

Der erste Mönch gab seine Fackel dem anderen und kam Jebu, zu Hilfe. Gemeinsam schoben sie die Platte beiseite. Das Grab darunter war leer. Einer der Mönche bedeutete Jebu hineinzuklettern und sich hinzulegen. Der Sarkophag war so klein, daß er sich gerade noch ausstrecken konnte. Die Kälte kroch ihm in die Glieder. Er war nackt. Die Luft war feucht, es roch nach Moder.

»Du wirst in dieser Grabkammer liegenbleiben, egal, was passiert«, sagte der erste Mönch. »Wir werden jetzt die Steinplatte über die Öffnung schieben. Es mag dir zwar vorkommen, als würdest du sterben, aber wenn du versuchst, dich zu befreien, wirst du mit Sicherheit sterben. Das mußt du mir glauben. Und was immer du sonst noch hörst, glaube nichts anderes. Du wirst in der Grabkammer bleiben, bis der Abt den Zeitpunkt für gekommen hält, dich freizulassen.«

Er sah zu den beiden Männern auf, deren Gesichter vom Schein der Fackeln erhellt wurden. Vorher waren sie ihm wie Zwerge erschienen. Jetzt waren es Riesen mit maskenhaften Gesichtern. Sie schoben die Steinplatte über die Öffnung. Er war jetzt von völligem Dunkel umgeben. Er hob die Hand, bewegte sie vor den Augen hin und her. Nichts, nicht einmal ein Schatten. Er war lebendig begraben. Vorsichtig versuchte er sich zu strecken. Aber das erwies sich als unmöglich. Der Sarkophag war für einen kleineren Menschen gemeißelt worden. Als Jebu den Kopf hob, stieß er mit der Stirn an die zentnerschwere Platte.

Die Angst war immer noch da. Aber er verspürte keine Panik. Seit dem vierten Lebensjahr lebte er in der Zucht der Zinja. Er hatte gelernt, Schluchten auf schwankenden Brücken zu überqueren, stundenlang an den Händen zu hängen. Man hatte ihm Tauchen, Schwimmen und Klettern beigebracht. Er lief so schnell, daß er jeden anderen Mann überholte. Vor allem aber hatte man ihn gelehrt, die Angst zu überwinden, die jeder Mensch in gefährlichen Situationen empfand. »Die Angst soll uns dazu veranlassen, unser Leben zu retten«, hatte Taitaro gelehrt, »ähnlich wie der Hunger uns dazu veranlaßt, Nahrung aufzunehmen. Aber ein Zinja strebt nicht danach, sein Leben zu retten. Sein Ziel ist es, das Leben als wertlos zu empfinden. Nur wer so denkt, ist wirklich frei.«

So gehörte es zur Erziehung des Ordens, daß schon kleine Kinder mit Gefahren konfrontiert und dadurch abgehärtet wurden. Man warf Schwerter nach ihnen, die ihr Ziel nur um Haaresbreite verfehlten; man unterwarf sie Scheinhinrichtungen; man ließ sie von Insekten und Reptilien beißen und sagte ihnen, daß die Bisse tödlich seien; man setzte sie allen nur denkbaren Gefahren aus, um ihnen die Angst auszutreiben. In dem Maße, in dem die künftigen Mönche den Gebrauch der Waffen erlernten, wurden die Gefahren gesteigert. Vor einem Jahr war ein Freund Jebus mit sechzehn Jahren ums Leben gekommen, als er von einer Seilbrücke in eine Schlucht stürzte.

Jebu ließ die Prüfungen, die er als Novize durchgestanden hatte, an seinem geistigen Auge vorüberziehen. War er verrückt, diese Härten auf sich zu nehmen? Oder war der ganze Orden verrückt? Wie war er überhaupt hierhergekommen? Als sein Vater umgebracht wurde, hatte seine Mutter Taitaro geheiratet. Und Taitaro hatte den Sohn, den seine neue Frau in die Ehe brachte, ganz selbstverständlich in den Orden der Zinja gegeben.

Plötzlich waren Schritte zu hören. »Mein Sohn«, sagte eine Stimme.

»Bist du es, Taitaro-sensei?«

»Ich bin es«, sagte der Abt. Seine Stimme klang durch die schwere Steinplatte gedämpft, aber sie war unverkennbar. »Ich bin gekommen, um dir die große Wahrheit zu verkünden. Du wirst ein Zinja werden, also hast du Anspruch darauf, die Wahrheit zu erfahren. Sie wird dir die Kraft geben, allen Versuchungen zu widerstehen. Wir nennen sie die Wahrheit des Höchsten Wesens. Schwöre, daß du die Offenbarung hüten wirst. Schwöre, daß du zu niemanden über das sprechen wirst, was ich dir jetzt sage!«

»Ich schwöre es.«

»Auch wenn andere Mönche des Ordens dich nach der Wahrheit des Höchsten Wesens fragen, darfst du ihnen keine Auskunft geben. Sie werden dir sagen, daß sie sie schon kennen, daß sie dich nur auf die Probe stellen wollen. Aber du wirst schweigen. Verstößt du gegen dieses Gebot, so ist der Tod deine Strafe.«

»Ich verstehe.« Jebu war neugierig, mehr über diese große Wahrheit zu erfahren, die dem Geheimnis der Zinja zugrunde lag.

»So höre die Offenbarung des Höchsten Wesens!« Taitaro machte eine Pause. »Die Zinja sind Teufel.«

»Was sagst du, Taitaro-sensei?«

»Die Zinja sind Teufel.«

»Das verstehe ich nicht, Taitaro-sensei.«

»Wiederhole die Wahrheit. Ich möchte sicher sein, daß du sie vernommen hast.«

»Ich habe dich gehört, Taitaro-sensei, aber ich habe dich nicht verstanden.«

»Dann *hast* du verstanden, mein Sohn.«

Jebu schüttelte den Kopf, er vergaß, daß der Abt ihn nicht sehen konnte. Am liebsten wäre er aus dem Sarkophag geklettert, hätte seinen Stiefvater an den Schultern gepackt und geschüttelt. »Aber, Taitaro-sensei«, brachte er schließlich hervor, »diese Wahrheit steht im Gegensatz zu allem, was ich im Orden gelernt habe. Ist es wirklich die Wahrheit? Oder ist es ein Zauberspruch, um böse Geister zu vertreiben? Ich verstehe den Sinn der Offenbarung nicht. Die Zinja sind keine Teufel.«

»Wie kannst du das wissen? Vergiß nicht, noch bist du kein Zinja, noch gehörst du nicht zu uns. Ich hoffe, ich werde dich morgen wiedersehen. Leb wohl!«

Erst jetzt wurde Jebu die Lage bewußt, in der er sich befand. Jeder Versuch, sich zu befreien, war sinnlos. Über ihm lastete eine zentnerschwere Steinplatte. Er fühlte, wie die Luft knapper wurde. *Die Zinja sind Teufel* – was mochte das bedeuten? Man hatte ihm beigebracht, daß der Eintritt in den Orden der Zinja die höchste Stufe war, die ein Mensch erklimmen konnte. Jeder, auch ein Mann von niedriger Geburt, konnte ein Zinja werden, wenn er die Prüfungen bestand. Sogar die Unberührbaren, die Sklaven und die wilden Ainu aus dem Norden, selbst Ausländer. Und deshalb wurde auch er ein Zinja, er, der Sohn eines Fremden, der über das Meer gekommen war. Vielleicht nahmen sie eben deshalb jeden bei sich auf, weil sie Teufel waren. Teufel sind nicht wählerisch.

Er spürte, wie etwas Eisiges seine Schulterblätter berührte. Er versuchte es abzuschütteln. Sein Herz klopfte jetzt so laut, daß er meinte, der Sarkophag müßte davon erzittern. Das Eis unter ihm breitete sich aus, es kroch unter seine Ellenbogen, unter sein Gesäß. Er tastete nach dem Boden des steinernen Sarges. Wasser, eisiges Wasser. Seine Finger irrten über die rauhen Wände. Er spürte, wie das Rinnsal durch einen Spalt eindrang. Der Tempel lag am Meer. Vielleicht war die Flut ungewöhnlich hoch gestiegen, so daß die Krypta der Mönche überschwemmt wurde. Aber dazu stand der Tempel zu hoch. Wahrscheinlich war dies ein Teil der Prüfung. Das Wasser stieg. Es bedeckte jetzt seine Achselhöhlen und sein Geschlecht. Als es sein Haar netzte, versuchte er den Kopf zu heben. Er prallte mit der Stirn gegen die Steinplatte. Dann kroch die eisige Flut in seine Ohren. Er warf den Kopf hin und her, um die nasse Kälte wieder loszuwerden. Vergebens. Schließlich gelang es ihm, die Finger in die Ohren zu stecken.

Zu spüren, wie die Glieder in der eisigen Kälte erstarrten, war ein furchtbares Gefühl. Er begann, seine Muskeln in rhythmischer Folge anzuspannen, um die Körpertemperatur anzuheben. Er war darauf trainiert worden, auch der schlimmsten Kälte standzuhalten. Aber das würde ihn nicht vor dem Ertrinken retten. Es fehlten nur noch zwei oder drei Zentimeter, bis das Wasser auch Mund und Nase bedeckte. Sollte er versuchen, die schwere Steinplatte zur Seite zu wälzen? Die Warnung des Mönches fiel ihm ein. Er durfte sein steinernes Grab erst verlassen, wenn der Abt es ihm erlaubte.

Noch etwas hatte der Mönch gesagt. Es wird dir vorkommen, als ob du stirbst. Er würde also nicht wirklich sterben.

Als nur noch Mund und Nasenlöcher freilagen, versiegte das Wasser. Er hatte zu zittern begonnen. Wie lange würde man ihn so liegen lassen? Wie lange würde es dauern, bis er erfror?

Das Geräusch der Grabplatte war zu hören, sie wurde zur Seite geschoben.

»Wir sind es«, hörte er eine bekannte Stimme sagen. »Weicho und Fudo. Komm raus, bevor du ertrinkst.«

Eine Fackel war zu sehen. Geblendet schloß er die Augen. Als er sie wieder öffnete, erkannte er die Gesichter der beiden. Sie waren nur wenig älter als er, ein unzertrennliches Paar, bekannt für mangelnde Disziplin. Taitaro hatte den beiden schon einmal gedroht, sie aus dem Kloster zu werfen. Viel genützt hatte die Warnung nicht. Fudo galt als Faulpelz und Weicho als grausam. Es hieß, die beiden seien mehr als nur gute Freunde. Jebu hatte Weicho und Fudo nie leiden können.

»Nun komm schon«, wiederholte Weicho.

»Nein.«

»Du brauchst keine Angst zu haben. Der Abt hat die Erlaubnis gegeben.«

»Ich verlasse den Sarkophag erst, wenn der Abt es mir sagt.«

Schweigen. Nach einer Weile begann Fudo, der größere und dünnere der beiden, zu lachen.

»Du bist ein Narr, Jebu. Du wirst ertrinken, wenn du da drin bleibst. Mit dieser Prüfung wollen die Mönche doch nur herausfinden, ob du selbständig denken kannst oder blind gehorchst. Und wenn du blind gehorchst, mußt du sterben.«

Jebu antwortete nicht. Es war keine Blindheit, dem Befehl zu folgen, den Taitaro ihm gegeben hatte.

Er hörte, wie Weicho, der Dicke, seinem Freund etwas zuflüsterte. Beide kicherten. Dann trat Weicho nahe an den Sarkophag heran. »Du bist der Stiefsohn des Abtes, nicht? Er bevorzugt dich!«

»Ich bin sein Stiefsohn, aber ich werde nicht bevorzugt.«

»Du lügst, Jebu. Wir wissen, daß der Abt dich bevorzugt. Warum hätte er dir sonst die Offenbarung des Höchsten Wesens verraten?«

Jebu schwieg. Nur zu gut war ihm Taitaros Warnung in Erinnerung.

»Wir wollen die Macht, die der Abt hat, und wir wissen, daß sich diese Macht auf die Offenbarung gründet«, fuhr Weicho fort. »Wir sind Novizen wie du. Man hat uns die große Wahrheit versprochen. Nur deshalb unterwerfen wir uns der Disziplin dieses Klosters, nur deshalb sind wir bereit, die Hölle auf Erden zu ertragen. Wir wissen, daß dieses Vorrecht nur wenigen Auserwählten zuteil wird. Wir anderen haben ein Leben in Armut vor uns. Das Beste, was uns passieren kann, ist, im Kampf für den Orden zu sterben. Fudo und ich werden die Offenbarung nie erfahren. Man hat uns dabei erwischt, wie wir einige der albernen Klosterregeln verletzten.«

»Wir denken nicht daran, auf das Geheimnis zu verzichten«, unterbrach ihn Fudo. »Wir wissen, Jebu, daß der Abt dir die große Wahrheit verraten hat. Du *mußt* sie uns sagen.«

»Es gibt keine Offenbarung, ich weiß gar nicht, wovon ihr redet. Und auch die Bevorzugung durch den Abt bildet ihr euch nur ein. Er ist zu mir wie ein Vater, aber nur im Kreise der Familie. Hier im Kloster behandelt er mich wie jeden anderen auch. Er hat mir kein Geheimnis verraten. Was ihr beide tut, ist unrecht. Ihr versucht, Zwiespalt zu säen.«

Fudo brach in lautes Lachen aus. »Zwiespalt? Du willst also behaupten, im Kloster herrsche Eintracht, Jebu? Nichts als Haß und Verrat gibt es hier. Und Lüge. Jedes deiner Worte war eine Lüge.«

Die Zinja sind Teufel. Hatte der Abt an diese beiden Novizen gedacht?

»Genug jetzt!« sagte Weicho. Er trat vom Rand des Sarkophags zurück. Wenig später kam er wieder. Er hielt eine blinkende Naginata in der Hand, der Stahl der Waffe schimmerte im Widerschein der Fackel. »Du sollst sie fühlen, Jebu«, sagte er leise.

Jebu spürte, wie ihm die Spitze des Dolches auf die Brust gesetzt wurde. Er warf sich zur Seite. Weicho hatte nicht nachgegeben, die Waffe ritzte Jebus Brust.

Weicho zog das Messer zurück und ließ dann die Spitze über Jebus Oberkörper wandern, bis sie unterhalb des Herzens zum Stehen kam.

»Verrate uns die Offenbarung, oder ich schlitze dich auf wie einen Fisch.«

»Ein Zinja, der einen anderen Zinja tötet, wird tausend Tode sterben«, zitierte Jebu aus dem Handbuch des Ordens.

Fudo ließ die Luft durch seine Zähne entweichen. »Das ist nicht die Offenbarung«, sagte er ärgerlich. Er trat an den Sarg. »Du machst einen großen Fehler, Jebu. Du hoffst, daß deine Ermordung aufgedeckt wird. Aber du hoffst umsonst. Der Abt war so dumm, uns deine Bewachung anzuvertrauen. Wir haben Auftrag, dich zu töten, wenn du den Sarkophag verläßt. Wir brauchen also nur zu behaupten, du hättest versucht zu flüchten.«

»Es gibt keine Offenbarung.«

»Mach ein Ende, Weicho, bring ihn um!« hörte er Fudo sagen.

Als Jebu spürte, wie das Messer in seine Brust drang, ließ er seinen Arm hochschnellen. Er wehrte sich mit solcher Gewalt, daß der hölzerne Griff der Waffe zerbrach. Die geschwungene Klinge fiel ins Wasser. Er tastete, bis er die Waffe gefunden hatte. Aber er wagte den Sarkophag nicht zu verlassen. Noch immer galt das Gebot des Abtes.

Fudo zuckte die Schultern. »Er glaubt immer noch, daß er tot umfällt, wenn er aus diesem Grab aufsteht.«

»Jebu«, sagte Weicho mit schmeichlerischer Stimme, »es macht uns wirklich nichts aus, noch ein bißchen Wasser in deinen Sarg laufen zu lassen. Wir ersäufen dich wie eine Ratte.«

»Ich weiß von keiner Offenbarung.«

»Dann leb wohl, Jebu. Hoffentlich bist du im nächsten Leben klüger als in diesem.« Jebu hörte, wie die Steinplatte wieder über den Sarkophag geschoben wurde.

Wie alle Zinja hatte er gelernt, seine Atmung zu beherrschen. Er konnte eine ganze Weile ohne Luft auskommen, aber natürlich konnte er nicht unter Wasser atmen. Er spürte, wie das Wasser bis an die Nasenlöcher stieg. So gut es ging, drückte er sich in eine Ecke seines steinernen Verlieses und schob den Kopf nach oben. Es war eine unangenehme Stellung, aber nicht schlimmer als jene Übung, bei der man sie stundenlang an den Händen aufgehängt hatte. Den Schmerz hatte er nach einiger Zeit gar nicht mehr wahrgenommen. So ähnlich war es auch jetzt. Er spürte, wie er in den Zustand der Trance hinüberglitt.

Jetzt ritt er auf den Schwingen eines Weißen Drachens. Der Drache war so stark, daß ein einziger Fügelschlag in der Minute genügte, um ihn in der Luft zu halten. Unter ihm lag das Land der aufgehenden Sonne, die Inseln Hokkaido, Honschu, Schikoku und Kiuschu. Dazwischen, wie die Splitter von Diamanten, die viertausend kleineren Inseln. Wenig später schwebten sie über der offenen See. Im Süden ballten sich graugrüne Sturmwolken.

Sie flogen über ein Gestade, dann über Land. Dort unten lagen große Städte, von Mauern umgeben. Er sah eine Mauer mit vierzig Wachtürmen, die sich wie ein endloses Band durch die Landschaft zog.

Dann entdeckte er ein Reiterheer, das auf die Mauer zugaloppierte. Ein fürchterlicher Kampf zwischen den Angreifern und den

Verteidigern der Mauer entspann sich. Die Erde war mit Toten übersät. Der Drache flog weiter. Sie kamen über eine Wüste, die von der goldenen Nachmittagssonne beschienen wurde. Die Zelte der Nomaden und ihr Vieh waren zu erkennen. Die Hirten trugen Pelze, sie scharten sich um Feuerstellen.

Dann hatte Jebu den Eindruck, als trüge ihn der Drache nicht nur durch den Raum, sondern auch durch die Zeit. Aus den Hirten, die friedlich am Feuer saßen, wurden die Krieger, die ihre Pferde zum Angriff auf die große Mauer trieben.

Ein Riese kam in Sicht. Er war größer als die Berge ringsum. Der Riese trug pelzbesetzte Stiefel, er stand breitbeinig über einem See. Der Kopf war mit einem pelzverzierten Helm bedeckt. Auf seiner Brust prangte eine Kette aus Edelsteinen. Sein Gesicht war verwittert wie ein von Wind und Regen gepeitschter Felsen. Seine grünen Augen leuchteten. Er streckte die Arme aus, fegte die Wolken beiseite und streckte seine Hände dem Drachen entgegen, der mit ruhigem Flügelschlag auf ihn zuflog.

Seine Stimme ließ die Erde erbeben: »Willkommen in deinem Vaterland, mein kleiner Cousin!«

2. *Kapitel*

Jebu fühlte, wie viele Hände nach ihm tasteten. Er wurde emporgehoben. Man stellte ihn auf die Beine und rieb ihn mit Tüchern warm. Immer noch zitterte er. Und immer noch wehrte er sich gegen jene, die ihm halfen. Es galt, dem Befehl des Abtes Folge zu leisten. Er mußte in der Gruft verharren, bis jener ihn rief.

Dann vernahm er die Stimme seines Stiefvaters. »Jebu, wach auf!« Er riß die Augen auf. Vor ihm stand Taitaro. Dahinter sah er die neunundneunzig Urnen. Links und rechts neben dem Abt erkannte er Weicho und Fudo. Auch die beiden Mönche, die Jebu in das Grabgewölbe hinabgeführt hatten, waren da. Immer noch spürte er die Kälte des Sarkophags in seinen Gliedern.

»Geh nach oben«, hörte er Taitaro sagen. »Dort kannst du dich am Holzkohlebecken wärmen.«

Jebu gehorchte. In dicke Tücher eingehüllt, wankte er die Stufen hinauf. Die Mönche mußten ihn stützen. Im Hauptraum des Tempels wurde Jebu zu einem aus Kissen bereiteten Lager geführt, wo ein Kohlebecken wohlige Wärme verströmte. Ihm gegenüber hatte Taitaro Platz genommen. Die Mönche hatten sich auf den Boden gesetzt und die grauen Kapuzen über die Köpfe gezogen. Erleuchtet wurde der Tempel der Wasservögel von Kerzen in bronzenen Leuchtern. Es war vor Sonnenaufgang.

»Erzähle mir alles, was dir widerfahren ist«, sagte Taitaro. Und Jebu erzählte. Er berichtete von Weicho und Fudo, die ihn aufgesucht hatten. Die beiden saßen da und nahmen seinen Bericht mit einer Gleichgültigkeit auf, die Jebu unerhört schien. Er beendete seine Erzählung mit dem Traum vom Weißen Drachen, der ihn über die Inseln Hokkaido, Honschu, Schikoku und Kiuschu getragen hatte. Als letztes sprach er von dem Riesen mit den grünen Augen.

»Was du während der Aufnahme in unseren Orden träumst, ist von großer Bedeutung für dein Leben und für deinen Tod«, sagte Taitaro, als er geendet hatte. »Du hast einen Drachen gesehen. Das bedeutet, daß dich dieser Drache in seine Obhut genommen hat. Nun wisse, kein Gott ist mächtiger als der Drache. Kein Gott besitzt mehr Weisheit und mehr Geschick als er. Der Drache ist Inbegriff des Glücks. Daß es ein Weißer Drache war, bedeutet, daß deine Zukunft verwoben ist mit dem Schicksal der edlen Familie Muratomo. Das Wappentier der Muratomo ist der Weiße Drache.«

»Und was bedeutet der Traum vom Riesen?« fragte Jebu.

»Der Riese könnte entweder dein Vater sein oder der Mann, der deinen Vater erschlug. Wahrscheinlich aber verbirgt sich hinter dem Riesen ein Freund, ein Waffengefährte deines Vaters. Ohne jeden Zweifel ist es ein Mensch von großer Geisteskraft.« Taitaro lächelte. »Antwort auf alle Rätsel ist das Leben. Erst am Ende deines Lebens wirst du die Lösung des Rätsels kennen. Was du erlebt hast, war kein bloßer Traum, sondern ein Blick in den Spiegel des Lebens. Ich heiße dich willkommen in den Reihen der Zinja.« Taitaro hob die Hand. »Bringt ihm das Ordensgewand.«

Jebu war es, als ginge in diesem Augenblick die Sonne auf. Freude durchflutete sein Herz. Auf einmal schien es ihm, als sei er selbst der Drache, als würden ihm Flügel wachsen. Ich bin aufgenommen in die Gemeinschaft der Zinja, jubelte es in ihm. Er öffnete die Augen und sah Taitaro, der ihn nachdenklich anblickte.

Schließlich nickte der Alte, und der ernste Ausdruck machte einem Lächeln Platz, das alle Ängste und Zweifel wegwischte. Jebu hatte die Probe bestanden. Seine ganze Kindheit, sein Denken und Handeln hatte er dem Ziel gewidmet, eines Tages in den Kreis der Zinja aufgenommen zu werden. Jetzt war seine Ausdauer belohnt worden. Ein Mönch trat vor. Er hielt Jebus Ordensgewand auf den ausgebreiteten Armen.

Jebu blickte die Gestalt an, die vom Licht der aufgehenden Sonne umflossen wurde. Das Tor zum Tempel der Wasservögel war geöffnet worden. Der Mönch kam auf ihn zu, eine Silhouette vor dem Saphirfeuer des Gestirns. Er half Jebu, das Mönchsgewand über den Kopf zu streifen.

Die graue Tunika reichte bis zu den Knien, die weiten Ärmel bis über die Ellenbogen. Auf der linken Seite des Gewands war ein Zeichen aus weißer Seide eingewoben. Es stellte einen Weidenbaum dar, in blauem Garn auf den hellen Untergrund gestickt. Als Jebu nach der Stoffscheibe tastete, stellte er fest, daß sie den Zugang zu einer Geheimtasche bildete, in der die Mönche Waffen und andere Utensilien verbergen konnten. Zu dem Mönchsgewand gehörte ein grauer Stoffgürtel. Jebu band sich den Gürtel um und verschloß ihn mit dem Knoten der Schlange, der im Zinja-Orden verwendet wurde. Dann streifte er sich die Kapuze über.

»Dieses Gewand ist dein ganzer Besitz«, sagte Taitaro. Dann stimmten die Mönche den Singsang an, der die Einweihungsfeierlichkeiten zu begleiten pflegte.

Wieder gab Taitaro ein Zeichen. »Bringt ihm jetzt Pfeil und Bogen der Zinja«, befahl er. Ein zweiter Mönch trat vor. Er hielt einen kräftigen Bogen in der Hand, wie er im Orden der Zinja seit Jahrhunderten als Waffe diente, und einen linnenen Köcher mit 23 Pfeilen. Jeder dieser Pfeile hatte eine andere Spitze. Es gab einen Pfeil, dessen Spitze wie ein Weidenblatt geformt war. Die Spitze des anderen glich einer Zwiebel, die des nächsten dem Körper eines Ochsenfrosches. Es gab einen Pfeil, der auch die dickste Rüstung des Gegners zu durchdringen vermochte. Und einen mit Widerhaken, den die Zinja verwendeten, um dem Gegner die Eingeweide aus dem Leib zu reißen.

Der Mönch legte Jebu Bogen und Köcher um. Jebu sah an ihm vorbei auf das Rad der Sonne, das jetzt den Eingang des Tempels ausfüllte.

»Du wirst sein Krieger und Mönch«, sagte Taitaro. »Und du

wirst sein Mönch und Krieger. Dein Herz sei von Widerwillen erfüllt, wenn du zum Bogen greifst. Abscheu sei in deiner Seele, wenn du den Pfeil aus dem Köcher ziehst. Trauern sollst du um jene, die von deinem Pfeil getötet werden. Aber sorge dafür, daß jeder deiner Pfeile trifft.«

Wieder erhob sich der Singsang der Mönche. »Pfeile sind Wahrheit. Pfeile töten die Begierde. Wenn die Begierde stirbt, ist frei der Blick nach innen.«

»Bringt ihm das Schwert der Zinja«, befahl Taitaro.

Ein dritter Mönch trat vor Jebu. Er band ihm ein Schwert um, das in einer hölzernen Scheide steckte. Jebu zog es heraus, hielt es gegen das Sonnenlicht und betrachtete es. Es war nur halb so lang wie jenes Schwert, das die Samurai verwendeten. Die Klinge war breiter, und es war erstaunlich schwer. Das Zinja-Schwert war so scharf, daß es einen Felsen in zwei Hälften spalten konnte. Auch der Griff war anders als bei den Samurai-Schwertern, er war wesentlich länger und dicker. Die Schwerter der Zinja wurden nach einem geheimen, seit Jahrhunderten überlieferten Verfahren von den Mönchen geschmiedet. Jebu konnte seinen Blick nicht von dieser Klinge lösen. Das Licht, das von dem geschliffenen Stahl ausging, blendete ihn. Benommen gewahrte er die Scheibe der Sonne, die einen blutigen Schimmer über die Pinien goß.

»Ergreife nun das Schwert der Zinja«, sagte Taitaro. »Widerwillen erfülle dein Herz, wenn du das Schwert gegen einen Menschen führst. Abscheu erfülle deine Seele, wenn du tötest. Trauere um jeden Feind, der von deiner Hand fällt. Der Schlag deines Schwertes sei tödlich.«

»Das Schwert ist dein Ich«, sangen die Mönche. »Das Schwert trennt Zeit und Dinge und lenkt den Blick nach innen. Dein Ich ist das Schwert.«

Taitaro war aufgestanden. Er erhob beide Arme. »Willkommen, mein Bruder, im Orden der Zinja!«

War der Tempel der Wasservögel bis dahin von einer feierlichen, ja beklemmenden Stimmung erfüllt gewesen, so brach nach diesen Worten ein unbeschreiblicher Jubel aus. Die Mönche rissen ihre Kapuzen herunter, brachen in Hochrufe auf Jebu aus, stürzten auf ihn zu, um ihn zu umarmen, ihm die Hand zu schütteln. Jebu sah, daß einige vor Freude weinten. Stolz und Freude bemächtigten sich seiner wie der Sturm, der einen Papierdrachen in die Lüfte erhebt. Ich bin ein Zinja, dachte er. Ich bin einer von ihnen. Ich bin auserwählt zu dienen, und ich werde dienen. Die rote Scheibe der Sonne füllte jetzt das ganze Portal des Tempels aus.

Jebu dachte an die Nacht im Sarg zurück. Dort drüben standen Weicho und Fudo. Sie lächelten ihm zu, wie die anderen.

Er schob die Mönche beiseite, die ihn bedrängten, und trat auf Taitaro zu. »Was geschieht mit Weicho und Fudo?« fragte er. »Ich habe Euch erzählt, was heute nacht geschehen ist. Wie, Vater Abt, lautet Euer Urteil?«

Taitaro brach in wohlgelauntes Lachen aus. »Mein Urteil lautet: Die beiden sind erstklassige Schauspieler.« Er legte Jebu die Hand auf die Schulter. »Es ist die Aufgabe dieser beiden, die Novizen auf die Probe zu stellen.«

»Es ist eine harte Aufgabe«, sagte Fudo, der zu ihnen getreten war. »Unser Gehorsam gegenüber dem Orden besteht darin, Ungehorsam zu heucheln.«

»Und unser Sieg heißt Tod«, fügte Weicho hinzu. Ein schmerzlicher Ausdruck trat in seine Augen. »Wenn es uns gelingt, einen Novizen zu täuschen, müssen wir ihn töten.«

Wie viele Menschen haben die beiden schon getötet? fragte sich Jebu. Er versuchte sich an die Einführungsfeiern zu erinnern. Ein furchtbarer Gedanke durchfuhr ihn. Fünf solcher Feiern hatte er beigewohnt. In allen fünf Fällen waren die Novizen nachher verschwunden.

Taitaro erriet seine Frage. »Kein Mönch, der das Gelübde abgelegt hat, darf im Tempel bleiben. Er wird in die Fremde gesandt. Keiner der Schüler erfährt, ob ihr Freund dic Probe bestanden hat oder nicht. Keiner weiß, ob er in die Fremde oder in die ewige Verdammnis geschickt wurde.«

»Muß auch ich den Tempel verlassen, Vater Abt?«

»So ist es, Jebu. Du wirst mich jetzt zu meiner Zelle begleiten. Dort werde ich dir sagen, wohin wir dich schicken.« Ein Lächeln des Wohlwollens und der väterlichen Güte stahl sich in seine Züge. »Du bekommst dann noch Gelegenheit, deinen Freunden Lebewohl zu sagen.«

Die Behausung der Mönche bestand aus einem Gerüst aus Zypressenbalken; die Decke war aus Schindeln, die Wände aus Bambus und Papier. Das Gebäude befand sich unterhalb des Tempels in einer Felsnische. Dahinter waren die Tiere untergebracht.

Jebu betrat das einstöckige Gebäude. Die Matten, auf denen die Mönche schliefen, lehnten zusammengerollt an der Wand. In der nordöstlichen Ecke der Halle war ein Raum für den Abt abgeteilt. Die Schiebetüren zu diesem Raum waren verschlossen. Als Jebu näher kam, wurde eine der Türen zur Seite geschoben, und Taitaro winkte ihn herein. Bis auf eine schlichte Vase und einen einfachen, rohen Tisch war die Zelle leer. In der Vase standen zwei Pfingstrosen und zwei Weidenzweige. Der Abt hatte den Wandschirm an der östlichen Seite des Raumes geöffnet. Von hier aus fiel der Blick auf den Pinienwald.

Immer noch trug Taitaro die weiße Kordel, Wahrzeichen seiner Würde. Behutsam nahm er die Kordel ab und legte sie auf den Tisch. Erst jetzt bemerkte Jebu, daß sein Stiefvater übernächtigt aussah. Ein verzehrendes Feuer brannte in seinen müden Augen.

Taitaro öffnete die Arme und zog Jebu an sich. Lange standen sie so und schwiegen. Dann löste sich Jebu aus der Umarmung. Der Gedanke an seinen Vater war wieder da. Wenn der Vater mich so erleben könnte, dachte er.

»Ich habe eine Frage an dich«, hörte er Taitaro sagen. »War die Prüfung, die ich dir auferlegt habe, zu schwer?«

Jebu schüttelte den Kopf. »Ich würde mich bis an mein Lebensende schämen, Vater Abt, wenn Ihr die Prüfung für mich leichter gemacht hättet als für die anderen Novizen.«

Taitaro war die Erleichterung über die Antwort seines Stiefsohns anzumerken. »Es ist eine Prüfung, die jeder zu bestehen hat, der ein Zinja werden will. Sie hat nur einen Nachteil. Sie kann nicht so grausam sein wie das Leben selbst. Das Schlimmste, mein Sohn, steht dir noch bevor.«

Jetzt fielen Jebu die seltsamen Worte ein, die der Abt in der vergangenen Nacht gesagt hatte. *Die Zinja sind Teufel.*

»Was hat die Offenbarung des Höchsten Wesens zu bedeuten?« fragte er.

»Es ist sinnlos, darüber zu sprechen«, entgegnete Taitaro. »Je mehr wir darüber sprechen, desto weiter entfernen wir uns von dem Sinn der Offenbarung. Du mußt die Worte denken, sie erfahren, sie erleben.«

»Sagt mir, Vater, wie lauten die Weisungen des Ordens für mich? Gibt es eine Aufgabe, die ich erfüllen muß?«

Taitaro schmunzelte. »Es gibt mehr Aufgaben, als es jemals Zinja geben wird. Deine Aufgabe wird darin bestehen, im Hause der Shima zu dienen. Du wirst dich nach Kamakura begeben, eine kleine Stadt an der Nordostküste von Honschu. Die Shima sind eine sehr wohlhabende Familie mit großem Einfluß in Kamakura, sie gehören zur Sippe der Takashi.«

»Die Takashi«, sagte Jebu. »Ihr Wappentier ist der Rote Drache, nicht wahr?«

»Richtig, mein Sohn. Du hast zwar vom Weißen Drachen geträumt, aber zu ihm gelangst du nur über den Roten Drachen. Du weißt, daß die Takashi die Erzfeinde der Muratomo-Sippe sind.«

Ja, das wußte Jebu. Während seiner Zeit im Kloster hatte er viel von den unzähligen Kämpfen zwischen diesen beiden Adelsfamilien gehört. Doch jetzt, nach dem Einweihungsritual, schien es Jebu, als seien Jahre vergangen, seitdem die Lehrer ihm von den Takashi und den Muratomo erzählt hatten.

»Taitaro-sensei«, sagte er, »was ist der wirkliche Grund für die Feindschaft zwischen den Takashi und den Muratomo?«

Und Taitaro erzählte ihm von den beiden berühmten Samurai-Sippen. »Sie waren in jener Zeit entstanden, als die Kaiser viele Frauen und noch mehr Söhne ihr eigen nannten. Die Kaiserliche Familie war damals so groß geworden, daß ihr Unterhalt einen unerträglichen Aderlaß für das Land bedeutete. Der Baum, der so viele Triebe ausgebracht hatte, mußte beschnitten werden. Teile der Kaiserlichen Familie wurden ausgesiedelt. Man gab ihnen Land fern der Hauptstadt und neue Namen. Nun mußten die entfernten Zweige aus eigener Kraft Wurzeln schlagen oder verdorren. Die Nachkommen des Kaisers Kammu erhielten den Namen Takashi. Die Takashi gründeten eine neue Hauptstadt, die sie Heian Kyo nannten. Ihr Wappentier wurde der Rote Drache. Die Nachfahren des Kaisers Seiwa nannten sich Muratomo. Sie erwählten sich den Weißen Drachen zum Wappentier.

Vom Kaiserhaus abgeschnitten, entwickelten sich beide Zweige zu tapferen Kriegersippen, die das Schwert gegen Angreifer und Barbaren zu führen verstanden. Wer die Waffe gegen einen Takashi oder gegen einen Muratomo erhob, war des Todes. Bald hörten die Angriffe der Großgrundbesitzer auf, die die Ausgesiedelten anfangs bedrängt hatten. Beide Sippen waren fruchtbar. Wer in ihre Dienste trat, wurde bewaffnet. Die ritterlichen Lehensleute, die für die Takashi und die Muratomo ins Feld zogen, wurden Samurai genannt.

Inzwischen war die Armee des Kaiserhofes zu einem Häufchen von Höflingen zusammengeschmolzen, die den Fächer besser zu führen wußten als das Schwert. Diese Soldaten waren weder willens noch in der Lage, das Land vor Angriffen zu schützen. Wenn vom Norden her Ainu, der Barbar, ins Land der aufgehenden Sonne einfiel, sandte der Tenno zu den Takashi und Muratomo um Hilfe. Die Samurai wurden zum Schwert des Kaisers, zur strafenden Geißel für die Feinde des Reichs. Je größer die Heere von Lehensleuten wurden, um so mehr versuchte jede der beiden Sippen, sich dem Tenno gegenüber durch kriegerische Taten hervorzutun. Und so wurden aus den beiden Zweigen der Kaiserlichen Familie unvermeidlich erbitterte Rivalen.

Es blieb nicht aus, daß die feindlichen Sippen in die Intrigen und Händel hineingezogen wurden, die am Hofe blühten. Es hatte immer Gruppen gegeben, die ihren Einfluß auf die Kaiserliche Familie geltend machten. Wer auf dem glatten Parkett der Hofdiplomatie sein Ziel verfehlte, scheute nicht vor militärischen Machtproben zurück. Als Vasallen, die gegen den Gegner ins Feld geschickt wurden, bediente man sich der Samurai. Und natürlich schlugen sich die Muratomo immer auf die Seite jener Partei, die von den Takashi bekämpft wurde, und umgekehrt.

Diese Rivalität schlug in tödliche Fehde um, als ein Bruder des Tenno eine Verschwörung gegen den Kaiser anzettelte. Damals eilten die Muratomo den Verschwörern zu Hilfe. Ihrem Anführer gelang es, einen Palast in Heian Kyo einzunehmen und zum Stützpunkt gegen den Tenno auszubauen.

Einer aus der Sippe der Muratomo allerdings bewahrte dem Tenno die Treue. Er hieß Domei und war Befehlshaber der Palastwache. Domei fühlte sich an den Treueid gebunden, den er dem Sohn des Himmels gegeben hatte. Domei war der Sohn des Anführers der Muratomo. Hielt er dem Tenno die Treue, so bedeutete das, daß er gegen den eigenen Vater kämpfen mußte.

Die Takashi wiederum schlossen sich in dieser Situation um so enger dem Kaiser an. Ihr Anführer war Sogamori, ein blutrünstiger Krieger, dessen Grausamkeit nur noch von seinem Ehrgeiz und Machthunger übertroffen wurde. Jetzt schien Sogamori die Gelegenheit gekommen, um mit den Muratomo ein für allemal abzurechnen.

Domei hatte sich in zahllosen Kämpfen einen Ruf als entschlossener Krieger erworben. Er verbündete sich zum Schein mit den Takashi, führte die Truppen ins Hauptquartier des Feindes, äscherte den Palast ein und nahm seinen Vater gefangen.

Der Kaiser war siegreich geblieben. Nun stand er vor der Frage, was mit den Rebellen geschehen sollte. Es hatte wenig Hinrichtungen im Lande gegeben, seit die sanfte Weisheit Buddhas die Herzen der Menschen erfüllte. Als schlimmste Strafe für einen Rebellen galt die Verbannung aus dem Vaterland. Soweit die Todesstrafe verhängt wurde, blieb der Adel – und die Kriegerkasten gehörten zu diesem Adel – davon ausgenommen. Ohnehin sah das Gesetz die Todesstrafe nur bei Mord und bei Diebstählen von besonderer Bedeutung vor. Nun aber geschah etwas Unerhörtes. Sogamori, Anführer der kaisertreuen Takashi, verlangte die Exekution der gefangenen Rebellenführer.

Sogamori hatte einen wichtigen Freund bei Hofe, Prinz Sasaki no Horigawa, einen der einflußreichsten Berater des Kaisers. Diesem gelang es, die Zustimmung des schwankenden Herrschers zu den Todesurteilen zu erreichen. Nicht weniger als siebzig Rebellen sollten hingerichtet werden. Als besondere Rache hatte sich Sogamori ausbedungen, daß Domei seinen eigenen Vater, den Anführer der Muratomo, enthaupten mußte. Um der Sippe diese Schmach zu ersparen, stellte sich ein anderes Mitglied der Muratomo-Sippe für die blutige Aufgabe zur Verfügung. Nach Vollzug der Strafe tötete er sich selbst, indem er sich den Bauch aufschlitzte.

Dies alles erzählte Taitaro seinem Stiefsohn, dem Zinja-Mönch.

»Ein schmerzvolles Ende«, bemerkte Jebu. »Wie ist es möglich, daß sich ein Mensch auf diese Weise Gewalt antut?«

»Die Samurai haben eine sehr eigene Philosophie«, erklärte Taitaro. »Sie töten sich, um ihre befleckte Ehre reinzuwaschen. Damit man ihnen nicht nachsagen kann, sie betrachten den Tod als bequemen Ausweg, wählen sie eine besonders schmerzvolle Todesart.«

Bald nach dem spektakulären Ereignis entzog der Sohn des Himmels Domei seine Gunst aus Enttäuschung darüber, daß Domei es vermieden hatte, seinen eigenen Vater hinzurichten.

Die Takashi hingegen erfreuten sich des zunehmenden Wohlwollens des Herrschers. Einer nach dem anderen wurde in hohe Ämter eingesetzt. Sogamori avancierte zum Minister und wurde bald einer der bevorzugten Ratgeber des Tenno.

Immer noch versah Domei, inzwischen Führer der Muratomo, seinen Dienst als Befehlshaber der Palastwache. In ihm glomm der Haß gegen jene, die schuld am Tod seines Vaters waren. Das Verhältnis zwischen den Takashi und den Muratomo hatte einen Punkt erreicht, an dem jeder noch so geringfügige Anlaß dazu benützt wurde, einen Streit zu provozieren.

»Ein rechter Hexenkessel, in den ich dich da werfe«, schloß Taitaro vergnügt. »Aber es hilft alles nichts. Du wirst in die Dienste der Familie Shima in Kamakura treten.«

»Worin wird meine Aufgabe denn bestehen?«

»Das Oberhaupt der Shima, der alte no Bokuden, schickt seine Tochter Taniko nach Heian Kyo, wo sie mit einer prominenten Persönlichkeit vermählt werden soll. Du wirst sie eskortieren. Für die Reise in die Hauptstadt werdet ihr die Tokaido-Straße nehmen, die in Kamakura beginnt.«

Für Jebu klang der Auftrag des Abtes durchaus erfreulich. »Endlich komme ich nach Heian Kyo. Seit ich denken kann, höre ich von dieser Stadt. Es scheint der wundervollste Fleck auf Erden zu sein. Und auch von der Tokaido-Straße hat man mir viel erzählt.«

Taitaro hob die Schultern. »Ich fürchte, du wirst enttäuscht sein. Es ist lange her, daß Heian Kyo in Blüte stand. Heute lebt es nur noch vom Ruhm der Vergangenheit. In der Stadt wimmelt es von Samurai, und die Häuser zerfallen. Und was die Tokaido-Straße angeht, so führt sie durch ein Gebiet, daß von den Muratomo kontrolliert wird. Das Mädchen Taniko aber ist vom Geschlecht der Takashi. Und zu allem Überfluß ist der zukünftige Bräutigam von Taniko auch noch Prinz Sasaki no Horigawa.«

»Der Mann, der die Hinrichtung der Muratomo-Anführer durchgesetzt hat?«

»Ja. Die Muratomo hassen ihn mit noch größerer Inbrunst als ihre Todfeinde, die Takashi.« Taitaro war aufgestanden. »Prinz Horigawa stammt aus einer alten Familie, die jedoch verarmt ist. Bei der Braut ist es umgekehrt. Die Shima haben keinen großen Namen, aber sie verfügen über große Reichtümer. So kommt diese Heirat beiden Häusern zugute.«

Jebu folgte Taitaro aus seiner Zelle. »Ich möchte dir noch etwas zu Tanikos Vater sagen. Der alte Bokuden gilt als der größte Geizhals der Heiligen Inseln. Er ist nicht bereit, die Kosten für mehr als einen einzigen Zinja als Eskorte für seine Tochter aufzubringen. Was Horigawa betrifft, so ist er blutrünstig und hinterhältig. Zwei Frauen hat er bereits ins Grab gebracht. Taniko ist erst dreizehn Jahre alt. Sie hat Horigawa noch nie in ihrem Leben gesehen, und meine Informanten behaupten, daß sie sich heftig gegen diese Hochzeit wehrt. Würde sie Horigawa kennen, wäre ihr Widerstand sicher noch größer.« Sie waren vor das Haus getreten.

»Alles in allem steht dir eine ereignisreiche Reise bevor.«

Mit diesen Worten ließ der Abt seinen Stiefsohn allein. Jebu sah auf das Meer hinaus, wo Schaumkronen auf den Wogen tanzten. Hinter ihm erhob sich der Tempel, dessen geschwungenes Dach aussah wie die Schwingen eines Riesenvogels.

Er trat an den Rand der Felsenbrüstung. Drunten rollten die Wogen heran, regelmäßig wie Herzschläge, und jede Woge brachte eine rätselhafte Botschaft aus dem Land der Väter.

Im Tempel der Wasservögel gab es auch Frauen. Ihre Unterkunft lag in respektvoller Entfernung vom Haus der Mönche. Jedoch gab es keine Regel, die es den Mönchen verboten hätte, die Frauen zu besuchen. Und so pflegten die unverheirateten Ordensbrüder die Unterkunft der Frauen im Dunkel der Nacht aufzusuchen, wann immer es ihnen beliebte.

Nyosan, der Frau des Abtes, stand der größte Raum zur Verfügung. Er lag auf der Ostseite des Klosters. Die Morgensonne schien durch die Fenster, und Nyosan hatte einen herrlichen Ausblick auf den Klostergarten.

Als Jebu nach dem Gespräch mit dem Abt seine Mutter in ihrem Zimmer aufsuchte, stand sie am Fenster und blickte auf die Sonnenscheibe, die jetzt über den windzerzausten Pinien hing. Die Schwelle knarrte, als Jebu eintrat. Nyosan wandte sich um.

»Mutter!«

»Mein Sohn!« Sie flogen sich in die Arme.

»Ich habe Angst um dich gehabt«, stammelte sie. »Es war die längste Nacht meines Lebens.«

Er umfing sie, sie weinte in seinen Armen.

»Mein lieber Sohn, mein einziger Sohn. Ich bin tausend Tode für dich gestorben. Schon vor ein paar Wochen hat mir dein Vater gesagt, daß die Zeit für dein Gelübde gekommen ist.« Sie barg ihren Kopf an seiner Schulter. »Ich bin so dankbar, daß du lebst.«

Er gab sie frei. Sie setzten sich. Jebus Mutter war Ende Dreißig, aber sie sah älter aus. Sorgenfalten durchzogen ihr gütiges Gesicht. Aber in ihren Augen lag die Freude darüber, daß ihr Sohn die schwere Prüfung der Zinja bestanden hatte.

Sie raffte ihr Gewand. Wie die anderen Frauen hier trug sie bürgerliche Kleidung. Nyosan stand auf und ging zu einem niedrigen Tisch, auf dem eine dampfende Schale mit Reis stand. Sie gab ihm zu essen und reichte ihm auch von den sauren Gurken und Zwiebeln. Das war das übliche Frühstück der Zinja.

»Wie gefährlich war es?« fragte sie zögernd. »Warst du in Todesgefahr?«

Einen Augenblick lang wollte Jebu ihr die Wahrheit verschweigen, doch dann sagte er: »Ja, Mutter. Ich stand auf der Schwelle des Todes.« Er griff nach ihrer Hand. Dann sah er, wie ihr die Tränen in die Augen schossen. »Ich bin jetzt ein Zinja, Mutter. Die Zinja leben, um zu sterben. Der Tod ist die Erfüllung unseres Daseins. Vergiß nicht, daß ich jederzeit sterben kann. Vielleicht solltest du mich schon jetzt als tot betrachten.«

Sie wischte sich die Tränen mit dem Ärmel fort. »Seltsam«, sagte sie nachdenklich. »Dieselben Worte hat dein leiblicher Vater gebraucht. Wir haben oft über die Angst gesprochen, die ich empfand, wenn er fortging. Er hat mich gebeten, ihn als tot zu betrachten. Mein Leben ist verwirkt, hat er gesagt. Ich warte auf den Henker.«

»Taitaro-sensei hat mir soeben mitgeteilt, daß mich der Orden in die Fremde schickt, Mutter.«

»Ich weiß«, nickte sie. »Er hat mit mir darüber gesprochen.« Sie schloß die Augen. »Ich bin dem Himmel dankbar für die Jahre, die wir zusammensein durften. Ich weiß, daß dir der Tod vorbestimmt ist, so wie er deinem Vater vorbestimmt war.«

»Was geboren wird, muß sterben«, sagte Jebu.

Nyosan brach in Lachen aus. »Das Gelübde hat einen weisen Mann aus dir gemacht. Du sprichst wie ein Zinja, der alles Wissen der Welt in sich trägt. Und doch klingt es hohl wie der hölzerne Gong im Tempel.«

Jebu stimmte in das Lachen ein. »Du hast recht, Mutter. Was ich sage, sind hohle Worte. Ich weiß nichts.«

»Du bist erst siebzehn«, sagte sie und fuhr ihrem Sohn über den Scheitel. »Was kannst du da schon wissen? Vielleicht weißt du etwas vom Leben, wenn du so alt bist wie ich. Ich war eine Bauerntochter. Fast noch als Kind wurde ich einem fremden Kaufmann angetraut.« Sie hob den Blick. »Dein Vater war ein Riese von Mann. Und ein reicher Mann. Und auch dein Stiefvater, der Abt Taitaro, ist ein seltsamer und wunderbarer Mann. Er liebt mich. Mit ihm waren mir Jahre des Glücks beschieden. Ich wäre noch jung genug, um Taitaro-sensei Kinder zu schenken. Aber das Karma hat dem Abt eigene Kinder versagt. Du wirst also mein einziger Sohn bleiben. Mein herrlicher rothaariger, grauäugiger Riese. Leb wohl, Jebu.«

Sie ergriff seine Hände. »Ich wünsche dir ein langes Leben«, flüsterte sie. »Du sollst lieben, heiraten und Vater werden. Du sollst dich nicht vom Orden der Zinja zerstören lassen. Denn du bist mehr als ein Zinja, den man wie eine abgetragene Mönchskutte ins Feuer wirft. Du bist Jebu, mein Sohn.« Sie küßte seine Stirn. »Und du bist noch etwas, Jebu. Ein Mann.«

3. Kapitel

Über dem Torbogen vor dem Palast der Shima wehte das Banner des Roten Drachens in der klaren Herbstluft. Zwei mit Lanzen bewaffnete Wachen versahen den Tordienst. Jebu wies den Empfehlungsbrief vor, den Taitaro ihm mitgegeben hatte. Das mit Eisenspitzen bewehrte Tor wurde geöffnet, und man hieß ihn eintreten.

Der Kies knirschte unter seinen Sandalen, als er den Innenhof durchquerte. Es war ein merkwürdiges Gefühl, auf festem Boden zu gehen – nach so vielen Tagen an Bord eines Schiffes. Sie waren durch die Inlandsee und an der Ostküste der Insel Honschu entlang gefahren, und Jebu war erleichtert, als sie Kamakura erreichten. Im Orden hatte man ihm die Tugend der Geduld anerzogen. Aber diese Geduld war bei der eintönigen Schiffsreise auf eine harte Probe gestellt worden.

Er hatte die Kapuze aufbehalten, weil er es haßte, wenn die Leute seine roten Haare anstarrten. Jetzt ging er gemessenen Schrittes auf den Palast zu. Sein zweites Gewand war mit einem Gürtel auf den Leib geschnallt. An seiner Seite hing das kurze Zinja-Schwert. Bogen und Köcher trug er an einem Riemen über der Schulter. Er tastete nach dem Emblem des Ordens auf seinem Gewand.

Vor dem Hauptgebäude wurde er von einem Bediensteten im grauen Seidenkimono empfangen. Im Innern des Hauses ging es einige Gänge entlang. Schließlich blieb der Bedienstete vor einem Raum stehen und schob die Shoji-Wand beiseite.

Bokuden, das Haupt des Shima-Geschlechtes, war ein kleiner, kahlköpfiger Mann mit faltigem Gesicht und Schnurrbart. Er trug einen grünen, goldbestickten Kimono und saß an einem reichverzierten chinesischen Ebenholztisch. Bokuden war dabei, Zahlen auf einer Liste zusammenzuzählen. Zum Schreiben benutzte er Pinsel und Tinte. Durch eine teilweise geöffnete Wand fiel etwas Sonnenlicht in den Raum.

Jebu spürte eine instinktive Abneigung gegen diesen Mann. Taitaro hatte erwähnt, daß die Shima raffgierig, kaltherzig und verlogen waren. Die Shima waren ein Seitenzweig der Takashi. Als die früheren Reichtümer schwanden, hatten sie die entstehenden Engpässe mit Fischfang und Handel und – wie es hieß – Seeräuberei überbrückt. Nach einer Phase des Niedergangs war die Familie jetzt wieder auf dem aufsteigenden Ast. Mit dem Profit aus Handel und Seeräuberei hatten die Shima abgabenfreies Reisland in der Kanto-Ebene nördlich von Kamakura erworben und wurden zu einflußreichen Großgrundbesitzern. Ihre Söhne ließen sie als Samurai ausbilden, und zur Verteidigung ihres Besitzes heuerten sie Söldner an. Inzwischen gehörten sie zu den ersten Familien in Kamakura und heirateten in den Adel von Heian Kyo ein.

Jebu stellte sich vor: »Jebu, vom Orden der Zinja, Euch zu Diensten.« Er überreichte ihm das Schreiben, das Taitaro ihm mitgegeben hatte. Der alte Bokuden öffnete die Rolle und las mit mißtrauischer Miene.

»Du bist ein Zinja, folglich gehörst du zum Adel. Aber dein Adel scheint so niedrig zu sein, daß du nicht einmal einen Familiennamen hast.« Er schob geringschätzig die Unterlippe vor. »Ich werde dich ›Mönch‹ nennen. Hat der Abt dir erklärt, worin dein Auftrag besteht?«

Jebu wiederholte, was Taitaro ihm gesagt hatte. Bokuden schien gar nicht zuzuhören. Er zog eine Papierrolle aus der Schublade seines chinesischen Schreibtisches und öffnete sie. Es war eine Karte von Honschu. »Die Jahreszeit der Stürme hat begonnen. Es ist die Zeit, in der die Fischer zu Piraten werden. Du wirst also den Landweg nehmen, die Tokaido-Straße.« Sein langer Fingernagel fuhr eine schwarze Linie entlang, die Kamakura mit Heian Kyo verband.

Auf Jebus Herfahrt war von Piratenschiffen nichts zu sehen gewesen. Aber Bokuden wußte über die Pläne der Piraten wohl mehr, als er zugab.

»Bis Miya führt der Weg durch Gebiete, die von den Muratomo kontrolliert werden«, fügte Bokuden hinzu. »Ihr müßt sie möglichst unauffällig durchqueren und jeden offenen Kampf meiden. Wollte ich meine Tochter ihrem Stand gemäß vor diesem Ungeziefer schützen, müßte ich ihr eine ganze Armee mitgeben.« Er stand auf und stützte die Arme auf den Schreibtisch. »Ihr müßt versuchen, unerkannt bis Miya zu gelangen, das ist die einzige Möglichkeit. Dazu werdet ihr zwischen zehn und dreißig Tage brauchen.«

»Ich werde ein Pferd brauchen.«

»Du hast kein Pferd mitgebracht?« fragte Bokuden ungläubig. »Erwartet Abt Taitaro etwa, daß ich dir ein Pferd stelle?«

»Ich komme ohne Pferd, Euer Gnaden«, sagte Jebu. »Ich habe nur das, was ich auf dem Leib trage.«

»Also gut, ich werde dir ein Pferd geben und was du sonst noch brauchst. Aber gnade dir Gott, wenn meiner Tochter etwas zustößt. Dann fordere ich nicht nur dein Leben, sondern auch die Güter der Zinja als Entschädigung.«

Jebu hatte eine wütende Antwort auf der Zunge, aber er hielt sich zurück. Bokuden schien zu glauben, die Zinja horteten in ihren Tempeln unschätzbare Reichtümer. Sich gegen die Zinja zu stellen, würde er allerdings nie wagen. Denn auch Bokuden mußte wissen, daß jene, die sich den Zinja in den Weg stellten, nicht lange lebten. Beiläufig berührte Jebu den Weidenbaum auf seiner Kutte. Bokuden hatte die Bewegung verfolgt. Jebu sah, wie er schluckte.

»Es ist nicht gut, daß ihr Mönche bewaffnet seid«, murmelte er. »Ihr stiftet Unfrieden im Land.«

»Ein bewaffneter Mönch ist ein guter Schutz für den, der Schutz verdient«, entgegnete Jebu. »Sollte Eurer Tochter etwas zustoßen, so werde ich sterben. Wer ihr ein Leid zufügen will, muß zuerst mich töten.«

»Ich hoffe, du nimmst den Mund nicht zu voll, Mönch. Meine Tochter wird nur von zwei Dienerinnen begleitet werden. Du bist zwar nicht gerade schön, aber du bist jung, und die Leidenschaft der Jugend geht seltsame Wege. Wer garantiert mir, daß meine Taniko« – er zögerte – »unbeschadet in Heian Kyo ankommt?«

»Ihr selbst seid die Garantie dafür, Fürst.«

Bokuden runzelte die Stirn und zupfte nervös an seinen Schnurrbartenden. »Was willst du damit sagen?«

»Ihr habt sie sicherlich so erzogen, daß sie nicht so dumm sein wird, am Vorabend ihrer Hochzeit mit einem Prinzen des Kaiserlichen Hofes ihre Jungfräulichkeit einem armen Mönch zu opfern.«

»Du bist klug, Mönch, vielleicht zu klug. Geh nun mit meinem

Diener, er wird dir deine Schlafstelle anweisen und dir zu essen geben.«

Lächelnd folgte Jebu dem Diener, der ihn in einen entlegenen Teil des Palastes brachte.

Er erwachte vor Sonnenaufgang und wusch sich mit kaltem Wasser. Dann verbrachte er eine Stunde in Meditation. Als die Sonne über den Bambuspalisaden emporstieg, die den Palast der Shima umgaben, begann er mit seinen täglichen Bewegungsübungen, die mit dem Schwerttraining endeten.

Die ersten Geräusche in der Küche und im Dienstbotenflügel waren zu hören. Wenig später kam ein Bediensteter zu Jebu und führte ihn zum Stall. Er zeigte ihm das Pferd, das Bokuden für ihn ausgewählt hatte. Es war ein brauner Hengst, ohne besondere Qualitäten, aber auch ohne große Fehler. Der Hengst hieß Hollyhock. Jebu mußte ihn nach Erledigung seines Auftrags nach Heian Kyo zurückbringen. Jebu schmunzelte. Die Auswahl des Pferdes zeugte von der Knauserigkeit der Shima.

Das Gefolge für Taniko wurde zusammengestellt. Zwei altersschwache Packpferde wurden beladen. Die beiden Mähren hatten Glück, wenn sie bis Heian Kyo durchhielten. Dann sah Jebu, wie drei weitere Pferde aus dem Stall geführt wurden. Er ging zu dem Stallknecht und übernahm Hollyhocks Zügel. Tanikos Dienerinnen waren erschienen. Sie standen im Torbogen des Frauenhauses, sahen zu Jebu hinüber und kicherten.

Offensichtlich war geplant, daß Taniko und ihre beiden Begleiterinnen den Weg nach Heian Kyo zu Pferd zurücklegten. Keine Dame in Heian Kyo würde sich mehr als ein paar Meilen aus der Stadt herauswagen. Aber die Frauen der Shima konnten zum Glück reiten – wie die meisten Samurai-Frauen. Jebu war erleichtert. Mit einer Kutsche wäre die Tokaido-Straße kaum zu bewältigen gewesen.

Die beiden Dienerinnen traten zur Seite, und Taniko erschien. Sie wurde von einer Gruppe jüngerer Geschwister und von einer schluchzenden Frau mittleren Alters, offensichtlich der Mutter, begleitet.

In diesem Augenblick trat der alte Bokuden aus dem Hauptgebäude und ging auf seine Familie zu. Alle verneigten sich vor ihm.

Jebu betrachtete das Mädchen, das er zu begleiten haben würde. Sie trug ein lavendelfarbenes Reisecape und einen dunkelroten Hosenrock. Ihr Teint war hell. Sie hatte eine kleine Nase, einen wohlgeformten Mund und ein energisches Kinn. Sie hielt den Blick auf den jungen Mönch gerichtet, der sie begleiten würde. Jebu war es, als blickte ihn eine Pantherkatze an. Für ein Mädchen von dreizehn Jahren wirkte sie erstaunlich reif. Es lag etwas Unerschrockenes, ja Grausames in ihrem Blick. Jebu spürte, wie es ihm kalt den Rücken herunterlief. Zugleich empfand er Erregung. Dieses Küken würde sich eines Tages zu einem Drachen mausern.

»Ist dieser schmächtige Mönch da meine einzige Eskorte?« hörte er Taniko fragen.

»Dieser Mönch wird dich sicher nach Heian Kyo führen, meine Tochter. Ein einziger Zinja nimmt es mit zehn Samurai auf.«

»Wie ich meine Familie einschätze, kostet ein Zinja eher ein Zehntel von einem richtigen Samurai.«

»Ich würde dich nicht mit diesem Mönch nach Heian Kyo ziehen lassen, wenn ich nicht sicher wäre, daß er dich beschützen kann.«

Unwillig schüttelte sie den Kopf. »Dir wäre es doch am liebsten, wenn ich auf dem Weg nach Heian Kyo von Banditen überfallen und umgebracht würde. Du könntest dann sagen, du habest dem alternden Prinzen Horigawa deine Tochter angeboten. Aber das Schicksal war dagegen. Wenn ich getötet werde, dann spart dir das nur die Kosten für die Hochzeit.«

Jebu war beeindruckt, mit welcher Kühnheit sich dieses Mädchen seinem Vater widersetzte. Und wahrscheinlich traf sie mit ihrer Einschätzung genau ins Schwarze. Bokuden war zuzutrauen, daß er seine eigene Tochter den Piraten zur Beute vorwarf, wenn ihm das irgendeinen Vorteil verschaffte.

Bokudens Narbengesicht war weiß vor Zorn. »Ich verbiete dir, vor dem Gefolge so zu deinem Vater zu sprechen. Wenn du dich weiterhin so unziemlich aufführst, wird es keine Reise nach Heian Kyo geben und auch keine Hochzeit. Statt dessen werde ich dich in ein Kloster stecken, wo du bis ans Ende deiner Tage über deine Sünden nachdenken kannst.«

Taniko schwieg. Das Blut war ihr in die Wangen geschossen. Offenbar verachtete sie ihren Vater von Herzen. Jebu kannte kein Mädchen, das sich einen solchen Ton gegenüber seinem Vater erlaubt hätte. Sein Mut gefiel ihm. Es war ein kluges Mädchen, tapfer und intelligent. Ja, dachte er, aus diesem zarten Geschöpf wird einmal ein Drache, ein wunderschöner Drache.

Die Bediensteten halfen Taniko und ihren beiden Begleiterinnen in den Sattel. Die drei ritten im Damensitz auf ihren Wallachen. Jebu führte die kleine Karawane an. Nach ihm kamen die drei Frauen, dann zwei Träger auf den Packpferden. Sie passierten das Tor. Zurück blieben eine weinende Mutter, ein erzürnter Vater, winkende Geschwister und ein aufgeregter Hofstaat.

Der Tokaido war zu jener Zeit Japans wichtigster Verkehrsweg. Er führte im Norden an der Stadt Kamakura vorbei, und Jebu schlug sogleich die nördliche Richtung ein. Ich bin jetzt für fünf Leben verantwortlich, dachte er bedrückt. Aber ein Zinja war ein Mann der Tat, ein Krieger, der nicht an die Folgen seines Tuns dachte, der in allen Lebenslagen Gleichmut bewahrte. Ihm sollte es gleichgültig sein, ob diese fünf Menschen auf dem Weg nach Heian Kyo starben oder nicht. Alles sollte ihm gleichgültig sein. Statt dessen empfand er eine merkwürdige Unruhe.

Sie ritten die Straße aus festgestampftem Lehm entlang. Bis weit in die Ebene hinein erstreckte sich das Häusermeer von Kamakura. Überall roch es nach Fisch, nach frischem Fisch, gekochtem Fisch, gebratenem Fisch, verfaultem Fisch.

Jebu richtete sich in den Steigbügeln auf und blickte zurück. Nein, niemand folgte ihnen. Die Bürger von Kamakura schienen keine Notiz zu nehmen von der dritten Tochter des Landadeligen Shima no Bokuden, die da mit ihrem kleinen Gefolge an ihnen vorbeizog.

Der Weg stieg an. Von einem der Hügel blickte Jebu auf die Stadt hinab, deren Leben vom Fischfang bestimmt war. Das Herz der Stadt war der halbmondförmige Hafen, ihr Pulsschlag das Ein- und Auslaufen der Fischerboote. Um die Kais und Docks des Hafengebiets drängten sich die Werften, die Häuser der Fischer und Hafenarbeiter. Weiter oben am terrassenförmig ansteigenden Gelände lagen die Magazine der reichen Kaufleute. Paläste und Besitztümer der Großgrundbesitzer, die aus dem Norden zugezogen waren, Familien vom Zuschnitt der Shima, die ihren Wohlstand und ihre Macht offen zur Schau trugen. Das größte dieser Besitztümer war jenes von Shima Bokuden. Seine Mauern und Türme und das rote Banner der Takashi waren schon von weitem zu sehen.

Jebu fuhr aus seinen Betrachtungen hoch, als er merkte, daß Taniko neben ihm herritt. Ihre Augen waren auf die Hügel gerichtet, doch den Palast ihres Vaters, die Stätte ihrer Kindheit, würdigte sie keines Blickes. Ob sie Angst vor der langen Reise hatte? Jebu beschloß, sie aufzumuntern. »Eine herrliche Stadt«, sagte er und deutete ins Tal. »Kamakura steht Heian Kyo an Bedeutung nicht nach.«

Sie schoß ihm einen wütenden Blick aus ihren dunklen Augen zu. »Ich interessiere mich nicht für die Reden eines einfältigen Mönches, der seine lange Nase zum ersten Mal aus dem Kloster steckt. Schweig und laß mich in Ruhe. Ich habe Sorgen genug.«

»Die Lehrmeister meines Ordens sagen, daß der, der sich als Opfer fühlt, zum Opfer wird. Aber ich respektiere Euren Wunsch, mit Euren Sorgen allein gelassen zu werden.«

Er gab seinem Hengst die Sporen und setzte sich an die Spitze des Zuges.

Sie hatte ihn abgekanzelt, aber er war ihr deswegen nicht böse. Im Gegenteil, das Mädchen gefiel ihm immer besser. Was sie über seine lange Nase gesagt hatte – sie war ein Erbstück seines Vaters –, verriet Scharfblick. Im Orden der Zinja hatte Jebu gelernt, Spott und Anfeindungen mit Gleichmut hinzunehmen. Er hoffte nur, daß nicht die ganze Reise bis Heian Kyo von den Sorgen seiner Schutzbefohlenen überschattet sein würde.

Sie verbrachten die erste Nacht im Hause eines mit Bokuden befreundeten Grundbesitzers. Taniko hatte ihr Kopfkissen mitgenommen, auf dem sie schlief, seit sie denken konnte. Nach japanischer Sitte bestand es aus Holz. Die Farbe war abgeblättert, die Ekken abgestoßen. Aber es gab Taniko das Gefühl der Sicherheit wie anderen Mädchen eine geliebte Puppe. In diesem Kissen befand sich eine Geheimschublade, deren Fugen von hölzernen Verzierungen überdeckt waren. Taniko öffnete die Schublade und nahm ein Notizbuch heraus, dessen hölzerner Deckel von hübschen roten und goldenen Schnüren gehalten wurden. In der Schublade befanden sich auch ein Schreibpinsel, ein Tintenstein und ein Stäbchen zum Zerreiben des Steins. Taniko hatte ein Schälchen Wasser auf ihr Zimmer mitgenommen. Sie benetzte den Tintenstein mit diesem Wasser und bereitete sich die Tinte zu.

Aus dem Kopfkissenbuch von Shima Taniko:

Menschen, die nicht selbständig denken können, sagen, der Herbst sei die schönste Jahreszeit. Ich aber glaube das nicht. Der Herbst ist viel zu traurig, um schön zu sein. Ich weiß, daß es törichte Mädchen gibt, die Traurigkeit schön finden. Ich gehöre nicht zu ihnen. Ich sehe am Himmel die Enten, die gen Süden fliegen, weil sie spüren, daß der Winter mit seiner Kälte naht. Es ist eine Kälte, die tötet. Wenn ich die Bienen im Walde summen höre, denke ich daran, daß die Kälte diese armen Tiere töten wird.

Auch für mich kommt der Winter. Ich muß die Gemahlin eines Mannes werden, den ich nie gesehen habe. Es heißt, dieser Mann sei alt und grausam. Er wird mich mit seiner Kälte durchdringen, bis mein Inneres zu Eis erstarrt. Aber dieser Mann ist für mich zugleich der Schlüssel zur Freiheit. Ich verlasse das Haus meiner Eltern, das rückständige Kamakura, um in jener Stadt zu leben, nach der ich mich schon immer sehnte. Ja, ich werde in Heian Kyo wohnen, unter jenen Menschen, die das Land der aufgehenden Sonne beherrschen. Schon als kleines Kind habe ich davon geträumt, zu den Herrschenden zu gehören. Ich werde einen Mann heiraten, den ich nicht liebe, um mich über die Wolken zu erheben. Ich bin bereit, diesen Preis zu zahlen.

Mein Vater liebt mich nicht. Das sehe ich an der Begleitung, die er mir für meine Reise nach Heian Kyo mitgegeben hat. Ein merkwürdiger junger Mann, dieser Mönch. Man hört seltsame Dinge über seinen Orden. Es heißt, daß die bösen Geister auf der Seite der Zinja sind. Es heißt auch, daß geheimnisvolle Dinge vorgehen zwischen den Zinja-Mönchen und den Tempelmädchen. Ob mein Begleiter schon mit einem dieser Tempelmädchen geschlafen hat? Er ist so groß und hat eine so merkwürdige Gesichtsfarbe. Ich hätte Angst, ihn nahe an mich heranzulassen. Aber sollte er mir näherkommen, weiß ich nicht, ob ich ihm abschlagen könnte, was er verlangt. Es ist ein angenehmes Gefühl, einem Mann hilflos ausgeliefert zu sein. Die Anwesenheit dieses Zinja-Mönchs macht die Reise jedenfalls sicher recht unterhaltsam.

Am dreiundzwanzigsten Tag des siebten Monats
Im Jahr des Drachens

4. Kapitel

Der schneebedeckte Bergkegel schien den halben Himmel einzunehmen. Atemberaubend fand Jebu die Schönheit dieses Berges. Noch nie in seinem Leben hatte er dergleichen gesehen. Niemand hatte ihm gesagt, daß er unterwegs so einem Naturwunder begegnen würde. Man hatte die weiße Spitze schon von den Hügeln oberhalb Kamakura aus sehen können. Klein und weit entfernt. Erst als sie weiter vordrangen, wuchs der Kegel majestätisch aus dem Boden. Ein Denkmal von beängstigender Symmetrie, dessen Spitze die Farben des Tages widerspiegelte. Morgens erstrahlte der Berg bläulich-weiß, später golden, und abends schimmerte er im Rot der untergehenden Sonne.

Sie ritten auf Hara zu. Als Taniko ihrem Wallach die Sporen gab und zu Jebu vorpreschte, überwand er seine Schüchternheit und stellte die Frage, die ihm seit gestern auf der Seele lag.

»Bitte, gnädiges Fräulein, wie heißt dieser herrliche Berg?«

Sie wandte ihm ihr Gesicht zu und gab sich keine Mühe, ihre Verachtung zu verbergen. »Du kennst den Fuji-san nicht? Ich muß sagen, die Zinja sind nicht nur arm und schwächlich, sie sind auch ungebildet.«

Sie senkte ihren Kopf, so daß ihr schwarzes Augenpaar hinter der Krempe ihres Strohhuts verschwand. Dann galoppierte sie zu ihren beiden Dienerinnen zurück. Vom Hufschlag des Pferdes erschreckt, flogen im Schilf zwei Kraniche auf. Jebu sah ihnen nach, bis sie verschwanden.

Der Weg entlang der Küste war beschwerlicher, als Jebu ihn sich vorgestellt hatte. Sie kamen nur langsam voran. Bedrückend empfand er, daß niemand mit ihm sprach. Taniko fand es unter ihrer Würde, sich mit einem bettelarmen Mönch abzugeben. Die beiden Dienerinnen taten es der Herrin gleich. Und die Träger schienen Angst vor ihm zu haben. Die Monotonie des Rittes wurde allenfalls von Gewittern und Stürmen unterbrochen. Und von den Schlagbäumen, die sie zu passieren hatten. Manchmal hörte die Straße einfach auf. Sie mußten dann über den nahen Strand oder durch den Wald reiten.

Auf den Packpferden wurde ein kleines Zelt mitgeführt, in dem Taniko und die beiden Dienerinnen zu schlafen pflegten. Wenn sie auf freier Wildbahn übernachteten, stand Jebu Wache. Er wurde von den beiden Trägern abgelöst. Einige Male kehrten sie in Klöstern ein. Oder sie verbrachten die Nacht auf dem Landgut eines Freundes von Bokuden.

Am Nachmittag des achten Tages wurde der Weg so schmal, daß sie hintereinander reiten mußten. Plötzlich warf der Träger an der Spitze des Zuges die Arme in die Luft. Jebu sah die grau-weißen Federn eines Pfeils in seiner Brust erzittern. Einen Atemzug später lag der Mann am Boden. Er war tot.

Jebu ballte die Faust. Der Mann war gestorben, weil er, Jebu, ihn an die Spitze des Zuges befohlen hatte. Eines der fünf Leben, die man ihm anvertraut hatte, war ausgelöscht. Er hatte versagt. Er schloß die Augen und rief sich den Grundsatz des Ordens ins Gedächtnis. Der Kampfgeist eines Zinja hing nicht von den Umständen ab. Er gab Hollyhock die Spuren und setzte sich an die Spitze des Zuges.

Dann sah er den Angreifer. Es war ein Samurai in Lederrüstung auf einem Rotschimmel. In der Linken hielt er einen Bogen, der so kräftig war, daß sicher drei Mann nötig gewesen waren, um die Sehne zu spannen. Neben dem berittenen Samurai standen drei Fußkämpfer, jeder mit einer schimmernden Naginata in der Hand.

Der Mann in der Lederrüstung war etwas kleiner als Jebu. Er trug keine Kopfbedeckung. Das schwarze Haar endete in einem Nackenknoten, dem Kennzeichen der Samurai. Der Bart war ungepflegt, die Augen blutunterlaufen. Dieser Mann war ein Bauernrüpel, der den Sakeschnaps mehr liebte als den Kampf, ein Faulpelz, der sich als Samurai ausgab, um der schweren Feldarbeit zu entrinnen. Er konnte sich vorstellen, wie das Leben dieses Mannes verlaufen war. Als Junge war er der Schrecken des Dorfes. Wenn er ein Mädchen wollte, nahm er es sich. Die Eltern schwiegen aus Angst. Beziehungen zu einflußreichen Familien verhinderten seine Verfolgung. Allmählich war der Samurai zu einer Art Provinzfürst geworden, der die Bauern unter seine Knute brachte. Je älter er wurde, um so grausamer, gefährlicher und unberechenbarer wurde er. Im Grunde waren die meisten Samurai wie dieser Mann, auch wenn einige von ihnen über ererbte Reichtümer verfügten, andere sich durch Waffengeschick hervortaten und einige wenige weitgereiste Männer waren. Wie auch immer, die Samurai betrachteten sich als edle und tapfere Ritter. Für die Zinja waren sie eine gefährliche Mischung aus Zerstörungswut und Dummheit, unberechenbar wie Kinder, denen man ein Messer in die Hand gibt.

Jebu ritt auf den Samurai zu und brachte sein Pferd wenige Schritte vor ihm zum Stehen. »Du hast einen unbewaffneten Mann getötet. Du wirst dich vor dem Oryoshi dieses Distriktes zu verantworten haben. Ich verlange Genugtuung für die ruchlose Tat!«

Der Samurai lachte und schlug sich mit der gepanzerten Faust an die Brust. »Du kannst gleich mit mir sprechen. Ich vertrete hier das Gesetz.«

Jebu war klar, daß ein Kampf unvermeidbar war. *Mein Denken ist meine Waffe,* wiederholte Jebu die Ordensregel. *Ein unbewaffneter Mann kann einen bewaffneten Mann besiegen. Verlasse dich nicht auf deine Waffe, verlasse dich nur auf dich selbst.*

Nur noch wenige Sekunden trennten ihn von dem ersten Kampf seines Lebens, auf den er sich siebzehn Jahre lang vorbereitet hatte. Der erste Kampf? Für einen Zinja war jeder Kampf der erste Kampf. So hatte er es im Kloster gelernt.

Jetzt würde er beweisen können, daß er über Stärke und Mut verfügte. Seine Aufgabe hieß Töten. Unzählige Male hatte er die Bewegungen geübt. Er kannte tausend Arten zu töten. Aber zu jeder gehörte Mut. Würde er diesen Mut aufbringen?

Er hörte das Geklapper von Hufen. Und dann die Stimme von Taniko: »Samurai, du hast einen Diener von Shima no Bokuden getötet. Du wirst dich vor meinem Vater verantworten.«

Jebu hielt den Blick auf den Samurai gerichtet. »Reiten Sie zurück, gnädiges Fräulein!«

»Ich bin verantwortlich für den Diener meines Vaters!«

»Und ich bin verantwortlich für Euch, gnädiges Fräulein. Zurück zu den andern!« Insgeheim bewunderte er ihren Mut. Sie hatte reagiert, wie er es aufgrund des Wortwechsels mit ihrem Vater erwartet hatte.

Der Samurai grinste, so daß seine Zahnlücken und ein paar gelbbraune Stümpfe sichtbar wurden. »Ihr Vater ist hier ohne Bedeutung, gnädiges Fräulein. Sie befinden sich auf dem Gebiet der Muratomo, und ich bin deren Verbündeter. Wir sind keine Memmen wie die Takashi. Euer Vater, gnädiges Fräulein, muß ein typischer Takashi sein, daß er Euch von einem Mönch begleiten läßt, der als einzige Waffe eine Nähnadel mit sich führt. Bewaffnete Mönche eignen sich bestenfalls zum Ausnehmen von Fischen. Ich werde diesen Mönch ins Meer befördern, wo er hingehört. Danach werde ich mich um Sie kümmern, gnädiges Fräulein.«

Jebu antwortete für Taniko: »Wenn du Kampf willst, Samurai, wird einer von uns sterben.«

»Töte ihn oder lasse dich töten«, sagte Taniko zu Jebu. »Was soll das Reden?«

»Die Ordensregel verlangt, daß ich den Gegner warne.«

Der Samurai lehnte sich zurück und brach in Lachen aus, daß seine Rüstung schepperte. »Du willst mich warnen. *Du willst einen Samurai warnen.* Ich bin Nakane Ikeno, der Sohn von Nakene Ikenori, der Abe Sadato im Land Oshu geschlagen hat. Ich bin der Enkel von Nakane Ikezane, der Takashi Masakado besiegt und seinen blutigen Schädel nach Heian Kyo zurückgesandt hat. Ich bin der Urenkel von . . .«

»Du bist ein Affe«, unterbrach Jebu seinen Wortschwall, »der Sohn eines Affen und der Enkel eines Affen.« Er hatte die Zügel seines Pferdes losgelassen, saß locker im Sattel und hielt die Fäuste auf den Knien. »Was mich angeht, ich bin so unbedeutend, daß ich nicht einmal einen Familiennamen habe. Niemand im Land der aufgehenden Sonne kennt meinen Vater. Ich habe keine Heldentaten vollbracht. Ich komme von nirgendwo und gehe nach nirgendwo.« Jebu legte die Hand auf das Emblem der Zinja. Die Augen des Samurai weiteten sich. »Ich will keinen Kampf«, fuhr Jebu fort. »Wenn du mich tötest, so tötest du einen Menschen ohne Bedeutung. Kein Hahn wird danach krähen. Laß uns passieren.«

»Soll ich etwa vor Angst in die Knie sinken, weil du ein Zinja bist? Überall im Land der aufgehenden Sonne ist bekannt, daß die Zinja feige sind. Du bist der beste Beweis dafür. Nur ein Feigling redet wie du. Du bist ein Nichts, das hast du selber gesagt. Warum sollte ich vor einem Nichts zurückweichen?«

»Luft ist nichts, und doch kann der Sturm eine Stadt auslöschen. Zur Seite mit dir, du Affe!«

Verlasse dich nicht auf deine Waffe. Verlasse dich auf dein Ich. Dein Ich wird kämpfen.

»Du wagst es, mich einen Affen zu nennen?« brüllte Ikeno. »Du wagst es, meine Ahnen zu beleidigen? Du wirst eines qualvollen Todes sterben. Deine Leiche wird nicht begraben oder verbrannt. Die Hunde werden dein Fleisch fressen, und deine Knochen werden in der Sonne bleichen.«

»Ich habe keine Angst vor einem Speichellecker der Muratomo, die nur unbewaffnete Männer töten.« Jebu wollte bewußt den Zorn des Gegners provozieren.

Schwirrend zog Ikeno sein Schwert aus der Scheide und gab seinem Pferd die Sporen. Jebu wartete, bis der andere ganz heran war. Erst als Ikeno zum Schlag ausholte, duckte er sich ganz eng auf den Pferderücken, so daß die mit Wucht geführte Klinge ins Leere stieß. Schreie ertönten. Sie kamen von Tanikos Dienerinnen und dem Träger, auf die der Samurai zugaloppierte. In letzter Sekunde zügelte er sein Pferd, dann machte er kehrt und ritt wieder auf Jebu zu.

Dieser warf einen Seitenblick auf die drei Tsuibushi, die mit offenem Mund dastanden, ohne offenbar in den Kampf eingreifen zu wollen.

Wieder griff Ikeno an. Jebu riß sein Pferd zur Seite. Erneut schwirrte das Schwert durch die Luft, ohne daß es dem anderen gelungen wäre, einen Schlag zu landen.

Ikeno brach in Verwünschungen aus und sprang vom Pferd. Er gab einem der Tsuibushi die Zügel, rannte auf Jebu zu und wollte den Gegner aus dem Sattel reißen. In diesem Augenblick erhob sich Hollyhock auf die Hinterbeine, so daß Ikeno nichts anderes übrigblieb, als vor den Hufen zurückzuweichen. Jebu fühlte, wie ihn ein Schauder des Glücks durchrieselte. Ihm war, als bündelten sich Strahlen der Kraft in seinem Herzen, die auf sein Pferd, auf die Berge und auf das nahe Meer übergriffen. Der Kampf war plötzlich ein ritueller Tanz, der unendlich langsam abzulaufen schien. Er wandte sich zu Taniko. Ihre Blicke trafen sich, und er begriff, was Taitaro gemeint hatte, als er sagte, Tanikos Augen seien glitzernde Juwelen.

Als er sich umwandte, blickte er in die Augen des Samurais. Ikeno war ein Sklave seiner Wut und seiner Mordlust. Er verspürte Mitleid mit ihm. Du kennst dich selbst nicht, Ikeno, dachte er.

Er zog das Zinja-Schwert aus der Scheide, das der Gegner mit einer Nähnadel verglichen hatte. Gewiß, verglichen mit dem Schwert des Samurais war es klein. Aber es würde sich zeigen, ob der Erfolg von der Größe der Waffe abhing. Er glitt vom Pferd. Ikeno hatte sein Schwert mit beiden Händen ergriffen und den breitbeinigen Waffentanz der Samurai begonnen.

»Es ist dein letztes Lächeln, Mönch«, drohte er. »Ich werde dir jetzt den frechen Kopf vom Rumpf trennen.«

Noch bevor er sein Schwert auf Jebu niedersausen lassen konnte, tat jener blitzschnell drei Schritte nach vorn und beschrieb mit seinem Schwert einen Bogen, der scheinbar widerstandslos durch den Hals des Gegners verlief.

Jebu trat einen Schritt zurück und ließ den rechten Arm sinken. Er wußte, daß er Ikeno getötet hatte.

Ikeno war in der Bewegung erstarrt. Immer noch hielt er sein Schwert mit beiden Händen umklammert. Die Wut in seinen Augen wich einer jähen Todesqual. Der Mund klappte auf, die Augenlider begannen zu zittern. Klirrend fiel das Schwert zu Boden. Der muskulöse Koloß kippte nach vorn. Im Nacken war eine dünne rote Linie zu erkennen.

Dann trennte sich der Kopf von den Schultern und fiel in den Staub. Aus dem Rumpf schoß eine blutige Fontäne. Drei oder vier Pulsschläge lang blieb der enthauptete Körper stehen wie eine gräßliche Säule, dann schlug der Rumpf des Entseelten rasselnd auf den Wegsteinen auf.

Die drei Tsuibushi hatten ihre Naginatas fortgeworfen und die Flucht ergriffen. Ohne Eile ging Jebu zu seinem Pferd zurück, zog seinen Bogen aus dem seitlichen Riemenwerk, spannte einen Pfeil ein und schoß ihn ab. Der Pfeil traf den ersten von Ikenos Männern im Nacken und fällte ihn mitten im Lauf. Auch den zweiten Tsuibushi streckte er nieder. Der dritte fiel auf die Knie und flehte um sein Leben.

Jebu entnahm seiner Satteltasche ein Seil und ging auf den Mann zu.

»Bitte verschont mich«, winselte er. Erst jetzt sah Jebu, daß der Mann schielte. Ob Taitaro auch diese Augen mit Juwelen vergleichen würde?

»Komm her!« befahl Jebu. Dann schnitt er ein Stück Seil ab und band dem Mann die Hände hinter dem Rücken zusammen.

Taniko kam herangeritten. »Was wirst du mit ihm tun?«

»Ich werde ihn töten.«

Der Mann brach in Tränen aus. »Ich bitte Euch, Herr, habt Erbarmen mit dem armen Moko. Ich habe fünf Kinder. Ikeno hat mich gezwungen, an dem Überfall teilzunehmen. Moko ist kein Krieger. Nur ein armer Zimmermann.«

»Ein Zimmermann, der schielt?« sagte Taniko. »Ich möchte zu gern sehen, was für Häuser du baust.«

Moko versuchte zu grinsen. Er war so häßlich, daß er eine Art trauriger Würde ausstrahlte, dachte Jebu. Als er so den Tsuibushi ansah, wurde aus dem Gegner plötzlich ein liebenswerter Mensch. Jebu schämte sich, daß er diesen Mann hatte töten wollen.

»Sie würden überrascht sein, gnädiges Fräulein«, hörte er Moko sagen. »Ich bin ein vorzüglicher Zimmermann. Bittet bei diesem ruhmbeladenen Krieger für mein Leben. Laßt nicht zu, daß meine fünf Kinder verhungern.«

»Verschone den Mann«, bat Taniko. »Er ist keine Gefahr für uns.«

»Keine Gefahr? Wenn ich ihn laufenlasse, würde er heute nacht mit ein paar Halsabschneidern zurückkommen.« Es ist gut, daß sie die Partei des Tsuibishi ergreift, dachte er. Ich lasse mich gerne von ihr umstimmen.

»Ich werde Euch nicht mehr behelligen«, winselte Moko. »Das schwöre ich. Der einzige Krieger war Nakane Ikeno. Deshalb ist er ja auch zum Oryoshi ernannt worden. Er hat uns gezwungen mitzumachen. Er hat uns mit dem Tode bedroht, sonst wäre keiner von uns mitgegangen. Ich schwöre Euch, daß niemand Ikeno rächen wird, möge seine Seele für alle Ewigkeit auf dem Abtritt wohnen – ich bitte um Vergebung, mildherziges Fräulein.«

»Jebu, ich bin unterwegs zu meiner Hochzeit, und ich möchte nicht an Tod und Grausamkeiten denken, wenn ich mich mit Prinz Horigawa verbinde.«

»Sagten Sie nicht, daß bereits diese Ehe eine Grausamkeit ist?« bemerkte Jebu trocken.

»Du wirst unverschämt, Mönch. Ich befehle dir, diesen Mann zu verschonen. Sonst wird mich sein Geist verfolgen.«

»Nicht Ihr werdet ihn töten, sondern ich. Folglich kann sein Geist nur mich verfolgen.«

»Du bist mir als Begleitung zugeteilt. Also habe ich zu bestimmen, was du tust.«

»Eure Einfühlsamkeit beschämt mich, gnädiges Fräulein. Also gut, ich werde diesem Mann das Leben schenken, um Euch bittere Erinnerungen zu ersparen.« Er wandte sich zu dem Gefesselten, der immer noch am Boden kniete. »Du bleibst am Leben. Aber du wirst den erschossenen Träger ersetzen und bis Heian Kyo das Packpferd übernehmen. Wenn du fliehst, werde ich dich verfolgen und dich töten.«

Moko warf sich zu Boden, so daß seine Stirn den Staub berührte. »Ich danke Euch, edler Krieger. Ich werde alles tun, was Ihr befehlt. Ich werde mit Euch gehen, wenn es sein muß, bis nach China.«

Taniko verzog keine Miene. »Und was wird dann aus deinen fünf Kindern?«

Moko erhob sich und zeigte seine Zahnlücken. »Ich habe keine Kinder, gnädiges Fräulein. Ein Mann, der so häßlich ist wie ich, kriegt keine Frau. Also auch keine Kinder. Vergebt mir.«

Jebu zwang sich, ernst zu bleiben, während er mit seinem Schwert die Fesseln des Mannes durchschnitt. Diesen Menschen hat mir der Himmel geschickt, dachte er. Ein Zimmermann, der im Angesicht des Todes noch scherzen kann. Sicher würde Moko ein kurzweiligerer Reisegefährte sein als Taniko und ihre beiden Dienerinnen.

Unter Dankesbezeugungen rannte Moko zu dem anderen Träger und übernahm das verwaiste Packpferd.

»Ich hoffe, daß Ihr Eure Güte nicht bereuen werdet«, sagte Jebu zu Taniko.

Jebu war so groß und Taniko so klein, daß sie sich geradewegs in die Augen sehen konnten, wenn sie auf dem Pferd saß und er stand. Es war das erste Mal, daß sie ihm ein Lächeln schenkte.

»Du bist ein tapferer Krieger, Jebu. Ich werde nie vergessen, wie du dieser Ratte von Muratomo den Hals durchgeschnitten hast.« Sie senkte den Blick. »Als du mich während des Kampfes angesehen hast, habe ich etwas Sonderbares gespürt. Ich weiß nicht, wie ich es beschreiben soll. Vielleicht kann ich es in einem Gedicht ausdrücken. Jedenfalls möchte ich mich für meine unfreundlichen Worte entschuldigen. Ich danke dir, daß du diesem armen, wehrlosen Teufel das Leben geschenkt hast.«

Was Taniko sagte, gefiel Jebu über die Maßen, aber er ließ es sich nicht anmerken. »Auch ein Ei ist wehrlos«, sagte er. »Trotzdem kann eine giftige Schlange ausschlüpfen.«

»Gibt es etwas, das du noch besser kannst als reden?« Taniko riß ihr Pferd herum und sprengte zu ihren Dienerinnen zurück. »Zinja«, rief sie ihm spöttisch über die Schulter nach.

5. Kapitel

Als Jebu an dem ersten Tsuibushi vorbeikam, den er getötet hatte, blieb er stehen. Der Tote lag auf dem Bauch. Er drehte ihn herum und blickte in ein junges, hartes Gesicht, dem man noch im Tod die Dummheit ansah. Und doch war dieser Mensch ein Ebenbild Gottes. Kein Bildhauer konnte einen Körper erschaffen, der dem eines Menschen an Grazie gleichkam. Das Leben in diesem Körper hatte er, Jebu, mit seinem Pfeil ausgelöscht. Er kniete neben dem Toten nieder und ließ die Arme hängen. Ich habe ihn getötet, dachte er.

In Gedanken sprach er das Gebet für den gefallenen Feind, wie es die Zinja lehrten. Ich bedaure von Herzen, daß ich dich getötet habe. Ich erflehe tausendmal deine Vergebung. Allen Kami, die Zeugen meiner Tat wurden, sage ich: Ich allein habe dich getötet. Möge dein Geist keinen Groll und keinen Haß gegen mich empfinden. Mögest du glücklich sein in deinem nächsten Leben. Laß uns Freunde werden, wenn wir uns wiedersehen.

Er sprach das gleiche Gebet vor der Leiche des zweiten Tsuibushi und vor dem enthaupteten Nakane Ikeno.

Die Leichen, beschloß Jebu, würde er am besten ins Meer werfen. Wenn die Toten nach Tagen oder Wochen wieder ans Land gespült wurden, würden sie bereits über alle Berge sein. Wenn er Glück hatte, würden die Leichen von den Fischen verschlungen.

Es war, als ob Moko seine Gedanken gelesen hätte. »Der Oryoshi, den Ihr getötet habt, stand in hohem Ansehen bei den Muratomo. Wenn sie seine Leiche finden, werden sie Euch verfolgen.«

Jebu nickte. »Auch du könntest mich verraten, Moko«, sagte er.

»Mein Leben ist in Eurer Hand, Herr.«

Nachdem auch Moko und der Träger ein Gebet gesprochen hatten, schleppten sie die drei leblosen Körper zur Klippe und warfen sie in die schäumenden Wogen hinab.

»Eine solche Rüstung ist viel wert«, meinte der Träger, bevor sie den Leichnam von Ikeno hinabstürzten.

»Ihm hat sie nicht geholfen«, gab Jebu zurück.

»Behaltet wenigstens das Schwert«, wandte Moko ein. »Das Schwert hat eine Seele. Es wäre Gotteslästerung, wenn Ihr es ins Meer werft, wo es verrostet.«

»Du hast recht, Moko. Ich werde sein Schwert behalten.« Moko brachte ihm das Schwert, dessen Klinge mit einem Bambusmuster verziert war und folgende Inschrift trug: *»Wer diese Klinge führt, braucht nichts zu fürchten zwischen Himmel und Erde.«*

Jebu schüttelte den Kopf. Ein törichter Spruch. Man erzog die Samurai dazu, sich auf ihre Waffen zu verlassen. Um wieviel weiser war doch die Ordensregel der Zinja: *Verlasse dich auf nichts in der Welt außer auf dich selbst.* Er gab Moko das Schwert zurück. Ich werde es meiner Mutter und dem Abt Taitaro senden, dachte er.

»Ich werde das Schwert im Gepäck verstecken«, versprach Moko. »Niemand wird es sehen, Herr.«

Sie warfen den blutigen Rumpf und den Kopf des Samurai ins Meer. Dann gab Jebu dem Pferd des Toten einen kräftigen Klaps und es galoppierte davon.

Sie setzten ihren Weg fort, wobei sie menschliche Ansiedlungen mieden. Wenn die Gefahr bestand, jemandem zu begegnen, verbargen sie sich im Wald. Moko erwies sich als tüchtiger Träger, doch Jebu hütete sich, ihm allzuviel Vertrauen zu schenken. So wurde er auch nicht zur Nachtwache eingeteilt.

Am Tag nach dem Zusammenstoß mit Nakane ritten sie durch eine grasüberwucherte Hügellandschaft. Da lenkte Taniko ihr Pferd neben Jebus Hengst.

»Ich langweile mich«, sagte sie. »Meine beiden Dienerinnen kenne ich von Jugend auf. Und alles, was sie sagen, habe ich schon hundertmal gehört.«

Jebu lächelte. »Ich verstehe Euch gut. Ich habe mich bisher auf dieser Reise auch sehr einsam gefühlt und Selbstgespräche geführt. Und das ist auch nicht sehr unterhaltsam.«

Er betrachtete sie aus den Augenwinkeln. Seit dem Kampf mit dem Samurai war sie nicht mehr so abweisend. So hatte dieser böse Zusammenstoß doch noch sein Gutes.

Nie würde er jene Sekunde vergessen, als Taniko ihn angesehen hatte. Ihr Blick war eine Offenbarung gewesen. Heute sah Taniko verlockender aus denn je. Jener Ausdruck von Kälte und Grausamkeit, den er bei der ersten Begegnung zu erkennen geglaubt hatte, war nichts als geschickte Tarnung. Dieses Mädchen wußte genau, was es wollte.

»Ich fürchte, du hast bei unserem ersten Gespräch einen falschen Eindruck von mir gewonnen«, sagte sie in seine Gedanken hinein. »Ich möchte, daß wir öfter miteinander sprechen. Es mag sein, daß du dich gut kennst und Gespräche mit dir selbst langweilig findest. Aber für mich sind sie vielleicht interessant. Und vielleicht interessiert es auch dich, mehr über mich zu erfahren, auch wenn ich selbst nichts Besonderes an mir finde. So ist auch der Körper eines Mannes für einen anderen Mann uninteressant, auf eine Frau hingegen kann er eine große Faszination ausüben.«

Wie kühn sie war! »Ihr seid zu jung, gnädiges Fräulein, um über den Körper eines Mannes zu urteilen.«

»Du irrst dich. Jugend ist nicht gleichbedeutend mit Unwissenheit. Auch du bist jung und außerdem ein Mönch.«

Jebu wich ihrem Blick nicht aus. Sie soll ruhig wissen, daß ich ein Mann bin – gerade weil ich sie nicht anrühren darf.

Taniko war rot geworden. »Ich sehe, ich bin in großer Gefahr. Ich werde mich lieber in die sichere Gesellschaft meiner Dienerinnen zurückbegeben.«

Sie wandte ihr Pferd und ritt durch das hohe Gras zu ihren Begleiterinnen zurück. Jebu spürte ein wildes Verlangen nach diesem Geschöpf in sich emporsteigen. Gab es nicht doch einen Weg, sich mit Taniko zu vereinigen, ohne sie der Schande preiszugeben, sich selbst in Gefahr zu bringen und die Bruderschaft der Zinja zu entehren? Ein Tag verging. Mittags aßen sie Reiskuchen und getrockneten Fisch. Danach setzte sich der kleine Zug wieder in Bewegung. Wenig später kam Taniko zu Jebu nach vorn.

»Wie alt bist du, Jebu? Sag die Wahrheit!«

»Ich bin siebzehn. Ich wurde im Jahr des Schweins geboren.«

»Und ich im Jahr des Hasen. Ich bin vier Jahre jünger als du. Nun, das ist kein großer Unterschied. Offenbar bin ich schon alt genug, um zu heiraten.«

»Was ich gestern gesagt habe, sollte nicht bedeuten, daß ich Euch für ein Kind halte, gnädiges Fräulein.«

»Ich *bin* auch kein Kind mehr.« Ihr Blick ließ keinen Zweifel, was sie damit meinte.

»Sag mir, Jebu, da ihr Zinja so heißblütig seid, heiratet ihr wohl sehr jung.«

»Ein Zinja heiratet normalerweise nicht vor dreißig, und es gibt nicht viele Zinja, die dieses Alter erreichen. Mönche über dreißig bekommen weniger gefährliche Aufgaben zugewiesen; sie werden meist Lehrer oder Äbte.« Jebu suchte ihren Blick. »Ich habe gesagt, daß wir Zinja kein Keuschheitsgelübde ablegen. Aber das bedeutet nicht, daß jeder Zinja heiratet.«

Taniko öffnete die hellrot geschminkten Lippen. Er sah, wie sie unter dem Reispuder errötete. Aber dann war auf einmal wieder jener kühle, mitleidlose Ausdruck in ihren Augen, der ihn anfangs so verunsichert und erregt hatte.

»Ich glaube, es gibt für dich nur eine Möglichkeit, zu einer Frau zu kommen«, sagte sie. »Du wirst sie bezahlen müssen, damit sie sich zu dir legt.«

»Wie kommt Ihr auf diese Idee?«

»Schau dich doch an. Du bist der häßlichste Mann, der mir je begegnet ist. Nicht gerade eine Mißgeburt, aber doch sehr seltsam. Dein Gesicht gleicht einer Teufelsmaske, und deine Haut ist weiß wie ein Fischbauch.«

»Es hat genau die Farbe, mit der Ihr Euch pudert, gnädiges Fräulein«, sagte Jebu ungerührt.

»Stimmt, aber Weiß ist nur schön, wenn es künstlich ist, verstehst du das nicht?«

Nein, das verstand Jebu nicht, aber er ließ sie weiterreden. »Dein Haar ist rot wie Feuer, und deine Augen sind grau wie der Himmel an einem Regentag. Zum Fürchten. Ich habe noch nie einen Mann gesehen, der so abstoßend aussah wie du.« Ihr Blick glitt von seinem Gesicht hinab auf seinen Brustkasten. »Und außerdem bist du so riesig, ein richtiges Monstrum. Ich jedenfalls würde es mit der Angst zu tun bekommen, wenn du mir zu nahe kämest.«

Jebu verzog keine Miene. Es hatte eine Zeit gegeben, wo ihn Beleidigungen dieser Art gekränkt hätten. Aber jetzt bereitete ihm dieses Scheingefecht sogar Vergnügen.

»In der Nacht sind alle Katzen grau. Und was meine Größe angeht – manchen Frauen gefällt sie.«

»Du bist vulgär, Mönch. Es gibt nichts Abscheulicheres als einen lüsternen Mönch. Die Zinja müssen ein wüster Haufen sein. Und was mich angeht, so würde ich eher mit Moko, dem schielenden Zimmermann, ins Bett gehen als mit dir!«

Es war Jebu nicht entgangen, daß nicht er, sondern Taniko das Gespräch auf dieses Thema gebracht hatte.

»Zweifellos könnte Moko einen Turm bauen, der groß genug ist, um vor den Augen des gnädigen Fräuleins Gnade zu finden.«

»Du ekelst mich an.« Sie ritt fort.

Wenig später hörte er die Dienerinnen in Lachen ausbrechen. Kein Zweifel, Taniko hatte ihnen von ihrem Gespräch mit ihm erzählt.

Eine Weile lang ritt er schweigend dahin und dachte über Shima Taniko nach. Welche Gedanken verbargen sich wohl hinter der weißgepuderten Stirn dieses Mädchens? Ihr ausdrucksvoller Mund gefiel ihm, und ihr schmales, feines Gesicht übte eine unheimliche Anziehungskraft auf ihn aus. Eine Schönheit war sie nicht. Aber sahen schöne Frauen nicht alle gleich aus? Ihre Schönheit war die eines windzerzausten Baumes, einer irdenen Schale, einer seltsam geformten Wolke. Dann dachte er daran, wie sie ihn während des Gesprächs angesehen hatte. Ihr Blick war scharf wie eine Klinge gewesen, zugleich biegsam wie eine Gerte. Mochte sie auch nur die drittgeborene Tochter eines Lehensherren aus der Provinz sein, sie selbst schien sich als Erste Frau im Reich der aufgehenden Sonne zu empfinden. Er versuchte sich vorzustellen, wie er sie liebte. Seine Tagträume wurden so lebendig, daß er zu fühlen glaubte, wie ihre kleinen Hände sich in seinen Rücken krallten und ihre Beine die seinen umschlangen.

Moko näherte sich ihm mit seinem Packpferd und riß ihn aus seinen Gedanken. Jebu war es ganz recht so, denn von Taniko zu träumen, ohne sie wirklich zu besitzen, war ein zweischneidiges Vergnügen. Moko grinste ihn an, er grinste zurück. So häßlich der Kerl war – verkörperte nicht auch er jene Anziehungskraft des Besonderen, Unregelmäßigen, wie sie Taniko und möglicherweise auch ihm zu eigen war? Der Himmel mochte wissen, welcher Kami seine Hand über den Zimmermann gehalten hatte. Jebu jedenfalls war dankbar, daß er ihn nicht getötet hatte.

»Ihr habt gesagt, wir reiten nach Heian Kyo, Herr. Ich kenne Heian Kyo. Seid Ihr schon einmal dort gewesen, Herr?«

»Nein, Moko. Dies ist meine erste Reise dorthin. Erzähl mir von der Stadt.«

»Die Familie meiner Mutter stammt von dort. Als meine Mutter schwanger wurde, reiste sie zu ihren Eltern und nahm mich mit. Ich glaube, sie wollte eine Weile lang keine Kinder mehr haben, jedenfalls blieb sie drei Jahre in Heian Kyo, und so habe ich die Stadt ganz gut kennengelernt.«

»Und wie ist Heian Kyo?«

»Sehr groß und sehr alt. Aber es gibt keine winkligen Gassen wie in anderen alten Städten, sondern nur gerade, breite Verkehrswege und große Plätze. Einige dieser Straßen sind so breit, daß man ein ganzes Dorf darauf unterbringen könnte. Und wißt Ihr, wieviel Einwohner Heian Kyo hat? Hunderttausend!«

Moko setzte zu einer ausführlichen Beschreibung der Hauptstadt an und erzählte, wie die Menschen dort lebten. Jebu hatte sich nicht getäuscht: Moko war der unterhaltsamste Reisegefährte, den man sich vorstellen konnte. Abgesehen natürlich von Taniko.

Sein Herz schlug schneller, als sie am Tag darauf ihr Pferd neben das seine lenkte. »Bitte keine Almosen«, sagte er. »Es muß Euch doch Überwindung kosten, neben einem so häßlichen Menschen einherzureiten.«

Sie zuckte die Achseln. »Meine Dienerinnen sind todlangweilig. Da nehme ich doch lieber einen häßlichen Mann in Kauf. Übrigens finde ich dich inzwischen eher ungewöhnlich als abstoßend. Wie kommst du eigentlich zu dieser Hautfarbe?«

»Ich bin meines Vaters Sohn.«

»Das ist bei den meisten Kindern so. Aber wer war dein Vater? Wo kam er her?«

»Mein Vater ist tot. Er wurde ein Jahr nach meiner Geburt getötet. Er war ein Ausländer, und seine Augen waren grün, nicht grau wie die meinen.«

»Und wer hat ihn umgebracht?«

»Ein anderer Ausländer, stark und rothaarig wie er selbst.«

Tanikos Augen weiteren sich. »Seit fast zwölf Tagen langweile ich mich zu Tode, aber du denkst nicht daran, mir freiwillig deine geheimnisvolle Lebensgeschichte zu erzählen. Du bist wirklich grausam!«

»Hat Euch mein Kampf mit dem Samurai nicht die Langeweile vertrieben?« Jebu war verletzt. Wenn jemand grausam war, dann sie. Die Geschichte seines Lebens, die Ermordung seines Vaters – für sie war es nichts als Unterhaltung.

Andererseits: Ein Zinja besaß nichts, nicht einmal sein eigenes Leben. Er würde eines Tages sterben, ohne eine Spur zu hinterlassen. Diese Taniko wollte mit seiner Lebensgeschichte unterhalten werden. Nun gut. Er würde sie wie einen Papierfächer vor ihr ausbreiten. Sie mochte den Fächer benutzen und ihn dann wegwerfen.

»Es bereitet mir kein Vergnügen, Menschen leiden und sterben zu sehen. Aber die Geschichte eines bewegten Lebens, das ist etwas anderes. Also erzähle mir, wo kam dein Vater her? Wer hat ihn ermordet? Wo bist du aufgewachsen?« Sie hopste im Sattel wie ein kleines Mädchen, das seine Neugier nicht mehr bezähmen konnte. »Erzähle mir alles!« bettelte sie. »Fang schon an!«

»Der Name meines Vaters war Jamuga. Er entstammte einem Wüstenvolk im fernen Westen.«

»Kam er vielleicht aus China?«

»Nein. Ich weiß nur, daß es ein Nomadenvolk war, das ähnlich lebt wie die Ainu auf den nördlichen Inseln. Sie leben von der Viehzucht und liegen ständig miteinander in Fehde. Sie sind so arm, daß sie keine Häuser besitzen, nicht einmal Hütten. Nur Zelte, die sie aus Tierhäuten machen. Es gibt keine Familiennamen bei diesem Volk, nur Vornamen.«

»Kam dein Vater ins Land der aufgehenden Sonne, um der Armut jenes Volkes zu entfliehen?«

»Nein, er kam nicht freiwillig. Er mußte tatsächlich fliehen. Auf einem Handelsschiff reiste er nach Korea. Meine Mutter hat mir erzählt, daß er seine Passage mit einem Edelstein bezahlte, der so wertvoll war, daß man eine ganze Schiffsflotte damit hätte kaufen können. Von diesen Edelsteinen trug mein Vater ein ganzes Dutzend bei sich. Er hatte sie in die Säume seiner Kleidung eingenäht.«

»Dann ist es ein Wunder, daß die Koreaner ihn nicht getötet und über Bord geworfen haben, um die Steine an sich zu bringen. Jeder weiß doch, daß die Koreaner ein ehrloses Pack sind, die vor keiner Untat zurückschrecken.«

»Sie hätten es nicht gewagt, die Hand gegen meinen Vater zu erheben. Mein Vater war ein Krieger, der es notfalls mit der ganzen Mannschaft aufgenommen hätte. Er war ein Hüne, noch größer und stärker als ich. Er war flink wie der Wind und führte jede Art von Waffe meisterhaft. Es war allein Vaters Gefühl für Ehre und Anstand, das ihn veranlaßte, für die Überfahrt zu bezahlen. Für einen Barbaren hatte er ein gutes Herz, behauptete meine Mutter immer. Schließlich ging er in Mojigaseki an Land. In der Nähe der Stadt kaufte er Land und Pferde von einem Großgrundbesitzer, die er mit einem weiteren Edelstein bezahlte. Mit einem dritten Stein machte er meine Mutter, das schönste Mädchen in der ganzen Gegend, zu seiner Frau.«

»Wie war dein Vater denn an diese Edelsteine gekommen? Du hast gesagt, sein Volk war sehr arm.«

»Der Stamm hatte gegen einen reichen Gegner Krieg geführt und gewonnen. Die Edelsteine waren der Beuteanteil, der meinem Vater zustand.«

Taniko schüttelte den schönen Kopf. »Es verstößt gegen das Gesetz, Land an einen Ausländer zu verkaufen. Außerdem verstehe ich nicht, wie jener Vater seine Tochter an einen Barbaren verschachern konnte.«

»Die Tinte, mit der die Gesetze in Heian Kyo geschrieben werden, ist schon verblaßt, wenn die Pergamente in den fernen Landesteilen ankommen. Und dieser Großgrundbesitzer verkaufte meinem Vater Land, das zu schlecht zum Reisanbau war, und erwarb dafür fruchtbaren Boden. Der eine Edelstein hatte aus ihm einen reichen Mann gemacht. Und was den Vater meiner Mutter angeht, so hatte er zwar eine wunderschöne Tochter, war aber arm wie eine Kirchenmaus. Außerdem hatte er genügend Münder zu stopfen. Heute ist er der reichste Reisbauer in der Provinz.«

»Wie wurde dein Vater denn in der Gegend aufgenommen?«

»Nicht gerade freundschaftlich. Er hatte einige Zusammenstöße mit jenen jungen Hitzköpfen, die sich um das schöne Mädchen beworben hatten und abgewiesen worden waren. Er mußte kämpfen, tötete jedoch keinen von ihnen. Mein Vater war wirklich ein Meister aller Waffen.«

»Trotzdem wurde er von einem Gegner überwältigt.«

»Ja. Von einem, der ihm im Kampf überlegen war. Ich wollte, ich wüßte, wer es war. Und warum mein Vater sterben mußte.«

»Du hast gesagt, der Gegner deines Vaters war ein rothaariger Fremder wie er selbst.«

»Ja. Die Ländereien meines Vaters befanden sich in der Nähe eines Zinja-Klosters, Tempel der Wasservögel genannt. Mein Vater schloß bald Freundschaft mit dem Abt Taitaro. Die beiden verbrachten viele Stunden miteinander. Eines Tages hörte er, daß in Mojigaseki ein riesenhafter buddhistischer Mönch an Land gegangen sei, der auf der Suche war nach Jamuga dem Listigen.«

»Der Listige?«

»Mein Vater hatte diesen Beinamen erhalten, weil er intelligenter war als die meisten anderen seines Volkes. Mein Vater schien zu wissen, um wen es sich handelte, denn er sagte, der Fremde sei gekommen, um ihn zu töten. Er brachte meine Mutter und mich ins Kloster und empfahl uns der Obhut von Abt Taitaro. Wenn er im Kampf getötet würde, sollten wir, seine Ländereien und die Edelsteine, die er noch besaß, in den Besitz des Zinja-Ordens übergehen. Dann begab sich mein Vater auf sein Gut zurück, holte sein bestes Pferd aus dem Stall und legte seine Rüstung an. Er nahm das Schwert, den Bogen und die Pfeile, die er von seinem Wüstenstamm mitgebracht hatte. Dann wartete er.

Es war Mitternacht, als der fremde Mönch angeritten kam. Mein Vater stellte sich ihm in den Weg. Da warf der Mönch seine Kutte ab. Über der Rüstung trug er ein rotleuchtendes Gewand. Die Bauern erzählen, daß sich die beiden in einer fremden Sprache anschrien, die niemand verstand. Dann begann ein fürchterlicher Zweikampf. Pfeil um Pfeil wurde abgeschossen. Dann ritten die beiden aufeinander los und zogen das Schwert. Der Angreifer war geschickter als mein Vater; er verletzte ihn tödlich. Dann schnitt er ihm den Kopf ab und wickelte die Trophäe in ein Tuch, das er an seine Satteltasche band.«

Jebu schwieg. Wie schon so oft, sah er die tödliche Szene deutlich vor sich. Aber sie stimmte ihn nicht traurig. Es war ein faszinierendes Rätsel, das er eines Tages lösen würde. Er würde ergründen, wer sein Vater wirklich war; das war für ihn wichtiger, als ein Zinja zu sein.

»Dein Vater muß sehr tapfer gewesen sein«, hörte er Taniko sagen. »Was wurde aus dem roten Ritter?«

»Wir haben später erfahren, daß sich der Fremde vor dem Zweikampf genau über meinen Vater erkundigt hatte. Er wußte, daß Jamuga der Listige einen Sohn hatte, der sich im Tempel der Wasservögel befand. Noch in der Nacht des Zweikampfes begab er sich zum Orden der Zinja und verlangte, daß ihm Jamugas Sohn ausgeliefert würde. Sein Auftrag lautete, Jamuga und seine ganze Linie auszulöschen.«

»Dieser Mann wollte ein Kind töten? Wie grausam!«

»Er hatte nicht mit dem Widerstand der Zinja gerechnet. Taitaro sandte ihm drei Mönche entgegen. Es gelang dem Fremden, zwei von ihnen zu töten. Dann floh er. Er muß ungeheure Kräfte besessen haben. Sonst hätte er nicht zwei Zinja überwältigen können. Das Ereignis ist ohne Beispiel in der Ordensgeschichte.«

Taniko war ernst geworden. »Mein Vater sagte, daß ein Zinja es mit zehn Samurai aufnehmen kann. Nach deinem Zweikampf mit Ikeno glaube ich daran.«

»Der rote Ritter ist kein Samurai. Ich bin überzeugt, daß er mich noch immer töten will. Eines Tages werde ich ihn finden, und ich werde ihn besiegen. Das ist der Grund, warum ich ein Zinja wurde. Um mich auf den Zweikampf mit dem roten Ritter vorzubereiten. Bevor ich ihn töte, werde ich ihn zwingen, mir zu sagen, warum mein Vater sterben mußte.«

Taniko hob den Kopf und blickte ihn fast andächtig an. »Für einen Mönch bist du ein ziemlich aufregender Mensch, Jebu«, flüsterte sie. Im nächsten Augenblick wandte sie ihr Pferd um. War es Unachtsamkeit, daß die Flanke des Tieres den Hals von Hollyhock streifte? Zufall, daß sie Jebus Hand berührte?

6. Kapitel

Sie übernachteten im Freien. Als Jebu erwachte, fand er zwischen den Pfeilen in seinem Köcher einen zusammengefalteten Zettel. Er öffnete ihn. Wunderschöne, gepinselte Schriftzeichen kamen zum Vorschein.

> Rote Flammen sengen die Pinien am Rande der Wüste.
> Aber die Schwingen der Schwimmvögel
> Erheben sich über Tod und Zerstörung.

Jebu betrachtete die Tuscheschrift, bis die Zeichen vor seinen Augen verschwanden. Das Singen eines Rotkehlchens war zu hören. Sein Herz klopfte. Taniko hatte ein Gedicht für ihn verfaßt. Diese Zeilen galten nur ihm. Er stand auf und ging zu Taniko hinüber, die ihn wortlos ansah. Er faltete den Zettel zusammen und verbarg ihn in seiner Tunika, so daß er seine Haut berührte.

Wenig später saßen sie wieder zu Pferde. Gegen Abend erreichten sie Miya, wo sie bei einem Takashi-Gutsherrn Unterkunft fanden. Jebu bat einen Diener um Tintenstein, einen Pinsel und Papier. Dann schrieb er in seiner besten Handschrift ein Gedicht nieder. Taitaro hatte ihn gelehrt, daß man sich in Meditation versenken und dann, ohne nachzudenken, niederschreiben mußte, was einem in den Sinn kam.

> Der junge Wasservogel will sich erheben
> Vom Spiegel des Morgengrauens.
> Aber im Schilf verbirgt sich die Schlinge und vereitelt
> den Flug.

Der Diener hatte ihm violettes Papier gegeben. Jebu legte ein rotes Ahornblatt darauf und faltete den Bogen zusammen.

Als der Morgen kam, schmuggelte er den Zettel unter die Wegzehrung, die der Gastgeber Taniko mitgab. Weil der Tokaido-Weg bei Miya überflutet war, setzten sie ihre Reise auf einem Boot fort, das sie bis nach Kuwana brachte. Dort öffnete Taniko den Korb mit Speisen und las Jebus Gedicht. Als ihre Blicke sich trafen, blickte Taniko scheu zur Seite.

Die Tage, die nun folgten, schienen Jebu im Flug zu vergehen. Der Weg wurde besser, sie kamen zügig voran. Heian Kyo lag auf einmal nicht mehr in unerreichbarer Ferne, sondern schien zum Greifen nahe. Jebu indes hätte alles dafür gegeben, wenn die Reise nie zu Ende gegangen wäre.

Zeit seines Lebens hatte Heian Kyo seine Gedanken beherrscht. Seine Mutter hatte ihm oft von dieser Stadt erzählt, vom Sohn des Himmels, von den Abenteuern und Intrigen des Hofstaates. So wurde für ihn die Hauptstadt der Inbegriff von Schönheit, Weisheit, Reichtum und Bildung. Sein größter Wunsch war, Heian Kyo zu sehen. Und jetzt hätte er Heian Kyo am liebsten ans Ende der Welt gewünscht, denn die Ankunft dort würde das Ende für Taniko und ihn bedeuten.

Wenig später gelangten sie an das Bergmassiv, das die Kaiserstadt einschloß. Gegen Abend würden sie den Tokaido verlassen, um im Zinja-Tempel des Neumonds zu übernachten. Der Tempel lag auf dem Berg Higashi, der über der Hauptstadt aufragte. Er war eine der bedeutendsten Enklaven der Zinja auf den Heiligen Inseln. Vierhundert Mönche lebten hinter den dicken Mauern des Klosters. Der Hofstaat lebte in beständiger Furcht vor den kriegerischen Mönchen auf dem Berg Higashi. Mehr als einmal waren sie in die Stadt hinabgestiegen, um Rache an irgendeinem Adeligen zu nehmen, der sie beleidigt hatte. Und die Truppen des Kaisers konnten es mit den Zinja bei weitem nicht aufnehmen. Ein- oder zweimal wäre es für die Zinja ein leichtes gewesen, die Macht in der Hauptstadt an sich zu reißen, aber die Ordensregeln verboten ihnen, politische Macht innezuhaben.

Beim Anblick des Tempels wurde Jebu klar, daß etwas Furchtbares geschehen sein mußte. Was er von weitem für Mauern und Türme gehalten hatte, erwies sich beim Näherkommen als ein Berg geborstener Felsbrocken. Das Dach des Tempels war nicht mehr zu erkennen. Er gebot den anderen zu warten und ritt voraus.

»Ein Erdbeben«, sagte einer der Mönche, die auf den Trümmern des Klosters kauerten. »Vor zwei Tagen ließ der Kami dieses Berges die Erde beben wie den Rücken eines Pferdes, das den Reiter abschütteln will. Dann wurde die Erde zum Hai, der alles verschlang. Die Mönche starben zu Hunderten.«

»Zu Hunderten?«

Der Mönch hob müde den Arm. »Die Mönche, die du hier siehst, sind die einzigen, die das Unglück überlebt haben. Es scheint, als ob die Nachricht dich erschreckt, Bruder. Aber vergiß nicht: Uns erschreckt nichts. Wir gehen durch dieses Leben, ohne eine Spur zu hinterlassen. Dies gilt für hundert wie für einen. Was den Zinja widerfährt, ist weder gut noch böse. Es geschieht einfach. Die Zinja werden weiterleben.«

»Werdet Ihr das Kloster wieder aufbauen?«

»Vielleicht. Wir warten auf die Entscheidung der Äbte. Es kann sein, daß wir uns anderen Zinja anschließen. Wir bedauern nur, daß wir euch kein Obdach anbieten können. Ihr werdet unter den Sternen schlafen, und das wird sicherer sein, als wenn Ihr Eure Häupter auf die Ruinen des Klosters bettet. Niemand weiß, ob der Berg schon zur Ruhe gekommen ist. Am besten begebt Ihr Euch zum Heiligtum des Kaisers Jimmu. Dort findet Ihr Schutz für die Nacht. Komm, Bruder, ich werde Euch den Weg weisen.«

Der Weg führte sie durch den Wald und auf eine Klippe, die unvermutet den Blick auf Heian Kyo freigab. Die Stadt schimmerte im Gold der Nachmittagssonne. Die Dächer der Häuser schienen bis zum Horizont zu reichen. Sie erstrahlten in einem unwirklichen Purpur.

Jebu erkannte die Neun Mauern des Kaiserpalastes, von denen seine Mutter ihm erzählt hatte. Innerhalb jener Mauern befand sich eine ganze Stadt. Grün leuchtete das Dach der großen Halle herüber. Südlich der Palastmauern lag ein ausgedehnter Park mit einem künstlichen Hügel und einem strohgedeckten Pavillon. Vom Haupttor des Palastes führte eine breite Straße zum südlichen Teil der Stadtmauer. Alle Straßen verliefen schnurgerade von Nord nach Süd oder von Ost nach West und unterteilten die Stadt in parkartige Flächen, auf denen das Weiß vornehmer Paläste schimmerte.

Die Stadt war von zwei Flüssen umgeben, in deren Wasser sich die Sonne spiegelte. In regelmäßigen Abständen wurde die Stadtmauer von düsteren Wachtürmen unterbrochen. An den Toren auf der Ostseite herrschte reger Verkehr – Unmengen von Fußgängern, Sänften, Ochsenkarren und Reitern.

Die Tore auf der westlichen Seite indes schienen verlassen. Die Häuser dort lagen hinter Bäumen versteckt.

Moko war zu Jebu nach vorn gekommen. »Das dort ist das Rashomon-Tor«, sagte er. »Der Platz der Diebe, Bettler und Spione. Die Straße, die von dort zum Stadtinnern verläuft, ist so breit, daß hundert Soldaten nebeneinander marschieren können. Als ich ein Kind war, habe ich oft am Rashomon-Tor gespielt.«

»Wie kommt es, daß der westliche Teil der Stadt so verlassen ist?«

»Das ist so seit Jahrhunderten, Herr. Der Grund im Westen der Stadt ist sumpfig und ungesund. Diebe und lichtscheues Gesindel treiben dort ihr Unwesen. Wer irgend kann, lebt lieber im Osten der Stadt. Reiten wir heute noch hinunter, Herr?«

»Nein. Wir würden die Stadttore erst nach Einbruch der Dunkelheit erreichen und müßten außerhalb der Stadtmauern übernachten. Es scheint mir besser, erst morgen früh hinunterzureiten.« Er trat an den Rand des Felsvorsprungs und deutete auf eine Statue. »Dort ist das Heiligtum des Kaisers Jimmu. Dort werden wir übernachten, im Schutz des toten Tenno.«

Sie ritten den Pfad hinunter, dann stiegen sie ab. Jebu verneigte sich vor dem Abbild des ersten Tenno im Land der aufgehenden Sonne, eines direkten Nachkommen der Sonnengöttin. Der Tenno war in voller Rüstung dargestellt, mit Helm, grimmigem Gesichtsausdruck und gezücktem Breitschwert.

Sie bereiteten ihr Lager unter freiem Himmel. Die Nacht kam, es wurde kühl. Jebu hatte sich in eine Decke gewickelt und betrachtete den Mond, der die Dächer von Heian Kyo in bleiches Licht tauchte. Den Dichtern galt der Mond des achten Monats als unvergleichlich schön, doch Jebu erfüllte er mit Trauer und Bitterkeit. Morgen würde er Taniko verlieren. Nur weil er jung und ein Niemand war, Horigawa hingegen von adeligem Geblüt. Ich bin kein guter Zinja, dachte er. Die Ordensbrüder, die er heute getroffen hatte, nahmen den Tod ihrer Freunde, den Verlust des Klosters, Hunger, Entbehrungen und Schmerzen hin. Da sollte er es wenigstens schaffen, Taniko zu vergessen, sobald er ihr den Rücken kehrte.

Ein Geräusch weckte ihn auf. Man hatte den Zinja schon früh beigebracht, auch im Schlaf Geistesgegenwart zu beweisen. Die angehenden Mönche wurden belohnt, wenn es ihnen gelang, andere Mönche im Schlaf zu bestehlen. Als Jebu acht Jahre alt war, hatte er sich daran gewöhnt, beim kleinsten Geräusch aufzuwachen. Er blieb regungslos liegen und atmete ruhig weiter, um den Eindringling zu täuschen. Eine schattenhafte Gestalt kroch auf ihn zu. Das Rascheln von Seide war zu hören. Dann wehte schwerer Rosenduft herüber.

»Wer bist du?« flüsterte er.

»Ich bin Saisho.«

»Wer ist Saisho?«

»Ich bin die Dienerin von Taniko.«

Das Mädchen war ihm jetzt so nahe, daß er ihren Atem an seiner Wange spürte. Sie hatte die Kapuze ihres Reiseumhangs über den Kopf gezogen, so daß er ihre Gesichtszüge nicht erkennen konnte.

»Was willst du?«

»Meine Herrin Taniko spricht Tag und Nacht nur noch von dir, Jebu, warum soll sie dich für sich alleine haben?«

Jebu lachte. Seine Hand streichelte ihre Wange.

»Sag mir, Jebu, verstehst du den Speer der Liebe ebensogut zu führen wie das Schwert der Zinja?«

Jebu zog ihre Kapuze herunter. Es war Taniko.

»Der Lilienzweig«, flüsterte er und nahm sie in die Arme, lange lagen sie schweigend da und sahen auf das mondbeschienene Heian Kyo hinab. Langsam begannen ihre Finger unter die Kleidung zu wandern und den Körper des anderen zu erkunden. Tanikos Atem ging schneller. Als Jebus Hand ihre Scham berührte, fuhr sie hoch.

»Nein, das nicht!«

»Und was ist, wenn ich nicht gehorche?«

»Dann bin ich verloren. Du würdest meine Zukunft zerstören.«

»Vergiß die Zukunft. Wir leben hier und heute.«

»Ich weiß, daß die Zinja zaubern können. Aber kannst du das Tor zu meinem Palast wiederherstellen, wenn du es einmal durchstoßen hast?«

»Was ist, wenn ich es trotzdem durchstoße?«

»Dann muß ich mich töten. Und du wirst hingerichtet, weil du mir Gewalt angetan hast. Mein Vater wird von den Zinja Schadenersatz verlangen.«

»Ich werde dein Tor nicht durchstoßen«, versprach er. »Die Bruderschaft der Zinja hat mich beauftragt, dich unversehrt bei

Prinz Sasaki no Horigawa abzuliefern. Und ein Zinja kennt keinen Verrat.«

Sie kicherte. »Bist du am ganzen Körper rothaarig?«

»Ja.«

»Wie gut, daß es dunkel ist.« Ihre Finger neckten ihn.

»Warum quälst du mich, Taniko?«

»Es gibt Vergnügen, die keinen Preis kosten, Jebu. Was hältst du von einem Picknick im Garten meines Palastes?«

Sie fuhr fort, ihn zu streicheln. Er spürte das Wetterleuchten der Erfüllung. Der Boden unter ihm begann zu zittern. War es der Kami des Berges, oder war es sein Körper?

Der Blitz schlug ein. Taniko lauschte dem Atem des Mannes, dem sie Erfüllung geschenkt hatte.

»Du bist gut zu mir«, sagte er nach einer Weile.

»Ich bin gut zu mir selbst«, gab sie zurück. »Wenn der Rammbock keine Spitze mehr hat, kann er dem Tor meines Palastes nicht mehr gefährlich werden.«

»Und wenn die Spitze wieder nachwächst?«

»Bis dahin kannst du im Garten meines Palastes spazierengehen.«

Die Lehren der Zinja beschränkten sich nicht auf die Künste des Kampfes. Mit Hilfe der Tempelmädchen, die in jedem Kloster lebten, wurden die jungen Zinja auch in den Künsten der Liebe unterwiesen. Die Zinja betrachteten die Kunst der Liebe voller Ehrfurcht als einen Weg zum hohen Ziel der Erleuchtung.

Das Fleisch ist heilig, lehrte Taitaro. So kann denn auch kein fleischlicher Akt Sünde sein. Wer die Flammen der Begierde schürt, entzündet die Lampe der Erleuchtung.

Während Lippen und Zunge das Ritual vollzogen, sprach Jebu im Geist das Gebet, das der Abt ihn gelehrt hatte. Ich tauche ein ins Mysterium der Liebe. Ich erweitere mein Ich. Durch den Körper dieser Frau dringe ich vor zur Erfüllung und zum Licht, auf daß uns beiden Erleuchtung zuteil werde.

Taniko begann zu beben. Sie biß sich in die Hand, um nicht zu schreien.

Dann lagen sie ruhig, einer in den Armen des anderen. Im Tal leuchteten die Paläste im Widerschein des Mondes.

Jebu hörte sich sprechen, und er wußte, daß die Worte nicht von ihm kamen. Es war ein Kami, der aus ihm sprach. »Ich werde dir gehören, Taniko, für den Rest meines Lebens. Ich gehöre dir, so wie ich den Zinja gehöre. Wenn du mich rufst, werde ich da sein. Dein Wunsch soll mir Befehl sein. Alles ist vergänglich, aber mein Schwur ist ewig.«

»Ich liebe dich, Jebu«, flüsterte sie. »Ich werde dem Prinzen Horigawa mein Jawort geben, aber die Worte, die ich spreche, werden tot sein wie Herbstlaub. Der Lilienzweig wird immer auf den Schwimmvogel warten.«

Jebu spürte, wie ihm Tränen über die Wangen liefen. Er sah die Jahre der Einsamkeit vor sich, in denen er durch eine endlose Wüste wanderte.

Dann mußte er eingeschlafen sein. Als er aufwachte, war Taniko verschwunden. Der Mond war untergegangen. Auf dem Felsvorsprung war die Silhouette eines Mannes zu erkennen. Jebu erhob sich. Im Osten schimmerte das Morgenrot. Dann erst sah er das Flammenmeer im Tal. Heian Kyo brannte.

Aus einigen Palästen züngelte es gelb und rot. Andere wieder schienen unversehrt. Menschen hasteten wie gespenstische Ameisen durch die Straßen. Kriegsgeschrei und das Stöhnen Sterbender drangen aus dem Tal herauf.

Moko trat zu ihm. »Dort unten herrscht Krieg«, sagte er. »Soll ich die andern wecken? Was sollen wir tun?«

»Wir werden nichts unternehmen, bis wir nicht genau wissen, was dort unten vorgeht. Laß die anderen schlafen. Wir beide werden Wache halten.« Er hockte sich an den Rand des Felsvorsprungs und starrte auf die brennende Stadt hinab. Dann blickte er zu dem Zelt hinüber, wo Taniko mit ihren beiden Dienerinnen schlief.

Als die Sonne über dem Horizont emporstieg, schwelten dicke Rauchschwaden über der Stadt. Die Straßen waren mit Leichen übersät. Reiter galoppierten durch die Stadt.

Taniko kam aus dem Zelt. Sie weinte. »Die Stadt war so wunderschön. Jetzt ist sie zerstört.«

Er sah ihr in die Augen. Jetzt, wo sie weinte, war sie von geradezu unwirklicher Schönheit. So werde ich sie in Erinnerung behalten, dachte er. Dann verschwamm ihr Bildnis vor seinen Augen. Er schämte sich seiner Tränen nicht. Aber er beweinte nicht die Stadt. Er spürte, wie sie mit den Fingerspitzen über seinen Handrücken strich.

»Du warst wunderschön heute nacht«, sagte er. »Aber jetzt, wo die Sonne aufgeht, bist du noch schöner.«

Sie schüttelte den Kopf. »Für mich geht die Sonne unter.«

Sie wandte sich um und begab sich zu den beiden Dienerinnen, die vor der Statue des Tenno knieten.

Jebu hätte nicht beschreiben können, was er fühlte. Man war mit einer Frau zusammen und schöpfte Befriedigung daraus. Eine angenehme Erinnerung. Ein Gefühl, das nicht tiefer war als ein Dorfteich. Was Jebu jetzt fühlte, war etwas anderes. Es war ein Schmerz, der so stark war, daß er ihn sogar das traurige Schicksal der Kaiserstadt vergessen ließ. Dieses Gefühl war tief wie der Ozean. Ihm schien, als sei sein Leben bereits vorüber. Hatte Taitaro ihn nicht gelehrt, man müsse leben, als ob man tot sei? Wenn es das war, was er meinte, hatte er unrecht. Dieser Schmerz war unerträglich.

Er zwang sich, an seine Verantwortung für Taniko und ihre Dienerinnen zu denken. »Du kennst die Stadt, Moko. Geh hinunter und finde heraus, was vorgefallen ist. Begib dich zum Haus von Prinz Sasaki no Horigawa und vergewissere dich, ob er noch lebt. Sieh nach, ob wir es wagen können, Taniko hinunterzubringen. Wir warten hier auf dich.«

Es sollte mehr als sechs Stunden dauern, bis der schielende Zimmermann zurückkam. Er machte ein bedrücktes Gesicht. »Nichts ist mehr, wie es einmal war, Herr. Die schönen Straßen von Heian Kyo sind zu einem Schlachtfeld für die Samurai geworden.«

»Was ist passiert?«

»Die Unruhen begannen aus nichtigem Anlaß, Herr. Es kam zum Straßenkampf zwischen Samurai der Takashi und der Muratomo. Als sich die übrige Bevölkerung in die Auseinandersetzungen einmischte, war der Teufel los. Die Takashi-Anhänger zündeten die Häuser von Muratomo-Familien an und umgekehrt.«

»Ist Prinz Horigawa noch am Leben?«

»Es war schwer, Zuverlässiges über Prinz Horigawa in Erfahrung zu bringen, Herr. Wenn man zuviel Fragen stellt, wird man beargwöhnt. Und wer in der Kaiserstadt Mißtrauen erregt, lebt nicht lange. Immerhin befindet sich der Prinz in Sicherheit. Sein Haus wird von Takashi-Samurai streng bewacht.«

Tanikos Familie stand auf der Seite der Takashi. Ebenso wie dem Prinzen Horigawa, ihrem Bräutigam, würde ihr also der Schutz der Takashi-Samurai zuteil werden.

Trotzdem war die Lage unsicher. Jebu war unschlüssig, was er als nächstes tun sollte. Mit allem hatte er gerechnet, nur nicht damit, daß sich am Ziel dieser Reise etwas ändern könnte.

Verlaß dich auf nichts außer auf dich selbst.

Jebu mußte entscheiden, ob er Taniko in eine Stadt bringen sollte, die von rivalisierenden Samurai unsicher gemacht wurde, oder ob er mit ihr in den Bergen Zuflucht suchen sollte, bis sich die Wirren gelegt hatten. Oder sollte er den Orden verraten und den Weisungen ihres Vaters trotzen und allein mit dem Mädchen fliehen? Genauso wie sein Vater geflohen war?

Er sah auf das rauchende Heian Kyo. Wie immer er entschied, es konnte den Tod für Taniko und für ihn selbst bedeuten.

7. Kapitel

Taniko trat zu ihm auf den Felsvorsprung. Nachdem sie sich vergewissert hatte, daß die anderen außer Sichtweite waren, ergriff sie seine Hand und lächelte ihn an.

»Du denkst darüber nach, was jetzt zu tun ist? Laß mich dir helfen. Du kennst mich, ich habe meinen eigenen Kopf.«

Er drückte ihre Hand. »Was möchtest du denn tun?« fragte er.

»Weitergehen. Wir werden alle zum nächstgelegenen Stadttor hinuntergehen. Du, ich und die Dienerinnen werden dort warten, während Moko meinen Onkel Ryuichi aufsucht. Er soll uns eine Kutsche schicken, damit ich in die Stadt einfahren kann, wie es sich gehört.« Sie sah, daß er protestieren wollte, und hob beschwichtigend die Hand. »Ich weiß, daß sich Moko zum zweiten Mal in die Höhle des Löwen begeben muß, aber du bist selbst schuld, daß du mich das erste Mal nicht gefragt hast.«

Er mußte zugeben, daß sie recht hatte. Sie ritten den Berg hinauf, auf die hohen Mauern von Heian Kyo zu. Hier an der Ostseite war die Stadt über die Mauern hinausgewachsen. Es gab herrschaftliche Häuser, einfache Bürgerwohnungen und Tempel.

Sie ritten an einem Park vorbei, der von einer vier Meter hohen Mauer umgeben war. Darüber erhoben sich drei Wachtürme, deren spitze Dächer mit Delphinen, dem Symbol göttlichen Schutzes, verziert waren.

»Das ist das Hauptquartier der Takashi«, erklärte Moko. »Das

Gebäude heißt Rokuhara. Sogamori, der Anführer, lebt dort, mit seinen Söhnen, beschützt von Tausenden von Samurai. Das Gebäude ist beträchtlich erweitert worden, seit ich das letzte Mal da war.«

Sie überquerten eine langgestreckte Holzbrücke, die über den Kamo-Fluß führte.

»Die Gojo-Brücke«, sagte Moko. »Sie ist die Fortsetzung der Gojo-Straße, die eine der zehn großen Ost-West-Verbindungen der Kaiserstadt darstellt.«

Als sie näher kamen, sah Jebu, daß eine Reihe von Steinen aus der Stadtmauer gebrochen war. Die Worte von Abt Taitaro kamen ihm wieder ins Gedächtnis. Die großen Tage von Heian Kyo waren vorüber.

Während Moko sich auf den Weg zu Tanikos Onkel begab, verbarg sich Jebu mit Taniko, ihren Dienerinnen und dem Träger in einem Reisfeld unweit der Stadtmauer. Er vermied es zu sprechen. Es gab nichts mehr zu sagen. Die Gewißheit, daß er sein Leben ohne Taniko verbringen mußte, lastete wie ein Fels auf seiner Brust.

Die Sonne neigte sich dem Horizont zu, als Moko mit einer Kutsche, die von Ochsen gezogen wurde, zurückkam. Fünf Samurai zu Fuß begleiteten ihn. Offenbar war Onkel Ryuichi nicht so geizig wie Tanikos Vater.

Taniko nahm mit ihren Dienerinnen in der Kutsche Platz. Die Samurai nahmen links und rechts von dem Gefährt Aufstellung, dann ging es los. Jebu stieg auf. Hinter ihm ging Moko, der sein Packpferd am Zügel führte, dahinter der zweite Träger. Moko hatte Jebu versprochen, sich als Diener im Hause des Prinzen zu verdingen. »Ich werde das Bindeglied zwischen Euch, Herr, und Taniko sein«, sagte er.

Am Gojo-Tor wurden sie von einem Oberleutnant der Kaiserlichen Garde angehalten, einem bleichen, nervösen Mann, der mit seinem Elfenbeinstöckchen spielte und wahrscheinlich nicht einmal in der Lage war, mit ein paar Gassenjungen fertig zu werden. Er lächelte die Samurai höflich an und ließ das Grüppchen passieren.

»Ich verstehe nicht, warum man diesen Mann auf einen solchen Posten stellt«, sagte Jebu, als sie außer Hörweite waren.

»Ich wundere mich, daß der Mann überhaupt auf seinem Posten ist«, ließ sich Taniko aus der Kutsche vernehmen.

Um nicht an die bevorstehende Trennung denken zu müssen,

richtete Jebu seine Aufmerksamkeit auf die Stadt. Noch nie hatte er soviel Menschen auf einem Haufen gesehen. Menschen strömten durch die Straßen wie ein Fluß, der über die Ufer zu treten droht. Händler und Fußgänger bahnten sich ihren Weg durch das Getümmel, zwischen schwerbewaffneten Samurai zu Pferde und Ochsenkarren hindurch, auf denen sich Stoffballen und Kisten mit Waren türmten. Prunkvoll gekleidete Diener liefen mit einem Stöckchen in der Hand vor Kutschen her und riefen: »Platz da! Platz gemacht!« Die Menge wich zur Seite wie Wasser, das vom Bug eines Schiffes zerschnitten wird. Die Leute verbeugten sich tief oder verzichteten, einen Blick ins Innere der Kutsche zu erhaschen. Jebu fiel auf, daß die Bewohner von Heian Kyo schnell sprachen und liefen, anstatt zu gehen.

Die Gojo-Straße war mit Weidenbäumen gesäumt, deren Blätter im herbstlichen Gold erstrahlten. Hohe Mauern aus weißem Stein umgaben die vornehmen Häuser entlang der Straße. Viele wurden zusätzlich von Bambuspalisaden geschützt – ein Zeichen, daß unruhige Zeiten angebrochen waren. Andere wieder wirkten verlassen, als hätten die Besitzer in einer sichereren Gegend Zuflucht gesucht.

Sie kamen an zwei Palästen vorbei, die in der vergangenen Nacht ein Raub der Flammen geworden waren. Von dem ersten Palast waren nur noch schwelende Ruinen zu sehen. Verkohlte Bäume reckten ihre schwarzen Äste in den Himmel.

Der zweite Palast wurde von einer Gruppe Samurai bewacht, die die bewaffneten Begleiter von Jebus Gruppe freundlich grüßten. Dienstboten durchwühlten den rauchenden Trümmerhaufen nach Wertgegenständen, die dann auf einen Ochsenkarren geladen wurden.

»Der Palast eines Takashi-Freundes«, sagte der Samurai, der neben Jebu ging. »Die Muratomo, diese Hunde, haben alles niedergebrannt. Aber wir werden Rache nehmen. Heute nacht werden wir ein Dutzend Muratomo-Paläste anstecken.«

Was für Narren, dachte Jebu. Die Menschen arbeiteten ein ganzes Leben, um solche Häuser zu bauen und Dinge zu kaufen, die das Leben angenehm machten. Es hatte Jahrhunderte gedauert, bis Heian Kyo zu dieser herrlichen Stadt herangewachsen war. Und das alles sollte in einer einzigen Nacht zerstört werden. Konnte irgend etwas diesen Verlust rechtfertigen?

Ryuichi, Tanikos Onkel, erwartete sie auf der Veranda des Hauptgebäudes. Er hatte Ähnlichkeit mit seinem älteren Bruder Bokuden, doch sein Körper war kräftiger, die Gesichtszüge weicher, versöhnlicher. Freundlich begrüßte er seine Nichte, als sie aus der Kutsche stieg. Bei diesem Mann, dachte Jebu, war Taniko gut aufgehoben.

Mit zierlichen Schritten trat das Mädchen vor seinen Onkel. »Der Segen des Himmels sei mit Euch«, begrüßte sie ihn, wobei sie ihr Gesicht mit dem Fächer bedeckt hielt. »Ich bin so froh, daß die Reise zu Ende ist, Onkel. Wir haben Fürchterliches durchgemacht. Dieser Zinja-Mönch hat drei Samurai getötet, die mich entführen wollten. Er hat mich treu von dem fernen Kamakura bis vor die Tore Eures Palastes geleitet. Ich hoffe, Ihr werdet ihn angemessen entlohnen.«

»Sich vorzustellen, daß meine arme Nichte solchen Gefahren ausgesetzt war! Bei allem Respekt vor meinem Bruder, er hätte dich auf diesem gefährlichen Weg von einem Dutzend Samurai begleiten lassen müssen.« Sein Blick schweifte zu Jebu. »Dank der Tapferkeit dieses Mönches bist du sicher hier angelangt. Ich werde ihm meine Dankbarkeit bezeugen. Du aber, Taniko-san, begib dich in den Schutz des Frauenhauses. Es schickt sich nicht, daß du dich vor den Männern zeigst. Die Sitten hier sind anders als in Kamakura. Geh hinein, deine Tante Chogao-san erwartet dich, sie wird sich um dich kümmern.«

Taniko verschwand, ohne Jebu noch eines Blickes zu würdigen. Ihr Onkel folgte ihr. Jebu wandte sich zur Straße. Der Traum war zu Ende. Seine Liebe zu Taniko würde ewig ein Geheimnis bleiben.

Er spürte, wie ihm jemand die Hand auf den Arm legte. Es war Moko. Jebu blickte in die schielenden Augen, die feucht von Tränen waren.

Wenig später kehrte Ryuichi zurück. »Kommt zu mir, Mönch. Ihr habt Euch um die Sicherheit Tanikos verdient gemacht. Im Namen der Shima sage ich Euch meinen Dank. Wie kann ich Euch belohnen?«

Jebu konnte sich das Gesicht von Bokuden vorstellen, wenn jener erfuhr, daß sein Bruder ihm eine Belohnung angeboten hatte. »Was für meine Dienste zu entrichten ist, Herr, wurde bereits an den Orden bezahlt. Eine persönliche Belohnung darf ich nicht annehmen.«

»Nicht einmal ein Geschenk?«

Jebu dachte nach. »Es gibt eine Belohnung, über die ich mich freuen würde«, sagte er schließlich. »Ich habe dem Samurai, den ich töten mußte, das Schwert abgenommen. Es befindet sich im Gepäck von Fräulein Taniko. Ich würde es gerne behalten.« Er zögerte. »Als Andenken an die Reise.«

Ryuichi trat zu ihm. Er strahlte. »Ihr bekommt das Schwert«, sagte er und schlug ihm auf die Schulter. »Und das Pferd dazu. Ihr könnt es beim Orden abliefern, wenn Ihr wollt. Jedenfalls braucht Ihr nicht zu Fuß heimzukehren.«

»Danke, Herr.« Eine freundliche Geste, dachte Jebu. Und ein gutes Pferd. Bokuden würde Magenkrämpfe bekommen, wenn er von der Großzügigkeit seines Bruders erfuhr.

Er hockte sich auf einen großen Stein im Garten und wartete. Drüben, im nördlichen Teil des Palastes, war das Frauenhaus, ein Pavillon, der auf Pfählen im sumpfigen Grund stand. Irgendwo dort war Taniko. Wahrscheinlich wurde sie gerade für ihre erste Begegnung mit dem Prinzen Horigawa schöngemacht.

Moko erschien mit dem Schwert in der Tür des Frauenhauses. Als er vor Jebu angelangt war, verbeugte er sich. Auch Jebu verneigte sich. Dann nahm er das Geschenk entgegen.

Am östlichen Tor des Palastes erwartete sie ein Diener, der Hollyhock am Zügel hielt. Jebu öffnete seine Reisetasche, um das Samurai-Schwert hineinzulegen, als ihm ein zusammengefaltetes Papier in die Hände fiel. Es war ein Gedicht von Tanikos Hand.

Es wird Herbst, die Blätter fallen,
Aber das Grün der Pinien,
Einmal zum Leben erweckt,
Kennt keinen Winter.

In einer Aufwallung von Zorn zerknüllte Jebu das Papier in der Faust. Er wollte keine Gedichte. Er wollte Taniko, ein Wesen aus Fleisch und Blut.

Er glättete das Papier wieder und verbarg es in den Falten seiner Tunika. Dann bestieg er das Pferd. Der Himmel über Heian Kyo hatte sich bleigrau gefärbt. Er winkte Moko, der ihm zum Tor gefolgt war, Lebewohl.

Dann ritt er aus der Kaiserstadt hinaus. Ihm war, als ließe er sein Leben zurück.

8. Kapitel

Noch am Tage ihrer Ankunft bei ihrem Onkel bekam Taniko Besuch von Prinz Sasaki no Horigawa. Tanikos Tante Chogao und ihre Dienerinnen hatten das Mädchen gebadet und in sein feinstes Gewand gehüllt. Dann wurde ihr das hüftlange, blauschwarze Haar gekämmt. Taniko standen die Tränen in den Augen. Nach dem Abschied von Jebu war ihr, als hätte man ihr das Herz herausgerissen. »Ich bin todmüde«, sagte sie zu ihrer Tante. »Ich habe eine Reise von zwanzig Tagen hinter mir. Kann ich mich nicht eine Nacht ausruhen, bevor ich den Prinzen treffe?«

Tante Chogao zuckte die Achseln. »Es war sein Wunsch, dich heute noch zu sehen. Der Prinz ist ein vielbeschäftigter Mann, vergiß das nicht. Außerdem ist er ungeduldig, dich kennenzulernen. Du solltest froh sein, daß er dich so begehrt.«

Taniko zog eine Grimasse.

»Natürlich hat auch er Glück, daß er so eine hübsche Braut bekommt«, fügte die Tante hinzu.

Ich weiß nicht, wie ich das alles durchstehen werde, dachte Taniko. Der Himmel weiß, daß ich von Anfang an nicht begeistert war von der Aussicht, den Rest meines Lebens mit diesem Blutsauger zu verbringen. Aber seit der Nacht mit Jebu weiß ich, wie schön die Liebe zwischen Frau und Mann sein kann. Wie kann ich mich da mit weniger zufriedengeben?

Es sollte Stunden dauern, bis sich der Prinz sehen ließ. Taniko vertrieb sich die Wartezeit mit Eintragungen in ihr Notizbuch, auch wenn ihre Tante gemeint hatte, sie würde sich nur die Finger mit Tusche beschmutzen. Taniko hatte entgegnet, daß sie noch nie Tinte verschüttet oder gar ihre Kleider damit beschmutzt hätte. Dann möchte ich wenigstens lesen, hatte sie starrköpfig gesagt. Doch die Brüder befanden sich in den Gemächern des Hausherrn. Und der durfte nicht gestört werden. Also blieb es beim Schreiben. Schließlich war vom Garten her Stimmengewirr zu vernehmen. Chogao eilte an die Jalousien und äugte hinaus. »Er ist es«, sagte sie aufgeregt, »er ist es!« Sie scheuchte die Dienerinnen aus dem Raum. Dann stellte sie vor Taniko einen Wandschirm aus bunter Seide. Frauen und Mädchen durften nur mit ihren Vätern oder

Brüdern von Angesicht zu Angesicht sprechen. Vor allen anderen männlichen Besuchern hatten sie sich hinter einer chinesischen Wand zu verbergen. Hatte ein Mann diese Barriere erst einmal überwunden, bereitete es ihm keine großen Schwierigkeiten mehr, ans Ziel seiner Wünsche zu gelangen.

Chogao riß Taniko das Notizbuch aus der Hand, versteckte es in aller Eile in der Geheimschublade, ergriff Tintenstein, Stöckchen und Pinsel und verließ den Raum.

»Tu so, als ob du schläfst«, wies sie Taniko durch die Schiebetür an. Sekunden später trat ein Mann ein. Sein Gesicht war weiß gepudert, seine Augen glichen schwarzen Kohlen.

Taniko dachte nicht daran, sich schlafend zu stellen. Sie betrachtete ihren Besucher durch die Ritzen des Wandschirms. Prinz Horigawa hatte einen kleinen, viereckigen Kopf, der Taniko an eine Heuschrecke erinnerte. Sein Kinn wurde von einem spärlichen schwarzen Bart verunziert. Er fächelte sich mit einem Fächer Kühlung zu.

»Bist du hinter dem Schirm, Taniko?« fragte er. Seine Stimme klang trocken und heiser. Die Art und Weise, wie er seine Braut begrüßte, war nicht gerade galant. Doch noch schlimmer war sein Aussehen. Er war häßlicher, als Taniko befürchtet hatte. Die Augen spiegelten Berechnung und Boshaftigkeit wider.

»Ja, ich bin hier, Hoheit«, sagte sie leise.

»Sehr gut, meine Liebe, sehr gut. Ich werde hinter den Schirm kommen und es mir mit dir bequem machen.« Ohne ihre Zustimmung abzuwarten, trat er hinter den Schirm, setzte sich zu ihr und ergriff ihre Hand. Sie mußte sich beherrschen, um sie ihm nicht zu entziehen. Dann spürte sie, wie er sie tätschelte. »Ich weiß, daß ich etwas ungestüm bin«, sagte er und grinste. Zuerst hielt sie die schwarzen Stellen in seinem Mund für Zahnlücken. Dann sah sie, daß er sich die Zähne nach Art der Höflinge schwarz gefärbt hatte. Langsam verschwand das Lächeln aus seinen Zügen. Er starrte sie an. Seine Augen wanderten über ihren Scheitel, über den Flaum ihrer Wangen, über Schultern und Brüste zu den Schenkeln, die unter einem Wust von Röcken verborgen waren.

»Sehr befriedigend«, schnaufte er. »Du bist noch schöner, als man mir versprochen hat.«

Er deutete auf das Gefäß mit Sake, das Tanikos Tante auf dem Holzkohleöfchen zurückgelassen hatte. Sie schenkte erst ihm ein, dann sich selbst. Es würde gut sein, wenn sie ihre Sinne betäubte.

Mit eiskalten Fingern begann er ihren Nacken zu kraulen. Sie erschauderte.

»Der gefangene Vogel zittert vor Angst«, flüsterte er. Dann holte er tief Luft und warf sich auf Taniko.

Sie stieß einen Schrei der Überraschung aus und umklammerte seine Hände, die in ihren Röcken wühlten.

»Hoheit«, hauchte sie, »warum soviel Hast?« Sie rief sich ins Gedächtnis, was sie in einem Buch über Liebeskunst gelesen hatte. »Ich werde Euch mehr Vergnügen bereiten, wenn Ihr Geduld mit mir habt, Hoheit. Euer Liebreiz ist unwiderstehlich, aber ich bitte Euch, gebt mir etwas Zeit, mich zu fangen.«

»Deine Liebeskünste sind über die Grenzen von Kamakura hinaus bekannt«, stöhnte er. Hilflos mußte sie zulassen, wie er sie aus den Kleidern schälte. Dann zog er sich aus. Seine Erregung war nicht zu übersehen. Taniko verspürte plötzliche Übelkeit. Sie schloß die Augen.

Es hat keinen Sinn, wenn ich ihm meinen Körper verweigere, dachte sie. Die Sitte verlangt, daß ich mich seinen Wünschen füge. Sie versuchte sich zu entspannen. Jenes Training der Seele kam ihr ins Gedächtnis, von dem Jebu gesprochen hatte. Es gehörte zu den Künsten der Zinja, daß sie Körper und Geist nach Belieben trennen konnten. Der Körper blieb, wo er war, der Geist ging spazieren. Taniko dachte an die schneebedeckten Hänge des Fuji-san, den sie mit Jebu bewundert hatte. Der Mann, der keuchend auf ihr lag, hatte sicher kein Verständnis für die Schönheit des Fuji-san.

Ein stechender Schmerz. Prinz Horigawa war so brutal, wie er aussah. Was das Mädchen fühlte, das ihren Bräutigam erst seit wenigen Minuten kannte, war ihm gleichgültig. Er dachte nur an seine eigene Befriedigung.

Sie hatte das Gefühl, als stoße man ihr ein Samurai-Schwert in die Eingeweide. Als der Schmerz unerträglich wurde, schrie sie ihre Verzweiflung hinaus. Durch tränenfeuchte Augen sah sie, wie er grinste. »Es gefällt mir, daß du schreist«, schnaufte er. »Es erhöht mein Vergnügen.«

Wenig später warf er den Kopf zurück. Ein Zucken durchlief seinen Körper. Hecheln, Stöhnen, schweres Atmen. Dann hörten die schmerzhaften Stöße auf. Er drückte seine schweißnasse Stirn an ihre Wangen. Dann machte er sich von ihr los und stand auf. Sie fühlte sich besudelt. So gut es ging, ordnete sie ihre Röcke. Würde sie gezwungen sein, die ganze Nacht mit ihm zu verbringen?

Nein, schlimmer noch, ihr ganzes Leben! Es würde zahllose Nächte geben wie diese. Verzweiflung befiel sie. Aber sie wußte nur zu gut, daß sie ihre Gefühle nicht zeigen durfte.

»Das war sehr befriedigend, meine Kleine«, sagte Horigawa und lächelte süffisant. »Du verstehst es, die Sinne eines Mannes aufzupeitschen. Es ist schon einige Zeit her, daß ich mit einer Frau geschlafen habe. Ich war einfach zu sehr beschäftigt, um mich um die Freuden des Leibes zu kümmern. Aber es ist nicht gut, wenn ein Mann zu lange enthaltsam ist, das bringt die Kräfte des Yin und Yang in seinem Körper aus dem Gleichgewicht. Die Nächte mit dir werden mir die Kraft geben, um meine Geschäfte bei Hof mit neuem Ehrgeiz zu betreiben.«

Was er sagte, erweckte Tanikos Neugier. »Es ist mir eine Ehre, wenn ich Euch zu Diensten sein kann, Hoheit. Eure Geschäfte müssen wirklich sehr anstrengend sein.« Sie fügte hinzu, was die Sitte ihr zu sagen gebot. »Trotzdem kann ich mir nicht vorstellen, daß ein vitaler Mann wie Ihr länger als ein paar Tage ohne Frau auskommt.«

»Wahr gesprochen«, sagte Horigawa geschmeichelt. Er raffte seine Gewänder zusammen. »Das war schließlich auch der Grund, warum ich mitten in der Arbeit zu dir geeilt bin. Es tut mir nur leid, daß ich den Rest der Nacht nicht mit dir verbringen kann.«

»Ist es denn nachts sicher genug auf den Straßen, Hoheit? Als ich gestern durch die Stadt fuhr, habe ich Kämpfe und Zerstörungen gesehen. Ich war froh, mit heiler Haut bis zu meinem Onkel zu gelangen.« Sie log. Während der Fahrt durch Heian Kyo war ihre Sicherheit in keinem Augenblick bedroht gewesen, aber sie hoffte, auf diese Weise etwas über die Hintergründe der Ereignisse zu erfahren.

»Es freut mich, daß du dir um mich Sorgen machst, meine Liebste. Aber mir droht keine Gefahr. Mein Freund Sogamori hat einen Samurai zu meinem Schutz abgestellt, der mich unterwegs und auch in meinen eigenen vier Wänden bewacht. Außerdem werden die Unruhen bald ein Ende haben. Sie sind das Machwerk von Rebellen, die sich dem Willen des Kaisers nicht beugen wollen. Doch der Arm des Gesetzes wird sie zerschmettern.«

Taniko schwieg. Sie wußte, wie haltlos die Beschuldigungen waren, die Horigawa gegen die Rebellen vorbrachte. Es gab zwei Parteien in der Hauptstadt, die beide behaupteten, den Willen des Kaisers zu vertreten. Doch tatsächlich hatte der Kaiser längst jede

Macht verloren. Die Partei mit den stärkeren Waffen zwang ihm ihren Willen auf.

»Wer sind diese Rebellen, Hoheit?« fragte sie unschuldig. »Sind es die Muratomo? Vergebt mir meine Unwissenheit.«

»Frauen sind von Natur aus unwissend, mein Kleines«, sagte Horigawa.

Sie mußte an sich halten. »Eben darum frage ich, Hoheit. Ich möchte Euch eine Gesprächspartnerin sein, die Eurem Gedankenflug zu folgen vermag.« Die Wahrheit war, daß allein die Hoffnung, in der Politik der Kaiserstadt mitreden zu können, Taniko den Gedanken an die Ehe mit Horigawa erträglich machte.

Horigawa erhob sich. »Ich weiß dein Interesse zu schätzen«, sagte er gönnerhaft. »Ich werde künftig häufiger auf die Politik am Hofe zu sprechen kommen, soweit sie der Intelligenz einer Frau zugänglich ist. Für heute sei versichert, daß wir alles für die Erhaltung der Herrschaft tun werden. Das Blut der Rebellen wird in Strömen fließen. Ihre Köpfe werden zu Hunderten rollen. Es wird keine Gnade geben für die Widersacher des Kaisers!«

Taniko war, als hätte sich eine kalte Hand um ihr Herz gelegt. Die Begierde dieses Mannes, anderer Menschen Blut fließen zu sehen, ließ ihren künftigen Gemahl als Monstrum erscheinen. Zwar war Taniko als Tochter eines Samurai von Jugend auf mit dem Handwerk der Krieger vertraut. Aber keiner der Samurai, die sie bislang kennengelernt hatte, war so blutrünstig und zugleich so feige gewesen wie Horigawa.

Sie legte die Handflächen auf die Erde und verbeugte sich. »Es ist eine Ehre, daß mir ein so tapferer und weiser Mann den Hof macht.«

Horigawa band sich seinen schwarzen Hut um. Er wartete, bis Taniko eine der Schiebetüren öffnete, die nach draußen führten. Die Sitte verlangte, daß voreheliche Besuche geheimgehalten wurden.

Als sie sich umwandte, sah sie, daß ihre Tante den Raum betreten hatte. Sie brachte Handtücher und ein Gefäß mit heißem Wasser. Taniko sank auf die Knie und bedeckte ihr Gesicht mit den Händen. »Ich schäme mich so«, sagte sie. Dann wurde ihr Körper von Schluchzen geschüttelt. Chogao kniete sich neben sie und umfing sie liebevoll. »War es so schlimm, mein Kleines?«

»Ich kann diesen Mann nicht ertragen, Chogao-san«, weinte sie.

Chogao strich dem Mädchen über das Haar. »Du mußt, Kind.

Dein Vater wünscht es so. Deine Familie braucht diese Hochzeit. Ich weiß, wie schwer es für dich ist. Gewiß, auch ich habe mir meinen Mann nicht aussuchen können. Aber das Schicksal hat mich in die Hände eines guten Menschen gegeben. Du hingegen mußt ein großes Opfer bringen.«

»Ich kann nicht! Und ich will nicht.«

Chogaos Antlitz war von plötzlichem Ernst beseelt. »Du stammst aus einer Samurai-Familie, Taniko, und du weißt, was das bedeutet. Wärest du ein Mann, müßtest du in den Kampf ziehen. Niemand würde dich fragen, ob es dir Spaß macht. Es ist die Pflicht eines Samurai, sein Leben hinzugeben. Ebenso ist es die Pflicht der Frau, ihren Körper für die Ehre der Familie hinzugeben. Man verheiratet uns mit dem Mann, den die Familie für uns auswählt. Wir sind diesem Mann zu Diensten und gebären ihm Kinder. Hat dich das deine Mutter nicht gelehrt?«

»Doch«, gab Taniko zu.

»Dann vergiß es nicht! Du bist der Sproß einer Samurai-Familie, dein Leben besteht aus Opfern. Nimmst du diese Opfer nicht auf dich, so ist es, als hättest du nie gelebt. Und nun leg dich hin und laß dich waschen, mein Kind. Dieser elende Mensch! Anstatt die ganze Nacht mit dir zu verbringen, verschwindet er, sobald seine Gier befriedigt ist. Für was für einen großartigen Liebhaber hält er sich eigentlich? Wahrscheinlich ist sein Alter schuld und das anstrengende Leben bei Hofe. Wer seine Kräfte mit Intrigen vergeudet, behält in den Lenden nicht mehr viel übrig.«

Taniko hatte sich zurückgelehnt. »Ich bin froh, daß er fort ist«, sagte sie.

»Gut, mein Kind. Du wirst dich in dein Schicksal ergeben. Das ist das beste, was du tun kannst.«

Aus dem Kopfkissenbuch von Shima Taniko:

Mein künftiger Mann hat mir den Dankesbrief für die erste Nacht geschrieben, wie es die Sitte verlangt. Ein oberflächlicher Brief, voller Klischees. Und sein Liebesgedicht stammt wortwörtlich aus dem *Kokonshu.* Prinz Horigawa glaubt vermutlich, in Kamakura gäbe es keine Bücher. Selbst meine Tante, die von dieser Hochzeit sehr angetan ist, war schockiert, als ich ihr das Machwerk zeigte. Immerhin zeigt der Brief, daß er ernsthaft an mir interessiert ist, und das ist genau das, was meine Familie erreichen will.

Der einzige Lichtblick in diesen trüben Tagen ist Moko. Es ist mir gelungen, den Zimmermann Moko als Diener bei meinem Onkel einzuschleusen, den ich angeblich aus Kamakura mitgebracht habe. Ich hoffe nur, daß Vater nie von der Sache erfährt. Kein Tag vergeht, ohne daß Moko irgend etwas im Palast meines Onkels repariert. Während ich behaupte, die Arbeiten zu überwachen, berichtet er mir, was in der Stadt vorgeht.

Draußen ist der Teufel los. Samurai streifen durch die Straßen und schwingen ihre Schwerter. Passanten werden angehalten, und je nachdem, zu welcher Partei sie gehören, läßt man sie leben oder man metzelt sie nieder. Indessen waschen die Takashi und die Muratomo ihre Hände in Unschuld. Die Anführer der beiden Sippen, Sogamori und Domei, beteuern beide, wie sehr ihnen an Recht und Ordnung gelegen ist.

Moko hat mir etwas Interessantes zugetragen. Domei soll den alten Satz von Kungfutse zitiert haben: *Ein Krieger hat die Pflicht, den Tod seines Vaters zu rächen.* Nachdem Prinz Horigawa offenbar einer der Hauptverantwortlichen für die Hinrichtung von Domeis Vater war, besteht also die Hoffnung, daß ich bald nach meiner Hochzeit zur Witwe werde.

Am einundzwanzigsten Tag des achten Monats
Im Jahr des Drachens

Zehn Tage nach dem ersten Besuch von Prinz Horigawa kündigte Chogao Taniko ein zweites Zusammentreffen an.

Taniko mußte an sich halten, um nicht in Lachen auszubrechen, als ihr Verehrer mit viel Geheimnistuerei in ihr Schlafzimmer geschlüpft kam. Er sagte kein Wort, sondern fiel mit schamloser Gier über sie her. Sie machte die bestürzende Erfahrung, daß Horigawa Genuß daraus zu ziehen schien, ihr Schmerz zuzufügen. Keine der Qualen, denen er sie in jener Nacht aussetzte, hinterließ irgendwelche Spuren, aber sie erfüllten sie mit Entsetzen und Abscheu. Er mußte wohl wissen, daß die Shima große Hoffnungen auf diese Verbindung setzten, dachte sie. Sonst würde er es nicht wagen, mich so zu behandeln.

Nachdem er in einer schier endlosen Umarmung mit Taniko seine Befriedigung gefunden hatte, befahl er ihr, die Kerze wieder anzuzünden, so daß er sich anziehen konnte. Sie gehorchte. Als die Flamme seine Häßlichkeit erhellte, beschattete sie ihre Augen mit der Hand.

Horigawa lachte. »Meine schöne Freundin ist erschöpft vom Saitenspiel, sie verbirgt ihr Gesicht vor den Augen des Geliebten.« Er hatte chinesisch gesprochen.

Taniko kannte das Gedicht. »Die Saitenspielerin hält inne«, fuhr sie fort. »Niemand kennt ihren Namen.« Ich bin wie die Frau, die der Dichter besingt, dachte sie. Eine Frau aus einem vornehmen Geschlecht, die auf die unterste Stufe herabgesunken ist.

»Du sprichst chinesisch?« Prinz Horigawa war erstaunt.

Taniko antwortete ihm in jener Sprache. »Unsere Familie treibt viel Handel mit den Chinesen. So hat mein Vater darauf gesehen, daß alle seine Kinder chinesisch lernten. Wissen ist Reichtum, hat er immer gesagt.«

Horigawa schlang den Gürtel um sein Gewand. »Wer hätte gedacht, daß eine Kindfrau aus der Provinz über solch wertvolle Kenntnisse verfügt? In meiner Familie ist das natürlich etwas anderes; meine Vorfahren sind ausnahmslos Prinzen und Gelehrte. Seit Jahrhunderten ist Chinesisch unsere zweite Muttersprache.« Die Herablassung in seiner Stimme war nicht zu überhören. »Kannst du auch chinesisch lesen und schreiben?«

»Ja, sogar recht gut.«

»Das bringt mich auf eine Idee. Du wirst mir als Sekretärin dienen. Für die Takashi ist der Handel mit China von großer Bedeutung, und deshalb sind sie auf einen sprachgewandten Mann wie mich angewiesen. Fürst Sogamori hat große Pläne. Er wird neue Beziehungen zu China knüpfen, und das wird für die Takashi sehr einträglich sein. Natürlich wollen diese Dinge mit Fingerspitzengefühl gehandhabt werden. Es ist schwer, heutzutage Diener zu finden, die über eine gewisse Bildung verfügen und außerdem vertrauenswürdig sind. Ich bin sicher, daß du mir von großem Nutzen sein wirst.«

»Ich danke Euch, Hoheit«, sagte Taniko und versuchte, ihre Wut zu verbergen.

Daß Prinz Horigawa bereits ihre Zukunft verplante, ärgerte sie. Sie versuchte sich ins Gedächtnis zu rufen, wie viele Frauen im Land der aufgehenden Sonne solch ekelhafte Männer hatten. Aber was nützte es ihr, daß andere genauso unglücklich waren wie sie?

Wie bei seinem ersten Besuch ließ Horigawa sie auch in dieser Nacht allein. Sie fühlte sich zerschlagen, aber sie schlief nicht. Still weinte sie vor sich hin. Es war schier undenkbar, dieser Ehe mit Horigawa zu entrinnen. Ebenso unvorstellbar allerdings war ein jahrelanges Zusammenleben mit diesem Scheusal. Ich werde mich töten, dachte sie. Das ist der einzige Ausweg. Dann verwarf sie die Idee. Sie war noch jung. Sie wollte leben. Ich werde stärker sein als dieser Mann, dachte sie. Sobald ich über die nötige Macht verfüge, werde ich seinen Quälereien ein Ende bereiten. Horigawa war vierzig Jahre älter als sie. Und mit der Zeit würde er hinfälliger werden und leichter zu beeinflussen sein. In nicht allzu ferner Zeit würde der Tag kommen, wo sie ihn lossein würde. Sie mußte Geduld haben. Das war das Opfer, von dem Chogao gesprochen hatte.

Die Aussicht, seine Korrespondenz mit den Chinesen zu führen, war faszinierend. Das Wissen, das sie bei solchen Geschäften erwarb, würde ihr Macht verleihen. War nicht Macht der Schlüssel, der alle Tore öffnete?

Fünf Tage nach der zweiten Begegnung ließ sich ein Abgesandter des Prinzen bei Ryuichi melden. Er brachte der Sitte gemäß die Reisküchlein der Dritten Nacht mit. Kaum war die Sonne untergegangen, erschien Horigawa. Von Diskretion war jetzt keine Rede mehr. Der Prinz schritt durch das von bunten Lampions erleuchtete Westtor der Shima-Residenz, während Familie und Bedienstete hinter den Vorhängen lauerten.

Der Akt, den er vollzog, war kurz und heftig. Auf dem Höhepunkt der Lust biß er Taniko in die Brust. Zufrieden betrachtete er die Bißmale. Ein feines, grausames Lächeln spielte um seine Lippen.

Taniko wußte, was von ihr erwartet wurde. Sie lobte ihn ob seiner unbändigen Männlichkeit. Ihr Mund formte süße Worte, aber ihr Herz weinte. Es war sein dritter Besuch, er hatte ihr die Reisküchlein der Dritten Nacht angeboten. Damit galten sie als Verlobte. Es gab kein Zurück mehr. Eine düstere Zukunft lag vor ihr. Ihr war, als versinke sie in unendliche schwarze Tiefen. Wieviel leichter hatte es doch ein Samurai. Sein Tod war kurz und endgültig. Sie aber starb tausend Tode an einem Tag.

»Wie wild Ihr seid«, flüsterte sie. »So unbeherrscht, so männlich . . .«

Er nickte. »Du hättest dir keinen besseren Mann wünschen können. Stell dir nur vor, du lägest mit irgendeinem grobschlächtigen, stinkenden Reisbauern im Bett.«

Taniko dachte an die unselige Rolle, die Horigawa bei den Hinrichtungen vor vier Jahren gespielt hatte. Sie vermeinte den Geruch des Blutes zu atmen. Viel lieber würde ich mit einem Reisbauern im Bett liegen als mit dir, dachte sie.

Horigawa zog eine Schriftrolle aus dem Ärmel seines Gewandes. »Diese Botschaft hat mir ein Mönch aus China mitgebracht. Ich werde den Brief Fürst Sogamori übermitteln, aber vorher wirst du den Inhalt übersetzen. Ich hoffe, du hast eine Handschrift, die man entziffern kann.«

»Meine Lehrer waren zufrieden«, sagte Taniko. »Aber natürlich ist es nur die Handschrift eines Provinzmädchens.«

Horigawa entging die Ironie. »Ich möchte, daß du dir bei der Niederschrift der Übersetzung besondere Mühe gibst. Fürst Sogamori verfügt über eine gewisse Bildung, auch wenn er nur das Oberhaupt einer Samurai-Familie ist. Ich möchte mich nicht vor ihm blamieren.«

Taniko nahm die Schriftrolle entgegen und verbarg sie in einer Schublade. Sie brannte darauf, den Inhalt des Schriftstücks zu erfahren.

Horigawa griff nach den Reisküchlein, die auf einem niedrigen Tisch vor ihnen standen, und gab Taniko davon zu essen. Dabei rief er Izanami und Izanagi an, aus dessen Vereinigung alle Kami der Welt hervorgegangen waren und die Himmel und Erde erschaffen hatten. Wie schade, daß der Kuchen nicht vergiftet ist, dachte Taniko. Dann wären alle meine Probleme gelöst.

Horigawa nahm seinen Hut ab und legte sich nieder. Mit einer Geste bedeutete er Taniko, die Kerze zu löschen.

Wie es üblich war, hatten sie sich in ihren Alltagskleidern hingelegt. Wenig später war Horigawa eingeschlafen. Er war ein unruhiger Schläfer. Stöhnend und ächzend wälzte er sich von einer Seite auf die andere. Taniko hoffte, daß es Alpträume waren, die ihn quälten, Vorboten großen Unglücks. Wenn es einen Lichtblick gab in ihrem Leben, dann die Hoffnung, daß Horigawa bald starb. Vielleicht waren es die Geister der Hingerichteten, die ihn jetzt im Schlafe verfolgten.

Noch lange lag Taniko wach. Wie in der ersten Nacht mit Horigawa sandte sie ihre Gedanken auf die Reise. In Gedanken flog sie zum Berg Higashi zurück, zu jener Nacht, in der Jebu sie liebevoll umfangen hatte.

Am Morgen kam Onkel Ryuichi, um seine Glückwünsche zur Dritten Nacht zu überbringen, gefolgt von Tante Chogao und dem fünfjährigen Sohn Munetoki. Alle drei brachen in die üblichen Freudenschreie aus. Das Paar hatte drei Nächte miteinander verbracht, hatte gemeinsam die geweihten Reisküchlein verzehrt. Damit war die Ehe besiegelt.

Taniko würde jedoch weiterhin im Hause des Onkels wohnen, auch das gehörte zu den Sitten der Hauptstadt. Horigawa würde seine Gemahlin aufsuchen, sooft es ihm beliebte. Taniko hoffte inständig, daß er nicht zu oft Lust auf sie verspürte. In seinen Palast würde sie sich nur begeben, um bei offiziellen Einladungen die Pflichten der Hausfrau zu erfüllen.

Tanikos Onkel und Tante nahmen die Schuhe an sich, die Prinz Horigawa neben die Tür gestellt hatte. Die Bedeutung dieser Sitte bestand darin, daß der Ehemann seine Frau jetzt nicht mehr verlassen konnte. So äußerlich dieses Zeichen war, es stimmte Taniko unendlich traurig.

Horigawa erhob sich von seinem Lager und händigte Ryuichi eine Schriftrolle aus. »Das ist die Liste der Gäste, die Ihr zum Hochzeitsmahl einladen werdet. Ich wünsche, daß die Feier am dreizehnten Tag des neunten Monats stattfindet, vier Tage nach dem Chrysanthemenfest! Meine Ratgeber haben errechnet, daß dies der günstigste Termin ist.« Er zog eine zweite Schriftrolle hervor. »Ich habe hier einige Anweisungen für den Ablauf der Hochzeitsfeierlichkeiten zusammenstellen lassen, und ich wünsche, daß sie genau beachtet werden. Schließlich kann ich mich in diesen Dingen nicht auf das Urteil des Provinzadels verlassen.«

Als Horigawa das Haus verlassen hatte, machte Ryuichi seinem Unmut Luft. Er war wütend über die Verachtung, die der Prinz seiner Familie entgegenbrachte, und entsetzt über die Kosten, die das gesamte Vermögen der Shima aufzehren würden.

»Warum mußtest du nur diesen Blutsauger heiraten?« fragte er seine Nichte.

Taniko verbeugte sich, um ein Lächeln zu verbergen. »Vergebt mir, Onkel, daß ich Euch solche Ungelegenheiten bereite. Es ist der Wunsch meines Vaters, daß ich diesen Mann eheliche. Die Verbindung schafft Vorteile für die Familie.«

Ryuichi rang die Hände. »Das hoffe ich! Trotzdem hätte ich mir gewünscht, daß mein geschätzter Bruder es mir überlassen hätte, einen geeigneten Schwiegersohn aufzutreiben, anstatt die Eheverhandlungen über die große Entfernung hinweg zu führen.« Er betrachtete sie wohlwollend. »Du bist ein tapferes Mädchen, Taniko, daß du einen derart abstoßenden Mann heiratest.«

»Ich weiß, was ich tue, Onkel. Ich wollte immer in der Hauptstadt leben. Das Leben auf dem Lande ist nichts für mich. Die Ehe mit Horigawa ist der Preis, den ich für die Erfüllung meines Wunsches zahlen muß. Es wird Kämpfe geben. Aber ich bin sicher, daß ich am Ende Sieger bleiben werde.«

Munetoki, ihr kleiner Cousin, starrte sie an. Seine Bewunderung für Taniko, die so kühne Dinge sagte, war grenzenlos.

9. Kapitel

Die Hochzeit fand am festgesetzten Tag statt. Was in Heian Kyo Rang und Namen hatte, kam in den Palast der Shima, um die Verbindung eines Kaiserlichen Ratgebers des Vierten Ranges mit einem Mädchen aus unbedeutendem, aber wohlhabendem Provinzadel zu feiern. Taniko hatte die Gästeliste sorgfältig studiert. Jetzt betrachtete sie die festlich gekleideten Menschen, die vor der Buddhastatue knieten und zu den Gebeten des buddhistischen Abtes vom Kloster auf dem Berge Hiei in die Hände klatschten. Viele Mitglieder der Sasaki-Familie waren gekommen. Sie hatten hinter Prinz Horigawa Platz genommen. Bedeutender, wenn auch zurückhaltender im Auftreten, waren die Fujiwara. Bis in die jüngste Vergangenheit hinein hatten sie die Politik des Herrscherhauses mehr mit Hilfe von Intrigen als mit Gewalt entscheidend bestimmt. Es gab in der Kaiserfamilie so viele Fujiwara-Töchter, daß Spötter den Tenno-Clan als einen Seitenzweig der Fujiwara bezeichneten. Doch inzwischen hatten sie beträchtlich an Einfluß verloren. Jetzt drängten die Samurai-Familien nach vorn. Und sie entschieden Streitigkeiten nicht mehr mit Geld oder Intrigen, sondern mit dem Schwert.

Zu jenen, die die Fujiwara unterstützten, gehörten die Takashi, die bei Tanikos Hochzeit ebenfalls zahlreich vertreten waren. Der ranghöchste Besucher war Prinz Sogamori, der Anführer der Takashi, der am Hof des Tenno den Posten des Ministers zur Linken innehatte. Sogamori war ein rundgesichtiger Mann. Seine Glatze war unter der schwarzen Kopfbedeckung verborgen. Zur Feier des Tages hatte er ein goldbesticktes Gewand angelegt. Seine Wangen waren gerötet, sein Gesichtsausdruck gereizt. Er ist genau so, wie Vater ihn beschrieben hat, dachte Taniko. Sogamori war für seine Wutausbrüche bekannt.

Der junge Mann neben ihm mußte wohl Prinz Kiyosi sein, sein ältester Sohn. Kiyosi trug eine scharlachfarbene Tunika. Er war schlank, sehnig und strahlte Ernst und Beherrschtheit aus. Wie schön wäre es, wenn ich statt dieser ekelhaften Spinne einen solchen Mann heiraten könnte, dachte Taniko. In seinen Armen könnte ich sogar Jebu vergessen – zumindest eine Zeitlang.

Kerzengerade saß Kiyosi da, wie es einem adeligen Krieger geziemte. Seine Augen spiegelten Güte und Scharfsinn wider. Ähnlich wie Jebu, dachte sie, wäre Kiyosi wohl der tiefsten Leidenschaft und des Mitleids, aber auch kühler Überlegungen und harter Entscheidungen fähig.

Werde ich mein Leben lang jeden Mann, den ich treffe, mit Jebu vergleichen? überlegte sie. Was wäre aus uns geworden, wenn wir ins Ausland geflohen wären, wie Jebu vorgeschlagen hatte? Es gab keinen Zweifel daran, daß dieser Zinja sie mit jeder Faser seines Herzens liebte. Er hätte seine Gelübde gebrochen, um sich mit ihr zu verbinden. Aber sie hatte sein Angebot zurückgewiesen. Warum? Weil sie ihren Lebensstil ebensowenig aufgeben wollte wie er den seinen.

Und genauso, wie er seinen Orden nicht verraten wollte, wollte sie ihre Familie nicht im Stich lassen. Es war, wie Tante Chogao gesagt hatte: Sie gehörte zur Kaste der Samurai. Und wie ein Mann seine Pflicht erfüllt, indem er in den Kampf zog, war es die Aufgabe einer Frau, zu heiraten. Die männlichen Shima bewiesen ihren Mut mit dem Schwert, und sie würde ihren Mut unter Beweis stellen müssen, indem sie das bittere Los einer Ehe mit Horigawa auf sich nahm.

Das Festessen, das sich der religiösen Zeremonie anschloß, zog sich in die Länge. Ein kleiner Teil der Gäste war recht früh aufgebrochen. Die anderen blieben bis in die späte Nacht hinein und sprachen dem Sake zu. Viele allerdings bevorzugten Ch'ai, ein Getränk, das aus China kam. Man kannte Ch'ai in Japan seit geraumer Zeit, aber erst in den letzten Jahren war sein Genuß in Mode gekommen. Zu den Hochzeitsgeschenken für Taniko und Horigawa gehörten neun große Metallbehälter mit Ch'ai.

Sogamori und sein Sohn Kiyosi hatten neben Horigawa und Ryuichi Platz genommen. Die Diener hatten vor jeden Gast einen kleinen Tisch gestellt, auf dem Speisen und Getränke serviert wurden. Um jeden Gast kümmerten sich mehrere Bedienstete. Horigawa bildete eine Ausnahme. Er wurde von Taniko bedient, die hinter ihm saß, ihm die Speisen reichte und Reiswein und Ch'ai für ihn warm hielt. Horigawa indes nippte nur von Speisen und Getränken. So saß Taniko die meiste Zeit mit verschränkten Armen und gesenktem Blick hinter ihm, das Gesicht hinter dem Fächer verborgen.

»Ich sehe, daß du vornehmlich dem Ch'ai zusprichst, Horigawa«, ließ sich Sogamori vernehmen. Er hatte eine dunkle, wohlklingende Stimme. »Das ist sehr weise von dir. Er macht nicht so schnell betrunken. Und wer wollte in der Hochzeitsnacht mit einer jungen Frau schon zu betrunken sein, um sie zu genießen?«

»Ich bleibe nüchtern, um mich geistreich mit dem hochverehrten Minister zur Linken unterhalten zu können«, sagte Horigawa pflaumenweich. »Tee beflügelt den Geist.«

»In der Hochzeitsnacht ist der Körper wichtiger als der Geist«, gab Sogamori zurück. Er lachte. »Eure Braut ist sicher hinter ihrem Fächer eingeschlafen. Sie langweilt sich bei den Gesprächen der Männer. Warum bringt Ihr sie nicht zu Bett und erweckt sie wieder zum Leben?«

»Ihr redet wie der Eroberer von Frauenherzen, als der Ihr bekannt seid.«

Kiyosi lachte. »Mein Vater mag als Frauenheld bekannt sein. Aber Fürst Domei ist ihm auf diesem Gebiet immer ein paar Schritte voraus.«

»Ich weiß nicht, wovon du redest«, sagte Sogamori unwirsch.

»Ich auch nicht«, log Horigawa.

»Das will ich Euch gerne erklären«, sagte Kiyosi. »Ich rede von den vergeblichen Anstrengungen meines Vaters um die Gunst von Fräulein Akimi.«

»Dein Respekt vor deinem Vater sollte dir verbieten, in der Öffentlichkeit über diese Dinge zu sprechen«, sagte Sogamori, sichtlich irritiert.

»Dein Respekt vor unserer Familie sollte dir verbieten, Vater, uns bei Hofe der Lächerlichkeit preiszugeben.« Die Bemerkung war leicht dahingesagt, aber Horigawa blieb die Schärfe, die in den Worten mitklang, nicht verborgen.

Taniko war verwundert, daß Kiyosi seinen Vater öffentlich so brüskierte. Natürlich wußte sie, wovon er sprach. Der ganze Hof amüsierte sich über Sogamoris plumpe Annäherungsversuche an Akimi, die berückend schöne Hofdame der Kaiserin. Wie bei den anderen Aristokraten in Heian Kyo, gab es auch in Sogamoris Leben eine Menge Frauen. Neben seiner Gemahlin zum Vorzeigen, der Mutter von Kiyosi, unterhielt der Takashi-Fürst eine Reihe von Nebenfrauen, die im Rokuhara-Gebäude einquartiert waren. Außerdem hatte er immer ein oder zwei Mätressen. Sogamori stand in dem Ruf, daß sein Machthunger nur noch übertroffen wurde von seinem Verlangen nach immer neuen Bettgefährtinnen. Als Domei, der Muratomo-Fürst, eine längere Reise ins Innere des Reiches unternahm, hatte Sogamori mit Flötenspiel, Gedichten und Blumen versucht, Akimis Aufmerksamkeit zu erringen. Und das, obwohl Akimi bereits einen Sohn von Domei hatte. Die Sache hatte sehr zur Erheiterung des Hofes beigetragen, da sie willkommene Gelegenheit bot, über die romantischen Gefühle des ansonsten gefürchteten Ministers zu witzeln. Als Domei von seiner Reise zurückkehrte und von Sogamoris vergeblichem Liebeswerben um Akimi erfuhr, war er zunächst über die Maßen erzürnt gewesen, stimmte jedoch bald in das allgemeine Spottgelächter ein.

Ryuichi räusperte sich und sandte einen mißbilligenden Blick zu Kiyosi hinüber. »Mir jedenfalls ist unverständlich, wie Akimi einen ungeschliffenen Krieger wie Domei dem geschickten Diplomaten Sogamori vorzieht.«

Sogamori schwieg und hielt den Blick zu Boden gerichtet, offenbar wenig beeindruckt von der Schmeichelei.

Kiyosi meinte: »Ich verstehe Euch nicht, Ryuichi-san. Ihr sprecht mit Verachtung vom Beruf des Kriegers. Was sind wir Takashi denn anderes als Krieger?«

Taniko sah auf. Der junge Mann, der mit so kühnen Worten einem leibhaftigen Minister entgegentrat, gefiel ihr. Sie wußte, daß es sich nicht ziemte, wenn eine verheiratete Frau einem anderen Mann in die Augen sah. Aber die Versuchung war zu stark. Hier war jemand, der sich ihrem verachteten Gemahl zu widersetzen wagte. Für eine Sekunde trafen sich ihre Blicke. Sie stieß einen kaum hörbaren Seufzer aus. Dann beugte sie sich wieder über das Kohleöfchen.

Kiyosi hielt ihr sein Sake-Täßchen hin, um ihren Blick zu überspielen. Mit gesenkten Augen schenkte ihm Taniko aus dem weißen Porzellankrug ein.

»Wir sollten hier nicht den Klatsch wiederholen, der bei Hof die Runde macht«, stellte Horigawa fest.

»Ihr habt gut reden«, gab Sogamori zurück. »Eure Frau stellt mit ihrer Schönheit Akimi weit in den Schatten.« Er hob seinen Becher und trank Taniko zu. Die Lüsternheit in seiner Stimme war unüberhörbar. Taniko erschauderte.

»Zuviel der Ehre«, sagte Horigawa verächtlich. »Meine Frau ist ein Geschöpf aus der Provinz, das keine Ahnung vom höfischen Leben hat.«

»Eure Gemahlin kommt aus guter Familie«, widersprach Sogamori. »Und was die Provinz betrifft, so vergeßt Ihr, daß auch meine Vorfahren aus der Provinz stammen. Als mein Vater nach Heian Kyo kam, wurde er ausgelacht, weil er sich beim Tempeltanz so plump bewegte. Für mich bezahlte er dann die besten Tanzlehrer, die es gab. Und heute lacht niemand über mich, wenn ich für die Götter tanze.«

»Schon aus Angst nicht«, bemerkte Kiyosi trocken. »Wer wacht schon gerne mit abgeschnittenem Kopf auf?«

Sogamori lachte. Er zog eine kleine Schriftrolle aus dem Ärmel. »Stimmt es, daß Eure Gemahlin die Botschaft aus China übersetzt hat, Prinz Horigawa? Ihre Handschrift ist ganz vorzüglich.«

Horigawa verneigte sich, als gelte das Kompliment ihm selbst.

Wie ein alter Affe, dachte Taniko. Sie schirmte ihr Gesicht mit dem Fächer ab. Doch sie wußte, daß Kiyosi ihr zulächelte.

Aus dem Kopfkissenbuch von Shima Taniko:

Mein verhaßter Herr Gemahl hat es fertiggebracht, daß ich als Hofdame bei der Kaiserin dienen darf. Eine unerhörte Ehre für eine Frau aus der Provinz. Mein Debüt bei Hofe ist für den ersten Tag des elften Monats vorgesehen.

Onkel Ryuichi ist verzweifelt wegen der Kosten für meine Kleidung. Ich habe ihm versprochen, daß ich mich erkenntlich zeigen und ihm Informationen über den Handel mit China zukommen lassen werde. Der Gewinn wird ihm ein Vielfaches der Kosten einbringen, die ihm für meine Kleidung entstanden sind.

Ich weiß schon viel über China. Drei Briefe habe ich für meinen Gemahl übersetzt. Zum Beispiel gibt es in Wirklichkeit zwei China.

Das eine heißt Cathay, liegt im Norden und wird von grausamen Barbaren beherrscht. Im südlichen China herrscht ein Kaiser der Sung-Dynastie.

Die Barbaren in Cathay, auch Mongolen genannt, haben bereits eine Reihe von Königreichen nördlich und westlich von China erobert. Sie führten Krieg gegen die Sung-Dynastie, als vor drei Jahren ihr Herrscher, den sie den Großen Khan nennen, starb. Die Mongolen haben seltsame Sitten. Wenn ihr Herrscher stirbt, unterbrechen sie alle kriegerischen Handlungen, bis sie einen neuen Herrscher haben. Das Bemerkenswerte ist, daß ihr Herrscher nicht von Gott eingesetzt wird wie in Japan, er wird gewählt. Ein erschreckendes Volk.

Gott sei Dank habe ich nichts mit den Mongolen zu schaffen. Bald werde ich eine Hofdame der Kaiserin sein. Ich kann es kaum erwarten.

Am zwanzigsten Tag des neunten Monats
Im Jahr des Drachens

Taniko war an den Rhythmus des elterlichen Haushalts und des bäuerlichen Lebens in Kamakura gewöhnt. Die Uhren in Heian Kyo indes gingen anders. Es war ein sorgloses, elegantes Leben, voller Langeweile und Müßiggang. Die Hofdamen hielten sich im Haus der Glyzinien, in der unmittelbaren Nähe der Kaiserin auf. Nichts durfte geschehen, wenn die Astrologen nicht einen Tag bestimmt hatten, der für die vorgesehene Unternehmung günstig war.

Kein Wunder, daß sie sich langweilten und sich die Zeit mit Klatsch und Brettspielen, mit dem Schreiben romantischer Gedichte und mit Blumenstecken vertrieben.

Eines Tages vernahm Taniko aus den Gemächern der Kaiserin ungewöhnliche Geräusche - Hundegebell, das Kreischen einer Katze und über allem die Entsetzensschreie der Kaiserin.

Taniko eilte hinein. Eine bizarre Szene bot sich ihren Blicken. Auf einem hohen Mahagonischrank saß Myobu, die Lieblingskatze der Herrscherin, mit gesträubtem Fell. Davor stand ein Hund, nicht größer als die Katze, und kläffte wütend.

Kaiserin Sadako war in Tränen aufgelöst. Die anderen Hofdamen und Dienerinnen standen im Halbkreis um sie und versuchten sie zu beruhigen.

»Gut, daß du kommst, Taniko-san«, empfing Sadako die Eintretende. »Ich bitte dich, rette meine arme Myobu.«

Taniko verbeugte sich. Dann packte sie den Schoßhund mit festem Griff. Wütend biß er um sich, aber es nützte ihm nichts. Taniko kannte das Tier. Li Po gehörte Akimi, der Mätresse von Fürst Domei. Akimi weilte für einige Tage außerhalb des Palastes. In den Tagen der Monatsblutung galten die Frauen als unrein und mußten den Palast verlassen.

Schon vor einiger Zeit hatte Taniko Akimis Bekanntschaft gemacht. Akimi verbreitete eine Aura vornehmer Unnahbarkeit um sich, so daß in Taniko der Wunsch erwuchs, diese Frau näher kennenzulernen. Aber Akimi blieb äußerst zurückhaltend. Schießlich war Taniko mit einem der schlimmsten Widersacher der Muratomo verheiratet. Akimi konnte nicht ahnen, daß diese Frau an ihrem Liebhaber Gefallen gefunden hatte. Taniko hatte Domei, den Oberaufseher der Palastgarde, einige Male gesehen. Eine beeindruckende Erscheinung. Wie konnte Sogamori nur glauben, daß er beim Wettbewerb um die Gunst von Akimi gegen einen Mann wie Domei den Sieg davontragen würde? Man hatte Taniko erzählt, wie unwürdig der frühere Kaiser seinen treuesten Vasallen behandelt hatte, wie er ihm zum Dank für die Tapferkeit im Kampf befohlen hatte, seinen eigenen Vater hinzurichten, und wie die Rivalen des braven Kriegers, die Takashi, vom Kaiser mit Ämtern und Würden überschüttet worden waren. Tanikos Herz flog diesem Manne zu, der vom Schicksal auf so grausame Weise in die Knie gezwungen worden war.

Kaiserin Sadako hatte ihre Röcke gerafft. Sie eilte auf den Mahagonischrank zu und streckte die Arme nach der Katze aus. »Komm in meine Arme, mein Liebling, komm zu deiner Mutter.« Mit einem Sprung landete die Katze in Sadakos Armen.

Die Herrscherin wandte sich zu Taniko. »Dieser Hund hat meine arme Myobu erschreckt! Sorge dafür, daß er gebührend bestraft wird!«

Taniko lag der Hinweis auf der Zunge, daß der Hund der Hofdame Akimi gehörte, aber dann fiel ihr ein, daß die Kaiserin das wohl besser wußte als sie. Wünschte Sadako etwa, daß der Hund getötet würde? Taniko beschloß, das Tier erst einmal aus der Umgebung der Kaiserin wegzuschaffen und keine weiteren Fragen zu stellen.

Während sie mit dem Hund auf dem Arm das Haus der Glyzinien verließ, überlegte sie, daß es ihr die ewige Feindschaft dieser Frau eintragen würde, wenn sie Li Po töten ließe. Außerdem gefiel ihr das Tier, das jetzt ruhig und vertrauensvoll in ihren Armen lag. Als sie den Palast verließ, fiel ihr Blick auf eine Gruppe von Kriegern, die sich auf dem Rasen mit einem Ballspiel vergnügten.

Taniko kannte das Spiel. Die Männer versuchten einen Ball so lange wie möglich in der Luft zu halten. Die Regeln verlangten, daß man den Ball dabei nur mit den Füßen berührte. Sie ging auf die Gruppe zu. Einer der Männer würde sicher Rat wissen, was mit dem Hund anzufangen sei.

Einmal mehr dankte sie ihrem Karma, daß sie bei Hofe leben durfte, wo man sich einem Mann mit unbedecktem Gesicht nähern und sogar mit ihm sprechen durfte. Die Frauen daheim hingegen hatten sich ihr Leben lang hinter Wandschirmen und Fächern zu verbergen.

Erst als sie fast bei den Männern angekommen war, erkannte sie Domei. Er mußte etwa zehn Jahre älter sein als die anderen Spieler. Trotzdem legte er mehr Energie und Begeisterung an den Tag als die anderen.

Sie wartete, bis die Männer eine Pause einlegten, dann winkte sie Domei mit einer scheuen Geste. Er kam auf sie zu und verbeugte sich. »Was kann ich für Euch tun, Taniko?« Wenn er Feindschaft gegen die Gemahlin seines erklärten Gegners hegte, dann ließ er sie sich nicht anmerken.

Muratomo no Domei war ein breitschultriger Mann, dessen Haut man ansah, daß er die meiste Zeit im Freien, in Wind und Wetter, verbrachte. Ein denkbar krasser Kontrast zu den Höflingen, die sich weiß puderten, um noch blasser zu erscheinen. Sein Schädel war kahlrasiert, mit Ausnahme des Samurai-Haarschopfes. Der Schweiß lief ihm über die hohe Stirn. Seine vorstehenden Zähne fielen ihr auf, die durch den buschigen Schnurrbart noch betont wurden.

Taniko legte in wenigen Sätzen dar, daß die Kaiserin ihr aufgetragen hatte, den Hund zu bestrafen. Sie ließ unerwähnt, daß es sich um Akimis Hund handelte. Sie durfte annehmen, daß Domei das Schoßtier seiner Mätresse kannte.

»Die Katze Ihrer Kaiserlichen Majestät zu erschrecken, ist ein schweres Vergehen«, sagte Domei ernst. »Ich werde mich um den Gefangenen kümmern.« Er nahm ihr den Hund ab.

»Was werdet Ihr mit ihm tun, Domei-san?« fragte Taniko.

»Streunende Hunde werden als Zielscheibe für Schießübungen benutzt, Taniko-san.«

Sie war schockiert.

»Möchtet Ihr der Hinrichtung des Tieres beiwohnen, Taniko-san?«

»Um Himmels willen, nein.«

Dies war der zweite Samurai, dem sie gegenüberstand. Der erste war jener Krieger gewesen, den Jebu getötet hatte. Aber Domei sah nicht roh und grausam aus. Dieser Mann verfügte über Intelligenz und Herz, wenn auch nicht über allzu höfische Sitten. Nein, dachte sie, er wird den Hund nicht töten.

Er war ein Muratomo, und die Muratomo galten allgemein als grausam und blutrünstig. Der Kaiser wußte sicher, warum er ihm den Oberbefehl über die Palastgarde anvertraute. Domei war ein geborener Kämpfer, der sein Leben für seinen Herrn hingeben würde. Ohne Zahl waren die Legenden, die sich um die Heldentaten der Muratomo rankten. Vor Jahrhunderten waren sie in die östlichen Provinzen des Reiches übergesiedelt, um dort ihr Glück zu machen. Die Muratomo waren die Speerspitze des Kaisers gewesen bei der Eroberung der Ebene von Kanto. Sie hatten die wilden Horden der gefürchteten Ainu vor sich hergetrieben wie Hasen. Der Schutzheilige der Muratomo war Hachiman, er war der Gott des Krieges, und ein Muratomo-General, der viele Siege an sein Banner geheftet hatte, war mit dem Beinamen ›Hachimans Ältester Sohn‹ geehrt worden.

Im vergangenen Jahrhundert hatten die Muratomo zwei Aufstände gegen den Kaiser niedergeschlagen, im Neunjährigen Krieg und im Dreijährigen Krieg. Sie mochten rauhe Krieger sein, aber sie waren dem Kaiser treu ergeben.

Einen Tag später kehrte Akimi ins Haus der Glyzinien zurück. Sie hatte rotgeweinte Augen und brach wiederholt in Gegenwart der Kaiserin unvermittelt in Tränen aus. Die gutherzige Sadako bat sie inständig, ihr doch den Grund für ihre Traurigkeit zu nennen. »Majestät, der Befehlshaber der Palastgarde hat meinen kleinen Hund getötet.«

Die Kaiserin sah zur Seite. »Davon weiß ich nichts.«

»Aber es ist wahr, Majestät. Aber vor allem bin ich traurig, weil mein kleiner Li Po den Unmut Eurer Majestät herausgefordert hat. Für dieses Vergehen gab es nur eine Sühne, den Tod.«

»Das habe ich nicht gewollt«, sagte die Kaiserin. Sie wandte sich zu Taniko. »Schickt nach Domei.«

Domei erschien wenig später und entbot der Kaiserin seine Reverenz. Sie fragte ihn, was aus dem Hund geworden war.

»Ich sagte bereits Eurer Majestät Dienerin Taniko-san, daß es ein schweres Vergehen ist, die Katze Eurer Majestät zu erschrekken. Der Hund ist hingerichtet worden. Wir haben ihn als Zielscheibe für die Kaiserlichen Bogenschützen benutzt.«

»Ihr seid ein Barbar«, rief die Kaiserin aus. »Ihr habt einer meiner liebsten Dienerinnen großes Leid zugefügt. Ich bin sehr erzürnt über Euch, Domei-san.«

Domei senkte den Kopf. »Laßt mich enthaupten, Majestät, damit meine Verfehlungen die gerechte Sühne finden.«

Die Kaiserin fuhr erschrocken zusammen. »Man löst keine Probleme, indem man tötet, Domei-san«, sagte sie. »Laßt mich jetzt allein.«

Domei gehorchte. Zwei Stunden später kehrte er mit einem kleinen Hund zurück, der Li Po zum Verwechseln ähnlich sah. Mit Freudentränen in den Augen schloß Akimi das Wollknäuel in die Arme.

»Es handelt sich um eine Reinkarnation von Li Po«, erklärte er. »Die Kami sind uns gnädig. Sie haben ihn uns zurückgegeben.«

»Wie kann dieser Hund eine Reinkarnation sein, Domei-san, wenn er das gleiche Alter hat wie Li Po?« fragte die Kaiserin.

»Ich weiß es nicht, Majestät«, sagte Domei. »Ich verstehe wenig von diesen Dingen.« Taniko verbarg ihr Lächeln hinter einem Fächer.

»Warum gebt Ihr nicht zu, daß es sich um denselben Hund handelt und daß Ihr ihn gar nicht getötet habt?«

»Das würde bedeuten, daß ich einen Befehl Eurer Majestät mißachtet hätte. Es ist, wie ich vorhin gesagt habe. Dieser Hund sieht dem getöteten Tier nur ähnlich. Und ich freue mich, daß Eure Dienerin wieder glücklich ist.«

Die Blicke der Herrscherin wanderten von Domei zu Akimi. Lächelnd gebot sie ihnen, sich zu entfernen.

Der Hund erhielt den Namen Tu Fu. Er sollte in der Folgezeit zu den Lieblingen im Kaiserlichen Palast gehören.

Einen Tag später kam Akimi in Tanikos Gemach. Sie war zehn Jahre älter als Taniko und eine der schönsten Frauen, die diese je gesehen hatte. Ihr Gesicht war ein vollendetes Oval, die Augen groß und klar wie Edelsteine.

»Ich danke dir für deine Güte, Taniko-san. Wenn du Li Po jemand anderem als Domei gegeben hättest, wäre er nicht mehr am Leben. Du mußt wissen, daß Li Po der liebste Spielgefährte unseres Sohnes Yukio ist. Sein Tod hätte ihm das Herz gebrochen.«

Taniko verneigte sich. »Ich freue mich, daß ich Euch zu Diensten sein durfte, Akimi-san.« Sie lächelte. »Darf ich hinzufügen, daß Ihr eine vollendete Schauspielerin seid?«

Akimi lachte. Sie reichte ihr ein in Seide gewickeltes Päckchen. »Das ist ein Geschenk für dich. Ich hoffe, es gefällt dir.«

Taniko wickelte das Geschenk aus. Ein ledergebundenes Buch kam zum Vorschein.

»Das Buch heißt *Die Geschichte des Hohlen Baumes*«, erklärte Akimi. »Es ist zweihundert Jahre alt. Ich habe es von meiner Mutter bekommen. Es enthält Zeichnungen, die dein Herz erfreuen werden.«

»Ich danke Euch«, sagte Taniko. Sie schlug das Buch auf, das herrliche Illustrationen und sorgfältig gemalte Buchstaben enthielt. »So ein schönes Geschenk habe ich nicht verdient.«

Akimi war ernst geworden. »Domei und ich wissen, daß du unsere Freundschaft suchst. Es gibt an diesem Hof nicht viele Menschen, die Domei und mir wohlgesonnen sind. Vergib mir, wenn ich davon spreche, aber zwischen Domei und deinem Mann herrscht tödliche Feindschaft.«

»Ich weiß«, sagte Taniko. »Ich muß meinem Mann gegenüber loyal sein. Aber darüber hinaus, glaube ich, darf ich mir meine Freunde selbst wählen.«

Akimi ergriff ihre Hand. »Ich möchte, daß du unsere Freundin bist, was immer auch geschieht.«

Allein in ihrem Gemach, machte sich Taniko an die Lektüre des kostbaren Buches. Während sie Seite für Seite betrachtete, wanderten ihre Gedanken zurück zu Akimi. Sie war glücklich, daß sie ihr Freundschaftsangebot angenommen hatte. Aber da waren diese vier ahnungsvollen Worte – *Was immer auch geschieht.* Domei war zweifellos ein stolzer Mann. Es war unwahrscheinlich, daß er die Demütigung vergessen hatte. Am Hof war alles friedlich. Aber war es vielleicht die Ruhe vor dem Sturm?

10. Kapitel

Die Welt, durch die er ritt, schien Jebu wie eine Wüste, seit er Taniko verlassen hatte.

Er begab sich als erstes zu den Tempelruinen auf dem Berg Higashi zu den Ordensbrüdern, die das Erdbeben überlebt hatten.

Es sollte einen Monat dauern, bis die Botschaft vom Konzil der Äbte eintraf. Das zerstörte Kloster, so lautete die Weisung, sollte aufgegeben werden. Die restlichen Mönche sollten sich zum Tempel des Herbstwinds in Nara, zwei Tagesreisen von Heian Kyo entfernt, begeben.

Jebu lebte schon drei Monate im Tempel des Herbstwinds, als ein neuer Abt eingesetzt wurde. Wenig später wurde Jebu ins Refektorium gerufen.

»Ich habe einen Brief von deinem Stiefvater, Abt Taitaro, erhalten«, empfing ihn der Abt. »Dein Vater sendet dir Grüße. Er beglückwünscht dich, du hast deine erste Aufgabe zur Zufriedenheit gemeistert. Du hast Taitaro das Schwert gesandt, das du dem Samurai abgenommen hast. Er möchte wissen, warum du das getan hast.«

»Aus Demut vor dem Gegner. Wenn dem Schwert des toten Gegners Ehre widerfährt, könnte es die Kami besänftigen.«

Der Abt sagte nachdenklich: »Man bräuchte Hunderte von Schwertern, um die Kami zu besänftigen. Du bist jung und kräftig. Du könntest Hunderten von Samurai die Schwerter abnehmen.«

»Das möchte ich gern.«

»Du wirst Gelegenheit dazu erhalten. Der Orden möchte, daß du in den Dienst der Muratomo trittst. Dein Stiefvater wünscht, daß du deiner Vision folgst, mein Sohn. Der Weiße Drache wird dich tragen, und deine Befehle wirst du von Domei, dem Haupt der Familie, erhalten.«

Es gehörte zu Jebus Pflichten, für Domei Botschaften in die östlichen Provinzen und nach Honschu zu befördern. Mehrere Male ritt er bis in den äußersten Süden von Kiuschu, wo die Leute noch den barbarischen Sitten anhingen, die sie von den Kumaso, einem Kannibalenstamm, übernommen hatten.

Es kam, wie der Abt gesagt hatte. Es mangelte nicht an Gelegenheiten, Kampfesmut zu beweisen. Jedesmal wenn Jebu einen Samurai niederstreckte, sandte er das erbeutete Schwert des Gegners zum Tempel der Wasservögel.

Wenn er nicht für Domei unterwegs war, hielt er sich im Tempel des Herbstwinds auf und übte sich in den verschiedenen Kampfarten.

Nie traf er Domei persönlich. Die Botschaften des Muratomo-Anführers wurden ihm von Mittelsmännern zugestellt. Jebu war es ganz recht so. Er verspürte wenig Verlangen, in die Hauptstadt zurückzukehren. Und er hatte auch nicht den Wunsch, Taniko zu sehen oder etwas über sie zu hören. Und doch verging keine Stunde, wo er nicht an sie dachte.

Kontakte zur Hauptstadt gab es genug. Es herrschte ein reger Austausch von Nachrichten zwischen dem Kloster des Herbstwinds und den Muratomo. Sogamori war es gelungen, immer mehr Macht zu erringen. Domei hingegen sank in der Gunst des Kaiserpaares tiefer und tiefer. Die Spannung zwischen den verfeindeten Parteien wuchs.

Zwei Jahre nach dem Abschied von Taniko erhielt Jebu eine Botschaft, die ihn alarmierte. Die Schriftrolle war mit Domeis Zeichen versehen. Jebu sollte sich unverzüglich nach Heian Kyo begeben.

»In der Hauptstadt herrscht offener Aufruhr. Heute morgen hat Domei die Macht übernommen«, erklärte ihm der Abt aufgeregt. »Kaiser Nijo steht unter Hausarrest in seinem Palast. Der Coup war seit langem geplant. Vor fünf Tagen, als sich der Anführer der Takashi, Prinz Sogamori, mit seinem Sohn Kiyosi auf eine Reise zur Familiengruft auf der wunderbaren Insel Itsukushima begab, war es soweit: Domei schlug los.«

»Sogamori und Kiyosi sind also nicht geflohen?«

»Keineswegs. Domei hat sich an dich als an einen mutigen Krieger erinnert. Jetzt braucht er deine Hilfe.«

Schon am Nachmittag des folgenden Tages traf Jebu in der Hauptstadt ein. Er begab sich sofort zum Kaiserlichen Palast und ließ sich bei Domei anmelden. Der, so hieß es, hielt sich in der Halle der Militärischen Tugenden auf.

Jebu trug die Ritterrüstung des Ordens. Die Zinja lehrten, daß ein nackter Mann einen gepanzerten Gegner überwinden konnte, wenn er mit genügend Entschlossenheit angriff. Doch das hinderte den Orden nicht daran, seine Krieger mit einer schimmernden Rüstung aus Metallplatten und schwarzem Leder auszustatten. Die Rüstung der Mönche war leichter und beweglicher als die der Samurai. Anstelle des Helms trug Jebu eine Lederkappe. Außer Schwert und Bogen hatte er eine Naginata bei sich.

Ein Krieger führte ihn durch den Park. Sie kamen an einer Anzahl von Gebäuden vorbei, die durch überdachte Laubengänge miteinander verbunden waren. Die Residenz der Kaiserlichen Familie lag im nordöstlichen Teil des Parks, ein großes, vergleichsweise einfaches Holzhaus, das von einem gepflegten Steingarten umgeben war.

Auf dem Exerzierplatz vor der Halle der Militärischen Tugenden übten sich etwa einhundert Krieger im Schwertkampf. Weiter vorn stand eine Reihe von Männern mit gespannten Samurai-Bogen. Sie schossen ihre Pfeile auf Holzschablonen mit den Umrissen eines Kriegers. In einiger Entfernung waren weitere Bogenschützen auf Pferden zu sehen, die auf Hunde, die von Helfern durch den Park gehetzt wurden, zielten. Hier herrschte eiserner Drill.

Domei erwartete Jebu inmitten einer Gruppe von Samurai. »Das ist der Zinja, nach dem ich gesandt habe«, stellte er Jebu den anderen vor. Er legte ihm die Hand auf die Schulter. »Bist du bereit, das Reich von Verbrechern und Verrätern zu befreien?«

Jebu war bereit, zu kämpfen und zu sterben. Die Zinja lehrten, daß Leben und Tod gleichermaßen gut waren. Der Verlust Tanikos hatte Jebus Kampfbereitschaft nur noch vergrößert.

»Ich führe die Befehle meines Ordens aus«, sagte er.

Domei fixierte ihn. »Dann höre! Ich habe Seine Kaiserliche Hoheit unter Arrest gestellt. Ich kontrolliere den Kaiserlichen Palast. Die meisten Mitglieder des Großen Staatsrates befinden sich in meiner Gewalt. Es gibt jetzt zwei vordringliche Aufgaben. Erstens muß Prinz Sasaki no Horigawa getötet werden. Er ist verantwortlich für den schändlichen Tod meines Vaters.«

Jebu zuckte zusammen, als er den Namen von Tanikos Mann hörte. Eigentlich hätte ihm längst klar sein sollen, daß Horigawas Kopf bei einer Machtergreifung der Muratomo als einer der ersten rollen würde. Aber mit diesem Tod wollte er nichts zu tun haben. Taniko sollte ihm deshalb keine Vorwürfe machen können.

Er war erleichtert, als Domei fortfuhr. »Mein Sohn Hideyori führt die Gruppe an, die Horigawa töten wird.« Er legte dem jungen Mann neben ihm die Hand auf die Schulter. »Hideyori ist erst fünfzehn«, sagte er stolz. »Wir haben ihm gerade das Haar abgeschnitten und ihm den Samurai-Knoten gebunden. Eigentlich wollte ich ihn nicht an den Kämpfen teilnehmen lassen. Aber er bestand darauf, die Ehre der Muratomo zu verteidigen.« Hideyori blickte Jebu an. Seine Augen waren kalt wie Eis.

»Die zweite Aufgabe sollst du übernehmen. Du wirst den früheren Kaiser Go-Shirakawa in Gewahrsam nehmen. Er befindet sich zur Zeit mit seiner Leibwache in seinem Sommerpalast in Sanjo.«

Zu Jebus Ausbildung hatte auch ein Grundwissen in Politik gehört. Seit Jahrhunderten übte der Kaiser nur noch nominell die Macht aus. Die eigentliche Macht lag in den Händen des jeweiligen Regenten, den seit langem der Fujiwara-Clan stellte. Neuerdings aber hatten die Kaiser einen Ausweg gefunden – sie dankten ab. Ein Ex-Kaiser war von allen zeremoniellen Zwängen befreit und unterstand nicht mehr den Weisungen des Regenten. Er lebte in einem eigenen Palast außerhalb der Hauptstadt und behielt sein Ansehen als Kaiser. Fast unangreifbar wurden die Ex-Kaiser, wenn sie ein buddhistisches Priesteramt annahmen. Auf diese Weise stellten sie eine eigene politische Kraft im Staate dar. Auf dem Umweg über ihre Abdankung wurden die Kaiser so stark, daß sie sogar ihre Nachfolger bestimmen konnten.

Noch wichtiger als die Festnahme des amtierenden Kaisers war jetzt die Gefangennahme des früheren Herrschers. Erst dann würde Domei wirklich Herr der Lage sein.

»Sobald der abgedankte Kaiser in Gewahrsam ist«, fuhr Domei fort, »wird der Große Staatsrat zusammentreten. Wir werden Sogamori und Kiyosi zu Rebellen und Gesetzlosen erklären. Anstelle von Sogamori werde ich Minister zur Linken. Und dann werde ich einen neuen Regenten bestimmen.«

»Soll ich Go-Shirakawa gefangennehmen?« fragte Jebu.

»Ja. Ich setze mein ganzes Vertrauen in dich. Du hast im Vergleich zu den Samurai zwei Vorteile. Du bist ein Mönch. Und du hast gelernt, im verborgenen zu kämpfen. Ich möchte, daß du die Männer noch heute abend nach Sanjo führst. Natürlich könnten wir auch bei Tageslicht angreifen, aber dazu müßte ich zu viele Kämpfer aus der Hauptstadt abziehen. Und den Kaiserpalast muß ich um jeden Preis besetzt halten. Es könnte uns auch Sympathie der Bevölkerung kosten, wenn die Leute sehen, daß wir den abgedankten Kaiser angreifen. Du wirst also im Schutze der Nacht vorgehen. Du selbst wirst die Palisaden erklimmen und das Tor für meine Samurai öffnen. Dann nimmst du Go-Shirakawa gefangen.

Da er Priester ist, würde kaum ein Samurai wagen, sich an ihm zu vergreifen. Du aber bist ein Zinja. Ich hoffe, daß ich mich auf dich verlassen kann.«

»Das könnt Ihr, Fürst Domei.« Eine Welle der Erregung durchflutete Jebu. Die Aufgabe, die Domei in seine Hände legte, würde entscheidend sein für die Zukunft des Reiches. Er würde seine ganze Geschicklichkeit und Kraft einsetzen und sein Leben riskieren müssen. Taniko schien in diesem Augenblick unwichtig. Jetzt mußte er seine Bestimmung erfüllen.

Sie warteten, bis es dunkel wurde. Dann machte sich Jebu mit einer Gruppe berittener Muratomo und einer einspännigen Kutsche auf den Weg.

In der Nähe des Sommerpalastes angekommen, gab Jebu das Zeichen zum Anhalten. Nur von einem Samurai begleitet, kroch er auf die Palisaden zu, die die Höhe von zwei erwachsenen Männern hatten und zusätzlich noch von einem breiten Wassergraben umgeben waren.

Er gab seinen Bogen und die Pfeile dem Samurai, der ihn begleitete. Dann glitt er geräuschlos in den Wassergraben. In voller Rüstung zu schwimmen, war eine der Fähigkeiten, in denen die Zinja trainiert worden waren. Das Wasser war eiskalt. Er tauchte unter und überquerte den Graben ein paar Handbreit unter der Wasseroberfläche.

Auf der gegenüberliegenden Seite zog er sich an der niedrigen Mauer unterhalb der Palisaden hoch. Dann holte er einen stählernen Wurfanker mit einer Seidenschnur hervor und warf ihn über die Palisade. Sekunden später hatte er das Hindernis überwunden.

Behende schlich er einen überdachten Gang entlang, der zum Hauptgebäude zu führen schien. Das Tor wurde von einem Krieger bewacht, der bequem an der Wand lehnte und in der Rechten eine Naginata hielt. Jebu zog ein Wurfmesser aus seinem Gewand und schleuderte es auf den Mann. Geräuschlos durchtrennte die Klinge die Kehle des Gegners, der mit einem erstickten Gurgeln zusammenbrach. Ein dunkler Blutschwall schoß aus seinem Hals. Obwohl er tödlich getroffen war, versuchte er seine Kameraden zu warnen. Jebu ergriff die Naginata und stieß ihm die Spitze in die Brust. Dann sprach er die Gebetsformel für den gefallenen Gegner.

Schnelle Schritte näherten sich. Jebu wirbelte herum. Die Klinge seiner Naginata traf den Angreifer unterhalb des Knies und trennte ihm den Fuß ab. Ein gellender Schrei. Ein zweiter Schlag, mit voller Wucht auf die Gurgel geführt, ließ den Mann verstummen.

Jebu wiederholte die Gebetsformel. Dann stieß er das Tor auf. Die Muratomo-Samurai stürzten herein und verteilten sich auf dem Innenhof.

Dann sah er die Phalanx der Verteidiger. Es waren keine Samurai, sondern bewaffnete Diener, die einen Riegel vor dem Eingang des Haupthauses bildeten. Aus der Halle des Palastes ertönte das Angstgeschrei von Frauen und Höflingen.

Während Jebu auf das Haus zurannte, schossen die Muratomo ihre Pfeile ab. Vier oder fünf Verteidiger brachen getroffen zusammen. Mit wenigen Sprüngen hatte er die Stufen erreicht. Einen Wächter tötete er mit dem Zinja-Schwert. Ein anderer stürzte mit gezücktem Schwert auf ihn zu. Doch Jebu war schneller. Er wich aus, seine Waffe schwirrte durch das Halbdunkel und durchbohrte den linken Arm des Gegners. Aber der andere gab nicht auf. Als er wieder zum Schlag ansetzte, trennte ihm Jebu mit einem einzigen, furchtbaren Hieb die rechte Hand vom Arm. Schreiend ging der Mann zu Boden.

Jebu drang in das Haus ein, ohne auf weitere Gegenwehr zu stoßen. Sekunden später stand er vor Go-Shirakawa. Er saß mit verschränkten Beinen auf einem Berg von Kissen auf einem Podest. Sein Blick war sorgenumwölkt.

»Die Lehren des Buddha sind vergessen. In einer Zeit wie dieser ist nicht einmal mehr ein alter Mönch vor den Übergriffen der Banditen sicher.«

Ich kann ebensogut Theater spielen wie du, dachte Jebu. Er vergewisserte sich mit raschem Blick, daß sich außer dem Tenno und ihm niemand im Raum befand. Dann fiel er auf die Knie und schlug mit der Stirn auf das Zedernholz des Fußbodens. »Ich bin Eurer Heiligkeit untertänigster Diener und komme auf Befehl von Fürst Domei. Ihr schwebt in höchster Gefahr, und ich habe Auftrag, Euch zum Kaiserlichen Palast nach Heian Kyo zu begleiten.«

Go-Shirakawa bebte vor Zorn. »Die Zinja sind Mörder, die sich als Mönche verkleiden. So sei denn gewarnt! Wer Hand an mich legt, ist verdammt bis in alle Ewigkeit. Ich werde nicht nach Heian Kyo kommen!«

Jebu hörte ein Geräusch. Er fuhr herum. Ein Mann der Leibwache hatte sich mit erhobenem Dolch von hinten angeschlichen und holte zum Stoß aus. Jebu ergriff sein Handgelenk und schleuderte ihn zu Boden. Mit einem Satz war er über ihm, drückte ihm das Knie auf den Rücken und durchschnitt ihm die Kehle mit seinem eigenen Dolch. Er trat zurück, wischte die Klinge am Gewand des Toten sauber und steckte sie in seinen Gürtel. Auf dem Fußboden hatte sich eine Blutlache gebildet, die rasch größer wurde.

»Es sind in der Tat unsichere Zeiten, Eure Heiligkeit.«

Go-Shirakawa schien in die Ferne zu blicken. »Du bringst Tod und Verderben in mein Haus, Zinja. Ich beuge mich der Gewalt. Bring mich nach Heian Kyo.«

Jebu ging voraus. Sie durchschritten die Gänge des Palastes, dann traten sie auf den Hof hinaus. Er war von den Leichen der erschlagenen Wächter übersät.

Die Samurai, die mit Jebu gekommen waren, verbeugten sich voller Ehrfurcht, als der abgedankte Kaiser im orangefarbenen Gewand der buddhistischen Priester auf den Stufen des Palastes erschien. Die Kutsche fuhr vor. Ein Samurai kniete nieder und bot Go-Shirakawa seinen Rücken als Stufe an. Der Kaiser nahm in der Kutsche Platz. Dann wurde die Tür geschlossen. Der gefangengenommene Herrscher war mit seinen Gedanken allein.

»Aufsitzen!« befahl Jebu. »Bildet einen Kreis um die Kutsche!« Sie hatten keinen einzigen Mann verloren. Jebu war zufrieden.

Dann sah er, wie einer seiner Krieger mit blutigem Schwert, eine Fackel in der Linken, aus dem Palast gelaufen kam.

»Nein!« schrie Jebu. Aber es war zu spät. Die Fackel wirbelte durch die Luft, und im nächsten Augenblick züngelten Flammen aus dem Gebälk.

Jebu schloß die Augen. Domei hatte befohlen, den abgedankten Tenno ohne viel Aufsehen und ohne unnötiges Blutvergießen in die Hauptstadt zu eskortieren. Die Samurai aber fanden ihre Befriedigung in blinder Zerstörungswut. Die erklärte Aufgabe der Samurai war der Schutz des Vaterlandes. Statt dessen legten sie Japan in Schutt und Asche, dachte er verbittert.

Die Worte von Go-Shirakawa fielen ihm ein. Andere buddhistische Mönche, mit denen Jebu sich unterhalten hatte, sprachen von einem Zeitalter des Niedergangs. Wenn man den Mönchen glauben durfte, dann hatte Buddha eine Zeit prophezeit, wo seine Gesetze in Vergessenheit geraten und die Welt im Chaos versinken würde. Jebu starrte auf den lodernden Palast. Buddha hatte recht. Alles Alte, alle Schönheit und Weisheit schienen dem Untergang geweiht.

11. Kapitel

Am Abend jenes Tages besetzten die Muratomo den Kaiserlichen Palast in Heian Kyo. Prinz Horigawa hatte fliehen können. Als es dunkel geworden war, tauchte er vor der Shima-Residenz auf. Er wurde von einer Gruppe Samurai begleitet. Wenig später stand er vor Taniko. »Ich habe deine Botschaft erhalten, und ich danke dir. Zum Glück habe ich schon vorher von dem Anschlag erfahren. Und wie ist dir die Flucht gelungen?«

»Ich bin durch das Nordosttor geschlüpft, bevor Domeis Männer es besetzt hatten.«

Sie verschwieg, daß sie von Akimi gewarnt worden war. Vor Anbruch des Tages hatte sie sie aufgeweckt. »Du bist in Gefahr, Taniko. Du mußt den Palast sofort verlassen. Nimm das Tor im Nordosten, es ist deine letzte Chance.«

»Was ist denn passiert, Akimi?«

»Domeis Truppen besetzen den Palast. Sie werden den Kaiser und die Kaiserin gefangennehmen.«

»Wie ist das möglich? Domei ist doch für den Schutz des Kaisers verantwortlich. Wie kann er seinen Treueid brechen?«

»Er hat sich lange genug demütigen lassen. Domei wird sich an seinen Feinden rächen und den Tod seines Vaters sühnen. Gleich bei Sonnenaufgang werden seine Männer losschlagen, Taniko. Es bleibt dir nur noch wenig Zeit.«

Tanikos Gedanken überstürzten sich. »Es ist meine Pflicht, bei der Kaiserin zu bleiben.«

»Der Kaiserin wird niemand ein Haar krümmen, Taniko. Wenn jemandem Gefahr droht, dann dir! Du bist die Frau des bestgehaßten Mannes von Heian Kyo. Obwohl Domei dein Freund ist, müßte er dich als Geisel nehmen. Ich weiß, daß Horigawa bereits geflohen ist. Also wird Domei dich gefangensetzen. Und dann steht dir ein schlimmes Los bevor.«

Taniko zögerte. »Ich kann nicht fliehen, bevor ich nicht die Kaiserin gewarnt habe.«

Akimis schönes Antlitz erstarrte zur Maske. »Das werde ich zu verhindern wissen.«

»Bist du denn etwa auf der Seite der Rebellen?«

»Was hast du denn geglaubt? Ich liebe Domei seit zwölf Jahren, ich gehöre zu seiner Familie, wenn du so willst. Und unser Sohn ist ein Muratomo. Ich werde nie vergessen, wie Domeis Vater enthauptet wurde. Die Takashi haben keine Gelegenheit vorübergehen lassen, Domei zu schaden.«

»Ich verstehe.« Taniko hätte an Akimis Stelle nicht anders gehandelt. Mit fliegenden Händen zog sie sich an. »Ist es notwendig, daß Domei den Kaiser gefangensetzt?« fragte sie. »Was ist, wenn er den Palast nicht halten kann? Die Takashi verfügen über mehr als zehntausend Samurai. Domei sät Wind, er wird Sturm ernten.«

Tränen schimmerten in Akimis schönen Augen. »Ich weiß, Taniko«, flüsterte sie. »Ich weiß es nur zu gut. Und ich habe Angst. Um uns alle. Du kennst ja Domei. Er ist wild und ungestüm. Nicht listig und verschlagen wie die Takashi. Ich habe versucht, ihn zurückzuhalten. Aber vergebens. Er glaubt, er kann das Netz, das die Takashi über ihn geworfen haben, mit einem einzigen Schwerthieb zerschneiden. Ich bete zu den Ahnen, daß ihm das gelingt. Es gibt keinen Weg zurück, Taniko. Das Karma wird über unser aller Zukunft entscheiden.«

In einen weiten Umhang gehüllt, folgte Taniko ihrer Freundin ins Freie. Winterkälte schlug ihnen entgegen. Von weitem war das Klirren von Waffen zu hören. Im Morgengrauen erkannte Taniko die Mannschaften, die sich vor der Halle der Militärischen Tugenden formierten. Im Schutz der verkrüppelten Bäume eilten sie zu der Kutsche, die vor dem Tor des Palastes auf Taniko wartete. Die Garde am Nordost-Tor ließ die beiden Frauen ungehindert passieren. Nach kurzer Fahrt traf Taniko in der von dicken Mauern geschützten Hochburg des Shima-Clans ein.

Prinz Horigawa hatte sich erhoben. »Wir müssen fliehen«, sagte er. »Sobald Domei den Kaiserlichen Palast unter Kontrolle hat, wird er seine Häscher nach mir aussenden. Ich werde ihm nicht die Genugtuung geben, mich unter die Gefangenen einzureihen. Setz dich in deine Kutsche und folge mir in mein Versteck nach Daidoji. Dort sind wir sicher, bis Sogamori nach Heian Kyo zurückkehrt.«

»Ich brauche keine Kutsche«, sagte Taniko. »Ich werde reiten.«

»Ich vergaß, daß ich eine Bauerntochter geheiratet habe.«

Taniko musterte ihn mit einem durchdringenden Blick. »Du hast eine *Samurai* geheiratet.«

Sie ritten die halbe Nacht, bis sie Daidoji, das Landgut des Prinzen, erreichten. Die Bediensteten waren über die Maßen erstaunt über den plötzlichen Besuch ihres Herrn, denn die Kunde von dem Aufstand war noch nicht bis hierher gedrungen.

»Grabt ein Loch neben der Wachstube!« befahl Horigawa einem Diener. »Es muß tief genug sein, daß ein Mann darin Platz hat. Und besorgt ein Bambusrohr, das bis auf den Boden reicht. Stellt Wachen aus!«

Ohne ein weiteres Wort verschwand er in seinen Gemächern. Wenig später hörte Taniko, wie der Diener den Befehl weitergab. Dann hörte man das Scharren von Schaufeln im steinigen Grund.

Es war die Stunde des Ochsen, der schwärzeste Teil der Nacht. Taniko ließ sich von den Dienerinnen ins Frauenhaus geleiten. Sie kannte die vier Mädchen, die ihr jetzt verschlafen das Lager bereiteten. Ein Becken mit glimmender Holzkohle wurde gebracht. Bald verbreitete sich wohlige Wärme. Taniko stellte die Öllampe an ihr Lager und vertiefte sich in das Buch, das ihr Akimi geschenkt hatte.

Akimi war nur eine von zahlreichen Hofdamen im Palast. Wie seltsam, daß Taniko sich gerade mit ihr angefreundet hatte. Angefangen hatte alles mit Akimis Schoßhund. Seitdem hatten sie oft miteinander gesprochen und waren einander nähergekommen. Mit niemandem sonst verstand sich Taniko so gut wie mit Akimi. Obwohl sie es nie hätte auszusprechen gewagt, war die Kaiserin eine ungebildete und wenig anregende Person, ganz zu schweigen von den anderen Hofdamen. Ohne Akimi wäre das Leben bei Hofe für Taniko kaum erträglich gewesen. Und jetzt hatte Akimi ihr sogar bei der Flucht geholfen.

Auch Prinz Horigawa war Akimi zu Dank verpflichtet, wenngleich er von deren Rolle bei Tanikos Flucht nichts ahnte. Zwei Jahre war sie jetzt mit diesem Mann vermählt. Ihr Ekel vor ihm war nicht geringer geworden in dieser Zeit. Glücklicherweise waren seine ehelichen Besuche recht selten. Es schien ihm zu genügen, daß er eine hübsche, blutjunge Frau zum Vorzeigen hatte, da man das von einem Mann in seiner Stellung so erwartete.

Taniko schloß das Buch und seufzte. Ein unglückliches Karma hatte ihr einen widerwärtigen Mann als Ehepartner beschert. Aber durfte sie sich deshalb unglücklich nennen? Eigentlich führten fast alle Frauen, die sie kannte, Vernunftehen. Als Frau wiedergeboren zu werden, war offensichtlich die Strafe für Vergehen, die man sich in einem früheren Leben hatte zuschulden kommen lassen.

Ich bin ungerecht, dachte sie, wenn ich mich selbst bemitleide. Ich lebe in der schönsten Stadt der Welt, am Hofe des Kaisers, im Zentrum des Geschehens, wo ich immer sein wollte. Ihre Stellung als Übersetzerin der Botschaften, die aus China eintrafen, hatte sich gefestigt. Kein Gast kam zu Sogamori, ohne daß Taniko es wußte. Mehr als einmal hatte sich die Gelegenheit ergeben, mit dem gutaussehenden Kiyosi zu sprechen. Alles in allem hatte sie keinen Grund, sich über ihr Schicksal zu beklagen. Für eine Frau von fünfzehn Jahren führte sie ein aufregendes Leben.

Eine Angst freilich gab es, die wie ein Schatten über diesem Leben lag. Es bestand die Gefahr, daß sie von ihm schwanger wurde. Taniko befolgte alle Gegenmaßnahmen, die ihre Mutter sie gelehrt hatte. Zu ihrer Zuversicht trug bei, daß Horigawa auch in früheren Verbindungen keine Kinder gezeugt hatte.

Trotz allem gab es noch immer eine Stelle in Tanikos Herzen, die von all dem Glanz und den Zerstreuungen des Hofes nicht ausgefüllt wurde. Es war die Liebe zu dem jungen Mann mit dem roten Haar. In ihren Träumen lächelte sie ihm zu, trank den Blick aus seinen grauen Augen, küßte seine Lippen. Eine bittersüße Erinnerung. Daß sie ihn in ihren Armen gehalten hatte, war kein Traum. Und der Gedanke, solches Glück nie wieder zu erleben, war unerträglich.

Ich hätte mich Jebu ganz hingeben sollen, dachte sie. Horigawa hatte bei ihrem ersten Zusammensein nicht den Eindruck erweckt, als sei ihm an der Jungfernschaft seiner Frau viel gelegen. Vielleicht würde sie jetzt nie erfahren, wie es war, einen solchen Mann in sich zu spüren. Jebu wußte um die Geheimnisse des weiblichen Körpers. Sie stellte sich vor, welch ungeahnte Lust er ihr bereitet haben würde, wenn sie es nur zugelassen hätte. In welch wunderbaren Erinnerungen sie jetzt schwelgen könnte.

Sie spürte, wie ihr die Tränen in die Augen traten. Sie stützte sich in den Kissen auf und lauschte. Bei dem letzten Besuch auf dem Landgut war das Rauschen des Baches zu hören gewesen. Jetzt war er zugefroren. Nur das Geräusch der Schaufeln war zu hören, die ein rätselhaftes Grab aushoben. Ein furchtbarer Gedanke durchzuckte sie. Hatte Horigawa den Kampf bereits aufgegeben? Wollte er sich selbst den Tod geben? War es *sein* Grab, das die Diener draußen aushoben?

Das Lesen hatte ihre Augen ermüdet. Sie blies die Lampe aus und versuchte zu schlafen. Lange lag sie noch wach und überlegte, welches Schicksal sie erwarten mochte. In Heian Kyo wütete der Tod. Ob Jebu an den Kämpfen teilnahm, die in der Hauptstadt tobten?

Sie stellte sich vor, sie läge in seinen Armen. In Gedanken sprach sie mit ihm, spürte seinen Körper. Ruhig und glücklich schlief sie ein.

Sie erwachte, als der Posten in den Hof galoppierte. Der Feind war im Anmarsch. Horigawa ließ Taniko zu sich bitten. Er bedeutete ihr, ihn zu dem Loch zu begleiten, das die Diener ausgehoben hatten. Eine Leiter wurde hinabgelassen. Wortlos kletterte Horigawa hinunter. Unten angekommen, musterte er die Diener, die ihn schreckerfüllt ansahen. »Wer mein Versteck verrät, den werde ich mit dem Tode bestrafen.« Sein Blick wanderte zu Taniko. »Wer es auch sei«, fügte er hinzu.

Der Zorn rötete Tanikos Wangen. Dachte er etwa, sie würde sich auf so billige Weise für die erlittenen Demütigungen rächen?

Sie blickte über den Rand der Grube. Horigawa legte sich hin und nahm das Bambusrohr in den Mund. Dann bedeckte er sein Gesicht mit einem weißen Seidentuch.

»Ihr seid von Sinnen«, sagte Taniko.

»Eine bewährte List, mein Kleines. Niemand wird mich hier finden.« Und zu den Dienern gewandt: »Los! Schaufelt das Grab zu!«

Die Grube war gefüllt, lange bevor die Muratomo auf dem Landgut eintrafen. Auf Tanikos Anweisung hatten die Diener den Boden über Horigawas Versteck mit Kies bedeckt.

Niemand wußte, ob der Mann dort unten überhaupt noch lebte. In Tanikos Phantasie erstand das Bild eines Greises, der von Steinen erdrückt in seinem Grab lag. Längst war das Atemrohr seinen Lippen entglitten. Es war ein qualvoller Tod gewesen.

Das Geräusch von Hufen unterbrach ihre Gedanken. Ein bewaffneter Diener trat zu ihr. »Es sind vierundzwanzig Samurai«, sagte er. »Sie tragen die Farben der Muratomo. Sollen wir kämpfen?«

»Euer Herr ist gut versteckt. Wenn Ihr das Landgut verteidigt, verratet ihr damit nur, daß der Prinz hier verborgen sein muß.« Sie blickte zum Tor. »Kein Kampf! Laßt sie durchs Tor und schickt den Anführer zu mir. Ich werde ihn in meinen Gemächern erwarten.«

Sie ging zum Frauenhaus und wies ihre Dienerinnen an, die Wandschirme aufzustellen.

Wenig später erschallten Rufe im Hof, dann die Stimme eines jungen Mannes. Das Geräusch schwerer Schritte. Poltern von Waffen. Dann öffnete sich die Tür, und der Anführer der Samurai trat ein. Er machte eine tiefe Verbeugung. »Seid Ihr Shima no Taniko, die Gemahlin von Prinz Sasaki no Horigawa?«

Es war düster im Raum. Taniko hatte die Blenden schließen lassen. Der Schein der Öllampe war auf den Besucher gerichtet, der Wandschirm, hinter dem Taniko saß, lag im Schatten. Sie musterte ihren Besucher durch die Ritzen. Im Palast hatte sie den Männern von Angesicht zu Angesicht begegnen dürfen. Hier, auf dem Landgut ihres Gemahls, verlangte die Sitte, daß sie sich hinter dem Schirm vor den Blicken des Besuchers verbarg.

Ihre Augen weiteten sich. Der Samurai, der dort stand, war ein Junge. Ein Junge, der einmal ein gutaussehender Mann sein würde.

»Ich kenne Euch nicht«, sagte Taniko. »Doch Eurem Aussehen nach seid Ihr von adeligem Geblüt. Euer Besuch kommt unverhofft, aber ich heiße Euch willkommen. Die Diener werden sich um Eure Unterbringung kümmern.«

Er kniff mißtrauisch die Augen zusammen. »Ich bin Muratomo no Hideyori, Sohn von Muratomo no Domei. Ich möchte Euren Gemahl sprechen.«

Töten möchtest du ihn, dachte Taniko.

»Ich bin untröstlich«, sagte sie. »Der Prinz hat uns gestern abend verlassen, um zum Tempel am See Biwa zu reiten.«

»Er reitet mitten in der Nacht?«

»Wie Ihr«, gab Taniko zurück. Der junge Anführer ging nicht auf die Anspielung ein.

»Es geschah auf Anraten seines Astrologen.«

»Es könnte sein, daß sein Astrologe diesmal recht behält«, sagte der junge Mann. »Für den Fall, daß Euer Gemahl sich auf seinem eigenen Landgut verirrt haben sollte – habe ich Eure Erlaubnis, nach ihm zu suchen?«

»Gewiß, Hideyori-san«, sagte Taniko. »Unsere Diener werden Euch beim Suchen behilflich sein.«

Hideyori vollzog eine formvollendete Verbeugung und verließ den Raum. Er ist wie sein Vater, dachte Taniko. Herrisch, männlich und gutaussehend. Sie trat ans Fenster. Draußen wurden Befehle gegeben. Die Suche nach Prinz Horigawa hatte begonnen.

Sie seufzte und kauerte sich auf ihr Bett, auf den Knien *Die Geschichte des Hohlen Baumes.*

Ihre Gedanken wanderten zu ihrem Mann. Welche Angst mußte er jetzt in seinem Grab ausstehen? Sie haßte ihn, verachtete ihn. Aber sie wünschte, daß er lebte. Er war ihr Gemahl. Und es war ihre Pflicht, sein Leben zu schützen.

Nach einiger Zeit kehrte Hideyori zurück. Taniko sprang auf und huschte hinter den Wandschirm.

»Ihr werdet gestatten, daß ich auch das Frauenhaus durchsuche«, sagte er.

»Das gestatte ich keineswegs«, gab Taniko zurück. »Ich wüßte nicht, was ein Samurai im Frauenhaus zu suchen hat.«

»Ihr seid eine Samurai, Taniko-san. Gebt Ihr mir Euer Wort, daß Prinz Horigawa sich nicht im Frauenhaus befindet?«

»Mein Mann ist ein Krieger, dem es noch nie an Tapferkeit gefehlt hat, Hideyori-san. Es wäre unter seiner Würde, sich im Frauenhaus zu verstecken.«

»Gebt Ihr mir Euer Wort als Samurai?«

»Er ist nicht hier.«

»Nun gut. Ich werde auf eine Durchsuchung des Frauenhauses verzichten. Unter einer Bedingung.«

»Und die wäre?«

»Man sagt, die Gemahlin des Prinzen Horigawa sei eine der schönsten Frauen der Hauptstadt. Ich möchte mich selbst davon überzeugen. Kommt hinter Eurem Schirm hervor und laßt Euch ansehen.«

Er ist kaum sechzehn, dachte sie, und schon so kühn. Aufmerksam betrachtete sie den Jungen durch den Wandschirm. Es lag keine Lüsternheit in seinen Augen, keine Grausamkeit, nur jener männliche Ernst, den Taniko an den Muratomo so bewunderte.

»Also gut«, sagte sie leise. Mit gesenkten Augen trat sie hinter dem Schirm hervor.

Stille erfüllte den Raum. Taniko wußte nicht, wie lange sie so dastand. Schließlich hob sie die Augen. Ihre Blicke trafen sich.

»Nun?« fragte sie mit einem Unterton von Ungeduld.

»Die Leute in der Hauptstadt haben gelogen«, sagte er. »Ihr seid nicht eine der schönsten Frauen von Heian Kyo, Ihr seid die schönste Frau.«

»Eure Mutter ist mir an Schönheit überlegen.«

»Meine Mutter?«

»Akimi ist eine gute Freundin von mir.«

Sein Blick verdüsterte sich. »Akimi ist nicht meine Mutter.«

Taniko fuhr mit der Hand zum Mund. Wie hatte sie diesen unverzeihlichen Fehler begehen können! Sie wußte, daß Akimi einen Sohn von Domei hatte, aber sie hatte ihn nie zu Gesicht bekommen. Sie hatte vergessen, daß Domei auch Söhne von anderen Frauen hatte.

»Vergebt mir«, flüsterte sie. »Ich wollte Euch nicht beleidigen.«

Hideyori hob die Schultern. »Ich habe um Vergebung zu bitten«, sagte er. »Ich habe Eure Ruhe gestört. Möge Euer Kami Glück über Euch bringen.« Er verneigte sich. Dann war er fort.

Was für ein Mann, dachte Taniko. Wenn es Männer wie Hideyori und Jebu gab, warum mußte das Schicksal sie dann mit einem Ehemann wie Horigawa zusammenführen? Natürlich ist Hideyori noch ein bißchen jung, dachte sie. Aber diese Augen . . .

Sie entzündete ein Räucherstäbchen, das eine Stunde lang vorhalten würde. Bis dahin würde Hideyori mit seinen Samurai hinter den Bergen verschwunden sein. Sie würde den Dienern den Befehl geben, Horigawa wieder auszugraben. Falls er noch lebte.

12. Kapitel

Jebu war die Aufgabe übertragen worden, den abgedankten Kaiser zu bewachen. Man hatte den Herrscher im Kleinen Palast, abseits der Regierungsgebäude, untergebracht. Go-Shirakawa hatte den gestrigen Abend in strenger Klausur verbracht. Der Große Staatsrat war zusammengetreten. Wie Jebu in Erfahrung gebracht hatte, standen die Dinge für Domei nicht gerade gut. Einer der Ratgeber des Regenten hatte ihn vor dem versammelten Rat als Verräter und Rebell gegen die Krone bezeichnet. In der Diskussion, die sich anschloß, hatten die Mitglieder des Rates die Entscheidung über Domeis Forderungen zurückgestellt. Und jeder wußte, daß das fast einem Nein gleichkam.

Zu allem Überfluß waren Hideyori und seine Samurai auch noch unverrichteterdinge zurückgekehrt. Horigawa schien wie vom Erdboden verschluckt. Jebu war enttäuscht. Er ertappte sich bei dem Gedanken, daß er Taniko bereits als Witwe vor sich sah.

Domei hatte alle Samurai im besetzten Palast zusammengezogen. Es waren nicht weniger als siebentausend Mann, die im Schutze der Mauern einem unbarmherzigen Drill unterzogen wurden. Über dem Haupttor des Kaiserpalastes wehte jetzt das Banner des Weißen Drachens. Spannung und Unsicherheit herrschten unter den Samurai. Sie sehnten sich danach loszuschlagen.

Drei Tage nach der Besetzung des Palastes ließ sich ein junger Samurai bei Jebu melden.

»Domei möchte Euch sprechen. Er erwartet Euch am Südlichen Tor.«

Wenig später stand Jebu vor dem Anführer der Rebellion und seinen Ratgebern. Domei sah abgespannt und entmutigt aus.

»Du hast deinen Auftrag zu meiner Zufriedenheit ausgeführt, Jebu.«

»Es ist mir leider nicht gelungen, die Zerstörung des Sommerpalastes zu verhindern.«

Domei zuckte die Schultern. »Ein altes Gebäude mehr oder weniger. Die Hauptsache ist, daß wir Go-Shirakawa in unserer Gewalt haben und es keine Verluste gegeben hat.«

Domei senkte die Stimme. »Es gibt Neuigkeiten, Jebu. Kaiser Nijo ist entflohen.«

»Wie konnte das geschehen?«

»Die Takashi stecken dahinter. Sie haben Nijo als Hofdame verkleidet und durch eines der hinteren Tore geschmuggelt. Und das ist nicht die einzige Hiobsbotschaft. Sogamori und Kiyosi sind zurückgekehrt. Es wird Kampf geben. Ich möchte, daß du den Schutz meines Sohnes übernimmst.«

Jebu hatte gehört, daß Domei fünf Söhne hatte. Bisher hatte er nur einen davon kennengelernt, Hideyori.

»Ihr meint Euren jüngsten Sohn Hideyori?«

Domei lächelte. »Hideyori ist nicht mein jüngster Sohn. Aber er ist derjenige, der am meisten Schutz braucht. Der Bursche ist zu wagemutig. Ich möchte, daß du nicht von seiner Seite weichst. Versuche ihn zu schützen, aber möglichst so, daß er nichts davon merkt.«

So wie jetzt Domei hatte auch Taitaro ausgesehen, als er Jebu in die Fremde schickte. Väter lieben ihre Söhne. Trotzdem setzen sie sie der Gefahr aus.

Eine der Wachen gab Alarm.

Jebu trat an die Palastmauer und sah hinaus. Ein Reiterheer von

Takashi-Samurai näherte sich dem Palast. Die Rüstungen schimmerten im Sonnenlicht. Angeführt wurden sie von einem jungen Mann, auf dessen Helm ein Roter Drache prangte.

»Das ist Kiyosi«, sagte Domei, »der Sohn von Sogamori. Eitel wie alle Takashi. Nun, wir werden diesen Hochmut brechen.« Entschlossen hob er das Kinn. »Das Schwert in seiner Hand ist Kogarasu.« Domei zog sein eigenes Schwert aus der Scheide. »Meine Waffe ist der seinen ebenbürtig – Higekiri. Wir werden sehen, welches Schwert heute mächtiger ist.«

Jebu verkniff sich ein Lächeln. Diese Samurai glaubten, daß ihre Waffen magische Kräfte besitzen. »Ein Schwert hat nur soviel Kraft wie der Mann, der es führt«, sagte er.

Domei schüttelte den Kopf. »Ein Mann hat soviel Kraft, wie er sich zutraut. Darin liegt das Geheimnis des Sieges.« Er trat von der Mauer zurück. »Begib dich jetzt zu Hideyori.«

In diesem Augenblick gab Kiyosi seinem Pferd die Sporen. In der nächsten Sekunde setzte sich das ganze Reiterheer der Takashi in Bewegung. Das Donnern der Hufe erfüllte die Luft. Tausende von Reitern stürmten auf die Palastmauer zu.

Dann wurden die ersten Strickleitern geworfen. Domei schrie seinen Männern Befehle zu. Die Bogenschützen traten an den Rand der Mauer und ließen einen tödlichen Pfeilregen auf die angreifenden Takashi niederprasseln.

Jebu widerstand der Versuchung, in den Kampf einzugreifen. So schnell er konnte, rannte er über den Kiesweg auf den Palast der Zeremonien zu. Er fand Domeis Sohn bei einer Gruppe von Samurai, die an der Inneren Mauer postiert waren. Hideyori lauschte dem Kampfgetümmel jenseits der Mauer. Er hielt die Hand am Knauf seines Schwertes.

»Hast du je mit diesem Schwert getötet?«

Hideyori zuckte die Achseln. »Ich habe das Schwert an einem Sklaven ausprobiert. Jetzt sehne ich mich nach einem wirklichen Kampf.« Er deutete auf die Äußere Mauer. »Warum bleiben wir hier? Ich will hinaus!«

Jebu blickte durch das Tor, hinter dem der Kampf tobte. Ein Takashi-Banner war kurz zu sehen. »Wie es aussieht, werden die Takashi hereinkommen.« In Gedanken rezitierte er das Zinja-Gebet zur Vorbereitung auf die Schlacht.

Dann kam der Angriff. Die roten Gestalten der Takashi durchbrachen die Verteidigungslinie der Muratomo. Jebu legte einen

Pfeil ein und zielte auf Kiyosi. Aber noch während der Pfeil durch die Luft schwirrte, vollzog der junge Krieger eine plötzliche Wendung.

»Halte dich in meiner Nähe«, sagte Jebu zu Hideyori. Der junge Muratomo stand da mit gezücktem Schwert. Die Samurai hatten einen Schutzwall um den Sohn ihres geliebten Anführers gebildet.

Domei mochte ein guter Krieger sein, dachte Jebu. Ein guter Stratege war er nicht. Im Unterschied zu den Takashi, die ihre Truppen nach einem bestimmten Plan aufmarschieren ließen, kämpften Domeis Leute nach Art der alten Samurai: jeder für sich. Schritt für Schritt wichen die Krieger zurück.

Als ein riesenhafter Takashi zum Schlag gegen Hideyori ausholte, zerschmetterte ihm Jebu die Waffe in der Hand. Ein zweiter Takashi warf sich auf den jungen Gegner. »Wir haben Domeis Sohn!« schrie er. Mit einem gewaltigen Stoß seines Schwertes brachte ihn Jebu zum Schweigen. Aus einer klaffenden Wunde blutend taumelte der Gegner in die Reihen seiner Kameraden zurück.

Immer mehr Takashi drängten heran. Jebu ließ sein Schwert in die Runde wirbeln. Die Klinge hinterließ eine blutige Schneise. Dann sah er Domei, der im Galopp heransprengte. »Ich danke dir«, sagte Domei. »Du hast meinem Sohn das Leben gerettet.« Er ergriff Jebus Hand. »Ihr Zinja kämpft wie die Teufel.«

Die Zinja sind Teufel. Aber Jebu hatte keine Gelegenheit, länger über die Bedeutung dieser Worte nachzudenken. Domei hatte den Befehl zum Gegenangriff gegeben. In einer hundert Mann breiten Phalanx rückten die Muratomo voran und überrollten die Takashi wie eine stählerne Woge. Die Taiko ließen ihre Trommeln ertönen, um die Krieger zum Kampf anzustacheln.

Jetzt schien sich das Schlachtenglück den Muratomo zuzuneigen. Bald war der südliche Teil des Palastes von Takashi gesäubert, so daß sich die Muratomo vereint auf die Gegner im nördlichen Hof werfen konnten. Nach erbittertem Kampf bröckelte der Widerstand immer mehr ab, bis die Takashi schließlich die Flucht ergriffen.

Ein rötlicher Blitz zuckte auf. Es war das Gleißen der Sonne, deren Strahlen sich auf Kiyosis Helm brachen. Jebu sah dem jungen Krieger nach, der mit erhobenem Schwert zum Rückzug blies.

In Jebus Augen war dies ein unsinniges Manöver. Auch wenn die Samurai der Muratomo beim Gegenangriff den Feind zurückgeworfen hatten, so konnte dies für die kampferfahrenen Takashi kein Grund sein, ihre Attacke auf der ganzen Linie abzubrechen. Was führten diese Füchse nur im Schilde?

Gebannt starrte er dem Reiterheer nach, das unter Kiyosis Führung durch das Tor galoppierte. Die Muratomo stürmten ihnen nach. »Halt!« schrie Jebu. »Schließt das Tor! Bleibt hier! Wir müssen den Palast verteidigen!« Aber seine Worte gingen im Kampfesgetümmel unter.

Was nun folgte, war gespenstisch. Binnen weniger Minuten leerte sich der Park. Drei oder vier Dutzend Muratomo, unter ihnen Hideyori und Jebu, blieben zurück.

Plötzlich herrschte unheilschwangere Stille. Auf den Wegen und Rasenflächen des Parks lagen die Leiber der Erschlagenen. Wohin man sah, war Blut. Es war, als hätte ein Riese mit seiner Tuschfeder das weiße Geviert des Kaiserpalastes mit der Flammenschrift des Todes besudelt. Weiß und Rot – die Farben der Muratomo und der Takashi. Die beiden streitenden Clans hatten mit ihrem Blut heiligen Boden entweiht.

Jebu betrachtete das traurige Bild. Nach diesem Blutbad würde nichts mehr sein wie vorher. Vierhundert Jahre war es her, daß Kammu, der Stammvater der Takashi, diesen Palast gebaut hatte. Jahrhunderte galt das Bauwerk für das ganze Reich als Symbol der Harmonie und des Friedens. Nun war der heilige Ort mit abgeschlagenen Gliedmaßen und verstümmelten Leichen übersät.

Hideyori trat auf Jebu zu. Mit einem blutigen Tuch säuberte er die Klinge seines Schwertes. »Wir müssen die Samurai um uns versammeln«, sagte er. »Die Takashi werden bald zurück sein.«

Jebu sah den jungen Mann an. »Du weißt . . .?«

»Ja. Der Rückzug der Takashi ist nichts als eine Falle.«

»Du wirst einmal ein guter Heerführer, Hideyori-san.«

Domeis Sohn lächelte. Aber seine Augen blieben kalt. »Ich verstehe nicht, wieso mein Vater die Verfolgung der Takashi aufgenommen hat. Wie konnte er nur auf diese List hereinfallen!« Er schüttelte den Kopf.

»Sie werden zurückkommen«, sagte Jebu. »Und sie sind in der Überzahl.«

»Wir könnten uns hinter der Inneren Mauer verschanzen.«

»Ja, und am Ende den Palast in Brand stecken.«

»Warum nicht?«

»Unsinn! Ich habe deinem Vater versprochen, daß ich dich heil zu ihm zurückbringe.«

»Du wirst das Versprechen nicht halten können, Jebu.«

Ein Warnruf erschallte. Und dann brach die Hölle los. In einer breiten Angriffswelle überfluteten die Takashi die Äußere Mauer. Es sah aus, als ob ein Heer geharnischter Ameisen die gebleichten Äste eines Maulbeerbaums erkletterte.

»Mir nach!« schrie Jebu. Hideyori und die übrigen etwa fünfzig Muratomo folgten ihm im Laufschritt durch das nördliche Tor der Inneren Mauer.

Die Takashi nahmen die Verfolgung auf. Zwanzig Muratomo stellten sich ihnen entgegen, verschafften Jebu und Hideyori den bitter nötigen Vorsprung. In Begleitung von einem Dutzend treuer Krieger rannten die beiden auf die Stallungen des Palastes zu.

Es blieb keine Zeit, die Pferde zu satteln. Die Flüchtenden warfen sich auf die Rücken der Tiere und galoppierten zum hinteren Tor hinaus.

Nach stundenlangem Umherirren in den Ruinen der Stadt fanden sie Domei und das, was von seinen Truppen übriggeblieben war. Das Heer der siebentausend Reiter war auf ein paar Dutzend Samurai zusammengeschrumpft. Tausende waren getötet oder verstümmelt worden, Tausende geflohen.

Schon bald nachdem Domei die Verfolgung der Takashi aufgenommen hatte, war ihm klargeworden, was hinter dem Manöver des Gegners steckte. Seine Befürchtungen bewahrheiteten sich, als er zum Palast zurückkehrte. Das Gelände war inzwischen von einer Übermacht Takashi besetzt worden.

»Das Glück hat sich gegen uns gewendet«, sagte Domei, als er Jebu gegenüberstand. Er vermied es, seinem Sohn in die Augen zu blicken. »Die Takashi haben den Palast besetzt«, fuhr er fort. Seine Stimme klang seltsam teilnahmslos. »Der Kaiser ist in der Gewalt des Gegners. Er hat uns zu Rebellen erklärt. Unsere Zeit geht zu Ende. Meine Pläne sind gescheitert.« Er schwieg. Nach einer Weile hob er den Kopf und lächelte. »Viele Male stößt der Falke nieder«, sagte er dann. »Oft kehrt er mit leeren Fängen ins Nest zurück. Und doch wird er immer wieder zur Jagd aufbrechen.«

Jebu hielt den Blick auf Hideyori gerichtet. In den Augen von Domeis Sohn spiegelte sich Verachtung.

Wenig später verließ das geschlagene Häuflein die Stadt. Jebu ritt neben Domei, eine Handvoll Samurai bildete die Nachhut. Einer von Hideyoris älteren Brüdern war verletzt. Jebu hatte ihn mit einer Zinja-Medizin versorgt. Die Blutung hatte aufgehört.

Der Himmel hatte sich zugezogen. Als sie die Anhöhen nördlich von Heian Kyo erreichten, begann es zu schneien.

Domei gebot dem Trupp Halt. »Wir müssen uns trennen. Meine älteren Söhne werden mich begleiten. Du, Hideyori, gehst mit Jebu. Er hat dich sicher durch die Schlacht geleitet, ich vertraue dich seinem Schutz an.«

Er wandte sich zu Jebu. »Shima no Bokuden in Kamakura ist mein geheimer Verbündeter, wenn auch kein sehr zuverlässiger. Du wirst Hideyori zu ihm bringen, dort wird der Junge vor den Takashi sicher sein.«

Domeis Gesicht wurde ernst. »Yukio, mein jüngster Sohn, ist noch in der Hauptstadt. Ihn kann ich nicht retten. Hideyori wird vielleicht der einzige sein, der überlebt. Mit ihm steht und fällt der Clan der Muratomo.«

Jebu nickte. Domei und Shima no Bokuden waren also Verbündete. Das war neu. Aber es erklärte, warum Bokuden seiner Tochter für die Reise nach Heian Kyo nur einen einzigen Zinja beigegeben hatte. Offenbar war der Weg doch nicht so gefährlich, wie Jebu angenommen hatte. Und Domei hatte sicher recht, daß Bokuden ein unzuverlässiger Verbündeter war.

Hideyori begab sich zu den Pferden. Als Jebu ihm folgen wollte, hielt Domei den Mönch zurück. »Ich habe mit dir zu sprechen, Zinja.«

»Ich höre, Domei-san.«

Domei ließ den Kopf auf die Brust sinken. »Ich bin ein Narr gewesen, Zinja«, sagte er. »Ich habe den Takashi geholfen, meinen Vater hinzurichten, und jetzt habe ich auch noch mich und meine Söhne vernichtet. Jetzt bleibt mir nur noch der Tod.«

»Eure Söhne leben, Domei-san. Ich verstehe Euch nicht.«

Domei schüttelte traurig den Kopf. »Sie sind zum Tode verurteilt. Ich weiß es, und ich trage selbst die Schuld daran.«

13. Kapitel

Fünf Tage nach der Niederschlagung des Aufstands brachte Moko, der treue Diener und Freund, Taniko die Nachricht, daß Domei wieder in der Hauptstadt war. Auch Horigawa war auf wundersame Weise wieder aufgetaucht. Die Kaiserin Sadako hatte sich in ihren Gemächern eingeschlossen. Nur Akimi schien verschwunden. Moko kniete auf der Veranda vor Tanikos Zimmer und berichtete kopfschüttelnd, was vorgefallen war.

»Ein Trupp Samurai-Krieger hat Domei und seine drei Söhne in den Bergen aufgestöbert. Sie kämpften wie die Löwen. Es gelang ihnen noch einmal, zu entkommen. Aber einer der Söhne war so schwer verwundet, daß er den Vater anflehte, ihn zu töten.«

»Wie furchtbar!«

»Nur so konnten die anderen die Flucht fortsetzen. Sie versteckten sich bei einem Bauern, aber der Mann verriet sie. Sie waren unbewaffnet, als sie von zwei Dutzend Samurai überwältigt wurden. Die Takashi brachten sie in die Hauptstadt zurück, wo Sogamori sie zum Tode verurteilt hat. Sie sollen öffentlich hingerichtet werden. Sie haben sogar den toten Sohn wieder ausgegraben und seinen abgeschlagenen Kopf im Triumph nach Heian Kyo gebracht. Außerdem sollen noch eine Reihe anderer Muratomo-Führer hingerichtet werden.«

»Wie grausam.« Taniko war bleich geworden. »Was weißt du von den zwei jüngsten Söhnen Domeis, Moko?«

»Yukio ist bei seiner Mutter Akimi. Die beiden stehen unter Hausarrest. Der zweite Sohn . . .« Moko zögerte. »Das ist eine seltsame Geschichte, Taniko-san.«

»So sprich doch.«

»Es wird gemunkelt, daß Hideyori, der zweite Sohn, unter dem Schutz eines rothaarigen Mönchs steht. Den beiden ist die Flucht gelungen. Der Mönch muß im Kampf mit den Takashi wahre Heldentaten vollbracht haben.«

Tanikos Herz schlug bis zum Hals. »Das kann nur Jebu sein.«

Moko nickte. »Ich bin sicher, Taniko-san.«

»Weißt du, wohin die beiden geflohen sind?«

»In den Nordosten des Landes.«

Dort lag Kamakura, dachte Taniko. Sie würde ihrem Vater eine Botschaft zukommen lassen, damit der seine schützende Hand über die beiden hielt.

»Wann werden die Hinrichtungen stattfinden?« fragte sie.

»In drei Tagen. Auf dem Platz neben dem Gefängnis. Dort sind bereits Pfähle aufgestellt, auf denen die Köpfe gefallener Rebellen stecken. Man will die Bevölkerung einschüchtern.« Er seufzte.

»Es ist ein großes Unglück, daß Domei und seine Söhne hingerichtet werden«, sagte Taniko. »Es ist wohl nur noch das Gesetz des Tötens, das unseren Staat zusammenhält. Wieviel Blut wird noch vergossen werden im Namen des Kaisers, der doch ein Mann des Friedens ist? Wirst du hingehen, Moko? Wirst du dabeisein, wenn ...?«

»Ich habe schon viele Menschen sterben sehen«, sagte Moko. »Und wahrscheinlich werde ich noch bei vielen Hinrichtungen Zeuge sein, bevor ich zu meinen Ahnen gehe. Wenn Ihr es wünscht, Taniko-san, dann werde ich bei Domeis Exekution dabeisein. Ich werde Euch von dem furchtbaren Geschehen berichten.«

Schon Stunden vor Beginn der Hinrichtungen ging Moko auf den Rokujo-ga-hara-Platz. Auch die ersten Angehörigen des Hofstaats trafen ein. Sie würden das Privileg genießen, dem blutigen Schauspiel aus unmittelbarer Nähe zuzusehen. Das Volk mußte mit Stehplätzen in einiger Entfernung vorliebnehmen.

Wenn Moko in dem Bereich blieb, der für die Allgemeinheit vorgesehen war, würde er vom Geschehen zu weit weg sein, um irgend etwas zu sehen. Aber da war noch der alte Kirschbaum, an dem von jeher die Leute festgeschnallt wurden, die man öffentlich auspeitschen ließ. Von dort würde er einen ungehinderten Blick auf die Hinrichtungsstätte haben.

Er kletterte hinauf und suchte sich einen Platz auf einer Astgabel. Kaum hatte er es sich bequem gemacht, sah er den verwitterten Totenschädel, der auf einem der Äste steckte. Ein kalter Schauder lief ihm über den Rücken.

Immer mehr Zuschauer fanden sich auf der Hinrichtungsstätte ein. Den Kutschen entstiegen Damen und Höflinge, auch Mitglieder der Kaiserlichen Familie, wie Moko am grünen Dach ihrer Kutschen erkannte.

Dann kam der Kaiser. Er wurde in einer goldverzierten Sänfte getragen. Die Zuschauer fielen auf die Knie. Und dann wurde

Moko bewußt, in welcher Gefahr er sich befand. Vor lauter Aufregung über seinen herrlichen Ausguck hatte er völlig jene jahrhundertealte, unumstößliche Regel vergessen, daß niemandes Kopf höher sein durfte als der des Kaisers. Wenn die Wachen Moko auf dem Baum entdeckten, war er ein toter Mann. Doch hinunterzuklettern, war es jetzt zu spät. Ihm blieb nur die Hoffnung, daß niemand im Geäst dieses Baumes einen Zuschauer vermutete.

Die Vorhänge der Kaiserlichen Sänfte öffneten sich. Es war das erste Mal, daß Moko des Tenno ansichtig wurde. Seine Kaiserliche Majestät Nijo trug einen juwelenbesetzten Kopfschmuck und eine Kette aus Diamanten. Die Gewänder waren aus kostbarer Seide, und er trug soviel davon, daß der Kopf aussah, als ruhe er auf einem riesigen Kissen. Sein Mantel war von scharlachroter Farbe, das weißgepuderte Gesicht kreisrund und ausdruckslos. Er hatte einen winzigen Mund, punktförmige Augen und ein fliehendes Kinn, auf dem einige verlorene Barthaare sprossen.

In der Nähe des Kaisers hatte Prinz Horigawa Platz genommen. Er unterhielt sich angeregt mit anderen Mitgliedern des Hofstaates. Neben Horigawa erkannte Moko den Anführer der Takashi, Prinz Sogamori. Er und Horigawa trugen ein genüßliches Lächeln zur Schau, als stünde ihnen ein besonders erlesenes Festessen bevor.

Moko sah, wie sich das Tor des nahen Gefängnisses öffnete und die Verurteilten zur Richtstätte geführt wurden. Es waren zwanzig an der Zahl. Als erster ging Domei. Moko hatte ihn schon bei anderen Gelegenheiten gesehen. Welch ein Hohn, daß dieser Mann sterben muß, dachte er. Domei, der für die Wiederherstellung der alten Werte gekämpft hatte, wurde mit dem Tode bestraft, während Horigawa, dessen Name für Korruption und Verlogenheit stand, mit der Gunst des Tenno belohnt wurde.

Fünf Henker traten vor die Verurteilten. Einer von ihnen war Kiyosi, Sprößling aus dem Hause der Takashi. Er trug eine schwarz-rote Rüstung mit goldenen Ornamenten.

Als erste würden fünf von Domeis Hauptleuten sterben. Ein Höfling verlas die Liste ihrer Verbrechen, die in der Beschuldigung des Hochverrats gipfelten. Moko betrachtete den Kaiser, aber der verzog keine Miene. Die fünf Verurteilten verbeugten sich, zuerst vor dem Kaiser, dann vor Domei, schließlich vor ihren Henkern. Dann knieten sie nieder.

Waren sich diese Menschen eigentlich im klaren, was ihnen bevorstand? Moko zweifelte daran. Er erinnerte sich an jene furchtbaren Sekunden, als Jebu ihm die Enthauptung angedroht hatte. Er hatte damals die Kontrolle über sein Denken verloren, das Gefühl für Raum und Zeit. Diese Männer wußten seit vielen Stunden, daß sie hingerichtet werden würden. Sie mußten vor Angst fast wahnsinnig sein.

Die fünf Scharfrichter hoben das Schwert zur gleichen Zeit. Fünf Köpfe rollten zu Boden, fünf Rümpfe kippten zur Seite, netzten den Sand mit ihrem Blut. Unter den Zuschauern erhob sich ein Raunen, eine Mischung aus Sensationsgier, Erregung und Abscheu.

Moko spürte, wie sein Magen revoltierte. Doch offenbar war er nicht der einzige, dem von dem blutigen Schauspiel übel geworden war. Einige Höflinge waren in Ohnmacht gefallen und wurden zu ihren Sänften und Kutschen getragen. Ein Ratgeber des Kaisers erbrach sich. Peinlich berührt sah Moko weg.

Sklaven liefen auf den Platz, ergriffen die Körper der Enthaupteten an den Füßen und schleiften sie zu einem ausgehobenen Grab. Dann erschienen Fußsoldaten. Sie pflanzten die blutigen Köpfe auf Stangen, die rund um den Platz aufgestellt wurden. Moko hielt den Atem an. Jetzt war er in höchster Gefahr. Die Menge starrte nach oben auf die blutigen Schädel.

Noch zweimal wurde das Ritual wiederholt. Jedesmal waren es fünf Männer, denen der Kopf abgeschlagen wurde. Domei kam als letzter dran. Er mußte seine Getreuen und seine Söhne von der Hand der Scharfrichter sterben sehen, bevor ihn der Tod aus seiner Verzweiflung erlöste.

Moko sah, wie die beiden Söhne ihrem Vater einen letzten Blick zuwarfen. War es ein stiller Vorwurf, weil Domei die beiden an dem Aufstand beteiligt und in den Tod geführt hatte? Oder war es die Liebe der Kinder zu ihrem Vater, die sich in dieser letzten Geste dokumentierte? Moko konnte es nicht erkennen.

Domei hatte ohne sichtbare Gemütsbewegung zugesehen, wie seine Söhne enthauptet wurden. Als die Reihe an ihm war, kniete er nieder. »Ich sterbe in unwandelbarer Treue zu Eurer Majestät«, rief er dem Tenno zu. »Auf immer werden die Muratomo die tapferen Wächter des Reiches sein.«

Es war Kiyosi, der die Hinrichtung Domeis vollzog. Er hob das Schwert hoch über den Kopf und ließ es mit einem triumphierenden »Ha!« niedersausen. Dann drehte sich Kiyosi um und verbeugte sich vor dem Kaiser. Das Antlitz des Tenno blieb unbeweglich. Er hat wohl noch nie einer Hinrichtung beigewohnt, dachte Moko. Er wäre sicher am liebsten davongestürzt. Aber das Protokoll verbot es ihm. Seltsam, der Kaiser war noch unfreier als alle anderen. Zu seinem Erstaunen schimmerten Tränen in Kiyosis Augen. Die Muratomo, die hier enthauptet worden waren, mochten erbitterte Feinde gewesen sein. Trotzdem bewegte ihr Tod einen Mann wie Kiyosi.

Als Kiyosi den Blick hob, entdeckte er Moko. Mokos Herz setzte einen Schlag aus. Sei mir gnädig, o Buddha, betete er und schloß die Augen.

Als er sie nach einer Weile wieder öffnete, hielt Kiyosi den Blick immer noch auf ihn gerichtet. Seine braunen Augen schienen ihn zu durchbohren. Gleich wird er mich vom Baum holen und mir den Kopf abschlagen, dachte Moko. Kiyosi war dem Tenno treu ergeben. Er mußte diese Beleidigung seines Herrn rächen.

Aber Kiyosi lächelte nur. Dann wandte er sich ab.

Es sah aus, als wollte der berühmte Krieger ihm das Leben schenken. Freilich mochte es auch sein, daß er nur wartete, bis sich die Menge verlaufen hatte, um seine blutige Pflicht zu erfüllen. Aber das war unwahrscheinlich. In Kiyosis Augen waren Güte und Gnade gewesen. Jetzt mußte Moko nur in seinem Versteck ausharren, bis die Menge die Hinrichtungsstätte verlassen hatte.

Sogamori gab ein Zeichen. Die Vorhänge der Kaiserlichen Sänfte wurden zugezogen. Dann hoben die Träger die Sänfte auf die Schultern. Von einer Abordnung Takashi-Krieger begleitet, bewegte sich der Zug auf den Palast zu.

Das war das Zeichen zum allgemeinen Aufbruch. Der Hofadel erhob sich von seinen Plätzen, die Kutschen fuhren vor. Moko beobachtete, wie Kiyosi sich zu seinem Vater begab. Nachdem er sich verabschiedet hatte, bestieg er sein Pferd und ritt davon. Sogamori kletterte in seine Kutsche.

Was jetzt folgte, war das Schlimmste, was Moko je erlebt hatte. Die Rädelsführer des Aufstands waren hingerichtet, nun folgten die Soldaten. Es waren nicht weniger als achtzig Rebellen, die an diesem Tag ihr Leben lassen mußten. Moko saß in seinem Baum und starrte auf die Männer, die vor den Scharfrichtern niederknieten.

Nach schier endloser Zeit wurde es dunkel. Er verließ sein Versteck. Mit steifen Gliedern schlich er sich in die Stadt zurück.

Als er ein beleuchtetes Gasthaus erblickte, trat er ein und stärkte sich mit einer Schale Sake. Immer noch sah er Kiyosis Augen vor sich. Wie war es zu erklären, daß der Takashi-Krieger ihn, einen Frevler, verschont hatte? Der gleiche Mann, der Domei enthauptet hatte, bewies Mitleid mit einem unwürdigen Zimmermann. Dann erinnerte er sich an die Tränen, die dem jungen Mann über die Wangen gelaufen waren, als der Kopf seines Feindes in den Sand rollte. Dieser junge Samurai war zu einem Mitgefühl fähig, das er nur an zwei Menschen kannte – Taniko und Jebu.

Ich muß Taniko Bericht erstatten, dachte er. Er verließ das Gasthaus und begab sich zum Hintereingang des Kaiserlichen Palastes.

14. Kapitel

Der Frühling hatte begonnen, als Jebu und Hideyori auf dem Landgut von Shima no Bokuden eintrafen.

»Was wollt Ihr hier? Will Domei mir noch aus dem Grab heraus Unglück zufügen? Ich gelte allgemein als Verbündeter der Takashi. Wie könnt Ihr da erwarten, daß ich einen Muratomo in meinen Mauern beherberge?«

»Ihr sprecht von meinem Vater, als sei er tot«, sagte Hideyori.

»Das wißt Ihr nicht? Euer Vater wurde hingerichtet und Eure Brüder auch.«

Die Nachricht gab Jebu einen Stich ins Herz. Domei, dem er zwei Jahre lang treu gedient hatte, lebte nicht mehr. Er sah zu Hideyori hinüber, der wie versteinert dastand.

»Wie sind sie gestorben?« fragte Hideyori.

»Dein einer Bruder war bei dem Kampf um den Palast schwer verwundet worden. Auf sein Drängen hin gab ihm dein Vater den Tod. Er und deine beiden anderen Brüder wurden wegen Hochverrats zum Tode verurteilt und öffentlich hingerichtet.«

»Und Yukio, mein Halbbruder?«

»Ich weiß nicht, ob Yukio noch lebt«, sagte Bokuden unwirsch. »Aber eines weiß ich: Eure Sache ist verloren. Und was uns Shima angeht, wir werden treu zu den Takashi halten.«

»Ich verstehe«, sagte Hideyori. »Aber ich bitte Euch trotzdem, uns für einige Tage Unterkunft zu gewähren. Ich weiß von dem Band der Freundschaft, das zwischen Euch und meinem Vater bestanden hat. Danach werden wir in Richtung Norden aufbrechen. Ich brauche Zeit, um Entscheidungen zu treffen und Freunde zu benachrichtigen.«

Jebu betrachtete den jungen Mann. Hideyori hatte die Autorität seines Vaters. Er war erst fünfzehn, und trotzdem gingen eine unglaubliche Ruhe, eine rätselhafte Kraft von ihm aus. Jeder andere hätte sich vor Bokuden in den Staub geworfen und um Gnade gefleht. Hideyori indes schien keine Angst zu kennen. Unwillkürlich fiel Jebu der Leitsatz aus dem Stundenbuch der Zinja ein: *Wer keine Angst empfindet, ist bereits tot.* Was war der Preis für die Ruhe, die Hideyori ausstrahlte?

Nachdem die beiden den Raum verlassen hatten, trat Bokuden an seinen Schreibtisch und zog einen Brief Tanikos hervor, der in Chinesisch abgefaßt war.

Hochverehrter Vater,
diese Zeilen sende ich Euch, um Euch anzukündigen, daß Hideyori, der Sohn von Domei, bei Euch um Schutz nachsuchen wird. Ich weiß von der Freundschaft, die zwischen Euch und Domei bestanden hat, und ich bitte Euch um dieser Freundschaft willen, Hideyori bei Euch aufzunehmen.
Der Stern der Takashi erstrahlt heller denn je, und Ihr könntet versucht sein, dem Kaiser Eure Treue zu beweisen, indem Ihr Hideyori töten laßt. So wisset denn, daß dieser Mann Euch mehr nützt, wenn Ihr ihn leben läßt.
Die Takashi vereinigen immer mehr Macht auf sich. Je stärker sie werden, um so mehr Feinde schaffen sie sich. Der Tag wird kommen, wo ihr Hochmut gebrochen wird. Dann werden die Muratomo über das Reich bestimmen. Und Hideyori ist der künftige Anführer der Muratomo. Er hält den Schlüssel zu unserer aller Zukunft in der Hand.
Diese Zeilen sende ich Euch in aller Ergebenheit und voller Dank für Eure weise Entscheidung, mich nach Heian Kyo zu verheiraten.

Eure gehorsame Tochter
Taniko.

Bokuden ließ den Brief sinken und schnaufte. Was war in Taniko gefahren, daß sie ihm so gefährliche Ratschläge gab? Gewiß, es war nicht dumm, was sie sagte. Aber vorerst mußte er die Takashi seiner Loyalität versichern.

Bokuden ergriff einen Pinsel und begann einen Brief an Prinz Sogamori.

Verehrter Minister, lieber Freund,
der Muratomo no Hideyori ist in meiner Gewalt. Was soll ich mit ihm tun? Ich erwarte Eure Nachricht.

In Demut und Ergebenheit
Shima no Bokuden.

Es war das erste Mal, daß Taniko Akimi weinen sah. Dicke Tränen liefen über das weißgepuderte Gesicht. Wortlos zog Taniko die Freundin an sich.

»Ich habe Domei geliebt«, schluchzte Akimi. »Ich liebte ihn so sehr, daß ich zum Richtplatz gegangen bin, wo sein blutiges Haupt auf der Stange steckt. Ach, Taniko! Alles, was mir jetzt noch bleibt, ist mein Sohn. Und auch der ist in Gefahr.«

»Wie das?« fragte Taniko.

»Domei hat seinen Söhnen ein schweres Erbe hinterlassen«, sagte Akimi. »Die Feindschaft mit dem Clan der Takashi. Und die Takashi können sich nur dadurch schützen, daß sie alle seine Söhne töten. Und Yukio ist in ihrer Gewalt. Und ich bitte dich, Taniko, mit deinem Mann darüber zu sprechen. Er hat großen Einfluß auf Sogamori.«

»Das mag sein. Aber ich bezweifle, daß ich dir helfen kann. Mein Mann hört nicht auf mich.«

»Bitte, Taniko! Rette das Leben meines Sohnes. Ich bin bereit, alles zu tun, was du verlangst.«

Vor Tanikos Augen erschien das Gesicht Sogamoris. Sie erinnerte sich an den Wortwechsel zwischen Vater und Sohn. Es war um Akimi gegangen. Kiyosi hatte seinen Vater verspottet, weil die hübsche Hofdame sein Liebeswerben zurückwies. Sogamori würde alles, wirklich alles tun, damit Akimi seinem Werben endlich nachgab.

»Du könntest die Gunst von Sogamori gewinnen«, sagte Taniko. »Ich werde versuchen, dir dabei zu helfen. Ich weiß noch nicht, wie ich es am besten anfange. Aber du solltest die Hoffnung nicht verlieren. Wir müssen den richtigen Augenblick abwarten. Ich werde nach dir schicken, wenn es soweit ist.«

Am fünfzehnten Tag des fünften Monats im Jahr des Pferdes lud Horigawa Hofstaat und Freunde zu einem Bankett am Ufer des Flusses ein. Dieses Festessen war Tradition. Mit Bedacht hatte Horigawa einen Abend mit Vollmond ausgewählt. Die silberne Scheibe des Mondes würde sich in den Fluten des Flusses widerspiegeln, der durch den Park seines Anwesens floß, und dem Fest den gewünschten Glanz verleihen. Sieben Tage vor dem Fest zog Taniko in das Haus ihres Gemahls, um bei den Vorbereitungen behilflich zu sein. Sie hatte Moko mit einer Botschaft zu Akimi geschickt. Es war ein gefährliches Spiel. Aber das Risiko, von Horigawa ertappt zu werden, mußte sie auf sich nehmen. Es galt, Akimi zu helfen. Wenn sie nach Domei nun auch noch ihren Sohn verlor – die Folgen waren gar nicht auszudenken. So festigte sich in Taniko der Entschluß, sich für das Leben von Akimis Sohn einzusetzen.

Das Fest hatte begonnen. Der Park, der Horigawas Palast umgab, war mit bunten Lampions geschmückt worden. Kutsche um Kutsche fuhr vor. Die eintreffenden Gäste wurden von livrierten Dienern zu den Ruhepolstern am Flußufer geleitet. Zierliche Brükken waren errichtet worden. Es gab Teiche mit Seerosen und kunstvolle Wasserfälle, deren Plätschern sich mit dem Murmeln der Gäste vermischte.

Ehrengast des Banketts war Prinz Sogamori. Er kam als letzter und nahm auf einem bevorzugten Sitz in der Mitte der Gästeschar Platz. Es war üblich, daß jeder der Gäste ein Gedicht rezitierte. Da Sogamori in der Mitte saß, würde er weder als erster noch als letzter an der Reihe sein. Kiyosi, Sogamoris Sohn, saß unweit von seinem Vater. Außerdem waren einige Minister, ein paar Höflinge und hochrangige Takashi zum Fest erschienen.

Einen Gast gab es, den Horigawa nicht eingeladen hatte: Akimi. Sie hatte ihre Kutsche in einiger Entfernung vom Haus verlassen und den Rest des Wegs zu Fuß zurückgelegt. Durch einen Seiteneingang ließ Taniko die Freundin ein.

Während sie die Freundin durch den Park führte, überdachte sie ihren Plan. Alles hing davon ab, ob sie Sogamori richtig einschätzte. Schließlich konnte ein Zusammentreffen mit Akimi auch das Gegenteil von dem provozieren, was sie beabsichtigte. Vielleicht provozierte es ihn erst recht, gegen Yukio und seine Mutter vorzugehen. Und was Prinz Horigawa anging, so wußte Taniko nur zu gut, wie unberechenbar, grausam und blutdürstig er war.

Sie geleitete ihre Freundin in ein abgelegenes Gemach im Frauenhaus und bat sie, dort zu warten, bis sie sie holen würde.

Nachdem alle Gäste Platz genommen hatten, gab Horigawa seiner Gemahlin ein Zeichen. Taniko füllte ein Schälchen mit Reiswein, ging damit an den oberen Teil des Flusses und setzte es aufs Wasser. Der Gastgeber fischte es wieder heraus, nahm einen Schluck Reiswein und deklamierte:

Wie Stroh, das im Feuer verbrennt,
So verglühen die Feinde
Im Todeshauch des Roten Drachen.

Das Gedicht wurde mit Beifall aufgenommen. Die Anspielung, dies war allgemein verstanden worden, galt den Muratomo. Indes hatte Taniko eine bemerkenswerte Beobachtung gemacht. In den Beifall hatte sich unwilliges Gemurmel gemischt. Nicht alle, die in dieser Stadt Macht innehatten, teilten die Vorliebe von Horigawa für Blut und Gewalt. Der nächste Gast nahm das Schälchen aus dem Fluß hoch und nippte daran.

Ist es eine Wolke,
die dort, vom Sturm gepeitscht,
Über den Himmel zieht?
Oder ist es der Schweif
Des Weißen Drachen auf der Flucht?

Die meisten Gäste lachten, Sogamori am lautesten. Taniko richtete ihre Augen auf Kiyosi, der hinter seinem Vater stand und nachdenklich auf den Fluß blickte.

Horigawa hatte mit seinem Gedicht die Richtung gewiesen. Die meisten Gäste trugen Gedichte vor, in denen es um Krieg ging. Häufig waren es Auszüge aus alten chinesischen Balladen. Immerhin gab es auch Gäste, in deren Gedichten von Blumen die Rede war, von den Jahreszeiten und vom Mond. Sogamori schüttelte dann unwillig den Kopf. Im Mittelpunkt des festlichen Empfanges sollte der Sieg der Takashi stehen.

Ein älterer Gelehrter, ein Doktor der Literatur, hatte ein langatmiges Gedicht über den Widerschein des Mondlichtes auf den Teich im Park der Geliebten zitiert, als Sogamori unvermittelt aufstand. Er zog einen runden, dunklen Gegenstand aus dem Ärmel, hielt ihn an eine brennende Kerze und warf ihn dem Gast vor die Füße. Ein Blitz erhellte die Nacht, dann war ein Donnerschlag zu hören. Erschreckt taumelte der alte Herr zurück, beinahe wäre er in den Fluß gefallen. Eine stinkende Wolke stieg zu den Pinien hoch. Es war, als hätte Sogamori den Teufel aus der Flasche gelassen.

Das Gespräch der Gäste war verstummt. Um so lauter tönte Sogamoris Lachen durch die Nacht. »Es gibt ein neues Thema für die Dichter«, schrie er. »Kampf und Krieg.«

Taniko sah zu Kiyosi hinüber und war erleichtert über seine Reaktion: Der Sohn hatte sich angewidert von seinem Vater abgewandt.

Horigawa stand auf und ging wohlgelaunt zu dem Mann hinüber, der so rücksichtslos mit den anderen Gästen umsprang. »Sehr bemerkenswert. Darf ich annehmen, daß sich der Herr Minister der Zauberkunst widmet?«

Sogamori lachte dröhnend. »Ein Spielzeug aus China. Ein Barbar, der kürzlich in meinen Dienst getreten ist, hat es mir von jenseits des Meeres mitgebracht. Ein hübsches Spielzeug, nicht wahr?«

Wer war dieser Barbar, von dem Sogamori sprach? Taniko hätte es zu gerne gewußt. Kam der Fremde vielleicht aus dem gleichen Land, aus dem Jebus Vater geflohen war?

Jetzt war Sogamori an der Reihe. Er trat vor und deklamierte ein Heldengedicht, das vor tausend Jahren entstanden war:

> Tigerfelle zierten die Flanken der Streitrosse,
> Als Wen zum Angriff auf Ch'en und Ts'ai blies.
> Auch Ch'u konnte den beiden Fürsten nicht helfen,
> Seine Streitmacht brach zusammen,
> Und das Banner wurde in den Schmutz getreten.

Es wurde lebhaft Beifall geklatscht. Niemand außer Taniko bemerkte, daß der Gelehrte das Fest verlassen hatte. Nachdem einige weitere Gäste ein Gedicht rezitiert hatten, kam Kiyosi an die Reihe. Würde er sich ebenso kriegerisch geben wie sein Vater? Taniko hing an den Lippen des jungen Mannes, als er zu sprechen begann:

An allen Grenzen dröhnen Trommeln,
Die Reisenden kehren in die Heimat zurück.
Bin ich glücklich zu nennen?
Ich habe sieben Brüder.
Aber alle sind fern von mir,
Sind zerstreut in die sieben Winde des Krieges,
Ducken sich unter den Blitzen,
Die der Schlachtengott auf die Menschen schleudert.
An allen Grenzen dröhnen Trommeln,
Die Reisenden kehren in die Heimat zurück.
Ich aber habe keine Heimat mehr.
Kein Haus, wo ich mein Haupt betten kann,
Keinen Vater und keine Mutter, die ich fragen könnte,
Ob meine sieben Brüder noch leben.
Wann wird Frieden sein?
Wann werden die Götter bestimmen
Das Ende aller Kämpfe und den Sieg des Lebens?

Stille herrschte, als Kiyosi endete. Aller Augen waren jetzt auf Sogamori gerichtet. Vor wenigen Minuten erst hatte der Prinz einen Mann brüskiert, der es gewagt hatte, in einem Gedicht nicht auf den Krieg einzugehen. Wie würde er reagieren, wenn sein eigener Sohn der Sehnsucht nach Frieden Ausdruck gab.

»Wer hat das geschrieben?« fragte Sogamori. Seine Stimme klang mißgelaunt und heiser.

»Das Gedicht ist von Tu Fu, verehrungswürdiger Vater«, erklärte Kiyosi, »von einem der größten Dichter der T'ang-Dynastie.«

»Welch eine Tiefe des Gefühls«, lobte Sogamori. »Welch ein Adel des Ausdrucks. Dieser Dichter sagt, was uns alle bewegt.« Er ergriff sein Glas und trank seinem Sohn zu. »Du hast einen untrüglichen Sinn für Poesie, Kiyosi. Und du hast bewiesen, daß du tapfer bist.«

Die Spannung, die die Festversammlung den Atem anhalten ließ, löste sich. Was für ein unberechenbarer Mann, dachte Taniko. Es war nicht abzusehen, wie er auf das Treffen mit Akimi reagieren würde.

Das Essen wurde aufgetragen. Die Unterhaltung wurde lauter, der Reiswein tat seine Wirkung.

Einige Gäste waren aufgestanden und ergingen sich unter den

duftenden Bäumen. Galanterien wurden ausgetauscht. Taniko sah, wie einige Paare zwischen den Jasminbüschen verschwanden. Niemand bemerkte, daß Taniko verschwand. Sie hatte eine der Dienerinnen gebeten, Horigawas Glas nachzufüllen. Schnell begab sie sich zu dem Gemach, in dem Akimi wartete.

»Komm jetzt, die Gelegenheit ist günstig.«

»Ich habe Angst, Taniko. Was ist, wenn er das Angebot zurückweist?«

»Wir müssen es riskieren, Akimi, wir haben keine andere Wahl.«

»Du bist so gut zu mir, Taniko. Ich werde dir immer dankbar sein.«

Sie eilten in den Park. Taniko bat ihre Freundin, hinter einer Baumgruppe zu warten.

Dann kehrte sie zu den Gästen zurück. Sie trug einen Fächer bei sich, den sie eigens für diese Gelegenheit hatte bemalen lassen. Als sie ihren Gemahl im Gespräch mit Sogamori und dessen Sohn sah, ergriff sie ein Tablett mit Früchten und näherte sich der Gruppe.

»Unkraut muß man mit Stumpf und Stiel ausrotten«, hörte sie Horigawa sagen.

»Man wird darauf achten müssen, daß die guten Früchte nicht mitausgerissen werden«, gab Kiyosi zurück.

»Die guten Früchte?«

»Zum zweiten Mal innerhalb weniger Jahre haben die Takashi Rebellen hinrichten lassen. Aber nur der Mob hat applaudiert, als die Köpfe rollten. Die Mehrzahl der Menschen aber findet dieses Blutvergießen abscheulich.«

Taniko verbeugte sich und bot Sogamori eine Orange an. Er lächelte geschmeichelt. Vor zwanzig Jahren, dachte sie, mußte er ein äußerst attraktiver Mann gewesen sein.

»Ich verstehe nicht, warum Ihr das Thema aufbringt, Kiyosi-san.«

»Aus gegebenem Anlaß, Prinz Horigawa«, sagte Kiyosi ernst. »In weiten Kreisen der Bevölkerung werden die Takashi als Schlächter betrachtet. Sollen sie uns auch noch als Kindermörder bezeichnen?«

»Ich sagte schon, daß Unkraut ausgerottet gehört«, beharrte Horigawa. »Wenn wir Hideyori und Yukio am Leben lassen, schaffen wir uns auf Jahre hinaus ein Problem. Wenn wir sie jetzt umbringen, ist die Sache ausgestanden. In ein paar Monaten spricht niemand mehr davon.« Er lächelte maliziös. »Es wird sein, als ob man eine Kerze ausbläst.« Er schürzte die Lippen und ließ die Luft entweichen. Taniko nutzte diesen Moment, um Sogamori eine weitere Frucht zu reichen und ihm zugleich ein gefaltetes Blatt Papier in die Hand zu drücken, auf das Akimi ein Gedicht geschrieben hatte.

Alle strecken die Waffen
Vor der Kraft des Roten Drachen.
Auch die Jungfrau, die unter den Bäumen geht,
Unterwirft sich seinem Begehren.

Der Text, so hoffte Taniko, ließ an Klarheit nichts zu wünschen übrig. Es war eine unverhohlene Einladung, ihr bei nächster Gelegenheit in den Park zu folgen.

Sogamori wirkte betroffen. Dann rundete sich sein Gesicht zu einem zufriedenen Schmunzeln. Er hatte verstanden.

Taniko verbarg ihr Lächeln hinter dem Fächer. Die Sogamori zugewandte Seite zeigte den Schrein der Takashi auf Itsukushima, zu dem Sogamori und sein Sohn Kiyosi unterwegs gewesen waren, als Domei den Aufstand in Heian Kyo ausrief.

Sie verbeugte sich vor den drei Männern und zog sich zurück. Wie sie hoffte, war Horigawa so von dem Streitgespräch gefesselt, daß er ihrem Verschwinden keine Beachtung schenkte.

Mit raschen Schritten war sie bei Akimi, die sich im Schutz der nahen Baumgruppe verbarg. Durch die Zweige beobachteten die beiden, wie Sogamori den Zettel in die Tasche steckte, Horigawa mit seinem Sohn im Gespräch zurückließ, und sich auf die Suche nach Taniko machte. Taniko drückte der Freundin ihren Fächer in die Hand und eilte in die Büsche. Das Lachen von Kiyosi und Horigawa war zu hören. Offenbar hatten die beiden ein Gesprächsthema gefunden, wo mehr Einverständnis herrschte.

Als Sogamori in unmittelbarer Nähe war, versperrte ihm Akimi den Weg. Sie hielt ihr Gesicht mit dem Fächer verdeckt.

»Euer Fächer gefällt mir«, sagte Sogamori. »Und was dahinter ist noch mehr.«

»Bei Frauen, die sich hinter Fächern verstecken, kann man seine Überraschungen erleben«, sagte Akimi und lachte.

»Ich . . . ich verstehe nicht«, stotterte Sogamori. »Ihr seid nicht Taniko, und doch . . .« Er umfaßte ihr Handgelenk und entzog ihr den Fächer.

»Akimi-san!«

Sie blickte zu Boden. »Ganz recht, Hoheit. Ich bin es, die das Gedicht geschrieben hat. Ich habe meine Freundin Taniko gebeten, es Euch zu überbringen.«

Immer noch hielt Sogamori ihr Handgelenk umklammert. »Ich liebe Euch, seit ich Euch das erste Mal sah, Akimi-san. Ich habe nie zu hoffen gewagt, daß Ihr mich erhören würdet. Ihr wart immer die Seine. Wie ist es möglich, daß Ihr jetzt meinem Werben nachgebt, nachdem ich . . .?«

»Die Feindschaften zwischen Männern sind für uns Frauen ohne Bedeutung«, sagte sie. »Auch ich habe Euch geliebt, vom ersten Augenblick an. Aber ich war in der Gewalt eines anderen Mannes. Jetzt, wo er nicht mehr ist, steht nichts mehr zwischen uns.«

»So werdet Ihr mein sein, Akimi-san?«

Tanikos Herz klopfte.

»Der Geist jenes Mannes wird uns verfolgen«, sagte Akimi. »Und davor habe ich Angst. Aber es gibt ein Mittel, um diesen Geist zu besänftigen. Und dann kann ich ganz Euch gehören.«

»Von welchem Mittel sprecht Ihr?«

»Verschont das Leben seiner Kinder.«

Wenige Tage später tauchte Horigawa bei Taniko auf, die wieder im Palast der Shima Quartier bezogen hatte. Als die Diener sich zurückzogen, ergriff er sie grob am Handgelenk. Sie entwand sich ihm.

»Was soll das? Warum tut Ihr mir weh?«

»Sogamori will diese Muratomo-Brut verschonen. Ein Akt der Gnade, sagt er, ein Beweis des Mitleids, der dem Geschlecht der Samurai wohl ansteht. Daß ich nicht lache! Als ob ein Samurai wie Sogamori irgendeine Ahnung von ethischen Dingen hätte. Es ist, als zöge man einem Affen die Kleider eines Ministers an. Akimi steckt dahinter. Sie schläft mit ihm, und aus lauter Dankbarkeit tut er alles, was sie sagt.« Er musterte Taniko mit blutunterlaufenem Blick. »Und du hast das eingefädelt, Taniko, das kluge Fräulein aus Kamakura.« Drohend trat er auf sie zu. Sein Gesicht war bleich vor Wut.

Sie verneigte sich. »Wie Ihr sehr richtig sagt, ich bin nur ein Mädchen aus der Provinz. Wie sollte ich wohl solch einen Plan aushecken?«

»Der Hundesohn, der mich bis auf mein Landgut Daidoji verfolgt hat, soll am Leben bleiben. Und dein Vater beherbergt ihn auch noch. Ausgerechnet dein Vater!«

»Glaubt Ihr wirklich, ich hätte mich bei meinem Vater für Domeis Sohn verwendet? Wie hätte ich ihm denn eine Botschaft zukommen lassen können? Ich bin sicher, der junge Muratomo ist durch Zufall bei meinem Vater eingekehrt. Der aber hält zu den Takashi, hat ihn gefangengenommen und Sogamori seine Auslieferung angeboten.«

»Ein seltsamer Zufall. Du bist mit Hideyori zusammengewesen, während ich in meinem Versteck lebendig begraben war. Wer weiß, was Ihr während all dieser Stunden getrieben habt. Nun, du wirst jetzt einen Vorgeschmack davon bekommen, wie man sich fühlt, wenn man lebendig begraben ist.« Er starrte sie haßerfüllt an.

»Was habt Ihr mit mir vor?«

»Du wirst Heian Kyo verlassen. Als dein Mann und Gebieter befehle ich dir, ab sofort auf meinem Landgut in Daidoji zu wohnen. Wenn ich nicht Rücksicht auf deine Familie nehmen müßte, würde ich dich noch strenger bestrafen. Jedenfalls kannst du mir in Daidoji nicht mehr in die Quere kommen. Mach dich fertig. Morgen früh wirst du abreisen.«

Das ist das Ende, dachte Taniko. Das einzige, was das Leben mit diesem Scheusal erträglich gemacht hat, war Heian Kyo. Die Aussicht, in Daidoji eingesperrt zu sein, war in der Tat ein Todesurteil.

Es wäre sinnlos gewesen, sich Horigawa zu Füßen zu werfen. Wenn er sah, wie sehr sie unter seiner Entscheidung litt, würde er sich nur in seinem Verdacht bestätigt fühlen. Jetzt waren es schon zwei Frauen, die mit ihrem Lebensglück dafür bezahlten, daß Yukio am Leben blieb. Sie konnte nur hoffen, daß er sich dieser Opfer als würdig erwies.

15. Kapitel

Die Muratomo sind am Ende, dachte Jebu. Seine geistigen und militärischen Führer waren tot. Die Samurai waren in alle Winde zerstreut. Und Hideyori war der Gefangene von Fürst Bokuden. In dieser Situation konnte Jebu für Domeis Sohn nicht mehr viel tun.

Der Befehl des Ordens lautete, daß er sich wieder in die Hauptstadt zu begeben und weiterhin den Muratomo zu dienen habe. Aber die Flügel des Weißen Drachen waren arg beschnitten worden. Wenn er jetzt das Nest verließ, würde er zu Tode stürzen.

Er ging über ein abgeerntetes Reisfeld. Hinter ihm lag eine verlorene Schlacht. Er hatte sich einer Gruppe von zwölf Muratomo-Samurai angeschlossen. Sie waren in einen Hinterhalt der Takashi geraten und aufgerieben worden. Jebu hatte seine Freunde noch gewarnt. Aber die Muratomo hatten sich taub gestellt. Auch wenn die Gegner Takashi waren, kein Samurai griff an, ohne den Feind herauszufordern. Die Takashi allerdings hielten von solchen Feinheiten offenbar wenig. Ohne Warnung war der kleine Trupp von einer erdrückenden Übermacht niedergemetzelt worden.

Die Muratomo hatten bis zum letzten Mann, bis zum letzten Atemzug gekämpft. Aber wofür? Domei, der Anführer, war tot. Ein Ziel, ein neuer Anfang waren nicht zu erkennen.

Jebu rief sich die Regeln der Zinja ins Gedächtnis. Für einen Zinja gab es weder Glück noch Unglück, weder Erfolg noch Mißerfolg. Leben und Tod waren gleichwertig. So betrachtet war es sinnlos, den Tod der Gefährten zu beklagen.

Ein Reiter kam aus der Deckung des Niederwaldes hervorgeprescht. Jebu nahm den Bogen von der Schulter und legte einen Pfeil ein. Dann zog er sein Schwert und wartete.

Der Reiter, ein Samurai, kam kurz vor ihm zum Stehen. Er sah schlank und drahtig aus, wie ein gutgepflegtes Streitroß. Welch ein Unterschied zu den zerlumpten, halbverhungerten Samurai, denen er sich angeschlossen hatte. Schmuck sah der Fremde aus. Seine Rüstung schimmerte. Die Schnüre, von denen die Panzerplättchen zusammengehalten wurden, waren magentarot gefärbt.

»Du gehörst zu den Muratomo-Hunden, die wir ins Jenseits befördert haben, stimmt's? Ich habe gesehen, wie du dich aus dem

Staub gemacht hast. Ich sage dir nicht, wie ich heiße und aus welchem Geschlecht ich stamme. Ein Bettler wie du verdient das nicht. Ich werde dich zertreten wie einen Wurm.« Er ließ seinen großen Bogen von der Schulter gleiten und legte einen Pfeil ein.

Jebu saß unbewegt auf seinem Pferd. Als er sah, wie der Finger des Samurai die Sehne freigab, warf er sich blitzschnell zur Seite. Kein guter Krieger, dachte er. Er hat gezögert, bevor er den Pfeil abschoß. Ein Fehler. Es gab dem Gegner Zeit zur Verteidigung und zum Gegenangriff.

Als der Pfeil über ihn hinwegschoß, hatte Jebu sein Ziel bereits fixiert. Sein Pfeil traf den Samurai ins rechte Auge, die Spitze grub sich tief ins Hirn. Er spürte keine Genugtuung, als der Gegner aus dem Sattel kippte und zu Boden stürzte. Es war alles andere als eine Heldentat gewesen. Der Samurai hatte stillgehalten wie eine Ente, die auf dem Wasser sitzt.

Jebu stieg vom Pferd, trat zu dem Toten, setzte ihm den Fuß auf die Stirn und zog den Pfeil aus dem Auge. Er wischte das Blut ab, dann steckte er das Geschoß in den Köcher zurück. Dann nahm er das Schwert und die Scheide des Samurai an sich und schnallte beides unter seine Satteltasche. Er sprach das Gebet für den getöteten Feind. Dann schwang er sich wieder auf sein Pferd.

Hinter ihm lag der Wald, wo sie in den Hinterhalt der Takashi-Samurai geraten waren. Die Umgebung bestand aus abgeernteten Reisfeldern. Weiter vorn waren Hügelketten zu erkennen. Dahinter, dem Blick verborgen, lag Heian Kyo. Die Stadt war verschneit gewesen, als er sie verlassen hatte. Jetzt war der Schnee geschmolzen.

Es spielte keine Rolle mehr, welchen Weg er einschlug. Das gesamte Gebiet wurde von den Takashi kontrolliert. Wo auch immer er um Essen oder um ein Nachtlager bat, würde er auf Takashi stoßen. Oder auf Bauern, die aus lauter Angst vorgaben, auf ihrer Seite zu stehen. Er tat also gut daran, wenn er sich selbst als ihr Mann ausgab. Die Leute wußten, daß die Zinja sich sowohl für die eine als auch für die andere Seite verdingten. Und im schlimmsten Fall konnte er sich immer noch als armer Mönch ausgeben. Gefährlich wurde es nur, wenn er erkannt wurde.

Sieben Tage war es her, daß Jebu zum letzten Mal etwas gegessen hatte. Es gehörte zum Training der Zinja, solche Entbehrungen zu ertragen, trotzdem fühlte Jebu, daß er schwächer wurde. Wenn er sich gegen Angriffe zur Wehr setzen wollte, mußte er bei Kräften bleiben. Um bei Kräften zu bleiben, mußte er essen. Es ist das Essen, das uns zu Gefangenen macht, dachte er. Solange der Vogel fliegt, ist er sicher. Erst wenn er den Boden berührt, um ein Korn aufzupicken, schlägt die Katze zu.

Er ritt gen Süden auf die Hügelkette zu, als er inmitten der Reisfelder einen Herrensitz bemerkte. Ein großes Gebäude, folglich war der Besitzer ein reicher Mann. Das Haus war unbeschädigt, obwohl es in der Nähe der Hauptstadt lag. Also mußte der Gutsbesitzer ein Anhänger der Takashi sein. Die Hütten der Bauern waren im Halbkreis um das Herrenhaus angeordnet. Dahinter ein Wasserfall, ein mannshohes Mühlrad, Stallungen.

Bei den Bauern würde er nicht einkehren. Er brachte diese armen Menschen in Gefahr, wenn er ihre Gastfreundschaft beanspruchte. Es war besser, wenn er kühn durch das Tor ritt, sich als Bote der Takashi ausgab, der in einer wichtigen Mission unterwegs war, und um Verpflegung und Unterkunft bat. Dann würde sich schon eine Gelegenheit bieten, Erkundungen über die Entwicklung in der Hauptstadt einzuholen. Vielleicht ließ sich auch in Erfahrung bringen, ob es in der Nähe der Hauptstadt noch Muratomo gab und wo sie steckten.

Er ritt auf das Tor zu. Die Wachen traten ihm in den Weg.

»Ich bin Yoshizo, ein Mönch vom Orden der Zinja«, sagte Jebu. Mit Bedacht benutzte er den Namen eines Bruders, der in den Diensten der Takashi stand. »Ich bin nach Heian Kyo unterwegs, mit einem Brief für den Minister zur Linken. Mein Auftraggeber ist Fürst Shima no Bokuden in Kamakura. Ich verlange Unterkunft für die Nacht und Essen.«

Die Wachen machten keine Anstalten, den Weg freizugeben. »Du führst das Schwert eines Samurai«, sagte der eine. »Ich wußte nicht, daß die Zinja Samurai-Schwerter tragen.«

»Kümmere dich nicht um das Schwert«, wies ihn der andere zurecht. »Wir werden bald wissen, ob er wirklich ein Abgesandter von Fürst Bokuden ist. Komm herein, Mönch!«

Eilfertig trat der erste Soldat zur Seite. »Gewiß doch. Komm herein, Mönch.« Er grinste und fuchtelte mit einer langen Naginata.

Das Haus war allem Anschein nach mehr als hundert Jahre alt. Damals bestand noch keine Notwendigkeit, es mit einer Ringmauer zu umgeben. Doch die Zeiten hatten sich geändert. Und so hatte man um diesen Herrensitz nachträglich eine Steinmauer gebaut. Auch das Tor war neu. Die Arbeiten an einem hölzernen Wachturm waren noch im Gange.

Jebu glitt aus dem Sattel. »Ich bringe dein Pferd in den Stall, Mönch«, sagte einer der Männer.

»Danke.« Jebu betrachtete die hohe Mauer und das von sechs Männern bewachte Tor. Es würde schwierig sein, von hier zu fliehen. Er selbst hatte sich in diese Lage gebracht, weil er das Schwert des getöteten Samurai an sich genommen hatte. Es würde sich bald herausstellen, ob der getötete Gegner zum örtlichen Adel gehört hatte und man sein Schwert kannte. Damit wäre es mit Jebus Tarnung vorbei.

»Die Mannschaft zu den Waffen!« erscholl ein Ruf. Aus einem Seitengebäude, das Jebu nicht beachtet hatte, stürzten sechs bis an die Zähne bewaffnete Wachsoldaten hervor. Im Nu sah er sich umstellt.

Der Mann, der ihn in den Innenhof geleitet hatte, marschierte auf den Anführer der Wachsoldaten zu und salutierte. »Hauptmann Goshin, dieser Mönch behauptet, er reite im Dienste von Fürst Shima no Bokuden und müsse einen Brief nach Heian Kyo bringen. Ich denke, wir haben eine gute Methode, um die Wahrheit herauszufinden.«

»Das denke ich auch«, sagte Goshin. Sein Gesicht erinnerte Jebu an einen Frosch. Der Mund reichte fast bis zu den Ohren, die Nase war platt, die Augäpfel quollen hervor. »Ich werde gehen und ihr Bescheid sagen. Laßt ihn inzwischen nicht aus den Augen. Es ist nicht das erste Mal, daß mir ein Zinja unterkommt; ich weiß, wie man mit ihnen fertig wird.« Er hatte das Wort »Zinja« ausgespien wie ein Schimpfwort.

Jebu beschloß, Ruhe zu bewahren. Die Wachsoldaten hielten ihre Naginata auf ihn gerichtet. Er überlegte, von welcher Methode wohl die Rede gewesen sein mochte.

Das Hämmern der Zimmerleute, die den Wachturm bauten, drang herüber. Eine der Gestalten, die auf dem Gerüst herumkletterten, kam ihm bekannt vor. Aber die Arbeiter waren zu weit entfernt, als daß er Genaueres hätte erkennen können.

»Das ist er!« hörte er Goshin sagen. »Ist er wirklich ein Bote Eures Vaters?«

Jebu sah hinüber zum Herrenhaus. Hinter den Blenden der Veranda war der Schatten einer Frau zu erkennen.

»Ich kenne ihn«, sagte eine Frauenstimme, deren Klang Jebu an silberne Tempelglocken erinnerte. »Dieser Mönch steht im Dienste meines Vaters. Ich erkenne ihn an seinem häßlichen roten Haar.«

Jebu fuhr ein Schauder des Glücks über den Rücken. Am liebsten wäre er die Stufen zur Veranda hinaufgerannt, hätte die Blenden zur Seite geschoben und Taniko in seine Arme genommen. Statt dessen gab er sich den Anschein, als höre er die Stimme zum ersten Mal.

»Es wäre trotzdem gut«, fuhr sie fort, »sich zu vergewissern, ob er nicht inzwischen in den Diensten der Muratomo steht. Aber das läßt sich herausfinden. Wenn mein Vater einen Boten in die Hauptstadt sendet, gibt er ihm ein Losungswort mit. Wie lautet das Losungswort, Mönch?«

Ich muß Zeit gewinnen, dachte Jebu. »Das Losungswort darf ich nur Euch sagen, hohe Frau«, rief er.

»Dann komm herauf zu mir, Mönch.«

»Seid vorsichtig, Herrin«, warnte das Froschgesicht. »Diese Zinja schrecken vor nichts zurück. Er könnte Euch zur Geisel nehmen.«

»Wenn er das tut, Goshin, dann werdet Ihr nicht zögern, uns beide zu töten.« Sie machte eine bedeutungsvolle Pause. »Prinz Horigawa wird stolz auf Euch sein, wenn Ihr diesen Befehl befolgt.«

Jebu legte Bogen und Köcher auf den Boden. Er fügte die beiden Schwerter hinzu.

»Ich nahe Euch ohne Waffen, Herrin«, sagte er. Er fixierte seine Bewacher. »Aber ich fordere, daß niemand meine Waffen berührt.«

»Ein Zinja tötet auch ohne Waffen«, murmelte einer der Männer.

Den Blick auf die Veranda gerichtet, schritt Jebu die Stufen hinauf. Er trat an die Jalousie. »Der Wasservogel wartet auf die Lilienblüte«, flüsterte er.

»Goshin«, rief Taniko. »Dieser Mann kennt das Losungswort. Er ist zu Minister Sogamori unterwegs. Ich werde ihm eine Botschaft für meinen Gemahl mitgeben.«

Der Anführer der Wachmannschaft kam zur Veranda hinaufgeeilt. Er hielt die Spitze seines Schwertes auf Jebu gerichtet. »Ich traue diesem Mann nicht«, sagte er. »Es gibt viele Möglichkeiten, wie er das Losungswort erfahren haben könnte. Vergeßt nicht, Herrin, er führt das Schwert eines Samurai!«

»Ich werde Euch verraten, was es mit diesem Schwert auf sich hat«, sagte Jebu. »Ich habe es einem Muratomo abgenommen, der mich im Wald überfiel. Er war sehr traurig über den Verlust. Damit er nicht den Rest seines Lebens in Trauer verbringt, habe ich ihn getötet.«

Hinter der Jalousie war Tanikos Lachen zu hören. Auch die Wachmannschaft lachte. Die Geschichte von dem tölpelhaften Muratomo, der von einem Mönch überwältigt wurde, war so recht nach ihrem Geschmack.

»Und das Pferd? Seit wann reitet ein Mönch auf einem Pferd?«

»Auch das Pferd habe ich dem Muratomo abgenommen. Ihr kennt ja Fürst Shima. Der hätte mir wohl kaum ein Pferd mitgegeben. Großzügigkeit ist nicht seine Stärke.«

Taniko lachte.

»Ich warne Euch, Herrin«, sagte der Anführer. Sein Mißtrauen war ungebrochen. »Der Mönch führt Böses im Schilde.«

»Ich weiß selbst, wem ich zu vertrauen habe und wem nicht«, gab Taniko zurück. »Laßt mich jetzt mit diesem Mann allein, Goshin.«

»Aber Herrin, das schickt sich nicht.«

»Wer seid Ihr, daß Ihr mir vorschreibt, was sich schickt? Ich gebe hier die Befehle, niemand sonst! Geht jetzt, Goshin. Du, Mönch, wartest vor dem Haus. Ich schicke dir meine Dienerin, wenn ich bereit bin, dich zu empfangen.«

»Kann ich meine Waffen wiederhaben?« fragte Jebu.

»Ich werde sie in Verwahrung nehmen, Mönch«, sagte Goshin. »Du bist hier unter Freunden«, fügte er grinsend hinzu. »Und unter Freunden braucht man keine Waffen. Du bekommst sie wieder, wenn du weiterreitest.«

Es hätte Verdacht erregt, wenn Jebu darauf bestanden hätte, daß ihm seine Waffen schon jetzt ausgehändigt würden. Er verbeugte sich. »Ich danke Euch, Hauptmann.«

Kurze Zeit später erschien die Dienerin. Sie geleitete Jebu durch eine Reihe verwinkelter Gänge zu ihrer Herrin.

Taniko erwartete ihn hinter einem Wandschirm. »Halt!« flüsterte sie, als er zu ihr treten und sie umarmen wollte. »Man beobachtet uns.«

Er blieb vor dem Wandschirm stehen. Ich benehme mich wie ein Tor, dachte er. Gebot nicht eine der Zinja-Regeln, daß man seine Gefühle unter Kontrolle hielt?

»Setz dich auf die andere Seite des Schirms«, sagte sie. »Wenn wir leise genug sprechen, kann uns niemand hören.« Sie seufzte.

»Ich bin so glücklich, daß du da bist, Jebu! Ich fühle mich wie ein Schmetterling, der seinen Kokon gesprengt hat.«

Durch das feinmaschige Gitterwerk des Schirms sah er ihre Augen leuchten. »Ich habe befürchtet, wir würden uns nie wiedersehen«, sagte er. »Aber als wir auseinandergingen, wußte ich, daß ich dich immer lieben würde. Ich werde immer an dich denken. An dich und an jene Nacht auf dem Berg Higashi.«

Taniko näherte ihr Gesicht der Trennwand. »Mir geht es ebenso«, flüsterte sie. »Ich habe dich nicht vergessen. Nichts kann die Erinnerung an diese Nacht in mir auslöschen. Ich gehe im Schatten dahin, seit wir auseinander sind, Jebu. Nichts als Leiden, Sorgen und Demütigung.«

Jebu war es, als zerspränge sein Herz. »Ich hatte gehofft, du hättest dein Glück gefunden«, sagte er. »Heute weiß ich, daß wir beide damals die falsche Entscheidung getroffen haben.« Er zögerte. »Du hättest diesen Mann nicht heiraten dürfen, Taniko. Wir hätten zusammen fliehen sollen.«

»Dazu ist es jetzt zu spät«, sagte sie nachdenklich.

»Erzähle mir von deinem Mann.«

»Horigawa ist kaltherzig und grausam. Laß uns nicht von ihm sprechen«, bat sie. »Sprechen wir von dir und deiner Zukunft.« Sie suchte seinen Blick. »Warum reist du unter falschem Namen, Jebu? Bist du wirklich im Auftrag meines Vaters unterwegs?«

»Nein. Ich stehe noch immer in den Diensten der Muratomo. Der Stern des Weißen Drachen ist im Sinken, aber der Befehl meines Ordens ist unumstößlich.«

»Du hast meinen Wachen gesagt, du bist zu Sogamori unterwegs. Das war nicht sehr geschickt. Sogamoris Boten machen sehr oft Station in unserem Hause. Er wird bald davon erfahren, daß du hier warst. Man wird dich verfolgen.«

Plötzlich waren Schritte zu hören. Jebu fuhr herum.

»Herr!« Es war Moko. Der schielende Zimmermann stand an der Tür und verbeugte sich. Sein Gesicht spiegelte Wiedersehensfreude und Erleichterung wider.

»Du kennst ihn nicht, Moko!« flüsterte Taniko. »Wenn irgend jemand herausfindet, wer er wirklich ist, ist er verloren.«

Moko war bleich geworden. Er warf sich auf die Knie. »Vergebt mir, Herrin. Moko ist so dumm . . .«

»Du kannst zu ihm sprechen, Moko«, flüsterte sie. »Aber gib dir den Anschein, als sprächest du zu mir. Wenn dich nachher jemand fragt, so sagst du, ich hätte dir Instruktionen für den Wehrturm erteilt.«

Moko nickte Einverständnis. »Ich bin so froh, Euch wohlbehalten wiederzusehen, Herr«, stammelte er. »Was ich Euch zu sagen habe, bricht mir das Herz. Ihr müßt fliehen, Herr! Ihr seid in höchster Gefahr. Der Argwohn der Wachen ist nicht besänftigt. Sie werden Euch töten.«

»Dazu gibt es keinen Grund.«

»Sie töten auch ohne Grund, Herr.«

»Ich werde nicht fliehen, Moko. Noch nicht.«

Moko senkte den Kopf. »Ich verstehe, Herr.« Er richtete den Blick auf Taniko. »Wann werdet Ihr meine Herrin . . .?«

»Geh jetzt«, unterbrach ihn Taniko. »Wenn du länger bleibst, wirst du Verdacht erregen.«

Moko verbeugte sich und verschwand.

»Unsere Zeit geht zu Ende, Jebu«, flüsterte sie, als sie allein waren. »Es würde die Wachen mißtrauisch machen, wenn wir noch länger miteinander reden. Aber wir werden uns wiedersehen.«

Sein Herz schlug schneller. »Wann, Taniko?«

»Komm heute nacht zu mir.« Er sah sie lächeln. »Ich denke, du hast Spürsinn genug, mein Schlafzimmer wiederzufinden.« Es war keine Bitte gewesen, eher ein Befehl. »Wir müssen vorsichtig sein«, flüsterte sie. »Denke daran, daß wir ständig beobachtet werden.«

Jebu war aufgestanden. Er lächelte. »Zu Euren Diensten, Herrin.«

Er verließ den Raum. So gut es ging, prägte sich Jebu die Lage der Räumlichkeiten ein. Der Korridor führte in den Garten.

Er dachte über die Worte nach, die er mit Taniko gewechselt hatte. Trotz der Zeit, die seit ihrem letzten Treffen vergangen war, hatte sich nichts geändert. Er liebte diese Frau mit allen Fasern seines Körpers, mit seinem ganzen Herzen. Seine Gedanken waren jetzt auf die Nacht gerichtet, die er mit ihr verbringen würde. Wahrscheinlich war es für andere Menschen schwer zu verstehen, was er empfand. Sein Lebensgefährte war der Tod. Um so stärker glühte in ihm die Leidenschaft für diese Frau. Er wünschte sich nichts sehnlicher, als sie in seine Arme zu schließen, sie unter Küssen und Liebkosungen alle Kränkungen vergessen zu lassen, die sie erlitten haben mochte.

Seine Hand fuhr über den entlaubten Zweig eines Baumes. Der Winterhimmel war grau und leer. Der ganze Garten strahlte Kälte und Herzlosigkeit aus – wie sein Besitzer, Horigawa. Er bückte sich nach ein paar Kieseln, hob sie auf und warf sie in den Wildbach, der das Anwesen durchfloß.

Als die kraftlos-milchige Sonne hinter den Horizont gesunken war, wandte er sich zum Gehen. Das Grau des Himmels hatte sich schwarzblau gefärbt. Gerade wurde das Tor geschlossen. Gedankenverloren ging er zu dem Gebäude, das sich an die Wachstuben anschloß.

Als er eintrat, verstummte das Gespräch. Jebus Blick glitt über die Wände, an denen Hunderte von Waffen hingen. Seine eigenen Waffen waren zum Bestandteil jener seltsamen Sammlung gemacht worden. Mit klopfendem Herzen sah er zu seinem Zinja-Schwert hinauf, zu der Waffe des toten Samurai, zu Pfeil und Bogen.

»Wo bekomme ich etwas zu essen?« fragte er einen der Wachsoldaten.

Ein neugieriger, aber nicht unfreundlicher Blick. »Dort ist die Küche. Man wird Euch zu essen geben, wenn Ihr sagt, daß Ihr Gast der Prinzessin seid.«

»Danke.« Jebu erwiderte das Lächeln, mit dem die Erklärung begleitet worden war. In der Küche bekam er ein Mahl aus Bohnen, Reis, Gurken und Fisch. Der Koch war offenbar an durchreisende Gäste gewöhnt. Ohne Umstände händigte er dem Zinja-Mönch nach dem Ende des Mahls noch eine Wegzehrung für zwei Tage aus. »Das wird reichen bis Heian Kyo, selbst wenn Ihr langsam reitet.«

Nachdem er gesättigt war, begab er sich in den gemeinsamen Schlafraum. Die Wachsoldaten saßen um ein Holzkohlebecken und unterhielten sich.

»He, Mönch«, empfing ihn der Mann, der ihn in die Küche geschickt hatte. »Setzt Euch zu uns und trinkt eine Tasse Reiswein mit uns.« Er deutete auf den Kessel, der in der Mitte des Kohlebekkens auf einem Rost stand.

»Mönche trinken keinen Reiswein«, warf einer der Soldaten ein. Dröhnendes Lachen.

»Ich danke Euch«, sagte Jebu. »Aber ich bin es wirklich nicht gewöhnt zu trinken. Der Reiswein würde mir zu Kopf steigen.«

Die Wachsoldaten nickten. Sie hatten keine andere Reaktion erwartet.

Jebu hockte sich nieder, lehnte sich an die Wand und schloß die Augen. Goshin, der Anführer der Wachmannschaft, schien in einem anderen Raum zu übernachten. Die anderen Männer boten ein friedliches Bild. Nichts erinnerte daran, daß diese Menschen aufs Töten abgerichtet waren. Man hätte nicht einmal sagen können, ob sie für die Takashi oder für die Muratomo töteten.

16. Kapitel

Mit Bedacht hatte Jebu eine Schlafstelle unmittelbar neben einer der Schiebetüren gewählt, die auf die Veranda hinausgingen. Durch einen Spalt drang eisige Zugluft hinein. Es kostete keine besondere Anstrengung, die Tür allmählich so weit aufzudrücken, daß die Hand in den Spalt paßte.

Er nahm sich einige Decken, die im Raum herumlagen, und brachte sie zu seinem Schlafplatz. Nach und nach wurden die Lampen gelöscht, und die Wachsoldaten legten sich schlafen.

Im Schutz der Dunkelheit bündelte Jebu die Decken so, daß sie einem liegenden Menschen glichen. Dann vergewisserte er sich, daß die anderen schliefen. Schließlich drückte er die Tür so weit auf, daß er durch den Spalt ins Freie schlüpfen konnte, und schob sie von außen wieder zu.

Er duckte sich, bis sich seine Augen an die Nacht gewöhnt hatten. In dreißig oder vierzig Schritt Entfernung waren die Silhouetten der Wachsoldaten zu erkennen. Trotz der winterlichen Kälte war Jebu barfuß. Es war eine mondlose Nacht. Eng an den Boden gedrückt, brachte Jebu die Strecke bis zum Frauenhaus hinter sich. Dann tastete er sich zu der Seite vor, die Taniko ihm bezeichnet hatte. Eine der Schiebetüren, so hatte sie ihm versprochen, werde einen Spalt offenstehen.

Er fand die Tür, schlüpfte hinein und schob sie wieder zu. Dunkelheit, der Duft von Rosenwasser. Durch die Wände zwischen Gang und Zimmern war das Atmen der schlafenden Frauen zu hören. Vorsichtig tappte er den Korridor entlang. Jetzt zahlte sich sein gutes Gedächtnis aus. Ein Fehler, eine falsche Tür wären verhängnisvoll gewesen.

Auf einmal spürte er, wie eine Hand seinen Arm ergriff. Der

Duft nach Rosen war stärker geworden. Jebu tastete nach Tanikos Gesicht. Beglückt schmiegte sie sich an ihn. »Komm!« flüsterte sie. Sie nahm ihn an der Hand und führte ihn durch das Dunkel zu ihrem Zimmer. Es war kalt. Die Kaminfeuer waren bei Anbruch der Schlafenszeit gelöscht worden.

Sie waren an Tanikos Schlafmatte angekommen. Jebu legte sich nieder, während sie den Vorhang zuzog. Sekunden später lag sie in seinen Armen. Ihre Haare hatten sich gelöst, seine Finger verloren sich in den Strähnen. Jahre der Trennung waren vergessen.

Sie umfing ihn zärtlich, rieb ihre Wangen an seinen Schläfen. »Jebu, mein Liebster. Jede Nacht habe ich an dich gedacht.« Sie küßte ihn, streichelte seinen Nacken mit den Fingerspitzen. »In all diesen Monaten gab es nur eine Hoffnung für mich, das Wiedersehen mit dir.«

Sie hatte sich aufgestützt. Im Halbdunkel sah er das Glitzern in ihren Mandelaugen. »Ich werde leben, Jebu. Und ich werde lernen, was Macht ist. Und eines Tages werde ich Macht ausüben. Ich werde für unsere Liebe kämpfen, und ich werde siegen.« Sie umschlang ihn.

»Laß uns fliehen, Taniko. Noch heute nacht! Wir werden uns nach Hokkaido durchschlagen, Taniko. Wir werden als Bauern in den Bergen leben, wo niemand uns kennt. Wir werden uns lieben ...«

»Würdest du je aufhören, ein Zinja zu sein?« flüsterte sie. »Du könntest nie ein Bauer sein, Jebu. Ebensowenig wie ich eine Bäuerin. Nie könnte ich das Leben aufgeben, das ich gerade erst zu entdecken beginne, auch wenn die Ehe mit Horigawa eine Qual ist.«

Jebu schämte sich seiner Tränen nicht. Tanikos Leben war so trostlos, daß sie sich in Tagträume von einer strahlenden, ruhmreichen Zukunft verrannte. Niemals würde sie in die Flucht einwilligen. Diese Nacht war alles, was ihrer Liebe blieb. Er löste ihre Kleidung. Seine Hand liebkoste die Knospen ihrer Brüste. Er spürte, wie die Spitzen hart wurden, küßte sie, barg seine Wangen an ihrem Busen. Mit unendlich sanften Bewegungen zog er sie aus, streichelte und liebkoste sie, bis er spürte, wie sie bereit wurde für ihn. Beglückt fühlte er ihre Hände, die sich um seine Lenden schlossen, ihn hinabzogen. Er drang in sie ein. Zum ersten Male waren sie wirklich eins. Gemeinsam ließen sie sich dahintragen auf den Wogen der Lust. Schweigend erklommen sie Gipfel um Gipfel, genossen die Süße der Erfüllung. Nach dem Augenblick höchster Lust ebbte ihre Erregung ab. Der Sturmwind wurde zur sanften Brise, in der die Schneeflocken zu Tal taumelten.

Er wußte nicht, wieviel Zeit vergangen war, als seine Hand die Wanderung über ihren Körper wieder aufnahm. Beglückt nahm er wahr, wie die Erregung aufs neue Tanikos Körper übermannte. Diesmal hatte Taniko jene Stellung eingenommen, die von den Zinja im Liebesspiel bevorzugt wurde. Jebu saß mit verschränkten Beinen, während sie ihn mit ihren Beinen umklammert hielt. So eilte sie von Gipfel zu Gipfel, während Jebus Erregung nur langsam anstieg, um in einem letzten Augenblick der Lust Erfüllung zu finden.

Sie schliefen nicht in jener Nacht. Sie liebten sich, flüsterten sich Koseworte zu, ruhten sich wieder aus von der Wanderung durch Täler und Höhen, umarmten sich immer wieder.

Es war Taniko, die das Nahen des Morgens spürte. »Ich hörte soeben einen Vogel singen«, sagte sie. »Es wird bald hell werden. Du mußt jetzt gehen, wenn du unentdeckt bleiben willst.«

»Muß denn die Sonne aufgehen, Liebste?«

»So sicher wie ich dich liebe, Jebu.« Ihr leises Lachen klang an sein Ohr. »Du hast vergessen, daß wir im Lande der aufgehenden Sonne leben.« Es war jetzt so hell, daß er ihre Augen erkennen konnte. »Hab keine Angst um die Zukunft unserer Liebe. Ich werde mein Leben führen und du das deine. Aber unsere Wege werden sich wieder kreuzen. Und es wird noch viele solcher Nächte geben.«

Sie standen auf. Barfuß begleitete sie ihn über den Gang bis zu jener Schiebetür, durch die er das Frauenhaus betreten hatte. Jede Deckung ausnützend, schlich er über den Innenhof zu den Wachbaracken und schlüpfte durch den Türspalt. Sekunden später ruhte er auf seinem Lager und zog die Decken über sich. Dann übermannte ihn der Schlaf der Erschöpfung.

Er erwachte, als er Schritte hörte. Das Licht einer Fackel erhellte den Raum. Jebu sprang auf. Vor ihm standen Goshin und Prinz Horigawa. »Da ist er, Herr«, rief Goshin.

Horigawa durchbohrte ihn mit seinem Blick. Sein Mund war zu einem Strich geworden. »Du hast gut daran getan, mich zu benachrichtigen, Goshin.« Er lächelte. »Dieser Mann ist für mich kein Unbekannter. Er ist der Mönch Jebu, er steckt mit den Muratomo unter einer Decke. Du wirst ihn töten, Goshin, und zwar auf der Stelle.«

Jebu musterte die beiden Männer. Hinter ihnen standen drei Samurai in voller Rüstung. Aber dem Anführer der Wachmannschaft war diese Übermacht noch nicht groß genug. »Alle Mann zu den Waffen!« schrie er. Die Wachen fuhren aus dem Schlaf hoch und taumelten zu ihren Waffen. Jebus Blick heftete sich auf sein Schwert, das in Reichweite an der Wand hing.

Wenn es ihm vorbestimmt war, jung zu sterben, dann gab es keinen besseren Tag als diesen – den Morgen nach der Nacht mit Taniko. Das würde ihm wenigstens den Schmerz ersparen, von ihr getrennt zu sein.

Die Männer hatten einen Halbkreis gebildet. Sie hielten die Speere auf ihn gerichtet. Er wartete, bis sie nahe genug heran waren. Dann schoß er in den Handstand und traf den ersten Samurai mit seinen Füßen so hart am Kinn, daß der Knochen bis zu den Jochbögen aufsplitterte. Wieder auf den Beinen, stieß er dem zweiten die Handkante in die Kehle und schlug ihm das Schwert aus der Hand.

Der dritte Samurai wich entsetzt zurück. Dafür griff jetzt Goshin an. Jebu hatte das Schwert des getöteten Samurai ergriffen. Er holte weit aus, dann trennte er dem Soldaten den Kopf vom Rumpf.

Jetzt stand er Horigawa gegenüber, der das Geschehen bleich vor Schreck verfolgt hatte. Jebu mußte sich entscheiden. Wenn er Horigawa tötete, so besiegelte er damit seinen eigenen Tod. Versuchte er, an seine Waffen zu gelangen und zu fliehen, hatte er eine Chance zum Überleben.

Horigawa war vor Jebu zurückgewichen. Er war so benommen, daß er nicht einmal sein Schwert zog. In wenigen Sätzen war Jebu bei seinen Waffen. Mit fliegender Hast steckte er sein Schwert in die Scheide und band sich den Gürtel um. Dann riß er den Bogen von der Wand, gerade noch rechtzeitig, um einen Angreifer mit dem Pfeil zu Boden zu strecken.

Als hätte eine feurige Hand die Buchstaben an die Wand geschrieben, erstand die Zinja-Regel vor seinen Augen: *Jeder Pfeil eines Zinja tötet.* Er legte einen neuen Pfeil ein. Durchbohrt sank ein weiterer Gegner zu Boden. Er hatte vier der insgesamt zwölf Wachsoldaten getötet. Die restlichen rannten in kopfloser Flucht davon.

Er stürzte ihnen nach, den Bogen über die Schulter gehängt, in den Händen zwei Schwerter.

Dann sah er Horigawa, der wenige Schritte vor dem Haus stehengeblieben war. »Beschützt mich!« schrie er, als er den Zinja in der Tür sah. Die Wachsoldaten bildeten einen Kreis um den Prinzen. Wieder hatte er die Wahl, Horigawa zu töten oder zu fliehen.

Töte nicht aus Rache. Dulde nicht, daß Zorn dein Handeln bestimmt. Erst jetzt, auf dem Höhepunkt des Kampfes, erkannte Jebu die große Bedeutung dieser Zinja-Regeln. Er warf einen letzten Blick auf den angstschlotternden Prinzen. Dann rannte er zurück zu seiner Schlafstelle, zerschlitzte mit einem gewaltigen Schwerthieb die Rückwand und stürzte ins Freie.

Im Lauf schob er die beiden Schwerter in die Scheide und löste die Verknotung der Stahlspinne. Mit einem Surren des Seils flog der Haken über die Mauer und verfing sich in einer der Schießscharten. Er hangelte sich hinauf und ließ sich auf der anderen Seite zu Boden gleiten.

Es war, wie er befürchtet hatte. Der Stall war bewacht. »Aus dem Weg!« herrschte er den Wachsoldaten an und zog das bluttriefende Schwert. Der Mann ließ die Waffe fallen und rannte schreiend davon.

Im Stall war es dunkel und warm. Der Geruch der Pferde hing in der Luft. Es blieb keine Zeit, nach dem Pferd zu suchen, auf dem er gekommen war. Er riß irgendeinen Sattel vom Haken und warf ihn auf das nächstbeste Pferd. Das Tier wieherte und schlug aus.

»Ich weiß, wir beide kennen uns noch nicht«, sagte er und streichelte den glatten, warmen Hals. »Aber du kannst mir einen Gefallen tun.« Er verstärkte den Druck. »Du könntest mir das Leben retten.«

Mit geschicktem Griff zurrte er den Sattel fest, führte das Tier zum hinteren Ausgang und schwang sich auf seinen Rücken. Das Pferd machte einen Sprung nach vorn und fiel sofort in Galopp.

Ein Blick zurück. Dunkle Gestalten liefen auf die Stallungen zu. Laternen wurden geschwenkt. Die Verwirrung würde ihm einen guten Vorsprung geben. Wenn es ihm gelang, sich bis zu den Hügeln nördlich von Heian Kyo durchzuschlagen, war er in Sicherheit. Vielleicht fand er sogar bei Zinja-Mönchen Unterschlupf.

Es war Wahnsinn, im Dunkeln durch unbekanntes Gelände zu galoppieren. Aber Jebu hatte keine Wahl. Er war froh, daß er sich den Weg so hart hatte freikämpfen müssen; das hatte ihn wenigstens von seinem Schmerz über die Trennung von Taniko abgelenkt. Welches Schicksal mochte sie jetzt erwarten? Jebu konnte nur hoffen, daß, ganz gleich, was Horigawa mit ihr vorhatte, sie es überleben würde.

Mit gezogenem Schwert drang Horigawa in Tanikos Schlafgemach ein. Er hielt eine Laterne in der Hand. In seinen Augen stand glühender Haß. Sie zwang sich zur Ruhe, täuschte ein herzhaftes Gähnen vor. »Ihr erschreckt mich, Hoheit. Ihr kommt zu nachtschlafender Zeit – und mit dem Schwert in der Hand.«

»Es scheint, daß ich nicht der einzige Gast heute nacht bin. Der verfluchte Mönch! Du hast ihn bei dir versteckt!«

»Aber Hoheit!« Sie stützte sich auf und schüttelte den Kopf.

Wütend durchmaß er den Raum, stieß mit der Schwertspitze in die dunklen Ecken. »Er ist uns entkommen! Dieser Mörder. Er hat Goshin umgebracht, Goshin und die halbe Wachmannschaft.«

Jebu lebte! Er hatte fliehen können! Goshin war tot. Das bedeutete, daß die Verfolgung ergebnislos verlaufen würde.

»Mein guter Goshin«, jammerte Horigawa. »Er war einer meiner treuesten Männer. Er kam mir mitten in der Nacht entgegengeritten, um mich vor dem Zinja zu warnen.«

Taniko konnte der Versuchung nicht widerstehen, diesem Scheusal einen Nadelstich zu versetzen. »Hättet Ihr den Mönch in Ruhe gelassen und nicht befohlen, ihn zu töten, wäre er heute morgen friedlich wieder abgezogen, ohne irgend jemand ein Haar zu krümmen.«

Es war, als hätte man Öl ins Feuer gegossen. »Du bist schuld«, schrie Horigawa. »Du hast gewußt, wer dieser Mann war. Du hast ihm Eintritt in dieses Haus verschafft.«

»Ja, Ihr habt recht«, sagte sie in einer plötzlichen Eingebung. »Ich habe versucht, diesen Mann aus Dankbarkeit zu schützen. Er ist der Mann, der mich von Kamakura nach Heian Kyo gebracht hat. Er hat sein Leben für mich aufs Spiel gesetzt. Hätte ich den Wachen gesagt, wer er war, hätten sie ihn umgebracht.«

»Das alles spielt keine Rolle. Er steckt mit den Muratomo unter einer Decke, und es ist deine Pflicht, jeden Muratomo-Anhänger töten zu lassen, der dieses Haus betritt.« Er sah sie durchdringend an. »Ich möchte nur wissen, was dich an diesem Zinja so interessiert. Hast du mich mit ihm betrogen?«

»Ich bin Euch immer treu gewesen, Hoheit.«

»So? Das werden wir gleich sehen.« Horigawa stürzte sich auf sie und warf sie auf die Bettstatt. Ekel kroch in ihr hoch, als er sie mit seinen knochigen Fingern befühlte. Mit geschlossenen Augen ließ sie die demütigende Untersuchung über sich ergehen. Zum Glück hatte sie sich gewaschen, um einer Schwangerschaft vorzubeugen, wie ihre Mutter es ihr beigebracht hatte.

»Nichts«, sagte Horigawa mißmutig. Er ließ sie frei. »Du hast Glück. Wenn ich Spuren deiner Untreue entdeckt hätte, hätte ich dich töten lassen.« Er grinste sie an. »Nun, ich kann dich immer noch töten lassen.«

Unvermittelt umklammerte er ihr Handgelenk. »Ich weiß, daß der Mönch gestern bei dir war. Ihr habt miteinander geredet. Der Zimmermann war auch dabei, dieser schielende Idiot. Worüber habt ihr gesprochen? Plant ihr etwa eine Verschwörung mit den Muratomo?«

»Wenn es jemanden in diesem Hause gibt, der geheime Kontakte zu den Muratomo unterhält, dann ist es weder der schielende Zimmermann noch ich«, sagte Taniko. Die Anspielung saß. Horigawa unterhielt insgeheim einen regen Briefwechsel mit Muratomo no Hideyori, der sich noch immer im Haus ihres Vaters in Kamakura aufhielt. Horigawa war ein Heuchler wie er im Buche stand. Bei den Versammlungen der Takashi forderte er die Todesstrafe für alle Muratomo bis ins siebte Glied. Aber wenn es ihm einen Vorteil brachte, verbündete er sich selbst mit dem Teufel.

Horigawas Gesicht war weiß vor Wut. »Du wagst es, mir doppeltes Spiel vorzuwerfen?« fauchte er. »Wenn dir irgend jemand Glauben schenkt, kann es mich das Leben kosten.« Er holte aus und schlug ihr ins Gesicht. Dann ergriff er ihre Hand und bog ihr den kleinen Finger zurück, bis er brach. Taniko stieß einen Schmerzensschrei aus. Instinktiv ballte sie die andere Hand zur Faust. Horigawa zuckte zusammen, als sie in seiner Magengrube landete.

»Du falsche Schlange!« zischte er. »Ich hätte nicht übel Lust, dich in Stücke zu schneiden. Ich hätte wahrhaftig das Recht dazu. Aber vorerst brauche ich dich noch. Doch eines Tages wirst du einen hohen Preis bezahlen für all die Schmach, die du mir bereitest. Das da« – er deutete auf ihren Finger – »ist erst der Anfang.« Er wandte sich zum Gehen. »Und jetzt werde ich mir diesen schielenden Zimmermann vornehmen. Er wird nicht so glimpflich davonkommen wie du. Ich habe so meine Methoden, die Leute zum Sprechen zu bringen. Der Bursche wird mir alles sagen, was er über diesen Spion der Muratomo weiß.«

»Moko weiß nichts. Ich bitte Euch, verschont ihn.«

»Da du leidest, wenn der Zimmermann gequält wird, muß ich ihm wohl besondere Aufmerksamkeit widmen.«

»Kommt mir nicht mehr in die Nähe«, sagte Taniko. Sie zitterte vor Wut. »Ich werde Euch töten, wenn Ihr es wagt, mich anzufassen.«

»Ich habe wenig Sehnsucht danach, dich anzufassen«, gab Horigawa zurück. »Ich werde mich rächen – zu gegebener Zeit.«

17. Kapitel

Im Frühsommer nach dem Treffen mit Taniko kehrte Jebu zum Tempel der Wasservögel zurück. Nachdenklich folgte er dem steinigen Weg, der durch die Berge von Kiuschu führte. Drei Jahre waren vergangen, seit er Taitaro zum letzten Mal gesehen hatte. Jebu hatte in diesen Jahren soviel erlebt, daß ihm die Zeit viel länger vorgekommen war. Doch als er jetzt auf das Klostergebäude der Zinja zuging, war es ihm plötzlich, als hätte er sich erst heute früh von Abt Taitaro verabschiedet.

Der Weg wurde steiler. Das Kloster blieb zumeist hinter den hoch aufragenden Felsen verborgen. Nur dem Besucher, der vom Meer her kam, bot sich der Tempel der Schwimmvögel schon von weitem in all seiner Schönheit dar. Kam man vom Land, so erblickte man die Gebäude des Ordens erst, wenn man nur noch einen Steinwurf weit entfernt war.

Doch jetzt mußten die Mauern des Klosters eigentlich zu sehen sein. Jebu beschleunigte seine Schritte. Dann hielt er erschrocken inne. Der Palisadenzaun, der das Kloster umgab, war verschwunden. Auch das Torgebäude war weg. Nur das Tor selbst stand noch da.

Er läutete die Glocke. Bei den Zinja gab es keinen Torwächter. Es genügte, sich auf diese Weise bemerkbar zu machen.

Er durchschritt den Schatten unter dem Torbogen. Wo die Kornkammer gestanden hatte, war Leere. Keine Asche, keine verkohlten Balken, nur noch die Grundmauern, von Unkraut überwuchert. Er ging weiter. Der Weg führte durch ein Stück Pinienwald.

Erst als der Wald zu Ende war, erkannte Jebu das ganze Ausmaß der Katastrophe. Die Stallungen, das Haus der Mönche, das Frauenhaus, die Bibliothek, das Gästehaus – alles verschwunden. Nur der Tempel war noch da.

Während er noch darüber nachdachte, was geschehen sein mochte, erschien Taitaro im Portal des Tempels.

»Jebu, mein Sohn.«

»Sensei.«

Sie liefen aufeinander zu und fielen sich in die Arme. Dann traten sie einen Schritt zurück, um sich anzusehen. Die Linien in Taitaros Gesicht waren tiefer geworden, das Haar weißer. Der Bart war gepflegt. Aufmerksam betrachtete er den jungen Zinja.

»Du scheinst viel erlebt zu haben, Jebu. Ich sehe es an deinen Augen.«

»Was ist hier passiert, ehrwürdiger Vater? Wo sind all die Mönche?«

»Du hast eine lange Reise hinter dir, mein Sohn. Du wirst müde sein.« Er lächelte gütig. »Müde und hungrig. Komm. Ich habe mir zwischen den Klippen eine kleine Hütte gebaut. Dort kannst du dich ausruhen. Und dort bekommst du auch etwas zu essen.«

Benommen folgte Jebu seinem Stiefvater zu dessen einfacher Hütte. Rohe Stämme aus Zedernholz, Wände aus Papier, Strohdach, gestampfter Lehmboden. Schwert, Bogen und Köcher des Abtes hingen an einem Balken. Jebu hängte seine eigenen Waffen dazu.

Im Lehmboden der Hütte war ein Loch, das als Feuerstelle diente. Jebu sah zu, wie sein Stiefvater Reisig entzündete und einen Topf mit Wasser auf den Rost stellte.

»Der Orden hat dich in die Dienste der Muratomo gegeben«, sagte Taitaro unvermittelt. »Erinnerst du dich an unser Gespräch über deine Vision des Weißen Drachen?«

Jebu zuckte die Achseln. »Ich kehre zurück und finde das Kloster verwüstet vor. Ich hatte gehofft, ich könnte nach drei blutigen Jahren hier Frieden finden.«

»Ich verstehe, daß du enttäuscht bist«, sagte Taitaro. Es klang heiter. »Mir gefällt der Tempel so übrigens besser. Es gibt nichts mehr, was einen ablenkt.«

»Wo sind die anderen?«

»Zwei Jahre nachdem du uns verlassen hattest, wurde das Kloster von einer Bande Samurai überfallen. Die Tatsache, daß wir uns so leicht überrumpeln ließen, zeigt, daß wir gar nicht mehr den Namen Zinja verdienten. Jedenfalls gelang es den Fremden, unsere Wachen niederzumetzeln. Das Kloster wurde geschleift, was übrigblieb, in Brand gesteckt. Auch die Stallungen haben sie in Flammen aufgehen lassen. Wir haben fast alle unsere Pferde verloren.«

»Was ist aus den Frauen geworden?«

»Die meisten haben den Überfall überlebt.«

»Und Mutter?«

»Es geht ihr gut, mein Sohn. Die Frauen haben sich mit Zähnen und Klauen gegen die Eindringlinge gewehrt. Es gelang uns, sie zurückzudrängen. Sie haben dann törichterweise versucht, uns zu belagern. Aber wir haben das Kloster durch die unterirdischen Gänge verlassen und sind den Angreifern in den Rücken gefallen. Es ist uns gelungen, ihnen schwere Verluste zuzufügen.«

»Waren es Muratomo oder Takashi?«

»Takashi, mein Sohn. Der Clan der Muratomo spielt nach der Niederlage in Heian Kyo keine Rolle mehr. Die treibende Kraft bei solchen Überfällen ist Sogamori. Er will alles niederwalzen, was sich seinem Einfluß entzieht.«

»Aber Sogamori weiß doch, daß viele Zinja in den Diensten der Takashi stehen.«

Taitaro hob die Schultern. »Er weiß aber auch, daß andere Zinja für die Muratomo streiten. Sogamori will alles oder nichts. Ihm sind die Zinja zuwider, weil der Orden Niederlassungen im ganzen Lande hat. Er wirft uns vor, wir hätten den Treueeid gegenüber dem Kaiser gebrochen. Aber wenn er ›Kaiser‹ sagt, meint er sich selbst. Er traut uns nicht über den Weg. Deshalb hat er durchgesetzt, daß fast alle Zinja aus den Diensten der Takashi entlassen wurden.«

»Hat Sogamori selbst den Überfall auf den Tempel der Schwimmvögel angeordnet?«

»Nein. Es scheint, daß es einer seiner Lehensherren, der Gouverneur der Provinz Fukuoka, war. Die Samurai waren sicher nicht sehr schwierig anzuheuern. Es gibt viele, die einen erbitterten Haß gegen die Zinja hegen. Sie neiden uns die Geschicklichkeit im Kampf und unseren Mut. Zugleich betrachten sie die Kindererziehung der Zinja und die freien Beziehungen zwischen Mann und Frau, wie sie im Zinja-Orden üblich sind, als Teufelswerk. Und außerdem glauben sie, wir verfügten über ungeheure Schätze.«

»Also herrscht Krieg zwischen uns und den Takashi.«

»Durchaus nicht, Jebu. Offiziell sind die Beziehungen der Zinja zu Sogamori, sogar zum Provinzgouverneur sehr freundschaftlich. Das Ganze war eine Kraftprobe. Die Takashi wollten herausfinden, ob sich der Orden der Zinja mit vertretbarem Kräfteaufwand zerschlagen läßt. Die Kraftprobe ist zugunsten des Ordens ausgegangen. Aber auch auf unserer Seite gab es große Verluste. Viele Urnen im Grabgewölbe mußten geleert werden, damit sie die Asche der Toten aufnehmen konnten. Viele Bäume mußten gefällt werden, um Holz für die Scheiterhaufen zu gewinnen.«

»Und deshalb ist das Kloster dann geschlossen worden.«

»Das war nicht der einzige Grund. Auch andere Klöster wurden überfallen und haben schmerzliche Einbußen hinnehmen müssen. Ich bin mit den anderen Äbten in Yamatai zusammengetroffen. Wir haben entschieden, daß wir die Mönche in den Klöstern nahe der großen Städte zusammenfassen.«

»Wo ist Mutter?«

»Nach dem Beschluß, daß unser Kloster aufgelöst würde, haben die Mönche mit Hilfe der Frauen aus den Trümmern der anderen Gebäude den Tempel der Wasservögel wiederaufgebaut. Deine Mutter befindet sich jetzt im Tempel der Wasserlilien bei Hakata.«

»Warum ist sie nicht bei Euch geblieben?«

»Weil ich es nicht wollte.«

»Das verstehe ich nicht. Wie könnt Ihr den Wunsch hegen, ohne Mutter zu leben?«

»Wenn du so alt bist wie ich, wirst du das verstehen. Männer und Frauen durchleben in ihrem Dasein verschiedene Phasen. Eine Phase führt zur nächsten. Am Ende der Entwicklung steht die Einsicht in das Ich, das Erkennen des Selbst. Es gibt eine Phase, in der der Mann sich als Krieger wohl fühlt. Das ist die Zeitspanne, in der du jetzt lebst, Jebu. Dann gibt es die Zeit, in der der Mensch verheiratet ist. Mann und Frau leben in enger Gemeinschaft, zeugen Kinder, ziehen sie groß und übernehmen Verantwortung in der Gemeinschaft der Bürger. Deine Mutter und ich lebten in dieser Phase, als du uns verlassen hast. Und schließlich kommt die Zeit, wo man seinen Blick auf die Ewigkeit richtet. Man bereitet sich vor auf den Sprung ins Dunkel, auf das Eintauchen in die Unendlichkeit. Wir können dagegen ebensowenig unternehmen wie eine Raupe, die Angst davor hat, ein Schmetterling zu werden. Nicht nur einzelne Menschen, sondern auch Gruppen, Ordensgemeinschaften, sogar ganze Nationen machen diesen Prozeß durch. Für mich, der ich zurückgezogen in den Bergen lebe, ist offenbar geworden, daß sich die Zinja in der letzten Phase ihrer Entwicklung befinden. Das Licht des Ordens wird verlöschen, mein Sohn. Das Land der aufgehenden Sonne geht einem Zeitalter der Finsternis entgegen. Früher oder später wird dieser Tempel zerstört werden. Der Krieg wird weitertoben.«

»Das werde ich verhindern«, sagte Jebu mit fester Stimme. »Ich werde hierbleiben und den Tempel verteidigen.«

»Das wirst du nicht tun. Es wäre sinnlos. Du wirst den heutigen Tag mit mir verbringen. Auch die Nacht, wenn du willst. Ich werde dir Dinge sagen, die für deine Zukunft wichtig sind. Große Aufgaben warten auf dich. Du bist zu jung, und dein Leben ist zu kostbar, um es mit der Verteidigung einer Tempelruine zu vergeuden.«

Als die Sonne ins Meer gesunken war, begaben sie sich in den Tempel und setzten sich vor dem Altar auf den schimmernden Boden. Sie blickten einander ins Gesicht wie bei Jebus Einweihung als Mönch. Abt Taitaro hatte einen funkelnden Stein aus der Tasche seiner Kutte genommen. Er beugte sich vor und zeigte ihn Jebu.

»Betrachte diesen Stein«, sagte er. »Konzentriere deine Gedanken darauf. Denke nur an den Stein, vergiß alles andere.«

Jebu tat wie ihm geheißen. Das Kerzenlicht, das von den Facetten des Edelsteins zurückstrahlte, verbreitete einen magischen Schimmer. Völlig durchsichtig schien der Kristall. Die geschliffenen Flächen waren mit eingeritzten Ornamenten bedeckt, Zeichen, die Jebu nicht zu deuten vermochte. Je nachdem, wie Taitaro den Stein drehte, wurden Feuersäulen sichtbar, Sterne, Flammen, Sonnen.

»Du spürst Schwere«, sagte Taitaro. »Du spürst Müdigkeit ... du möchtest schlafen ... nur noch schlafen ... du wirst schlafen ... du schläfst.«

Die Tempelwände schienen weit auseinanderzuweichen. Jebu schwebte über einen dunklen Wald. Diesmal trug ihn kein Drache, kein Vogel. Es war, als schwimme er durch die Luft. Dann erkannte er zwischen den Wipfeln der Bäume einen Lichtschimmer. Er flog näher und blickte hinab. Er sah eine Lichtung, an deren Rand ein Baum stand, der bis in die Wolken reichte. Er strömte ein zauberhaftes Licht aus. Merkwürdiges Summen lag in der Luft. Es klang wie Menschengemurmel. Als Jebu näher kam, erkannte er Lebewesen, die das Summen verursachten. Sie hingen wie Früchte auf den Ästen des Baumes.

Auf den unteren Ästen saßen Würmer und Insekten, Fische, Echsen und Schlangen, auf den mittleren Ästen Vögel, Pferde, Affen, Katzen und Hunde. Er sah einen Tiger, außerdem einige Tiere, die Jebu noch nie gesehen hatte. Da war zum Beispiel ein riesiges Tier mit grauem Fell, Schlappohren, zwei weißen Stoßzähnen und einer Nase, die lang war wie ein Seil, dann ein Fisch, groß wie ein Schloß, in dessen gewaltigem Maul ein Mann hätte stehen können. In den oberen Zweigen wuchsen Menschen. Männer und Frauen aller Rassen, Kinder, Halbwüchsige, Schwarze, Weiße und Gelbe. Einige waren bekleidet, andere nackt. Und im Wipfel darüber wuchsen Lebewesen, deren Form Jebu an Kristalle erinnerte und vor deren hellem Glanz Jebu geblendet die Augen schließen mußte. Das müssen die Kami sein, durchfuhr es ihn.

Was er sah, erfüllte ihn mit Freude und Ehrfurcht. Alle Lebewesen, Menschen und Tiere, standen nicht jedes für sich, sondern waren Teil eines umfassenden Ganzen, unterschiedliche Manifestationen ein und desselben Urstoffs. Er mußte lächeln, als er plötzlich begriff, wie wunderbar einfach alles war. Dann spürte er, wie er vom Wind davongetrieben wurde. Der Baum schien zurückzuweichen, wurde kleiner und war schließlich nur noch ein Lichtpunkt im Wald.

Er starrte auf den Edelstein in Taitaros Hand. »Du bist jetzt wach«, sagte Taitaro. »Sieh den Stein an. Es ist der Stein des Lebens und des Todes. Man nennt ihn Shintai oder Die Wohnung der Kami. Ich schenke ihn dir, Jebu. Er sei dein.« Taitaros Augen leuchteten. Er reichte Jebu den Stein. Dieser umschloß ihn mit der Hand.

»Das ist einer der Steine, die dein Vater von weit her mitgebracht hat«, erklärte Taitaro. »Niemand weiß, wo der Stein ursprünglich gefunden wurde. Vielleicht wußte es nicht einmal dein Vater. Er gab ihn mir, bevor er starb.«

Jebu versuchte, mit seinem Blick einer der feinen Linien zu folgen, die auf dem Stein eingraviert waren. Aber schon nach wenigen Windungen verlor er die Spur. Taitaro lächelte. »Das Muster auf dem Stein stellt den Baum des Lebens dar. Er ermöglicht dir nicht nur die Erkenntnis von Leben und Tod, sondern zeigt dir auch die Zukunft. Dein Vater Jamuga sagte mir, daß in diesem Stein sein Leben als Rebell vorgezeichnet war und seine Flucht aus der Heimat in ein fremdes Land. Seit dein Vater mir das Kleinod gab, habe ich es täglich betrachtet. Als ich mich mit deiner Mutter verband, war ich ein Mensch mit vielen Illusionen. Ich betrauerte den Tod deines Vaters, aber insgeheim habe ich triumphiert. Sein Tod hatte mir Glück beschert, eine wunderschöne Frau, einen gesunden Sohn. Ich träumte damals davon, der weiseste aller Zinja-Äbte zu werden. Jahr für Jahr ist vergangen, meine Illusionen sind zerronnen. Für mein Lebensglück war es plötzlich nicht mehr wichtig, den Zinja zu dienen. Ich beschloß, als Einsiedler auf diesen Klippen zu leben. In ein paar Jahren werde ich vielleicht weise genug sein, nicht mehr stolz auf meine Entscheidungen zu sein.« Er lachte; Jebu fiel fröhlich ein.

»Du hast mir einmal erzählt, daß mein Vater aus einem wilden Volksstamm von Viehzüchtern stammte. Diese Menschen können den Stein wohl kaum geschliffen haben.«

»Ich vermute, der Stein ist Teil der Beute, den der Stamm deines Vaters einem anderen Volk im Kampf abgenommen hat. Dieser Stein hat deinen Vater beeinflußt. Er hat mein Leben verändert, und er wird auch deines ändern, wenn du dich nicht dagegen sträubst. Ich vermute, daß ihn ein Zauberer geschliffen hat, einer jener Weisen, die in grauer Vorzeit auf der Erde lebten.« Er legte Jebu die Hand auf die Schulter. »Du wirst diesen Stein täglich betrachten. Und jeden Tag wirst du der Erkenntnis deines Selbst ein wenig näher kommen.«

Mit Tränen in den Augen betrachtete Jebu das schimmernde Gebilde in seiner Hand. Dort, eingeschlossen in die funkelnden Facetten, lagen die Antworten auf all seine Fragen. Der Stein würde ihm helfen, die Antwort zu finden. Ich bin geboren im Land der aufgehenden Sonne. Und trotzdem bin ich nur zur Hälfte ein Sohn dieses Landes. Wo ist meine andere Hälfte? Wer war mein Vater? Wer war der Mann, der meinen Vater tötete? *Wer bin ich?*

Jebu war tief bewegt von der Vision des Lebensbaumes. Er würde den Stein bewahren. Später einmal würde er ihn einem Menschen schenken, den er liebte. Vielleicht meinem Sohn, dachte er.

Taitaro war aufgestanden und an das offene Portal des Tempels getreten. Er sah in die Nacht hinaus. Plötzlich eilte er ins Innere zurück, lief zu den Leuchtern und blies die Kerzen aus.

»Gerade ist eine Gruppe Samurai durch das Tor geritten«, sagte er. »Du mußt fliehen, Jebu. Ich werde den Fremden entgegengehen.«

18. Kapitel

Taitaro drückte auf eine Steinplatte im Fußboden des Tempels. Ein Eisenring kam zum Vorschein. Er ergriff den Ring und klappte einen Steinquader hoch, unter dem sich der Zugang zu einem unterirdischen Geheimgang verbarg. »Der Gang führt außerhalb der Mauern wieder an die Oberfläche«, flüsterte Taitaro. »Du wirst dich nach Hakata begeben, zum Tempel der Wasserlilien, wo deine Mutter und die anderen Mönche weilen.«

»Ich werde Euch nicht im Stich lassen, ehrwürdiger Vater.«

Taitaro lachte. »Ich habe dreiundzwanzig Jahre als Zinja gelebt und gekämpft. Glaubst du wirklich, ich würde nicht allein mit ein paar Samurai fertig? Niemand wird mir ein Haar krümmen, wenn ich es nicht will.« Er deutete auf die Öffnung im Fußboden. »Geh jetzt! Es bleibt wenig Zeit.«

Das Loch war so dunkel, daß Jebu den Boden nicht erkennen konnte. Er sprang in die Tiefe. Über ihm schob der Abt die Steinplatte über die Öffnung. Schwärze umgab ihn wie in jener Nacht, die er im Sarkophag verbracht hatte. Er hockte sich auf den Boden und wartete ab. Für die Flucht blieb immer noch Zeit.

Abt Taitaro hatte eine Kerze angezündet. Während er sich zum Ausgang des Tempels begab, überlegte er, warum er Jebu überhaupt versteckt hatte. Zu zweit hätten sie leicht jedem Angriff der Samurai widerstanden.

Aber einmal mußte das Blutvergießen ein Ende nehmen. Wenn die Samurai sahen, daß er allein war, dann bestand die Hoffnung, daß sie ohne Kampf wieder abzogen. Aber wenn Jebu ihnen gegenübertrat, würde es unweigerlich zum Kampf kommen.

Die Reiter sprengten heran bis an die Tempelstufen. Taitaro hielt ihnen die Kerze entgegen. Er erkannte das Emblem des Roten Drachens auf ihren Umhängen.

»Ich kenne Euch, Mönch«, sagte eine tiefe Stimme. Der Fremde sprach Chinesisch. »Du bist der Abt Taitaro.«

Taitaro trat einen Schritt nach vorn. Als er das Gesicht des Mannes erkannte, erstarrte er in der Bewegung.

Der Ritter trug einen pelzbesetzten Helm, der in einer nadelscharfen Spitze endete. Sein Umhang war scharlachrot, der Kragen mit silbergrauem Pelz besetzt, die Augen von eiskaltem Blau. Ein struppiger, rotbrauner Schnauzbart verdeckte den Mund. Die Jochbögen standen hervor. Das Gesicht war von tiefen Furchen durchzogen, die Haut von Wind und Wetter gegerbt. Schultern und Brustkorb verrieten, daß der Mann über außerordentliche Körperkräfte verfügen mußte.

»Auch ich kenne Euch«, sagte Taitaro, ebenfalls auf chinesisch. »Aber Euren Namen kenne ich nicht.«

»Ich bin Arghun Baghadur.« Er glitt aus dem Sattel und übergab die Zügel einem Samurai. Dann ging er die Stufen des Tempels hoch, bis er auf gleicher Höhe mit Taitaro stand.

Taitaro hob die Hände und deutete hinter sich. »Wie Ihr seht, bin ich allein. Der Tempel ist verlassen. Wenn Ihr und Eure Männer die Nacht hier verbringen wollt, so seid Ihr willkommen.«

Taitaro durchschritt das Portal, der Krieger folgte ihm. »Ich möchte keine Zeit verlieren, Abt Taitaro«, sagte er. »Ich bin auf der Suche nach einem Mönch namens Jebu. Ich habe seine Spur über Honschu und Kiuschu bis hierher verfolgt. Wo ist er?«

Welch ein Glück, dachte Taitaro. Dieser Mann hielt den Schlüssel zu Jebus Herkunft in der Hand. Wenn er es geschickt anstellte, konnte er vielleicht in Erfahrung bringen, was es mit Jebus Vater und dessen Flucht auf sich hatte.

Taitaro deutete auf das Zeichen des Roten Drachens. »Ihr kämpft für die Takashi?«

»Im Land der Zwerge schien es mir von Vorteil, mich mit den Takashi zu verbünden. Aber ich habe nur einen Herrn: mich selbst. Ich bin gekommen, um den Mönch Jebu zu töten. Wo ist er?«

»Ich habe ihn zum Holzsammeln in den Wald geschickt«, sagte Taitaro. »Es ist schon kalt.«

Baghadur machte auf dem Absatz kehrt. Mit wenigen Schritten war er am Ausgang des Tempels. »Schwärmt in den Wald aus!« rief er seinen Männern zu. »Sucht nach einem großen, rothaarigen Mönch. Fangt ihn und bringt ihn her.«

Taitaro war dem Krieger nachgegangen. Jetzt trat er neben ihn. »Der Wille des Himmels geschehe«, sagte er. »Ich weiß, daß ich Jebu nicht schützen kann. Aber ich verstehe nicht, warum Ihr ihn verfolgt. Als Ihr das letzte Mal hier wart, war Jebu noch ein kleines Kind. Was hat er Euch getan? Warum wollt Ihr ihn töten?«

»Weil ich einen heiligen Eid geschworen habe. Ich werde nicht ruhen, bis ich mein Gelübde erfüllt habe. Du bist ein Zinja, Taitaro, du wirst verstehen, daß ich meinen Eid nicht brechen kann. Dschingis Chan ist tot, aber sein Befehl bindet mich. *Erschlagt Jamuga und alle seine Nachkommen. Löscht sein Geschlecht aus von dieser Erde.*«

»Jebus Vater hat mir vom Fürst der Mongolen erzählt. Ein Volk von Reitern und Viehtreibern. Ihr lebt in den kalten Steppen nördlich von China.«

Arghun Baghadur lachte. »Wir Mongolen leben nicht mehr in Zelten, Abt Taitaro! Wir beherrschen die Welt. Wir leben in Palästen.«

»Ist es nicht grausam, wenn Ihr den Sohn für die Sünden des Vaters bestraft?«

»Das Schicksal eines Menschen verblaßt vor der Größe unseres Herrschers. Der Wille von Dschingis Chan ist Gesetz. Auf seinen Befehl sind ganze Städte dem Erdboden gleichgemacht worden. Heute streicht der Wind über die Stätten, wo einst Tausende von Menschen lebten. Wer Dschingis Chan beleidigt, dessen Geschlecht muß ausgelöscht werden.« Jebu hatte jedes Wort mitangehört. Der Mann dort oben war der Mörder seines Vaters. Und jetzt war er über das große Meer gekommen, um Jebu zu töten. Für den jungen Zinja war es wie ein Traum.

Trotz der Erklärungen, die der Fremde gegeben hatte, blieben Fragen offen. Welche Rolle hatte Jamuga im Reich der Mongolen gespielt? Wer war dieser Dschingis Chan? Und womit hatte Jamuga die Rache jenes Nomadenfürsten auf sich und seine Nachkommen herabbeschworen? Die Zeit zum Handeln war gekommen. Er mußte eingreifen, solange Baghadur allein war.

Er ist Mongole, was immer das bedeutet. Aber auch ich bin mit einem Teil meines Herzens Mongole.

Es würde am besten sein, wenn er überraschend die Steinplatte hochstemmte. Das unvorstellbar harte Waffentraining der Zinja würde Jebu befähigen, mit dem Mörder seines Vaters fertigzuwerden. Er tastete nach der Decke, konnte sie aber nicht erreichen. Er suchte die Wände nach Stufen ab. Doch er fand nur das Loch zum Geheimgang. Er war gefangen, hilflos wie eine Heuschrecke in einem Krug.

Jebu ballte die Fäuste. Taitaro hatte ihn überlistet. Der Abt hatte alles vorausgeahnt. Der alte Fuchs hatte ihn in ein Versteck gelockt, von dem aus er nicht in den Kampf eingreifen konnte.

Jetzt blieb nur noch der Geheimgang. Jebu duckte sich und kroch in den Tunnel hinein. Dunkelheit umgab ihn. Es mußte Jahre gedauert haben, diesen Fluchtweg anzulegen. Aber eine der Stärken der Zinja war ihre Geduld.

Vorsichtig kroch er weiter. Jetzt führte der Tunnel aufwärts. Als seine Finger an eine Steinplatte stießen, versuchte er es mit sanftem Druck. Der Stein glitt zur Seite und gab den Blick auf den nächtlichen Himmel frei. Jebu zwängte sich durch die Öffnung.

Er blieb auf den Boden geduckt. Rascheln im Unterholz war zu hören. Noch immer durchkämmten die Samurai den Wald nach dem jungen Mönch.

Behutsam schob Jebu den Stein beiseite. Dann kroch er Meter um Meter auf den Tempel zu, auf dessen Boden zwei Gestalten saßen. Taitaro und Baghadur. Zwischen ihnen stand eine Kerze.

Der Mongole hielt den Blick auf das Tempelinnere gerichtet, sein Rücken war dem Portal zugewandt. Drei oder vier bange Sekunden, dann war Jebu hinter ihm, so nahe, daß er den Rücken des Gegners hätte berühren können.

Dein Denken ist deine Waffe. Ohne Waffe bist du stärker als der Gegner, der zwei Schwerter in den Händen hält. Verlasse dich auf niemanden als auf dich selbst.

Taitaro muß mich bemerkt haben, dachte er. Aber der Abt würde sich nichts anmerken lassen. Jebu zog das Zinja-Schwert aus der Scheide.

Nicht du bist der Kämpfer. Dein Selbst führt die Waffe. Es gibt keine Waffe, die stärker ist als dein Selbst.

Der Wunsch, Jamugas Mörder zu töten, war übermächtig geworden. Jebu sprang auf, die Spitze seines Schwertes auf Baghadur gerichtet.

Bevor die Waffe ihr Ziel erreichte, rollte sich der Mongole zur Seite. Jebu flog auf Taitaro zu.

»Nein!« schrie er, als er erkannt hatte, daß sein Schwert den Abt ins Herz treffen würde. Hinter ihm erschallte Baghadurs gellendes Gelächter.

Taitaro hatte sich zur Seite geworfen. Das Schwert verfehlte ihn. Aber Jebu konnte nicht verhindern, daß sie mit voller Wucht zusammenprallten.

»Du Narr!« herrschte ihn Taitaro an. »Er hat dein Spiegelbild in meinen Augen gesehen.«

Beide sprangen auf. Jebu war wütend auf sich selbst. Wie hatte er vergessen können, was Taitaro ihn über das Spiegelbild in den Augen des Gegners gelehrt hatte!

Der Mongole war neben den Altar getreten. Die Klinge seines langen, leicht geschwungenen Schwertes blitzte im Schein der Kerze.

Ein paar Sekunden lang standen sie sich wortlos gegenüber. Jebu tauchte seinen Blick in die eiskalten blauen Augen des Gegners. Die Wildheit der Steppe starrte ihm entgegen, die Jagdlust des Falken. Das Haar des Mongolen war unter seinem Helm verborgen. Aber seinem Bart nach zu urteilen, mußte er rotes Haar haben. Wie ich, dachte Jebu. Der Mörder meines Vaters sieht aus wie ich.

»Ich wußte, daß ich dich aus deinem Versteck hervorlocken würde, wenn ich mich nur lange genug mit dem Alten unterhielte.« Er kniff die Augen zusammen. »Du bist Jamugas Sohn, kein Zweifel. Du hast die gleiche Gestalt wie er. Aber dich umzubringen, wird einfacher sein. Du bist noch ein Kind.«

»Ein Kind, das dich töten wird, Baghadur«, sagte Jebu.

»Das haben schon viele versucht«, gab der Mongole zurück.

Ohne Vorwarnung kam sein Angriff. Das Schwert des Mongolen surrte mit solcher Gewalt durch die Luft, daß es Jebu entleibt hätte, wäre er dem Schlag nicht mit einem Sprung nach hinten ausgewichen. Ohne zu zögern, setzte ihm Baghadur nach. Schlag auf Schlag folgte. Der blutige Tanz des Todes hatte begonnen.

Jebu hatte sich hinter den hölzernen Gong geduckt, mit dem die Zinja zum Gebet riefen. Jetzt konnte der Mongole keinen Schlag von oben führen. Er hielt sein Schwert ausgestreckt. Endlich war der Moment gekommen, auf den er sein ganzes Leben gewartet hatte. Der Mörder seines Vaters stand vor ihm. Er würde seine frevelhafte Tat mit dem Tode sühnen.

Jebu schoß vor, holte zum Schlag auf Baghadur aus. Aber der Mongole duckte sich nicht, sondern parierte Jebus Schlag mit der Waffe. Das Gewölbe hallte wider vom Klang der aufeinanderprallenden Schwerter. Dann standen sie Brust an Brust, die Waffen ineinander verschränkt. Es war das erste Mal, daß Jebu einem gleichgroßen Gegner ins Auge sah.

Baghadur hatte mit seiner rechten Stiefelspitze nach Jebus Ferse geangelt, um ihn zu Fall zu bringen. Jebu verwandelte den Fall in eine Rolle rückwärts. Die Waffe des Mongolen spaltete einen der Steinquader. Jebu sprang hoch. Sein Blick irrte zum Portal. Jeden Moment mußten die Samurai erscheinen. Ohne Zweifel war das

Getöse des Kampfes nach draußen gedrungen. Merkwürdig, dachte Jebu, daß Baghadur sie nicht rief. Dann sah er den Haß in den Augen seines Gegenüber. Er will mich selbst töten, durchfuhr es ihn.

Leichtfüßig kam der Mongole näher. Jebu hielt die Augen auf den Gegner gerichtet. Taitaro schien verschwunden.

Dieser Mongole hatte eine ganz andere Taktik als die Zinja. Er verlor keine Zeit mit Finten, sondern griff ohne Umschweife an. Schlag um Schlag traf er Jebus Klinge. Das Ziel war leicht zu durchschauen. Der Gegner sollte eingeschüchtert und ermüdet werden, bis er sich eine Blöße gab.

Um den Angreifer zurückzudrängen, führte Jebu einen Streich nach Baghadurs Beinen. Der Mongole sprang hoch. Dann spürte der junge Zinja, wie ihm das Schwert aus der Hand geschlagen wurde.

Er warf sich zur Seite und stürzte der Waffe nach. Ehe er das Schwert wieder aufheben konnte, war Baghadur über ihm und holte zum tödlichen Streich aus. Jebu zog die Beine an sich und stieß den Angreifer von sich. Der Mongole taumelte zurück. Dann kam er mit der Behendigkeit eines Tänzers wieder auf ihn zu. Das geschwungene Schwert sauste nieder. Jebu spürte, wie die Klinge seinen Arm ritzte.

Die Kerze verlosch. Taitaro mußte sie ausgelöscht haben, um zu verhindern, daß der Mongole Jebu den tödlichen Stoß versetzte.

»Zu mir in den Tempel!« schrie Baghadur. Von draußen war das Laufen und Stampfen der anderen Krieger zu vernehmen. »Bringt Licht in den Tempel! Der Mönch, den wir suchen, ist hier!«

Eine Hand ergriff Jebus Arm. »Zurück!« Es war Taitaros Stimme. Jebu wurde hinter den Altar gerissen. Das Geräusch von Steinplatten war zu hören. Dann wurde Jebu in einen niedrigen Gang gestoßen. Plötzlich war die Luft feucht und modrig. Ein Licht flammte auf, Taitaro hatte eine Kerze entzündet. Sie befanden sich wieder in dem unterirdischen Gang.

»Du Narr«, herrschte ihn Taitaro an. »Ich habe dir gesagt, du sollst fliehen! Statt dessen legst du dich mit Baghadur an. Und was ist das Ergebnis? Du bist verletzt.«

Jebu antwortete nicht. Er biß die Zähne aufeinander, als Taitaro seine Wunde verband.

»Ich verstehe, daß Ihr mir zürnt, Sensei«, sagte er schließlich, »weil ich mich selbst in Gefahr gebracht habe. Aber was sollte ich denn tun? Soll ich zuhören, wie Ihr Euch mit dem Mörder meines Vaters unterhaltet? Auch Ihr wart in Gefahr, vergeßt das nicht. Ich mußte den Angriff wagen.«

»Ich will nicht, daß dieser Mann dich tötet, Jebu.«

»Er wird mich nicht töten. Eines Tages werde ich ihn töten.«

Taitaro schüttelte den Kopf. »Er hat dich bereits getötet. Nach den Kampfesregeln der Zinja bist du tot. Du hast nicht gekämpft, wie ein Zinja kämpfen sollte. Nicht dein Selbst hat die Waffe geführt, sondern der Zorn. Dein Rachedurst macht dich blind. Blind wie einen Mann, der eine Frau begehrt. Denke darüber nach!«

Jebu rief sich den Verlauf des Kampfes in Erinnerung. Er hatte den Zweikampf eröffnet, wie es die Regeln der Zinja vorschrieben. Aber dann hatte der Haß auf den Mörder seines Vaters die Übermacht gewonnen. Was ihm Taitaro in langen Jahren beigebracht hatte, war auf einmal vergessen. Nicht das Gesetz der Zinja hatte sein Handeln bestimmt, sondern der fanatische Wille, den anderen zu töten. Vielleicht war das sein mongolisches Erbe.

»Ihr habt recht, Taitaro-sensei. Ich ... ich fühle mich gedemütigt.«

»Demütigungen sind die besten Lehrmeister«, sagte Taitaro. »Sie sind wie ein weiser Lehrer, der auf unser Wohl bedacht ist.« Er lächelte. »Du hast heute eine wichtige Erfahrung gemacht. Du bist diesem Mann begegnet. Aber jetzt wirst du vergessen, was du über deinen Vater und seinen gewaltsamen Tod weißt. Du wirst nicht mehr darüber nachdenken, von welchem Volk du abstammst und welches Leid der Mongole deinem Vater zugefügt hat.« Der Alte hatte seine Hand ergriffen. »Später einmal, wenn dein Herz rein und stark ist, wirst du den Kampf gegen Baghadur wieder aufnehmen.«

Jebu empfand tiefe Scham. »Ich bin ein schlechter Schüler, Sensei. Ich begehre schöne Frauen, wie andere Sterbliche auch. Meine Gedanken sind vernebelt von dem Wunsch nach dem Sieg. Ich bin nicht Herr über meine Gedanken. Der Haß auf den Mörder meines Vaters beherrscht mich.«

»Du bist jung, Jebu. Die Zinja lehren, daß unser Ziel die Vollkommenheit ist, aber sie machen diese Vollkommenheit nicht zur Pflicht. Du bist ein Zinja, aber du bleibst ein Mensch mit Schwächen und Fehlern. Wende die Lehren an, sooft du kannst. Sie werden dir helfen, ein Alter zu erreichen, wo du manches besser verstehen wirst als heute.«

Jebu war leichter ums Herz geworden. Er lächelte dem Greis zu. Es war der einzige Dank, den er geben konnte.

»Ich will verstehen lernen, daß Sieg und Niederlage dasselbe sind«, sagte er mit fester Stimme.

»Du wirst es lernen, Jebu. Der Shintai, der Stein des Lebens und des Todes, wird dir dabei helfen. Er wird dir die Augen öffnen.«

Schweigend gingen sie durch die Gänge unter dem Tempel. Der Fluchtweg endete zwischen den Klippen, unter den Sternen und der Sichel des Mondes. Doch da war noch ein anderes Licht. Entsetzt starrte Jebu nach oben. Der Tempel der Wasservögel stand in Flammen. Das gedrungene Tempeldach hatte Jebu immer an ein Flügelpaar erinnert. Und auch jetzt glichen die Flammenzungen den Federn und Flügeln eines Vogels. Ein Feuervogel, dachte Jebu.

»Am liebsten würde ich hinaufgehen und sie alle umbringen.«

»Du würdest Menschen töten, die es nicht wert sind, von der Hand eines Zinja zu sterben«, sagte Taitaro. »Sie legen Feuer, weil sie es nicht besser wissen. Es ist gleich, ob ein Tempel jetzt verbrennt oder hundert Jahre später verfault.«

Sie umarmten sich. Dann wandte Jebu dem Abt und dem Tempelberg den Rücken und machte sich auf den Weg nach Hakata.

19. Kapitel

Aus dem Kopfkissenbuch von Shima Taniko:

Die Berichte aus der Hauptstadt sind spärlicher geworden. Nur noch Akimi hält die Verbindung zu mir aufrecht. Manchmal sendet sie mir kleine Geschenke. Sie führt sicher ein erbärmliches Leben als Konkubine von Sogamori. Yukio soll als Novize im buddhistischen Tempel auf dem Berge Hiei dienen.

Sogamori hat sich zum Kanzler ausrufen lassen. Damit hat er mehr Macht als der Regent. Das Amt des Kanzlers ist lange verwaist gewesen. Ein geschickter Schachzug. Ich sehe Fujiwara no Motofusa, den Regenten, vor mir, wie er mit seinen schwarzgefärbten Zähnen knirscht. Sogamori hat das Gerangel um die Macht für sich entschieden. Zehntausende von Takashi-Samurai tanzen jetzt nach seiner Flöte. Sogamori ist der wahre Herrscher im Lande der aufgehenden Sonne.

Akimi hat mir berichtet, was Sogamori gesagt hat. »Wer kein Takashi ist, ist kein Mensch.« Das Wort hat die Runde im ganzen Reich gemacht. Jetzt wollen alle den Takashi nacheifern. Man kleidet sich wie sie, man benimmt sich wie sie. Wer etwas gelten will, orientiert sich an ihrer Lebensweise.

Gestern ist etwas Schlimmes passiert. Eine Horde Samurai in den Farben der Takashi ist auf das Landgut gekommen. Der Anführer war ein Ausländer. Er rief die Wachsoldaten zusammen und befragte sie über Jebu.

Sein Name war Arghun Baghadur. Kein Mensch weiß, von welchem Volk er abstammt. Offenbar hatte er Sogamoris Segen. Das alte Schlitzohr hat ihn sogar mit einer schriftlichen Erlaubnis ausgestattet, mich zu verhören. Er stellte mir unzählige Fragen über Jebu. Die meisten habe ich mit einem liebenswürdigen »Ich weiß nicht« beantwortet. Horigawa hat mich angewiesen, mit dem Fremden Chinesisch zu sprechen.

Bei der Befragung habe ich einen schlimmen Patzer begangen. Ich sagte, ich interessierte mich denkbar wenig für Zinja-Mönche, schon gar nicht für solche, die von den Barbaren abstammen. Daraufhin hat er natürlich sofort nachgehakt.

Dabei wollte ich nur eine Anspielung auf Arghun Baghadurs eigene barbarische Abstammung machen. Ich gebe zu, ich wollte ihn verletzen. Vor lauter Zorn habe ich mich dann verplappert. Jebu hat mir einmal gesagt, ein Krieger dürfe nie aus Zorn oder Haß kämpfen.

Ich sagte, Jebu sähe eben wie ein Barbar aus. Daraus hätte ich den Schluß gezogen, daß er von einem fremden Volksstamm komme. Darüber gesprochen hätte er nie mit mir. Plötzlich fiel mir ein, daß Jebu erzählt hatte, sein Vater sei von einem rothaarigen Riesen umgebracht worden. Da wußte ich, daß der Mörder von Jebus Vater vor mir stand. Wenn ich Jebu nur warnen könnte!

Der Barbar verhörte mich eine volle Stunde. Aber er bekam nichts mehr aus mir heraus. Als er mich dann verließ, fiel ich in Ohnmacht. Barmherziger Buddha, halte deine Hände über Jebu.

Am achten Tag des ersten Monats
Im Jahre des Schafes

Als Taniko aus ihrer Ohnmacht erwachte, tastete sie nach ihrem Kopfkissenbuch und verbarg es. Das Verhör, das Baghadur mit ihr angestellt hatte, ließ die Erinnerung an das Treffen mit Jebu wieder vor ihr erstehen. Sie trat vor den Spiegel und betastete ihren Leib. Es hatte keinen Zweck, die Erkenntnis noch länger zu verdrängen. Sie war schwanger.

»Barmherziger Buddha«, flüsterte sie. »Hilf mir!«

Sie wartete einen weiteren Monat ab, bevor sie Horigawa von der Schwangerschaft Mitteilung machte. Er kam jetzt nur noch selten auf das Landgut in Daidoji.

Ob sie das Kind nicht besser in Kamakura zur Welt bringen solle, fragte sie ihn. Die Geburt war ein guter Vorwand, ihrem Gefängnis zu entkommen. War sie erst einmal in Kamakura, so würde sich eine Möglichkeit finden lassen, für immer dort zu bleiben.

»Das kommt gar nicht in Frage«, sagte er.

»Aber die Frauen aus guten Familien bringen ihre Kinder immer im Haus der Eltern zur Welt.«

Horigawa lächelte. »Nicht, wenn das Elternhaus so weit entfernt liegt. Die Reise nach Kamakura wäre viel zu gefährlich für eine schwangere Frau. Dein verehrter Vater würde mir bis ans Ende seiner Tage zürnen, wenn ich dich in deinem Zustand auf die Reise schicke. Du weißt doch, wie besorgt er ist um das Wohlergehen derer, die ihm anvertraut sind, sogar um das dieses Muratomo-Jungen.«

Tanikos Mut sank. »Dann schickt mich zu meinem Onkel in die Hauptstadt.«

»Auf keinen Fall. Du wirst nie mehr im Leben einen Fuß in die Hauptstadt setzen. Du hast meinem Namen Schmach zugefügt. Ich werde zu verhindern wissen, daß sich das wiederholt.«

»Ich habe nichts getan, was ich mir vorwerfen lassen müßte.«

»O doch! Es gibt Zeugen dafür, daß du bei der Sache zwischen Akimi und Sogamori die Finger im Spiel hattest. Als Konkubine von Sogamori hat Akimi großen Einfluß über diesen Mann gewonnen. Damit hast du vereitelt, daß Sogamori die Muratomo auslöscht. Die Leute in Heian Kyo lachen über mich. Und wenn du jetzt auch noch mit dickem Bauch in Heian Kyo erscheinst, ist der Skandal perfekt. Die Leute werden sagen, das Kind ist nicht von mir.«

»Was sollte die Leute denn auf diesen absurden Gedanken bringen?«

»Ich habe mit keiner meiner Frauen ein Kind gezeugt.« Er warf ihr einen giftigen Blick zu. »Außerdem ist da noch die Geschichte von dem Zinja-Mönch, der meine Wachen umgebracht hat, nachdem du ihn in deinen privaten Gemächern empfangen hast.«

»Das Kind ist von Euch, Hoheit.«

»Egal, von wem es ist, du wirst es hier auf dem Landgut zur Welt bringen.« Er lächelte. »Das ist wirklich das beste für dich. Schwangere Frauen sollten nicht reisen. Außerdem gibt es vorzügliche Hebammen im Dorf. Du wirst alle Bequemlichkeiten haben, die du dir wünschen kannst.«

»Ihr behandelt mich wie eine Gefangene, Hoheit.«

»Mag sein, aber es geschieht zu deinem eigenen Besten.« Er stand auf und verließ den Raum.

Am Tag darauf vertraute sich Taniko einer der Hebammen im Dorf an. Der Mann der Frau war einer der Lehensbauern des Prinzen Horigawa und mußte den größten Teil der Ernte an den Prinzen abgeben.

»Gut«, sagte die Frau. »Wenn eine Frau einen Mann hat und auf ihr zukünftiges Kind stolz ist, streckt sie den Bauch heraus. Diese Frauen haben eine schwere Geburt. Frauen, die keinen Mann haben, schämen sich und ziehen den Bauch ein. Diese Frauen haben eine leichte Geburt. Dann bekommt man starke Muskeln.« Sie legte die Hände auf ihren Schoß und lachte. »Zieht den Bauch ein, Prinzessin Taniko, so lange es geht. Aber, warum schämt Ihr Euch? Euer Kind hat doch einen Prinzen zum Vater.«

Taniko sah in das lächelnde Mondgesicht der Frau. Sie beschloß, die Wahrheit zu sagen. »Ich weiß nicht, ob der Vater meines Kindes ein Prinz ist.«

In den folgenden Tagen erwog sie, ohne Zustimmung ihres Mannes nach Heian Kyo zu flüchten. Aber sobald Taniko auch nur einen Schritt vor die Tür tat, folgten ihr die Blicke von Dutzenden von Samurai, die offenbar Anweisung hatten, ihre Flucht zu verhindern.

Selbst wenn es ihr gelungen wäre, das Landgut zu verlassen, so blieb unklar, wie sie die Strecke bis zur Hauptstadt hätte zurücklegen können. Unmöglich, im Dorf eine Kutsche zu mieten. Damit hätte sie gegen die berittenen Samurai, die sie verfolgen würden, keine Chance. Nein, dachte sie. Es blieb ihr wohl wirklich keine andere Wahl, als auf dem Landgut zu bleiben.

Die Hebamme, die jetzt einmal pro Monat auf das Landgut kam, hatte den Geburtstermin errechnet. Der siebte Monat im Jahr des Schafes. Sie war eine merkwürdige Frau, fand Taniko. Wenn sie nicht mit der Schwangeren sprach, murmelte sie Gebetsformeln vor sich hin. »Gelobt sei Buddha«, verstand Taniko.

»Du betest?«

»Es ist mehr als ein Gebet. Wenn du zu Buddha betest, bist du für alle Zeiten gerettet. Wenn du stirbst, wirst du in einem wunderbaren Land im Westen wiedergeboren, wo selbst die einfachsten Seelen ins Nirwana gelangen können.«

»Aber warum wiederholst du die Worte so oft?«

»Es gibt mir Trost. Wenn ich bete, dann ist mir, als trüge ich Buddha in mir, so wie Ihr das Kind unter Eurem Herzen tragt. Ihr solltet auch zu Buddha beten, Prinzessin. Wenn Ihr Kummer habt, dann sagt einfach: ›Gelobt sei Buddha.‹ Er, der alle Menschen tröstet, wird Euch helfen.«

Der Monat der Niederkunft war gekommen. Taniko saß unter einem Sonnenschirm und las. Sie ertappte sich dabei, daß ihre Gedanken um Jebu kreisten. Unendliche Traurigkeit befiel sie. »Gelobt sei Buddha«, flüsterte sie und kam sich unsagbar töricht vor. Sie wiederholte die Gebetsformel. Als sie die Worte zwanzigmal gesagt hatte, schien es ihr, als leuchtete ein Hoffnungsschimmer am Horizont. Ein Gefühl der Leichtigkeit überkam sie.

Am Tag darauf setzten die Wehen ein. Taniko sandte nach der Hebamme. Die Frau kam. Gemeinsam sprachen sie das Lobgebet auf Buddha.

Die Wehen dauerten zwei Tage. Sie hatte den Bauch eingezogen, aber das hatte nichts geholfen. Es wurde eine schwere Geburt.

Sie wachte auf, als sich Horigawa über sie beugte. Sie schlug die Augen auf.

»Dein Kind ist geboren.«

Sie nickte glücklich.

»Es lebt. Es ist eine Tochter.«

»Gut.«

»Dein Kind hat rote Haare. Rote Haare und graue Augen.«

Es war ihr, als hätte ihr jemand einen Eisblock aufs Herz gelegt. »Viele Kinder kommen so auf die Welt. Die Farbe ändert sich, wenn das Kind ein paar Monate alt ist.«

»Nein, Taniko.« Ein kaltes Lächeln erschien auf seinen Zügen. »Das Kind ist von ihm. Von dem Mönch.« Er wandte sich ab.

»Was werdet Ihr tun?« stammelte sie.

Horigawa hatte das kleine Wesen ergriffen und hielt es ausgestreckt in den Armen. »Schau, Taniko. Der Beweis deiner Untreue.« Zum ersten Mal sah sie das Kind. Das Haar war hellbraun. Die Augen waren geschlossen.

Sie versuchte sich aufzurichten. Horigawa lachte. Dann rannte er mit dem Kind in den Armen hinaus. Sie wankte zur Tür und lief ihm nach. Auf der Veranda wurde sie von der Hebamme aufgehalten. »Was tut Ihr, Prinzessin. Ihr müßt jetzt ruhen.«

»Zu Hilfe!« schrie Taniko. »So helft mir doch! Er wird das Kind ermorden!«

Die Samurai, die das Tor bewachten, kamen aus ihrem Wachhäuschen hervorgestürzt. Horigawa lief ihnen entgegen, das Neugeborene an sich gedrückt.

Es gelang ihr, ihn einzuholen. Sie griff nach seinem Arm. Brutal schlug er ihr ins Gesicht. Sie taumelte zu Boden.

Die Hebamme war ihnen gefolgt. Sie stellte sich dem Prinzen in den Weg. »Gnade, Hoheit.«

Horigawa hatte den Dolch gezogen. Dann stieß er zu. »Gelobt sei . . .« Die Hebamme konnte ihr Gebet nicht mehr vollenden. Blutüberströmt sank sie zu Boden.

Taniko raffte sich auf und stürzte Horigawa nach, der mit dem Kind im Arm zum Tor eilte.

»Haltet sie fest«, befahl er einem der Samurai.

Der Mann gehorchte. Vergeblich versuchte Taniko, sich aus dem Klammergriff des Mannes zu befreien.

Horigawa betrachtete die Szene mit Genugtuung. Dann setzte er seinen Weg fort. Immer noch lag das Kleine in seinen Armen, es hatte zu schreien begonnen.

Die Wachen am Tor salutierten. Horigawas Schritte entfernten sich, das Weinen erstarb.

Gespenstische Stille erfüllte den Garten. Einer der Samurai trat zu Taniko. Er legte ihr seinen Umhang um die Schultern. »Geht jetzt ins Haus, Prinzessin. Ihr müßt jetzt das Bett hüten.«

Jetzt übermannte Taniko die Wut. »Ihr sagt, Ihr seid Samurai!« schrie sie unter Tränen. »Ich werde Euch sagen, was Ihr seid. Elende Feiglinge! Ihr erbärmlichen Kreaturen kriecht im Staub vor einem Mörder. Ihr steht dabei und seht tatenlos zu, wie dieser Mann mein Kind umbringt. Nein, Ihr seid keine Samurai. Ihr seid nicht einmal Männer!«

»Der Prinz ist unser Gebieter, Prinzessin«, sagte der Samurai, der ihr seinen Mantel gegeben hatte. »Wir haben ihm Gehorsam geschworen.«

»Ihr seid keine Samurai«, schrie Taniko. »Ihr seid Memmen.« Sie trat in den Halbkreis der Männer, die das Tor versperrten. Einer nach dem anderen senkte den Blick. Immer noch hielt der Samurai ihren Arm gepackt.

»Laßt mich los!« bat sie.

Der Älteste der Wachen hob die Hand. »Laß sie los!« befahl er seinem Genossen. »Was hier geschieht, wird ein böses Karma über uns alle bringen.«

Taniko spürte, wie ihr Arm freigegeben wurde. Sie rannte auf das Tor zu. Die Männer traten zur Seite.

Was sie sah, ließ ihr das Blut in den Adern erstarren. Horigawa hatte die Stufen zum Mühlrad erklettert.

»Verschont das Kind, Hoheit, ich flehe Euch an!« schrie sie. »Ich werde alles tun, was Ihr von mir verlangt. Ihr könnt das Kind weggeben, Ihr könnt es verkaufen. Aber tötet es nicht. Ich werde Euch gehorchen. Bitte!«

Das Rauschen des Mühlbachs übertönte ihr Flehen. In letzter Verzweiflung wankte sie die steinernen Stufen hinauf, achtete nicht auf den stechenden Schmerz in ihren Eingeweiden.

Aber sie kam zu spät. Horigawa hatte das Kind in die schäumenden Fluten geworfen. Sie sah, wie das Kleine den Mund zu einem Schrei öffnete. Dann verschwand der winzige Körper im Strudel der Strömung. Wenig später tauchte das Kind wieder auf. Sie zwang sich zuzusehen, wie es auf den nahen Wasserfall zutrieb. Als der Körper von der Gewalt der Strömung in den Abgrund gerissen wurde, sprang auch sie ins Wasser. Es hatte keinen Zweck, weiterzuleben. Nicht nach dem, was geschehen war.

Noch ehe die Fluten sie erfassen und wegtragen konnten, fühlte sie sich von starken Armen ergriffen und emporgezogen. Es war der Samurai, der sie aus dem Klammergriff der Torwache befreit hatte. Horigawa war am Ufer stehengeblieben. Der Samurai nahm Taniko auf die Arme und trug sie die Stufen hinunter. Seinen Herrn würdigte er keines Blickes.

Sie sah die Bauern, die sich am Fuße des Wasserfalls versammelt hatten. Der Leichnam des Kindes lag am Ufer. Einer der Männer kam und breitete eine Decke über das Kind. Tanikos Tränen waren versiegt. Sie schloß die Augen.

Als der Samurai mit Taniko auf den Armen am Tor des Landguts angekommen war, wankte ihm ein Mann entgegen, der die Leiche der Hebamme trug. Einige Bauern und Bauersfrauen folgten dem kleinen Zug.

Sanft ließ der Samurai seine Herrin zu Boden gleiten. Ihr Blick fiel auf das Frauenhaus, aus dessen Dach die Flammen züngelten. Als sie Horigawa und dem Kind nachhastete, hatte sie eine Öllampe umgestoßen. Das Öl mußte sich entzündet haben. Aus den Flammen stieg eine Rauchsäule zum Himmel.

Die Bediensteten waren damit beschäftigt, Wasser herbeizuschleppen. Aber alle Löschversuche waren vergeblich. Wind war aufgekommen und fachte das Feuer an. Rasch sprangen die Flammen von einem Gebäude zum anderen. Innerhalb weniger Minuten brannte das Gut bis auf die Grundmauern nieder.

»Es ist ein Zeichen«, sagte der Samurai. »Die Kami zürnen dem Prinzen, weil er das Kind getötet hat.«

»Gelobt sei Buddha«, sagte Taniko.

»Gelobt sei Buddha«, kam das Echo derer, die um Taniko standen.

Eine Frau trat auf sie zu und faßte sie am Arm. »Euer Haus ist ein Raub der Flammen geworden, Herrin. Kommt mit mir. Schlaft unter meinem bescheidenen Dach.«

Taniko nickte. Sie wußte, daß Buddha ihr Gebet erhört hatte.

20. Kapitel

Nachdem sein Landgut eingeäschert war, blieb dem Prinzen keine andere Wahl, als Taniko in die Hauptstadt mitzunehmen. Sie war schwer krank geworden, und Horigawa hoffte, daß sie sterben würde, und sagte es ihr auch. Aber Taniko gesundete. Als ein Jahr vergangen war, sah ihr niemand mehr an, was sie durchgestanden hatte. Ihr Gemüt allerdings erholte sich nicht so schnell. Häufig sah man sie am Fenster des Palastes stehen, in den Garten hinausstarren und Gebete flüstern. Als in Heian Kyo die ersten Gerüchte über die Veränderungen im Hause Horigawa die Runde machten, beschloß der Prinz, daß Taniko bei ihrem Onkel Shima Ryuichi besser aufgehoben war. In seiner Staatskarosse ließ er sie zu Ryuichis Palast bringen. Die Scham über ihre Untreue, so hoffte er, würde Taniko davon abhalten, die grauenhafte Wahrheit über den Mord auszuplaudern. Was die Trennung anging, würde jeder verstehen, daß er sich nicht weiterhin mit einer Frau umgeben konnte, die als Gefährtin nutzlos geworden war.

»Das Kind kam tot zur Welt«, erklärte er, als er sie bei ihrem Onkel ablieferte. »Sie hat es bis heute nicht verwunden. Vielleicht ist sie auch von einem bösen Geist besessen. Es ist das beste, wenn sie eine Weile bei Euch bleibt.« Grußlos ging er hinaus. Ein entsetzter Ryuichi und einc teilnahmslose Taniko blieben zurück.

Einige Monate gingen ins Land. Taniko dachte viel über ihr totes Kind nach. Wie die Kleine wohl ausgesehen hätte, wenn sie heranwuchs? Ein Mädchen mit grauen Augen und rotem Haar. Vielleicht hätten die Menschen in der Hauptstadt sie als häßlich empfunden. Ob sie einen reichen Mann bekommen hätte? Es hätte keine Rolle gespielt. Taniko hätte ihre Tochter geliebt. Sie hätte sie Shikibu genannt, nach der Heldin eines Romans, den sie sehr liebte.

Alle achteten die junge Frau, die jetzt im Palast von Shima Ryuichi ein zurückgezogenes Leben führte. Oft blieb sie tagelang in ihren Gemächern, betete, beschäftigte sich mit Stickereien. Es schien sicher, daß sie nicht mehr zu ihrem Mann zurückkehren würde.

Allmählich sickerte durch, was auf dem Landgut Daidoji wirklich passiert war. Bald war der Mord an dem neugeborenen Mädchen das Gesprächsthema von Heian Kyo. Tanikos Onkel war überzeugt, daß Horigawa gelogen hatte. Eine Fehlgeburt hätte Taniko nicht so völlig aus dem seelischen Gleichgewicht gebracht.

Shima Ryuichi war unschlüssig, ob er Shima no Bokuden über die Hintergründe des Vorfalls informieren sollte. Er entschloß sich zu schweigen. Es hatte keinen Sinn, etwas gegen Horigawa zu unternehmen. Und vielleicht hätte Bokuden am Ende noch Ryuichi die Schuld an allem gegeben.

Eines Tages im fünften Monat im Jahr des Affen kam eine Dienerin zu Taniko hereingestürzt. »Richtet Euch rasch her für einen Empfang, Herrin. Ein wichtiger Mann will Euch sprechen.«

Verwundert legte Taniko die Schriftrolle aus der Hand. »Wer ist es?« Jebu erschien vor ihrem geistigen Auge.

»Fürst Takashi no Kiyosi, der Minister des Inneren, Herrin. Er erwartet Euch in der Großen Halle.«

Kiyosi. Sie erinnerte sich deutlich an den gutaussehenden Mann mit Schnurrbart und braungebranntem Gesicht. Plötzlich hatte sie Angst vor dem Treffen. »Ich kann den Fürsten leider nicht empfangen. So wie ich aussehe, kann ich mich nicht sehen lassen.«

»Aber, Herrin!« entgegnete das Mädchen. »Fürst Kiyosi ist bereit zu warten. Er kommt ja unangemeldet, und er weiß, daß Ihr Euch erst für das Treffen herrichten müßt. Ihr habt genug Zeit. Euer Onkel läßt Euch sagen, daß er sich sehr freuen würde, wenn Ihr Fürst Kiyosi empfangen würdet.«

»Also gut.« In weniger als einer Stunde war Taniko soweit. Sie trug eine herrliche Robe, im Haar einen Perlmutt-Schmetterling. Der Wandschirm, den sie auswählte, war mit Reisschößlingen, die aus einer Wasserfläche sprossen, bemalt.

Sie nahm hinter dem Schirm Platz. Dann schickte sie die Dienerin nach ihrem Besucher.

Durch die Gucklöcher des Schirms sah sie, daß Kiyosi einen sogenannten Jagdanzug trug. Weite Pluderhosen, ein langer, grüner Umhang, schwarze Mütze. Es hatte Taniko immer erheitert, daß man diesen Aufzug als Jagdanzug bezeichnete. Ein Mann, der sich tatsächlich in dieser Kleidung auf die Jagd begab, würde sich schon nach wenigen Schritten rettungslos im Unterholz verheddern. In seiner Samurai-Rüstung, das hatte Taniko sagen hören, sah Kiyosi sehr schmuck aus. Sie freute sich darauf, ihn eines Tages in dieser Rüstung zu bewundern. Sie spürte, wie ihr Herz klopfte. Um sich zu beruhigen, sagte sie die Gebetsformel.

»Was sagt Ihr?« fragte Kiyosi. »Ich habe Euch nicht verstanden.«

»Nichts, Hoheit.« Dann tat ihr die Ausrede leid. Sie hatte Buddha verleugnet. Und jene einfache Frau, die sie beten gelehrt hatte. »Ich habe gebetet.«

»Ich verstehe.« Es war düster in der Halle. Sein Gesichtsausdruck war schwer zu erkennen. Er schien zu lächeln. »Ich habe von dieser Art zu beten gehört«, sagte er. »Es ist wohl das, was die Priester die Reine Lehre nennen. Wer dieses Gebet spricht, wird im Paradies des Westens wiedergeboren.«

»Ich gehöre keiner religiösen Schule an«, sagte Taniko. »Ich habe die Worte von einer Frau, die mir geholfen hat, als ich mich in Not befand.«

Er verbeugte sich. »Ich hoffe, Taniko, Ihr vergebt mir die Kühnheit meines Besuches. Ich weiß nicht, ob Ihr Euch überhaupt an mich erinnert. Ich habe Euch mehrere Male gesehen. Und jedesmal ist der Wunsch, Euch wiederzusehen, mächtiger geworden. Als ich erfahren habe, daß Ihr in den Palast Eures Onkels zurückgekehrt seid, habe ich den Plan gefaßt, Euch meine Aufwartung zu machen. Auf Eurem Schirm sehe ich frische Reisschößlinge. Vielleicht wird heute auch der Keim gelegt für eine Freundschaft zwischen Euch und mir.«

»Ihr seid zu gütig, Euch an mich zu erinnern«, gab sie zurück. Er ist aus Mitleid gekommen, dachte sie. Ich habe mein Kind verloren. Ich bin eine alte Frau. Manche Leute glauben, ich hätte den Verstand verloren.

Sie sprachen lange Zeit. Kiyosi berichtete von den Dingen, die in Heian Kyo passierten. Auch die Politik kam zur Sprache. Kiyosi erzählte von seinem Vater, der zum unumschränkten Herrscher im Lande der aufgehenden Sonne aufgestiegen war. Er selbst gab sich bescheiden. Die Erfolge der Takashi, so schien es, beschämten ihn mehr, als daß sie ihn mit Stolz erfüllten.

»Welches Glück Ihr habt, einen so einflußreichen Mann zum Vater zu haben«, sagte Taniko.

»Mein Vater verdankt sein Glück seiner Familie«, gab er zurück. »Ich meine damit die Vorfahren, die den Weg für seinen Erfolg bereitet haben – mein Großvater und mein Urgroßvater, die die Inlandsee von den Piraten befreit haben, seine Onkel, Brüder und Vettern, die über das ganze Land verstreut leben, wichtige Ämter innehaben und ihn auf diese Weise stützen.« Er lächelte. »Unser Blick im Gebirge richtet sich auf den Gipfel. Aber es sind die niedrigen Berge und unscheinbaren Hügel, die dem Gipfel festen Stand verleihen.«

»Nicht wenn der Gipfel nicht der Samurai-General ist, der den Kaiserpalast gegen die Muratomo verteidigt hat«, meinte Taniko. »Aber es gibt auch Situationen, in denen ein Mann nur über sich hinauswächst, weil er sich allein glaubt.«

Kiyosi nickte. »Wie wahr! Trotzdem glaube ich nicht, daß meine Taten sich je mit denen meines Vaters messen werden können. Erst am Ende meines Lebens werde ich wissen . . .«

Unvermittelt war er aufgestanden. »Ich werde Euch jetzt verlassen, Taniko. Ich bin glücklich, daß Ihr mich empfangen habt. Ich werde wiederkommen, wenn Ihr es erlaubt. Ihr wißt, daß ich verheiratet bin, Taniko. Und ich kenne viele Frauen. Aber ein Gespräch wie dieses kann ich mit keiner von ihnen führen. Darf ich wiederkommen, Taniko?«

»Ihr seid jederzeit willkommen, Kiyosi.«

Festen Schrittes verließ er den Raum. Wenig später ließ sich Ryuichi bei Taniko melden. »Das ist wunderbar«, sprudelte er hervor. »Ehrlich gesagt, nachdem Prinz Horigawa dich verstoßen hat, habe ich befürchtet, daß du unserer Familie nicht mehr von Nutzen sein kannst. Kiyosi ist hundertmal einflußreicher als Horigawa. Er wird stolz auf dich sein, Taniko.«

»Kiyosi wird mich nicht heiraten, Onkel. Er hat schon eine Frau.«

»Hat er ein neues Treffen mit dir verabredet?«

»Er hat gesagt, er wird wiederkommen.«

»Das ist mehr, als wir je hoffen konnten. Für dich beginnt jetzt ein neues Leben, Taniko. Du wirst aufhören, herumzusitzen und Gebete zu murmeln. Du bist eine junge Frau. Selbst wenn er dich nur zu seiner Geliebten macht, kannst du deiner Familie damit unschätzbare Dienste erweisen.«

»Es wird mir eine Ehre sein, Onkel. Aber verkauft Ihr nicht den Reis, bevor er gepflanzt ist?«

»Überall wird der Reis verkauft, bevor er gepflanzt ist, mein Kind. Man verpfändet die künftige Ernte, um sich das zu beschaffen, was man heute braucht.«

Taniko spielte mit ihrem Fächer. »Noch ist der Reis nicht gepflanzt.«

Ryuichis Mund verzog sich zu einem Schmunzeln. »Das ist nur eine Frage der Zeit.« Sie mußten beide lachen.

Es war das erste Mal seit Shikibus Tod, daß Taniko gelacht hatte. Sie spürte, wie neues Leben sie durchpulste.

»Gelobt sei Buddha«, flüsterte sie. »Ehre dem Erleuchteten.«

21. Kapitel

Wie der Tempel der Wasservögel, so stand auch der Tempel der Wasserlilien auf einer Anhöhe. Man konnte von hier auf die Hakata-Bucht hinabsehen, auf die Boote der Fischer und auf das Fischerdorf Hakata. Hakata verfügte über einen guten Hafen. Es lag in günstiger Entfernung von Korea und China, so daß es zu einem Mittelpunkt des Handels mit China hätte werden können. Aber die herrschenden Familien hatten ihren Wohnsitz zumeist in die Hauptstadt verlegt. Was nach Korea und China ausgeführt wurde, ging über Häfen, die näher bei Heian Kyo lagen. Und so blieb Hakata ein unbedeutendes Fischerdorf.

Die meisten Mönche, die früher im Tempel der Wasservögel gelebt hatten, waren nach seiner Zerstörung im Tempel der Wasserlilien untergekommen. Weicho, der kleine, dicke Mönch, der bei Jebus Einführungsritual die Rolle des Versuchers übernommen hatte, war zum Abt des Klosters aufgerückt. Hatte es vorher zu seinen Aufgaben gehört, bei den Novizen den abtrünnigen, den charakterschwachen Zinja zu spielen, so konnte sich Weicho jetzt seiner wahren Berufung, den Tugenden der religiösen Kriegerkaste, widmen. Nur ein einziges Laster hatte er beibehalten – das Essen.

»Was ist aus Bruder Fudo geworden, dem anderen Versucher?« erkundigte sich Jebu.

Ein Schatten senkte sich über Weichos Züge. »Fudo hat dem Orden den Rücken gekehrt.«

»Er hat den Orden verlassen? Ich verstehe nicht, wie ein Zinja so etwas tun kann.«

Weicho zuckte die Achseln. »Viel Seltsames geschieht in unserer Zeit. Fudo ist nicht der einzige, der sich vom Orden losgesagt hat. Er konnte seine schwere Pflichten nicht länger ertragen – die Heuchelei, die Grausamkeit, die Notwendigkeit, unschuldige Novizen zu töten. Er ist zum Buddhismus übergetreten. Er soll jetzt in einem Buddhistenkloster in den Ostprovinzen sitzen und meditieren. Er war eben nicht stark genug, um ein Zinja zu sein. Das beste ist, wir sprechen nicht mehr von ihm.«

Wenig später traf Jebu seine Mutter, die im Tempel der Wasserlilien Aufnahme gefunden hatte. Sie verbrachten viele Stunden miteinander. Sie hatten sich seit Jebus Initiation nicht mehr gesehen. Nyosan nahm sich Jebus Schwertsammlung an. Inzwischen waren es über sechzig. Viele waren darunter, die für Samurai niederen Ranges geschmiedet worden waren. Aber es gab auch Waffen von berühmten Waffenschmieden wie Yasatsuna, Sanjo oder Amakuni, Schwerter, die vom Vater auf den Sohn vererbt worden waren und deren Verlust für die Familie fast noch schwerer wog als der Tod der Krieger. Vier Jahre hatte Jebu gebraucht, um die sechzig Schwerter zusammenzubringen. Er empfand Stolz, wenn er die erbeuteten Klingen betrachtete, und seine Mutter verstand ihn.

Nyosan machte kein Geheimnis daraus, daß sie Taitaro nachtrauerte. Jebu empfand den Entschluß seines Stiefvaters unverständlich, ja grausam. Nyosan indes beklagte sich nicht. Andeutungen entnahm er, daß sie keineswegs auf die Freuden des Lebens und des Fleisches zu verzichten gedachte. Dies änderte jedoch nichts an Jebus zwiespältigen Gefühlen für Taitaro. Hätte er nicht auch in Gemeinschaft mit der Mutter jene Einsichten gewinnen können, auf die es ihm ankam?

Für Jebu verliefen die Tage im Tempel der Wasserlilien nach einem festen Rhythmus. Aufstehen beim Morgengrauen, Meditation vor dem Frühstück. Nach der ersten Mahlzeit Ausbildung im Waffenhandwerk, nachmittags körperliche Arbeit für das Kloster. Gekrönt wurde der Tag mit dem Studium alter Zinja-Überlieferungen. Jeden Tag hielt er Zwiesprache mit dem Stein des Lebens und des Todes. Er fühlte, wie ein rätselhafter Frieden über ihn kam, sobald er den Stein ansah. Gewiß, die bohrenden Gedanken an den Tod des Vaters, die Rachegelüste, das Verlangen nach Taniko, all das war immer noch da. Aber es war nicht mehr bestimmend. Er nahm es hin wie ein Samurai die Schmerzen von den Wunden längst vergessener Kämpfe.

Schon bald nach seiner Eingliederung in das Kloster war Jebu eine Verbindung mit einer der Tempelfrauen eingegangen. Gemeinsam tauchten sie in die magischen Geheimnisse der sexuellen Praktiken Indiens und Chinas ein. Es war eine faszinierende Erfahrung. Für Stunden verschmolzen ihre Körper in dem unendlich langsamen Rhythmus der Liebkosung, wie es die alten Bücher lehrten. Doch wenn die Erfüllung kam, war es nicht mehr die Tempelfrau, die in Jebus Armen lag, sondern Taniko. Oft vermeinte Jebu, sie sprechen zu hören. »Was sagst du?« fragte er die Frau, die sich ihm hingab. »Ich weiß es nicht mehr«, antwortete sie.

Eines Tages bekam Jebu Besuch. Er arbeitete im Garten des Klosters, als der Besucher zu ihm geführt wurde. Der Fremde trug eine rohgezimmerte Kiste mit Werkzeug bei sich. Sein Gesicht war von einem schwarzen Bart überwuchert.

»Jebu!«

Erst jetzt erkannte der Mönch die schielenden Augen.

»Seit einem Jahr suche ich nach Euch, Herr. Ich bin von einem Zinja-Kloster zum anderen gepilgert, immer auf der Flucht vor Samurai und Banditen.« Er deutete auf sein Handwerkszeug. »Wenn ich mich nicht zwischendurch als Zimmermann verdingt hätte, wäre ich wohl verhungert. Ich bin so froh, daß ich Euch endlich gefunden habe.«

Jebu schloß den Mann in die Arme. Dann führte er ihn in eine Ecke des Gartens. Sie setzten sich auf einen Felsen. »Du mußt mir berichten, was in der Welt passiert«, sagte Jebu. »Gibt es Neuigkeiten über Taniko?«

Mokos Ausdruck wurde ernst. Jebu ergriff seine Hand. »Was ist denn? Sprich!«

Der Zimmermann sah ihn nachdenklich an. »Vieles ist geschehen, Herr, seit sich unsere Wege getrennt haben. Ich mußte Horigawas Landgut verlassen. Der Prinz hatte herausgefunden, daß ich Euer Freund war. Schweren Herzens habe ich von Taniko-san Abschied genommen.«

»Wie geht es Taniko? Hat ihr der Prinz irgendein Leid zugefügt?«

»Ich weiß nur, was ich von anderen erfahren habe, Herr.« Und Moko erzählte, was er wußte. Als er geendet hatte, barg Jebu sein Gesicht in den Händen. Plötzlich sprang er auf und rannte zum Strand hinunter. Dort warf er sich auf die Steine und weinte. Ihm war, als hätte die Klinge einer Naginata seine Brust gespalten. Bilder tanzten vor seinen Augen. Taniko, das kleine Mädchen, das Jebu nie zu Gesicht bekommen würde, Horigawa.

Warum hatte sie damals nicht auf ihn gehört und war mit ihm fortgegangen? Jebu starrte auf die Brandung am Strand von Hakata. Die bittere Erkenntnis, daß sie damals einen Fehler gemacht hatten, durchflutete ihn. Es war ein Fehler, für den sie ihr Leben lang würden bezahlen müssen und der ein drittes Leben bereits ausgelöscht hatte. Und das alles nur, weil Taniko nicht bereit gewesen war, auf die Ehe zu verzichten, die ein Narr von einem Vater für sie gestiftet hatte.

Jebu war entschlossen, Horigawa zu töten. Der Haß auf diesen Mann übertraf noch den auf Arghun. Den Mörder seines Vaters auszulöschen, war eine Frage des Prinzips. Trotzdem empfand er eine Art Achtung vor diesem Mongolen.

Ganz anders bei Horigawa. Der Prinz hatte sich an Taniko vergangen, hatte ihren Körper mißbraucht. Er hatte ihrer beider Kind getötet. Wenn Jebu an diesen Mann dachte, verspürte er das ohnmächtige Verlangen, seine Finger um den Hals des Feindes zu krallen und zuzudrücken. Er haßte seine Grausamkeit, seine Eitelkeit und Dummheit. Horigawas Intrigen war es zu verdanken, daß die Sippen der Takashi und der Muratomo miteinander in Fehde lagen. Tausende von Unschuldigen hatten Seinetwegen sterben müssen. Ihre Häuser waren niedergebrannt, ihre Güter verwüstet worden. War es nicht eine Wohltat, wenn das Krebsgeschwür Horigawa endlich beseitigt würde?

Ich hätte ihn töten sollen, als ich die Gelegenheit dazu hatte, dachte Jebu. Ich war ein Narr, ihn zu verschonen. Ein Teil des Hasses, den er gegen Horigawa empfand, richtete sich jetzt gegen ihn selbst. Weil er den Fehler begangen hatte, den anderen leben zu lassen, hatte Horigawa Jebus Tochter getötet.

Nur mühsam löste sich Jebu aus der Umklammerung des Hasses. Er tastete nach dem Shintai-Stein, den er in einer geheimen Tasche seines Gewandes trug, und nahm ihn heraus. Sein Blick verlor sich in den unzähligen Ebenen des Lichts, das sich in den Tiefen des Shintai widerspiegelte. Wieder vermeinte er den Baum des Lebens zu erkennen. Er spürte, wie innerer Friede ihn überkam. Der Schmerz und die Trauer über den Verlust seiner Tochter waren noch da. Aber der Haß war fort.

Nicht weil ich ihn hasse, werde ich ihn töten. Wenn mein Handeln vom Haß bestimmt ist, unterliege ich den gleichen Kräften wie Horigawa. Horigawa ist nicht das Böse in Person, sondern ein Mensch, der gemäß seinen Einsichten, gemäß seiner Bestimmung handelt. Eines Tages werde ich diesen Menschen auslöschen. Aber nicht aus Haß, sondern weil es notwendig ist.

Diese Einsicht kam für Jebu überraschend. Er begann zu verstehen, welche Bedeutung der Stein für sein Denken und Handeln hatte.

Jebu stand auf und ging zu Moko zurück. Erstaunt musterte der Zimmermann den Stein, den Jebu wie eine Relique vor sich hertrug. »Sagt, was ist das für ein Stein, Herr?«

»Ein Geschenk des Himmels, Moko.« Er legte ihm die Hand auf die Schulter. »Ein Geschenk des Himmels wie du.«

Moko war bemüht, seine Ergriffenheit zu verbergen. »Ich möchte bei Euch bleiben«, sagte er. »Laßt mich Euer Knecht sein, Euer Fahnenjunker, Euer Diener – was Ihr wollt.«

»Es ist nicht üblich, daß ein Zinja-Mönch einen Diener hat«, sagte Jebu nachdenklich. »Aber heutzutage geschieht viel, was nicht üblich ist.« Ein Lächeln erhellte seine Züge. »Ja, Moko. Du wirst mir folgen, wohin ich auch gehe.«

Ein paar Tage später ließ Abt Weicho den jungen Zinja zu sich kommen.

»Du wirst den Kampf für die Muratomo wieder aufnehmen. Der Rat der Äbte ist zu der Ansicht gelangt, daß die Tage der Takashi gezählt sind. Es schwebt Unheil über diesem Geschlecht, und für die Zinja ist es wichtig, nicht auf der Seite des Verlierers zu stehen. Verhelfen wir den Muratomo zum Durchbruch, so bedeutet das eine Neubelebung des Ordens, auf die wir seit langem hoffen.«

So geschah es, daß Jebu erneut für die Muratomo in den Kampf zog. Seine erste Aufgabe bestand in der Entmachtung eines Oryoshi, der im Dienste des Roten Drachens einen ganzen Landstrich in Angst und Schrecken hielt.

Seine Burg war so lückenlos bewacht, daß nicht einmal eine Maus hineinschlüpfen konnte. Und der Burgherr ließ sich selbst im Schlaf von den Samurai bewachen.

»Die Wachen bleiben sogar im Raum, wenn er mit einer Frau schläft«, berichtete der Gewährsmann.

»Töten ist das Metier der Zinja«, gab Jebu zurück. »Überlaßt die Sache mir.«

Durch den Abwasserkanal, der von der Burg in den Graben führte, gelangte Jebu in die Burg. Einen Tag und eine Nacht lang verbarg er sich im Abtritt. Und als der Oryoshi schließlich kam, um sich zu erleichtern, ereilte ihn der Tod. Auf dem gleichen Wege, auf dem Jebu hereingekommen war, verließ er die Festung. Die Verteidiger, jetzt führerlos, hatten dem Ansturm der Muratomo nichts mehr entgegenzusetzen.

Moko, der die Uniform und die Waffen seines Herrn in Ordnung hielt, sorgte dafür, daß Jebu einen ganzen Tag im Badezuber verbrachte, dessen heißes Wasser er ständig erneuerte.

Für Jebu begann ein bewegtes Leben. Den Weisungen des Ordens gemäß kämpfte er mal hier, mal dort, unternahm zahlreiche

Reisen, belagerte Burgen und Schlösser und befreite gefangengehaltene Muratomo. Er stellte Fallen, lockte den Gegner in Hinterhalte und trug blutige Straßenschlachten aus. Es fiel ihm nicht schwer, sich an dieses wilde Leben zu gewöhnen. Und Moko folgte ihm überallhin.

Trotz aller Siege ging die Schlacht gegen die Takashi schließlich verloren. Die Zinja-Äbte sahen sich in ihren Hoffnungen enttäuscht. Überall im Lande mußten die Muratomo vor dem Druck der nachrückenden Takashi weichen. Ihre Führer wurden gefangengenommen oder getötet. Was anfangs wie eine organisierte Rebellion ausgesehen hatte, entartete zum kopflosen Scharmützel. Die Söhne des hingerichteten Domei blieben in der Obhut der Takashi. Hideyori, der ältere der beiden, befand sich immer noch bei Shima no Bokuden. Yukio, sein Halbbruder, lebte auf Rokuhara, der Zwingburg der Takashi in Heian Kyo. Beide sprachen sich wiederholt offen gegen diesen Kampf aus, der im Namen ihrer Familie geführt wurde, tatsächlich aber das Werk von Verbrechern und Straßenräubern sei. Hideyori und Yukio hatten dem Kaiser und Sogamori in aller Öffentlichkeit Treue geschworen.

Jebus Schwertersammlung wuchs und wuchs. Moko pflegte die Waffen nach jedem Kampf im Kloster abzugeben. Von dort wurden sie zum Tempel der Wasserlilien geschickt. Nyosan schrieb ihm, wenn die Schwerter angekommen waren, und hielt ihren Sohn über den sich rasch vergrößernden Bestand auf dem laufenden.

Jebu führte noch immer täglich Zwiegespräche mit dem Stein des Lebens und des Todes, zu denen er sich an einen abgeschiedenen Ort zurückzog. Dann versenkte er den Blick in jene unwirklichen Fernen, die in den Facetten sichtbar wurden.

Er hatte Moko in das Geheimnis des Steins eingeweiht. Für den Diener war es ein Zauberstein, dessen Macht über seinen Herrn er fürchtete. Zwar hatte ihm Jebu von seinem Vater, von Taitaro, dem Mongolen Arghun und Shintai erzählt. Trotzdem beunruhigte es Moko, daß Jebu soviel Zeit mit der Betrachtung dieses Steins verbrachte.

22. Kapitel

Aus dem Kopfkissenbuch von Shima Taniko:

Prinz Sogamori hat Anweisung gegeben, daß Muratomo no Yukio aus dem buddhistischen Kloster auf dem Berge Hiei in den Rokuhara-Palast der Takashi in Heian Kyo gebracht wird. Angeblich, weil im Kloster das Leben des jungen Mannes in Gefahr sei. Aber wenn dem Erben von Domei überhaupt Gefahr droht, dann von Sogamori. Solange Akimi noch in Sogamoris Gunst stand, war ihr Sohn im Kloster gut aufgehoben. Aber inzwischen hat ein weißes Mädchen namens Hotoko ihren Platz eingenommen, eine sechzehnjährige Tänzerin aus der Provinz Kaga.

Ich mache mir Sorgen wegen Hideyori. Was wird Vater tun, wenn Sogamori ihm befiehlt, den Sohn des Rebellenführers zu töten?

Am elften Tag des siebten Monats
Im Jahr des Affen

Kiyosis Besuche waren jetzt die Höhepunkte im Leben Tanikos. Er kam abends, wenn ihm die Geschäfte Zeit dazu ließen. Immer brachte er seine Laute mit, und sie sangen zusammen.

Danach unterhielten sie sich über höfischen Klatsch und die Intrigen der Minister. Da Kiyosi in Taniko eine verständige, geistreiche Gesprächspartnerin hatte, wurde es zur Gewohnheit, daß er sie um ihren Rat und ihre Meinung fragte.

»Vater ist außer sich vor Freude«, berichtete er eines Tages. »Er sagt, er hat jetzt bei der Kaiserfamilie mehr Einfluß, als die Fujiwara je hatten.«

»Wie das?«

»Er wird meine Schwester Kenreimon mit dem Thronfolger Takakura verheiraten. Und wenn Rokujo abdankt, wird Takakura sein Nachfolger.«

Vor einem Jahr war Kaiser Nijo gestorben. Der vier Jahre alte Rokujo wurde zum Nachfolger ausgerufen. Und so waren es Sogamori, der frühere Tenno Go-Shirakawa und Fujiwara no Motofusa, der Regent, die die Fäden der Regierung in Händen hielten. Rokujo war ein Sohn von Nijo. Die nächsten in der Thronfolge waren Mochihito und Takakura, zwei Söhne von Go-Shirakawa.

»Was wird aus Mochihito?« fragte Taniko. »Er ist der Ältere.«

»Er wird Takakura den Thron überlassen«, gab Kiyosi zurück. Er vergewisserte sich, daß kein Diener mehr im Raum war. »Alles ist vorbereitet«, flüsterte er. Längst gab es keinen Zeremonienmeister mehr, der die beiden trennte. Und vor einem Skandal hat die Familie keine Angst. Fast schien es sogar, als würde sich Ryuichi nichts sehnlicher wünschen.

»Kiyosi-san, Euer Vater begeht einen Fehler. Er tut alles, um Eure Sippe mit der Kaiserlichen Familie zu verknüpfen, und merkt nicht, daß er sich damit übernimmt. Er erinnert mich an einen Frosch, der sich aufbläst, bis er zerplatzt.«

»Worauf wollt ihr hinaus?«

»Er ist nicht so mächtig, wie er denkt. Ich erfahre Dinge, die Euer Vater nicht zu hören bekommt. Und ich sage euch, die Leute haben Angst vor den Takashi. Die Angst wächst und gebiert Haß und Neid. Wie werden diese Menschen reagieren, wenn sie erfahren, daß Sogamori eine Takashi auf den Kaiserlichen Thron heben will?«

»Davon ist doch keine Rede. Kenreimon wird die Gattin des künftigen Tenno sein, nicht mehr.«

Sie schüttelte den Kopf. »Das Manöver ist so durchsichtig, daß es auch ein ungebildeter Tagelöhner durchschauen kann. Warum will Eure Schwester sich denn mit Takakura verbinden? Um mit ihm Kinder zu haben! Vor allem einen Sohn. Takakura braucht dann nur aus irgendeinem Grund abzudanken, und schon ist der Weg für Sogamoris Enkel frei. Der Ehrgeiz Eures Vaters ist wahrhaftig größer als der Berg Hiei.«

»Ich weiß nicht, was an den Plänen von Vater so besonderes ist«, entgegnete Kiyosi. »Seit Jahrhunderten verheiraten die Fujiwara möglichst viele ihrer Sprößlinge mit Abkömmlingen der Kaiserlichen Familie. Wer immer den Thron einnimmt, hat mindestens ebensoviel Fujiwara-Blut in den Adern wie Blut von Jimmu. Und übrigens habt ihr noch etwas Wichtiges vergessen. Wir Takashi sind Nachkommen von Kaiser Kammu.«

»Das ist nicht dasselbe«, entgegnete Taniko. »Die Fujiwara sind seit Jahrhunderten mit der Kaiserlichen Familie verbunden wie ein Fluß mit seinen Ufern. Die Takashi hingegen sind vom Kaiserlichen Stammbau so entfernt wie die Quelle vom Meer. Seit Jahrhunderten sind sie Bauern, Viehhändler, verdingen sich als Samurai. Es ist lange her, daß das Blut von Kaiser Kammu sich mit dem Blut der

Takashi kreuzte. Für die Leute sind die Takashi Emporkömmlinge, die nach der Macht drängen. Außerdem gehören ausgerechnet die Fujiwara zu denen, die Eurem Vater gefährlich werden können. Mit Argwohn und Neid verfolgt diese Familie Euren Aufstieg. Glaubt mir, Euer ärgster Feind ist Fujiwara no Motofusa.«

»Mit Motofusa werden wir fertig.«

»Die Fujiwara haben nach wie vor großen Einfluß im Lande, habt Ihr das vergessen?«

»Dieser Einfluß wird ihnen nichts nützen. Ihr sagt, die Bürger des Landes haben Angst vor uns? Sie hassen uns? Was schert uns das? Die Tage des Adels in Japan sind gezählt. Und mit dem Adel stirbt der Einfluß der Fujiwara. Ja, diese Familie hatte einmal Macht und Ansehen. Damals waren die Takashi nichts als verachtete Samurai, die man als Söldner anheuern konnte, wenn es zu Revolten gegen den Kaiser kam. Als Go-Shirakawa den Aufstand seines Bruders niederkämpfte, waren es die Takashi, die den Konflikt für den Kaiser entschieden. Nicht anders bei der Rebellion, die Domei anzettelte. Aber die Macht hat, wer das Schwert führt. Und jetzt, wo die Muratomo zerschmettert sind, liegt die Macht in den Händen der Takashi. Und mein Vater besitzt den Schlüssel zu dieser Macht.«

Taniko schüttelte den Kopf. »Ihr sprecht jetzt mit der gleichen Leidenschaft wie Euer Vater, Kiyosi-san. Wenn Ihr ehrlich seid, dann wißt Ihr, daß Ihr unrecht habt. Ihr könnt dieses Land nicht nur mit dem Schwert regieren. Wenn der Adel gegen Euch aufsteht, wenn sich die Priester, die kleinen und großen Landbesitzer, die Bauern und die Armen in den Städten gegen Euch verbünden, dann bedeutet das Euer Ende. Die Schwerter, die Euch heute dienen, werden sich gegen Euch wenden, sobald das Recht nicht mehr auf Eurer Seite ist.«

Kiyosi schien nachzudenken. Dann sagte er verwundert: »Was ihr sagt, ist eine Beleidigung.«

Taniko senkte demütig den Kopf. »Ich habe mich hinreißen lassen. Ich bitte den Minister des Inneren um Vergebung.«

»Niemand würde wagen zu sagen, was ihr soeben gesagt habt.«

»Vergib mir, ich wollte dich nicht verletzen.«

»Ihr versteht das nicht. Ihr habt die Takashi beleidigt, und doch bin ich euch dankbar, daß ihr die Dinge beim Namen nennt.« Und dann tat er etwas, was er noch bei keinem seiner Besuche gewagt hatte: Er rückte neben sie und ergriff ihre Hand.

Taniko war es, als hätte sie Feuer berührt. Wärme durchflutete ihren Arm, dann den ganzen Körper. Sie seufzte wohlig.

»Hat es dir die Sprache verschlagen?« flüsterte Kiyosi.

»Worte sind nicht die einzige Sprache.« Sie legte ihre Hand auf die seine.

»Ich bin nur etwas näher gerückt. Wenn dich das schon zum Verstummen bringt, bist du leicht zum Schweigen zu bringen.«

»Es ist schon lange her, daß mich jemand so zum Schweigen gebracht hat, Kiyosi-san«, sagte sie und ließ ihren Kopf auf seine Brust sinken.

Zärtlich glitten seine Hände unter ihr Gewand. Mit den geschickten Fingern eines erfahrenen Mannes bahnte er sich den Weg durch das Labyrinth ihrer Röcke bis in die verborgensten Winkel ihres ausgehungerten Körpers. Wie Wachs schmolz sie unter seinen Liebkosungen dahin.

Langsam entkleideten sie einander, schälten behutsam eine Schicht Seide nach der anderen fort, als wickelten sie ein Geschenk aus. Wie ein flüchtiger Schmerz durchzuckte Taniko der Gedanke an Jebu. Doch – wie er selbst oft gesagt hatte – was vorbei ist, ist vorbei. Sie lebte jetzt und heute, und heute sehnte sie sich verzweifelt nach dem Mann, dessen Atem sie an ihrer Wange spürte und der sie unverwandt und voller Ernst anblickte.

Bis jetzt hatte sie ihn nie anders als in der Tracht der Höflinge gesehen. Nun erblickte und fühlte sie zum ersten Mal die Kraft dieses Mannes – seinen festen Nacken, die energischen, eckigen Schultern, seine breite, muskulöse Brust. Zart streichelte sie über seine Arme, die starken Arme eines Kriegers.

Dies war der Körper eines Mannes, der von Kind an zum Töten erzogen worden war. Er war ein Samurai und würde es immer bleiben, ein Mann, dessen Leben der Tod war. Jedes Mal, das er mit einer Frau zusammen war, konnte das letzte Mal sein, und dieses Wissen verlieh der Vereinigung eine bittersüße Wildheit, die kein anderer als ein Samurai je kosten würde.

Dieser wunderbare Mann konnte schon morgen dahingemäht werden wie das Korn auf dem Felde. Mit genußvollem Schaudern gab Taniko sich ihm hin.

Es war die Erfüllung eines lange gehegten Traums. Zum ersten Mal in ihrem Leben verbrachte Taniko Nacht um Nacht mit dem gleichen Mann. Leidenschaft, Liebe und Zärtlichkeit prägten die Beziehungen zwischen der jungen Frau vom Lande und dem einflußreichen Sproß der Sogamori-Dynastie. Die Wochen vergingen in einer Wolke von Glück und nie gekannter Harmonie.

Eines Abends, als sie auf die Ankunft Kiyosis wartete, betrachtete sie sich im Spiegel. Sie war voller geworden, Hüften und Brüste hatten sich gerundet, doch Taille und Schenkel waren schlank geblieben. Aus dem dünnen, fast knabenhaften Geschöpf war eine Frau geworden. Auf den Wangen zeichnete sich ein frisches, gesundes Rot ab, das sie der höfischen Sitte entsprechend natürlich mit Reispuder abdecken mußte, wenn sie sich in der Öffentlichkeit zeigte. Ihre Augen funkelten, und ihr Haar war dick und schimmerte blauschwarz. Was für ein Unterschied zu jenem Zerrbild, das sich in seine Gemächer verkrochen und Buddha angerufen hatte! Kiyosi hatte sie voll zum Erblühen gebracht. Noch nie war sie so strahlend schön gewesen.

Das Glück mit Kiyosi beschränkte sich nicht auf dessen regelmäßige Besuche. Wenn er auf Reisen ging, nahm er seine Geliebte mit. Gemeinsam besuchten sie die Stätten und Tempel der alten Gottheiten, fuhren im Herbst auf seine Landgüter, wo sie die Tage mit Reiten und Falkenjagd verbrachten, segelten von Hyogo, dem Hafen der Takashi, durch die Inlandsee bis zur Meerenge von Shimonoseki.

Auch wenn Kiyosi kein Hehl aus seiner Verbindung mit Taniko machte, konnte Taniko ihn nicht zu offiziellen Banketten oder Kaiserlichen Empfängen begleiten. Dafür war sie immer dabei, wenn Kiyosi sich mit engen Freunden traf. Es gab festliche Diners im kleinen Kreise, Landpartien und lauschige Abende zu viert. Dichter, Maler und Bildhauer gingen bei Kiyosi und seiner schönen Geliebten aus und ein. Höflinge und ihre galanten Begleiterinnen kamen zu Gast, Söhne von reichen Kaufleuten, junge Adelige, die am Hofe des Tenno den Ton angaben. Man tändelte miteinander, trank Reiswein, lauschte dem Lautenspiel und der Flöte. Die Feste dauerten oft bis zum nächsten Morgen.

Für Taniko waren es Monate, die ihr die Augen für das Leben öffneten, das die Herrschenden führten. Sie wußte, daß Kiyosi eine legitime Ehefrau und zwei Nebenfrauen hatte. Er hatte auch Kinder mit diesen drei Frauen, Söhne und Töchter. Man sprach offen über diese Dinge in Heian Kyo. Wenn es die höfische Etikette erforderte, trat Kiyosi mit seiner legitimen Frau auf. Taniko empfand das nicht als Demütigung. Diese Frauen waren dagewesen, bevor es Taniko gab. Sie würden Kiyosi noch umsorgen, wenn er Taniko längst vergessen hatte. Meine Liebe zu diesem Mann, dachte sie, ist so vergänglich wie der Strahl der Abendsonne, der durch die Wolken bricht. Freude ist vergänglich.

Nach einer Nacht der Glückseligkeit schenkte sie Kiyosi ein Gedicht.

Wie Sandkörner so zahlreich erscheinen uns
Die Nächte, die wir miteinander verbringen.
Aber der Tag wird kommen,
Wo wir an diese Nächte zurückdenken werden,
Als seien es drei oder vier Kiesel
In der Hand eines Kindes.

Kiyosi gefiel dieses Gedicht gar nicht. Er fand es traurig, bedrükkend, düster. Was für einen Sinn habe es denn, über die Vergänglichkeit des Lebens nachzudenken? Das solle man den Mönchen überlassen. Er selbst war von unbändigem Lebenswillen beseelt.

Ich schlafe ein in deinen Armen.
Und meine Finger verweben sich
Mit deinen nachtschwarzen Haaren.
Ich werde dich in meinen Armen halten,
Auch wenn dein Haar schon weiß ist.

Sogamori, der allgewaltige Vater ihres Geliebten, machte kein Geheimnis daraus, daß er die Wahl seines Sohnes billigte. Bei verschiedenen Anlässen war Taniko mit ihm zusammengetroffen. Der Kanzler des Tenno hatte ihr freundlich zugenickt und sich huldvoll mit ihr unterhalten.

Tante Chogao strahlte, und der kleine Munetoki hängte sich an die Schöße von Kiyosis Uniform, wenn der junge Takashi der Shima-Familie die Ehre seines Besuches erwies. Und auch Onkel Ryuichis Wohlwollen strahlte über Taniko und ihrem Galan. In Briefen an Tanikos Vater im fernen Kamakura erging er sich in Lobgesängen über die Nichte, die es geschafft hatte, sich in die Gunst höchster Kreise einzuschmeicheln. Die Antwortbriefe des alten Bokuden waren nicht minder salbungsvoll. Der junge Muatomo no Hideyori, so berichtete Bokuden, sei zu einem vielversprechenden Krieger herangewachsen. Er sei dem Kaiser treu ergeben und stelle keine Gefahr für die Ordnung des Reiches dar.

Taniko ließ den Brief auf ihre Knie sinken. Ein vielversprechender junger Mann, dachte sie. Schon bei ihrem ersten Treffen – Hideyori war damals erst fünfzehn Jahre alt – war der Muratomo ein Mann gewesen, eine Persönlichkeit.

Taniko machte Kiyosi gegenüber keinen Hehl daraus, daß sie ihrer Familie Vorteile verschaffen wollte. Kiyosi war beeindruckt von dieser Freimütigkeit und gab ihr gern die Informationen, die sie begehrte. Manchmal nannte er ihr die geheimen Anlegeplätze der chinesischen Dschunken, die Schmugglergut ins Land brachten. Er zeigte um so mehr Verstäändnis dafür, daß sich Ryuichi und Bokuden an dem einträglichen Handel mit unverzollter Ware beteiligten, als sich ein großer Teil des Wohlstands der Takashi auf ebensolche Geschäfte gründete.

Was die Shima anging, so betrachtete Kiyosi sie inzwischen als einen Seitenarm der Takashi-Sippe. Er sorgte dafür, daß die Summe für den Unterhalt des jungen Muratomo no Hideyori verdoppelt wurde. Auch wurde dem Clan abgabenfreies Ackerland zum Anbau von Reis übereignet.

Kiyosi lächelte nur, wenn Taniko sich für solche Wohltaten bei ihm bedankte. »Der Vorteil ist auf beiden Seiten. Die kleinen Fische helfen dem Hai.«

Taniko lachte. »Ist das nicht ein sehr abscheulicher Vergleich?«

»Keineswegs. Den Fischen, die sich mit dem Hai verbünden, geht es gut. Dafür schwimmen sie ihm voran und stöbern die Beute auf.«

Aus dem Kopfkissenbuch von Shima Taniko:

Mein Stern steigt, aber um mich herum herrschen Elend und Krankheit. Hungersnöte suchen das Land heim. Die Pest wütet. Nicht nur die ländlichen Gebiete, auch die Hauptstadt ist betroffen. Jeden Morgen rollen die Leichenkarren durch das Rashomon-Tor. Man schafft die Toten vor die Stadt, um sie dort zu verbrennen. Aber das Gift der Krankheit frißt sich immer tiefer ins Land. Es gibt Unruhen und Überfälle, Mord, Raub und Totschlag am hellichten Tage. Heere von Bettlern umlagern die Häuser der Wohlhabenden. Der Palast der Shima bleibt nicht ausgenommen von dieser Plage. Jeden Morgen, wenn ich vor das Tor gehe, strömen die Hungernden herbei wie die Fliegen, die vom Fleisch angezogen werden. Onkel Ryuichi läßt mir die Ehre zuteil werden, diese Ärmsten mit Speise und Trank zu versorgen.

Die Takashi scheinen nicht in der Lage, mit dieser Entwicklung fertigzuwerden. Vielleicht haben sie den Ernst der Situation auch noch gar nicht erfaßt. Nach wie vor versuchen sie, die Probleme so zu lösen, wie sie es gelernt haben, mit Gewalt. Eine Miliz zur Wahrung von Ruhe und Ordnung ist eingerichtet worden. Dreihundert junge Männer zwischen vierzehn und sechzehn, mit kurzem Haarschnitt und roten Gewändern. Blut ist die Farbe der Takashi, und mit Strömen von Blut versuchen sie den Vulkan zu löschen, der unter ihren Füßen rumort. Wer ein Wort gegen die Takashi sagt, wird von den Häschern ergriffen und in die Verliese des Rokuhara-Palastes geschleppt, geprügelt und gefoltert. Nicht selten endet die Peinigung mit dem Tod. Die Leichen werden in den Kamo geworfen. Offiziell heißt es dann, die Opfer seien von Unbekannten beraubt und getötet worden. Aber die Leute wissen, was hinter solchen Behauptungen steckt. Zu zahlreich sind die Zeugen, die von willkürlichen Verhaftungen und Mißhandlungen berichten. Es gab in Japan eine Zeit, wo die Leute zum Tenno gehen konnten, um ihre Beschwerden vorzutragen. Die Takashi haben mit dieser Sitte Schluß gemacht. Wer den Mund aufmacht, wird für immer zum Schweigen gebracht.

Obwohl Kiyosi mir nicht böse ist, wenn ich offen mit ihm rede, sprechen wir nur wenig über diese Dinge. Er weiß um die Mißstände, aber es scheint, daß er nichts daran ändern kann. Die Entwicklung macht ihm Sorgen. Er beklagt die Leiden der Untertanen. Aber sein Vater will von Änderungen nichts hören. Wenn mein junger Herr ihm raten will, bekommt er Wutausbrüche. Vorgestern hat er eine kostbare chinesische Vase zertrümmert, nur weil Motofusa, der von den Fujiwara eingesetzte Regent, ihn auf einer Versammlung des Großen Staatsrats kritisiert hat.

Was mich betrifft, so habe ich keinen Grund zur Kritik. Im Gegenteil. Ich bewundere Kiyosi. Er hat alles, was mein angetrauter Gemahl nicht hat. Nur mit Jebu könnte das Glück noch vollkommener sein. Aber das Leben ist kurz und zu kostbar, um es mit Klagen zu vergeuden. Um glücklich zu sein, brauche ich einen starken Mann, der mich in seine Arme nimmt. Ich danke Buddha, daß er mir einen solchen Mann geschickt hat. Ich liebe dich, Kiyosi. Aber – Jebu, wo bist du?

Am sechzehnten Tag des zehnten Monats
Im Jahr des Affen

Im elften Monat des gleichen Jahres entdeckte Taniko, daß sie, wie die Hofdamen es auszudrücken pflegten, »nicht mehr allein« war. Über ihre Reaktion auf diese Neuigkeit war sie selbst überrascht. Sie freute sich. Nur flüchtig hatte sie hin und wieder über die Möglichkeit nachgedacht, daß sie noch einmal ein Kind haben könnte, nachdem sie ihre Tochter auf so grausame Weise verloren hatte.

Sie wartete zwei Monate, ehe sie Kiyosi die Schwangerschaft offenbarte. Es war unsicher, wie er die Nachricht aufnehmen würde.

Es war in einer Liebesnacht. Er umfing ihren nackten Leib, streichelte die Rundung ihres Bauches. »Ich habe das Gefühl, du ißt zuviel bei den Banketten und trinkst zuviel Sake«, scherzte er.

Taniko lächelte, dann begann sie laut zu lachen.

»Kannst du dir nicht vorstellen, warum eine Frau einen dicken Bauch bekommt?«

»Du sprichst wie eine Dirne vom Lande«, sagte er. »Ich habe schon so etwas vermutet. Du warst anders als sonst. Oh, Taniko-san, du machst mich so glücklich. Ich habe mir so gewünscht, daß du mir das eines Tages sagen würdest.«

»Wirklich? Du hast doch schon so viele Söhne und Töchter.«

»Das Kind ist mein Geschenk an dich, Taniko. Wenn du unser Kind betrachtest, wirst du an mich denken.«

Sie streckte ihre Arme aus. Er beugte sich über sie und umfing sie.

Die üppige Kleidung der japanischen Frauen von Adel verhüllte eine Schwangerschaft bis ganz zuletzt. So konnte Taniko Kiyosi auch weiterhin auf seinen Reisen und zu den Festessen begleiten, die seine engeren Freunde veranstalteten. Der Arzt, der sie betreute, war der Hausarzt des Takashi-Clans. Seit vierzig Jahren wachte er über die Gesundheit des Patriarchen. Jetzt besuchte er Taniko in regelmäßigen Abständen. Er versprach, ihr auch bei der Niederkunft zur Seite zu stehen. Taniko hoffte inständig, daß diese Geburt leichter sein würde als die letzte.

Ihr Wunsch wurde erfüllt. Die Wehen kamen am vierzehnten Tag des fünften Monats im Jahr des Hahns. Im Palast der Shima war ein besonderer Raum für die Niederkunft eingerichtet worden. Der Arzt war da, auch eine Hebamme. Nach Wehen, die nur wenige Stunden gedauert hatten, gebar Taniko einen Jungen. Der Arzt zeigte ihr das strampelnde, kleine Geschöpf. »Ich werde dich Atsue nennen«, flüsterte sie.

Noch am Abend des Tages kam Kiyosi. Zu Tanikos Überraschung wurde er von seinem Vater begleitet. Auf dem Gang war das Waffengerassel seiner Leibwächter zu hören.

Auch Ryuichi hatte sich eingefunden und gratulierte. Er strahlte über das ganze Gesicht.

Als Sogamori den Raum betrat, verstummte das Gespräch. Man legte ihm das Kind in die Arme. »Ein Takashi«, sagte er stolz. »Ein richtiger Takashi, sowohl von seiten des Vaters als auch von seiten der Mutter. Der Junge wird das Kriegshandwerk erlernen, aber auch die Künste der Poesie, der Musik, der Kalligraphie und des Tanzes. Er wird lernen, sich auf dem glatten Parkett des Hofes zu bewegen.« Er ging zu Taniko und legte ihr den Kleinen in die Arme. »Du, Taniko, wirst dich darum kümmern. Vorläufig bleibt er bei dir. Die Kosten spielen keine Rolle, das ist meine Sache.«

Taniko blickte auf Kiyosi, der hinter seinem Vater stand. Verglichen mit diesem wirkte er klein, fast unbedeutend. Vielleicht stimmte es, was die Leute sagten, daß der Sohn klüger war als der Vater. Aber der Alte hatte den Willen zur Macht.

Vorläufig bleibt der Junge bei dir, hatte Sogamori gesagt. *Vorläufig.* Die Furcht, daß ihr das Kind eines Tages fortgenommen werden konnte, gab ihr einen Stich ins Herz. Kiyosi lächelte sie aufmunternd an. Taniko nickte. Dann wischte sie heimlich eine Träne aus dem Augenwinkel.

23. Kapitel

Der Frühling war ins Land gekommen. Jebu war dreiundzwanzig Jahre alt. Zusammen mit einer Gruppe Samurai, die sich als Seidenhändler verkleidet hatten, lagerte er vor dem Rashomon-Tor der Hauptstadt. Es galt Yukio zu befreien, der im Rokuhara-Palast gefangengehalten wurde. Gerüchten zufolge wollte Sogamori ihn umbringen.

»Für Sogamori ist der Sohn von Domei eine ständige Herausforderung«, meinte Shanzo Saburo, der Hauptmann der Samurai. »Er erinnert Sogamori ständig daran, daß die Takashi den Vater und die Geschwister des Jungen ermordet haben, und dieser wird nicht eher ruhen, bis er auch die letzte Generation der Muratomo ausgelöscht hat.«

Wie sich herausstellte, war Jebu außer Moko der einzige, der Heian Kyo genau kannte. Doch auch er hatte die Rokuhara, die Zwingburg des Gegners, nie von innen gesehen. Sie beschlossen, daß Jebu als erster in die Stadt gehen und die Lage peilen sollte.

»Es ist am besten, wenn du dich als buddhistischer Mönch ausgibst«, sagte Shenzo Saburo zu Jebu. »In dieser Verkleidung kommst du, ohne Verdacht zu erwecken, in die Nähe des Rokuhara-Palastes. Stelle vor allem fest, wie viele Wachtposten es gibt. Und rasiere deinen Kopf, Jebu! Dein rotes Haar würde dich verraten.«

Moko rasierte Jebus Schädel, während Jebu an einen Baum gelehnt saß. Er hatte einen Zettel aus dem Ärmel gezogen. »Meine Sammlung umfaßt jetzt neunundneunzig Schwerter, Moko. Eines fehlt mir noch.«

»Eine üble Marotte, dieses Schwertersammeln, Herr.«

»Mag sein, aber es ist mehr als eine Marotte. Ich habe ein Gelübde abgelegt, hundert Schwerter zu sammeln.«

In Heian Kyo etwas über Yukio in Erfahrung zu bringen, erwies sich als schwieriger, als Jebu es sich vorgestellt hatte. Er wanderte durch die Straßen und versuchte mit den Leuten ins Gespräch zu kommen. Aber sobald er die Rede auf den Sohn des berühmten Muratomo brachte, verstummten sie, offenbar aus Angst vor Sogamoris Miliz, deren rote Uniformen das Straßenbild beherrschten.

Daß Yukio in den Verliesen des Rokuhara-Palastes schmachtete, wußte Jebu. Aber darüber hinaus war nichts zu erfahren. Seine Fragen, wie stark und von wem der Palast bewacht sei, blieben unbeantwortet. Immerhin machte Jebu die Entdeckung, daß die Leute nicht unfreundlich reagierten. Sie hatten nur Angst. Auf welcher Seite ihre Sympathien standen, ließ sich an den haßerfüllten Blikken ablesen, mit denen sie die Milizsoldaten verfolgten.

Es würde ihm also nicht erspart bleiben, den Rokuhara-Palast selbst auszukundschaften. Jebu wartete bis Mitternacht. Dann wanderte er in westlicher Richtung am Ufer des Kamo entlang. Er wußte, daß er auf diese Weise auf die Rokuhara-Feste stoßen würde. Er hielt inne, als er Flötenspiel hörte. Eine süße Melodie aus den östlichen Provinzen. Jebu lächelte.

Dann ging er weiter. Die Umrisse der Gojo-Brücke kamen in Sicht. Über diese Brücke hatten Taniko und er einst Heian Kyo betreten. Und da war auch schon der Rokuhara-Palast mit seinen drei düsteren Türmen. Der Flötenspieler kam über die Brücke. Er trug ein gelb-grünes Jägerkostüm und ein langes Schwert. Das Haar war schwarz, es hing ihm bis auf die Schultern. Seltsam, dachte Jebu. Er trägt keinen Samurai-Knoten, aber ein Samurai-Schwert. Er mußte noch sehr jung sein. Jebu überlegte. Wer in Heian Kyo eine Waffe trug, war auf der Seite der Takashi. Wenn seine Vermutung stimmte, dann war es Zeit, diesem Burschen andere Flötentöne beizubringen. Entschlossen vertrat er ihm den Weg.

»Euer Flötenspiel gefällt mir«, eröffnete er das Gespräch.

Der Blick seines Gegenüber war auf die Naginata gerichtet, die Jebu in der Hand hielt. »Danke, Mönch. Was wünscht Ihr von mir?«

»Euer Schwert. Gebt mir Euer Schwert, und ich lasse Euch ungehindert passieren.«

Gelassen steckte der junge Mann sein Instrument in ein Futteral. Dann zog er einen Fächer hervor und öffnete ihn. Jebu betrachtete die rote Scheibe, die auf den Fächer gemalt war. Was um alles in der Welt wollte er damit?

»Eure Forderung ist eine Beleidigung, Mönch«, hörte er den anderen sagen. »Das Schwert ist das Wertvollste, was ich besitze. Ich werde mich nicht ohne Kampf von diesem Besitz trennen.«

»Wollt Ihr Euch etwa mit dem Fächer verteidigen?«

»Es ist ein Kampf-Fächer, Mönch. Ich denke, er sollte vorerst genügen. Es ist immer besser, man setzt etwas zu wenig Kraft ein als etwas zu viel, nicht wahr?«

»So jung und schon so weise?« spottete Jebu.

»Ich bin alt genug, um mit Leuten wie Euch fertig zu werden.« Der junge Mann war einen Schritt vorgetreten. Er hielt den Fächer gespreizt.

Nun gut, dachte Jebu. Er würde den jungen Mann überwältigen. Es wäre nicht fair, wenn er ihn tötete.

Mit den vorgeschriebenen Drohgebärden der Samurai begann er den Kampf. Er hielt seine Naginata vor sich. Als er nahe genug heran war, schlug er mit der Waffe nach den Füßen des Gegners. Aber der Schlag ging ins Leere. Im letzten Augenblick war der junge Mann zurückgesprungen. Das Schwertblatt von Jebus Waffe bohrte sich in das hölzerne Brückengeländer. Er riß die Naginata wieder heraus. Mit vorsichtigen Sprüngen wich er zurück. Er wollte den anderen zum Angriff provozieren. Aber womit konnte der Fremde angreifen? Mit dem Fächer? Der Flötenspieler war stehengeblieben. Er betrachtete Jebu mit herablassendem Gleichmut.

Jebu sprang wieder vor und ließ die Naginata kreisen. Der Schlag würde nicht tödlich sein, sondern den Gegner nur aus dem Gleichgewicht bringen. Doch anstatt zurückzuweichen, sprang der andere überraschend hoch. Jebus Waffe zischte durch die Luft, er hatte Mühe, den Schwung abzufangen.

Flötenspiel hin, Fächer her - der Gegner war schneller als alle Samurai, mit denen Jebu bisher zu tun gehabt hatte. Beeindruckend war, daß dieser Mann seine Bewegungen aus einer vollkommenen Ruhestellung startete. Seine Schritte und Sprünge vollzogen sich so schnell, daß man sie mit den Augen nicht verfolgen konnte. Eben stand er noch hier, jetzt war er da drüben.

Der Fremde nützte Jebus Verwirrung zum Angriff. Jebu spürte, wie ihm der Fächer über die Augen geschlagen wurde. Ein paar Sekunden lang war er blind. Der Gegner hatte den Fächer zusammengeklappt. Die Spitze der merkwürdigen Waffe bohrte sich in Jebus Hand. Ein stechender Schmerz. Jebu mußte alle Kraft zusammennehmen, um nicht seine Naginata fahrenzulassen. Es folgten rasch geführte Schläge auf den Kopf, wie von einer Stahlrute. Jebu heulte auf vor Schmerz. Dann gelang es ihm, den Angreifer wegzustoßen.

Welch eine Demütigung, von einem Jungen mit einem Fächer in Schach gehalten zu werden, dachte er. Er würde dieses Bürschlein überwältigen und ihm das Schwert abnehmen.

Nein. Warum sollte ich diesen jungen Menschen umbringen? Sein Gegner war ein glänzender Kämpfer. Wir sind Waffengefährten. Es kam nicht auf das hundertste Schwert an. Es war auch nicht wichtig, ob er siegte oder der andere. Wichtig war nur der Kampf, das Vergnügen, seine Kräfte mit einem gleichwertigen Gegner zu messen.

Er sprang vor, drängte den anderen auf den Brückensteg zurück und gegen das Geländer. Er setzte ihm die Naginata auf die Brust, sah ihm in die Augen. Ein Anflug von Spott war zu erkennen. Eine blitzschnelle Bewegung. Dann stand er auf dem Geländer, wippte auf den nackten Füßen. Ein überlegenes Lächeln.

Erneut schlug Jebu zu. Wieder ging der Schlag ins Leere. Wieder war der Gegner hochgesprungen. Der junge Mann schien einen Tanz aufzuführen, einen Tanz, dessen Schritte er, nicht Jebu bestimmte. Seine Gewandtheit war atemberaubend. Jebu fühlte sich an Mokos Erzählung von dem Dämon erinnert, der vor dem Rashomon-Tor sein Unwesen trieb.

Er senkte die Waffe, sah dem anderen ins Gesicht und begann zu lachen.

»Du bist der beste Kämpfer, dem ich bisher begegnet bin«, sagte er. »Wer bist du?«

Der andere sprang leichtfüßig vom Geländer. Nicht ohne Neid bemerkte Jebu, daß er bei dem Kampf nicht einmal außer Atem gekommen war. Er faltete seinen Fächer zusammen und schob ihn in eine grüne Hülle.

»Wer bist du?« wiederholte Jebu.

»Die Samurai fragen ihren Gegner vor dem Kampf nach dem Namen«, gab der junge Mann zur Antwort. »Du aber fragst erst, wenn der Kampf zu Ende ist.« Er lächelte. »Ich wußte gleich, daß du Jebu, der Zinja, bist.«

»Woher kennst du mich?«

»Seit Jahren spricht man in der Hauptstadt von dem rothaarigen Zinja, der einen Samurai nach dem anderen überwindet und ihnen ihre Schwerter abnimmt. Dein Kopf ist kahlrasiert. Ich vermute, um deine roten Haare zu verbergen. Wie viele Schwerter besitzt du inzwischen, Jebu?«

»Neunundneunzig. Ich habe gelobt, daß ich einhundert Gegner besiegen werde. Dein Schwert wäre das hundertste gewesen. Aber dir begegnet zu sein, bedeutet mir mehr als dein Schwert.«

»Das freut mich. Du hast an der Seite meines Vaters gekämpft. Ich möchte gerne dein Freund werden.«

»Wer bist du?«

»Ich bin Muratomo no Yukio.«

Jebu sank auf die Knie und preßte seine Stirn auf die Planken. »Ich suche dich wie eine Stecknadel, Yukio.«

»Ich bin gerade aus dem Gefängnis von Rokuhara entflohen.«

»Und da hältst du dich damit auf, mit mir zu kämpfen? Du hättest mir dein Schwert geben und verschwinden sollen!«

»Ich wollte die Gelegenheit nicht versäumen, gegen den berühmtesten aller Zinja zu kämpfen.«

»Wo hast du kämpfen gelernt?«

»Bei den Tengu. Sie brachten mir bei, wie man sich mit dem Fächer verteidigt.«

»Du wirst dich künftig nicht nur mit dem Fächer zu verteidigen haben. Ich bin gekommen, um deinen Schutz zu übernehmen.

Meine Männer erwarten uns vor dem Rashomon-Tor. Wir müssen die Stadt auf dem schnellsten Wege verlassen.«

»Wer schickt dich, Jebu?«

»Die Äbte. Sie wollen, daß die Muratomo überleben. Und du bist ein würdiger Anführer. Ich habe gesehen, wie du kämpfst.«

»Der Anführer der Muratomo ist mein älterer Bruder Hideyori«, gab Yukio zurück. »Er befindet sich im Exil in Kamakura. Wenn die Zeit gekommen ist, wird er sich an die Spitze der Muratomo stellen und den Kampf gegen die Takashi beginnen.«

Jebu verbeugte sich. »Es wird geschehen, wie Hideyori es wünscht. Was mich betrifft, gebe ich hiermit das Sammeln von Schwertern auf. Du, Yukio, hast mich gelehrt, welcher Hochmut sich hinter der Heldenpose der Samurai verbirgt. Dafür werde ich dir immer dankbar sein. Ich schwöre dir Treue bis zum Tode, bei der Ehre der Zinja und bei allem, was mir heilig ist. Ich stelle mich und mein Schwert in deinen Dienst.«

Er zog sein Zinja-Schwert. Der gutaussehende junge Mann hob die Hand und hielt sie über das Schwert. Es war das Zeichen, daß er die Gefolgschaft Jebus annahm.

»Ich nehme dich in meine Dienste. Als Sohn von Muratomo no Domei werde ich noch viele Krieger um mich sammeln. Du bist der erste. Ich weiß diese Ehre zu schätzen. Ich weiß, was dir diese Waffe bedeutet. Als Dank leiste ich dir denselben Treueid.« Er hob den Blick. Jebu steckte das Schwert wieder in die Scheide. Er war zu Tränen gerührt.

»Und nun«, sagte Yukio, »werden wir uns zu deinen Freunden am Rashomon-Tor begeben.«

24. Kapitel

Schon wenige Wochen nach Yukios Flucht aus der Zwingburg der Takashi bildete der junge Muratomo mit Jebu und Moko ein unzertrennliches Trio. Die drei wurden der Schrecken der Takashi. Oft entkamen sie den Häschern nur um Haaresbreite. Nach Tagen wilder Flucht gab es Wochen beschaulicher Ruhe in der Sicherheit eines Landguts, das Verbündete der Muratomo zur Verfügung stellten. War dann einige Zeit vergangen, lockte es sie wieder zum Kampf. Sobald die Nachricht kam, daß sich Samurai in der Nähe befanden, die den Roten Drachen an ihren Lanzen führten, rückten sie aus.

Yukios Hauptziel war es, zu überleben und abzuwarten, bis die Takashi einen Fehler machten. Innerhalb kurzer Zeit hatten sie sich zu schwindelnden Höhen aufgeschwungen. Um so tiefer würden sie fallen. Die Muratomo waren keineswegs gewillt, die Vorherrschaft des Takashi-Clans auf Dauer hinzunehmen.

Während sie unerkannt durch das Land zogen, erfuhr Jebu von Yukio, daß nicht die Tengu, sondern er selbst sich das Kämpfen beigebracht hatte. Er hatte neue Techniken ersonnen, die in keiner Samurai-Schule gelehrt wurden, Techniken, die ihn allen anderen Kämpfern überlegen machten. Jebu war nur zu gern bereit, von Yukio zu lernen. Er hatte in dem Muratomo-Nachkommen seinen Meister gefunden, und er schämte sich dessen nicht. Die beiden Männer maßen ihre Kräfte in mannigfaltigen Waffenübungen. Wenn es ernst wurde, wandten sie sich gemeinsam gegen den Feind. Innerhalb weniger Jahre wurden Yukio und Jebu zur Legende.

Yukio zeigte großes Interesse für die Theorie des Kriegshandwerks. Und als er von einem Gutsbesitzer hörte, der ein Exemplar des berühmten Standardwerks *»Die Kunst der Kriegführung«* von Sun Tzu in seinem Besitz hatte, ließ er nicht locker, bis er sich Zugang zu dem Werk verschafft hatte. Da der Gutsherr, dem das Buch gehörte, ein Verbündeter der Takashi war, konnte Yukio nicht einfach am Tor klopfen und um Erlaubnis bitten, das Buch einsehen zu dürfen. So nahm er Zuflucht zu einer List.

Der Gutsherr hatte eine wunderschöne Tochter namens Mirusu. Yukio schlich sich zu nächtlicher Stunde vor ihr Fenster und spielte auf seiner Flöte. Er spielte so leise, daß nur die angebetete Schöne ihn hören konnte. Und so süß, daß ihr Herz dahinschmolz. Es dauerte sechs Nächte, dann ließ sie ihn zu sich herein. Sie schenkte ihm ihr Herz und ihren Körper. Dreizehn Nächte lang liebten sie sich. Und in jeder Nacht, wenn Mirusu glücklich und erschöpft in ihre Kissen sank, las Yukio einen der dreizehn Bände des Werkes von Sun Tzu.

Zu den Dingen, die Yukio faszinierten, gehörten Schiffe. Er war begierig, alles über Schiffbau und Seefahrt in Erfahrung zu bringen. Er las viele Bücher über die Konstruktion von Kriegsschiffen und zahllose Berichte über die großen Seeschlachten der Takashi gegen die Piraten. Doch noch nie hatte er die Planken eines Schiffes betreten. Er ließ sich von Jebu von dessen Fahrten berichten. Und auch Moko, der Zimmermann, wurde ausgefragt.

»Macht und Erfolg des Takashi-Clans beruhen auf der Seefahrt«, verkündete Yukio eines Tages. Das wehrhafte Trio befand sich in der sicheren Obhut eines Großgrundbesitzers in Oshu, im äußersten Norden der Insel Honschu. Fujiwara no Hidehira war den Muratomo zu Dank verpflichtet, da sie ihm bei Angriffen der Takashi zu Hilfe geeilt waren.

»Die Takashi finanzieren ihre Kriegszüge mit dem Reichtum, den sie aus dem Seehandel erwirtschaften«, fuhr Yukio in seinen Erklärungen fort. »Wenn wir Muratomo auf die Einnahmen aus der Schiffahrt verzichten, haben wir keine Chance. Der Schutzheilige der Muratomo ist Hachiman. Früher hieß er Yawata und war der Kami des Ozeans. Also ist das Meer unser Erbe, und dort werden wir den endgültigen Sieg über die Takashi erringen.«

»Ich schlage vor, daß wir nach Kiuschu weiterziehen«, sagte Jebu. »Wir sollten Hidehiras Gastfreundschaft nicht zu lange in Anspruch nehmen. Meine Mutter und mein Stiefvater leben in Kiuschu. Ich habe die beiden seit Jahren nicht gesehen.« Er beugte sich vor. »Du wirst den Tempel der Wasserlilien kennenlernen, Yukio. Und du wirst die Geheimnisse des Zinja-Ordens erfahren. Der Tempel liegt in der Bucht von Hakata. Es gibt viele Fischerboote dort, auch Handelsschiffe, die Waren von Übersee bringen. Dort wirst du Gelegenheit haben, mit Seefahrern zu sprechen. Hakata ist ein kleiner Hafen, die Takashi unterhalten dort keine eigenen Schiffe. Wir könnten im Zinja-Kloster leben, solange es uns Spaß macht.«

»Kann man von Hakata aus den Ozean überqueren?«

»Du denkst an eine Überfahrt nach Korea?«

»Ich denke an China«, sagte Yukio mit Nachdruck. »Die Chinesen sind uns, was Navigation und Schiffbau betrifft, weit voraus.«

Sie verkleideten sich als Yamabuschi, als buddhistische Wandermönche. Unangefochten brachten sie die Westküste der Insel Honschu hinter sich und setzten über die Meerenge von Shimonoseki zur Insel Kiuschu über.

»Eine kurze Überfahrt«, kommentierte der Kapitän des Fischerbootes, das sie hinüberbrachte. »Aber sie hat es in sich. Die steigende Flut verursacht eine Weströmung von acht Knoten. Wenn man nicht rechtzeitig gegensteuert, wird man ins Meer hinausgetrieben.«

»Hast du gehört«, sagte Yukio zu Jebu. »Das sind die Dinge, die ich lernen muß.«

»Hast du dir nicht zuviel vorgenommen?« fragte Jebu.

»Nein, Jebu. Wenn wir die Takashi besiegen wollen, müssen wir besser sein als sie. Besser, schneller, stärker, geschickter. Dazu müssen wir lernen. Es gibt keine andere Möglichkeit.«

Sie kamen zügig voran, obwohl Jebu auf einem Abstecher zum Tempel der Wasservögel bestand. Der wiederaufgebaute Tempel stand noch. Aber er war verlassen. Von Taitaro keine Spur. Nach einigen Stunden vergeblicher Suche setzten sie ihren Weg nach Hakata fort. Endlich tauchten die Umrisse des Tempels der Wasserlilien vor ihnen auf. Wenig später stand Jebu vor Abt Weicho.

»Wo ist mein Vater?« war Jebus erste Frage.

»Dein Vater hat den Staub Japans von seinen Füßen geschüttelt, Jebu. Er kam vor einem Jahr zu uns, um sich zu verabschieden. Seine Weisheit ist unersetzlich für den Orden. Aber er war nicht zu halten. Er sprach davon, daß es Zeit sei, das Große Wasser zu überqueren. Er sprach von den Weisheiten des Reichs der Mitte, die in kurzer Zeit für immer verloren sein würden.«

Yukio mischte sich ein. »Wie seltsam«, bemerkte er. »Auch ich trage mich mit dem Plan, mich nach China einzuschiffen.«

Weicho nickte. »Wenn Yukio nach China reist, Jebu, mußt du ihn begleiten. Der Orden der Zinja wünscht, daß du Yukio beschützt. Du wirst ihm folgen, wohin er auch geht, wirst ihm dienen und für ihn kämpfen.«

Yukio fügte sich dem Klosterleben ein, als hätte er nie etwas anderes gekannt. Moko machte sich nützlich bei den Reparaturarbeiten der Kornkammer, die einzustürzen drohte. Um sich die Stunden nach der Arbeit zu versüßen, hatte Moko Freundschaft mit einer Frau aus dem Dorf geschlossen. Sie hing wie gebannt an seinen Lippen, wenn er von den Abenteuern erzählte, und vergaß darüber völlig das häßliche Gesicht des Erzählers.

Bald nach seiner Ankunft im Kloster hatte Jebu seine Mutter aufgesucht. »Ich kann nicht verstehen, daß Taitaro dir das antut«, sagte er. »Um einer Eingebung zu folgen, verläßt er die Frau, die ihn liebt. Ist es nicht ein Zeichen von geistigem Egoismus?«

Nyosan streichelte die Hand ihres Sohnes. »Du hast ein gutes Herz, Jebu. Aber du brauchst dir um mich keine Sorgen zu machen. Das Leben hat mir drei Männer geschenkt – Jamuga, den Barbar, einen gefürchteten Krieger, dann Taitaro, einen Mann des Geistes; und schließlich einen Sohn, der beides in sich vereint, Kraft und Geist. Was könnte ich noch mehr wünschen?«

»Er hätte dich nicht verlassen dürfen, Mutter.«

»Wenn jeder bekäme, was ihm zusteht, dann hätten wir den Himmel auf Erden. Auf was könnten sich die Menschen dann noch freuen?«

Eines Nachmittags ließ Abt Weicho Jebu und Yukio zu sich rufen. Er empfing sie im Schatten des kleinen Hains, von dem ein Weg auf den Tempelberg führte.

Ein Fremder stand neben ihm, ein Mönch in einer schwarzen Kutte. Er hatte ein rundes Gesicht, sein Kopf war rasiert.

Jebu überlegte, was diesen Mann ins Kloster der Zinja führen mochte. Welchem Orden gehörte der Fremde an? Die Zinja trugen graue Kutten, die buddhistischen Mönche safranfarbene Gewänder, die Shinto-Mönche weiße Tücher.

»Mein Name ist Eisen«, stellte sich der Fremde vor. Sein Blick war direkt. Der harte Zug um den Mund fiel Jebu auf. »Ich bringe eine buddhistische Lehre aus China. Die neue Weisheit heißt Zen. Auf chinesisch *Ch'an.*«

Weicho lächelte. »Ihr werdet Jebu kaum zu einem anderen Glauben bekehren. Er ist ein überzeugter Zinja. Und was Yukio angeht, so ist er ein Kämpfer. Er kümmert sich nicht um Religion. Aber die beiden reisen nach China, und da Ihr gerade von dort kommt, könnt Ihr Jebu und Yukio bestimmt eine Menge berichten. Zum Dank werden sie Euch auf den Berg eskortieren. Man hat von dort einen herrlichen Blick auf das Kloster.« Er betastete seinen Bauch. »Ich selbst bin schon zu bequem, um hinaufzugehen.«

»Ein verweichlichter Zinja ist kein Zinja«, frotzelte Jebu. Es war ein Zitat aus dem Stundenbuch des Ordens.

»Aber im Stundenbuch steht auch: Weich umfängt Hart. Wenn du mit dem Schwert nicht töten kannst, nimm das Kissen und ersticke den Gegner. Und jetzt kümmere dich lieber um unseren Gast.« Er ließ sie mit dem schwarzgekleideten Mönch allein.

Sie begannen den Anstieg. »Was bedeutet *Zen*?« erkundigte sich Jebu. »Ich habe dieses Wort noch nie gehört.«

Eisen lachte. »Darüber denken unsere Gelehrten schon seit Jahren nach. Das Wort kommt aus dem Sanskrit. Es bedeutet Selbstversenkung, die Inder sagen *dhjana.*«

»Also eine Form der Meditation, wenn ich richtig verstehe. Und worüber meditiert ihr?«

Wieder lächelte der fremde Mönch. »Über Fragen, wie du sie eben gestellt hast. *Was ist Zen?*«

»Und zu welchem Zweck?«

»Wir meditieren, um zu meditieren.«

»Das verstehe ich nicht.«

»Es ist sehr einfach, und deshalb ist es auch so schwer zu verstehen.«

Sie waren auf der Mitte der Steintreppe angelangt, die zur Kuppe des Tempelberges führte. Dem fremden Mönch, obwohl von untersetzter Statur, schien die Anstrengung nichts auszumachen.

Sie nahmen das Gespräch wieder auf. Meist waren es Jebu und Eisen, die sprachen. Yukio hatte wenig zur Unterhaltung beizutragen. Er hatte seine Jugend mit dem Studium der Kriegskunst verbracht. Nachts hatte er sich den Waffenübungen gewidmet und am Tag geschlafen. Jebu argumentierte hartnäckig, daß spirituelle Praktiken wenigstens zu irgendeinem Ergebnis führen mußten, und sei es nur zur Wiedergeburt im Land der Reinheit. Eisen parierte äußerst geschickt. Er vermied es, die Weisheit der Zinja als Irrweg zu denunzieren. Aber er untermauerte den Wert der eigenen Lehre mit immer neuen Argumenten. Wenn Jebu angriff, wich er geschickt aus. Der junge Zinja fühlte sich an den Zweikampf mit Yukio erinnert.

Nach kurzem Anstieg erreichten sie die Kuppe des Berges. Hier stand ein Pavillon aus Bambusstäben, dessen Dach von den weit ausladenden Zweigen der Pinien beschattet wurde. Unter ihnen lag die sanfte Sichel der Hakata-Bucht.

Schließlich ergriff Eisen das Wort. »Seit Jahrtausenden hat es Männer gegeben, die sich in die Einsamkeit der Wälder oder auf unwirtliche Bergspitzen zurückziehen, um über das Rätsel des menschlichen Lebens nachzudenken, darüber, warum die Menschen unglücklich sind. Und alle gelangten zur selben Antwort: Suche das Glück im Nichts. Das ist die Quintessenz der Lehre von Buddha und Bodhidharma. Und ich meine, daß es wichtige Parallelen gibt zwischen Zen und der Lehre der Zinja. Allerdings sehe ich einen grundlegenden Unterschied.«

Jebu war neugierig geworden. »Welchen?«

»Die Frage der Gewalt. Wir Zen-Anhänger glauben, daß Gewalt ein Hindernis ist auf dem Weg zur Erleuchtung. Die Zinja hingegen finden nichts dabei, Menschen umzubringen oder zu verletzen.«

»Wie ihr streben auch wir nach Erleuchtung«, sagte Jebu. »Die Kriegskunst ist für uns ein Vehikel auf diesem Weg. Sie ermöglicht es uns, unser Bewußtsein zu vergessen. Der Zinja lernt, seine Feinde zu lieben und den Tod nicht zu fürchten. Es könnte sein, daß Eure Lehre die Weisheiten der Zinja vervollständigt.«

Eisen verneigte sich. »Wenn ein Zinja an mich herantritt und um Unterweisung im Zen-Buddhismus bittet, werde ich mich einer solchen Bitte nicht verschließen.«

Sie setzten sich vor dem Pavillon auf den Boden. »Erzählt uns von China, Sensei«, bat Yukio. »Hier in Japan heißt es, daß der Kaiser von China Krieg gegen die Barbaren führt.«

»So ist es. Wie kommt es, daß ihr beide trotzdem nach China gehen wollt?«

»Wir suchen den Kampf. Und wir kommen nicht allein.«

Der Zen-Mönch sah ihn erstaunt an. »Nicht allein?«

»Mit uns werden Hunderte von jungen Kriegern nach China übersetzen«, sagte Yukio. »Wir werden uns in den Dienst des Reiches der Mitte stellen. Hier in Japan haben uns die Takashi alles genommen, was wir besaßen. Vielleicht werden wir in China unser Glück machen.«

»China hat mehr zu bieten als Glück. China bietet Weisheit. Aber wenn es den Barbaren gelingt, das Reich der Mitte zu zerstören, dann gehen auch die Erkenntnisse des Zen zugrunde.«

»Wer sind die Barbaren, von denen Ihr sprecht?« fragte Yukio. Jebu glaubte zu wissen, daß es sich um den Volksstamm seines Vaters handelte. Immerhin würde es interessant sein, zu erfahren, was der Zen-Mönch von ihnen hielt.

»Als Barbaren bezeichnen wir alle Stämme, die in den Steppen nördlich von China leben«, erklärte Eisen. »Es ist ein Sammelname für die Kitan, die Cathay und die Kin, die Mantschu, die Tataren – und für die Mongolen. Diese Menschen verbringen ihr Leben auf dem Pferderücken. Sie leben von der Viehzucht. Sie leben in Zelten. Sie ziehen umher, immer auf der Suche nach neuem Weideland. Seit Menschengedenken gibt es Zusammenstöße zwischen den Barbaren und den chinesischen Bauern, die an den Grenzen des Reichs der Mitte siedeln. Vor Jahrhunderten hat ein chinesischer Kaiser ein Bollwerk gegen die Eindringlinge bauen lassen, das den Namen ›Große Mauer‹ erhielt. Aber die Cathay überwanden das Hindernis und nahmen den Norden von China in Besitz. Es folgten die Kin, die ganze Landstriche plünderten und sich dann in den Städten ansiedelten. Später wurden die Kin in der chinesischen Urbevölkerung aufgesogen. Die neueste Bedrohung kommt von den Mongolen, die sich nicht mit der Eroberung einzelner Provinzen begnügen. Sie wollen das ganze Land. Sie bedrohen die Herrschaft der Sung-Dynastie, die den Kaiser stellt und den Süden des Landes unter Kontrolle hat.«

»Ich habe von diesen Mongolen gehört«, warf Yukio ein. »Eine Horde von Gesetzlosen, blutdürstig wie Raubtiere.«

Eisen hob die Schultern. »Es gehört zum Wesen des Menschen, bei der Beschreibung seiner Feinde zu übertreiben. Die Mongolen haben sogar sehr strenge Gesetze. Auf viele Vergehen steht bei ihnen der Tod. Die Mongolen sind ein furchtloses, kraftvolles und intelligentes Volk. Sie sind in der Lage, unglaubliche Entbehrungen auf sich zu nehmen. Ihre Erfolge und Eroberungen verdanken sie einem Mann, der sich Dschingis Chan nannte. In ihrer Sprache bedeutet das ›Allmächtigster Herrscher‹. Von Dschingis Chan stammt das Gesetzeswerk der Mongolen, die *Yassa*.«

Dschingis Chan hat meinen Vater töten lassen, dachte Jebu. Dschingis Chan war der Mann, der ganze Städte dem Erdboden gleichmachen ließ, der unschuldige Völker hinmordete.

»Dieser Dschingis Chan war ein Meister der Kriegskunst«, fuhr Eisen fort, »und zugleich ein großer Staatsmann. Seine Vorfahren waren wie die Wilden über benachbarte Stämme hergefallen. Dschingis Chan hingegen sorgte für die Aufstellung einer wohlorganisierten Streitmacht. Das ist der Grund für die ungeheuren Erfolge der Mongolen.«

»Und wie leben diese Eroberer? Auf was für eine Kultur stützt sich ihre Macht?«

»Keine Kultur, wie wir sie gewohnt sind. Die Mongolen leben in Sippengemeinschaften. Es gibt keinen Luxus, keine Verweichlichung. Man trinkt die Milch der Tiere, man lebt von Käse und Hammelfleisch. Die Kleidung besteht aus Pelzen, dicken Stoffumhängen und Lederstiefeln.«

»Aber Dschingis Chan ist tot«, sagte Yukio.

»Ja, er starb vor vielen Jahren«, sagte der Zen-Mönch. »Aber seine Nachfolger verfolgen das gleiche Ziel. Dem Eroberungsgeist dieser Barbaren haben die Kaiser von China oder Japan nichts entgegenzusetzen.«

Yukio fuhr hoch. »Ihr wagt es, diese wilden Horden mit dem Sohn der Götter zu vergleichen?«

»Keineswegs«, sagte Eisen. »Unser Kaiser stammt von der Sonnengöttin ab, er ist ein Kami. Die Mongolen hingegen sind gewöhnliche Menschen. Aber über ihrem Schicksal scheint die Sonne des Erfolges. Der Himmel unseres Landes indes ist von düsteren Wolken verhangen.«

Yukio nickte. »Deshalb werden wir dieses Land verlassen. Wir werden dem Kaiser von China unsere Gefolgschaft andienen.«

»Ich wünsche Euch eine gute Reise. Möget Ihr eines Tages in ein sonniges Japan zurückkehren.« Eisen setzte sich kerzengerade. Er hielt die Hände im Schoß gefaltet.

»Ich weiß, daß die Zinja zum Meditieren keine vorgeschriebene Position einnehmen«, sagte er, als er Jebus fragenden Blick bemerkte. »Trotzdem solltest du einmal probieren, im Sitzen zu meditieren wie ich.« Er lächelte. »Selbst wenn man einschläft, kann man nicht umfallen.«

Jebu und Yukio lachten. Dann sagten sie dem schwarzgewandeten Mönch Lebewohl.

»Mein Entschluß steht fest«, bekräftigte Yukio, als sie wieder am Fuß der Treppe angelangt waren. »Ich reise nach China. Entscheide selbst, ob du mitkommen willst oder nicht, Jebu. Was der Orden der Zinja dir befiehlt, spielt für mich keine Rolle. Ich möchte nicht, daß du mir folgst, weil der Orden es befiehlt.«

»Laß mich mit dir gehen, Yukio. Ich will dich begleiten – aus vielen Gründen.«

»Also gut. Ich werde geheime Botschaften in alle Provinzen schicken und meine Männer zusammenrufen. Alle Samurai, die sich der Sache der Muratomo verbunden fühlen, sollen sich uns anschließen.«

»Was wird aus deinem Bruder?«

Yukios Gesicht verfinsterte sich. »Normalerweise würde ich eine solche Entscheidung nicht ohne die Erlaubnis meines Bruders treffen. Er ist immerhin der Anführer der Muratomo. Aber Hideyori sitzt in Kamakura gefangen. Vielleicht zwingt die Regierung Hideyori, meinen Schritt öffentlich zu mißbilligen. Aber ich weiß, daß mein Bruder im Herzen auf meiner Seite ist.«

Jebu antwortete nicht. Er bezweifelte, daß Hideyori irgendein Vorhaben gutheißen würde, das ihm nicht unmittelbar einen persönlichen Vorteil verschaffte.

»Es hat keinen Zweck, wenn wir auf den Inseln bleiben«, fuhr Yukio fort. »Die Takashi sind zu übermächtig. Die Muratomo werden grausam verfolgt. Man nimmt ihnen ihr Land weg. Man kerkert sie ein, foltert sie, jagt sie wie Verbrecher. In China hingegen herrschen Reichtum und Weisheit. Wir müssen diesen Hort der Kultur vor dem Zugriff der Barbaren schützen.«

»Und was wird aus dem Kampf gegen die Takashi?«

»Der Tag wird kommen, wo der Stern der Takashi sinkt. Dann werden wir zurückkehren und uns holen, was man uns genommen hat. In der Zwischenzeit werden wir Truppen sammeln und für die Sung-Dynastie kämpfen. Wir werden die Kultur Chinas für die Welt retten. Und in diesem Kampf werden du und ich die Anführer sein.«

Noch am selben Abend teilte Jebu Moko den Entschluß des jungen Muratomo mit. Moko grinste breit, als wüßte er längst Bescheid. »Erinnert Ihr Euch an unser Gespräch, als ich Euch meine Gefolgschaft anbot, Herr?«

»Gewiß.«

»Ich habe Euch damals versprochen, ich würde Euch bis nach China folgen. Jetzt werde ich Euch beweisen, daß ich es damals ernst meinte.«

25. Kapitel

Sie hatten den Berg Hiei besucht. Die Kutsche, in der Taniko mit ihrem Sohn Atsue reiste, rumpelte die steinige Straße entlang. Zehn unbewaffnete Samurai bildeten die Vorhut, weitere sechs folgten der Kutsche. Ganz an der Spitze des kleinen Zuges ging der Bannerträger, ein Veteran aus vielen Schlachten. Der Rote Drachen auf dem Banner, das Emblem der Takashi, war in schlafender Pose abgebildet – zum Zeichen, daß sich der Clan nicht im Zustand der Fehde befand.

Atsue, jetzt neun Jahre alt, blies auf seiner Flöte eine Melodie, die er bei seinem Lehrer, dem Flötenspieler des Tempels von Hiei, gelernt hatte.

»Ich würde auch gern Koto spielen lernen, Mutter.«

»Aber dieses Instrument ist so groß, daß du es nicht mit dir führen könntest.«

»Ich weiß, Mutter. Trotzdem würde es mir Spaß machen.«

»Bei den Reisbauern gibt es ein Saiteninstrument, das Samisen genannt wird«, sagte Taniko. »Das könntest du überallhin mitnehmen.«

»Ich mag nichts, was von den Reisbauern kommt, Mutter. Reisbauern sind dumm und häßlich. Mit diesen Menschen möchte ich nichts zu tun haben.«

Taniko lächelte. »Da hast du dich zu spät entschieden, mein Sohn. Ich selbst bin die Tochter eines Reisbauern.«

»Aber das sieht man dir nicht an, Mutter.« Er umschlang sie mit seinen schlanken Armen. »Du bist eine feine Dame, Mutter.«

Sie streichelte die weichen Haare, die ihm in die Stirn fielen. Dann glitt ihr Blick an den Vorhängen vorbei durchs Fenster der Kutsche. Sie fuhren an der nördlichen Stadtmauer von Heian Kyo entlang. Die Kaiserlichen Offiziere, die das Tor bewachten, salutierten. Man ließ sie passieren. Im Inneren der Kutsche wurde es dunkel. Die Durchfahrt durch das Tor war lang wie ein Tunnel.

Unvermittelt kam die Kutsche zum Stehen. Draußen waren Rufe zu hören.

»Zurück mit Euch! Macht Platz für die Kutsche Seiner Exzellenz, Prinz Fujiwara no Motofusa.«

Taniko blickte hinaus. Der Mann, der gerufen hatte, war ein Kammerherr des Regenten, sie erkannte ihn an der orchideenfarbenen Uniform. Vier schwarzgekleidete Knechte mit Schwertern, auf deren Scheiden die Kaiserlichen Insignien prangten, hatten die Zugochsen von Tanikos Kutsche an den Zügeln ergriffen und das Gefährt zum Stillstand gebracht.

Tanikos Bannerträger hielt die Spitze der Standarte auf den vordersten der Knechte gerichtet, als wollte er ihn damit aufspießen.

»Wir werden zuerst passieren!« rief er stolz. »Platz da, im Namen von Shima no Atsue, dem Hochwohllöblichen Sohn von Takashi no Kiyosi, dem Befehlshaber der Kaiserlichen Armee! Platz da für den Enkel des Kanzlers Sogamori, des Siegers über die Widersacher des Tenno!«

Taniko mußte lächeln. Es hörte sich an, als befänden sich nicht nur ihr Sohn, sondern auch Sogamori und der Kaiser in Person im Innern der Kutsche.

Die Kutsche war inzwischen von acht oder zehn Wagenknechten des Regenten umgeben. Dann erblickte Taniko Sogamoris prunkvolles Gefährt. Es hatte die Höhe von drei Männern und war schwarz und golden lackiert. Gezogen wurde es von zwei schneeweißen Ochsen. Allerdings hatte die Kutsche den Torweg noch gar nicht erreicht. Doch würde in jedem Fall eines der beiden Fahrzeuge ausweichen müssen.

Taniko wußte, wie es weitergehen würde. Die Kutscher und die Wegbereiter würden aufeinander eindreschen. Kein ungewöhnliches Schauspiel in Heian Kyo. Seit Jahrhunderten schlugen sich die Kutscher um die Ehre, wer zuerst das Tor passieren durfte.

»Es ist in höchstem Maße lächerlich, daß Ihr für Eure Kutsche das Vorrecht anmeldet«, hörte sie Sogamoris Kammerherrn sagen. »Macht Platz für Prinz Motofusa. Er ist der Regent und ein Fujiwara.«

Das Geschlecht der Fujiwara, dachte Taniko. Eine noble und alte Familie, in der Tat. Und jetzt wurden sie von den Takashi beiseite gedrängt, die zwei Fujiwara-Prinzen den Kopf abgeschlagen hatten, weil die beiden edlen Sprößlinge gemeinsame Sache mit den Rebellen gemacht hatten.

Inzwischen machten die Takashi den Fujiwara sogar in ihrer ureigenen Domäne Konkurrenz: Sie heirateten in die Familie des Tenno ein. Die zwei mächtigsten Männer im Staat waren Fujiwara no Motofusa, der Regent, der das höchste Amt im Staate innehatte und über einen unvergleichlichen finanziellen Rückhalt seitens seiner Familie verfügte, und Takashi no Sogamori, der Kanzler des Reiches, auch er ein Mann von beeindruckender Ämterfülle, Befehlshaber über Zehntausende von Samurai. Vielleicht hatte Prinz Motofusa diese Begegnung inszeniert, um es auf eine Kraftprobe mit Sogamori ankommen zu lassen.

»Zu mir!« rief Taniko dem Bannerträger zu. Der alte Samurai gehorchte. Mit wenigen Schritten war er am Wagenfenster.

Sogamoris Kammerherr benutzte die Gelegenheit zu einem Blick in das Wageninnere, um festzustellen, wer sich außer dem Enkelsohn des Kanzlers noch in der Kutsche verbarg.

»Wir werden nicht von der Stelle weichen!« befahl sie dem Samurai. »Zwar nimmt der Regent einen höheren Rang ein als mein

Sohn, aber wir befinden uns bereits mitten im Torweg. Es wäre schmachvoll, wenn wir jetzt zurückweichen. Sag Sogamoris Kammerherrn, daß wir ihm ausgewichen wären, hätte sich die Begegnung vor dem Tor ereignet. Aber unter den gegebenen Umständen bitten wir mit allem Respekt, uns Durchfahrt zu gewähren. Geh und sag ihm das!«

»Es wird zum Kampf kommen, Herrin«, sagte der Samurai, »egal, wie wir die Weigerung begründen.«

»Wenn Sogamori Kampf will, kann er ihn haben«, gab Taniko stolz zurück. »Ich denke nicht daran, die Ehre des Hauses Takashi in den Schmutz treten zu lassen.«

Sie sah ihm nach, wie er zum Kammerherrn des Regenten hinüberging. Die beiden sprachen miteinander.

»Unsinn!« hörte sie den anderen rufen. »Schiebt die Kutsche aus dem Torweg! Sofort!«

Eine Phalanx schwarzgekleideter Knechte erschien, jeder mit einer Naginata in der Hand. Taniko lief es kalt den Rücken hinunter. Sie sah zum Fenster hinaus. Die Kaiserlichen Offiziere, die das Tor beaufsichtigten, hatten das Weite gesucht. Inzwischen versperrte Motofusas Kutsche den Eingang zum Torweg. Mindestens fünfzig Männer begleiteten sie. Keine Samurai, sondern bewaffnete Höflinge und Rekruten in jener altertümlichen Uniform, die unter dem Vater des jetzigen Tenno Mode gewesen war. Mit der Kampfkraft dieser Rekruten war es nicht weit her. Aber wenn es zum Kampf kam, konnten sie trotzdem hinderlich werden.

Die Höflinge des Regenten hatten begonnen, mit den Fäusten auf die Zugochsen von Tanikos Kutsche einzuhämmern. Taniko sah, wie einer von ihnen ausglitt. Fluchend rappelte er sich auf. Seine schwarze Uniform war mit Lehm beschmiert. Dann traten die Männer vor. Sie hielten ihre Streitlanzen vor sich, die Klinge vom Feind abgekehrt. Taniko verspürte Erleichterung. Zumindest würde es kein blutiges Gemetzel geben.

Einer der Gegner traf einen von Tanikos Samurai mit dem Schaft der Lanze am Kopf. Der Schlag war mit voller Wucht geführt worden, der Samurai ging ohnmächtig zu Boden.

»Tötet sie! Tötet sie!« Der neunjährige Atsue hatte den Kopf zum Fenster herausgestreckt und feuerte die Samurai an. Taniko riß das Kind zurück. Der Kleine wußte nicht, was Kampf bedeutete. Aber wie alle Kinder schwärmte Atsue von blutigenden Kämpfen, von denen die Erzähler so farbig berichteten.

Dann wurde Tanikos Kutsche angegriffen. In der Fensteröffnung erschien das Gesicht eines Mannes, bleich vor Wut. »Ihr Takashi-Pack, macht Platz für den Prinzen Motofusa!«

Atsue schlug zu. Er benutzte die einzige Waffe, die er besaß: seine Flöte. Er traf das Nasenbein des Mannes. Der Fremde wich zurück.

Dann spürte Taniko, wie die Kutsche hin- und hergeschaukelt wurde. Panik ergriff sie, wie damals, als Horigawa mit ihrer kleinen Tochter davonstürmte. Und jetzt war wieder ein Kind von ihr in Gefahr. Da wurde die Kutsche auch schon auf die Seite geworfen. Die Holzfüllung der Wände zersplitterte. Taniko riß ihren Jungen an sich, betastete seinen Kopf, seine Gliedmaßen. Der Kleine war unverletzt. Voller Angst starrte er seine Mutter an. Der Spaß am Samurai-Spiel war ihm vergangen.

Wütende Schläge auf die Türen. Dann drangen die Klingen der Naginata durch die klaffenden Öffnungen. Taniko schrie auf. Es gelang ihr, mit ihrem Jungen im Arm das halbzertrümmerte Gefährt zu verlassen. Ehe sie wußte, wie ihr geschah, befand sie sich mitten im Handgemenge. Einer von Motofusas Höflingen zerrte an ihren Kleidern. Sie stolperte. Atsue hatte sich von ihrer Hand gelöst, sie sah ihn nicht mehr. Sie wich einer Lanze aus und kam zu Fall. Man trampelte sie nieder.

Voller Schreck sah sie ihren Jungen. Der Mann, dem er mit der Flöte das Nasenbein blutig geschlagen hatte, versuchte, ihm das Instrument zu entreißen. Dann zerbrach er es über den Knien.

»Schaut her!« rief er den anderen Höflingen zu. Er hielt den Kleinen an den Schultern fest. »Man nehme einen Hurensohn, ziehe ihm schöne Kleider an und bringe ihm das Flötenspiel bei. Und schon meint der Bastard, er gehört zur guten Gesellschaft. Zurück mit dir in den Dreck, wo du herkommst!« Er gab Atsue einen kräftigen Stoß. Das Kind fiel rücklings in eine Dreckpfütze.

Taniko sah den Säbel am Gürtel des Höflings blitzen. Mit einem Sprung war sie über ihm, riß ihm die Waffe vom Gürtel. Sie wollte zustoßen, als ihr Arm zurückgebogen wurde. Es war der alte Samurai, ihr Bannerträger. »Beschmutzt Eure Hände nicht mit dem Blut solcher Menschen, Herrin«, hörte sie ihn sagen.

Als sie die Naginata niedersausen sah, war es zu spät. Die Klinge traf den alten Mann in den Bauch. Er stieß einen Schmerzensschrei aus und brach zusammen. Blut pulste aus der Wunde. Eine Lache bildete sich.

Motofusas Kammerherr drängte sich durch das Gewimmel und baute sich breitbeinig vor Taniko auf. »Aus dem Weg, ihr Lumpenpack, sonst geht es Euch genauso!«

Taniko warf einen Blick auf die Reste ihrer Kutsche. Nur noch Trümmer, selbst die Räder waren zerbrochen worden. Die Ochsen hatten sich von ihrem Joch befreit und waren davongestürmt. Ohnmächtig sah sie zu, wie die Trümmer des Gefährts zur Seite geschoben wurden. Dann rollte die Kutsche des Regenten auf den Torweg zu. Sie kniete sich neben ihren Bannerträger. Die Blutlache war größer geworden. »Kümmert Euch nicht um mich, Herrin«, sagte er. »Ich bin ein alter Mann.«

Dieser Mann hatte zwei Aufstände gegen den Kaiser überlebt, dachte sie. Jetzt starb er, weil sich zwei hohe Herrschaften nicht hatten einig werden können, wer von ihnen zuerst das Tor passieren darf.

»Vergib mir!« flüsterte sie. Sie bettete seinen Kopf in ihren Schoß. »Bitte, vergib mir!«

Er versuchte zu lächeln. »Euch trifft keine Schuld, Herrin.«

Sie hob den Kopf, als die Kutsche des Regenten durch den Torbogen donnerte. Sie erkannte Motofusa, der aus dem Fenster blickte. Ein dünnes, blutleeres Gesicht, kleine Augen, ein schütterer Schnurrbart, fast wie Horigawa. Herablassend lächelte er ihr zu.

Sie hielt seinem Blick stand. Ich hasse dich, sagten ihre Augen. Ich weiß, daß es sich nicht schickt, dir in die Augen zu sehen. Aber hier geht es nicht nach dem Protokoll. Die Welt der Höflinge geht ihrem Ende zu, Motofusa. Und mit diesem Ende vollzieht sich dein Schicksal.

Seine Oberlippe zuckte und gab die schwarzgefärbten Zähne frei. Dann riß Motofusa die Vorhänge zu. Das Poltern der Räder entfernte sich.

Taniko sah sich um. Vier oder fünf ihrer Samurai waren bewußtlos geschlagen worden. Wer noch auf den Beinen war, stand ratlos herum.

»Geht und benachrichtigt Kiyosi!« befahl sie dem Nächststehenden. »Sagt ihm, was uns passiert ist. Wir warten hier, bis er uns abholt.« Sie wandte sich zu dem alten Krieger. »Hast du große Schmerzen?«

»Natürlich nicht, Herrin.« Sein Lächeln wurde zur Grimasse. »So kurz vor dem Tod hat man keine Schmerzen mehr. Würdet Ihr mir einen letzten Gefallen erweisen, Herrin?«

»Was du willst.«

»Ihr habt eine Waffe.«

»Ich – eine Waffe?« stotterte sie. Dann sah sie, daß sie immer noch den Dolch in der Hand hielt, den sie dem Höfling entrissen hatte. Sie nickte. »Ich werde meine Waffe einem der Samurai geben. Er mag deine Bitte erfüllen.«

Ein Blick aus tiefliegenden Augen. »Nein, Herrin. Ihr selbst müßt es tun. Kiyosi, mein Herr, ist nicht hier. Also gebührt Euch die Ehre und die Pflicht.«

Taniko zögerte. Ich muß es tun, dachte sie dann. Ich darf ihn nicht leiden lassen.

»Ja«, hörte sie sich sagen. »Sag mir, wie ich das Messer zu führen habe.«

Mit unendlicher Anstrengung hob er die Hand. Sein Finger tippte auf eine Stelle zwischen den Rippen. »Hier, Herrin. Ihr müßt fest zustoßen. Wenn die Klinge eingedrungen ist, reißt die Spitze hoch bis ans Herz.«

Sie ergriff den Knauf mit beiden Händen und hob die Waffe. Dann senkte sie die Spitze auf jene Stelle, die der Samurai ihr bezeichnet hatte. Werde ich die Kraft haben, ihn zu töten?

»Sprich mir nach: *Ehre sei Buddha, dem Allesverzeihenden!*«

»Ehre sei Buddha, dem Allesverzeihenden!« flüsterte der Mann.

Noch ehe er ausatmen konnte, stieß sie ihm die Klinge in den Leib. Sie spürte, daß ihr Selbst ihr die Hand führte, wie Jebu es ausgedrückt haben würde. Sie fühlte, wie die Spitze des Dolches die Haut durchdrang. Als ihre Faust auf den Rippen aufkam, öffnete sie die Augen.

Bitte, stirb, dachte sie. Der Blick war starr auf sie geheftet. Ich habe getan, worum er mich gebeten hat. Ich habe sein Herz zum Stehen gebracht.

»Ehre sei Buddha«, sagte sie. Dann drückte sie dem Toten die Augen zu.

Ihre Hand tastete nach der Waffe, zog sie heraus und wischte die Klinge an ihrem Brusttuch ab. Dann reichte sie den Dolch einem der Kameraden des Samurai, die im Halbkreis um sie standen. Sie verneigten sich.

Sie fand Atsue ohne langes Suchen. Er stand hinter einem Samurai und hielt dessen Bein umklammert. Als er seine Mutter sah, wich er entsetzt vor ihr zurück. »Du hast ihn getötet«, stammelte er. »Du bist voll Blut, Mutter.«

Sie sah an sich herunter. Brusttuch und Gewand waren von Blut besudelt. Entschlossen packte sie ihren Jungen, hob ihn hoch und trug ihn zu den Trümmern der Kutsche hinüber.

Es dauerte nicht lange, bis Kiyosi erschien. Er kam in einer feinen chinesischen Kutsche, begleitet von einer Hundertschaft von Takashi-Samurai. Er gab den Befehl, den toten Krieger im Ehrenzug zur Feste Rokuhara zu geleiten. Dann ließ er Taniko und seinen Sohn in der Kutsche Platz nehmen und setzte sich neben sie. »Du und unser Sohn, ihr müßt für die Machtgier meines Vaters bezahlen«, sagte er traurig. »Motofusa ist unser Feind, weil er vermeiden will, daß mein Vater Prinz Takakura, meinen Schwager, auf den Thron hebt. Er will Prinz Mochihito auf dem Thron sehen. Und weil sich beide schämen, ihre Machtgier einzugestehen, suchen sie Vorwände, um einander anzugreifen.« Er seufzte. »Jetzt bleibt uns nichts anderes übrig, als die empfangene Beleidigung zu rächen. Dafür wird sich Motofusa dann wieder rächen. Eine Kette ohne Ende.«

Ein forschender Blick. Nein, dachte Taniko. Er ist mir nicht gram. Er ist nur traurig.

Sie zog ihn an sich. »Was ist dir, Kiyosi-san?«

»Ich beginne einzusehen, daß es nie Frieden geben wird, Taniko-san.«

»Gib Motofusa die Möglichkeit, sich zu entschuldigen. Ich bin nicht einmal sicher, ob er gemerkt hat, was seine Leute angerichtet haben. Wenn er erfährt, was passiert ist, wird er sich entschuldigen.«

Kiyosi schüttelte den Kopf. »Das wird er nicht tun, Taniko! Und mein Vater würde die Entschuldigung auch nicht annehmen. Aber das ist nicht alles. Yukio, der jüngste Sohn von Muratomo no Domei, ist wieder aufgetaucht. Er stellt eine Truppe von Samurai auf der Insel Kiuschu zusammen. Unsere Kundschafter haben herausbekommen, daß sich Yukio mit dem Kaiser von China verbünden will. Aber mein Vater ist überzeugt, daß er einen erneuten Aufstand der Muratomo gegen die Takashi plant. Ich muß sofort nach Kiuschu und Yukio niedermachen, bevor es zu spät ist.«

Taniko wehrte sich gegen den Schwindel, der sie befiel. Die Anstrengungen der letzten Stunde zeigten jetzt ihre Wirkung. »Mußt du wirklich gehen, Kiyosi-san?«

»Mein Vater will es so, und ich bin Oberbefehlshaber der Kaiserlichen Armee. Ich habe ihm gesagt, daß es geschickter wäre, Yukio ziehen zu lassen. Er würde alle unzufriedenen Elemente Japans um seine Fahne scharen, und damit wären wir sie los. Wir selbst würden bei der ganzen Sache keinen einzigen Soldaten einbüßen. Aber mein Vater ist nur glücklich, wenn Blut vergossen wird. Für ihn gibt es keinen Sieg, wenn nicht Tausende von Samurai dafür ihr Leben gelassen haben.« Der Ärger in Kiyosis Miene machte einer tiefen Resignation Platz. »Weißt du, was Vaters Befehl für mich bedeutet, Taniko? Ich muß Yukio töten. Ich sehe ihn noch vor mir, wie er im Park von Rokuhara spielte. Immer wenn ich ihn ansah, gab es mir einen Stich ins Herz. Wußte er, daß ich seinen Vater enthauptet hatte? Als ich Yukio zum ersten Mal traf, war er nicht viel älter als unser Atsue heute. Und jetzt muß ich ihn töten. Ich muß Vater seinen Kopf nach Heian Kyo bringen.« Er verbarg sein Gesicht in den Händen.

Die Kutsche schaukelte, als sie in die Straße einbogen, die zum Palast der Takashi führte. Taniko hatte die Hand ihres Geliebten ergriffen. Yukios Tod würde zugleich sein Schicksal bestimmen. War es ihr Fluch, daß alle Männer, mit denen sie in Berührung kam, sterben sollten?

Aus dem Kopfkissenbuch von Shima Taniko:

Kiyosi, mein Herr und Gebieter, hat mir berichtet, daß die Kutsche des Regenten Motofusa gestern überfallen worden ist. Motofusa war unterwegs zu einer Kulthandlung der Kaiserlichen Priester, die im Tempel von Iwashimizu stattfinden sollte. Ihm selbst geschah nichts. Aber acht seiner Samurai wurden getötet. Dann spannten die Räuber die Ochsen aus und jagten sie davon.

Motofusas Kutsche ist so schwer, daß die Samurai sie nicht von Hand bewegen konnten. Natürlich hätte der Regent in der Kutsche sitzen bleiben können, bis neue Ochsen angespannt worden waren, oder er hätte sich in einer Sänfte weitertragen lassen können. Aber er war ungeduldig, und so legte er den Rest des Weges zu Fuß zurück wie ein gemeiner Bürger. Und obendrein kam er auch noch zu spät zu der Zeremonie. Es war ein Skandal ersten Ranges.

Im Tempel von Iwashimizu befindet sich der Schrein von Hachiman, dem Gott des Krieges, und zugleich dem Schutzpatron der Muratomo. Meint Sogamori etwa, er könnte den Muratomo eins auswischen, indem er sie bei Hachiman in Mißkredit bringt? Ich finde, der Kanzler hat eine sehr riskante Art, mit seinen Feinden umzugehen.

Wenigstens hat der Regent für den Tod des Bannerträgers teuer bezahlen müssen. Und dafür, daß er den kleinen Atsue so geängstigt hat. Er, der früher das Ohr des Kaisers hatte, muß lernen, daß die Takashi eine Macht sind, mit der man zu rechnen hat.

Ich schlafe schlecht in diesen Tagen. Bevor ich einschlafe, erscheint mir das Gesicht des Mannes, dem ich den Gnadenstoß gegeben habe. Darf man einen Menschen töten, der einen darum bittet? Die Kerzen in meinem Zimmer brennen, und trotzdem ist es dunkel. Mein Geliebter hält mich in seinen Armen, und trotzdem bin ich allein. Ich habe getötet. Blut klebt an meinen Händen. Es wird sich nie wieder abwaschen lassen.

Was noch schlimmer ist: Atsues Blick, als ich mit bluttriefenden Händen auf ihn zukam, läßt mich nicht mehr los. Mein Sohn hat erlebt, daß seine Mutter töten kann. Keine schöne Erfahrung für einen neunjährigen Jungen. Sein ganzes Leben wird er mit dieser Erinnerung zubringen müssen. Es ist, wie Jebu gesagt hat. Wir sind alle Teil eines großen Ich.

Wenn das stimmt, dann war der Bannerträger ich. Ich habe mich selbst getötet. Freilich hat er mich um den Tod gebeten. Es ist nicht ungewöhnlich, daß sich Samurai selbst umbringen oder von Freunden töten lassen, um nicht in Gefangenschaft zu geraten, um nicht verstümmelt zu werden oder auch aus Scham. Es ist nicht so sehr Schuld, was ich empfinde, sondern jene Art von Schaudern, die einen überkommt, wenn man sich einem Heiligtum nähert. Auch der Tod ist ein Heiligtum. Er ist das Mysterium des Lebens. Und nachdem ich jemand den Tod gegeben habe, sehe ich mich selbst im Mittelpunkt dieses Mysteriums. Ständig neue Fragen tun sich auf. Ich müßte die Kräfte eines Kami besitzen, um sie zu lösen.

Ich denke an meinen Jebu – ist er wirklich noch *mein* Jebu, nach so vielen Jahren? –, dessen Beruf das Töten ist. Er zählt die Menschen nicht mehr, die er umbringt. Ich habe ihn beobachtet, als er den ersten Menschen tötete. Er sagte nichts, starrte den Toten nur lange an. Ich würde gern wissen, was er in jenem Augenblick gedacht hat. Ich wollte, ich könnte jetzt mit ihm reden.

Ich habe Kiyosi gefragt, was er empfindet, wenn er einen Menschen tötet. Er möchte nicht darüber sprechen. Der Kiyosi, der tötet, hat nichts mit dem Kiyosi zu tun, der mich liebt, behauptet er. Wie allein werde ich sein, wenn er in die Schlacht von Kiuschu zieht.

Am elften Tag des dritten Monats
Im Jahr des Pferdes

26. Kapitel

Es war im vierten Monat im Jahr des Pferdes, als Yukio mit Jebu und Moko zum Essen beisammensaß. Der Abschied vom Tempel der Wasserlilien wurde gefeiert. Sie wollten den Mönchen Dank sagen für die Gastfreundschaft, die ihnen gewährt worden war. Am nächsten Morgen würde die kleine Flotte mit Anführern und Getreuen an Bord in Richtung China in See stechen.

Während die beiden Anführer im Kloster feierten, gaben sich Tausende Krieger in den Hafenkneipen von Hakata lärmenden Freuden hin. Es wurde getrunken, gerauft, gescherzt. Aus allen Gegenden des Landes hatte Yukio die Anhänger der Muratomo zusammengetrommelt. Eine bunte Schar. Erfahrene Samurai aus den östlichen Provinzen des Reiches, Neulinge aus dem Norden, halbwilde Ainu aus Honschu, Shinto-Mönche und buddhistische Mönche, jene fröhlichen, aber unberechenbaren Gesellen aus dem Süden der Insel Kiuschu, die Jebu als Kannibalen bezeichnete. Sie alle waren verfolgt und ausgeplündert worden, als die Muratomo die Macht im Lande übernahmen. Jetzt wollten sie ihr Glück unter fremder Sonne machen.

Zu Ehren von Jebu und Yukio hatte Abt Weicho ein herzhaftes Abendessen zubereiten lassen. Roher Fisch, gesottenes Gemüse, Reis, soviel man wollte, und ein Krug Reiswein für jeden. So üppig war im Kloster noch nie getafelt worden. Obwohl die Tempelfrauen getrennt von den Mönchen essen mußten, durfte Nyosan, Jebus Mutter, am Abschiedsessen der Männer teilnehmen.

Sie waren beim Gemüse angelangt, als einer der Samurai, die Yukio als Wachen ausgestellt hatte, hereinkam. Er machte seinem Herrn ein Zeichen. »Es ist vielleicht besser, Herr, wenn ich Euch unter vier Augen Bericht erstatte.«

»Sprich nur. Wenn du schlechte Nachrichten bringst, wollen wir sie alle hören.«

»Es scheint, als sei unser Plan verraten worden. Die Takashi haben zehntausend Mann in Marsch gesetzt, um uns am Auslaufen nach China zu hindern. Sie haben vor zwei Tagen die Meerenge von Honschu überquert und sind jetzt nur noch einen Tagesmarsch von hier entfernt. Morgen werden sie in Hakata sein.«

»Dann kommen sie zu spät«, sagte Jebu. »Wenn sie Glück haben, sehen sie noch die Masten unserer Schiffe am Horizont.«

»Sie werden ihre Wut an der Bevölkerung auslassen«, warf Yukio ein. »An den Fischern und an den Mönchen, die uns geholfen haben.«

»Laßt das unsere Sorge sein«, sagte Abt Weicho. »Wenn wir angegriffen werden, dann schlagen wir zurück. Die Takashi werden sich blutige Nasen holen.«

Yukio war aufgestanden. »Ich habe so etwas Ähnliches erwartet und habe Vorkehrungen getroffen. Ich bitte um Eure Erlaubnis, Ehrwürdiger Vater, das Gastmahl verlassen zu dürfen. Ich muß jetzt auf dem schnellsten Wege zum Hafen.«

Er verbeugte sich. Mit raschen Schritten war er an der Tür, schnallte sich Dolch und Schwert um und verließ das Gebäude.

Die letzten Vorbereitungen zum Auslaufen hatten bereits vor Sonnenaufgang begonnen. Der kleine Hafen von Hakata hallte wider vom Klirren der Waffen, von den Rufen der Träger, die Kisten und Ballen an Bord der Schiffe schleppten. Eile war geboten, da die Truppen der Takashi nur noch wenige Stunden von Hakata entfernt waren.

Es waren zehn Schiffe, die die Mannschaften aufnahmen. Zehn hochseetüchtige Galeeren, vollgepackt mit Kriegsgerät und Vorräten für die Überfahrt, deren Dauer auf zehn Tage veranschlagt war. Die Segel waren mit zusätzlichen Rahen aus Bambus ausgestattet worden, damit auch der schwächste Windhauch ausgenutzt werden konnte. An den Steven und am Heck der Schiffe prangten die Banner und Standarten der Muratomo, ebenso an den Masten.

Als der Himmel über den Hügeln von Hakata sich erhellte, gingen die Samurai an Bord. Nicht wenige wurden von ihrer Familie verabschiedet. Einige wurden betrunken von den Hafendirnen, mit denen sie die Nacht verbracht hatten, zum Kai geschleppt.

Schon Stunden zuvor war Jebu in Begleitung seiner Mutter zum Hafen hinuntergegangen. Nyosan trug die knöchellange grauschwarze Kutte der älteren Klosterfrauen. Er betrachtete sie aufmerksam aus den Augenwinkeln. Sie ging altersgebeugt. Als sie stehenblieben, nahm er sie in die Arme. Er mußte sich bücken, um sie zu küssen.

»Ein großer Mann bist du geworden«, sagte sie versonnen. »Kaum zu glauben, daß ich dich unter meinem Herzen getragen habe.«

»Ich werde sehr allein sein ohne dich, Mutter.«

»Ich verstehe, daß es dich in die Fremde treibt.« Sie strich ihm über die Stirn. »Irgendwann einmal wirst du das Land deiner Väter kennenlernen. Es wird dir die Ruhe geben, nach der du suchst.«

Jebu sah auf das Meer hinaus. Am nördlichen Ende der Bucht war die Insel Schiga auszumachen. Dahinter, weit jenseits des Horizonts, lag China.

Ein Schatten fiel über die Bucht. Dann erhob sich ein Raunen unter den Männern. Zuerst wollte Jebu nicht glauben, was er sah. Eine Flotte fremder Schiffe hielt auf den Hafen von Hakata zu. Rhythmisch senkten sich die Ruder ins Wasser. Die Fremden hatten alle Segel gesetzt, so daß sie rasch näher kamen. Jebu sah die blutroten Banner, die an den Masten flatterten.

»Die Takashi«, hörte er einen Mann sagen. »Wir sitzen in der Falle!«

»Ich hatte von Anfang an das Gefühl, die Takashi würden unsere Pläne durchkreuzen«, entgegnete ein anderer.

Yukio drängte sich durch das Spalier der Männer. Das Stimmengewirr verstummte.

Er trat an den Pier und streckte seine Arme dem Meer entgegen. »Ich rufe dich an, Gott des Krieges. Hachiman-Yawata, hilf uns! Sieh mit Gnade herab auf Yukio, deinen Nachfahren. Segne unsere Reise nach China, schenke uns Glück. Mach, daß wir siegreich nach Japan zurückkehren.«

»Laß uns erst mal heil aus Hakata herauskommen«, murmelte Jebu.

»Alle Samurai auf die Schiffe!« hörte er Yukio rufen.

Die Krieger stürmten an Deck. Jebu sah ihnen mit gemischten Gefühlen nach. Keiner von ihnen konnte sicher sein, daß er je wieder japanischen Boden betreten würde. Jetzt blieben ihnen nur zwei Auswege: China oder der Tod. Jebu umarmte seine Mutter. Ein letzter Händedruck, dann rannte er über die Planken an Bord des Schiffes. Moko folgte ihm. Er hatte von einer weinenden Frau Abschied genommen, die ein Kind in den Armen hielt. Mit seiner Werkzeugkiste unter dem Arm kam er an Bord gestürmt.

Yukio stand auf dem Achterdeck seines Schiffes. Die Samuraiführer, die die anderen Schiffe befehligten, waren bei ihm, desgleichen ein Lotse, der die Fahrt nach China schon viele Male gemacht hatte. Jebu trat zu ihnen. Yukio war der Kleinste unter den Männern.

»Wir werden dem Gegner ausweichen«, hörte Jebu den Muratomo sagen. »Ich habe mich in den vergangenen Tagen mit den Strömungen und den Winden in der Bucht vertraut gemacht. Wir haben eine gute Chance, den Takashi zu entkommen!«

Widerspruch wurde laut. »Soll das etwa heißen, daß wir uns nicht zum Kampf stellen?« fragte Shenzo Saburo, der Anführer jener Mannschaft, die Yukio aus der Feste Rokuhara hatte befreien wollen. »Wir sollten angreifen, sobald sie nahe genug sind.«

Yukios Antwort war ein Lachen, das Saburo Schamesröte ins Gesicht trieb. »Ich sehe, Saburo, du bist in den Tod verliebt. Wenn wir unbedingt im Kampf umkommen wollen, brauchen wir uns gar nicht erst einzuschiffen. Es genügt, wenn wir an Land warten, bis uns die Takashi überrollen. Hast du vergessen, daß zehntausend Mann unterwegs sind, um unser Auslaufen zu verhindern?«

Verlegenheit zeichnete sich auf den Gesichtern der Samurai ab. Auch Saburo war unsicher geworden. Er spielte nervös mit seinem Schwert. »Wir könnten immerhin auslaufen und die gegnerischen Schiffe in einen Kampf verwickeln«, schlug er vor.

Yukio schüttelte den Kopf. »Unser Ziel ist es, unsere Truppen heil nach China zu bringen. Ich werde nicht zulassen, daß unsere Leute zerstreut werden, noch bevor wir die Hakatabucht verlassen.«

Damit war die Unterredung beendet, und die Kommandeure setzten zu ihren Schiffen über. Yukio schlug Jebu ermutigend auf die Schulter.

Gespanntes Schweigen. Dann die Rufe der Kommandeure, die den Befehl zum Auslaufen gaben. Die Leinen wurden losgemacht. Die Trommler bearbeiteten ihre mit Affenhaut bespannten Taiko-Trommeln. Jebu sah, wie die weißbemalten Ruder ins grüne Hafenwasser tauchten: Die Muratomo-Flotte lief aus.

Yukio hatte seine Position am Achterdeck neben dem Lotsen und den beiden Steuermännern eingenommen. Seine Befehle wurden von den Steuermännern an den Signalmaat weitergegeben. Dieser wiederum signalisierte mit bunten Flaggen die Befehle an die anderen Schiffe weiter.

Von See wehte eine salzige Brise. Die steigende Flut leckte an den Kais hoch. Durch die Strömung, die landeinwärts trieb, waren die Schiffe der Takashi begünstigt. Die Muratomo hielten die Segel gerefft, sie waren auf die Kraft der Rudermannschaften angewiesen.

Jebu trat an die Reling und starrte auf die gelben Segel der Takashi-Schiffe. Wie weit entfernt der Gegner noch war! Und wie groß mit einem Male die Hakatabucht aussah. Hier konnten Tausende von Schiffen ein Seegefecht führen. Es war ein seltsames Gefühl, den Feind langsam näher kommen zu sehen. Wenn man an Land kämpfte, war die Begegnung mit dem Feind bald vorüber. Aber auf See konnte es Stunden dauern, bis die Gegner nahe genug für einen Kampf kamen.

Yukio sah zum Mast hinauf. Immer noch deutete die Spitze des Wimpels nach Osten. Der Wind blies landwärts. Er trug einige große Wolken vor sich her. Moko hatte sich an die Bordwand gekauert und die Werkzeugkiste auf seinen Schoß gestellt. Die Samurai boten ein Bild schläfriger Teilnahmslosigkeit. Bewegung gab es nur bei den Rudermannschaften. Die braungebrannten Rücken der Männer glänzten in der Morgensonne. Im Takt der Trommeln schoben sich die Rücken vor und zurück.

Jebu kniff die Augen zusammen. Die Takashi waren jetzt näher gekommen. Dreißig Schiffe mochten es sein. Da plötzlich gab Yukio einen Befehl. Verwundert beobachtete Jebu, wie die Ruderer auf der Backbordseite ihre Ruder hochnahmen, während jene auf der Steuerbordseite ihre Anstrengungen verdoppelten. In den Armen des Signalmaats flatterte jetzt eine grüne Fahne. Abrupt änderten auch die anderen Muratomo-Schiffe den Kurs. Die Flotte hielt jetzt quer über die Bucht auf das Fischerdorf Hakozaki zu, die kleinste der drei Ansiedlungen an diesem Küstenstreifen.

Die Takashi-Schiffe hatten ebenfalls ihren Kurs geändert und die Verfolgung der Muratomo aufgenommen. Alles vollzog sich mit quälender Langsamkeit. Noch immer waren sie durch Meilen voneinander getrennt. Je nachdem, wie sich das Schachspiel schließlich auflöste, würden Hunderte von Samurai ein nasses Grab finden. Vielleicht werde ich heute schon sterben, überlegte Jebu. Er saß an die Bordwand gelehnt und hatte den Shintai-Stein hervorgenommen. Als er ihn eine Zeitlang angestarrt hatte, spürte er, wie seine Adern von neuer Kraft und Hoffnung durchpulst wurden. Moko betrachtete ihn schweigend.

Jebu stand auf und richtete sein Augenmerk auf die gegnerische Flotte. Auch die Schiffe der Muratomo hatten inzwischen Segel gesetzt. Ein leichter Wind blähte das farbige Tuch. Doch noch immer waren es die Ruderer, denen die Schiffe den größten Teil der Fahrt verdankten. Der Vorteil für die Muratomo lag auf der Hand. Ihre

Mannschaften waren ausgeruht. Die Ruderer der Takashi hingegen befanden sich seit Tagen im Einsatz, ihre Kräfte begannen zu erlahmen.

Die Muratomo-Flotte steuerte jetzt nahe der Küste dahin. Brecher donnerten in die Felsen zwischen Hakozaki und der Insel Schiga. Dann und wann erschienen spitze Riffe wie die Fangzähne von Wölfen. Erneut änderte Yukio den Kurs. Jetzt segelten sie parallel zur Küste zurück zu ihrem Heimathafen Hakata. Die Segel der Muratomo-Schiffe waren von der Brise geschwellt. Yukio gab den Befehl, daß die Ruderer eine Pause einlegen sollten.

Und dann verstand Jebu, was hinter Yukios merkwürdigem Manöver steckte. Der Mast eines der Takashi-Schiffe neigte sich auf die Seite, berührte das Wasser, die Segel tauchten in die schäumenden Fluten. Dann kenterte das Schiff. Die Besatzung war als schwarze Punkte in den Wellen auszumachen. Ein zweites Schiff lief auf Grund und erlitt dasselbe Schicksal.

Yukio lachte. »Unser Lotse kennt die Gewässer«, sagte er. »Die Takashi nicht.«

Yukio hatte einen neuen Befehl gegeben. Die Muratomo-Flotte hielt jetzt auf die Mitte der Bucht zu.

Die Takashi brauchten einige Zeit, um in der entstandenen Verwirrung die Verfolgung wieder aufzunehmen. Plötzlich erschollen Rufe an Deck des Schiffes, auf dessen Planken Jebu stand. Einige Samurai hatten Takashi in den Gassen von Hakata erspäht. Wie Ströme von Ameisen ergossen sie sich über den Ort. Die alte Stadtmauer war eingenommen worden, auch die Kais waren bereits in der Gewalt der Eroberer. Die Strahlen der Mittagssonne brachen sich in ihren Rüstungen. Nicht nur Hakata war besetzt worden, sondern auch Hakozaki und Imazu. Überall blitzten die Helme und die Naginata-Klingen der Eroberer.

»Sie werden die Fischerboote entern«, sagte Yukio ruhig. »Und damit tun sie genau, was ich erwartet habe.«

Da stürzten sich die Samurai auch schon auf die Fischerboote, die in den Häfen lagen. Jebu sah, wie sie die Fischer zwangen, die Boote in die Bucht hinauszurudern. Tief lagen diese Fahrzeuge im Wasser, mit Kriegern hoffnungslos überladen.

Reiter tauchten am Ufer auf, haßerfüllte Rufe schallten herüber. Jebu sah, wie sie Pfeile in ihre Bögen legten und eine Salve nach der anderen abschossen. Welch eine Verschwendung, dachte er.

Der Wind war stärker geworden, er trieb die Schiffe aufs Ufer zu, wo die Takashi warteten. Die Muratomo saßen in der Falle. Fünfzehn Takashi-Schiffe blockierten die Hafenzufahrt, dreizehn gegnerische Schiffe schlossen die Zange zum Meer hin. Dutzende von kleinen Booten war von Hakata, Hakozaki und Imazu aus in See gestochen, auf denen die Rüstungen der Takashi blitzten wie das Gebiß eines Hais. Bald würden sie den Kurs der Muratomo-Flotte kreuzen.

Der Lotse war zu Yukio getreten. Er deutete zum Mast hinauf. Der Wind hatte sich gedreht. Der Wimpel am Mast deutete jetzt auf das offene Meer hinaus.

»Der Kriegsgott ist mit uns«, rief Yukio triumphierend. »Es wird Zeit, daß wir unseren Freunden Lebewohl sagen. Wir haben sie lange genug durch die Bucht von Hakata spazierengeführt. Jetzt stechen wir in See! Unser Ziel heißt China. Hißt alle Segel! Die Ruderer sollen sich ins Zeug legen! Hinaus aufs offene Meer!«

Der Signalmaat brauchte nicht lange, um die Botschaft an die anderen Schiffe zu übermitteln. Und im nächsten Augenblick schoß die Muratomo-Flotte geradewegs auf die Blockade der Takashi zu, die entsprechend schnell näherrückte.

»Die Bogenschützen nach Steuerbord!« befahl Yukio. »Zielt nur auf die Steuermänner und die Ruderer. Kümmert euch nicht um die Samurai!« Er ergriff Jebu am Arm. »Komm mit mir! Wir müssen unseren Leuten ein Beispiel geben. Sie halten es für unter ihrer Würde, auf Männer zu schießen, die im Rang unter einem Samurai stehen.«

Die Phalanx der Takashi-Schiffe kam im schrägen Winkel auf sie zugesteuert. Als das erste Schiff der Gegner nahe genug heran war, legte Yukio einen Pfeil in seinen mannshohen Samuraibogen und schoß. Der Pfeil durchbohrte die Kehle des gegnerischen Steuermanns.

Jetzt verließ auch Jebus Pfeil den Bogen. Gegenüber stürzte der Zweite Steuermann tödlich getroffen zu Boden. Ich habe einen unbewaffneten Fischer getötet, dachte der Zinja. Aber vielleicht ließ sich auf diese Weise größeres Blutvergießen vermeiden.

Pfeil um Pfeil verließ die Bogen der beiden Freunde. Das Schiff der Gegner lief aus dem Ruder und wurde vom Seegang hin- und hergeworfen. Takashi-Pfeile schwirrten über Jebus und Yukios Köpfe.

Ein gegnerischer Samurai hatte sich mit gespreizten Beinen auf dem Vorderdeck aufgestellt. Die Spitze seines Pfeiles war auf Yukio gerichtet. Jebu kam ihm zuvor und streckte ihn mit einem wohlgezielten Schuß nieder. Der Gegner stolperte über die Reling, Sekunden später war er in den schäumenden Wogen verschwunden.

Moko hatte einen Entsetzensschrei ausgestoßen. Erschrocken fuhr Jebu herum. Moko stand da und starrte auf die Stelle, wo sich die Fluten über dem toten Gegner geschlossen hatten.

»Verflucht bin ich, daß ich das erleben muß«, hallte Mokos Klageruf über Deck. »Dieser Mann hat mir vor Jahren das Leben gerettet.«

»Wenn ich ihn nicht getötet hätte, wäre Yukio tot.«

»Ich weiß, Herr. Ich mache Euch auch keinen Vorwurf. Ich sage nur, daß Krieg ein schmutziges Handwerk ist und daß ich ihn mehr hasse als alles andere auf der Welt.«

Das Flaggschiff der Muratomo hatte die Blockade der Gegner durchbrochen. Blau, scheinbar grenzenlos lag das Meer vor ihnen. Jebu blickte zurück. Die anderen Muratomo-Schiffe folgten.

Ihre Bogenschützen folgten Yukios Befehl, und so trieben immer mehr Takashi-Schiffe führungslos auf den Wellen.

»Wer war der Mann, der dir damals das Leben gerettet hat?« fragte Yukio, der Zeuge des Gesprächs zwischen Moko und Jebu geworden war.

»Kiyosi«, sagte Moko leise. »Kein Zweifel, es war Kiyosi.« Und er erzählte ihnen von dem Tag, an dem Domei hingerichtet worden war und Kiyosi Moko in seinem luftigen Versteck entdeckt, aber nicht verraten hatte.

»Wie seltsam, daß ich ihn nicht erkannt habe«, warf Yukio ein. »Während meiner Gefangenschaft in der Rokuhara-Feste hat er mich oft in meinem Verlies besucht. Welch seltsame Wege das Karma geht. Dich hat er verschont, aber meinen Vater hat er hingerichtet.«

»Man hat ihn dazu gezwungen, Fürst Yukio«, sagte Moko. »Ich habe selbst gesehen, wie Tränen in Kiyosis Augen standen, als er den tödlichen Streich führte.«

»Ich glaube dir, Moko«, sagte Yukio. »Ich bin sicher, man hat ihn dazu gezwungen. Wir haben nie über den Tod meines Vaters gesprochen«, fuhr er fort. »Aber ich habe immer gespürt, daß von Kiyosi kein Haß ausging. Er hat getötet, weil es seine Pflicht war. Und es war seine Pflicht, auf mich zu zielen, wie er es in der Sekunde vor seinem Tod getan hat. Die Schuld am Tod meines Vaters trifft andere – Sogamori und Horigawa.«

»Es ist das zweite Mal, daß ich meine Waffe gegen Kiyosi gerichtet habe«, bemerkte Jebu. »Wir sind vor Jahren schon einmal aneinandergeraten. Aber damals hat ihn sein Karma geschützt. Es tut mir leid, daß er von meiner Hand sterben mußte.«

Er trat an die Reling und sprach in Gedanken das Gebet für den gefallenen Gegner.

Vom Waffengeklirr wurde er aus seinen Gedanken gerissen. Eines der Takashi-Schiffe hatte ein Schiff der Muratomo gerammt. Jebu sah, wie die Samurai herübersprangen. Im Nu herrschte an Bord des Muratomo-Gefährts wildes Kampfgetümmel. Indessen war zwei weiteren Schiffen der Durchbruch zur offenen See geglückt.

Wieder gab Yukio einen Befehl. Im nächsten Augenblick loderte Feuer auf einem Fischerboot. Ein Flammenteppich entstand, der innerhalb kürzester Zeit auf die Kriegsschiffe der Takashi übergriff.

»Hast du das auch im voraus geplant?« fragte Jebu nicht ohne Bewunderung.

Yukio nickte. »Es war vorauszusehen, daß die Takashi die Fischerboote requirieren würden. Ich habe deshalb dafür gesorgt, daß sich keine Fischer an Bord der Boote befanden, sondern als Fischer verkleidete Samurai. Sobald die Schiffe der Takashi nahe genug heran waren, haben sie ihre eigenen Boote und deren Schiffe in Brand gesteckt und sind über Bord gesprungen.«

Während sie jetzt von den Muratomo-Schiffen aufgefischt wurden, wurden dic Samurai der Takashi von ihren schweren Rüstungen in die Tiefe gezogen.

Jebu blickte zurück. Der Eingang des Hafens war nun von einem Feuerball verdeckt. Es schien, als sei die Sonne ins Meer gefallen. Drei oder vier Takashi-Schiffe hatten fliehen können. Die anderen waren nur noch lodernde Fackeln.

Immer mehr Samurai wurden an Bord der Muratomo-Boote gehievt. Schließlich legte eines der Boote am Flaggschiff an. Yukio lief mittschiffs und half seinen geretteten Männern an Bord. »Ihr habt wunderbar gekämpft!« lobte er sie. »Ihr habt Sake verdient. Bringt Sake für meine tapferen Krieger!«

Inmitten der dichten Rauchwolken konnte Jebu zwei Schiffe ausmachen, die dem Muratomo-Geleitzug folgten. Das erste war ein Muratomo-Lastschiff, das zweite ein Kriegsschiff der Takashi. Instinktiv ergriff Jebu Yukios Arm.

»Sieh dir das an, Yukio.«

Yukio lachte als vollem Hals. »Ich habe gar nichts dagegen, daß die beiden uns folgen.«

Erneut sah Jebu zurück. Da erblickte er die weißen Flaggen, die auf beiden Schiffen flatterten. Es gab nur eine Erklärung. »Unsere Samurai haben ein Takashi-Schiff gekapert«, sagte er ungläubig.

»Jetzt haben wir elf Schiffe statt zehn«, bestätigte Yukio. »Ein Geschenk der Takashi.« Unvermittelt nahm er Jebu beim Arm und schüttelte ihn. »Wir fahren nach China, Jebu! Verstehst du, was das bedeutet? Wir werden uns eine völlig neue Welt erschließen. Sollen die Takashi zur Hölle fahren. Die Zukunft gehört uns.«

Er ließ ihn los und wandte sich an den Rudergänger. »Nach China!« befahl er. »Unter vollen Segeln!«

Der Ostwind blähte das Tuch. Geschlossen nahm die Flotte Kurs nach Westen.

Sie waren im offenen Meer, als Yukios fieberhafte Fröhlichkeit abebbte. »Wir hätten Kiyosi nicht töten dürfen, Jebu. Der Sieg über die Takashi ist süß, aber der Tod eines Freundes ist bitter. Kiyosi war der Klügste unter den Takashi, der Belesenste, der beste Kämpfer. Mit seinem Tod haben wir diesem Geschlecht einen Schlag versetzt, von dem es sich nie mehr erholen wird. Trotzdem tut es mir leid, daß Kiyosi tot ist.«

Jebu zuckte die Schultern. »Es ist das Karma, das unseren Tod bestimmt. Kiyosi war auf den Tod vorbereitet, wie du und ich es sind. Und er hat auch versucht, dich zu töten.«

»Ich danke dir, Jebu. Du hast mein Leben gerettet. Ich stehe in deiner Schuld. Aber mein Herz ist traurig. Ich mache mir Sorgen um jene, die Kiyosi in Liebe verbunden waren.«

»Etwa um seinen Vater?«

»Ich denke an seine Gefährtin. Sie war immer gut zu meiner Mutter und zu mir. Ich habe dir erzählt, daß meine Mutter Sogamoris Konkubine wurde, um mir das Leben zu retten. Kiyosis Gefährtin hat diese Verbindung gestiftet. Und sie hat für diesen Akt der Nächstenliebe teuer bezahlen müssen. Ihr Mann ist Prinz Horigawa, der meinem Bruder Hideyori und mir nach dem Leben trachtet. Er bestrafte seine Frau, indem er . . .« Yukio hielt inne. »Warum starrst du mich so an?«

Jebus Herz krampfte sich zusammen. Ich darf mein Geheimnis nicht preisgeben, dachte er. Er zwang sich zur Ruhe.

»Diese Frau, von der du sprichst – heißt sie Shima Taniko?«

»Ja, ganz richtig. Kennst du sie?«

»Wir haben uns vor langen Jahren kennengelernt«, sagte Jebu betont gleichgültig. »Ich werde dir bei Gelegenheit von ihr erzählen.«

»Dann wird dich interessieren, daß diese Frau von Kiyosi einen Sohn bekam, als ich in der Rokuhara-Feste saß. Der Junge müßte jetzt etwa neun Jahre alt sein.« Er blickte nach Osten, wo die japanische Küste hinter den Horizont gesunken war. »Dieser Junge hat jetzt keinen Vater mehr. Moko hat schon recht. Krieg ist etwas Hassenswertes.«

Yukio wandte sich ab, um zu den Mannschaften zu gehen. Hie und da blieb er stehen, verteilte Lob, klopfte sogar den Ruderleuten auf die Schulter. Dann ließ er ein kleines Boot klarmachen, mit dem er die anderen Schiffe besuchte. Mit der gleichen Eleganz und Behendigkeit, die Jebu sieben Jahre zuvor auf der Gojo-Brücke so an ihm bewundert hatte, sprang er hinein.

Jebu begab sich zum Vorderdeck, um allein zu sein. Warum weine ich? dachte er. Was hätte ich anderes tun können? Hätte ich Kiyosi verschont, müßte ich jetzt den Tod meines besten Freundes betrauern. Statt dessen hat wieder ein Kind seinen Vater verloren. Wie Yukio. Und wie ich. Wieder hat eine Frau den Mann verloren, den sie liebt. Wie meine Mutter.

Taniko. Er hatte sich nicht einmal danach erkundigt, wie es ihr ging. Die Wunde der Trennung war noch nicht verheilt. Das Gespräch mit Moko fiel ihm ein, als dieser ihm von den furchtbaren Ereignissen auf dem Landgut Daidoji berichtet hatte. Für Jebu war das der schlimmste Moment seines Lebens gewesen.

Wie hätte ich mich verhalten, wenn ich gewußt hätte, in welchem Verhältnis Kiyosi zu Taniko stand? Hätte ich gezögert, ihn zu töten? Oder hätten Haß und Eifersucht meinen Bogen noch beflügelt?

Nein, er hatte kein Recht, sich in Tanikos Leben einzumischen. Nicht einmal als Domei ihm seinen Plan verriet, Horigawa zu töten, hatte er eingegriffen. Er selbst hätte Horigawa nie getötet. Um wieviel weniger Kiyosi. Kiyosi hatte Taniko geliebt, hatte diese Frau umsorgt. Er selbst hatte für Taniko nichts getan.

Er ertappte sich bei der Frage, was Kiyosi dieser Frau bedeutet hatte. War er nur ein Beschützer gewesen, zu dem sie sich vor Horigawa flüchten konnte? Oder war Kiyosi ein echter Liebhaber gewesen, in dessen Armen sie ihre Lust hinausschrie?

Was immer die beiden miteinander geteilt haben mochten – er

hatte es zerstört. Einfach, indem er die Sehne losließ, die seinen tödlichen Pfeil hielt. Es war so leicht, einen Menschen zu töten, sein Leben und alles, was es bedeutete, zu zerstören. Und mit ihm vielleicht noch viele andere Leben.

Auch wenn ich gewußt hätte, daß er Tanikos Geliebter war, ich hätte ihn getötet. Ich hätte Yukio das Leben gerettet, so oder so.

Und doch weine ich. Bin ich etwa traurig, weil ich etwas Böses getan habe? Haben mich die Zinja nicht gelehrt, daß es kein Gut und Böse gibt?

Die Zinja sind Teufel. Zum ersten Mal seit Jahren fiel ihm diese Offenbarung wieder ein.

Er begann ihren Sinn zu verstehen. Teufel taten Böses, wenn sie Gutes tun wollten, und versuchten sich dann einzureden, daß Gut und Böse in Wirklichkeit dasselbe seien. Wenn der Krieg das Böse war – und das hatte der heutige Tag gezeigt – und die Zinja sich dem Krieg verschrieben hatten, dann waren sie wahrhaftig Teufel.

Gewalt erzeugte Leid. Und Jebu hatte Gewalt angewandt. Taniko würde um den Mann trauern, den er getötet hatte. Ihr Kind würde den Vater vermissen. Es war eine Tat, die man nicht mehr ungeschehen machen konnte. Und er würde ein zweites Mal genauso handeln.

Ob Taniko wohl je erfahren würde, wie der Mann hieß, der Kiyosi getötet hatte?

Die Sonne hing jetzt als glühender Ball im Westen. Milliarden weißblau schimmernder Diamanten schienen den Weg zum Horizont zu ebnen. Irgendwo dort liegt das Land meiner Väter, dachte Jebu. Das Reich der Mongolen. Ich werde nicht nur China sehen. Ich werde auch das Land betreten, in dem mein Vater geboren wurde. Und ich werde seinen Mörder finden.

Er war dankbar, daß China und das Reich der Mongolen in weiter Ferne lagen. Die Entfernung würde ihm helfen, jenes kleine, blasse, geliebte Gesicht zu vergessen, das ihn seit jener Reise vor vierzehn Jahren verfolgte.

Mit zitternder Hand tastete er nach dem Stein des Lebens und des Todes.

ZWEITER TEIL

Das Buch Kublai Khan

Menschen erfahren Leid. Deshalb bekriegen sie einander, deshalb töten sie den Bruder und den Nachbarn. Unschuldig ist, wer sich gegen Räuber und Mörder zur Wehr setzt. Und doch wird er schuldig, denn auch er wird zum Räuber und zum Mörder. Es gilt, die Menschen vor sich selbst zu schützen. Wir Zinja übernehmen diese Aufgabe. Es ist unser fester Glaube, daß wir die Blutschuld des Todes und den Fluch des Kampfes auf uns laden können. Wir können die Menschen von diesem Übel befreien. Unsere Schultern sind stark genug, die Schuld zu tragen.

Aus dem Stundenbuch der Zinja

1. Kapitel

In Heian Kyo war es Sommer geworden. Die Jalousien und die verschiebbaren Wände der Häuser wurden geöffnet. Die Nächte waren lau. Wenn die Sonne aufging, beleuchteten ihre Strahlen das Blattwerk der hohen, alten Weidenbäume, die die Straßen und Kanäle der Hauptstadt säumten. Taniko war voller Sehnsucht nach Kiyosi. Aber der war fern. So beschied sie sich damit, jeden Abend zwei oder drei Gedichte zu schreiben. Ich werde sie ihm vorlesen, sobald er zurück ist, nahm sie sich vor.

> Die Sonne wärmt den Wind,
> Der Wind bewegt die Zweige,
> Die Zweige neigen sich zum Fluß,
> Sie liebkosen das Wasser.

Es gab, von den Gedichten abgesehen, wenig, was sie ihrem Kopfkissenbuch hätte anvertrauen können. Früher hatte sie Seite um Seite mit Hofklatsch gefüllt, den Kiyosi ihr zutrug. Aber seit er in den Kampf gezogen war, war diese Quelle versiegt. Taniko fühlte sich isoliert. Die Tage vergingen in Langeweile, Monotonie, Warten, Ungewißheit. Daß es den anderen Frauen ihres Ranges genauso ging, war für Taniko kein Trost. Nur sehr wenige genossen das Privileg, am Protokoll des Hofes teilzunehmen. Taniko wußte nicht, wie die anderen das Problem des Alleinseins bewältigten, und es interessierte sie auch nicht.

Freilich gab es Atsue. Der Junge hatte die fürchterlichen Geschehnisse unter dem Torbogen vergessen. Er schien keine Erinnerung mehr daran zu haben, daß seine eigene Mutter einem sterbenden Samurai den Gnadenstoß gegeben hatte. Äußerlich wurde Atsue seinem Vater von Tag zu Tag ähnlicher. Das gleiche eckige Kinn, der gleiche ernste Gesichtsausdruck. Alle fünf Tage begleitete Taniko ihren Sohn zum Tempel von Hiei, wo er bei einem berühmten Meister Unterricht im Flötenspielen und im Spielen der Koto nahm. Sie hörte ihm zu, wenn er auf diesen Instrumenten übte. Kiyosi hatte ihm Go, ein altes chinesisches Brettspiel, beigebracht und ihm erklärt, daß ein Samurai dieses Spiel beherrschen müsse, und seine Mutter spielte es jeden Abend mit ihm. Taniko liebte es, mit ihrem Jungen durch die Gärten und Parks der Hauptstadt zu gehen. Sie brachte ihm die Namen der Pflanzen und Kräuter bei. Abends saßen sie zusammen und warteten auf das Aufgehen des Mondes. Um seiner Mutter Freude zu bereiten, spielte Atsue ihr Melodien auf der Flöte vor. Er spielte so lieblich, daß Taniko nicht selten die Tränen kamen.

In der Mitte des fünften Monats senkte sich ein merkwürdiges Schweigen über den Palast der Shima. Die Zofen redeten nicht mehr, wenn sie ihrer Herrin beim An- und Auskleiden halfen. Taniko hatte das Gefühl, daß ihre Cousinen und selbst ihre Tanten ihr auswichen. Traf man sich, so wurden ein paar unverbindliche Worte gewechselt. Munetoki, Onkel Ryuichis ältester Sohn, war mit Kiyosi in den Krieg gezogen. Er war neunzehn und ein draufgängerischer Samurai, der darauf brannte, den Muratomo Beine zu machen, wie er sagte. Onkel Ryuichi war wie vom Erdboden verschluckt. Als sich Taniko nach seinem Verbleib erkundigte, sagte Tante Chogao, er habe sich auf eine lange Seereise nach Yasugi begeben müssen, Yasugi aber war als Schlupfwinkel der Seepiraten bekannt. Immer schon hatte es in Heian Kyo Gerüchte gegeben, Ryuichi no Shima stecke mit jenen Gesetzlosen unter einer Decke. Jetzt schienen sich diese Gerüchte zu bestätigen.

Es war an einem feuchtschwülen Nachmittag, als Taniko der Besuch des Ersten Sekretärs von Fürst Takashi no Sogamori gemeldet wurde. Sie spürte, wie die Freude in ihr emporstieg. Kein Zweifel, der Sekretär würde Nachricht von Kiyosi bringen, der seit einem Monat keinen Brief mehr geschickt hatte. So rasch es ging, ließ sie sich von ihrer Dienerin für den Besuch herrichten. Der Besucherschirm wurde aufgestellt. Dann ließ sie Sogamoris Sekretär in ihre Gemächer bitten.

Gemessenen Schrittes trat er ein. Sie bemerkte sofort das Weidenholz-Zeichen, das er an seiner schwarzen Kopfbedeckung befestigt hatte. War seiner Familie ein Unglück widerfahren? Oder hatte ein Schicksalsschlag die Sippe der Takashi getroffen? Sie beschloß, auf unhöfliche Fragen zu verzichten. Immerhin war es ungewöhnlich, daß der Mann in dieser Situation sein Haus verließ. Es mußte sich um eine Angelegenheit von besonderer Bedeutung handeln.

Es war das erste Mal, daß sie diesen Mann traf, den seine Robe als Gelehrten der Kungfutse-Schule auswies. Zweifellos ein Mann von adeliger, alter Familie, deren schwindendes Vermögen ihn dazu gezwungen hatte, in die Dienste der Takashi zu treten.

Sie tauschten die üblichen Begrüßungsformeln aus. Der Sekretär versuchte, durch den Schirm einen Blick zu erhaschen. Er möchte wohl gerne die Frau zu Gesicht bekommen, die den Fürsten Kiyosi so glücklich macht.

»Fürst Sogamori schickt mich, um Euch seine Wünsche zu übermitteln«, sagte er knapp.

»Es ist mir eine Ehre, einen Abgesandten des Fürsten Sogamori zu empfangen«, gab Taniko zurück. »Ich hatte allerdings gehofft, Ihr brächtet eine Botschaft von Kiyosi mit.« Sie äugte durch das Gitterwerk des Schirms. Als sie Kiyosis Namen nannte, hatten sich seine Augen geweitet. Ob aus Überraschung oder aus Furcht, war nicht auszumachen.

»Es tut mir leid, aber ich bringe keine Botschaft von Fürst Kiyosi.« Er zögerte. »Es gibt keine Botschaft von Fürst Kiyosi.« Peinliches Schweigen. Etwas in seiner Stimme machte ihr Angst.

»Was ist der Zweck Eures Besuches?« fragte sie geradeheraus.

»Fürst Sogamori wünscht, daß Ihr mir seinen Enkelsohn mitgebt.«

»Wie lange wird der Junge bei Fürst Sogamori bleiben?«

Die Stimme des Sekretärs klang erstaunt. »Sein ganzes Leben, gnädige Frau! Fürst Sogamori wird den Jungen an Sohnes Statt annehmen und ihm seinen Namen geben.«

»Aber Atsue hat doch schon einen Vater.«

Der alte Sekretär schien perplex. Er suchte nach Worten. »Aber, gnädige Frau«, stammelte er, »was nützt dem Jungen ein Vater, der – tot ist?«

Taniko war, als hätte sie einen Schwertstich mitten ins Herz erhalten. Sie saß wie gelähmt da. Schließlich fing sie sich wieder.

»Das kann nicht sein«, sagte sie. »Man hätte mich benachrichtigt. Ihr könnt nicht einfach daherkommen und behaupten, Fürst Kiyosi sei tot. Ihr müßt euch irren.«

Sie wußte, daß sie einen aussichtslosen Kampf führte. Kiyosi war gefallen. Und niemand hatte es für nötig gehalten, sie zu benachrichtigen.

Der Sekretär erbleichte. »Hat man euch denn nichts gesagt, gnädige Frau?«

»Nichts.«

»Dann wird also mir die traurige Pflicht zuteil, Sie von dem traurigen Geschehen in Kenntnis zu setzen. Ich tue dies mit dem Ausdruck tiefsten Bedauerns. Vor sechs Tagen traf in der Hauptstadt die Nachricht ein, daß es in der Hakata-Bucht zu einer Seeschlacht gekommen ist. Bei der Verfolgung der Muratomo-Rebellen wurde Fürst Kiyosi von einem Pfeil in die Brust getroffen. Er war sofort tot. Er fiel ins Meer, seine Leiche ist verschwunden. Fürst Kiyosi ist nicht mehr, gnädige Frau. Er starb in Erfüllung der Befehle seines Vaters. Sie können stolz auf ihn sein.«

Taniko wartete, bis der Sekretär geendet hatte. Dann stand sie auf.

Als sie aus ihrer Ohnmacht erwachte, kniete die Dienerin neben ihr. Sie betupfte ihre Stirn mit einem duftenden Tuch. Benommen richtete Taniko sich auf. Dabei stieß sie den Schirm um. Mit höflich abgewandtem Gesicht stand der Sekretär in einer Ecke und wartete. Kiyosi ist tot, dachte Taniko. Erst jetzt begriff sie die ungeheuerliche Mitteilung.

Sie blickte ihre Dienerin an, die vor Jahren mit ihr nach Heian Kyo gekommen war. Die Frau weinte.

»Du wußtest Bescheid«, sagte Taniko. »Seit Tagen wußtet ihr alle von Kiyosis Tod! Aber ihr habt geschwiegen.«

»Ich habe es nicht übers Herz gebracht, Herrin«, schluchzte die Frau.

»Stell den Schirm wieder auf«, befahl sie. Es kam jetzt darauf an, so schnell wie möglich diesen Mann loszuwerden, der ihr Atsue wegnehmen wollte. Nachdem die Dienerin den Schirm wieder aufgebaut hatte, raffte sich Taniko zu einer Antwort auf.

»Sagt dem Fürsten Sogamori, ich bin überwältigt von seinem großmütigen Angebot, meinen Sohn zu adoptieren. Trotzdem möchte ich darauf hinweisen, daß die Takashi weder die Pflicht noch das Recht haben, Atsue zu adoptieren. Atsue ist mein Sohn, es ist mein fester Wille, daß er bei mir bleibt.«

Der Sekretär schüttelte den Kopf. »Der Junge ist der Sohn von Fürst Kiyosi, gnädige Frau. Fürst Sogamori hat seinen Sohn beim Kampf gegen die Muratomo verloren. Er wünscht, daß Sie seinen Enkel herausgeben. Es hat keinen Sinn, wenn Ihr euch weigert.«

Es war für Taniko eine Qual, bei solchen Worten nach außen hin die Ruhe zu bewahren. Sie krallte ihre Fingernägel in die Hand, um nicht laut aufzuschreien.

»Ich bedaure den Verlust, den Fürst Sogamori erlitten hat«, brachte sie schließlich hervor. »Aber er hat noch mehr Kinder und Enkelkinder. Ich aber habe nur Atsue! Ich kann mir nicht vorstellen, daß Sogamori so herzlos ist, mir mein einziges Kind wegzunehmen.«

»Ihre Entscheidung ist unklug, gnädige Frau«, gab der Sekretär zu bedenken. »Unklug und in höchstem Maße gefährlich für Sie selbst. Sie vergessen, daß Fürst Sogamori der mächtigste Mann auf den Heiligen Inseln ist.«

»Mein Sohn ist nicht das Eigentum von Fürst Sogamori. Und ich bin nicht seine Sklavin. Mehr habe ich nicht zu sagen. Geht!«

Der alte Sekretär verließ den Raum. Eine Weile lang saß Taniko unbeweglich da. Der Schmerz saß tief. Endlich machte sie sich in einem Weinkrampf Luft. Sie weinte und schrie, schlug mit den Fäusten auf den Boden und zerriß ihre Gewänder.

Die Dienerinnen kamen herbeigeeilt und versuchten ihre Herrin zu beruhigen. Vergebens. Taniko schlug um sich, bis man sie in Ruhe ließ. Dann begann sie wieder zu weinen.

»Was ist geschehen, Mutter?«

Atsue stand in der Tür. Sein Blick irrte hin und her zwischen der Mutter und den Mägden, die ratlos am Fenster standen.

Sie setzte sich auf. Buddha sei Dank, daß ich es bin, die es ihm sagt, dachte sie. Wenigstens würde nicht ein Diener dem Kleinen die schreckliche Mitteilung überbringen. Dann zog sie den Jungen an sich.

»Du mußt jetzt stark sein, mein Sohn. Dein Vater ist in das Land der Reinheit eingegangen. Er ist bei einer Seeschlacht gefallen. Ich habe es gerade erst erfahren.«

»Nein, Mutter, nein, nein, nein!« Der Kleine umklammerte sie, bis sie meinte ersticken zu müssen. Aber sie wehrte sich nicht. Der Junge war alles, was ihr blieb.

Stunden vergingen. Mutter und Sohn lagen sich in den Armen und ließen ihrem Schmerz freien Lauf.

Der Abend kam. Die Dienerinnen brachten das Abendessen. Taniko rührte nichts an. Sie sah Atsue zu, der mit seinen Eßstäbchen einige Bissen Fleisch zum Mund führte. In seiner grünen Tunika und den schwarzen Hosen war er das Ebenbild Kiyosis.

Ich kann diesen Schmerz nicht mehr ertragen, dachte sie. Warum schlägt man mir nicht mit dem Schwert den Kopf ab? Dann wäre alles vorbei.

Sie öffnete die Augen. Ihr Sohn sah sie fragend an.

»Gelobt sei Buddha«, betete sie. Atsue hatte die Eßstäbchen niedergelegt. »Gelobt sei Buddha«, wiederholte er.

Als das Geschirr abgeräumt war, schob Onkel Ryuichi die Wand beiseite und steckte sein bleiches Gesicht ins Zimmer.

»Ihr wart nie verreist, Onkel«, sagte Taniko. »Warum habt Ihr mich belogen?«

»Ich weiß noch, in welcher Verfassung du warst, als Horigawa dich hierherbrachte. Ich konnte es nicht ertragen, dich noch einmal in diesem Zustand zu sehen.«

»Und was hat das Versteckspiel genützt? Ich habe die Botschaft von Kiyosis Tod soeben von einem von Sogamoris Lakaien erfahren. Wäre es nicht besser gewesen, Ihr hättet mir reinen Wein eingeschenkt?«

»Quäl mich doch nicht, Taniko, ich bitte dich!«

»Ihr seid also derjenige, der den Schmerz erduldet, nicht ich. Nun gut. Jedenfalls möchte ich, daß Ihr nicht wie ein verängstigter Bauer dasteht. Kommt herein und setzt Euch zu mir.«

Ryuichi sah zu den Dienerinnen hinüber und schnippte mit den Fingern. »Sake!« Dann setzte er sich.

Taniko sagte: »Atsue, geh jetzt schlafen. Ich habe mit deinem Onkel noch etwas zu besprechen.«

»Warum kann ich nicht hören, was du Onkel Ryuichi zu sagen hast, Mutter? Ich bin doch jetzt das Oberhaupt der Familie.«

Diese Worte brachten Taniko den schmerzlichen Verlust in Erinnerung, den sie erlitten hatte. Sie brach in Tränen aus. Besorgt und verlegen tastete Onkel Ryuichi nach ihrer Hand. Atsue fiel seiner Mutter in die Arme. Jetzt konnte auch er die Tränen nicht mehr zurückhalten.

Die Dienerin brachte heißen Reiswein. Taniko schenkte Ryuichi und sich selbst ein Glas ein. »Also gut, Atsue-chan.« Mit Bedacht benutzte Taniko den Kosenamen. »Du willst hören, was ich mit Onkel Ryuichi zu besprechen habe. Einverstanden.« Atsue hatte wieder Platz genommen. Taniko wandte sich jetzt an Ryuichi. »Sogamori will den Jungen«, sagte sie schroff. »Er will mir den Jungen wegnehmen und ihn adoptieren. Atsue soll ein Takashi werden.«

Ryuichi nickte. »So etwas Ähnliches habe ich geahnt. Ich habe soeben eine Vorladung in den Rokuhara-Palast erhalten. Wie üblich war das Schreiben im Stil einer Einladung gehalten.« Er seufzte. »Was hast du dem Sekretär geantwortet?«

»Daß Atsue bei mir bleibt! Ich denke nicht daran, meinen Sohn herauszugeben.« Ryuichi goß sich Sake nach. »Du hast ihm rundheraus gesagt, daß du dich weigerst?«

»Ja. Aber ich werde Atsue die Entscheidung überlassen.«

»Es ist nicht üblich, daß Kinder über ihre eigene Zukunft entscheiden«, wandte Ryuichi ein. »Natürlich wird sich der Junge für seine Mutter entscheiden. Aber er hat keine Ahnung, auf was er da verzichtet. Was kannst du ihm schon bieten, was dem Leben unter dem Dach der Familie Sogamori vergleichbar wäre?«

»Wenn Sogamori einen Enkel als Erben einsetzen will, dann kann er auf Kiyosis andere Söhne zurückgreifen«, sagte Taniko. »Außerdem hat Kiyosi noch Brüder. Warum will er mir unbedingt meinen Sohn wegnehmen?«

Ryuichi hob ratlos die Schultern. »Sogamori hält nicht viel von der eigenen Nachkommenschaft, Taniko. Dein Junge ist etwas ganz Besonderes – vielleicht weil du und Kiyosi schon in einem früheren Leben einmal verbunden wart.« Er deutete auf Tanikos Sohn. »Du wirst zugeben müssen, daß Atsues musikalische Begabung und sein literarisches Wissen bemerkenswert sind. Sein Aussehen und Auftreten, seine Haltung und seine Gesichtsform – alles deutet darauf hin, daß er zu Großem berufen ist. Er ist allen männlichen Nachkommen der Sogamori-Familie an Intelligenz und Edelmut überlegen. Du weißt das selbst, Taniko. Und du kannst sicher sein, daß Atsues hervorragende Charaktereigenschaften seinem Großvater Sogamori nicht verborgen geblieben sind.«

Taniko wandte sich zu ihrem Sohn. »Atsue-chan, du hast gehört, was dein Onkel gesagt hat. Du hast die Möglichkeit, Mitglied der reichsten und mächtigsten Familie dieses Landes zu werden. Wenn du bei mir bleibst, wirst du ein junger Mann ohne Namen und ohne Vater sein.«

»Ich möchte bei dir bleiben, Mutter«, sagte Atsue schnell. »Ich liebe dich, Mutter, und du liebst mich. Laß uns zusammenbleiben. Ich habe Angst vor Fürst Sogamori. Man sagt, er ist grausam und jähzornig. Ich möchte nicht in der Rokuhara-Feste leben.«

»Der Junge weiß genau, was er will«, sagte Taniko, zu ihrem Onkel gewandt. »Was sollen wir tun?«

»Wir können unmöglich einer Entscheidung von Fürst Sogamori trotzen«, murmelte Ryuichi bedrückt.

»Es hat keinen Sinn, wenn wir seinem Druck nachgeben«, widersprach Taniko. »Heute nimmt er das Kind, morgen das Haus.«

Tiefe Furchen erschienen auf Ryuichis Stirn. »Ich kann dir nicht helfen, Taniko«, sagte er leise. »Was soll ich Fürst Sogamori sagen, wenn ich morgen vor ihn trete?«

»Ihr seid ein Samurai, Onkel, genau wie er. Ihr werdet den Mut haben, Sogamori die Dinge darzulegen, wie sie sind. Sagt ihm, daß der Junge sich nicht in seine Obhut begeben will. Sagt ihm auch, daß ich mich weigere, meinen Sohn herauszugeben.«

»Das ist Wahnsinn, Taniko.«

»Ryuichi-san«, sagte Taniko und kämpfte mit Tränen, »mein Held und Gebieter ist tot. Ihr seid jetzt der einzige Schutz, den ich habe. Wenn ihr mir nicht zur Seite steht, bin ich verloren.«

Ryuichi war aufgestanden. »Ich werde tun, was in meiner Macht steht.« Er deutete auf den Krug mit Reiswein. »Trinke etwas Sake, Taniko. Er wird dir helfen, Schlaf zu finden.«

2. Kapitel

Ein schwüler Morgen war angebrochen. Ryuichi saß in seiner Kutsche und fächelte sich Kühlung zu. Das prächtige Gefährt wurde von sechs Berittenen eskortiert, aber auch sie trugen nicht dazu bei, daß er sich sicherer fühlte. Vielleicht würde die Begegnung mit Sogamori mit Ryuichis Hinrichtung enden. Sogamori pflegte nicht lange zu fackeln, wenn sich jemand seinen Wünschen widersetzte. Er konnte ihn zertreten wie einen Käfer.

Die Rokuhara-Feste war ein beeindruckendes Bauwerk. Drei Türme aus meterdicken Mauern ragten aus den Zinnen und Dächern hoch. Auf den Turmspitzen flatterten die roten Banner des Takashi-Clans.

Sie hatten die Gojo-Brücke passiert. Die Mauern, die den Palast der Takashi umgaben, übertrafen die des Kaiserlichen Palastes noch an Höhe. Dahinter verbarg sich ein Park mit Pavillons und alten Bäumen, der von vier breiten Verbindungswegen durchquert wurde. Der Burggraben wurde vom Wasser des Kamo-Flusses gespeist. Ein Seitenarm des Kamo wurde über Zierflächen mit sorgfältig ausgewählten Kieselsteinen geleitet. Reichverzierte Brücken führten über den Fluß. Außer dem Park gab es Exerzierplätze für die Samurai des Fürsten, kiesbestreute Innenhöfe und natürlich die Hauptgebäude der Festung, die im chinesischen Stil, mit roten und grünen Dächern, errichtet waren. Zu der Festung gehörten auch ein buddhistischer Tempel, ein Shinto-Schrein und ausgedehnte Stallungen.

Der Kamo-Fluß bildete die natürliche Grenze zwischen dem Stammsitz der Takashi und den Wohnvierteln von Heian Kyo. Das Land hatte Sogamoris Großvater vom Kaiser nach einem glänzenden Sieg über die Seepiraten als Geschenk erhalten. Im Laufe der Generationen waren die Gebäude vergrößert und befestigt worden, bis schließlich die unüberwindliche Festung entstand, die jetzt vor Ryuichi in den verhangenen Himmel ragte.

Sie war Palast, Burg, Kaserne und Gefängnis in einem. Nicht weniger als zehntausend Samurai garantierten die Sicherheit des Clans. Die meisten von ihnen wohnten innerhalb der Umfriedung.

Die Kutsche passierte den Burggraben und das Westtor. Durch ein Labyrinth von Wegen gelangten sie zu jenem Platz, der für die Anfahrt der Gäste vorgesehen war. Ryuichi stieg aus und hieß seine Begleiter bei der Kutsche zurückbleiben. Dann ging er auf die rotgewandeten Samurai zu, die den Eingang des Palastes verstellten.

Zwei Samurai traten vor. Ryuichi hatte Schwierigkeiten, die Fassung zu bewahren. Die beiden Krieger machten auf dem Absatz kehrt, der Führer des Shima-Clans folgte ihnen. Sogamori schien alles darauf anzulegen, ihn einzuschüchtern, und es gelang ihm. Denn obwohl auch die Shima eine alte Samurai-Familie waren, kannten sie sich inzwischen besser mit Tuschpinsel und Warenlisten aus als mit Pfeil und Bogen.

Die Türen des Inneren Palastes wurden geöffnet. Ryuichi trat ein. In der Mitte des Raumes saß auf einem Podest der Führer des Takashi-Clans, angetan mit einer bauschigen weißen Robe. Ein Schwert ruhte auf seinen Knien. Der Schädel war rund und kahlgeschoren. Vor einigen Jahren, nach einer schweren Krankheit, hatte sich Sogamori zum Priester weihen lassen. Hinter Sogamori hing ein großes, goldenes Banner, auf das ein Roter Drachen in Angriffsstellung gestickt war. Aus den Augen des Fabeltieres schienen Blitze zu sprühen. Ryuichi brach der Angstschweiß aus. Er hatte den Eindruck, als würde der Drache jeden Augenblick aus dem Banner hervorspringen und sie alle verschlingen.

Er vollzog die protokollarische Verbeugung und berührte das

Zedernholz des Fußbodens mit der Stirn. Er zitterte vor Aufregung. Was hatte das Schwert zu bedeuten, das Sogamori auf den Knien hielt? War es für ihn bestimmt?

»Willkommen unter meinem bescheidenen Dach, Shima no Ryuichi«, sagte Sogamori salbungsvoll. Ryuichi sah auf. Der Gesichtsausdruck des Fürsten entsprach so gar nicht den freundlichen Worten. Die Augen waren blutunterlaufen. Dann gewahrte er die Tränen, die Sogamori über die Wangen liefen. Der Fürst weinte, weinte über den Verlust seines Sohnes.

Ryuichis Blick glitt zum versammelten Hofstaat hinüber. Der Platz, wo früher Kiyosi gesessen hatte, wurde jetzt von Sogamoris zweitältestem Sohn Notaro eingenommen. Ryuichi kannte diesen Mann. Ein eingebildetes Teiggesicht, dümmlich, aufgeblasen, ein wandelndes Parfümfaß. Neben Notaro saß Tadanori, bekannt für seine romantischen Gedichte, für die rauschenden Feste, für seine untadelige Kleidung. Aber das war auch alles. In zwei Reihen saßen sich die Familienangehörigen des Takashi-Clans gegenüber, sie flankierten die Stufen, die zum kissengepolsterten Podest hochführten. Langsam schritt Ryuichi die Stufen hinauf. Dummköpfe, Schwächlinge, Gecken, dachte er. Sogamori war von Einfaltspinseln und Versagern umgeben. Inmitten der reisgepuderten Gesichter erkannte er Prinz Sasaki no Horigawa, der ihn huldvoll anlächelte und sich mit einem reichgeschmückten Fächer Luft zufächelte.

Sogamori zog eine Papierrolle aus dem Ärmel seines weiten Gewandes. »Ich habe soeben eines der Gedichte vorgelesen, die mein Sohn auf dem Wege nach Kiuschu geschrieben hat, mein lieber Ryuichi-san. Ich werde es für dich wiederholen:

> Der Schatten des Segels ist mein Palast,
> Die Planken aus Zedernholz mein Bett,
> Mein Gastgeber eine Möwe.«

»Exquisit«, sagte Ryuichi. »Ganz exquisit.« Sein Mund war trokken. Sogamori seufzte. Dann wischte er sich mit dem Ärmel die Tränen von der Wange. Wie schade, daß Taniko das Gedicht nicht hören konnte, dachte Ryuichi. Es war nur zu offensichtlich, daß sie hier keine Freunde mehr hatte.

Sogamori hob das Schwert. Die Klinge funkelte im Licht der Öllampen. Es war ein Krummschwert mit zwei Schneiden.

»Kogarasu«, sagte Sogamori, »das Schwert meines Sohnes. Er muß eine Vorahnung gehabt haben, daß er im Kampf gegen die Muratomo fallen würde. Deshalb hat er die Waffe in Heian Kyo zurückgelassen. Hätte er sie getragen, läge sie jetzt auf dem Grunde des Meeres.« Er strich mit der Hand über den Knauf. »Kogarasu gehörte einst Kaiser Kammu, unserem Ahnherrn, der es aus den Händen der Sonnengöttin erhielt. Ich übergab Kiyosi die Waffe, als er ein Mann wurde.«

Ryuichi machte eine tiefe Verbeugung. »Das Leid Eures Hauses ist mein Leid.«

Unheilvolles Schweigen. Sogamori strich mit dem Zeigefinger über die blitzende Klinge. Dann raffte er den Ärmel seines Gewandes und begann die Schneide mit Hingabe zu polieren. Schließlich legte er das Schwert auf seinen Schoß zurück, behutsam, als handle es sich um ein schlafendes Kind.

»Ich habe mich gefreut zu hören, daß dein Sohn Munetoki die Schlacht wohlbehalten überstanden hat«, brach Sogamori das Schweigen. »Er soll sich durch besondere Tapferkeit ausgezeichnet haben. Die Freude deines Hauses ist unsere Freude.«

Lag Ironie in Sogamoris Worten? Oder war es ehrliche Anteilnahme? »Es gereicht meinem Hause zur Ehre, daß der Kanzler seine Großmut und Güte über meinem Sohn leuchten läßt«, beantwortete er das zweischneidige Lob Sogamoris.

»Ist es wahr, daß bei den Shima die Frauen befehlen, was geschieht?« Der Vorwurf kam so unerwartet, daß Ryuichi zusammenfuhr.

»Euer unwürdiger Diener bittet um Vergebung, falls ein Shima Euch beleidigt hat«, murmelte er.

»Du wagst es, die Beleidigung zu bezweifeln, die mir zugefügt wurde?« Sogamori war vor Wut rot angelaufen. »Du hättest Grund, dich vor Scham in die hinterste Ecke deines Hauses zu verkriechen, Ryuichi! Du hättest dich besser in den Kamo gestürzt, anstatt mir unter die Augen zu treten.«

»Diese Frau weiß nicht, was sie tut, Exzellenz«, sagte Ryuichi kleinlaut. »Die Trauer um Kiyosi hat ihren Geist verwirrt.«

Horigawa meldete sich zu Wort. »Ich habe Euch gewarnt, Exzellenz. Diese Frau ist ebenso boshaft wie eigensinnig.«

Ryuichi hätte seine Wut, seine Empörung am liebsten hinausgeschrien. Prinz Horigawa hatte die Ehre der Shima beleidigt. Aber er schwieg. Die Angst schnürte ihm die Kehle zu.

Sogamori hielt die schimmernde Waffe vor sich. »Dieses Schwert wird Atsue gehören, wenn er einst unter das Banner der Takashi tritt.«

»Das Haus Shima ist beschämt von Eurem großzügigen Angebot, den Jungen Atsue an Sohnes Statt anzunehmen«, sagte Ryuichi. »Aber die Mutter bittet um Bedenkzeit. Ihr Herz ist schwer von Trauer um Kiyosi.«

»Du vergleichst die Empfindungen dieser Konkubine mit der Trauer des Vaters?« fuhr ihn Sogamori an. »Meinem Sohn hat sie nicht mehr bedeutet als jede andere. Der Junge kommt hierher, in die Rokuhara-Feste, und zwar noch heute!«

Die Vorstellung, daß er Taniko mit dieser Forderung würde gegenübertreten müssen, verlieh Ryuichi Mut zu einer letzten Entgegnung. »Sie ist die Mutter des Kindes«, stammelte er. »Sie liebt ihren Sohn.«

»Unsinn!« fuhr Horigawa dazwischen. »Nach dem Gesetz bin ich der Vormund des Jungen. Und ich bestimme, daß der Junge dem Fürsten Sogamori unterstellt wird.«

Fassungslos starrte Ryuichi den Prinzen an.

»Damit ist die Frau kein Hindernis mehr«, stellte Sogamori befriedigt fest.

»Da kommt mir eine Idee, Exzellenz«, ergriff Horigawa das Wort. »Es wird notwendig sein, die Mutter unter Kontrolle zu haben. Es wird am besten sein, wenn ich sie wieder in mein Haus nehme.« Er wandte sich zu Ryuichi und entblößte seine schwarzen Zähne. »Ihr, mein lieber Ryuichi, habt die Bürde lange genug getragen.« Der Schrecken fuhr Ryuichi in die Glieder. Wenn Taniko das erfuhr, würde sie ihrem Leben ein Ende machen.

»Ihr wißt, Exzellenz, daß ich eine Reise nach China plane«, fuhr Prinz Horigawa fort. »Es wird eine sehr beschwerliche Angelegenheit werden. Ein Jahr und länger werde ich unterwegs sein. Und natürlich werde ich die Gesellschaft einer Frau brauchen. Ich denke, es ist am besten, ich nehme die Frau mit, die mir schon gehört.«

Taniko haßt dich, dachte Ryuichi. Ihr erstes Kind ist von deiner Hand gestorben, und jetzt sorgst du dafür, daß sie auch Atsue verliert. Wenn sie sich nicht umbringt, wird sie den Verstand verlieren.

»Es war Yukio, der meinen Sohn tötete«, ließ sich Sogamori vernehmen. »Leider ist er nach China geflüchtet. Aber es gibt einen Muratomo, an dem ich mich rächen kann. Höre, Ryuichi!«

Ryuichi verneigte sich. »Ich erwarte Eure Befehle, Exzellenz.«

»Du wirst deinen schnellsten Boten zu deinem Bruder Shima no Bokuden nach Kamakura senden und ihm mitteilen, daß Hideyori eine Gefahr für die Sicherheit des Staates darstellt. Er ist ein Muratomo und muß sofort hingerichtet werden, so lautet der Befehl des Kanzlers. Der Bote, der nach Kamakura reitet, soll mir Hideyoris Kopf mitbringen.«

Wenn doch Bokuden nur hier wäre, dachte Ryuichi. Erfahren in Intrige und Diplomatie, würde er einen Ausweg finden. Nicht, daß die von Sogamori verfügte Hinrichtung des Muratomo-Sprosses ihn sonderlich bekümmerte. Hideyori hatte seiner Familie nur Unglück gebracht, und Yukio, sein Bruder, hatte Sogamoris Sohn getötet und damit alles denkbare Unheil auf die Shima herabbeschworen. »Es wird geschehen, wie Ihr wünscht, Exzellenz.«

»Und auch der zweite Bruder wird Eurer gerechten Strafe nicht entgehen, Exzellenz«, diente sich Horigawa an. »Ich werde dafür sorgen, daß Yukio im Land der Mitte verfolgt wird bis in den letzten Winkel.«

»Ich halte große Stücke auf den Prinzen Horigawa, Ryuichi-san«, sagte Sogamori. »Horigawa ist klein von Gestalt, aber in seinem Kopf vereint sich alle Klugheit Japans. Horigawa kennt die Klassiker des Reichs der Mitte, er kennt die Flüche, die Sprache der Gosse. Er kann ebenso das Wort an den Kaiser der Sung-Dynastie richten wie einem gemeinen Matrosen über den Mund fahren. Mir jedenfalls wird der Prinz unschätzbare Dienste leisten. Die Informationen, die er mir aus dem Reich der Mitte mitbringt, sind von außerordentlicher Bedeutung.«

»Ich verstehe, Exzellenz«, sagte Ryuichi kleinlaut.

»Was dich angeht, Ryuichi-san, ich werde eine Kutsche für den Jungen mitschicken. Es wäre gut, wenn du meine Geduld nicht ein zweites Mal auf die Probe stellst.«

Horigawa erhob sich. »Mit der Erlaubnis Eurer Exzellenz werde ich jetzt zum Haus der Shima aufbrechen, um meine Frau zurückzuholen.« Er näherte seine Stirn dem Fußboden. »Würden Euer Exzellenz mir einige Samurai zur Verfügung stellen, die meine Kutsche begleiten?«

»Sagt dem Hauptmann der Wache, er soll Euch zwanzig Berittene mitgeben.«

Schlimmer kann es nicht mehr kommen, dachte Ryuichi. Er verbeugte sich, drehte sich um und eilte hinaus.

3. Kapitel

Taniko und Atsue saßen beim Go-Spiel, als die Kutschen durch das Tor rollten. Atsue hielt einen weißen Stein in der Hand, mit dem er eine ganze Reihe von Tanikos schwarzen Steinen zu bedrohen gedachte. Draußen hörte man Rufe und Hufgeklapper. Sie kamen, um Atsue zu holen. Taniko stieß den Tisch mit dem Go-Spiel zur Seite und zog ihren Sohn an sich.

Die verschiebbare Wand, die ihr Gemach von den anderen trennte, wurde geöffnet. Es war Tante Chogao. Sie weinte.

»Dein Onkel wünscht, daß Atsue in die Große Halle hinunterkommt.«

Taniko hielt ihren Sohn umfangen. »Wer mir Atsue nehmen will, der muß ihn mir vom Herzen reißen«, sagte sie.

Der Junge hatte zu weinen begonnen. Tröstend strich sie ihm über die Stirn.

»Töte mich, Mutter«, schluchzte er. »Töte mich, wie du jenen Samurai getötet hast. Laß uns ins Land der Reinheit eingehen.«

Taniko biß sich auf die Lippen, um die Tränen zurückzudrängen. »Du hast dein Leben noch vor dir, Atsue-chan«, flüsterte sie. »Lieber verliere ich dich, als daß ich dir den Tod gebe. Es ist nicht Sache des Menschen, den Zeitpunkt für sein Ende zu bestimmen. Wir werden jetzt unser Leben der Gnade Buddhas anempfehlen. Sprich mir nach: Ehre sei Buddha dem Erleuchteten.«

»Ehre sei Buddha dem Erleuchteten.«

Ryuichi stürzte in den Raum. Eine kleine, Taniko wohlbekannte Gestalt rannte hinter ihm her.

»Ich entbiete dir einen guten Tag, Taniko-san«, sagte Horigawa. Er lächelte und zeigte seine schwarzen Zähne.

Mit einem Wutschrei ergriff Taniko die Öllampe, die neben ihr stand, und schleuderte sie auf Horigawa. Der sprang zur Seite. Die Lampe zerschellte an der Wand. Kleine gelbe Flammen züngelten die papierbespannten Holzwände hoch. Eine Dienerin eilte mit einem Kübel Wasser herbei und löschte das Feuer, ehe es größeren Schaden anrichten konnte.

»Beeindruckend«, sagte Horigawa. »Wie ich sehe, ist deine Vorliebe für das Entfachen von Feuersbrünsten ungebrochen.«

»Ihr wart es, der Sogamori diese Idee in den Kopf gesetzt hat«, fauchte sie. Sie hätte den Mann am liebsten erwürgt.

Er breitete die Hände aus. »Das Gegenteil ist der Fall, Taniko-san. Ich habe den Fürsten Sogamori davon abzuhalten versucht, sein Geld und seine Güte an einen Bastard zu verschwenden. Aber er bestand darauf. Ich bin nur gekommen, um sicherzustellen, daß Sogamoris Befehle ausgeführt werden. Vor dem Gesetz bist du meine Frau, Taniko, und dieser Junge ist mein Sohn. Fürst Sogamori wird ihn an Sohnes Statt annehmen. Und du, Taniko, wirst dich wieder in meinen Haushalt einfügen.«

Der Schock machte sie wanken. Das Glück der vergangenen Jahre schien unwiederbringlich dahin. Sie wäre dankbar gewesen, hätte sich die Erde aufgetan und sie verschlungen.

»Dieser Mann ist nicht mein Vater«, sagte Atsue in ihre Gedanken hinein.

Sie fuhr hoch. »Natürlich nicht.« Sie sah Horigawa in die kleinen, bösen Augen. »Dieser Mann ist unfruchtbar wie ein vertrockneter Dornstrauch.«

In Horigawas Gesicht ging eine seltsame Veränderung vor sich. Die Backenknochen unter den gepuderten Wangen begannen bläulich zu schimmern. Die Augen waren zusammengekniffen, die Lippen gaben die schwarzen Zähne frei. »Du bist meine Frau«, sagte er haßerfüllt. »Ich bestimme, was mit dir zu geschehen hat.« Er wandte sich ab und trat auf die Terrasse hinaus, wo Sogamoris Leute warteten.

Onkel Ryuichi war zu Taniko getreten. »Ich flehe dich an«, sagte er. »Gib ihm den Jungen, dann wird er dich ungeschoren lassen.«

»Ihr täuscht Euch, Onkel«, widersprach sie. »Horigawa hat noch eine alte Rechnung mit mir zu begleichen. Und Ihr habt mich im Stich gelassen, als ich Euch am meisten gebraucht habe. Ich werde Eure Gastfreundschaft nicht länger in Anspruch nehmen.«

»So hab doch ein Einsehen, Taniko«, bettelte er. »Ich konnte gar nicht anders handeln. Fürst Sogamori ist zu mächtig, als daß ich mich ihm widersetzen könnte.«

»Und ich dachte, ein Samurai würde sich Tod und Teufel widersetzen!«

Zwei Samurai in roten Seidenhemden und Kniehosen stürzten mit dem Schwert in der Hand in den Raum. Erstaunt musterten sie Taniko, die sich ihnen ohne den üblichen Wandschirm präsentierte. Schließlich wandten sie den Blick von ihr und blickten Horigawa fragend an.

»Gewalt wird nicht nötig sein«, jammerte Ryuichi. »Ihr beleidigt mich, indem Ihr Eure Samurai in mein Haus bringt.«

»Ein Mann wie Ihr hat ohnehin jeden Anspruch auf Ehre verwirkt«, tönte Horigawa. Er deutete auf den Jungen in Tanikos Armen. »Nehmt diesem Weib den Jungen weg und setzt ihn in die Kutsche.«

Taniko kniete vor Atsue. Sie drückte den Jungen an sich.

Ryuichi rang in hilfloser Verzweiflung die Hände. »Du bereitest unserem Hause Schande, Taniko.«

»Ihr seid es, der sich schämen muß, nicht ich«, gab sie zurück.

»Packt den Jungen!« Wie der Kopf einer Natter fuhr Horigawas Hand auf Atsue zu.

Die beiden Samurai traten vor. »Gebt uns den Jungen!« bat der Ältere.

»Das kann ich nicht«, entgegnete Taniko. »Er ist und bleibt mein Sohn.«

»Ich bitte um Vergebung«, sagte der Samurai und umklammerte ihre Handgelenke. Der andere entriß ihr den Sohn.

Als der Krieger sie losließ, sprang sie auf und versuchte mit einem blitzschnellen Griff das Schwert aus der Scheide zu ziehen. Ein Schlag auf den Kopf betäubte sie. Sie stürzte zu Boden.

»In ihrem früheren Leben muß sie ein Krieger gewesen sein«, hörte sie den älteren Samurai sagen.

»Mutter!« schrie Atsue. Sie riß die Augen auf. Dort stand der jüngere Samurai und hielt ihren Kleinen umklammert.

»Bringt den Jungen weg! Schnell!« befahl Horigawa. Atsue wurde aus dem Raum geschleift.

Sie zwang sich zur Ruhe. »Ich habe eine Bitte«, wandte sie sich an den älteren Krieger. »Nehmt die Instrumente des Jungen mit, wenn er zum Rokuhara-Palast gebracht wird. Vor allem seine Flöte. Sie trägt den Namen ›Kleiner Zweig‹ und ist ein Erbstück von seinem Vater.« Sie wischte sich die Tränen aus den Augen. »Es ist wichtig, daß er den Unterricht nicht abbricht. Er ist sehr musikalisch.«

Sie mußte an Akimi denken, die von Yukio gesagt hatte: »Er spielt so wunderschön Flöte, daß es mir das Herz anrührt.« Yukio war schuld an Kiyosis Tod. Derselbe Yukio, dem Taniko das Leben gerettet hatte. Es war eine furchtbare Erkenntnis.

»Ehre sei Buddha«, flüsterte sie. Nur der Erleuchtete konnte verstehen, daß letztlich sie für den Tod des geliebten Mannes verantwortlich war.

Sie stand auf. »Gehen wir! Ihr könnt jetzt mit mir machen, was Ihr wollt, Horigawa.«

Ihre Tränen waren versiegt. Aufrecht folgte sie dem Mann, der ihr Glück zerstört hatte. Weinend beobachtete die Familie Tanikos Auszug. Vielleicht war es ein Abschied für immer. Erhobenen Hauptes ging sie an Ryuichi und seiner Frau vorbei, ohne ihnen Lebewohl zu sagen. Ihre Familie hatte sie zu oft enttäuscht.

Horigawa hatte die Kutsche vorfahren lassen. Er gebot Taniko einzusteigen und beorderte einen Samurai an ihre Seite. Er selbst nahm auf der anderen Seite der Sitzbank Platz.

»Werde ich künftig immer unter Bewachung reisen, Hoheit?« erkundigte sich Taniko.

Horigawa lächelte haßerfüllt. »Deine Phantasie würde nicht ausreichen, dir vorzustellen, was dich noch alles erwartet. Es wird interessant sein zu beobachten, wie der Körper einer verwöhnten Frau auf die Strapazen einer Reise nach China reagiert.«

Sie starrte ihn an. China? Yukio war nach China geflüchtet. Es war nicht unwahrscheinlich, daß auch Jebu sich im Reich der Mitte aufhielt. Es ist nur ein Traum, dachte sie.

»Du hast richtig gehört, mein Augapfel«, sagte Horigawa. »Wir reisen nach China. Und das ist erst der Anfang deines Leidensweges. Wenn er zu Ende geht, wirst du wünschen, du wärest nie geboren.«

Die Zeit vor der Reise verging ohne Unannehmlichkeiten. Taniko wurde wie ein Gast behandelt. Das Frauenhaus, das einige Zeit leergestanden hatte und vor Schmutz starrte, wurde binnen kürzester Zeit gereinigt und renoviert.

Taniko lebte von der Welt abgeschlossen. Die Dienstboten vermieden es, mit ihr zu sprechen. Wie sehr sehnte sie sich nach ihrem kleinen Sohn, wenigstens nach einem Lebenszeichen von ihm. Aber die Dienerinnen schüttelten schweigend den Kopf, wenn sie nach ihm fragte. Immer wieder wachte sie nachts auf und tastete nach Kiyosi – bis sie verstand, daß der Traum zu Ende war. Manchmal vermeinte sie, ihren Sohn weinen zu hören. Sie lauschte in die Nacht hinein, aber das Geräusch kehrte nicht zurück. So saß sie still und weinte, bis die Morgensonne den Horizont rötete. Sie zwang sich, das Frühstück einzunehmen. Der Tag verging mit Tränen. Sie weinte, bis sie in Schlaf fiel.

Horigawa hatte dafür gesorgt, daß sie keine Zerstreuung hatte. Es gab nichts – keine Gefährtin, keine Spiele. Sie versuchte, einige Gedichte zu Papier zu bringen, aber schon nach wenigen Zeilen gab sie auf.

Sie nahm ihr Kopfkissenbuch hervor. Aber es gab nichts, was sie in die leeren Seiten hätte eintragen können. Manchmal dachte sie an die Qualen, die Horigawa ihr bereiten würde. Die Vorstellung, daß er sie, wenn er sie genügend gepeinigt hatte, töten würde, bescherte ihr Trost. Einmal würden die Leiden zu Ende gehen. Sie würde ihre Seele Buddha, dem Gütigen, empfehlen.

Ich könnte mich töten, dachte sie. Ich könnte mir die Kehle aufschlitzen. Ich habe vom Leben nichts mehr zu erwarten. Dann wieder überkam sie ein merkwürdiges Gefühl der Zuversicht. Sie hatte eine Bestimmung, und sie würde sich ihr nicht entziehen, indem sie ihrem Leben ein Ende setzte. Nein, Horigawa verdiente die Befriedigung nicht, sie in den Tod getrieben zu haben.

Und außerdem gab es noch Jebu. Solange er lebte, gab es noch Hoffnung.

Ich werde China kennenlernen, dachte sie, jenes große, geheimnisvolle Land voller Schönheit. Von dort kamen Malerei und Schrift, die Gesetze, Poesie, Philosophie und Religion. Ich muß China sehen, dachte Taniko. Erst dann kann ich sterben.

Monate waren verstrichen, als eines Morgens eine Dienerin bei Taniko erschien. »Seine Hoheit, der Prinz, schickt mich. Ihr sollt Euch auf die Reise vorbereiten. Er möchte, daß Ihr Eure besten Kleider mit nach China nehmt. Er will Euch hochgestellten Persönlichkeiten vorstellen.«

Merkwürdig, dachte Taniko. Er haßte sie, aber gleichzeitig wollte er, daß sie die Reise nach China in ihren feinsten Kleidern antrat. Mit Hilfe der Dienerinnen machte sie eine Liste der Dinge, die für die Reise eingepackt werden sollten.

Zweihundert Jahre lang hatte kein japanischer Staatsmann dem Nachbarland China einen offiziellen Besuch abgestattet. Und auch Horigawa reiste nicht als Abgesandter des Sohnes des Himmels. Bevor er aufbrach, sprach er jedoch in Tanikos Begleitung bei dem abgedankten Kaiser Go-Shirakawa, beim Kanzler Sogamori und sogar bei dem jungen Kaiser Takakura vor. Ein ganzer Tag verging mit diesen Besuchen. Es war später Nachmittag, als Horigawa und Taniko, von umfangreicher Dienerschaft und einer Hundertschaft von Samurai begleitet, ihre große Reise antraten.

Nachdem sie die Stadt durch das Rashomon-Tor verlassen hatten, tat sich eine fruchtbare Ebene mit bewässerten Reisfeldern auf. Sie verbrachten die erste Nacht auf dem Landgut eines adeligen Takashi. Früh am nächsten Morgen ging es weiter Richtung Süden. Taniko wußte, daß sie recht bald die Küste erreichen würden. Von dort würde ihr Weg dann am Meer entlang nach Westen führen.

Sie war erleichtert, daß Horigawa nicht in der gleichen Kutsche fuhr. Er hatte ihr drei Dienerinnen beigegeben, die den Auftrag hatten, sie nicht aus den Augen zu lassen.

Das Meer. Die Inseln sahen aus wie Edelsteine, die eine Riesenhand auf blaue Seide geschüttet hatte. Fischerboote durchpflügten die schimmernden Gewässer.

Dann Hyogo, Stadt, Hafen, Ausgangspunkt für die Überquerung des Meeres. Takashi-Fahnen, wohin man blickte. Sie fuhren an den Werften vorbei. Hafenarbeiter starrten den ungewöhnlichen Gästen nach.

Das Hafenbecken. Sogamori hatte es ausbaggern lassen, damit es auch vollbeladene Frachtschiffe aufnehmen konnte.

Drei Takashi-Galeeren lagen auf Dock. Die Segel waren abgeschlagen, die Decks der Schiffe leer. Auf einem dieser Schiffe hatte Kiyosi den Tod gefunden.

Die Erinnerung an die erste gemeinsame Reise mit Kiyosi kam zurück. In diesem Hafen hatten sie sich eingeschifft. Unzählige Inseln hatten sie besucht. Hand in Hand waren sie damals über die Wiesen gegangen, die vom Hafen zu den Felsen anstiegen. Kiyosi hatte sich hingekniet und eine Blume für sie gepflückt.

Durch einen Schleier von Tränen gewahrte sie ihre Dienerinnen, die angesichts der Schiffe im Hafen in Entzückensschreie ausgebrochen waren. Es war das erste Mal, daß diese einfachen Mädchen das Meer sahen. Jetzt kam das Schiff in Sicht, das sie über das Meer nach China tragen würde.

Es war eine chinesische Dschunke, behäbig, schwer, seetüchtig. Sie lag am Ende des Kais vertäut. Ein schwimmendes Schloß, dachte Taniko. Die fünf Masten waren so hoch, daß sie sich fast den Hals ausrenken mußte, um die goldene Flagge an der Spitze zu erkennen. Der Bug war mit geheimnisvollen Mustern und mit dem Yin-Yang-Symbol bemalt.

Tanikos Blick glitt am mächtigen Bauch der Dschunke entlang, wo Kampfszenen zwischen Vögeln, Fischen und Drachen in Rot, Schwarz und Gold dargestellt waren.

Sie betrachtete die chinesischen Schriftzeichen am Heck der Dschunke. Wenn ich an Bord gehe, dachte Taniko, betrete ich chinesischen Boden.

Sie wurde in einer Sänfte auf die Dschunke hinübergetragen. Ein Murmeln der Bewunderung ging durch die Reihen der Mannschaft, als die Sänftenträger mit ihrer kostbaren Fracht über das Deck gingen. Ehe es sich Taniko versah, befand sie sich in einer geräumigen Kabine im Achterdeck, die sie mit einer ihrer Dienerinnen teilen sollte. Sie hatte ein Fenster, Schränke und zwei Schlafkojen mit Decken und Kissen. Der Fußboden war mit zahlreichen Gepäckstücken verstellt.

Aus dem Kopfkissenbuch von Shima Taniko:

Seit fünf Tagen sind wir jetzt auf See. Wir haben die Meerenge von Shimonoseki überquert. Meist segeln wir in Sichtweite der Küste. An der Insel Tsushima haben wir angelegt, dann in Pusan an der koreanischen Küste. Beides konnte ich nur durch das Fenster meiner Kabine sehen.

Einmal am Tag darf ich mit meinen Dienerinnen ein paar Minuten an Deck spazierengehen und frische Luft schnappen. Die restliche Zeit müssen wir in der Kabine verbringen, die von Tag zu Tag enger zu werden scheint und immer übler riecht.

Wenn ich Horigawa sehe, lächelt er sein übliches, schwarzgezahntes, ekelhaftes Lächeln. Ich würde nicht zögern, ihn über Bord zu stoßen. Aber er läßt sich immer von Samurai begleiten.

Wir haben die Chinesische See erreicht. Seitdem bin ich seekrank. Das Schiff hebt und senkt sich und rollt von einer Seite auf die andere. Wenn ich an Deck bin, geht es mir besser. Man braucht nur auf den Horizont zu schauen. Schlimm ist es, nach einem Spaziergang an Deck in die Kabine zurückzukehren. Ein paarmal habe ich mich übergeben müssen. Man meint, man muß sterben.

Es scheinen über zweihundert Fahrgäste an Bord zu sein. Wo die Dschunke Platz für soviel Kabinen hat, ist mir rätselhaft. Horigawa, ich und andere vornehme Passagiere haben Achterkabinen. Dann sind auch noch Priester und Mönche an Bord. Und Kaufleute. Ich habe Chinesen und Koreaner gesehen, auch Japaner.

Die Mannschaft besteht aus einhundert Mann, sagt die Dienerin. Einhundert Chinesen also, die Kaufleute nicht mitgerechnet. Chinesen sind größer als Japaner. Ihre Haut ist heller als unsere, mit Ausnahme natürlich der Seeleute, die alle sonnengebräunt sind.

Obwohl mir elend, unglücklich und ängstlich zumute ist, erfüllen mich das Abenteuer dieser Überfahrt und die Aussicht darauf, das Reich der Mitte kennenzulernen, mit Freude und Erregung.

Am fünfzehnten Tag des sechsten Monats
Im Jahr des Pferdes

4. Kapitel

Zwei weiße Banner flatterten auf den Wehrtürmen von Kweilin, wohin der Kaiser von China Yukio und seine Mannen beordert hatte. Das eine war die Fahne mit den Farben der Stadt, das andere das Banner der Muratomo. Die Ähnlichkeit der beiden Fahnen war verblüffend – ein gutes Vorzeichen, wie alle fanden.

Jebu, Yukio und Moko standen auf dem Umgang am südlichen Teil der Stadtmauer und betrachteten das anrückende Heer der Mongolen. Das Land vor dem Horizont, vor Minuten noch grün, hatte sich dunkel gefärbt. Langsam schob sich das dunkle Band der Stadt entgegen, kroch über Hügel, überwand Felsspalten, sickerte durch die Wälder und wirbelte riesige Staubsäulen auf. Es war ein Anblick, der schon viele Völker das Fürchten gelehrt hatte.

Seit Tagen strömten Flüchtlinge in die Stadt, die von dem Vordringen der Mongolen auf Kweilin berichteten. Der Bürgermeister hatte angeordnet, daß die Bauern, Gutsbesitzer und Handwerker aus der Umgegend sich in den Schutz der Mauern begeben sollten. Sie hatten Vorräte mitgebracht, unter anderem lebendes Vieh. Ochsen, Ziegen, Schweine, Schafe, Hühner und Pferde, nichts durfte den Mongolen in die Hände fallen. Jetzt verstand Jebu auch, wie sich die Bewohner von Kweilin ernähren konnten. Zwar war Kweilin klein, verglichen mit den anderen Städten im südlichen China, aber es hatte um ein Vielfaches mehr Einwohner als Heian Kyo. Von jetzt an, dachte Jebu grimmig, würden keine Flüchtlinge mehr kommen. Jetzt kamen die Mongolen.

Aus den Staubwolken stiegen Kommandorufe in den Himmel. Hornsignale erschallten. Jebu sah die Standarten des Gegners, Lanzen, an deren Spitze die Schwingen von Raubvögeln prangten. Dann verstummten die Rufe. Nur die Hufe waren zu hören. Im Trab ritten die Mongolen auf die Stadtmauern zu.

»Hast du Angst?« fragte Yukio. Er musterte Jebu neugierig.

»Nein«, gab Jebu zur Antwort. »Aber ich bin erstaunt, daß es so viele sind.«

»Aber *ich* habe Angst«, meldete sich Moko. »Ich habe schon vor einem einzigen Krieger Angst. Dort aber kommen mehr als ein Taifun Regentropfen hat.«

»Wir werden diesen Taifun dorthin schicken, wo er herkommt«, sagte Yukio. Er schien guter Dinge. Aber Jebu glaubte zu wissen, daß er sich zuversichtlicher gab, als er war.

Das Meer der Mongolen, das sich auf die Stadtmauer zuwälzte, schien kein Ende zu nehmen. Die Vorhut war jetzt nur noch einen Steinwurf von Rong hu und Shan hu, den beiden Seen, die auf der südlichen Seite der Stadt den Burggraben bildeten, entfernt. Sie bewegte sich auf die Grüne Brücke zu, die einzige, die Yukio nicht hatte einreißen lassen. Das ansehnliche Bauwerk bestand aus Holz und führte auf das stark befestigte südliche Stadttor zu. Alle anderen waren zugemauert worden.

Während die fremden Reiter näher kamen, dachte Jebu an jene schrecklichen Minuten zurück, als er mit Yukios Vater Domei auf der Wehrmauer des Kaiserlichen Palastes in Heian Kyo gestanden hatte. Würde die Schlacht um Kweilin in einer ähnlichen Katastrophe enden? Hoffentlich nicht. Und dann fiel ihm ein, daß ein Zinja nicht hoffte, sondern handelte. Eine nie gekannte Erregung hatte sich seiner bemächtigt. Die dort gegen die Stadt anrückten, gehörten zu jenem geheimnisvollen Volk, dem auch sein Vater entstammte. Er würde gegen sein eigenes Blut kämpfen. Der einzige Mongole, den er bisher kennengelernt hatte, war Arghun Baghadur gewesen. Er betrachtete die Männer, die auf zottigen Pferden über die Hügel von Kweilin gestürmt kamen. Ein Gewimmel von Leibern und Rüstungen, Pelz und Leder, schlitzförmige Augen, braune, wettergegerbte Gesichter, die auch jetzt Ruhe ausstrahlten.

»Wir sollten ihnen entgegenreiten«, sagte er. »Es verschafft uns zwar keinen Vorteil, aber es ist gut für die Moral unserer Männer und den Mut der Bürger in der Stadt. Reiten wir hinaus, ehe die Mongolen Stellung beziehen können.«

Yukio nickte. »Gut. Wir werden ihnen einen Vorgeschmack von dem geben, was sie hier erwartet.«

Die Samurai sammelten sich am Fuße der Stadtmauer. Sie hatte die Höhe von vier Männern und war aus Kalksteinfelsen errichtet, die aus den Steinbrüchen der Umgebung herangeschafft worden waren. Das Tor an dieser Stelle war doppelt gesichert. Es bestand aus behauenen Stämmen, die mit Eisenbändern zusammengehalten wurden. Hinter dem Tor erhoben sich zwei steinerne Schutztürme, von deren Zinnen die Scharfschützen auf die andringenden Feinde zielen konnten.

Yukios Befehl unterstanden dreitausend Mann. Eintausend Samurai, die er aus Japan mitgebracht hatte, und zweitausend Mann chinesische Truppen, die ihm der Kaiser unterstellt hatte. Wenn es die Situation erforderte, konnten weitere sechstausend Mann gegen die Mongolen eingesetzt werden: die Bürgermiliz von Kweilin, die zwar gut bewaffnet war, aber keine Kampferfahrung hatte. Yukio beschloß, sich bei seinem ersten Ausfall allein auf seine Samurai zu stützen.

Die Späher hatten gemeldet, daß die Mongolen ihre Stellung vor der Mauer einzunehmen begannen. Erst jetzt ließ Yukio das Tor öffnen. Yukio und Jebu waren die ersten, die über die Brücke ritten. Der Bannerträger mit dem Wappen des Weißen Drachens folgte ihnen. Dann kamen, in Fünferreihe, die Samurai, angefeuert vom Klang der Taiko-Trommeln.

Dann standen sie den Mongolen gegenüber – *seinem* Volk. Sie sind größer als wir, dachte Jebu. Größer und stärker. Die Gesichter strahlten eine bedrohliche Wildheit aus. Die Haare, unter seltsam geformten Helmen verborgen, waren geflochten. Die meisten waren schwarzhaarig.

Yukio zog sein Schwert und gab seinem Pferd die Sporen. Jebu und die Samurai folgten ihm. »Muratomo!« tönte es aus tausend Kehlen, als sie auf die reglos verharrenden Mongolen zugaloppierten. Jebu warf einen Blick zurück. Erst die Hälfte der Männer schien das Tor passiert zu haben.

Ein Hornsignal erschallte. Jetzt werden sie angreifen, dachte Jebu. Er hatte sich getäuscht. Die mongolischen Reiter, die ihm gegenüber Aufstellung genommen hatten, machten kehrt und wichen zurück, so daß ein Keil entstand, in dem sich die anstürmenden Muratomo fangen sollten.

»Setzt ihre Belagerungsmaschinen in Brand!« schrie Yukio.

Vor Jebu erstand die Erinnerung an jene Schlacht, die Kiyosi geführt und durch eine List gewonnen hatte.

»Yukio!« Er rief aus Leibeskräften, um sich im Kampfgetümmel verständlich zu machen. »Das ist eine Falle.«

»Zu spät!« Yukio wies auf die dahindonnernde Phalanx seiner Reiter. Jebu gab seinem Pferd die Peitsche. Mit einem mächtigen Satz sprang es nach vorn. Es dauerte nur ein paar Sekunden, bis er die Angriffsspitze der Samurai eingeholt hatte. Er stellte sich ihnen in den Weg. Ein Pfeil pfiff an seinem Ohr vorbei.

»Halt!« schrie er. »Zurück!«

Die Männer gehorchten sofort. Sie galoppierten zur Brücke zurück. Als Jebus Pferd einen der Nachzügler streifte, die aus dem Tor kamen, verhedderte er sich in den Steigbügeln des anderen und kam zu Fall.

Auf der Seite der Mongolen erschallte ein neues Hornsignal. Zwei langgezogene Töne, unmittelbar gefolgt von einem Pfeilregen. Jebus Pferd wurde von Dutzenden stählerner Spitzen durchbohrt. Er sah sich um. Auch Yukios Pferd war getroffen worden.

Er packte Yukio am Arm und zog ihn aus dem Sattel. Beide duckten sich hinter die Kadaver der Pferde und beobachteten die weitere Entwicklung des Gefechtes. Drei Pfeile hatten sich in Jebus Brustpanzer gebohrt. Er brach die Schäfte ab. Die Mongolen hatten ihren Rückzug gestoppt und von neuem Aufstellung genommen. Ihre Bogenschützen gaben Salve um Salve auf die Muratomo ab, deren Pferde auf der Brücke stehengeblieben waren.

Der Bannerträger der Muratomo war tödlich getroffen. Yukio rannte zu dem Sterbenden, entriß ihm die Fahne und eilte auf die Brücke. Er mußte seinen Männern neuen Mut einflößen. Doch es war umsonst. Ein Samurai nach dem anderen sank getroffen zu Boden. Die beiden Anführer hasteten über sterbende Männer und die zuckenden Leiber zu Tode getroffener Pferde hinweg. Das Wasser im Burggraben hatte sich rot gefärbt. Immer noch hielt der Pfeilhagel der Mongolen an. Die Samurai, jetzt in der Minderzahl, wandten sich zur Flucht.

Nur einer ritt gegen den Strom, das Gesicht von Zorn gerötet. Im gestreckten Galopp preschte er an Yukio vorbei, der ihn aufzuhalten suchte.

Ein Hornsignal. Der Pfeilregen ebbte ab und erstarb dann ganz.

Der Samurai hatte sein Pferd am Ende der Brücke zum Stehen gebracht. Er erhob sich in den Steigbügeln.

»He da, Mongolen. Wenn ihr Kampf sucht, könnt ihr ihn haben! Ich bin Sakamoto Michihiko von Owara, der Nachkomme von Abe Yoritoki.«

Yukio hatte Jebu am Arm ergriffen. Beide starrten wie gebannt auf den Mann.

Eine gellende Fanfare ertönte. Und dann befiel Jebu jene Angst, gegen die er immun zu sein glaubte. Wie eine Lawine stürmte die Phalanx der Mongolen mit wildem Gebrüll auf die Grüne Brücke. Die Gesichter, bislang ernst und beherrscht, waren von Haß und Mordlust entstellt.

Michihiko hatte in aller Ruhe seinen mannshohen Bogen gespannt. Sein Pfeil traf den ersten Mongolen ins Auge. Die anderen rückten mit gezogenen Säbeln nach. Aber Michihiko holte einen nach dem anderen mit wohlgezielten Schüssen vom Pferd. Bald war der Platz vor der Brücke mit schreienden und blutenden Gegnern übersät.

Jebu sah, daß es einer Handvoll Mongolen gelungen war, sich durch das Gewirr der Sterbenden und Toten zu Michihiko durchzuarbeiten. Ein gnadenloser Nahkampf begann. Der Samurai hatte sein Schwert gezogen. Das Klingen der aufeinanderprallenden Scheiden war zu hören. Einer der Mongolensäbel zerbrach in zwei Stücke. Wenigstens unsere Schwerter sind besser als ihre, dachte Jebu.

Inzwischen hatte einer der Angreifer Michihiko eine Schlinge um den Hals geworfen. Mit einem Ruck zog er sie zu. Ein zweites Seil schloß sich um den Rumpf des Samurai und preßte ihm die Arme an den Körper. Wütend versuchte er sich zu befreien, als die Feinde ihn vom Pferd zogen. In voller Rüstung fiel er auf die Brücke. Das Gelächter der Feinde übertönte jetzt jeden anderen Laut. Sie hatten einen Kreis um Michihiko gebildet. Auf ein Zeichen hoben sie ihre Lanzen und durchbohrten ihn.

Yukio hatte sich abgewandt. »Barbarische Schlächter«, sagte er. »Das ist kein Tod, wie ihn ein Samurai verdient.«

Die meisten Samurai hatten ins Innere der Umfriedung flüchten können. Jebu folgte ihnen. Moko erwartete ihn mit einer angezündeten Öllampe. Jebu dankte ihm und begab sich auf die Brücke zurück.

Ein Mongole hatte Michihikos Kopf auf die Spitze seiner Lanze gepflanzt, die anderen tanzten, schrille Schreie ausstoßend, um ihn herum.

»Wahrscheinlich glauben sie, Michihiko war unser bester Mann«, sagte Yukio. »Sie können sich nicht vorstellen, daß er ein Samurai wie jeder andere war, ein Krieger, der glaubte, daß heute der richtige Tag zum Sterben sei.«

Wie die Zinja, so glaubten auch die Samurai, daß der Tod nichts Böses war. Im Unterschied zu den Zinja allerdings hielten sie ihn für eine Belohnung. Sie drängten sich danach, zu sterben.

Jetzt kam der Feind geradewegs auf das offene Tor zugaloppiert.

»Geh zur Seite«, sagte Jebu zu Yukio. Er hielt die Öllampe an eine Zündschnur, die mit schwarzem Schießpulver eingerieben worden war. Das Flämmchen huschte die Schnur entlang. Jebu folgte ihm mit den Augen. Plötzlich erschütterte eine ohrenbetäubende Explosion die Luft. Es dauerte Minuten, ehe der beißende Qualm, der die Brücke einhüllte, davontrieb.

»Sieh dir das an!« sagte Jebu.

Die Brücke war nur noch ein Trümmerhaufen. Hunderte von mongolischen Reitern lagen tot oder verwundet im Wasser.

»Ich denke, daß ihnen das eine Lehre ist«, sagte Jebu.

»Du irrst dich«, gab Yukio zurück. »Die Mongolen können tausend Mann verlieren, ohne daß es ihre Kampfkraft nennenswert schwächt. Für uns hingegen sind schon zweihundert ein hoher Verlust. Und so viele haben wir bei diesem Gefecht mindestens verloren!«

»Es war meine Idee«, sagte Jebu.

Unendliche Traurigkeit lag in Yukios Blick. »Aber ich bin verantwortlich«, sagte er bitter. »Ich habe den Befehl zum Ausfall gegeben. Hättest du nicht unsere Samurai im letzten Moment zurückgeholt, wäre die Falle zugeschnappt.«

Jebu betrachtete den jungen Mann, der so schwer an seinem Fehler zu tragen schien. Zu Unrecht, wie Jebu meinte. Sie hatten einen Angriff gegen die Übermacht gewagt, die Partie stand unentschieden. Tröstend legte er seine Hand auf Yukios gepanzerte Rechte. »Wir Zinja sagen, daß jedem Menschen die Freiheit des Handelns gegeben ist, Yukio. Aber es liegt nicht in unserer Hand, ob unsere Taten von Erfolg gekrönt sind oder nicht. Wir Zinja sagen deshalb, daß ein Krieger, der siegt, nicht hochmütig werden soll. Erleidet er eine Schlappe, so soll er den Mut nicht sinken lassen. Ein Krieger, der sich zuviel Gedanken darüber macht, ob er siegen oder unterliegen wird, ist ein schlechter Krieger. Ich mußte heute wiederholt an deinen Vater denken. Als sein Aufstand in Heian Kyo damals niedergeschlagen wurde und seine Truppen auf dem Rückzug waren, ließ er sich noch immer nicht entmutigen. Er sagte, daß der Falke so lange zustößt, bis er die Beute zu packen bekommt. Dein Vater war ein tapferer Samurai.«

Ein Lächeln erschien auf Yukios Gesicht. Es gab ihm ein jungenhaftes, fast unbekümmertes Aussehen. »Auch ich werde versuchen, ein tapferer Samurai zu sein.«

5. *Kapitel*

Wenn Jebu auf einen baldigen Rückzug der Mongolen gehofft hatte, so sah er sich getäuscht. Statt abzurücken, setzten sich die Steppensöhne gegenüber der Stadtmauer von Kweilin fest, gruben sich ein, errichteten Stellungen und Belagerungsbauwerke. Ihre Anzahl, ihre Kraft, ihre Beharrlichkeit und Disziplin erinnerten Jebu an ein Erlebnis, das er als Junge im Kloster der Wasservögel gehabt hatte. Er war im Wald in einen Ameisenhaufen getreten. Es waren rote Waldameisen. Sekunden später krochen ganze Schwärme der bissigen kleinen Krabbeltiere an ihm hoch. Weinend vor Schmerzen war er zu einem Mönch gelaufen. Der hatte nur gelacht und ihn in einen Trog mit Wasser gesteckt.

Yukio hatte die Verluste des ersten Gefechtes erfassen lassen. Zweihundertundvier Samurai hatten den Angriff mit dem Leben bezahlt. Yukio gab Befehl, ihre Namen zu notieren. Noch viele Generationen würden vom Mut des Sakamoto Michihiko sprechen. Die Chronik sollte durch besondere Kuriere zum Kaiserlichen Hof nach Linan gebacht werden und von dort weiter zu den Heiligen Inseln. Die Familien der Gefallenen würden benachrichtigt werden und ihre Söhne als Helden feiern. Zu sterben war kein Unglück für einen Samurai. Doch sterben, ohne daß die Welt von den Heldentaten erfuhr, war das Schlimmste, was einem Samurai widerfahren konnte.

Mit einer Mischung aus Scheu und Bewunderung betrachteten die chinesischen Soldaten ihren Anführer. Die Samurai aus *Ge-pen* – so nannten die Chinesen die Heimat der Fremden – jubelten Yukio zu, trotz der schweren Verluste, die man hatte hinnehmen müssen.

Jebu begab sich zu den Zinnen der Mauer und sah auf die Befestigungsanlagen der Mongolen hinab. Es war ein faszinierender Anblick. Zehntausende von Filzzelten bedeckten Ebene und Hügel.

Kweilin lag am Westufer des Kwei Kiang. Der Fluß war tief und breit, die Strömung gering. Von den Ufern stieg das Gelände zu bizarren Bergen und schroffen Felswänden mit Höhlen und Spalten an. Auf der Ostseite war der Fluß zugleich der Verkehrsweg, auf dem Nachschub beschafft und Truppenverstärkung aus Koutou herangeholt werden konnte. Notfalls würde er auch als Fluchtweg dienen.

Die Mongolen hatten ihr Lager westlich und südlich der Stadt aufgeschlagen. Bei Nacht sahen ihre Lagerfeuer aus wie ein Sternenmeer, das sich auf die Erde gesenkt hatte.

Yukio schätzte, daß die Belagerer inzwischen über nicht weniger als siebzigtausend Mann verfügten. Dreißigtausend davon waren Mongolen, der Rest Hilfstruppen aus den Provinzen. Den siebzigtausend Kriegern folgte ein Troß von Marketendern, Köchen, Dirnen, Dienern und Sklaven.

Die Mongolen waren keineswegs eine Horde von Wilden, wie Jebu und Yukio angenommen hatten. Sie waren besser organisiert und besser ausgerüstet als die meisten anderen Armeen, die Jebu kennengelernt hatte. Sie trugen Helme aus Leder, die gelegentlich mit stählernen Dornen oder Wappen verziert waren und einen Rand aus Filz und Pelz hatten. Die Panzerung der Krieger bestand aus feuergehärtetem Weidenholz, das dann schwarz lackiert worden war. Diese Rüstung bot fast den gleichen Schutz wie eine Schicht aus Stahl. Jeder Reiter verfügte über zwei Bogen und zwei prallgefüllte Köcher mit Pfeilen, außerdem einen Krummdegen, eine Lanze, eine eiserne Keule und einen runden Lederschild. Jeder Mongole hatte sechs Steppenpferde, etwa von der Größe der Samurai-Pferde. Hals und Widerrist waren kräftig, die Beine stämmig, das Fell zottig und warm. Mähne und Schwanz waren so lang, daß sie fast den Boden streiften. Während der Belagerung wurden die Mongolenpferde sich selbst überlassen. Sie weideten auf den Hügeln rund um die Hauptstadt.

Jebu betrachtete jene sogenannten Barbaren, die angeblich nur an Raub und Eroberung, an Morden und Brandschatzen dachten.

Das Leben indes, das sich dort drüben entfaltete, strahlte Ordnung und Frieden aus. Jebu fiel ein, was der Zen-Mönch Eisen ihm über die strengen Gesetze der Mongolen erzählt hatte.

Sein Blick fiel auf die Stange mit dem aufgespießten Schädel von Sakamoto Michihiko. Falken und Geier hatten dem toten Samurai die Augen ausgehackt und das Fleisch aus den Wangen gerissen. Als er auf die beiden Seen hinuntersah, bot sich ihm ein noch schauerlicherer Anblick. Dort war ein Gehege errichtet worden, wo Tausende gefangener Chinesen eingepfercht waren, Männer, Frauen, Greise, Kinder. Nur einmal am Tag bekamen sie etwas zu essen.

Wie Yukio und Moko, so verbrachte auch Jebu jeden Tag mehrere Stunden mit der Beobachtung der Mongolen. Abends, wenn das Lagerfeuer erlosch und die Kampfgefährten sich zum Schlafen zurückzogen, starrte er auf den Stein des Lebens und des Todes. Ich bin dem Tod in Japan entronnen, dachte er. Wahrscheinlich weil mir bestimmt ist, unter fremder Sonne zu sterben. Ruhe überkam ihn und das Bewußtsein, daß sein Schicksal in der Hand der Kami lag.

Auf der gegenüberliegenden Seite des Flusses errichteten die Mongolen einen Wehrwall aus Holz, mit Türmen, die jene der Stadtmauer an Höhe übertrafen. Dahinter waren die Spitzen fahrbarer Türme zu erkennen, Belagerungsmaschinen, Katapulte, mit denen Steine, Kugeln und flammendes Pech über die Mauern geschleudert werden konnten, und Geschütze, die einer mächtigen Armbrust glichen; außerdem fahrbare Rammböcke und feuerspeiende Rohre, die die Chinesen *hua pao* nannten.

Moko, der Zimmermann, erklärte Yukio die Wirkungsweise des mongolischen Kriegsgeräts und wie man ihr begegnen konnte. »Sie haben den Wehrwall gebaut, damit wir die Tunnels nicht sehen können, die sie unter Fluß und See hindurchtreiben, um unsere Stadtmauer mit Schwarzpulver in die Luft zu sprengen. Unter ihren Hilfstruppen befinden sich entsprechend ausgebildete Männer. Wir müssen an der Innenseite der Stadtmauer Posten aufstellen, die auf das Geräusch von Hacken und Schaufeln achten.«

Auch die Chinesen verfügten über *Hua pao.* Yukio gab Befehl, daß die feuerspeienden Rohre auf den Wachtürmen in Stellung gebracht wurden. Schalen voller Öl wurden vorbereitet. Es sollte angezündet werden und die hölzernen Belagerungsmaschinen der Mongolen in Brand setzen. Innerhalb der Stadt wurden Gefäße mit

Löschwasser bereitgestellt. Feuer war die größte Gefahr für eine eingeschlossene Stadt.

Die Vorbereitungen waren abgeschlossen. Und trotzdem waren Yukio und Jebu unzufrieden und unsicher.

»Ich verstehe nicht, warum uns der Kaiser an die Spitze der Truppen gestellt hat. Alles spricht gegen eine solche Entscheidung. Wir verstehen nichts vom Belagerungskampf und nichts von feuerspeienden Rohren. Warum also hat man uns Samurai an die Spitze der Truppen gestellt? Warum überträgt der Kaiser die Verteidigung der Stadt nicht einem chinesischen General?«

»Ich weiß es nicht«, sagte Yukio. »Vielleicht überschätzt er uns. Man neigt dazu, von Fremden mehr zu erwarten als von den eigenen Leuten. Die chinesischen Offiziere jedenfalls haben ihre Vorbehalte gegen uns. Ich verstehe nicht, wie Chia Ssu-tao ein solches Risiko eingehen kann.«

»Vielleicht liegt es sogar in seiner Absicht, daß Kweilin in die Hände des Feindes fällt«, sagte Jebu.

»Aber er gehört doch zur Kriegspartei im Kabinett des Sung-Kaisers. Schließlich hat er den Angriff der Mongolen dadurch provoziert, daß er einen Friedensvertrag mit ihnen gebrochen hat.«

Jebu nickte. »Und was ist, wenn diese Provokation ein abgekartetes Spiel war?«

Yukios Augen weiteten sich. »Willst du damit sagen, daß Chia Ssu-tao ein Verräter ist? Und daß wir nur dazu dienen, ihm bei der Durchsetzung seiner Interessen zu helfen?«

»Wir können nur abwarten, um herauszufinden, was Chia Ssu-tao wirklich im Sinn hat.« Ein grimmiges Lächeln spielte um Jebus Lippen. »Immerhin, wir Samurai lernen schnell. Vielleicht schneller, als Chia Ssu-tao sich träumen läßt.«

Das erste Treffen mit Chia Ssu-tao hatte unter guten Vorzeichen stattgefunden. Vorausgegangen war eine zehntägige Geduldsprobe. Zehn Tage hatten ihre Schiffe im Hafen gelegen, länger als die Überfahrt gedauert hatte. Es herrschte tropische Hitze, aber sie hatten keine Erlaubnis erhalten, von Bord zu gehen, obwohl Yukio dem Hafenmeister einen wohlformulierten Brief an den Sohn des Himmels ausgehändigt hatte, in dem die tausend Samurai ihm ihre Dienste anboten. Die blumige Botschaft war mit der sachkundigen Hilfe des Zen-Mönchs Eisen aufgesetzt worden. Yukio war am Verzweifeln. Die Temperaturen waren unerträglich geworden, und die Moral der Truppe sank zusehends. Sie würden Linan unverrichteterdinge verlassen und in einem anderen Land Zuflucht suchen müssen, wo man auf ihre Kampfesbereitschaft mehr gab als hier.

Endlich kam die Antwort. Eine ganze Kompanie prächtig uniformierter Soldaten marschierte auf. Sie begleiteten eine viersitzige Sänfte, die von zwölf Lakaien getragen wurde. Yukio und Jebu sollten darin Platz nehmen. Seine Exzellenz Chia Ssu-tao, Verehrungswürdiger Ratgeber des Herrschers, erwartete sie in seinem Palast. Yukio zögerte nicht lange. Er bestimmte zwei weitere Anführer der Samurai, die ihn und Jebu zum Kaiserlichen Ratgeber begleiteten. Linan erschien ihnen als eine Stadt von riesigen Ausmaßen. Häuser mit vielen Stockwerken erhoben sich über unzählige Kanäle und Tausende von Brücken. In jedem Stadtviertel schienen soviele Menschen zu wohnen wie in Heian Kyo. Staunend sah sich Jebu um. Es gehörte zur Ausbildung der Zinja, sich in fremder Umgebung bestimmte Orientierungspunkte einzuprägen. Aber er gab es bald auf. Zu überraschend war diese Stadt, zu verschlungen das Labyrinth ihrer Straßen.

Es fiel Jebu auf, daß Chia Ssu-taos Palast eine viel kleinere Fläche einnahm als der Kaiserliche Palast oder die Rokuhara-Feste in Heian Kyo. Land schien kostbar zu sein in Linan.

Durch Säulengänge und über kunstvoll angelegte Treppenhäuser wurden sie in einen Saal geführt, der mit dicken Teppichen ausgelegt war. Chia Ssu-tao saß auf einem vergoldeten Thron, ein Mann Anfang Vierzig, hochgewachsen, schlank, mit ausgeprägter Nase, willensstarkem Kinn und kleinem Mund. Er begrüßte die Besucher mit einem kühlen Lächeln.

»Ich wundere mich über Euer Chinesisch«, sagte er, zu Yukio gewandt. »Ihr schreibt eine Sprache, wie sie vor dreihundert Jahren gesprochen wurde.«

Yukio errötete. »Vergebt Eurem untertänigsten Diener, wenn meine Botschaft nicht in dem Stil abgefaßt ist, der heute im Land der Mitte üblich ist. Die Verbindungen zwischen Eurem und meinem Land sind dürftig, wie Ihr wißt.«

Chia Ssu-tao war ernst geworden. Er nickte. »Der letzte offizielle Besuch aus Japan kam während der Regierungszeit der T'ang-Dynastie. Ich nehme an, Ihr habt von der T'ang-Dynastie schon gehört?«

»Wer kennt nicht dieses vortreffliche Geschlecht«, sagte Yukio. »In der Tat ist sogar das japanische Regierungssystem dem der T'ang-Dynastie nachgebildet. Unsere Hauptstadt Heian Kyo ist eine exakte Kopie der T'ang-Kapitale Changan.«

»Ich weiß«, sagte Chia Ssu-tao nicht ohne Herablassung, »Ihr Japaner versteht es, andere Völker nachzuahmen. Und so ist es wohl auch der eigentliche Zweck Eurer Expedition, Eure Männer hier jene Dinge lernen zu lassen, von denen man in anderen Teilen der Welt nichts versteht. Nun, das Reich der Mitte sieht es als seine Aufgabe an, barbarische Völker zu höheren Stufen der Zivilisation zu führen.«

Yukio verriet mit keiner Miene seine Empörung. »Barbaren ist das richtige Stichwort, Exzellenz. Wir sind gekommen, um dem Reich der Mitte Schutz gegen die barbarischen Horden zu gewähren, die es bedrängen.«

Chia Ssu-taos Blick war zur Decke gerichtet. »Ihr zeigt die Demut, die einem Sohn geziemt. Und ist die chinesische Kultur nicht wie ein Vater für das Land der Heiligen Inseln? Ich werde mit dem Kriegsminister beraten, wo man Eure Samurai sinnvoll einsetzen könnte. Inzwischen werde ich Euch und Euren Männern geeignete Unterkünfte anweisen lassen.« Er hob den Blick. »Kennt man in Eurem Lande eigentlich Grillenkämpfe?«

»Grillenkämpfe?« Yukio dachte nach. »In Japan gibt es Kinder, die Grillen in Käfigen halten.«

»Es entspricht Eurem Stand der Zivilisation, daß Ihr die kostbaren Tierc den Kindern überlaßt. Bei uns werden Grillen als Kampftiere gezüchtet. Man hetzt sie aufeinander, und sie zerfleischen sich wie kleine Drachen. Nun, Ihr werdet Gelegenheit haben, das unterhaltsame Spiel bei einem meiner Empfänge kennenzulernen.«

In den folgenden Tagen wurden Yukio und Jebu sowie die ranghöchsten Samurai in die Aristokratie von Linan eingeführt. Es kam sogar zu einer kurzen Audienz bei Kaiser Li-tsung, der während der Begegnung stumm und regungslos auf seinem Jadethron verharrte. Ihr Gastgeber ließ sie bei mehreren Grillenkämpfen zuschauen, eine Leidenschaft, auf die Chia Ssu-tao mehr Zeit verwandte als auf die Regierungsgeschäfte.

Jebu hatte bei all diesen Empfängen das unangenehme Gefühl, daß sie als lebende Sehenswürdigkeiten herumgereicht wurden. Aber niemand schien sie als Krieger ernst zu nehmen.

So kam es sehr überraschend, daß Yukio schon wenige Wochen

nach dem Empfang bei Chia Ssu-tao zum Militärkommandanten von Kweilin, der Hauptstadt der Provinz Kwangsi, ernannt wurde. Kwangsi lag im Westen des Sung-Imperiums, an der Grenze zu den Steppen der Barbaren. Die Mongolen hatten bereits das unabhängige Königtum Nan Chao überrannt und dessen Hauptstadt eingenommen. Ihr nächstes Ziel war Kweilin. Fiel Kweilin, so war der Weg nach Changsha frei – und damit nach Linan. Es war also ein Auftrag von nicht zu unterschätzender Bedeutung, mit dem Yukio betraut worden war.

Die Belagerung von Kweilin hatte drei Tage gedauert, als die Mongolen einen unbewaffneten Unterhändler zu Yukio sandten. Der Offizier kam in einem Sampan über den See gerudert.

»Wir werden ihn enthaupten«, sagte Yukio, der den Boten kommen sah. »Am besten vor dem Tor, wo es jeder sehen kann. Ich möchte, daß der Feind erfährt, wie entschlossen wir sind.«

Jebu schüttelte den Kopf. »Es ist sicher besser, wenn wir dem Gouverneur der Stadt die Entscheidung überlassen. Wenn du den Mann enthaupten läßt, würde das unsere chinesischen Verbündeten nur noch mehr gegen uns aufbringen.«

Gouverneur Liu Mai-tse, ein trockener, bejahrter Herr, empfing sie im marmorgetäfelten Audienzsaal seines Palastes. Yukio verbeugte sich. »Ich bringe Euch einen der mongolischen Teufel, Exzellenz«, sagte er auf chinesisch. »Eigentlich wollte ich ihn sofort enthaupten lassen, ohne ihn auch nur anzuhören. Aber dieser dünnhäutige Mönch« – er wies auf Jebu – »meinte, wir sollen Euch den Burschen vorführen. Wir können die Hinrichtung natürlich auch hier im Palast vollziehen, wenn Ihr es wünscht, Exzellenz.«

Yukio hatte Chinesisch gesprochen, damit der Offizier der Mongolen ihn verstand. Er zeigte jedoch keinerlei Angst. Er hatte graues Haar und einen grauen Schnauzbart. Doch trotz seines Alters waren seine Bewegungen von der Kraft und Lässigkeit eines jungen Mannes.

Der Gouverneur lächelte. »Ich bin nicht vertraut mit dem Humor der Ge-pen, aber sicher war das mit dem dünnhäutigen Mönch ein Scherz. Ich habe selbst gesehen, wie er gegen die Mongolen gekämpft hat. Ich meine, Ihr solltet auf seinen Rat hören und auf die Enthauptung des Boten verzichten. Ihr wißt vielleicht nicht, daß die Person des Botschafters bei den Mongolen unantastbar ist. Wer einen solchen Mann tötet, zieht den Haß aller Stämme auf sich.«

Yukio schüttelte den Kopf. »Haben wir nicht ohnehin alle Mongolenstämme gegen uns, Exzellenz?«

Liu hob beschwichtigend die Hände. »Würdet Ihr mir zustimmen, wenn ich sage, daß eine Niederlage gegen die Mongolen möglich ist?«

»Ja«, gab Yukio widerstrebend zu.

»Nun, wenn Ihr den Unterhändler des Gegners enthauptet, werden die Mongolen ganz sicher jeden Einwohner von Kweilin über die Klinge springen lassen. Das ist bei ihnen so Sitte. Und ich meine, Ihr habt nicht das Recht, die Einwohner von Kweilin zum Tode zu verurteilen. Es ist besser, den Gegner nicht zum Äußersten zu reizen.« Er lächelte. »Unergründlich und unfaßlich ist Tao, und ohne Zahl sind seine Überraschungen.«

Jetzt wandte sich der gegnerische Offizier an Jebu. »Ich sehe, Ihr seid Mongole. Wie ist es dann möglich, daß Ihr auf der Seite der degenerierten Chinesen gegen Euer eigenes Volk kämpft?«

»Mein Vater war Mongole«, sagte Jebu. »Meine Mutter ist Japanerin. Ich wurde im Land der aufgehenden Sonne geboren, und ich bin dort aufgewachsen.«

Die Antwort schien den fremden Offizier in Erstaunen zu versetzen. Er hob zu einer weiteren Frage an, als er vom Gouverneur unterbrochen wurde. »Wenn Ihr mit der Befragung dieses Zinja fertig seid, dann wäre ich Euch dankbar, wenn Ihr auf den Zweck Eures Besuches zu sprechen kämt.«

Der Mongole verneigte sich. »Ich bin Torluk. Mein Rang ist der eines Tuman-bashi. Ich führe zehntausend Leute. Ich komme im Auftrag des Stellvertretenden Kommandeurs der mongolischen Armee. Er wird die Stadt schonen, wenn Ihr die Waffen niederlegt und die Stadttore öffnet. Niemandem in Kweilin wird ein Haar gekrümmt – nicht einmal den Kriegern aus dem Land der Zwerge.«

Jebu biß sich auf die Lippen. Auch Arghun, der Mörder seines Vaters, hatte diesen Ausdruck gebraucht, als er in jener Nacht von Abt Taitaro die Auslieferung Jebus forderte.

»Wartet!« Gouverneur Liu war aufgestanden. Er gab Yukio und dessen Begleiter ein Zeichen, ihm in eine Ecke des Saales zu folgen.

»Wir haben es mit einem Mann der zweiten Garnitur zu tun«, flüsterte er. »Der Kommandeur der mongolischen Armee befindet sich bei Mangu, dem Herrscher der Mongolen. Sein Vertreter hat sich bei der Belagerung unserer Stadt schwere Fehler zuschulden kommen lassen. Der Kampf auf der Grünen Brücke ist anders verlaufen als geplant. Sie haben mehr Männer verloren als nötig. Die Moral der Armee ist schlecht, und der Marschplan wurde nicht eingehalten. Und jetzt hat der Stellvertretende Kommandeur Angst, daß ihn der *Tarkhan* zur Rechenschaft zieht. Jetzt möchte er die Stadt kampflos einnehmen, um dann dem Tarkhan als glorreicher Sieger gegenüberzutreten.«

»Ich sehe, Ihr seid gut informiert über die Mongolen, Exzellenz«, sagte Jebu.

»Ich habe meine Spione«, sagte Liu bescheiden. »Und ich weiß auch, daß die heldenhafte Verteidigung der Grünen Brücke nicht ohne Eindruck auf die Mongolen geblieben ist. Sie fürchten die Samurai und ihren Mut.« Er legte die Hand an die Lippen. »Sie wissen nicht, daß Ihr hoffnungslos in der Minderzahl seid.«

»Eure Exzellenz wünscht also, daß die Verteidigung der Stadt aufrechterhalten wird?« fragte Yukio.

»So ist es.«

Yukio nickte. »Nun gut. Wir werden den Mongolen zeigen, daß sie mit Drachen kämpfen, nicht mit Zwergen.«

Jebu war zufrieden, daß Yukio nicht vom Sieg über den Gegner gesprochen hatte. Es schien, als fielen die Zinja-Lehren bei dem jungen Muratomo auf fruchtbaren Boden.

Der Gouverneur war auf seinen Thron zurückgekehrt. »Wir weisen Euer Angebot zurück«, sagte er knapp. »Es wird keine Kapitulation geben. Wir werden die Barbaren in die Schranken weisen, die uns das Land, die Städte und unsere Frauen nehmen wollen.« Er gab der Wache das Zeichen, den Unterhändler zur Tür zu geleiten.

An der Tür drehte sich der Mongole noch einmal um. »Ihr werdet diesen Entschluß bereuen. Es ist klüger, aufzugeben, solange man noch eine Chance hat. Für Kweilin und seine Bewohner wird es keine Gnade geben, wenn unser Tarkhan, Arghun Baghadur, das Kommando übernimmt.«

6. Kapitel

Aus dem Kopfkissenbuch von Shima Taniko:

Die Barbaren haben den Süden Chinas überrannt. Man sagt, sie stinken so fürchterlich, daß sie den Gegner allein mit dem Gestank schon zum Rückzug zwingen. Sie sollen häßlich sein, bucklig, mit verwachsenen Gliedern. Es gibt Gerüchte, daß sie den Frauen im Blutrausch die Brüste abbeißen. Ich habe den Verdacht, daß diese Schauergeschichten nur verbreitet werden, um die Erfolglosigkeit der Chinesen zu kaschieren. Jebu stammt schließlich auch von den Mongolen ab, und er ist weder bucklig noch verwachsen. Und wenn er eine Frau beißt, dann so, daß es nicht weh tut.

Umgekehrt haben aber auch die Chinesen seltsame Vorstellungen von uns Japanern. Sie glauben, wir essen Menschenfleisch und beten Tiergötter an.

Ein chinesisches Küchenmädchen hat mir erzählt, daß vor kurzem ein großes Kriegerheer, von der Chinesischen See her kommend, in den Hafen von Linan eingelaufen ist. Kleine, stämmige Männer von wildem Aussehen, die in den Dienst des chinesischen Kaisers getreten sind. Der Beschreibung nach kann es sich nur um die Samurai von Muratomo no Yukio handeln. Wenn das stimmt, dann ist Jebu bei ihnen. Die Samurai sind nach Kweilin beordert worden. Und diese Stadt ist von hier weiter entfernt als die japanische Heimat. So groß ist dieses Land. Trotzdem, Jebu ist durch die Straßen von Linan gewandert. Buddha, Erleuchteter, gib, daß wir uns wiedersehen!«

Am sechsundzwanzigsten Tage des achten Monats
Im Jahr des Pferdes

Horigawa hatte in einer feinen Gegend Quartier genommen, wo auch der Adel der Hauptstadt, die reichen Beamten und wohlhabenden Kaufleute wohnten. Horigawas Residenz bestand aus einem Hauptbau und drei aufwendig gebauten Pavillons mit blauen Säulen. Tanikos Raum lag im zweiten Stock. Der Blick ging auf einen See, der von Seerosen bedeckt war. Daheim in Japan, dachte Taniko, beginnt jetzt der Herbst. Aber hier in Linan schien es keinen Herbst zu geben.

Seit Monaten zogen sich nun die Verhandlungen hin, die Horigawa mit den Hofbeamten führte. Als er in Linan ankam, hatte er nur über ein paar Adressen von Kaufleuten verfügt, mit denen die Takashi Handel trieben. Von da aus hatte sich Horigawa vorwärtsgearbeitet. Inzwischen waren es höchste Beamte, mit denen er sich traf. Aber zwischen den Verabredungen lagen Wartezeiten von Tagen und Wochen. Am schwersten würde es sein, zu dem eigentlichen Entscheidungsträger in Linan vorzudringen, zu Chia Ssu-tao, dem wahren Herrscher des südlichen China.

Horigawa achtete darauf, daß Taniko isoliert blieb. Wie immer wurde sie schnell warm mit den Dienstboten. Die chinesischen Dienerinnen waren nicht weniger schwatzhaft als die Japanerinnen. Und sie waren neugierig auf die Frau aus dem fernen Land. Zwar hatte Horigawa die Mädchen gewarnt, daß man ihr nicht trauen könne, aber Tanikos Güte und ihre natürliche Fröhlichkeit gewannen ihr die Herzen aller, mit denen sie in Berührung kam.

Von einem älteren Chinesen, einem Sekretär in der Residenz, bekam sie interessante Informationen. Die Dynastie der Sung-Kaiser war vor dreihundert Jahren von einem General begründet worden, der sich nach einem Aufstand des Throns bemächtigt hatte. Seither war das Reich abgebröckelt. Vor einhundert Jahren hatten die Sung das nördliche China an die Barbaren verloren. Inzwischen hatten die Mongolen diesen Teil des Landes unterworfen. Jetzt waren sie entschlossen, den Norden und den Süden Chinas unter mongolischer Herrschaft zu vereinen. Von drei Seiten her waren sie in das Land eingefallen. Der Herrscher der Mongolen, der Große Khan Mangu, hatte von Westen her angegriffen, Mangus jüngerer Bruder Kublai Khan hatte sich unweit der Hauptstadt verschanzt, und Arghun Baghadur, ein berühmter General, rannte von Süden her gegen die Grenzen des Reiches an. Taniko glaubte, den Namen Arghun Baghadur schon einmal gehört zu haben. Aber sie war nicht sicher.

Zu Anfang ihres Aufenthaltes in China hatte Taniko geglaubt, alle Chinesen seien groß, ernst und schweigsam. Als sie die ersten traf, die kleingewachsen, fröhlich und mitteilsam waren, geriet dieses Vorurteil ins Wanken. Sie hatte geglaubt, alle Chinesen seien reich und geizig. Als sie die ersten Bettelmönche und armen Studenten traf, wurde ihr klar, daß ihre Vorstellungen von China ebenso unhaltbar waren wie die Überzeugung der Chinesen, daß die Japaner Menschenfleisch aßen.

Es gab Sitten, die Taniko unverständlich blieben. Das Abschnüren der Füße gehörte dazu. Man umwickelte den jungen Mädchen die Füße, um sie am Wachsen zu hindern. Das Resultat waren hufartige Gebilde, die Taniko abstoßend fand. Aber die Chinesinnen, die diese Füße hatten, waren stolz darauf.

Das Jahr des Pferdes neigte sich zu Ende, als sie vom chinesischen Sekretär ihres Gatten erfuhr, daß Horigawa das ersehnte Treffen mit Chia Ssu-tao zustande gebracht hatte. Er hatte erfahren, daß sich Chia Ssu-tao für Grillenkämpfe begeisterte, und hatte die zehn größten Märkte von Linan nach einer spektakulären Kampfgrille durchkämmt. Schließlich war er fündig geworden. Er erwarb ein imposantes Tier, für das er einhundert Ballen Seide bezahlte, und ließ es in einem Elfenbeinkästchen dem Ratgeber des Kaisers zustellen. In einem Begleitbrief gab er sich als Ratgeber des Kaisers von Ge-pen aus, was Chia Ssu-tao nicht ohne weiteres nachprüfen konnte. Das Geschenk tat seine Wirkung. Chia sandte Horigawa einen Boten mit einer Einladung. Was bei dem Treffen dann besprochen wurde, wußte der Sekretär nicht zu berichten.

Der Unterredung unter vier Augen folgte eine Einladung auf ein Fest, das Chia gab. Es fand auf einem See am Stadtrand von Linan statt, und der Ratgeber des Kaisers hatte eine ganze Flotte von Vergnügungsbooten gemietet, die von hübschen jungen Mädchen gerudert wurden. Der Reiswein floß in Strömen. Horigawa war die Ehre zuteil geworden, auf dem gleichen Boot zu feiern wie Seine Exzellenz der Ratgeber des Kaisers. Wenige Tage nach diesem Zusammentreffen verfaßte Horigawa eine zweite Botschaft, die er dem Kapitän einer japanischen Handelsdschunke mitgab, die in Linan im Hafen lag. Der Empfänger hieß Takashi no Sogamori.

Taniko verbrachte ihre Tage mit Eintragungen in ihr Kopfkissenbuch und beim Mahjong-Spiel, das ihr die chinesische Dienerin beigebracht hatte.

Der alte Sekretär weihte seine gelehrige Schülerin jetzt in die Feinheiten der chinesischen Malerei ein. Taniko entdeckte, daß es die japanischen Schriftzeichen auch in China gab. Freilich standen sie für ganz andere Worte. Für den alten Sekretär war die Wechselbeziehung zwischen den beiden Sprachen eine Selbstverständlichkeit. Für ihn kam alles an Kultur und Zivilisation aus China. Nicht umsonst nannte man China Land der Mitte.

Das Jahr des Schafes hatte begonnen, als Horigawa sich bei Taniko melden ließ. Er strahlte über das ganze Gesicht.

»Ich komme, um dich wissen zu lassen, daß wir in drei Tagen abreisen.«

»Nach Hause?«

Er verzog das Gesicht zu einem schiefen Lächeln. »Nein. Es wird eine lange und beschwerliche Reise über Land.«

»Darf man erfahren, wohin?«

»Nach Westen.«

»Dort herrscht Krieg«, sagte Taniko.

»Ich weiß. Hast du Angst?« Er betrachtete sie aufmerksam. Offensichtlich wollte er herausbekommen, ob die lange Einsamkeit ihren Stolz gebrochen hatte.

»Ich habe keine Angst«, sagte Taniko kalt. »Wo Ihr hinzureisen wagt, kann es nicht gefährlich sein.«

»Das wird sich zeigen«, sagte er giftig.

Als er gegangen war, gab Taniko Anweisung zum Packen. Am Vorabend der Abreise fand sich der alte Sekretär bei ihr ein, um Lebewohl zu sagen. Er weinte.

Taniko lächelte. »Ich verdiene Eure Tränen nicht.«

Er schüttelte den Kopf. »Ich weine, weil ich mich um Euch sorge. Ihr seid in höchster Gefahr. Flieht, Taniko-san! Flieht, wenn Euch Euer Leben lieb ist.«

»Wohin sollte ich denn fliehen?«

»Diese Reise ist Euer Untergang, Taniko-san.«

»Warum sagt Ihr das?«

Er antwortete nicht.

Die Nacht kam. Dunkle Gedanken ängstigten sie. Was hatte Horigawa im Sinn? Gab es eine Chance, ihm zu entfliehen? Wo konnte sie Jebu finden? Sie hatte kein Geld. Wo sollte sie schlafen? Was sollte sie essen? Die Häscher des Kaisers würden sie aufgreifen, wenn sie nicht vorher in die Hände von Wegelagerern fiel. Wenn meine Flucht gelingen soll, brauche ich Hilfe, dachte sie. Sie würde mit dem Sekretär sprechen, der sie gewarnt hatte. Er würde Rat wissen und ihr zur Flucht verhelfen.

Als sie die Tür öffnete, stand Horigawa vor ihr.

»Wir reisen sofort ab.«

»Ich – ich bin noch nicht fertig mit dem Packen.«

»Das macht nichts, wir reisen trotzdem.« Er gab den beiden Frauen, die hinter ihm auf dem Gang standen, ein Zeichen. Taniko hatte diese Frauen noch nie gesehen.

»Ich komme nicht mit!«

»Man kann die Chinesen verstehen, wenn sie ihren Frauen die Füße verkrüppeln.«

»Wie abscheulich Ihr seid!« brach es aus ihr hervor. »Ich bin sicher, Ihr würdet es genießen, wenn Ihr mich auch so verstümmeln könntet.«

Horigawa nickte den beiden Frauen zu. Sie gingen auf Taniko zu und wollten sie ergreifen. Taniko hatte mit dem Überfall gerechnet. Sie stellte der ersten Angreiferin ein Bein, so daß die Frau zu Boden ging. Inzwischen hielt die zweite sie von hinten umklammert. Taniko landete ihren Ellenbogen in ihrer Magengrube. Mit einem Schmerzensschrei gab sie sie frei. Mit einem Sprung war Taniko an der Tür. Sie versetzte Horigawa, der sich ihr entgegenstellte, einen Handkantenschlag auf das Kinn. Er taumelte zurück.

Wie von Furien gehetzt rannte sie den Flur entlang. Ein behelmter Samurai trat ihr in den Weg. Sosehr sie sich auch wehrte, es gelang ihr nicht, sich aus seiner Umklammerung zu lösen.

»Bringt sie in die Kutsche und sperrt sie ein«, sagte Horigawa, der ihr gefolgt war und zusah, wie sie mit ihren Fäusten auf die Brust des Samurai trommelte. »Ich könnte jetzt sagen, daß du damit deine Situation nur noch schlimmer gemacht hast. Aber es gibt kein schlimmeres Schicksal als das, das dich erwartet.«

7. Kapitel

Die Karawane, die Horigawa zusammengestellt hatte, wurde von einer Abordnung der Kaiserlichen Garde eskortiert. Die Verbindung zu Chia Ssu-tao hatte sich als nützlich erwiesen. Horigawa selbst fuhr in einer kaiserlichen Prachtkarosse, deren Aufbauten zinnoberrot und gold leuchteten. Gezogen wurde sie von einem weißen Ochsen. Taniko und die Dienerschaft folgten in weiteren Kutschen, die bis zum Dach mit Kisten und Ballen bepackt waren. Außerdem wurden fünf große Ochsenkarren mitgeführt, die mit Ballen wertvoller Seide, Silberbarren und anderen Waren beladen waren.

In Tanikos Kutsche fuhren drei chinesische Dienerinnen mit, die beiden Frauen, die sie zu Boden geschlagen hatte, und ein scheues Mädchen, ebenfalls eine Chinesin. Die drei hatten Anweisung, jede Unterhaltung mit Taniko zu vermeiden.

Taniko sah aus dem Fenster. Obwohl die Fahrt schon eine halbe Stunde dauerte, befanden sie sich immer noch in der Innenstadt von Linan. Es ging an belebten Marktplätzen vorbei, an eindrucksvollen, hohen Häusern, über prunkvolle Brücken. Schließlich passierten sie einen Torweg. Das Stadttor wurde geöffnet. Die Kutsche rollte auf einer Brücke über den Stadtgraben. Danach begann die offene Ebene. Taniko sah auf das Steingebirge von Linan zurück. Die Mauer, die sich um die Stadt zog, war so dick, daß auf dem oberen Sims Kutschen und Karren entlangfahren konnten.

Die Fahrt ging nach Westen, vorbei an überfluteten Reisfeldern, wo die Reispflanzen gerade ihre Spitzen durch die Wasseroberfläche steckten.

Fasziniert betrachtete Taniko das Leben und Treiben in den Gasthäusern, in denen sie zum Übernachten einkehrten. Die Gäste bezahlten mit Seide, Papiergeld oder Silbermünzen, auf denen das Konterfei des chinesischen Kaisers eingeprägt war.

Tag für Tag trug sie ihre schönsten Roben. Sie pflegte ihr Haar, ließ es waschen und mit kostbaren Essenzen salben. Sie legte ihre Juwelen an, puderte ihre Wangen, schminkte die Lippen. In den ersten Tagen waren die drei Chinesinnen beim Ankleiden und beim Schminken keine große Hilfe gewesen. Aber Taniko erklärte ihnen immer wieder geduldig, wie sie angezogen und geschmückt werden wollte.

Die ersten Flüchtlinge aus den von den Mongolen bedrohten Gebieten kamen ihnen entgegen. Tanikos Besorgnis wuchs. Horigawa gegenüber vermied sie es, Angst zu zeigen. Der Rat fiel ihr ein, den Jebu ihr gegeben hatte. Man mußte einen Dialog mit dem Selbst beginnen, eins werden mit seinem Ich, dann fiel die Furcht von einem ab. »Es lohnt sich einfach nicht, Angst zu haben«, hatte Jebu gesagt. Gib mir den Frieden der Seele, Buddha, Erleuchteter, betete sie.

Sie waren zwei Wochen unterwegs gewesen, als sie in einem chinesischen Heerlager eintrafen. Die Karawane fuhr an Tausenden von gelb-schwarzen Seidenzelten vorbei. Dann kam ihnen der Truppengeneral auf einem prächtigen schwarzen Hengst entgegen. Er sah gut aus, großgewachsen, ernst, aufrecht. Seine Rüstung blitzte in der Morgensonne. Horigawa nahm aus einem Elfenbeinkästchen eine Schriftrolle und überreichte sie dem General. Der las das Dokument, dann gab er seinen Leuten das Zeichen, die Karawane passieren zu lassen.

Die Eskorte, die Horigawa vom Kaiser erhalten hatte, blieb im Heerlager der Chinesen zurück. Die Karawane mußte den Weg ins Kriegsgebiet ohne bewaffnetes Geleit fortsetzen. Das war Wahnsinn, dachte Taniko. Sie beruhigte sich mit dem Gedanken, daß Horigawa keine unnötigen Risiken einzugehen pflegte.

Taniko war in einen unruhigen Schlaf gefallen, als sie von den Schreckensschreien der Dienerinnen geweckt wurde. »Die Mongolen kommen!«

Sie fuhr hoch und sah zum Fenster der Kutsche hinaus. Sie befanden sich inmitten wogender Weizenfelder. In Steinwurfweite waren qualmende Ruinen zu sehen. In weiterer Entfernung mußte sich eine Stadt befinden, man konnte die Türme der Pagoden und die Zinnen der Stadtmauer erkennen, über denen eine Rauchwolke hing. Quer durch die Weizenfelder galoppierten Mongolen auf sie zu. Horigawa war aus seiner Kutsche ausgestiegen und erwartete die Krieger mit einer Ruhe, die Taniko unheimlich vorkam.

Mit schrillen Schreien brachten die Mongolen ihre Pferde zum Stehen. Taniko musterte die Gesichter. Tiefliegende Augen, breite Jochbögen. Die Haut war kräftig gebräunt, wie gegerbtes Leder. So sahen also die Menschen aus, von denen Jebus Vater abstammte. Nein, dachte sie, es gab keine Ähnlichkeit mit Jebu. Dann entdeckte sie den rötlichen Schnauzbart der Krieger. Die gleiche Farbe wie Jebus Haar. Die Erkenntnis, daß es eine Verbindung gab zwischen diesen Halbwilden und ihrem Geliebten, kam wie ein Schock. Es war, als ob Jebus Kami auf einmal menschliche Gestalt angenommen hätte.

Das Fenster von Tanikos Kutsche war geöffnet worden. Sie konnte hören, wie Horigawa mit den Reitern auf chinesisch verhandelte. Wie bei dem Treffen mit dem General zog er eine Schriftrolle hervor, die er dem Anführer der Mongolen zu lesen gab. Dann deutete er auf die Kutsche, in der Taniko mit ihren drei Dienerinnen saß. Die Angst schnürte ihr die Kehle zu. Sie werden mich töten, dachte sie. Sie war bereit zu sterben. Aber vorher wollte sie sehen, wie sie Horigawa umbrachten. Die Mongolen waren von ihren Pferden gestiegen. Sie traten an die Kutsche heran. Einer von ihnen steckte den Kopf durch das Fenster. Taniko konnte nicht verstehen, was er sagte. Im nächsten Augenblick zerrte der Mongole die jüngste Dienerin aus dem Wagen. Mit Fußtritten trieb er sie über den Weg in das Weizenfeld hinein, wo er sie zu Boden warf. Seine Gefährten folgten ihm lachend und johlend. Sie rissen dem Mädchen die Kleider vom Leib. Zwei von ihnen knieten sich nieder und zwangen dem Mädchen die Schenkel auseinander. Der, der sie aus der Kutsche geholt hatte, warf sich auf sie. Einer nach dem anderen fielen die Mongolen über das wehrlose Geschöpf her. Die flehentlichen Bitten des Mädchens, Schmerzensschreie und Stöhnen drangen zu Taniko hinüber. Taniko weinte. Die anderen beiden Dienerinnen hielten die Augen mit den Händen bedeckt. Horigawa drehte der Szene den Rücken zu. Er war in eine Unterhaltung mit dem Anführer der Krieger vertieft.

Endlich stand der letzte auf und zog sich die Hosen hoch. Dann ergriff er die Unglückliche bei ihren langen Haaren, zog den Säbel und trennte ihr mit einem einzigen Hieb den Kopf vom Rumpf.

Taniko fühlte, wie sich alles um sie her zu drehen begann. Sie hatte sich in die Hand gebissen, um nicht loszuschreien vor Angst und Entsetzen. »Ehre sei Buddha, dem Erleuchteten«, flüsterte sie. Sie barg ihren Kopf in den Händen und schluchzte.

Horigawas Stimme ließ sie zusammenfahren. »Ich hoffe, die Vorstellung hat dir gefallen«, sagte er. Er schnalzte genüßlich mit der Zunge. »Sie war ein Vorgeschmack von dem, was dich erwartet, Taniko-san.«

Sie spürte, wie Wut in ihr hochstieg. »Es wird mir ein Vergnügen sein, zu sterben«, fauchte sie. »Ich bin zu allem bereit, damit ich nicht mehr mit einem Ekel, wie Ihr es seid, zusammenleben muß.«

Er lachte, machte eine spöttische Verbeugung und verschwand.

Die Kutsche hatte sich wieder in Bewegung gesetzt. Die Karawane wurde jetzt von den Mongolen eskortiert. Taniko blickte zurück. Dort lag der Rumpf der Geschändeten im Kornfeld, daneben der blutige Schädel. Taniko schloß die Augen.

Warum hat er sie getötet? dachte sie. Hatte er nicht seinen Spaß gehabt? Für den Mörder der jungen Chinesin war die Frau nichts als ein Gefäß der Lust, das man nach Belieben füllen, ausschöpfen, zerschmettern konnte. Auch ich bin solch ein Geschöpf, dachte Taniko. Ich bin Horigawas Sklavin, lasse mich von ihm demütigen und mißhandeln. Sogar ihr Kind hatte er getötet. Und Sogamori hatte ihr den kleinen Atsue entrissen. Ihre Klagen blieben ungehört. Die Männer hatten die Macht, und sie wußten sie zu gebrauchen. Frauen hatten zu gehorchen. Sie waren zum Leiden geboren.

Das Ende der Leiden schien gekommen. Ich werde sterben, dachte sie. Ich werde dem Tod ruhig ins Auge sehen. Gelobt sei Buddha.

Das Lager der Mongolen kam in Sicht. Der beizende Geruch von Feuerholz wehte herüber. Es roch nach Pferden und nach geröstetem Fleisch. Der Zug fuhr an den Rundzelten vorbei, an Tausenden von Kriegern, die um ihre Lagerfeuer saßen. Jenseits der Zelte war eine Stadt zu erkennen.

»Was ist das für eine Stadt?« fragte Taniko eine Dienerin.

»Wuchow, Herrin.«

Im Zeltlager der Mongolen war es ruhig. Taniko hatte mitansehen müssen, wie diese Männer eine Frau schändeten und ihr den Kopf abschnitten. Die gleichen Männer gaben sich hier friedlich und umgänglich. Die einen führten die Pferde zur Tränke, die anderen striegelten sie. Einige waren dabei, weitere Zelte aufzustellen. Schwer vorstellbar, daß sich diese Männer wie reißende Tiere aufführen konnten.

Taniko zog ihren Spiegel hervor und puderte sich. Dann erneuerte sie die Schminke auf ihren Lippen und ordnete ihr Haar.

In der Mitte des Zeltlagers kamen die Kutschen und Zugwagen zum Stehen. Horigawa kletterte aus seiner Prachtkalesche. Eine Abordnung mongolischer Offiziere in roten und blauen Umhängen kam auf ihn zu. Horigawa hielt eine rechteckige Tafel in den Händen, die aus Gold zu bestehen schien. Die Mongolen verneigten sich voller Ehrfurcht.

Erst jetzt trat der Verhandlungsführer der Mongolen, ein grauhaariger Patriarch, aus seinem Zelt und ging auf Horigawa zu. Die beiden begrüßten sich, dann gab der Mongole seine Befehle. Unter der Aufsicht der Wachsoldaten begann ein Dutzend Diener die Waren abzuladen, die Horigawa auf den Zugkarren mit sich führte. Dann wurde die Tür der Kutsche geöffnet, in der Taniko und die beiden Chinesinnen saßen. Zu ihrer Überraschung wurden sie nicht von einem Mongolen, sondern von einem Chinesen willkommen geheißen. »Ich bin Yao Chow, Diener des Großen Khan«, sagte er. »Ich bitte Euch, steigt aus und folgt mir.«

Die ältere der beiden Frauen sah Taniko fragend an.

»Gehen wir«, sagte Taniko. »Hier im Zeltlager haben wir nichts zu befürchten.« Sie lächelte. »Solange wir sie nicht gegen uns aufbringen.«

Sie hielt den kostbaren Fächer aus Elfenbein vor ihr Gesicht, bis ihre Füße die Erde berührten. Dann schloß sie den Fächer mit großer Geste. Sie trug ein orangefarbenes Gewand. Ihr Haar war mit einem Schmetterling aus Perlmutt geschmückt. Ihre Wangen leuchteten weiß wie die Schneefelder des Heiligen Berges.

Die mongolischen Krieger hatten in der Bewegung innegehalten. Aller Augen waren auf die Frau gerichtet, die soeben der Kutsche entstiegen war. Mag sein, daß ich ihnen sehr fremdartig vorkomme, dachte Taniko. Oder bin ich wirklich so schön, wie Jebu gesagt hat?

Sie blieb vor der Kutsche stehen und fächelte sich Kühlung zu. Flink wie ein Reptil war Horigawa neben ihr.

»Ein großartiger Auftritt, Taniko«, flüsterte er. »Du hättest es weit bringen können in Heian Kyo, wärst du nicht so töricht gewesen, mich zu hintergehen. Aber jetzt bist du unter Menschen, die dir beibringen werden, wie eine Frau dem Mann zu nahen hat.«

Taniko hob stolz ihren Kopf. »Ich habe nicht den Eindruck, daß diese Männer es mir gegenüber an Ehrerbietung fehlen lassen werden«, sagte sie.

»Weil sie noch nicht wissen, daß du eine Hure bist. Sie werden beglückt sein, von mir die Wahrheit zu erfahren. Ich werde den Mongolen sagen, daß du eine Kurtisane bist, die Fürst Sogamori den Kriegern des Großen Khan zum Geschenk macht. Sie werden dich benutzen, Taniko, wieder und wieder. Sie werden dir alle Erniedrigungen zufügen, die sich denken lassen. Du hast mit eigenen Augen gesehen, was mit dem chinesischen Mädchen geschehen ist. Dir, Taniko, wird es genauso ergehen. Nur werden deine Qualen sehr viel länger dauern. Zunächst werden dich die Generäle als willkommenes Spielzeug benutzen. Aber du bist nicht mehr jung. Sie werden deiner bald überdrüssig werden. Dann sind die Offiziere an der Reihe, und schließlich wirst du an die Mannschaften weitergegeben. Schmutzige, rauhe Männer, die mit dir umspringen werden wie mit den anderen Hafenhuren auch. Dieses Leben wird dich dahinraffen, bevor du alt und zahnlos bist. Du wirst deine Tage als Sklavin der mongolischen Horden beschließen.«

Er grinste und streichelte ihre Wange mit seiner langfingrigen Rechten. Dann wandte er sich ab.

Ich werde nicht aufgeben, dachte sie. Er will mich nur provozieren. Mag sein, daß er meine Zukunft zerstört. Aber ich werde ihm nicht zeigen, wie tief er mich verletzt hat.

»Ich darf Euch daran erinnern, daß der Mann, mit dem ich Euch betrogen habe, ein Mongole war. Vielleicht werde ich mich inmitten dieser Männer sehr wohl fühlen.«

Horigawa lachte gekünstelt. »Du meinst deinen Mönch«, sagte er. »Er und Yukio können keinen Schaden mehr anrichten. Es war ein guter Schachzug, die beiden entkommen zu lassen. Auf diese Weise habe ich dich wieder in meine Gewalt bekommen, Taniko. Und Kiyosi, mit dem du mich blamiert hast, den haben inzwischen die Fische gefressen. Armer Kiyosi!« Ein lauernder Blick.

Taniko verzog keine Miene. »Fürst Sogamori würde sich wundern, wenn er Euch so über seinen Sohn sprechen hörte. Ich weiß nicht, ob Ihr das lange überleben würdet.«

»Immerhin werde ich den Tod seines Sohnes sühnen. Ich verhandle mit den Mongolen als Geheimer Botschafter Seiner Exzellenz Chia Ssu-tao. Als unparteiischer Unterhändler bin ich beauftragt, ihnen eine Allianz anzubieten, die sich gegen den herrschenden Kaiser in Linan richten wird. Der Ratgeber des Kaisers wird dafür sorgen, daß die Mongolen bei der Belagerung von Kweilin leichtes Spiel haben. Die Sung-Dynastie wird zu Fall gebracht werden. Als Gegenleistung wird Chia Ssu-tao ein hohes Amt im wiedervereinigten China des Großen Khan bekommen. Es ist mir gelungen, Chia Ssu-tao davon zu überzeugen, daß Jebu und Yukio samt ihren tausend Samurai eine Bande von Verrätern sind, die hingerichtet werden müssen.« Er rieb sich die Hände. »Und diese Arbeit nehmen uns die Mongolen ab. Sie belagern Kweilin, und die Stadt wird fallen, weil Chia Ssu-tao den Nachschub abschneiden wird. Ohne Verstärkung kann sich Kweilin nur noch ergeben. Und dann werden die Verteidiger bis zum letzten Mann niedergemetzelt. Und dabei werden auch Yukio und dieser Zinja-Mönch sterben. Denke daran, während sich die Mongolen mit dir vergnügen.«

Taniko hob den Kopf. Sie verspürte den Wunsch, Horigawa die Augen auszukratzen. Aber sie bezwang sich.

»Schlag mich doch«, forderte er sie auf. »Es wäre mir ein Vergnügen, dich vor diesen Mongolen zu züchtigen. Sie würden dann sehen, wie schnell die Tünche der großen Dame von dir abfällt.«

Der mongolische Unterhändler trat zu ihnen. »Der Khan erwartet Euch, Exzellenz.«

Horigawa nickte. »Wir werden uns nie wiedersehen, Taniko. Jedesmal, wenn ich an dich denke, werde ich die Befriedigung verspüren, dich auf die Stufe einer käuflichen Frau erniedrigt zu haben.«

8. Kapitel

Nach dem Besuch des Tuman-bashi Torluk beim Gouverneur von Kweilin war ein Tag vergangen, als der Angriff der Mongolen begann. Die Trommeln ertönten. Die gefangengenommenen Chinesen waren an die fahrbaren Kampftürme beordert worden. Langsam wurden die Kolosse bis an den Rand des wassergefüllten Stadtgrabens geschoben. Die Fußtruppen der Mongolen marschierten in wohlgeordneten Reihen auf die Stadtmauer von Kweilin zu.

Yukio hatte alle verfügbaren Männer auf die Mauer befohlen. Noch bevor die Mongolen ihre hölzernen Brücken über den Graben schoben, hatten ihre *hua pao* das Bombardement der belagerten Stadt begonnen. Die ersten Mauern barsten, als die Eisenkugeln der Katapulte einschlugen.

Die *hua pao* der Chinesen gaben Antwort. Mit mehreren Feuerstößen zerfetzten sie den hölzernen Wall der Mongolen. Brennendes Öl und Pech floß auf die Brücken hinab und verwandelte sie in ein Flammenmeer, noch bevor die Mongolen ihre Truppen hinüberschicken konnten.

Dann gingen die Angreifer dazu über, die gefangenen Chinesen als Schild zu benutzen. Jeder Mongole schob einen Gefangenen vor sich her. Einer nach dem anderen wurde getötet. Die Verteidiger schossen auf ihre Landsleute, weil dies die einzige Möglichkeit war, an die Mongolen heranzukommen.

Der Abend kam, der Angriff ging weiter. Welle um Welle brandete gegen die Stadtmauer. Die Mongolen schienen über unerschöpfliche Reserven an Menschen und Waffen zu verfügen. Der Schutzgraben, der die Stadt umgab, wurde mit Pferdekadavern und den Leichen der Gefallenen, mit zertrümmerten Wurfmaschinen und Erde gefüllt, bis eine neue Brücke entstand. Der Feind schien fest entschlossen, die Stadt um jeden Preis zu nehmen. Die Mongolen gierten nach dem Sieg. Diese Blindheit, so hatte Jebu gelernt, konnte einen Kämpfer um den Sieg bringen.

Trotzdem war die Energie, mit der die Mongolen ihr Ziel verfolgten, beeindruckend. Ihr Vorstoß erinnerte an die Kraft eines Taifuns. Jebu war stolz, sich diesem Taifun in den Weg zu stellen. Er kämpfte mit Pfeil und Bogen, mit der Naginata und dem

Schwert. Und er ertappte sich bei der Erkenntnis, daß er auch auf die Angriffslust der Gegner stolz war. Diese Männer dort waren sein Volk. Er war einer von ihnen, auch wenn sie in diesem Kampf seine Feinde waren.

Der Morgen graute, als der Angriff abflaute. Die *hua pao* hatten zu feuern aufgehört. Immer noch schleuderten die Katapulte Steine und Feuerkugeln auf die Mauern und ins Innere der belagerten Stadt. Aber die Pausen zwischen den Detonationen wurden immer länger. Die Brände in der Stadt waren unter Kontrolle.

Es war hell geworden, aber es war keine Sonne zu sehen. Dicke graue Wolken verdunkelten den Horizont. Zu Yukios Genugtuung begann es zu regnen. Der Regen würde die letzten Feuer löschen. Für die Belagerer stellte er eine große Behinderung dar.

Jebu und Yukio hatten sich auf die Zinnen der Stadtmauer gesetzt. Beide wischten das Blut von ihren Schwertern. »Wir haben schwere Verluste erlitten«, sagte Yukio. »Ich schäme mich. Ich habe diese Samurai unter meinem Banner vereint, und jetzt habe ich sie in den Tod geführt.«

Der Gouverneur war aufgestanden, um sie zu begrüßen. Freundlich faßte er Yukio und Jebu am Arm.

»Ihr habt eine lange Nacht hinter Euch«, sagte er. »Ihr solltet Euch ausruhen und Eure Zeit nicht mit mir vertrödeln.«

»Wir kommen zu einem alten Mann, weil ein junger Mann ein schlechter Ratgeber ist«, gab Yukio zurück.

Sie berichteten von den erlittenen Verlusten. Zweihundert Chinesen und über hundert Samurai hatten den Angriff der Mongolen mit dem Leben bezahlen müssen. Die Verletzten waren noch nicht gezählt. Beide Seiten hatten sich schwere Schläge zugefügt. Aber immer noch flatterten über Kweilin die zwei Weißen Drachen.

Gouverneur Liu hatte den beiden aufmerksam zugehört. »Es gibt schlechte Neuigkeiten«, sagte er schließlich. »Die Mongolen bekommen Verstärkung. Tarkhan Arghun Baghadur ist mit zwanzigtausend Mann im Anmarsch. Das bedeutet den Fall der Stadt. Gegen eine solche Übermacht und gegen einen Heerführer wie Arghun Baghadur ist Kweilin nicht zu halten. Die Regenfälle werden den Gegner zwar Zeit kosten, aber den Fall der Stadt können sie nicht verhindern.«

»Man hat uns versprochen, daß wir Verstärkung aus Kanton anfordern können, wenn es notwendig ist.«

»Ich habe bereits die nötigen Vorbereitungen getroffen«, sagte Liu. Er deutete auf einen jungen Offizier, der im Hintergrund wartete. Auf einen Wink des Alten kam er auf die Besucher zu.

»Mein Sohn«, stellte der Gouverneur vor.

Yukio und Jebu verbeugten sich.

»Du wirst nach Kanton fahren, mein Junge«, sagte der Gouverneur. »Noch heute nacht!«

Fünf Mongolen waren gefangengenommen worden, und Jebu hatte die Samurai davon überzeugt, daß ihnen diese Männer lebendig mehr Nutzen brachten als tot. Die Gefangenen waren in einem steinernen Verlies in der Nähe des Gouverneurspalastes untergebracht worden. Jebu besuchte sie täglich und versorgte ihre Wunden.

Die Unterhaltung wurde auf chinesisch geführt. Fast alle Mongolen verstanden Chinesisch, seitdem die meisten von ihnen schon seit einer Generation im Norden von China kämpften. Allerdings war ihr Dialekt für Jebu schwer zu verstehen. Er bemühte sich, einige mongolische Ausdrücke aufzuschnappen und im Gespräch mit den Gefangenen wieder zu verwenden. Ihr Mißtrauen freilich konnte er damit nicht beseitigen. Abgesehen von der Verschlossenheit, die alle Kriegsgefangenen gegenüber ihren Bewachern an den Tag legen, hatten sie sofort erkannt, daß Jebu mongolischer Herkunft war. In ihren Augen war er ein Verräter, der sie ebenfalls zum Treuebruch verleiten wollte. Einer der Mongolen sagte Jebu ganz offen, daß er ihn umbringen werde, wenn er ihm nur nahe genug käme.

Zum Mißbehagen der Wärter forderte Jebu den kräftigsten Mongolen zum Zweikampf. Die denkwürdige Auseinandersetzung wurde im Innenhof des Gefängnisses ausgetragen. Jebus Gegner war der einzige Gefangene, der keine schweren Verletzungen davongetragen hatte. Man hatte ihn bewußtlos unterhalb der Stadtmauer gefunden. Vermutlich war der Mann von einem Stein der eigenen Katapulte am Kopf getroffen worden.

Es war der Kampf zweier sehr verschiedener Gegner. Mongolischer Ringkampf, zu dem es gehörte, dem Gegner die Knochen zu brechen, und ausgefeilte Kampftechnik der Zinja. Jebu gelang es, den Muskelkoloß fünfmal auf den Rücken zu legen.

Die Gespräche, die Jebu danach mit den Gefangenen führte, wurden freundlicher. Die Männer glaubten ihm jetzt, daß er nicht darauf aus war, sie auszuspionieren. Und sie waren nach mannigfaltigen Fangfragen zu der Überzeugung gelangt, daß er wirklich kein Mongolisch verstand. Er konnte also kein Überläufer sein.

Jebu fühlte, wie seine Zuneigung zu diesem fremdartigen und faszinierenden Volk wuchs. Dumpf, brutal, blutgierig, heimtükkisch, das waren Worte, die auf die fünf in der Zelle nicht paßten. Sie waren rauh und ungebildet, aber von schneller Auffassungsgabe, mutig und freundlich im Umgang miteinander. Wie er herausfand, tranken sie gerne. Er sorgte dafür, daß sie Reiswein bekamen. Wenn der Wein den Mongolen die Zunge gelöst hatte, fiel die kriegerische Tünche ab. Dann waren sie fröhlich und kameradschaftlich. Die Unterhaltung, die inzwischen auf mongolisch geführt wurde, floß leicht dahin.

Allmählich begann Jebu, die Lebensweise der Mongolen zu verstehen. Diese Krieger waren in dem Wohlstand aufgewachsen, den das neubegründete Imperium des Dschingis Chan den Eroberern in den Schoß legte. Aber sie hatten das Erbe der Steppe nicht vergessen. Eltern und Großeltern dieser Krieger wußten noch von jenen Zeiten zu berichten, als der Hunger ständiger Gast in den Zelten war. Die Winter in der Mongolei waren unvorstellbar hart. Im Laufe vieler Generationen war das Leben der Sippen den Härten der Natur angepaßt worden. Die Mongolen selbst hatten einen sonderbaren Ausdruck für die Natur, sie nannten sie ›Immerwährender Himmel‹.

Nach dem zweiten Angriff auf die belagerte Stadt kehrte trügerische Ruhe ein. Jebu und Yukio hofften, daß die Hilfstruppen aus Kanton rechtzeitig zur Stelle sein würden. Die Chinesen verwandten die Ruhepausen auf den Wiederaufbau der beschädigten Mauern und Wälle. Jebu vervollständigte seine mongolischen Sprachkenntnisse. Yukio und der Gouverneur beaufsichtigten die Arbeiten an der Stadtmauer. Alles hielt Ausschau nach der Verstärkung.

Zwölf Tage nach dem zweiten Angriff kehrte Arghun Baghadur zu seinen Truppen zurück. Yukio und Jebu standen auf der Mauer. Sie betrachteten die fünf Marscheinheiten, die der gegnerische Heerführer mitgebracht hatte. Fünf *Tuman* – je zehntausend Mann. Wie üblich, stellten die Truppen erst einmal ihre Jurten auf, wie ihre Filzzelte hießen. Dann bestiegen sie ihre Pferde. Sie ritten in Gruppen von einhundert Mann.

Jebu ließ seinen Blick über die feindlichen Krieger schweifen.

Fünfzigtausend bis an die Zähne bewaffnete Männer, ausgeruht, diszipliniert, kampfeslustig. Noch nie hatte er soviel Krieger auf einem Haufen gesehen. Alle Samurai Japans zusammen würden keinen so imposanten Anblick bieten. Kein Wunder, daß viele Städte schon vor Beginn des Kampfes kapituliert hatten.

»Ich bin ein Narr gewesen«, sagte Yukio. »Ich habe allen Ernstes gedacht, ich könnte mit tausend Samurai und den Chinesen in der Stadt einer solchen Kriegsmacht widerstehen.«

Wie gebannt starrten sie auf den gegnerischen Bannerträger, der dem Heer voranritt. Vor der Landbrücke zwischen den beiden Seen brachte er sein Pferd zum Stehen und rammte die Standarte in den Boden. Fünf Reiter lösten sich aus den Hundertschaften und bildeten einen Halbkreis um die Standarte.

»Die Tuman-bashis«, sagte Yukio.

Die Belagerten, die das Schauspiel von der Stadtmauer aus verfolgten, hielten den Atem an. Ein Hornsignal ertönte. Dann sahen sie einen Reiter auf einem Steppenpony aus den Hügeln kommen.

Dieser Mann könnte die edelsten Pferde reiten, dachte Jebu. Aber um sich seinen Männern zu zeigen, wählte er ein einfaches Steppenpferd, wie es schon seine Vorfahren im Kampf benutzt hatten.

Die Spannung wuchs ins Unerträgliche. Nur die Hufe des Ponys waren zu hören.

Merkwürdig, dachte Jebu. Dort kommt der Mann, der meinen Vater getötet hat. Und doch bin ich nicht in der Lage, Haß oder Feindschaft zu empfinden.

Die fünf Generäle waren von ihren Pferden gestiegen. Sie nahmen ihre Helme ab und legten sie auf den Boden. Eine Geste der Demut. Arghun nickte zum Zeichen, daß er die Gefolgschaft annahm. Als er sich im Sattel erhob und den Blick auf die Truppen wandte, stieg ein Hurraruf aus fünfzigtausend Kehlen in den Himmel.

Arghun sprach ein paar Worte, die Yukio und Jebu wegen der großen Entfernung nicht verstehen konnten.

»Unsere Spione werden uns später darüber informieren, was er gesagt hat.«

Jebu wandte sich um. Er erkannte Liu, den Gouverneur, der sich in einer Sänfte zur Stadtmauer hatte tragen lassen.

Unten, jenseits des Grabens, hatte Arghun den Arm erhoben. Das war das Signal zum Beginn des Kampfes. Ein ganzer Hügel schien sich in Bewegung zu setzen. Erst bei näherem Hinsehen erkannte Jebu, daß es vier Streitelefanten waren, die nun im schwerfälligen Trott auf die Stadtmauer zugestampft kamen. Auf ihren Rücken befanden sich turmartige Aufbauten, in denen Reiter Platz genommen hatten.

Wo habe ich diese gigantischen Lebewesen schon einmal gesehen? überlegte Jebu. Dann fiel ihm ein, daß sie Teil der Vision waren, die er beim Betrachten des Shintai-Steins gehabt hatte.

»Was sind das für Tiere?« flüsterte Yukio.

»Die Mongolen benutzen sie, um ihren Gegnern Angst einzujagen. Man nennt sie Elefanten«, erklärte Liu.

Jebu vermochte seine Ungeduld nicht länger zu zügeln. »Wir haben Arghuns Parade lange genug zugesehen«, sagte er. »Es wird Zeit, daß wir den Mongolen klarmachen, daß sie nicht allein auf dem Schlachtfeld sind!« Er entnahm seinem Köcher einen Pfeil, legte ihn an den Bogen, spannte die Sehne und schoß.

Eine Windböe strich über die Stadtmauer. Sie lenkte den Pfeil von seinem Ziel ab.

Arghun sprang vom Pferd. Er bückte sich, hob den Pfeil auf und betrachtete die weidenblattförmige Verzierung am Ende des Schaftes. Dann blickte er zur Stadtmauer hinüber. Schweigend standen sich Jebu und Arghun gegenüber.

Die Gedanken im Kopf des Zinja überstürzten sich. Warum habe ich geschossen, wo ich doch nicht sicher sein konnte, daß ich Arghun auf die große Entfernung treffen würde? Der Blick in die haßerfüllten Augen des Gegners gab ihm die Antwort. Er hatte den anderen auf sich aufmerksam machen wollen. Nicht irgendein Samurai wird dich töten, stolzer Tarkhan, sondern Jebu, der Sohn von Jamuga!

Yukio hatte seinen Bogen gespannt und zielte auf den Anführer der Mongolen. Die anderen Samurai taten es ihm gleich. Ein Hagel von Pfeilen schwirrte auf Arghun zu.

Aber die Tuman-bashis waren schneller. Sie bildeten einen Schutzwall um ihren Anführer und geleiteten ihn hinter die Barrikaden, die in den Vortagen errichtet worden waren.

Der Kampf hatte begonnen. Es hagelte Pfeile auf beiden Seiten. Die Feuerrohre hatten ihr Bombardement begonnen. Eines der Wurfgeschosse zertrümmerte einen Kampfturm der Mongolen. Wenig später schlug ein Felsbrocken eine tiefe Bresche in die Stadtmauer.

Jebu deckte den chinesischen Gouverneur mit seinem Körper. »Es wird hier zu gefährlich für Euch, Exzellenz.«

Liu winkte ab. »Auf mich kommt es bei diesem Kampf am allerwenigsten an.«

Die Formation der mongolischen Regimenter öffnete sich zur Schere. Die Belagerungsmaschinen wurden herangeschoben. Der Kampf um Kweilin war entbrannt. Jebu wußte, daß die Stadt dem Druck der mongolischen Horden nicht standhalten würde.

9. Kapitel

»Wann war Euer erstes Zusammentreffen mit Arghun?« Gouverneur Liu sah Jebu fragend an.

»Im letzten Jahr des Affen, Exzellenz.«

»Vor elf Jahren also. Das war das Jahr, als der Große Khan Kuyuk starb. Arghun hat Euch dann in Japan nicht weiter verfolgt?«

»Nein«, gab Jebu zurück.

»Kein Wunder. Wenn der Große Khan das Zeitliche segnet, müssen alle Mongolen in ihr Heimatland zurück und einen neuen Khan wählen. Kuyuk war der Enkel von Dschinghis Khan, der dritte in der Reihe der Großen Khane. Mangu ist der vierte.«

Ein chinesischer Offizier hatte den Audienzsaal betreten. »Die Mongolen haben einen Unterhändler entsandt«, erstattete er Meldung. »Der Mann verlangt, zum Gouverneur und Befehlshaber der Stadt vorgelassen zu werden.«

»Nun gut. Wir werden verhandeln«, sagte Liu. Er wandte sich zu Jebu. »Kommt mit. Ihr wart bei der ersten Unterredung dabei, ich lege Wert auf Euren Rat.«

Jebu verneigte sich. »Euer Vertrauen ist mir eine große Ehre.«

»Wo wird die Unterredung stattfinden?« erkundigte sich Yukio.

»Der sicherste Platz ist die Tempelinsel im See Shan hu.« Der Gouverneur war aufgestanden. »Gehen wir!«

Auf der Insel im See Shan hu war vor Jahrhunderten ein buddhistischer Tempel errichtet worden. Weder die Mongolen noch die Chinesen hatten sich die Mühe gemacht, ihn zu zerstören.

Auf einem reichverzierten Boot ließen sich Liu, Yukio und Jebu übersetzen. Auf der gegenüberliegenden Seite des Sees wurde ein Sampan losgemacht. Der mongolische Unterhändler war in Begleitung eines Offiziers.

Als der Sampan näher kam, erkannte Jebu Arghun. Der Mongole hatte sich wenig verändert. Das Haar war noch immer voll, der Blick bohrend. Bartloses Kinn, roter Schnauzbart, die Augen nahe zusammenstehend und eiskalt. Yukio hatte Jebu am Arm ergriffen. Schweigend blickten sie den Gegner an.

Es hat keinen Sinn, wenn ich mich selbst belüge, dachte Jebu. Ja, ich habe Angst vor diesem Mann. Die Zuversicht, Arghun im Kampf zu besiegen, war verflogen. Um so schmerzlicher die Erkenntnis, daß er der Kraftprobe mit dem Mongolen nicht ausweichen konnte. Der Sohn rächt den Vater, so lautete die jahrhundertealte Zinja-Regel. Früher oder später mußte er Arghun töten.

»Ich grüße Euch, Mörder«, hörte er sich sagen.

Arghun musterte ihn kühl. »Ich sehe, Ihr habt die Sprache Eures Vaters gelernt. Gehört es zu den Gesetzen der Zinja, daß sie gegen ihr eigenes Blut kämpfen?«

»Ich kämpfe gegen den Mörder meines Vaters.«

»Es ist kein Platz für Euch auf dieser Welt. Nie werdet Ihr Ruhe finden. Wohin Ihr auch geht, ich werde Euch zu finden wissen.«

Liu ergriff das Wort. »Seid Ihr gekommen, Arghun, um einem Zinja-Mönch zu drohen oder um mit dem Gouverneur von Kweilin zu verhandeln?«

Arghun machte eine Verbeugung. »Ich habe ein Gelübde zu erfüllen«, sagte er bedeutungsschwer. »Der Geist des Dschinghis Khan wird nicht ruhen, bis dieser Mönch tot ist.«

»Der Geist des Dschinghis Khan labt sich an Sturzbächen von Blut«, sagte Yukio. »Ihr wollt nicht nur diesen Mönch töten, sondern alle Bürger von Kweilin.«

Arghun lächelte. »Ihr irrt. Wenn Ihr mir diesen Mönch ausliefert, werde ich die Stadt schonen. Niemandem wird ein Haar gekrümmt werden.«

»Euer Vorschlag ist eine Beleidigung für uns«, stellte Yukio fest. »Ihr redet, als sei der Ausgang des Kampfes bereits entschieden.«

Arghun nickte, das Lächeln war verschwunden. »Ich nenne die Dinge beim Namen, das ist alles. Kweilin hat keine Chance. Seit der Große Khan mich zum Tarkhan ernannte, habe ich zwanzig Städte eingenommen. Städte, die stärker befestigt waren und besser verteidigt wurden als Kweilin. Ein paar hundert Söldner aus dem Land der Zwerge können Euch nicht vor dem Untergang bewahren, Liu.«

»Ihr lügt, Arghun, und Ihr wißt es«, entgegnete Jebu. »Ihr wißt sehr wohl, daß ein Samurai zehn Mongolen aufwiegt. Ihr habt in meiner Heimat gekämpft und einen hohen Preis für jeden Sieg gezahlt.«

Arghun begann zu lachen. »Ihr sprecht von Eurer Heimat, Mönch! Wo ist denn Eure Heimat? Ich wette, Ihr wißt es selbst nicht.« Jebu schwieg. Arghun hatte die bittere Wahrheit ausgesprochen. Er war ein Fremder im Lande der Heiligen Inseln. Und er blieb ein Fremder im Reich der Mitte. Die Doktrin der Zinja, die Zwiesprache mit dem Stein des Lebens und des Todes – all das vermochte nicht die Traurigkeit aufzuwiegen, die Jebu empfand. Arghun will mich nur einschüchtern, dachte er dann. Das Opfer soll in Angst und Schrecken versetzt und damit geschwächt werden.

Arghun zuckte die Schultern. Er wandte sich an Liu, als sei er des Gesprächs mit Jebu müde. »Ihr habt Euch schlechte Bundesgenossen ausgesucht, Liu. Die Männer aus dem Land der Zwerge verstehen sich nicht auf die Verteidigung einer Stadt. Sie sind als Krieger für den Angriff geschult.«

»Die Samurai sind nicht die einzigen Verteidiger von Kweilin«, gab Liu zurück.

»So oder so, ich werde Kweilin einnehmen«, sagte Arghun barsch. »Meine Männer werden die Stadt dem Erdboden gleichmachen. Kein Einwohner wird dem Massaker entgehen. Es sei denn, Ihr geht auf meine Bedingung ein.«

»Auf welche Bedingung?«

Arghuns Finger deutete auf Jebu. »Ihr liefert mir den Mönch aus, und ich verspreche Euch, daß er auf ehrenhafte Weise hingerichtet wird. In den Adern dieses Mannes fließt Blut von der Sippe des Großen Khan. Unser Gesetz, die *Yassa,* verbietet, daß wir sein Blut vergießen. Er wird mit der Sehne eines Bogens erdrosselt werden. Eine Todesart, die den Mongolen vornehmer Herkunft vorbehalten ist.«

»Gebt mir die Möglichkeit, mich mit dem Schwert zu verteidigen. Wenn ich unterliege, so mögt Ihr mich erdrosseln«, sagte Jebu.

Arghun schüttelte den Kopf. »Ich stelle die Bedingungen, nicht Ihr!« Sein Blick war auf den Gouverneur gerichtet. »Es liegt in Euer Hand, Liu, das Leben unzähliger Menschen zu retten.«

»Ich verhandle nicht über das Leben dieses Kriegers«, sagte Liu schroff. »Eine Auslieferung ist ausgeschlossen. Aber ich habe einen anderen Vorschlag. Der Zinja bleibt ungeschoren, und die Stadt Kweilin ergibt sich den Mongolen.«

»Ich fordere die Auslieferung dieses Mannes *und* die Kapitulation der Stadt«, sagte Arghun. »Ihr bleibt weiterhin Gouverneur. Die Samurai sind unsere Gefangenen. Der Bruder des Großen Khan, Kublai Khan, wird sie in seine Dienste nehmen.«

»Aber Jebu werdet Ihr töten.«

»So ist es, Liu. Der Zinja muß sterben.«

Liu nahm einen neuen Anlauf. »Und wenn wir den Mönch entkommen lassen und Euch dann die Stadt übergeben?«

»Dann müssen die Bürger von Kweilin sterben. Niemand wird verschont, kein Stein bleibt auf dem anderen.«

»Aus Haß auf diesen Zinja opfert Ihr Tausende von Menschenleben«, sagte Liu. »Bedeuten Euch Eure eigenen Leute nichts?«

Arghun hob die Hände. »Es kommt nicht darauf an, ob meine Männer überleben. Wichtig ist, daß der Wille des Dschinghis Khan erfüllt wird. Sein Befehl lautet, das Geschlecht der Jamuga auszurotten. Jeder Mongole rechnet es sich als Ehre an, im Kampf gegen die Feinde des Großen Khan sein Leben hinzugeben.«

Jebu war vorgetreten. »Gebt mir Euer Wort, daß Ihr die Stadt und ihre Bewohner schonen werdet, und ich komme mit Euch!«

Ich werde mich opfern. Es ist sinnlos, daß Liu mein Leben aufwiegt gegen das Leben der Menschen in der Stadt. Liu meint, er besudelt seine Ehre, wenn er mich an den Feind ausliefert. Aber es wäre sinnlos, die Bewohner von Kweilin zu opfern, um ein einziges Leben zu retten.

»Ich verbiete die Auslieferung dieses Mannes«, sagte Yukio.

»Ihr habt recht«, pflichtete ihm der Gouverneur bei. »Arghun würde dann irgendeinen Vorwand finden, um unter den Bürgern von Kweilin ein Blutbad anzurichten.«

»Nein«, widersprach Jebu. »Wenn er sein Wort gibt, wird er es halten.«

»Kommt«, sagte Liu. »Ich möchte mit Euch allein sprechen.« Er ergriff Jebu am Arm und führte ihn zum felsigen Strand hinunter. Yukio und die beiden Mongolen blieben zurück.

»Ich bin ein Zinja, Exzellenz. Für uns Zinja ist es ohne Bedeutung, ob wir am Leben bleiben oder nicht.«

»Ich weiß, Jebu. Euer Orden ist mir wohlbekannt. In diesem

Lande heißt er *Chi'in-cha.* Ich kenne die Regeln der Ch'in-cha. Ihr wäret kein Ch'in-cha, würdet Ihr nicht Euer Leben opfern, um das Schwacher und Unschuldiger zu retten. Aber Euer Opfertod kann Kweilin nicht retten. Arghun will Euch *und* Kweilin. Sich unter diesen Umständen in die Gewalt der Mongolen zu begeben, hieße entgegen den Regeln der Ch'in-cha-Weisheit zu handeln.«

Jebu sah auf. Was Liu sagte, war richtig. Merkwürdig, daß der Gouverneur Zugang zu den Regeln der Zinja hatte.

»Ich bin bereit, Euch zuzuhören.«

»Wenn Ihr Arghuns Sicht der Dinge übernehmt, seid Ihr bereits sein Gefangener, und er kann Euch jederzeit töten. Die Zukunft ist dem Menschen verschlossen. Aber als ein Zinja solltet Ihr wissen, daß es nie nur eine einzige Wahrheit gibt, sondern immer eine unendliche Anzahl möglicher Wege. Mag sein, daß Ihr in der Schlacht getötet werdet. Mag sein, daß der Kaiser Verstärkung schickt und Ihr die Mongolen zurückschlagen könnt. Vielleicht wird auch Arghun in der Schlacht getötet, und mit ihm stirbt sein Gelübde, Euch umzubringen. Oder es könnte eine Seuche ausbrechen, die Belagerte und Belagerer dahinrafft. Oder die Mongolen heben die Belagerung aus irgendeinem unvorhersehbaren Grund auf.«

»Das wird nie geschehen. Die Mongolen werden nie aufgeben.«

»Ihr sprecht über die Mongolen und vergeßt dabei, daß Ihr selbst zur Hälfte Mongole seid. Mein Vorschlag ist, daß Ihr Euer Angebot zurückzieht. Ihr werdet Euch Arghun nicht ausliefern. Eure Zeit zu sterben ist noch nicht gekommen.«

»Meine Zukunft ist dunkel«, widersprach Jebu. Ich habe Taniko geliebt und verloren. Ich habe die Bitterkeit des Sieges genossen und die Süße der Niederlage. Ich habe mein Vaterland verlassen müssen. Mein Volk trachtet mir nach dem Leben. Ich bin heimatlos, wohin ich auch gehe.

»Die Ch'in-cha leben nicht für das Glück«, sagte Liu in seine Gedanken hinein.

Jebu erstarrte. »Ihr kennt die Regeln?«

»Die Ch'in-cha leben nicht für die Wahrheit«, fuhr Liu fort, ohne auf seine Frage einzugehen. »Die Ch'in-cha glauben an nichts auf dieser Welt. Sie lehren, daß es kein Gut und kein Böse gibt.« Er sah ihm fest in die Augen. *»Die Ch'in-cha sind Teufel.«*

Hätte Liu sich in Luft aufgelöst, Jebu hätte nicht erstaunter sein können.

»Nicht alle Ch'in-cha tragen graue Kutten«, sagte Liu. »Und nicht alle leben in Klöstern. Werdet Ihr Euer Angebot zurückziehen?«

»Ja.«

»Ihr macht mich sehr glücklich.«

Sie gingen zu Yukio und Arghun zurück.

»Der Ch'in-cha hat entschieden, daß Ihr kein Recht habt, sein Leben einzufordern, Arghun«, sagte Liu.

Der Mongole verzog keine Miene. »Damit sind die Einwohner von Kweilin zum Tode verurteilt.«

»Ihr Blut wird über Euch kommen«, entgegnete Liu. »Es gibt kein Gesetz, das Euch zwingt, diese Menschen zu töten. Ihr folgt Eurem Haß, Eurem Blutdurst.«

Arghun gab seinem Standartenträger ein Zeichen. Der Mongole eilte zum Sampan und kehrte mit einer Kiste aus Mahagoniholz zurück, die er zu Füßen des Heerführers niederstellte.

»Ich habe Euch ein Geschenk mitgebracht, Gouverneur Liu Mai-tse«, sagte Arghun. »Ihr erwartet Verstärkungen aus Kanton, nicht wahr? Mein Geschenk mag Euch davon überzeugen, daß diese Verstärkungen nie eintreffen werden.« Er bückte sich, öffnete das Schloß der Kiste und trat zurück.

Der Gouverneur gab Jebu das Zeichen, die Kiste zu öffnen.

Ein blutiger Kopf wurde sichtbar, auf einem Bett von Stroh. Das Haupt von Gouverneur Lius Sohn.

10. Kapitel

Sie werden mich nicht zerbrechen, dachte Taniko. Ich werde stärker sein als Horigawa, stärker als die Mongolen. Mochten sie sie vergewaltigen und töten. Mochten sie sie zur Sklavin erniedrigen, die jedem Mongolen zu Willen sein mußte – ihr Selbst würde davon unangetastet bleiben. Sie begann Jebu zu verstehen. Jeder Mensch verfügte über zwei Formen des Seins. Shima Taniko war nicht nur eine schwache, verwundbare Frau. In ihr lebte etwas, das unzerstörbar war.

Die beiden chinesischen Dienerinnen waren bei ihr geblieben. Zwei Mongolen betraten das Zelt. Sie gaben Taniko ein Zeichen, ihnen zu folgen. Sie wurde in ein anderes Zelt geführt. Aus dem Lager der Mongolen schallte der Gesang der Männer herüber.

Taniko sah sich um. Das Zelt war rauchgeschwärzt. Die Konstruktion ruhte auf zwei Pfählen. Der Boden war mit Teppichen und Kissen ausgelegt. So also lebten die Stämme, aus denen Jebu hervorgegangen war. Der Gedanke an Jebu erinnerte sie an Horigawas Voraussage, daß Jebu von den Mongolen getötet würde. Schon einmal hatte Horigawa versucht, ihn zu töten, und war gescheitert. Taniko betete zu Buddha um Jebus Leben.

Die Stunden verstrichen. Angst und Hoffnungslosigkeit befielen die junge Frau. Es ist unwahrscheinlich, daß ich je wieder meinen Fuß auf die Heiligen Inseln setzen werde. Ich werde Jebu nie wiedersehen. Taniko warf sich auf die Kissen und schluchzte.

Während ihrer Zeit mit Horigawa hätte sie mehr als einmal die Möglichkeit gehabt, dieses Scheusal zu töten. Warum hatte sie es nicht getan? Sie nahm sich vor, ihm bei nächster Gelegenheit die Kehle durchzuschneiden. Welche Törin bin ich gewesen, mir Hoffnungen auf die Reise nach China zu machen. Statt in die Freiheit hatte die Reise in die Sklaverei geführt.

Sie erhob sich. Nach einigem Suchen fand sie eine Schüssel Wasser. Sie wusch sich. Es gab keinen Spiegel. Die Luft im Zelt war stikkig. Es roch nach den Ausdünstungen der Krieger, die hier genächtigt hatten. Ob die Mongolen wohl je badeten? Man durfte es bezweifeln. Diese Männer stanken drei Meilen gegen den Wind.

Tanikos Blick glitt über die Schatten, die eine kleine Öllampe auf die Wände der Jurte zeichnete. Durch ein Loch im Zeltdach war der Nachthimmel zu sehen. Ein einziger Stern leuchtete dort oben, fern, kalt und geheimnisvoll. Sie lauschte. Der Gesang der Männer draußen war verklungen, das Prasseln der Scheite war verstummt. Kein Lüftchen regte sich. Es war eine warme Nacht.

Als die Öllampe heruntergebrannt war, legte Taniko sich schlafen. Gelobt sei Buddha, der Erleuchtete, betete sie. Dann kam eine Müdigkeit über sie, die stärker war als Angst und Verzweiflung.

Sie erwachte, als zwei Mongolen das Zelt betraten. Sie brachten Fladen und Wein. Dann entfachten sie ein Feuer im Holzkohlebekken. Taniko versuchte ein Gespräch zu beginnen, aber die beiden antworteten nicht.

Man hatte ihr frisches Wasser gebracht. Als die Männer die Jurte verlassen hatten, entledigte sie sich ihrer Kleider und wusch sich. Das kalte Wasser weckte ihre Lebensgeister.

Nachdem sie sich wieder angekleidet hatte, öffnete sie den Vorhang und blickte hinaus. Sonnenlicht und Staubwolken, die von den Hufen der Pferde hochgewirbelt wurden. Geschäftiges Treiben im Zeltlager. Taniko reckte sich. Zu ihrem eigenen Erstaunen hatte sie eine ruhige Nacht verbracht.

Sie trat in den Sonnenschein hinaus. Ein Mongole fuhr sie an. Verstört wich sie zurück. Sie kauerte sich auf die Kissen und überlegte, wie sie es anstellen könnte, zu fliehen.

Ich bin allein, dachte sie. Man hat mir alles weggenommen, was ich liebe. Es ist gleichgültig, was künftig mit mir geschieht. Wieder kamen ihr die Tränen. Horigawa hatte ihr das eingebrockt. Aber wenn sie über ihrem Schicksal verzweifelte, erfüllte sie damit seine Erwartungen. Sie würde dann keine Kraft mehr haben, um sich den Gefahren entgegenzustellen. In stummer Verzweiflung ballte sie die Hände.

Das runde Gesicht einer Mongolin erschien im Spalt der Zeltbahn. »Der Segen des Himmels sei mit Euch!« Die Frau sprach Chinesisch. »Ich bin Bourkina, Dienerin des Kublai Khan.«

Ihr Alter war schwer zu schätzen. Sie mochte dreißig sein oder siebzig. Die schlanke Gestalt, der ruhig-gleichmütige Ausdruck des Gesichtes erlaubten keine nähere Bestimmung. Bourkina trug ein Gewand aus chinesischer Seide. Zwei schwere Ketten aus Gold und Jade hingen um ihren Hals. Ihre Bewegungen waren kraftvoll und entschlossen, fast männlich. Die Frau schien von bäuerlicher Herkunft zu sein. Gesicht und Arme waren braun gebrannt. Das Haar war dunkel, desgleichen die Augen.

Ob Taniko irgendwelche Wünsche habe? Brauchte sie noch mehr Kissen? War es warm genug? Ihre eigenen Sachen würden ins Zelt gebracht werden, sobald sie aus dem übrigen Gepäck ausgesondert waren. Was Taniko denn essen wolle? Sie wolle sich alle Mühe geben, sie zufriedenzustellen. Trotz aller Fürsorglichkeit ging keinerlei Wärme von dieser Frau aus. Genausogut hätte sie ein edles Pferd versorgen können. Der einzige Unterschied war, daß dieses Pferd sprechen konnte.

»Kann ich etwas zum Schreiben bekommen?« fragte Taniko.

Bourkina war erstaunt. »Wozu?«

»Es macht mir Spaß, aufzuschreiben, was ich erlebe.«

Bourkina starrte sie an wie ein Weltwunder. »Wo habt Ihr denn schreiben gelernt?«

»In Japan lernen alle Kinder aus guten Familien Schreiben und Lesen. Natürlich schreiben die Frauen anders als die Männer, aber für unsere Zwecke genügt es.«

Bourkina schüttelte den Kopf. »Bei uns lernen die Frauen weder Lesen noch Schreiben. Und auch nur wenig Männer können das. Man sagt, der Große Khan Mangu und Kublai Khan seien schriftkundig, ebenso ihre beiden Brüder.«

»Ihr sprecht Chinesisch«, bemerkte Taniko. »Eine schwere Sprache, nicht wahr?«

Bourkina lächelte stolz. »Für uns Mongolen ist die chinesische Sprache lebenswichtig. Wie könnten wir uns sonst mit unseren Sklaven verständigen?«

»Wißt Ihr, wo Prinz Horigawa ist?«

»Euer Gebieter hat Kublai Khan eine Botschaft des Sung-Kaisers überbracht, dann ist er abgereist.«

»Prinz Horigawa ist nicht mein Gebieter, er ist mein Gemahl.« Taniko wußte, daß Horigawa sie bei den Mongolen als Kurtisane ausgegeben hatte. Es galt, seine Intrige zu durchkreuzen.

Bourkinas Blick verriet Unschlüssigkeit und Unglauben. »Aber Prinz Horigawa hat Euch unserem Gebieter zum Geschenk gemacht!«

»Mein Gemahl haßt mich«, sagte Taniko.

Bourkina zuckte die Achseln. »Es tut nichts zur Sache, was Ihr früher wart. Jetzt seid Ihr Eigentum des Khan.« Ein taxierender Blick aus dunklen Augen. »Ich bin gekommen, um Euren Wert zu schätzen.«

Taniko war das Blut in die Wangen geschossen. »Ich kenne meinen Wert.« Ich werde mich nicht wie einen Sack Reis behandeln lassen, dachte sie.

Die Mongolin brachte ihr Gesicht so nahe, daß sie ihren Atem auf den Wangen spüren konnte. »Ihr habt immer noch nicht verstanden, in welcher Lage Ihr Euch befindet. Wenn Ihr dem Khan nicht zu Willen seid, werdet Ihr sterben. Gelingt es Euch, meinem Gebieter Lust zu bereiten, so wird er die Sonne seiner Gunst über Euch leuchten lassen. Die Herrschaft der Mongolen kennt keine Grenzen. Vergeßt Euer bisheriges Leben und seid stolz auf die Ehre, die Euch bei uns zuteil wird.«

Taniko nickte. So unglaublich es klang, Bourkina hatte recht.

Die Mongolen betrachteten sich als Herrscher der Welt. Und die letzten Jahre hatten gezeigt, daß die alten Kulturen Japans und Chinas dem Kampfgeist dieser Steppenkrieger nicht gewachsen waren. Ihr Schicksal lag jetzt in der Hand des Kublai Khan.

»Ich möchte mehr sein als eine Gespielin des Khan«, sagte sie.

»Unser Gebieter bestimmt, welchen Wert wir haben, nicht wir selbst«, gab Bourkina zurück.

Sie bedeutete Taniko, sich neben sie zu setzen. Dann klatschte sie in die Hände. Ein chinesischer Diener erschien mit einem schwarzlackierten Tablett, auf dem Tassen aus blau-weißem Porzellan standen. Duftender Ch'ai dampfte in den Tassen – derselbe, den die Takashi aus China importierten.

»Erzählt mir von Euch«, sagte Bourkina.

Sie begann, die Geschichte ihres Lebens zu erzählen. Sie tat es mit der Sorgfalt eines Künstlers, der eine schwierige Tuschezeichnung zu Papier bringt. Nicht nur das abgebildete Objekt war wichtig, auch die Linienführung und die Farben mußten dem Betrachter gefallen. So stellte sich Taniko denn im günstigsten Licht dar. Sie sprach von ihrer edlen Herkunft, erwähnte ihre Erziehung in Kamakura, ihren Aufenthalt in Heian Kyo, ihren Umgang bei Hofe, ihre Verbindung mit den Großen des japanischen Kriegsadels. Schließlich kam sie auf die Ehe mit Prinz Horigawa zu sprechen.

»Der Prinz hat nichts davon gesagt, daß Ihr seine Frau seid.«

»Was hat er denn über mich erzählt?«

»Er hat davon gesprochen, daß es in Japan viele Frauen gibt, die ihren Körper für Gold und Silber verkaufen. Je nach Wert der Frau genügt auch eine Schale Reis. Der Prinz sagte, Ihr hättet eine Weile als Konkubine eines Adeligen in Heian Kyo gelebt. Als Euer Gebieter im Kampf getötet wurde, habt Ihr der Familie des Getöteten mit einem Skandal gedroht für den Fall, daß man Euch nicht einen Teil des Erbes auszahlte. Prinz Horigawa hat sich angeboten, Euch nach China zu schaffen.«

Taniko schloß die Augen. Sie dachte an Kiyosi und Atsue. Tränen stiegen ihr in die Augen. Aber Bourkina würde sie dafür nur verachten. Sie mußte sich zusammennehmen. »Prinz Horigawa hat gelogen«, sagte sie. »Ich bin seine Gemahlin, aber unsere Herzen fanden nicht zueinander. So wurde ich die Konkubine eines berühmten Samurai, der nicht nur von hohem Adel war, sondern sogar einer der mächtigsten Familien im Land der aufgehenden Sonne entstammte und Oberbefehlshaber der Kaiserlichen Armee war. Ich habe ihm einen Sohn geschenkt. Als er im Kampf den Tod fand, habe ich keinerlei Ansprüche auf das Erbe geltend gemacht. Ich habe nur verlangt, daß mein Sohn bei mir bleibt. Aber die Familie meines Gebieters hat ihn mir entrissen und mich außer Landes geschafft, um mich mundtot zu machen.«

»Ist dieser Sohn Euer einziges Kind?«

»Ich hatte auch eine Tochter. Prinz Horigawa hat das Kind getötet, weil er nicht der Vater war.«

Bourkina sagte: »Bei uns steht auf Untreue der Tod. Für Männer wie Frauen. Ihr seid billig davongekommen.«

Taniko schüttelte verwundert den Kopf. »Wenn in Japan Untreue mit dem Tode bestraft würde, wären die mächtigen Familien schon längst ausgestorben.« Sofort taten ihr die Worte leid. Da die Mongolen so einen strengen Ehrenkodex hatten, bestand die Gefahr, daß sie Horigawas Lügen Glauben schenkten und seine Einschätzung teilten.

»Ich habe gesagt, daß Prinz Horigawa nicht der Vater meines Kindes war«, erklärte sie. »Aber das bedeutet nicht, daß ich ihn hintergangen habe! Er hat mich verstoßen. Erst danach wurde ich die Konkubine des Samurai. Er hat mich ohnehin nur zur Frau genommen, weil ich aus einer wohlhabenden Familie komme.«

Bourkina faßte nach ihrer Hand. »Ihr habt richtig gehandelt, als Ihr Horigawa verlassen habt. Ich habe diesen Mann gesehen. Ein Schwächling. Und ein Narr dazu, weil er eine Frau wie Euch nicht zu schätzen wußte.« Bourkina hatte sich erhoben. Sie lächelte. »Und jetzt zieht Euch aus!«

»Ich soll mich entkleiden?« Nur mit Mühe verbarg Taniko ihre Bestürzung.

Bourkina wurde ernst. »Ich habe mich mit Euch unterhalten und kann dem Khan berichten, daß Ihr Eure Worte wohl zu setzen wißt. Aber er will Euch nicht als wortgewandte Botschafterin, sondern als Gefährtin für die Nacht! Ich werde also prüfen, ob Euer Körper ohne Fehl ist.«

Taniko erhob sich seufzend. »Die Frau ist bei Euch also nichts als ein Gefäß der Wollust«, sagte sie bitter.

In Bourkinas Stimme schwang Verwunderung. »Ihr wißt so gut wie ich, daß die wichtigste Eigenschaft der Frau ihre Schönheit ist. Der Mann verkörpert Kraft und Geist. Überdies erwartet der Khan von Euch natürlich mehr als Schönheit, sonst hätte er Euch gleich seinen Reitern zum Geschenk gemacht.«

Taniko zog sich langsam aus. Das Gewand fiel, dann die Weste, die Röcke, die Unterkleider. Für die Reise hatte sie ihr Haar hochgebunden. Jetzt löste sie das Band, so daß die schwarze Pracht bis zu den Hüften herunterhing.

Nacktheit war für Taniko nichts, dessen sie sich je geschämt hätte, schon gar nicht vor einer Frau. Vor ihren Liebhabern hatte sie sich nie völlig entkleidet. Die Japaner legten Wert darauf, daß die Frau zum Teil bekleidet blieb, wenn sie sich dem Mann hingab. Man ließ den Mann genug vom Körper sehen, um seine Erregung anzustacheln.

Noch nie war Taniko einer so peinlichen Betrachtung unterzogen worden. Ohne ein Wort zu sagen, ging die Mongolin um sie herum und nahm jeden Zentimeter ihres Körpers in Augenschein.

»Ich sehe, daß man Euch die Füße nicht eingebunden hat«, bemerkte sie. »Das ist gut so. Wir Mongolen mögen diese chinesische Sitte gar nicht.«

Taniko spürte, wie die Hand der Frau über ihre Schultern glitt. Die Finger tasteten am Schlüsselbein entlang, wanderten weiter zu den Brüsten. Taniko kam sich vor wie eine Melone, die auf ihren Reifegrad geprüft wird. Sie zuckte zurück.

»Steht still!« befahl die Mongolin. Dann begutachtete sie ihre Zähne, schnüffelte ihren Atem und fuhr über die Augenbrauen. Dann spürte Taniko, wie sie in die Brustwarzen gekniffen wurde. Die Hände tasteten weiter, befühlten ihren Bauch.

»Nicht schlecht«, hörte sie Bourkina sagen. »Abgesehen von den Schwangerschaftsstreifen. Nur zwei Kinder, sagt Ihr? Wie alt seid Ihr, Taniko?«

Taniko faßte einen blitzschnellen Entschluß. Niemand hier kannte ihr wahres Alter. »Dreiundzwanzig«, log sie.

Die Mongolin lächelte. »Ihr seid zwischen fünfundzwanzig und dreißig! Aber Ihr seid schlank geblieben. Eure Haut ist fest und straff, auch der Bauch. Ein Mann würde Euch für zweiundzwanzig halten. Und nun legt Euch auf den Rücken und öffnet die Schenkel.« Sie gehorchte, biß die Zähne zusammen und wartete, bis das Gesicht der Mongolin wieder über ihr auftauchte.

»Nicht nur Eure Brüste sind jung geblieben«, verkündete Bourkina als Ergebnis der Untersuchung. »Außerdem scheint Ihr gesund zu sein.« Ein breites Grinsen legte sich über ihr Gesicht. »Ihr habt zwei Geliebte gehabt, nicht wahr? Dann ist wohl anzunehmen, daß Ihr wißt, wie man einem Mann Vergnügen bereitet.«

Taniko nickte.

»Versprecht Ihr, Taniko, daß Ihr dem Khan Lust schenken werdet? Daß Euer ganzes Sinnen und Trachten darauf gerichtet sein wird, ihn glücklich zu machen?«

»Ich verspreche es.«

»Es ist zu Eurem eigenen Besten.«

»Wann werdet Ihr mich zu Kublai Khan bringen?«

Bourkina hob die Hände. »Er selbst wird den Zeitpunkt bestimmen. Ich werde ihm jetzt Bericht erstatten. Wartet inzwischen hier in der Jurte. Nehmt ein Bad und kleidet Euch wie für die Hochzeitsnacht. Wenn die Sonne untergeht, müßt Ihr bereit sein.« Sie lächelte, als sie sah, wie Taniko erschrak. »Ich habe keinen Zweifel, daß der Khan an Euch Gefallen findet. Ihr habt einige Qualitäten aufzuweisen. Ihr seid stark und gesund, und Ihr seid von schneller Auffassungsgabe.« Sie schickte sich an, das Zelt zu verlassen. »Ich möchte Euch dennoch einen Rat geben, Taniko. Richtet Euch für Kublai Khan nicht so her, wie Ihr glaubt, daß es die Mongolenfrauen tun. Ihr seid Japanerin, Ihr habt Eure eigene Art, die Erregung des Mannes zu wecken. Gebt Euch unbeschwert und fröhlich.«

»Auch wenn mir traurig zumute ist?«

»Gerade dann.«

»Ich danke Euch, Bourkina«, sagte Taniko. Die Mongolin lächelte. Plötzlich meinte Taniko die Augen Jebus zu erkennen. Das gleiche Lächeln, dachte sie.

»Ich helfe Euch gerne, wenn Ihr mich braucht«, sagte die Mongolin.

»Dann denkt an meine Bitte.«

Fragend hob Bourkina die Brauen.

»Laßt mir Papier bringen! Papier, Tinte und einen Pinsel.«

11. Kapitel

»Niedriger!« sagte Taniko.

Die Dienerin senkte den Spiegel. Taniko fuhr sich mit der Hand unter den Haarschopf, dann betrachtete sie ihren Nacken im Spiegelbild. Weiß, zart, makellos.

Sie hatte ein rotes Gewand ausgewählt. Rot war wohl die Farbe, die Männer am aufregendsten empfanden. Das Gewand fiel in losen Falten, es ließ ihre schlanke Figur ahnen. Jugendlich sah sie aus. Jung und unschuldig. Sie mußte lächeln. Die Männer wünschten sich eine unschuldige Frau, sanft und zutraulich. Zugleich sollte sie erfahren sein wie eine Dirne.

Sie strich mit der Hand über den Saum ihres Kleides. Was die eleganten Damenschneider von Heian Kyo wohl sagen würden, wenn sie eine der berühmtesten Kurtisanen des Hofes in dem Gewand sehen könnten, das von zwei mongolischen Dienerinnen mit ungelenker Hand zusammengesteckt worden war?

Sie spürte, wie ein Gefühl des Triumphs sie überkam. Ich werde stärker sein als Horigawa, dachte sie. Er will mich zerbrechen, ich aber werde mich aus der Asche meiner selbst erheben wie der Feuervogel. Ja, ich werde dem Kublai Khan gehören. Der Alptraum meines Lebens mit Horigawa ist zu Ende.

Sie setzte sich auf einen Berg von Kissen und ließ sich ihr Schminkzeug reichen. Eine der Dienerinnen kniete sich zu ihr und hielt ihr den Spiegel. Taniko nahm den Pinsel und bestrich sich die Wangen mit weißer Farbe. Von diesem Moment an durfte sie keine Miene mehr verziehen, sonst würde die Schicht zerbröckeln. Nachdem sie die Lippen bemalt hatte, tupfte sie zwei rote Kleckse auf ihre Jochbögen und verrieb sie vorsichtig mit den Fingerspitzen. Dann hielt sie inne und betrachtete ihr Spiegelbild.

Wer die achtundzwanzigjährige Japanerin sah, konnte sie für die fleischgewordene Sonnengöttin halten. Noch nie hatten die beiden Dienerinnen eine Frau von solchem Liebreiz erblickt. Hatten die beiden zu Beginn der Verschönerungsaktion geflüstert und gekichert, so waren sie jetzt von ehrfürchtigem Staunen ergriffen.

Taniko öffnete ihr Schmuckkästchen. Horigawa war ein Narr, ihr diese Kleinodien zu lassen. Sie würde sie als Waffen einsetzen, als Waffen im Kampf um die Gunst des Khan. Sie wählte eine Halskette aus Jade mit dem eingravierten Bildnis Buddhas aus. Und sie vergaß nicht, sich ihren Lieblingsschmuck, den Schmetterling aus Perlmutt, ins blauschwarze Haar zu stecken.

Sie war bereit. Nachdenklich folgte ihr Blick dem Rauch des Holzkohlenfeuers, der zur Öffnung in der Kuppel des Filzzeltes hochstieg. Ein indigoblauer Himmel wölbte sich über dem Zeltlager. Durch den Spalt am Eingang fielen die Strahlen der untergehenden Sonne.

Sie saß da und wartete. Ihr Blick fiel auf das Schreibzeug, das ein Diener ins Zelt gebracht hatte. Sie hob die Hand. Eine der Dienerinnen eilte auf sie zu.

»Aber Herrin, Ihr werdet Euer Kleid beschmutzen.«

»Keine Sorge.«

In ihr Kopfkissenbuch würde sie erst später schreiben. Später, wenn sie wußte, was mit ihr geschehen würde. Jetzt wollte sie ein Gedicht versuchen. Sie begann, den Tintenstift auf dem Stein zu zerreiben. Die Dienerin wollte ihr diese Arbeit abnehmen. Sie wehrte ab. Als die Tinte zubereitet war, hatten sich ihre Gedanken geklärt. Sie tauchte den Pinsel ein und schrieb:

Das Feuer wärmt jeden,
Der ihm nahe kommt.
Aber wer nährt das Feuer?
Buddha ist das Licht,
Er allein ist der Erleuchtete.

Sie lehnte sich zurück und betrachtete die Zeichen, die auf dem Papier trockneten. Die beiden Dienerinnen hatten sich in den hinteren Bereich der Jurte zurückgezogen. Sie zumindest sehen in mir eine große Dame, dachte sie. Aber wie würde wohl der heutige Abend verlaufen? Plötzlich kam ihr ein furchtbarer Gedanke. Hatte sich Bourkina vielleicht einen schlechten Scherz mit ihr erlaubt? Hatte man ihr den Besuch des Khan angekündigt, um nun die ganze mongolische Soldateska über sie herfallen zu lassen? Nein, entschied sie nach kurzem Nachdenken. Unmöglich, daß diese ehrliche, einfache Frau ein doppeltes Spiel spielte.

Sie würde also dem Khan das Nachtlager verschönen. Wenn es ihr nicht gelang, dem verwöhnten Geschmack dieses Mannes zu entsprechen, wenn er für ihren kleinen Wuchs, ihre fremdländische

Art Verachtung empfand, würde er sie als Geschenk an die Mannschaften weitergeben, wie Horigawa es vorausgesagt hatte.

Zum ersten Male fühlte sie sich als Fremde in einem fremden Land. Sie begann zu verstehen, wie Jebu unter seiner Andersartigkeit gelitten haben mußte. Aber sie wollte sich nichts vormachen. Selbst wenn sie vor den Augen jenes Mannes Gnade fand, was hatte sie gewonnen? Er würde sich ihrer bedienen, würde seinen Hunger an ihr stillen. Wie Horigawa in den ersten Jahren. Ekelhaft. Und sie mußte Erfüllung heucheln, wenn sie überleben wollte. Wieviel Schmerz konnte man einer Frau zufügen, bis sie zerbrach? Und welches Maß an Erniedrigung würde sie auf sich zu nehmen bereit sein, um am Leben zu bleiben?

Es gibt keinen Ausweg, dachte sie. Früher oder später werde ich meinen Weg in die Gosse antreten. Ich werde den mongolischen Mannschaften zu Willen sein, nur damit ich etwas zu essen bekomme. Horigawas Racheträume würden Wirklichkeit werden.

Schweigen, Warten. Die Angst vor der Zukunft. Immer schon haben andere für mich entschieden, dachte sie. Immer hat mir ein Mann seinen Willen aufgezwungen.

Taniko war zum Weinen zumute. Nicht einmal weinen darf ich. Es könnte meine Maske zerstören. Sie begann zu beten. Buddha, Erleuchteter, gib mir Frieden. Sie spürte, wie eine große Ruhe ihr Herz ausfüllte. Die Sorgen waren fort. Es gab keine Zukunft, keine Vergangenheit, keine Gegenwart. Das Selbst trieb dahin im Meer der Zeiten. Buddha stand vor ihr. Er lächelte. Merkwürdig. Er hatte die Züge einer Frau.

»Kommt jetzt, Taniko«, sagte Bourkina. Sie fuhr aus ihren Träumen hoch. »Es tut mir leid, daß Ihr so lange warten mußtet. Kublai Khan erwartet Euch.«

Taniko zeigte ihr schönstes Lächeln. »Ich habe gern gewartet«, sagte sie.

Die Mongolin sah sie durchdringend an. »Ihr seid verändert. Habt Ihr etwa eine dieser Drogen aus Arabien eingenommen?«

Taniko schüttelte lachend den Kopf. »Drogen aus Arabien? Nein, ich habe mir einfach Euren Rat zu Herzen genommen, Bourkina. Ich habe keine Angst mehr.«

Die Mongolin nickte wohlgefällig. »Ich habe Euch also richtig eingeschätzt. Gehen wir!«

Taniko erhob sich aus den Kissen. Trotz ihrer mutigen Worte empfand sie Furcht. Was würde mit ihr geschehen?

Bourkina musterte sie anerkennend.

»Wir haben nicht weit zu gehen«, sagte sie. »Ich hoffe, es wird Euch nicht zu warm in so vielen Gewändern. Sind die Japanerinnen immer so dick angezogen, wenn sie zu einem Mann gehen?« fragte sie.

Taniko nickte. Etwas wie Freundschaft war zwischen der Mongolin und ihr entstanden.

»Ihr seht schön aus«, sagte Bourkina. »Aber zugleich sehr merkwürdig.«

Die beiden Dienerinnen blieben in der Jurte zurück. Taniko und Bourkina traten in den lauen Abend hinaus. Als sich Tanikos Augen an die Dunkelheit gewöhnt hatten, erkannte sie Zehntausende von Jurten, dazwischen die Mannschaften, Lagerfeuer, Pferde. Alle Angst fiel von ihr. Der Schlüssel zur Erlösung liegt in meiner Hand, dachte sie. Niemand kann mir mehr weh tun. Der Weg zu Buddha ist frei. Ich kann diesen Weg gehen, wann immer ich will. Das große, weiße Zelt, das den Mittelpunkt des Lagers bildete, lag jetzt vor ihnen. Davor waren zwei Feldzeichen aufgepflanzt. Das eine bestand aus den weißen Hörnern eines rätselhaften Tieres. Von dem zweiten flatterte ein Banner mit der Inschrift *Yuan*, ›ein neuer Anfang‹.

Der Vordereingang wurde von sechs Männern bewacht.

Bourkina führte Taniko zu einem Seiteneingang, der von einem älteren Krieger gesichert wurde. Der Mann verbeugte sich, als er Taniko und ihre Begleiterin kommen sah.

Bourkina war stehengeblieben. »Die kommenden Stunden sind von großer Bedeutung für Euch und Euer zukünftiges Leben«, sagte sie. »Ihr werdet einem der größten Feldherren des Mongolenreiches gegenüberstehen. Wenn Ihr ihm gefallt, erwartet Euch eine glückliche Zukunft. Kublai Khan, der Enkel des unsterblichen Dschingis Khan, Bruder des Großen Khan Mangu, der wahre Herrscher von China, wird seine schützende Hand immer über Euch halten.«

Sie ergriff Taniko am Arm und führte sie durch den Eingang. Das Licht von hundert goldenen Lampen schien das Innere des Zeltes auszufüllen. Taniko war geblendet. Sie spürte, wie ein großes, wildes Glück sie durchflutete. Ich habe keine Angst, dachte sie. Meine Zukunft hat begonnen! Dann ging sie auf den Mann zu, der in der Mitte des Zeltes auf dem Boden saß.

12. Kapitel

Der nächtliche Himmel über Kweilin leuchtete im Widerschein des Feuers. Mit unverminderter Gewalt stürmten die Mongolen gegen die Festungsanlagen. Von der Stadtmauer aus sah Jebu auf die Kampfelefanten hinab, deren Rüssel einen Rammbock schoben. Die Stadt würde sich nicht mehr lange halten können. Eine übernatürliche Schönheit lag im Anblick des Feuers, der kämpfenden Menschen, der Mongolen, die gegen das Stadttor anrannten. »Es wundert mich nicht mehr, daß diese Krieger die halbe Welt erobert haben«, schrie er Yukio über das Kampfgetöse hinweg zu.

»Du bewunderst die Mongolen?«

»Ich bin beeindruckt von ihrer Willenskraft.«

Nicht die Anzahl der unterworfenen Länder nötigte einem Krieger wie Jebu Achtung ab, sondern der Mut, die Disziplin der mongolischen Krieger. Für einen Sieg scheuten sie keine Entbehrungen. In ihrer Todesverachtung ähnelten sie den Zinja. Er blickte auf das Gewirr der Kämpfenden hinab. Dort drüben stand Arghun, der Mörder seines Vaters. Kein Wesen mehr aus einer unbekannten Welt, sondern ein Mensch aus Fleisch und Blut.

Kweilins Verteidiger hatten sich tapfer geschlagen. Im vierten Monat im Jahr des Schafes hatte die Belagerung begonnen. Nun schrieb man bereits den siebenten Monat! Trotz aller Drangsal hatten die Verteidiger widerstanden. Für die Mongolen, die an schnelle Siege gewöhnt waren, eine ungewöhnliche Erfahrung.

Der Regen war zum Kampfgenossen der Verteidiger geworden. Schon bald nach Beginn der Belagerung hatte der Monsun eingesetzt, die Fußtruppen versanken in Schlamm und Morast. Das Schießpulver war nur unter Schwierigkeiten trocken zu halten. Die Brände, die mongolische Bogenschützen mit ihren Feuerpfeilen legten, erloschen, noch ehe sie Schaden anrichten konnten.

Unter den Belagerern waren Krankheiten ausgebrochen. Kälte, wie sie in den Steppen herrschte, konnte den Mongolen nichts anhaben. Aber der warme Regen, die Mücken und der Sumpf waren eine ungewohnte Herausforderung. Das Trinkwasser, das die Mongolen dem Stadtgraben entnahmen, war von den Chinesen mit Abwässern verseucht worden. Tausende von Nomaden erkrankten.

Freilich hatten all diese Erschwernisse den Angriffswillen der Mongolen nicht zu brechen vermocht. Der Fall der Stadt wurde dadurch nur hinausgezögert. Die Samurai kämpften indes um jeden Fußbreit Boden. Es war das erste Mal, daß sich den Reiterhorden aus dem Inneren Asiens Krieger entgegenstellten, die sich an Mut und Wildheit mit jedem Mongolen messen konnten. Stolz auf seine Landsleute, die dem ungeheuren Druck so mutig widerstanden, erfüllte Jebus Herz. Aber in den Stolz mischte sich Trauer. Wenn keine Verstärkung kam, mußte die Stadt aufgegeben werden.

Jede Nacht betrachtete Jebu den Stein des Lebens und des Todes. Er dachte an Taitaro, der sich irgendwo in China befinden mußte. Ich werde Taitaro nicht mehr wiedersehen, dachte Jebu. Wenn die Stadt fällt, werde ich wenig später tot sein.

Er stellte fest, daß er diesem Schicksal mutig entgegensah.

Da geschah etwas Seltsames. Der Kampfeslärm ebbte plötzlich ab. Eine seltsame Ruhe senkte sich über das Schlachtfeld wie eine sanfte Schneedecke. Es war ungewöhnlich, daß die Mongolen ihr Bombardement mitten in der Nacht einstellten. Aber genau das war geschehen. Die *hua pao* waren verstummt.

Eine Kompanie Tataren – Jebu erkannte sie an ihrem bizarren Kopfschmuck – war dabei, die Stadtmauer mit angelegten Leitern zu erklimmen. Eine Salve von Samurai-Pfeilen mähte sie nieder. Der Zinja sah, wie die Überlebenden zum Mongolenlager zurückrannten.

Vier Stunden später stieg eine fahle Morgensonne über den Horizont. Ungläubig beobachteten die Chinesen, wie die Mongolen ihr Zeltlager abbrachen und Anstalten zum Rückzug machten.

Yukio schüttelte den Kopf. »Die Sache gefällt mir nicht«, sagte er. »Die Mongolen glauben wohl, wir öffnen die Stadttore, sobald sie außer Sicht sind.«

»Wir könnten ihnen Kundschafter nachsenden«, schlug Jebu vor. »Dann würden wir rechtzeitig gewarnt, falls der Rückzug nur eine Finte ist.«

Gouverneur Liu kletterte über die geborstenen Steine der Stadtmauer. »Was man mir berichtet hat, ist also wahr«, sagte er. »Der Feind gibt auf!«

Drüben wurden die kleineren Zelte zusammengepackt. Die größeren wurden auf Ochsenkarren verladen. Die feuerspeienden Rohre, deren Basis im Erdreich verankert war, wurden ausgegraben.

Yukio betrachtete das Abzugsmanöver mit Mißtrauen. Er war überzeugt, daß eine List dahintersteckte. Liu meinte, daß die versprochene Verstärkung aus Kanton vielleicht nun doch herannahte und die Mongolen keine größeren Verluste riskieren wollten. Jebu hingegen war überzeugt, daß der Abzug zu einem Zeitpunkt, zu dem der Sieg in greifbarer Nähe war, nur mit dem Tod des Großen Khan und der Wahl eines Nachfolgers zu tun haben konnte.

Ein Regiment mongolischer Reiter war auf die Brücke zurückgekehrt, die zwischen den beiden Seen verlief. Jebu vermutete, daß man das Gehege öffnen würde, in dem die chinesischen Gefangenen eingesperrt waren.

Ein Signal erschallte. Dann ging ein Regen von Pfeilen auf die Eingepferchten nieder. Die erste Reihe sank getroffen zu Boden. Die Mongolen hatten neue Pfeile in ihre Bogen eingelegt. Man konnte die verzweifelten Schreie der Gefangenen, ihre Bitten um Gnade und Schonung bis zur Stadtmauer hinauf hören. Aber die Krieger aus der Steppe kannten keine Gnade. Sie schossen, bis sich kein Leben mehr regte.

Der alte Liu hatte sich abgewandt. Jebu sah, daß ihm die Tränen die Wangen herunterliefen. »Sie haben meinen Sohn getötet«, sagte er. »Und jetzt schlachten sie die Gefangenen ab.«

Jebu trat an die Zinnen. Die Mongolen waren abgesessen. Mit dem Dolch in der Hand untersuchten sie die Gefangenen, die bizarr verrenkt am Boden lagen. Wer sich noch rührte, dem rammten sie den Dolch in den Leib.

Ein Hilfstrupp durchschritt die Reihen der niedergemetzelten Chinesen und zog die Pfeile aus den leblosen Körpern.

Yukio war zu Jebu getreten. »Ich verstehe nicht, warum sie die Gefangenen getötet haben«, sagte er leise. »Es verschafft ihnen keinerlei Vorteil. Es ist wahr, was man in Japan über die Mongolen sagt. Sie sind keine Menschen.«

Jebu schwieg. Wenn die Mongolen keine Menschen sind, dachte er, was bin ich? Mein Vater war ein Mongole. Aber ich wurde in Japan erzogen. Gäbe man mir den Befehl, einen wehrlosen Menschen zu töten, würde ich die Waffe eher gegen mich selbst richten. Sie aber bringen es fertig, Hunderte von Frauen, Kindern und Greisen abzuschlachten.

Dschinghis Khan hatte die Ausrottung des Geschlechtes der Jamuga angeordnet. Arghun hatte versucht, den Befehl auszuführen. Nur durch ein Wunder war Jebu als Kind der Waffe des Mörders entgangen. Mußte man nicht am Verstand von Kriegern zweifeln, die ein Kind an der Mutterbrust töteten?

Yukio stampfte auf. »Auch wir haben Gefangene«, sagte er. »Wir werden beweisen, daß wir genauso grausam sein können wie die Mongolen.«

»Nein«, widersprach Jebu. »Das Unrecht, das Arghun begangen hat, wird nicht ungeschehen, wenn wir neues Unrecht begehen.«

Liu nickte. »Es ist die Gewohnheit der Mongolen, ihre Gefangenen zu töten. Gerade darum sollten wir unsere Gefangenen schonen. Wir müssen den Mongolen zeigen, daß man ein solches Problem auch auf andere Weise lösen kann. Kungfutse sprach von der Kraft des guten Beispiels. Wir tun gut daran, dem großen Philosophen in Wort und Tat nachzueifern.«

»Es ist unklug, die fremden Kämpfer am Leben zu lassen, wenn wir sie nicht mehr gegen unsere eigenen Leute austauschen können«, sagte Yukio.

»Die paar hundert Mongolen stellen keine Gefahr für uns dar«, entgegnete Jebu. »Ich werde diese Männer höchstpersönlich zu Arghun zurückführen.«

»Es tut mir leid, Jebu-san, aber du mußt völlig verrückt sein.«

»Ich gehe als Unterhändler. Und das Leben des Unterhändlers ist den Mongolen heilig.«

»Ihr werdet sehen, daß sich Arghun über dieses Gebot hinweggesetzt«, warf Liu ein.

Jebu schüttelte den Kopf. »Er ist an die Gesetze seines Volkes gebunden, ob er will oder nicht.«

Trotzig sah Yukio seinen jungen Freund an. »Und wenn ich die Hinrichtung der mongolischen Gefangenen befehle?«

Jebu hob die Hände. »Das Leben dieser Menschen liegt in deiner Hand.«

Yukio hatte sich abgewandt. »So geh denn«, knurrte er. »Du mußt deine Fehler selbst verantworten.«

Jebu zögerte nicht, sein Vorhaben zu verwirklichen. Er begab sich ins gegnerische Lager und ließ sich beim Oberbefehlshaber melden. Die Verhandlung mit den Wachen hatte er ohne Dolmetscher führen können.

Der Tarkhan empfing ihn hoch zu Roß. In seinen Augen glitzerte die Wut.

»Ein Unterhändler seid Ihr?« Verächtlich spuckte er aus. »Ihr seid gerissener als ein räudiger Hund! Ihr macht Euch über die Gesetze meines Volkes lustig.«

»Ich mache mich über niemanden lustig, Tarkhan«, widersprach Jebu. Die Reaktion Arghuns überraschte ihn keineswegs. Dieser Mann haßt mich mit der gleichen Inbrunst, wie ich ihn einmal gehaßt habe, dachte er.

»Wie ich höre, habt Ihr ein paar Worte Eurer Muttersprache gelernt«, sagte Arghun mit beißender Ironie. »Aber Ihr werdet kein Mongole, und wenn Ihr Euch noch so sehr darum bemüht. Es sei denn, Ihr unterwerft Euch den Gesetzen unseres Volkes.« Sein Blick verdüsterte sich. »Wenn Ihr als Unterhändler kommt, dann benehmt Euch auch so. In den Schmutz mit Euch!«

Jebu zögerte. Arghun hatte das Recht, von einem Unterhändler die vorgeschriebene Ehrenbezeigung zu verlangen. Und gebot nicht das Stundenbuch der Zinja fehlerloses Handeln und Überwindung der eigenen Eitelkeit? Was du tust, das tue ganz – die Worte von Abt Taitaro hallten in ihm wider.

Er glitt vom Pferd, kniete sich auf den schlammigen Boden, legte die Hände in den Schmutz und berührte den Schlamm mit der Stirn. So verharrte er.

»Steht auf!« sagte Arghun nach einer Weile. Es klang ärgerlich. »Ich mag Euch so nicht sehen.«

»Ihr wollt mich tot sehen, habe ich recht?«

»Dschinghis Khan hat die Vernichtung des Geschlechtes der Jamuga befohlen. Heute steht Ihr unter dem Schutz des Gesetzes. Aber eines Tages werde ich Euch töten. Was ist der Zweck Eures Kommens?«

»Ich schlage Euch einen Friedensvertrag zwischen der Stadt Kweilin und den Mongolen vor. Einen immerwährenden Frieden.«

»Wißt Ihr nicht, daß wir Mongolen nur mit Gegnern Frieden schließen, die sich ergeben? Was noch?«

»Ich bringe Euch die Männer zurück, die wir gefangengenommen haben. Wir sehen keinen Sinn darin, wehrlose Gefangene umzubringen.«

»Ihr seid nicht nur unverschämt, Ihr seid auch dumm.« Arghun wandte sich an einen seiner Offiziere. »Führt die Männer fort.« Befehle schallten über den Platz. Dann marschierten Wachen auf, die die Gefangenen in ihre Mitte nahmen und fortbrachten.

»Es wird Euch interessieren zu erfahren, daß die Gefangenen jetzt erdrosselt werden«, sagte Arghun.

Jebu starrte ihn fassungslos an. »Das haben sie nicht verdient! Es sind tapfere Krieger. Sie waren verwundet, als wir sie gefangennahmen.«

»Der Tod ist für unsere Krieger keine Strafe, sondern eine Belohnung. Sie werden dem Großen Khan im Jenseits dienen.«

Mit einem Male verstand Jebu, was hier gespielt wurde. Arghun sprach nicht vom Dschinghis Khan, sondern von seinem Bruder, dem Großen Khan Mangu.

»Khan Mangu hat das Zeitliche gesegnet?« vergewisserte er sich.

»So ist es! Der Krieg mit der Sung-Dynastie wird unterbrochen. Wir kehren in unser Heimatland zurück, um den Nachfolger des Großen Khan zu bestimmen. Richtet den Bewohnern von Kweilin aus, daß die Mongolen ihnen eine Gnadenfrist zugestehen. Aber es ist nur eine Gnadenfrist. Wir werden wiederkommen!«

Sein Blick war merkwürdig fahl und leer. »Was ich gesagt habe, gilt auch für Euch, Jebu. Dreimal seid Ihr meinem rächenden Schwert entkommen. Kein einziges Mal war es Euer eigenes Verdienst. Ihr seid zu bedauern, weil Ihr vom Beistand anderer abhängig seid. Das Schicksal wird uns wieder zusammenführen. Und das nächstemal werde ich Euch töten.«

13. Kapitel

Jebu und Yukio standen an der Brüstung der geborstenen Wehrmauer und sahen den mongolischen Regimentern nach, die sich in einem gewaltigen Zug Richtung Westen bewegten.

»Ich habe recht behalten«, stellte Yukio fest. »Sie haben ihre eigenen Leute getötet. Ihre Grausamkeit kennt keine Grenzen.«

»Nicht alle Mongolen sind wie Arghun«, widersprach Jebu.

»Und doch war es den Gefangenen vorherbestimmt, zu sterben. Es war ihr Karma.«

Jebu schüttelte den Kopf. »Arghun ist kein Karma, er ist eine Bestie.«

»Das Karma bedient sich seiner Ruchlosigkeit.«

»Und was hält unser Karma für uns bereit?« fragte Jebu.

Yukio hob lachend die Schultern. »Wir werden in Kweilin bleiben, bis wir neue Befehle vom Kaiser erhalten.«

»Es könnte sein, daß Chia Ssu-tao künftig ganz auf unsere Dienste verzichtet, nachdem sich die Mongolen aus China zurückziehen.«

Yukios Blick verriet Skepsis. »Der Ratgeber des Sung-Kaisers mag nicht mit großer Weisheit begnadet sein, aber die Erfahrung müßte ihn gelehrt haben, daß die Mongolen zurückkehren werden.«

Jebu nickte. »Arghun wird den Eroberungszug fortsetzen, sobald die Wahl des neuen Khan vollzogen ist.«

Bis dahin würde einige Zeit vergehen. Die Kundschafter des Gouverneurs hatten von umfangreichen Machtkämpfen berichtet, die um die Nachfolge ausgebrochen waren. Zwei Parteien hatten sich um die zwei jüngeren Brüder des Khan, Kublai Khan und Arik Buka, gebildet. Die Anhänger von Arik Buka behaupteten, er sei der wahre Mongole, der sich – im Gegensatz zum Bruder – nicht von den Chinesen beeinflussen ließ. Wie nicht anders zu erwarten, hatte sich Arghun auf die Seite Ariks geschlagen. Die andere Seite, die Kublai Khan als Nachfolger sehen wollte, führte ins Feld, daß dieser Mann mit seinem scharfen Verstand, tatkräftig und zugleich diplomatisch, der geborene Herrscher sei. Nicht umsonst bedeute der Name Arik Buka ›kleiner Mann‹. Außerdem habe Dschinghis Khan einmal über den elfjährigen Kublai Khan gesagt: »Hört auf diesen jungen Mann! Kublai ist voller Weisheit.«

Das Schlimmste, was China passieren konnte, war ein Einvernehmen zwischen den Parteigängern von Kublai Khan und Arik Buka. Die Mongolen würden dann bald ihre Eroberungszüge fortsetzen. Kam es jedoch zur offenen Fehde zwischen den beiden Parteien, so erhielt China eine Atempause, die Generationen dauern konnte.

Der Wiederaufbau von Kweilin hatte begonnen. Statt dem Donnern der feuerspeienden Rohre hörte man jetzt das Hämmern der Zimmerleute und Handwerker. Moko war in seinem Element. Er konnte seine Kenntnisse einsetzen und lernte Neues hinzu.

Weniger als sechshundert Samurai hatten den Kampf mit den Mongolen überlebt. Aber von den Mongolen war vorerst nichts zu befürchten.

Keinerlei Nachrichten hatte man allerdings aus Linan. Der Kaiser hatte kein Geld für die Samurai geschickt, die indes von der Bevölkerung Kweilins unterhalten wurden. Gouverneur Liu sorgte dafür, daß es Yukio und seinen Männern an nichts fehlte. Neue Waffen wurden verteilt. Jeder Samurai erhielt drei Pferde zum Geschenk. Ein Monat ging dahin. Die Samurai vertrieben sich die Zeit mit kriegerischen Übungen. Sie rückten zu diesem Zweck in die hügelige Umgebung von Kweilin aus. Einhundert chinesische Soldaten, die an der Verteidigung der Stadt teilgenommen hatten, machten bei den Übungen mit. Aufgrund einer Absprache zwischen Yukio und Liu waren die Chinesen dem Kommando von Jebu unterstellt worden. Sinn und Zweck der Ausbildung bestand darin, den Chinesen die Samurai-Tugenden nahezubringen.

»Du bist der ideale Ausbilder«, hatte Yukio gefrotzelt. »Du bist viel besser trainiert als ich.«

»Du trainierst dafür intensiver bei den Liebesdienerinnen von Kweilin!«

»Du bist den Mädchen aber auch nicht unbekannt«, sagte Yukio. »Jedes Mal, wenn ich am Haus der Tausend Freuden läute, fragt man mich, wo ich meinen rothaarigen Freund gelassen habe.«

Für die Ausbildung der Truppen bediente sich Jebu der Regeln, die er bei den Zinja gelernt hatte. Einige erfahrene Samurai waren ihm behilflich. Die Chinesen folgten den Anweisungen, die sie von ihren japanischen Lehrmeistern erhielten, mit bewundernswertem Eifer.

»Du scheinst ein tüchtiger Lehrer zu sein«, sagte Yukio, nachdem der erste Monat vergangen war. »Alle drängen sich danach, von dir geschliffen zu werden.«

»Ich glaube eher, daß ich etwas Wichtiges falsch mache«, gab Jebu voller Bescheidenheit zurück. »Wäre mein Unterricht so hart, wie es die Zinja-Regeln gebieten, dann hielte sich die Begeisterung der Schüler in Grenzen.«

Zwei Monate nach dem Abzug der Mongolen trafen beunruhigende Nachrichten in Kweilin ein. Der chinesische Kaiser, so hieß es, habe fünftausend Mann in Richtung Kweilin in Marsch gesetzt. Der chinesische General, der sie befehligte, ließ durch einen Boten mitteilen, daß er auf Befehl des Kaisers wieder Ordnung in der Provinz schaffen würde. Gouverneur Liu beschloß, dem General entgegenzureisen.

Jebu befand sich auf dem von Chinesen und Japanern gemeinsam genutzten Exerziergelände, als ein Samurai zu ihm kam.

»Fürst Yukio wünscht mit Euch über die Maßnahmen zu beraten, die jetzt notwendig sind.«

Wenig später war Jebu bei seinem Freund. Yukio saß mit gekreuzten Beinen auf einer Matte. Hinter ihm an der Wand hing das weiße Banner der Muratomo.

»Was würdest du zu einem Kaiserlichen Ratgeber sagen, der uns für unsere Dienste damit belohnt, daß er uns in Ketten legen läßt?« fragte Yukio.

»Ich würde sagen, daß er ein ausgemachter Dummkopf ist. Aber die Geschichte ist voll von solchen Beispielen.«

»Dies ist nicht Geschichte, sondern unrühmliche Gegenwart. Unsere Männer haben ihr Leben riskiert, um China vor den Mongolen zu schützen. Zum Dank wirft man uns jetzt in den Kerker.«

»Nennt der Bote einen Grund für diese Maßnahme?«

»Ja, Chia Ssu-tao behauptet, ich sei nach China gekommen, um den Kaiser zu stürzen und selbst die Regierung zu übernehmen. Er meint, wir hätten einen geheimen Pakt mit den Mongolen geschlossen und damit ihren Rückzug erkauft.«

»Diese Vorwürfe sind an den Haaren herbeigezogen. Was steckt nur dahinter?« wandte Jebu sich an den Boten.

Der zuckte die Schultern. »Irgend jemand intrigiert gegen die Samurai aus Japan. Man hat dem Ratgeber des Kaisers eingeredet, daß Fürst Yukio einen Umsturz plant.«

»Wir sind Narren gewesen, daß wir für den Kaiser unseren Kopf hingehalten haben«, stellte Jebu fest. »Noch größere Narren wären wir, wenn wir uns ergeben würden. Wir werden kämpfen! Wir werden uns einiger Dschunken bemächtigen und die Kaiserlichen Truppen angreifen.«

»Nein«, entschied Yukio. »Gouverneur Liu hat bereits einen Plan. Wenn er gelingt, werden wir den Staub Kweilins von unseren Füßen schütteln, ohne einen einzigen Mann zu verlieren.«

Noch am selben Tag trafen die Truppen aus Linan ein. Jebu hatte sich mit Yukio ans Stadttor begeben, um den chinesischen General zu empfangen. Tausende von Bürgern waren erschienen, um dem feierlichen Empfang beizuwohnen.

»Wie will Liu verhindern, daß wir festgenommen werden?« flüsterte Jebu.

»Ich weiß es nicht«, sagte Yukio. »Aber ich vertraue auf das Wort dieses Mannes.«

Jebu tastete nach seinen Waffen. »Ich vertraue auf mein Schwert.«

Inzwischen waren die chinesischen Soldaten zu erkennen. Vor ihnen ritt Gouverneur Liu, der von zwei Samurai eskortiert wurde.

Yukio hob die Hand zur Begrüßung. »Was ist passiert? Wie ist es möglich, daß uns der Kaiser seine Gunst entzieht?«

»Ich vermute, daß es sich um eine Intrige handelt«, sagte Liu. »Aber vielleicht hat der Kaiser ganz einfach Angst vor Euch. Man hat Euch zunächst für Barbaren gehalten. Niemand hat Euch zugetraut, daß Ihr die Mongolen in die Schranken weist. Der chinesische Kaiser hat aus der Geschichte gelernt. Siegreiche Generäle haben immer eigene Politik betrieben. Die Sung-Dynastie selbst ist von einem siegreichen General begründet worden. Um eine Wiederholung zu verhindern, läßt der Sung-Kaiser zu erfolgreiche Generäle in Ketten legen und hinrichten.«

»Was schlagt Ihr vor, Exzellenz?«

Der Gouverneur deutete auf die Truppen der Chinesen. »Der Kaiser schickt fünftausend bis an die Zähne bewaffnete Soldaten, um Euer habhaft zu werden. Natürlich könntet Ihr den offenen Kampf suchen. Eure Samurai würden sicher viele Gegner töten. Aber welchen Zweck hätte das?« Liu senkte seine Stimme. »Ihr werdet fliehen! Reitet nach Südwesten, in Richtung Tibet. Kehrt in jeden Zinja-Tempel ein, der am Wege liegt. Ich werde die Äbte von Eurer Ankunft verständigen. Man wird Euch jede erdenkliche Hilfe gewähren.«

»Ich danke Euch«, sagte Jebu. Sein Blick ruhte auf dem alten Mann. Ein echter Zinja, dachte er. Ein Mann, der die Tugenden des Mönchsordens hochhielt.

Liu winkte ab. »Ihr braucht mir nicht zu danken. Ich erfülle nur eine Pflicht. Ihr findet in Eurem Gepäck einen Beutel Goldstücke. Verwendet das Gold, um Essen von den Bauern zu kaufen. Die Leute werden schon genug von den chinesischen Armeen ausgeplündert.« Er zog eine Schriftrolle aus dem Ärmel. »Hier sind Karten der Länder, die Ihr durchqueren werdet.« Er reichte Jebu und Yukio die Hand zum Abschied. »Wir werden uns nie wiedersehen. Für mich seid Ihr wie zwei Söhne. Ihr habt Tausenden von Menschen das Leben gerettet. Das werden Euch die Einwohner von Kweilin nie vergessen.«

»Das haben sie nur dem Tod des Großen Khan zu verdanken«, widersprach Jebu.

Liu schüttelte den Kopf. »Wenn Ihr nicht so tapfer ausgehalten hättet, stünde in Kweilin heute kein Stein mehr auf dem anderen.« Er lächelte. »Ihr habt gekämpft wie die Teufel.«

Die Kolonnen der Samurai hatten sich soeben unter Führung von Jebu und Yukio in Bewegung gesetzt, als sich eine Kutsche, die von zwei Pferden gezogen wurde, näherte und anhielt. Jebu erkannte einen Mann in Generalsuniform.

Gouverneur Liu kam herbeigeeilt. Aber der General war schneller. »Ich sehe, Ihr habt es eilig, Kweilin zu verlassen«, sagte er zu Jebu und Yukio gewandt.

»Diese beiden Männer und ihre Samurai haben sich um Kweilin verdient gemacht«, antwortete Liu, ehe die Japaner etwas erwidern konnten.

»Ich habe es also mit leibhaftigen Helden zu tun«, kam die Antwort. Der chinesische General lächelte. Dann fixierte er Yukio. »Seid Ihr der Befehlshaber dieser Samurai?«

Yukio verbeugte sich. »So ist es.«

Der Chinese räusperte sich. »Ich möchte mit Euch von Mann zu Mann sprechen. Sicher seid Ihr wütend über den Befehl des Kaisers. Aber wenn Ihr und Eure Leute erst einmal in Linan seid, wird sich alles aufklären. Nehmt einige Gewährsleute aus Kweilin mit, die vor dem Kaiser aussagen können. Dann wird man die Anklage gegen Euch zweifellos zurückziehen.«

Yukio blieb höflich. »Wir sind bereit, Euch nach Linan zu begleiten. Aber nicht in Ketten, sondern als freie Männer und bewaffnet.«

Der Blick des Generals verfinsterte sich. »Ich bin leider nicht in der Lage, Euch das zu gewähren. Ich verspreche Euch, daß Euch die Waffen zurückgegeben werden, sobald alles geklärt ist. Und was die Ketten angeht, das ist nur eine symbolische Maßnahme.«

Yukio verbeugte sich nochmals. »Ich kann Euer Angebot leider nicht annehmen.«

Wütend wandte sich der General an Liu. »Wenn Ihr Euch auf die Seite der Japaner stellt, wird Euch der Kaiser einen Kopf kürzer machen lassen.«

Liu zuckte die Achseln. »Das ist die Strafe, die einen alten Mann wie mich wenig schreckt. Vielleicht werde ich ihm die Mühe sogar abnehmen – aus Protest gegen die Mißstände in diesem Land, in dem Krieger, die ihr Leben aufs Spiel gesetzt haben, in Ketten fortgeschleppt werden.«

»Wollt Ihr mir drohen, Gouverneur?«

»Ich stelle nur Tatsachen fest, General.«

»Ich werde meine Truppen gegen die Bürger einsetzen, wenn es nötig ist. Die frechen Zwerge aus Japan gehören bestraft, und die Einwohner von Kweilin werden mich nicht daran hindern.«

Der alte Liu lächelte. »Ihr gebt Euch sehr kriegerisch, General. Wo wart Ihr, als die Mongolen vor Kweilin standen? Ich wette, Ihr habt noch nie das Weiße im Auge eines Feindes gesehen. Wenn Ihr diese braven Bürger niedermetzelt, dann habt Ihr geschafft, was die Mongolen nicht fertigbrachten. Schande über Euch, Schande über Eure Nachkommen!«

Yukio trat vor. »Wir Zwerge, wie Ihr uns zu nennen beliebt, werden dafür sorgen, daß keiner Eurer Männer nach Linan zurückkehrt. Für jeden Samurai, der stirbt, müssen fünf Chinesen dran glauben.«

Der chinesische General sah von Yukio zu Jebu, dann zu Liu. Sein Gesicht war starr. Aber Jebu ließ sich durch die Maske nicht täuschen. Der General war unsicher geworden.

Er stieg aus seiner Kutsche aus und trat auf Liu zu. »Was Ihr tut, ist riskant, Gouverneur. Was ist, wenn nach Linan durchsickert, daß Ihr die Japaner gewarnt habt?«

»Ich werde nicht zulassen, daß diese Männer in Ketten nach Linan geschleppt werden.«

»Also gut, Gouverneur. Die Japaner können abrücken. Aber dann kommt Ihr mit nach Linan! Ihr müßt dem Kaiser bestätigen, daß die Japaner schon vor meiner Ankunft geflohen waren.«

»Das kommt nicht in Frage«, sagte Jebu scharf. »Ihr wollt den Gouverneur ans Messer liefern. Er soll den Kopf dafür hinhalten, daß wir geflohen sind.«

»Macht Euch um mich keine Sorgen«, sagte Liu. »Ich bin ein alter Mann. Wenn mich der Tod in Linan ereilt, soll es mir recht sein.«

»Wenn Ihr die Angst vor dem Tod verloren habt, kann Euch niemand mehr etwas anhaben«, sagte Yukio.

»Das Geheimnis der Zinja«, sagte Jebu. Er gab dem Gouverneur die Hand. Sekunden später saß er im Sattel. An der Spitze der Samurai galoppierten die beiden Freunde davon.

An der Wegbiegung sah Jebu sich um. Gouverneur Liu war zu einem weißen Punkt vor der Stadtmauer geworden. Es ist fast, als hätte ich zum zweiten Mal einen Vater verloren, dachte Jebu.

14. Kapitel

Das Pony gehorchte auf einen leichten Druck der Schenkel. Taniko genoß es, bei dem kalten Wetter zu reiten. Sie galoppierte durch einen Wildbach, der Wasser von der Schneeschmelze mit sich führte.

Erst als sie das Ufer erklommen hatte, holte Seremeter sie ein.

»Wie kann eine ältliche Japanerin es wagen, schneller zu reiten als die jugendliche Gefährtin des Großen Khan?« scherzte sie. Seremeters Haut war weiß wie Milch, ihre Augen unergründlich. Ihr langes, schwarzes Haar trug sie hochgebunden unter einer juwelenbesetzten Kappe. In ihren Mundwinkeln saß der Schalk.

Taniko nahm die Spitze wohlgelaunt auf. »Du bist selbst schuld«, sagte sie. »Dein Benehmen ist würdelos und provoziert die ältliche Rivalin, sich ebenfalls gehenzulassen.«

Sie waren um die Wette geritten. Jetzt lenkten sie ihre Pferde zum Kamm des Hügels. Unter ihnen lag die fruchtbare Ebene, auf der Kublai Khan seine neue Stadt, Shangtu, errichtet hatte. Das Land hatte rivalisierenden Nomadenstämmen gehört. Von hier aus waren es nur noch zwei Tagesritte nach Süden bis zur Großen Chinesischen Mauer. Welch ein Unterschied zu Heian Kyo, dachte Taniko. Die Paläste von Shangtu waren grobgefügt und geräumig. Dic Stadt diente als Lagerplatz und Umschlagstation für die Beute, die den Mongolen bei ihren Raubzügen jenseits der Großen Mauer in die Hände fiel. Um die festen Häuser scharten sich die Rundzelte der Armee, die von Kublai Khan befehligt wurde. Man nannte diese Truppen den Linken Flügel. Nicht weniger als ein Drittel aller Mongolen unterstanden Kublai Khans Befehl.

Das Geräusch nahender Pferde war zu vernehmen. Taniko und Seremeter wandten sich um. Es war Hotai, eine Mongolin vom Stamm des Kastanienbraunen Pferdes. Ein Diener begleitete sie. Er trug einen Weidenkorb mit einem Jagdfalken.

»Ihr Frauen aus der Fremde behandelt die Pferde wie Spielzeug«, fauchte Hotai. »Ihr versteht nichts vom Reiten, und von den Pflichten einer Mongolenfrau habt Ihr auch keine Ahnung! Ich verstehe nicht, was der Khan überhaupt an Euch findet.«

Taniko starrte die Frau an. Im Unterschied zu Seremeter machte sie keinen Spaß. Wie die anderen mongolischen Nebenfrauen und Konkubinen des Khans, war sie alles andere als begeistert über dessen Interesse an den Frauen anderer Völker.

»Ich kann es Euch sagen«, entgegnete Seremeter lächelnd. »Er mag unsere langen, geraden Beine. Ihr Mongolenfrauen habt allesamt O-Beine. Das kommt vom vielen Reiten.«

Hotai schoß das Blut in die Wangen. »Ihr führt eine scharfe Zunge«, warnte sie. »Aber mein Dolch ist noch schärfer. Nehmt Euch in acht!« Mit einer herrischen Bewegung wandte sie ihr Pferd um und ritt mit ihrem Diener davon.

»Du hast ihr die Antwort gegeben, die sie verdient«, stellte Taniko bewundernd fest. »Ich wüßte nicht, was ich in einem solchen Fall zu sagen hätte.«

»Ich bin noch sehr liebenswürdig mit ihr umgegangen«, sagte Seremeter. »Wenn eine Perserin wirklich wütend ist, dann gleicht das einem Erdbeben.«

»Ganz anders als bei uns in Japan«, bemerkte Taniko. »Bei uns gehen die Menschen, bevor sie sich umbringen, besonders höflich miteinander um.«

Ich bin in eine andere Welt geraten, dachte sie. Es war in der Tat erstaunlich, welche Freiheiten die Mongolinnen hatten. Sie wurden nicht in Häuser eingesperrt, sondern durften sich frei bewegen und mußten sich auch nicht hinter Wandschirmen verbergen. Sie durften nach Belieben kommen und gehen. Ja, man ließ sie sogar ohne bewaffnete Begleiter über Land reiten. Plünderungen und Überfälle gab es nicht, da es niemand wagte, gegen die strengen Gesetze zu verstoßen. Es hieß, eine Jungfrau könne, mit einem Sack Gold im Gepäck, von Korea nach Rußland reiten, ohne unterwegs bedroht oder auch nur belästigt zu werden. Alles in allem herrschte bei den Mongolen eine Freiheit und eine Sicherheit, von der die Frauen in Japan nur träumen konnten.

Und Taniko machte Gebrauch von dieser Freiheit. Es gab viel zu sehen in der neuen Umgebung. Wenn Seremeter, die Prinzessin aus Persien, in die Stadt ausritt, war Taniko an ihrer Seite. Gemeinsam verfolgten sie die Bauarbeiten, die Kublai Khan ausführen ließ. Shangtu würde nicht nur ein Warenumschlagplatz sein, sondern auch das Hauptquartier des Linken Flügels.

Es war Kublais Bruder Hulagu, der die Prinzessin Seremeter ins Land der Mongolen geschickt hatte. Das schöne Mädchen stammte aus Persien, aber nicht aus einer moslemischen Familie, sondern aus einer, die der Lehre des Zarathustra anhing. Anders als in Asien, wo Buddhismus und Shintoismus sich gegenseitig durchdrangen und befruchteten, führten diese beiden Religionen Krieg gegeneinander. Bei den Auseinandersetzungen hatte die Sippe der Prinzessin Seremeter an Einfluß eingebüßt. So stand die Familie Hulagus Vorschlag, das Mädchen dem fernen Kublai Khan als Nebenfrau anzuvermählen, nicht unfreundlich gegenüber. Seremeter wurde eine der bevorzugten Gefährtinnen des Mongolenherrschers. Sie war jetzt bereits drei Jahre bei ihm und hatte gut Chinesisch gelernt.

»Schau!« sagte Seremeter und deutete auf einen Trupp Berittener, der sich den Weg durch die Zelte zum Palast des Kublai Khan bahnte.

»Das muß Bayan, der Hundertäugige, sein«, sagte Taniko. »Er kommt aus Shensi. Er und Uriangkatai, der Sohn von Subotai Baghadur, sind Kublais beste Generäle. Allerdings ist Bayan bedeutend jünger als Uriangkatai, und . . .«

»Woher weißt du das alles, Taniko?«

»Ich stelle eben viele Fragen, Seremeter.«

Sie ritten auf das Stadttor zu. »Vielleicht schätzt Kublai dich deshalb so«, sagte Seremeter nachdenklich. »Du bist eine der wenigen Frauen, mit denen er sich unterhalten kann.«

Taniko zuckte die Schultern. »Schließlich ist das das einzige, was Kublai mit einer schon bejahrten Gefährtin wie mir tun kann.« Sie spielte auf die Tatsache an, daß sie zehn Jahre älter war als die Perserin.

Seremeter wischte ihren Einwand zur Seite. »In meiner Heimat gibt es ein Märchen von einem Sultan, der jede Nacht mit einem anderen Mädchen verbrachte und es danach töten ließ. Bis er auf ein ganz besonderes Mädchen traf, das ihm wunderschöne Geschichten erzählte, daß er es nicht mehr übers Herz brachte, sie hinrichten zu lassen. Du erinnerst mich an dieses Mädchen, Taniko. Zwar pflegt Kublai seinen Frauen nicht den Kopf abschlagen zu lassen. Aber er vergißt sie. Du bist zwar hübsch – aber das sind all seine anderen Frauen auch. Doch zu keiner geht er öfter als zu dir . . .«

Sie waren vor der Stadtmauer angekommen. Eine Frau kam ihnen entgegengeritten.

»Kublai hat seit Tagen kein Auge für Frauen«, bemerkte Taniko.

»Ich weiß«, sagte Seremeter. »Der *Kuriltai.*«

Gemeint war die Versammlung der Sippschaftsführer und Generäle, bei der über die Nachfolge des Khan entschieden werden würde.

»Die meisten Männer sind während des Kuriltai noch wilder als sonst«, meinte Taniko.

»Es gibt solche und solche«, stellte Seremeter fest. »Einige Männer sind so aufgeregt, daß sie nicht schlafen können, wenn sie nicht vorher noch bei einer Frau gelegen haben. Andere wieder wollen während des Kuriltai von Frauen nichts sehen und hören. Kublai gehört zu der zweiten Gruppe. Wenn die Beratungen vorbei sind, wird er wieder großen Appetit auf Frauen haben.«

Bourkina, die Dienerin, kam herangaloppiert. Sie trug flatternde Hosen und einen hellblauen Umhang.

»Beeilt Euch!« sagte sie, zu den beiden Frauen gewandt. »Man erwartet Euch zur Versammlung. Das Treffen beginnt zur Stunde des Hahns. Auch die Frauen sollen teilnehmen. Ihr müßt Euch noch ankleiden, es bleibt wenig Zeit.«

»Steht eigentlich bereits fest, wie heute abend entschieden wird?« erkundigte sich Seremeter.

Bourkina verzog den Mund. »Der Khan vertraut Euch beiden mehr an als mir. Die Nacht löst ihm die Zunge.«

»Ich bin sicher, Kublai läßt sich heute abend zum Großen Khan wählen«, sagte Seremeter.

»Ich nicht«, entgegnete Taniko. »Wenn sich Kublai zum Großen Khan ausrufen läßt, zerbricht die Einheit der Mongolen.« Sie seufzte. »Und wenn ein anderer Großer Khan wird – dann gnade uns der Himmel!«

»Kublai hat mächtige Feinde«, gab Seremeter zu. »Es wird Krieg geben, und was wird dann mit uns geschehen?«

Taniko schwieg. Sie dachte darüber nach, daß sich in diesem Fall Horigawas Rache doch noch erfüllen würde.

»Es ist sinnlos, sich über diese Dinge Gedanken zu machen«, hörte sie Bourkina sagen.

Seremeter nickte. »Sie hat recht. Wir sollten uns lieber beeilen.«

Taniko und Seremeter hatten auf seidenen Kissen Platz genommen. Von der Galerie hatte man einen ungehinderten Blick in die Halle, die Kublai Khan für den Kuriltai hatte errichten lassen. Es roch nach frischem Holz und Farbe.

Die Japanerin und die Perserin waren nicht die einzigen Frauen, die an der Versammlung teilnahmen. Kublai hatte Hunderte von Nebenfrauen. Sie alle waren erschienen. Auch Jamua Khatun, die Hauptfrau, deren harte Züge Taniko an das Gesicht von Bourkina erinnerten.

Natürlich war auch Hotai da. Sie saß inmitten einer Gruppe anderer Mongolenfrauen.

»Schlimme Zeiten«, seufzte sie so laut, daß Taniko und Seremeter es hören mußten. »Jetzt müssen wir schon mit einer Menschenfresserin und einer Feueranbeterin im gleichen Raum sitzen.«

Taniko, die als gute Buddhistin den Genuß jeglichen Fleisches vermied, verstand nicht, wie ein solches Gerücht entstehen konnte. Sie war gespannt, was Seremeter der anderen zur Antwort geben würde.

»Über die Eßgewohnheiten in unseren Ländern wißt Ihr so wenig wie eine Kuh vom Fischfang.«

Wie schade, daß Seremeter keine Gedichte schrieb, ging es Taniko durch den Kopf.

Das Stimmengewirr, das aus der Halle zur Empore hochbrandete, war lauter geworden. Taniko wandte ihre Aufmerksamkeit der Versammlung zu. Menschen aus allen Himmelsrichtungen waren zusammengeströmt – Tibetaner, Koreaner, Annamesen, Kambodschaner und Burmesen, Abkömmlinge vom Stamme der Nan Chaoan, Türken, Perser, Araber, Alanen, Armenier und Bulgaren, Russen und Vertreter anderer Völker, deren Namen Taniko nicht kannte. Aber der prächtigste Mongolenstamm waren zweifellos die Yakka, der Stamm des Dschinghis Khan. Sie trugen Pelze und seidene Gewänder und waren mit Edelsteinen behangen, die sie unterworfenen Völkern abgenommen hatten.

Für Kublai Khan und seine Vertrauten war ein goldener Baldachin errichtet worden. Noch waren die Sessel darunter leer. Taniko wußte, daß der Khan sich mit seinen Ratgebern zurückgezogen hatte, um im kleinen Kreise festzulegen, was die Sippenführer und Generäle zu entscheiden hatten.

Nicht alle Versammelten würden ihre Stimme abgeben. Es gab auch eine Menge Beobachter, tibetanische Mönche in ihren orangefarbenen Gewändern, schwarz gekleidete Mönche aus dem Frankenland an den Westgrenzen des Reiches, muslimische Beobachter mit Turbanen. Ein Mönch aus dem Frankenland fiel Taniko wegen seiner Ähnlichkeit mit Jebu auf. Sein schwarzer Umhang war mit einem weißen Kreuz bestickt.

Der Kuriltai war die Klammer, die das weitgefächerte Mongolenreich zusammenhielt. Hier trafen sich die Nachkommen des Dschinghis Khan mit dem Adel der Stämme, mit den Generälen und Heerführern, mit den Prinzen und Kanzlern der unterworfenen Völkerschaften, um Entscheidungen über das Schicksal des Mongolenreiches zu treffen. Auch Dschinghis Khan war anläßlich eines solchen Kuriltai an die Macht gelangt. Und seine Nachfolger Ogodai, Kuyuk und Mangu hatten sich vom Kuriltai in ihrem Amt bestätigen lassen. Anläßlich eines Kuriltai hatte der Große Khan Mangu China den Krieg erklärt – eine Entscheidung, die ihn schließlich das Leben kosten sollte.

Diesmal hatte Kublai Khan, der jüngere Bruder von Mangu Khan, das Treffen einberufen. Der neue Herrscher mußte bestimmt werden. Ihm würde die Macht anvertraut werden über Gebiete, die sich von Korea im Osten bis nach Rußland im Westen, von Sibirien bis Burma, von Japan bis Annam erstreckten. Es gab kein größeres Reich auf der ganzen Welt. Und es hatte noch nie ein größeres gegeben.

Ein Trommelwirbel erhob sich. Dann erschallten Hornsignale. Die Vorhänge an der Stirnseite der Halle wurden zurückgezogen. Kublai Khan betrat den Raum. Er wurde von Noyanen, Orkhonen und Tarkhanen begleitet. Die Stammesführer, die bis dahin auf dem mit Satteldecken und Teppichen belegten Boden gesessen hatten, sprangen auf.

Als Kublai das Wort ergriff, herrschte erwartungsvolle Stille. »Zehn Monate sind vergangen, seit mein Bruder, der Große Khan, das Zeitliche segnete. Inzwischen sind Boten in alle Welt entsandt worden, um die Führer unseres Reiches zum Kuriltai einzuladen. Mein großer Ahn sagte: Wer es verschmäht, am Kuriltai teilzunehmen, dessen Leben verrinnt so nutzlos wie der Regen, der sich in den Ozean ergießt.«

Taniko sah gebannt nach vorn. Der Anblick ihres Gebieters war atemberaubend. Kublai strahlte Macht, Würde und Männlichkeit aus. Sein Gewand war mit Edelsteinen verziert. Die Falten vermochten die Muskeln, den starken Brustkasten, die wohlproportionierten Schultern kaum zu verbergen. Seine Augen waren so dunkel, daß sie dem Raum das Licht entzogen. Als schimmernde Silhouette stand er gegen den dunklen Hintergrund.

»Ich verlange das Wort!«

Alle Köpfe wandten sich zu dem Mann um, der die Stimme erhoben hatte. Taniko erkannte den alten Torluk, der sich durch die Menge nach vorne drängte.

»Ich bin vom Stamm der Yakka«, rief er, als er vor dem Thron angelangt war. »Seit ich denken kann, diene ich der Familie des Dschinghis Khan.«

»Schweig!« rief ein Orkhon, der neben dem Khan saß. »Wenn du morgen gehört werden willst, wirst du heute schweigen, Torluk.«

Der grauhaarige Alte schüttelte den Kopf. »Ist es nicht so, daß auf einem Kuriltai alle reden dürfen?«

Zustimmendes Gemurmel wurde laut.

Kublai Khan hatte seine mächtige Rechte erhoben. »Tumanbashi Torluk hat recht. Er soll reden. Seine Verdienste übertreffen die meinen. Und seine Worte verdienen gehört zu werden.«

Mit dem rollenden Gang eines Reiters trat Torluk vor die Versammlung.

»Ich ersuche den Khan, den Kuriltai aufzuheben. Diese Versammlung hat kein Recht, den neuen Khan zu wählen.«

Auf diese Eröffnung reagierten die Sippenführer und Generäle mit Bestürzung. Taniko sah, wie die Zuhörer, die kein Chinesisch verstanden, sich von ihren Nachbarn übersetzen ließen, was der Torluk gesagt hatte.

»Verräter!« rief der Orkhon, der neben Kublai Khan saß.

Taniko spürte Angst in sich hochsteigen. Torluk stand auf seiten derer, die sich gegen Kublai verbündet hatten.

In der Halle war es wieder still geworden. Alles blickte erwartungsvoll auf den Khan. Wie würde er auf diese Herausforderung reagieren?

15. Kapitel

Taniko erinnerte sich an die vielen Stunden, die sie allein mit Kublai verbracht hatte. Heute lernte sie einen anderen Kublai kennen, den Herrscher über ein ganzes Volk.

Sie hatte panische Angst gehabt, als sie das erste Mal zu Kublai Khan geführt wurde. So stark war ihr dieser Mann erschienen, so übermächtig. Ihr war klar, was sie erwartete. Und in jener Nacht dankte sie Buddha, daß sie mit Jebu erlebt hatte, daß auch eine Frau von zarter Statur Genuß finden konnte an der körperlichen Liebe mit einem ungleich stärkeren Partner.

»Setz dich zu mir!« hatte Kublai ihr befohlen. Er wies auf ein Kissen. »Möchtest du Wein trinken?«

»Gerne, mein Gebieter«, flüsterte sie. Vielleicht war alles einfacher, wenn man zwei oder drei Glas getrunken hatte.

Kublai nahm von einem niedrigen Tisch, auf dem ein Silbertablett mit Gläsern stand, eine Karaffe und schenkte ihr ein Glas Weißwein ein. Sie nahm das gefüllte Glas entgegen, stützte ihren linken Arm mit dem rechten ab und reichte ihm das Glas zurück. Dies war die traditionelle Haltung, in der eine Dienerin ihrem Herrn das Getränk zu kredenzen hatte.

»Ich habe Euch zu bedienen, mein Gebieter«, sagte sie. »So ist es üblich in dem Land, aus dem ich komme.«

Lächelnd hatte er das Glas aus ihrer Hand entgegengenommen.

Sie betrachtete seine Augen. Sie waren schwarz wie Ebenholz. Das Gesicht wirkte knochig, die Jochbögen ausgeprägt. Wie bei einem Pferd, durchfuhr es sie. Ein seltsames Gesicht. Schwerfällig und doch voller Rasse, voller Unrast. Der Mund war wohlgeformt, die Nase stark, der Blick wach.

»Du kommst aus dem Land der Zwerge«, sagte er wohlgelaunt. »Du hast vielleicht gehört, daß ich – wie heißt du eigentlich?«

»Taniko. Ich bin die Tochter von Fürst Shima no Bokuden aus Kamakura.«

»Sehr schön. Du hast vielleicht schon gehört, daß ich ein sehr wißbegieriger Mensch bin, Taniko. Ich weiß nichts über das Land der Zwerge und würde gerne alles darüber erfahren.«

Es war klar, warum sich Kublai für Japan interessierte. Wenn sie ihm Auskunft gab, verriet sie ihre Heimat. Ich mache mir mehr Sorgen als nötig, dachte sie. Wenn sie in der kommenden Nacht Gnade vor den Augen ihres neuen Gebieters finden wollte, dann mußte sie alles von der leichten Seite nehmen. Sie mußte lustig sein, ihn zum Lachen bringen – und sich selbst nicht allzu ernst nehmen.

»Ich werde beginnen, mein Gebieter, indem ich einige der Vorurteile über mein Heimatland ausräume. Zunächst einmal: Wir sind keine Zwerge, sondern Ihr und die Chinesen seid Riesen. Wir verehren keine Tiergottheiten. Unser Kaiser wohnt nicht in einem Palast aus getriebenem Gold. Und wir sind auch keine Kannibalen.«

»Keine Kannibalen?« Kublais Augenbrauen hoben sich. »Wie schade. Ich habe für dich einen fetten Chinesen rösten lassen, um dir eine Freude zu machen. Nun werde ich den Mann an meine Jagdhunde verfüttern müssen.« Ein Lächeln stahl sich in seine Züge. »Auch über uns Mongolen wird vieles erzählt, was mit der Wahrheit nichts zu tun hat. Zwar behauptet man nicht, daß wir Tiergottheiten anbeten, aber man sagt, wir selbst seien Tiere. Andere wieder meinen, wir seien Teufel, die die Menschheit für ihre Sünden heimsuchen.« Er legte ihr die Hand auf den Arm. »Aber lassen wir das. Erzähl mir über dein Land. Was ist das für ein Palast, in dem Euer Kaiser wohnt?«

Stunden vergingen mit der Unterhaltung über Japan. Verglichen mit China sei es ein armes Land, sagte Taniko. Der Palast des japanischen Kaisers in Heian Kyo würde neben dem Haus eines reichen Kaufmanns in Linan wie eine Hütte aussehen.

Nach welchen Gesetzen Japan regiert werde, erkundigte sich Kublai. Das tägliche Leben der Bürger interessiere ihn, jene Einzelheiten, die von den meisten Menschen als unwichtig abgetan wurden. Dreimal an jenem Abend schlug Kublai auf einen Gong. Ein mongolischer Dener, mit einem mächtigen Krummsäbel bewaffnet, erschien und brachte eine neue Karaffe Wein. Gleich zu Beginn ihres Gesprächs hatte Kublai Taniko Früchte angeboten, die auf einem silbernen Tisch am Eingang des Zeltes standen. Daneben lag gebratenes Fleisch.

»Iß, soviel du magst«, sagte er. »Es soll nicht heißen, du hättest bei mir Hunger gelitten.«

Taniko bediente sich zögernd, ohne auch nur eine Sekunde zu vergessen, daß ihr Leben in seiner Hand lag. Er war zwar wohlerzogen und eher zurückhaltend. Aber seine Wißbegier schien unersättlich und erinnerte Taniko an die Beharrlichkeit, mit der die Mongolen belagerte Städte sturmreif schossen.

Nach einer Weile schwand Tanikos Unruhe. Sie rief sich ins Gedächtnis, daß Wissen etwas war, das nicht weniger würde, soviel man auch davon abgab.

Während sie Kublais Fragen beantwortete, entdeckte sie Eigenheiten an Japan und an den Japanern, die ihr bis dahin nicht aufgefallen waren. Völlig neue Perspektiven taten sich auf. Zum ersten Mal sah sie das Land und seine Bewohner mit den Augen eines scharfsichtigen Strategen.

Sie hatte soeben versucht, die Hintergründe der Fehde zwischen den Takashi und den Muratomo zu erklären, als er sie unterbrach. »Unsere beiden Völker sind ähnlicher, als du denkst. Sowohl die Japaner als auch die Mongolen sind Nachbarn von China, werden von China befruchtet. Verglichen mit China sind beide Völker arm. Beide Völker bringen tollkühne Kämpfer hervor, deren Kampfeslust so groß ist, daß sie zur Selbstzerstörung führt. Erst Dschinghis Khan ist das Kunststück gelungen, unsere Kräfte nach außen zu lenken. Vielleicht schafft euer Orkhon Sogamori dasselbe in Japan.«

Er war aufgestanden. Hastig erhob sie sich. Er legte ihr seine schwere, braune Hand auf die Schulter.

»Ich habe viel getrunken und ich habe einen langen Tag hinter mir. Ich werde jetzt schlafen gehen. Einer meiner Männer wird dich zu deiner Jurte zurückbringen.«

Taniko war verblüfft. Sie war auf eine Vergewaltigung gefaßt gewesen. Aber dieser Mann hatte sich darauf beschränkt, ihr eine Reihe von Fragen über ihre Heimat zu stellen. Fand er sie etwa häßlich? Er schien ihre Gedanken zu erraten. »Ich weiß, was man über uns Mongolen erzählt«, sagte er. »Wir vergewaltigen jede Frau, die uns in den Weg kommt. Aber das stimmt nicht. Glaube mir, ich finde dich sehr attraktiv. Du bist ein entzückendes kleines Geschöpf.«

»Ich danke Euch, mein Gebieter«, sagte sie scheu und verbeugte sich. Aber innerlich kochte das ›kleine Geschöpf‹.

»Ich weiß, daß du keine Kurtisane bist«, sagte er. »Was Horigawa mir über dich erzählt hat, kann mich nicht täuschen. Er hat dich einem Mongolen zum Gastgeschenk gemacht, weil er glaubte, dir damit das schlimmste Schicksal zu bereiten. Wenn ich heute abend mit dir geschlafen hätte, wärst du meine Sklavin gewesen, meine Gefangene, sonst nichts. Nun, ich liebe es nicht, mit einer Sklavin zu schlafen. Du bist das, was wir Mongolen als eine Frau von Rang bezeichnen. Ich finde dich wunderschön. Du bist einzigartig. Ich möchte dir Zeit geben, dich an mich zu gewöhnen. Geh jetzt.«

Nur wenige Tage waren vergangen, als er sie aufs neue zu sich rufen ließ. Die Treffen danach vollzogen sich im monatlichen Abstand. Die Tatsache, daß sie so oft die Auserlesene war, erfüllte Taniko mit Stolz. Es gab vierhundertfünfzig ausnehmend hübsche Frauen, die nur darauf warteten, zu Kublai zitiert zu werden.

Noch immer fragte Kublai sie über ihre Heimat aus, doch inzwischen wagte sie es, umgekehrt auch ihm Fragen zu stellen. Eine neue, großartige Welt tat sich vor Taniko auf, erstaunlicher und vielfältiger, als sie je geträumt hatte. Und Herrscher über einen großen Teil dieser Welt war das Geschlecht des Dschinghis Khan. Der Gründer der mongolischen Dynastie hatte mit seiner Hauptfrau vier Söhne gezeugt, die er zu seinen Erben einsetzte. Jeder Sohn erhielt festumrissene Landstriche innerhalb des Reiches zugewiesen. Ogodai, der dritte Sohn, sollte, dem Wunsch des Vaters zufolge, die Führung der Dynastie übernehmen. Nach dem Tod des Dschinghis Khan wurde ein Kuriltai abgehalten, bei dem Ogodai zum Großen Khan ausgerufen wurde. Die Stämme der Orkhonen, die Tarkhanen, Noyanen und Baghadure schworen Ogodai die Treue. Außerdem wurde festgelegt, daß der Große Khan immer aus der Familie Ogodais erkoren würde. Die Erfolge des neugewählten Herrschers nahmen mit der Eroberung Rußlands ihren Anfang. Polen und Ungarn wurden überrannt. Der Feldzug endete, als Ogodai starb.

Der jüngste Sohn des Dschinghis Khan war Tuli, der Vater von Kublai. Schon früh entpuppte er sich als scharfsinniger Stratege und furchtloser Krieger. Innerhalb der Dynastie war ihm die Verwaltung der mongolischen Heimat übertragen worden. Aber Tuli starb bereits neun Jahre vor seinem Bruder Ogodai.

Fünf Jahre lang fungierte Ogodais Witwe als Staatsoberhaupt. Sie war eine eitle, hochfahrende und dumme Frau, die sich zahllose Feinde machte. Sie verärgerte Tributpflichtige und Verbündete, indem sie unmäßige Abgaben verlangte, hing der christlichen Lehre des Patriarchen Nestorius von Konstantinopel an und drohte mehr als einmal, sie zur Staatsreligion zu erheben.

Endlich bestimmte ein Kuriltai fünf Jahre nach Ogodais Tod dessen Sohn Kuyuk zum Großen Khan. Aber Kuyuk war ein Trinker. Er starb schon zwei Jahre später.

Kuyuks Witwe, so wurde gemunkelt, sei eine Hexe. Sie teilte sich in den kommenden zwei Jahren mit Ogodais Witwe die Herrschaft über das Mongolenreich. Dann schlugen die beiden den Enkel als Großen Khan vor. Doch die zwei Frauen hatten nicht mit dem politischen Geschick der Witwe Tulis gerechnet. Prinzessin Sarkuktani, Kublais Mutter, war eine kluge, besonnene Frau. Sie hatte vier kräftigen Söhnen das Leben geschenkt und sah darauf, daß alle vier in Staatskunst, Philosophie und Kriegskunst unterrichtet wurden.

Ohne viel Aufhebens schloß die Prinzessin eine Allianz nach der anderen mit den führenden Männern im Reich.

Schließlich kam es zu einem neuen Kuriltai, bei dem Kuyuks Nachfolger bestimmt wurde. Das feierliche Gelöbnis, den Großkhan nur aus den Nachkommen der Linie Ogodai zu küren, wurde gebrochen. Zum neuen Herrscher über das Mongolenreich wurde Mangu, der älteste Sohn Tulis, bestimmt.

Ein Jahr nach dieser denkwürdigen Entscheidung wurde eine Verschwörung gegen Mangu aufgedeckt. Die beiden Witwen wurden als Rädelsführer entlarvt. Das mongolische Gesetz verbot, das Blut der Stammesedlen zu vergießen. Also nähte man den beiden Witwen den Mund und die übrigen Körperöffnungen zu, damit die bösen Geister nicht entweichen konnten, steckte sie in Ledersäcke und warf sie in den Fluß. Hunderte von Mitverschwörern mußten ihren Verrat mit dem Leben bezahlen.

Jetzt hatte Mangu die Hände frei und machte sich an die Ausdehnung des Reiches. Hulagu, sein Bruder, wurde an der Spitze eines großen Heeres nach Westen gesandt, um die islamischen Länder im Mittleren Osten zu erobern.

Kublai stieß nach China vor. Mangu folgte ihm mit einem zweiten Heer, Arghun Baghadur setzte sich mit einem dritten in Marsch. So überrannten drei mongolische Armeen die Chinesische Mauer, die zum Schutz gegen die Mongolen errichtet worden war.

Taniko war zusammengefahren, als sie den Namen Arghun Baghadur vernahm. Jener rothaarige Gigant erstand vor ihr, der auf der Suche nach Jebu das Landgut Daidoji durchstöbert hatte. Jetzt, nach Jahren, führte das Karma ihre Schicksalsfäden wieder zusammen.

Doch schon fuhr Kublai in seiner Erzählung fort. Der Siegeszug der Steppenkrieger gegen China und Japan hatte begonnen. Während die mongolischen Armeen Festland und Inseln östlich der Großen Mauer überfluteten, sicherte Arik Buka, der jüngste der vier Brüder, die Hauptstadt des Mongolenreichs, Karakorum. Wie einst Tuli, der jüngste Sohn des Dschinghis Khan, wurde Arik Buka ›Hüter des Herds‹ genannt.

Die Mongolenkrieger standen bei der Eroberung von China vor einer neuen Situation. Das Land war volkreicher als alle anderen Nationen, die man bisher überfallen hatte. Kublai machte kein Hehl daraus, daß die Invasion ins Stocken geraten war. Arghun stand vor Kweilin, ohne daß seine zweihunderttausend Krieger in der Lage gewesen wären, die Stadt einzunehmen. Der Vormarsch von Mangus Armee war vor Hochwan zum Stillstand gekommen. Kublais Truppen lagen vor Wuchow. Ob die Stadt je eingenommen würde, war offen. Die Belagerung dauerte bereits zwei Jahre.

»Übrigens sind es deine Landsleute, die uns besondere Schwierigkeiten machen. Arghun hat berichtet, daß Krieger aus dem Land der Zwerge die Verteidigung Kweilins befehligen. Sie kämpfen wie die Teufel, fast so gut wie die Mongolen. Arghun steckt in der Klemme, es geht weder vor noch zurück.«

Mit Mühe verbarg Taniko ihre Besorgnis. Ihr Herz klopfte wie wild. Was hatten die Kami im Sinn, daß sie Jebu und seinen Todfeind Arghun im fernen China zusammenführten?

»Ich hatte keine Ahnung, daß es in China Samurai aus meiner Heimat gibt«, sagte sie.

Kublai lächelte. »Wirklich nicht? Prinz Horigawa wußte recht gut Bescheid über diese Samurai. Es sind Krieger, die beim Kaiser von Japan in Ungnade gefallen sind.«

»Muratomo?«

»Ja. Aber Arghun wird ihren Widerstand brechen, dafür hat Prinz Horigawa gesorgt. Er hat ein geheimes Abkommen mit einem chinesischen Staatsmann getroffen. Es dauert nicht mehr lange, bis die Stadt dem Erdboden gleichgemacht wird.« Aufmerksam betrachtete er ihr Gesicht.

Taniko zwang ein Lächeln auf ihre Lippen. »Meine Heimat ist klein, mein Gebieter«, flüsterte sie. »Und doch leben dort ungeheuer viele Menschen, die ich nicht kenne und die mich nicht interessieren. Meine Sippe ist mit den Takashi verwandt. Zu den Muratomo haben wir keine Beziehungen.«

Später, im Dunkel ihrer Jurte, brach Taniko in Tränen aus. Sie weinte um Jebu, der sterben würde. Was Horigawa ihr angedroht hatte, würde sich bewahrheiten. Die treuen Samurai, die Kweilin für China verteidigten, würden abgeschlachtet werden wie die Tiere. Und die chinesischen Verteidiger, zu deren Unterstützung sie herbeigeeilt waren, würden nicht einen Finger rühren, um sie zu retten.

Die Zukunft war schwarz. Wieder einmal wurde Taniko bewußt, daß Glück der Ausnahmefall war. Jebu würde aus ihrem Dasein verschwinden, so wie Kiyosi verschwunden war. Eines Tages würde sie zufällig erfahren, daß er tot war.

Nur wenige Tage nach jenem Gespräch mit Kublai kamen Boten

in die Stadt, die eine bedeutsame Todesnachricht brachten. Mangu, Kublais älterer Bruder, war am elften Tag des Siebenten Monats im Jahr des Schafes gestorben.

»Es wird eine lange Reise nach Shangtu werden«, war Bourkinas Kommentar.

»Wer außer uns kommt mit?« fragte Taniko.

»Der ganze Hofstaat, die Ratgeber, Minister, das Heer des Linken Flügels.«

»Und was haben wir dort zu tun?«

»Wir gehören dazu, wenn ein Kuriltai abgehalten wird – die Nachkommen des Dschinghis Khan, die Sippschaften der Noyanen, der Orkhonen und Tarkhanen.«

»Was wird inzwischen aus der Belagerung von Wuchow?«

»Der Kuriltai ist jetzt wichtiger.«

»Und Kweilin? Hat die Stadt schon kapituliert?«

Bourkinas Lippen umspielte ein Lächeln. »Kweilin wird von Japanern verteidigt, stimmt's? Die letzten Berichte von Tarkhan Arghun besagen, daß die Stadt sich heldenhaft verteidigt. Wuchow, Kweilin, das alles ist nicht mehr wichtig. Beim Kuriltai wird über die Zukunft der Welt entschieden, über Eure Zukunft und meine. Alles hängt davon ab, wer der nächste Großkhan wird.«

16. Kapitel

Taniko hatte inmitten der vierhundertfünfzig Frauen Platz genommen, die den Harem von Kublai Khan bildeten. Der Kuriltai hatte begonnen. Kublai hatte auf einem Thron aus Elfenbein Platz genommen, den die Mongolen bei der Plünderung des Kaiserpalastes von Yenking erbeutet hatten. Kublai gab sich eher heiter und gelöst als steif und förmlich. »Du siehst Schwierigkeiten, wo keine sind, Torluk«, sagte er. »Vor zehn Monaten schon wurde mein Bruder in die Ewigkeit abberufen. Und wir stehen da wie Pferde, denen man Fesseln um die Hufe gelegt hat. Wie lange, meinst du, kann das Volk der Mongolen ohne Großkhan leben?«

Torluk, Befehlshaber über zehntausend Reiter, blieb die Antwort nicht schuldig. »Dies ist das erste Mal, daß ein Kuriltai außerhalb unserer Heimat abgehalten wird! Wir haben uns im Feindesland versammelt, um unseren Führer zu bestimmen. Ich sehe die Goldene Familie, die Sippe von Kublai Khan. Ich sehe seine Freunde. Aber wo ist der Stamm der Birkai, die Geißel Rußlands? Wo ist Kaidu, der Onkel von Ogodai? Wo ist dein Bruder Hulagu? Wo ist Arghun Baghadur, der große General? Statt dessen sehe ich Offiziere des Linken Flügels, die seit je treue Diener der Goldenen Familie sind. Ich sehe Chinesen, Türken, Tibetaner. Wie können diese Männer den Großkhan der Mongolen bestimmen? Und welchen Widerhall würde eine solche Wahl bei den Mongolen der Steppe hervorrufen? Warum nimmt dein Bruder Arik Buka nicht am Kuriltai teil? Es ist Sitte bei den Mongolen, daß der jüngste Sohn den Titel erbt. Und Arik Buka ist der jüngste Sohn von Tuli. Wer außer dir, Kublai Khan, hätte einen Zweifel daran, daß Arik Buka die Ehre der Nachfolge gebührt? Antworte!«

Einer von Kublais Generälen war aufgesprungen. »Du bist ein Verräter, Torluk«, schrie er erzürnt. »Du sprichst mit der Stimme unserer Feinde.«

Allgemeiner Tumult. Kublai gebot Ruhe. »Torluk wird nicht der einzige sein, der so denkt«, sagte er. »Wir sollten seine Argumente anhören, bevor wir entscheiden.«

Kublai war aufgestanden. Er hob die Arme. »Zu unserem Versammlungsort ist folgendes zu sagen: Wir befinden uns diesseits der Großen Mauer. Die Mongolen haben Generationen von Eroberungszügen hinter sich. Wir sind erwachsen geworden. Es besteht kein Grund, zu unserer Wiege zurückzukehren, wenn wir über unsere Zukunft entscheiden wollen. Wer zur Größe und zum Ruhm des Reiches beitragen will, soll hierherkommen.«

Kublai hatte sich in Rage geredet. Sein Vortrag wurde von Beifall unterbrochen. »Und nun zu jenen, die bei diesem Kuriltai fehlen. Die Khans aus Rußland haben seit Menschengedenken nicht mehr an den Kuriltai teilgenommen. Sie vertrauen unserem Entschluß. Mein Bruder Hulagu steht im Kampf gegen die Araber. Würde er den Vormarsch abbrechen, würde er alles aufs Spiel setzen, was wir in dreißig Jahren Kampf errungen haben. Deshalb hat Hulagu mich beauftragt, in seinem Sinne zu stimmen. Was Kaidu und Arghun angeht, so weiß keiner von uns, wo sie derzeit stecken. Wenn du es weißt, Torluk, dann sag es uns. Mein jüngerer Bruder Arik Buka schließlich ist benachrichtigt worden. Aber die Kameldungfresser, die ihn beraten, haben ihn davon abgehalten, zu kommen und die Freuden von Shangtu zu genießen.«

Gelächter war aufgekommen. Aber noch gab Torluk sich nicht geschlagen. »Ich erinnere den Khan daran, daß das Wort derer, die in Jurten wohnen, schwerer wiegt als das Wort jener, die in Palästen leben. Und dein Bruder aus der Steppe ist nicht erschienen, Kublai Khan!«

Bayan, ein jugendlicher Tarkhan, fuhr hoch und zog sein Schwert. Taniko hielt den Atem an. Auf den Heiligen Inseln galt das Gesetz, daß ein Krieger Blut vergießen mußte, wenn er das Schwert gezogen hatte. Erleichtert beobachtete sie, wie Kublai Khan den jungen Krieger zur Vernunft brachte.

»Ihr habt vergessen Torluk, daß wir Mongolen in Jurten *und* Palästen zu Hause sind.« Sein Lächeln schwand. »Du hast angedeutet, Torluk, daß du die Entscheidung unseres Kuriltai nicht anerkennen wirst. Das aber wäre Verrat.«

Torluk antwortete nicht. Kublai musterte ihn voller Verachtung. Nach einer Weile wandte Torluk sich ab.

Das Stimmengewirr war lauter geworden. Es war schon seltsam, wie die Mongolen die Geschicke ihres Staates bestimmten, dachte Taniko. Die Sippschaftsführer in der Halle hatten eine Diskussion über die Argumente begonnen, die von beiden Seiten vorgetragen worden waren. Kublai Khan schien es nicht zu kümmern, daß Kritik geäußert wurde. Taniko stellte sich vor, was geschehen würde, wenn in Gegenwart des Tenno ein Berater eine abweichende Meinung vertrat. Es war einfach undenkbar, ein Sakrileg. Aber schließlich war der Tenno auch ein Gott.

Bayan hatte sich erhoben. Er hielt eine lange Rede in mongolischer Sprache. Taniko verstand genug, um den Inhalt zu erfassen. Die Versammelten wurden aufgerufen, Kublai zum Großkhan zu küren. Bayan zählte eine Reihe von Gründen dafür auf. Sie liefen darauf hinaus, daß Kublai der einzige war, der in seiner Person genügend Ansehen, Weisheit und Mut vereinigte, um das Volk der Mongolen zu weiteren Siegen zu führen.

Lauter Beifall erscholl, als der junge Tarkhan seine Rede beendete. Kublai indes entgegnete, er sei des Lobs nicht würdig, das Bayan über ihn ausschüttete. Bourkina hatte Taniko diesen Teil des Rituals bereits angekündigt. Jetzt wurden Hochrufe laut. Man bat den Nachkommen des Dschinghis Khan, die ihm angetragene Würde anzunehmen. Für Taniko klangen die Rufe aus der Menge wie Befehle. Ein merkwürdiges Volk. Die Untertanen gaben Befehle, der Anführer hatte zu gehorchen. Ebenso merkwürdig freilich war es, daß ein Volk sich seinen Führer selbst wählte.

Lauter und lauter wurden die Rufe. »Kublai! Kublai!« schallte es durch die Halle. Immer noch schien sich Kublai gegen das ehrenvolle Amt zu wehren. »Das ist so üblich«, erklärte Bourkina.

Schließlich erhob sich Kublai Khan und gebot Ruhe. Seine Geste war gefaßt, ernst, herrisch. Die Bescheidenheit, die er während der Beratung gezeigt hatte, war von ihm abgefallen. Er hob den Arm zum Gruß. Ohrenbetäubender Beifall.

Bayan und ein General begaben sich zum Thron. Sie trugen eine Schärpe aus dunkelgrauem Filz, die sie über Sitz und Armlehnen legten. Wie Bourkina erklärte, war das eine Sitte aus der Zeit, als den Mongolen Schnee- und Eis-Gottheiten die Führerschaft über das Menschengeschlecht verliehen hatten. Kublai Khan bedankte sich bei Bayan und dem General und setzte sich.

So einfach ist das, dachte Taniko. Man setzt sich auf ein Stück Filz und wird Herr der Welt.

Stürmischer Beifall erhob sich. Dann begann ein bizarres Schauspiel. Pelzmützen, Helme, Turbane und Burnusse wurden in die Luft geworfen. Die Mongolen hatten wieder einen Führer.

Schließlich wurde es still. Die Männer lösten die Gürtel, an denen die Schwerter hingen, und ließen die Waffen auf die Teppiche fallen. Einer nach dem anderen trat vor, um dem neuen Großkhan Treue zu geloben. Auf ein Zeichen von Kublai wurden Tabletts mit Rind- und Hammelfleisch hereingeschleppt. Inmitten des unglaublichen Trubels hatte sich Torluk zum Ausgang durchgekämpft. Er trug als einziger eine Waffe. Niemand beachtete ihn, als er den Kuriltai verließ.

»Gehen wir zurück in unsere Zelte«, sagte Bourkina. »Wenn die Männer erst einmal getrunken haben, ist niemand mehr vor ihnen sicher.«

»Die Japanerin mag gehen«, sagte Hotai schnippisch. »Und auch die Perserin. Ich bleibe. Ich habe keine Angst vor den Männern!«

»Eine Frau wie du hat auch nichts zu befürchten«, bemerkte Seremeter. »Welcher Mann würde sich an einer Kuh vergreifen.«

Eine der jüngeren Konkubinen kicherte. »Wenn du auf Hotais Euter anspielst, könntest du dich irren. Die Mongolen lieben volle Brüste, und die Kuh gilt bei den Männern der Steppe als das edelste Tier neben dem Pferd.«

Hotai ließ die Spitze unbeantwortet. Sie war nicht die einzige Frau, die zurückblieb, um an dem Gelage teilzunehmen. Jamua, die Hauptfrau des Herrschers, und einige andere ältere Mongolenfrauen scharten sich um den Großkhan. Die anderen ließen sich von Bourkina hinausbegleiten.

Obwohl man bereits den fünften Monat schrieb, wehte von der Steppe ein kalter Wind herüber. Taniko erschauderte. Wie kalt mochte es hier erst im Winter sein.

Zusammen gingen sie zum Frauenhaus zurück. Wie eine Herde Gänse, dachte Taniko. Ein Mönch kam ihnen entgegen. Der Mann war Taniko schon in der Halle aufgefallen. Er war als Beobachter aus einer weit entfernten Provinz zum Kuriltai angereist. Taniko fiel auf, daß er eine graue Kutte trug. Das Haar war weiß, ebenso der Bart.

»Aus dem Weg!« rief Bourkina. »Wir sind die Frauen des Großkhans. Niemand hat das Recht, mit uns zu sprechen.«

Der Alte schmunzelte. »Auch nicht ein Mönch?«

»Unter einer Mönchskutte können sich die größten Überraschungen verbergen«, gab Bourkina, etwas milder, zurück.

»Da könnt Ihr recht haben«, sagte der Mönch. »Allerdings halten sie sich in meinem Alter meist in Grenzen.«

Wer war dieser Mann, der weder wie ein Mongole noch wie ein Chinese aussah? Da entdeckte Taniko das Symbol des Weidenbaums auf seiner Kutte, das sie von Jebu her kannte.

»Was ist dein Begehr, Mönch?« keifte Bourkina. »Wenn Ihr den Weg nicht freigebt, werdet Ihr Euch noch heute nacht ohne Kopf wiederfinden.«

Der Alte verbeugte sich, wie sich nur ein Japaner verbeugen konnte.

»Ich bitte um Nachsicht, wenn ich aus Unkenntnis die Form verletzt habe. Aber ich erkenne unter Euch eine Tochter meines Landes.« Er zwinkerte Taniko zu. »Ich bringe eine Botschaft für sie.«

»Ein Japaner also«, seufzte Bourkina. »Schon an Eurer beeindruckenden Statur hätte ich erkennen müssen, daß Ihr aus dem Land der Zwerge kommt.«

Die anderen hatten zu kichern begonnen. Taniko errötete. Sie schämte sich für die rüde Art, mit der Bourkina dem Alten begegnete. Am liebsten wäre sie auf den Mönch zugeeilt und hätte sich ihm zu Füßen geworfen.

»Die Botschaft kommt aus Kweilin«, begann der Alte. »Im vergangenen Jahr ist es einer Gruppe zwergenhafter Krieger gelungen, den Angriff des heldenhaften Feldherrn Arghun Baghadur zurückzuschlagen, der mit zweihunderttausend Mann, mit Katapulten und Elefanten erschienen war, um Kweilin zur Übergabe zu zwingen. Als der Großkhan Mangu starb, wurde die Belagerung aufgehoben. Da Arghun alles andere als ein Freund Eures neugewählten Großkhan ist, nehme ich an, daß sein Mißerfolg Euren Beifall findet. Vor allem den der Japanerin. Es dürfte sie interessieren, daß auf der Gefallenenliste kein Name auftaucht, der ihr bekannt wäre.«

Bourkina hielt den Blick auf Taniko gerichtet. »Was früher war«, sagte die Mongolin, »hat keine Bedeutung mehr für eine Frau, die unter der Obhut des Herrschers der Welt lebt. Ist es nicht so, Taniko?«

»Gewiß«, beeilte sich Taniko zu versichern. Ihr Herz schlug so laut, daß sie befürchtete, das Pochen könnte ihre Aufregung verraten. »Immerhin wäre es wichtig, zu erfahren, wie der Mönch heißt, der sich mit der Botschaft bis nach Shangtu bemüht hat.«

Der Alte verneigte sich. »Ich bin Taitaro vom Orden der Zinja. Ich war einst Abt des Tempels der Wasservögel.«

In ihrem Kopf begann sich alles zu drehen. Sie mußte sich auf Seremeter stützen, um nicht ohnmächtig zu werden. Jebu lebt, jubelte es in ihr. Sein Vater hatte vor ihr gestanden, hatte mit ihr gesprochen. Ihr war, als hätte Jebu selbst sie berührt. Sie war in die Fremde geflüchtet, hatte sich von allen Göttern verlassen geglaubt. Aber Jebu hatte sie aufgespürt und sandte ihr seinen Vater. Die Freude über das unerwartete Treffen mit dem Alten durchpulste sie. Sie spürte ein heißes Verlangen nach Jebu. Aber sie durfte ihre Gefühle nicht zeigen. Als sie Bourkinas Blick auf sich spürte, formte sie ihre Lippen zu einem wohlerzogenen Lächeln. Langsam gingen sie auf den Palast der Frauen zu.

»Du solltest nicht mehr an die Vergangenheit denken«, sagte Bourkina. »Die Mongolen sind ein Volk, dem die Zukunft gehört. Wir machen Geschichte. Und das ist besser, als alte Geschichten wieder aufzuwärmen.«

»Unter den Kriegern, die Kweilin verteidigt haben, ist ein früherer Liebhaber von dir, habe ich recht, Taniko?«

»Du phantasierst«, sagte Taniko ärgerlich. Warum ließen diese Menschen sie nicht allein mit ihrer Freude? Warum konnten sie nicht schweigen?

»Wenn es so wäre, dann täte sie gut daran, den Mann aus ihrem Gedächtnis zu verbannen«, sagte Bourkina streng. »Sie gehört jetzt dem Großkhan Kublai.«

»Wie vierhundertundfünfzig andere Frauen«, sagte Seremeter. »Ich kann es Taniko nicht verdenken, daß sie sich an einen Liebhaber von früher erinnert.«

»Ich bin gespannt, wen der Großkhan heute nacht zu sich kommen läßt«, sagte Taniko, um das Gespräch auf ein anderes Thema zu bringen.

Bourkina brach in Lachen aus. »Hoffentlich nicht mich. Wenn ein Mongole zum Großkhan gewählt wird, führt er sich in der Nacht darauf wie ein Zuchtstier auf. Jedenfalls war das so bei seinem Vater und bei seinem Großvater.«

»Sprichst du aus persönlicher Erfahrung, Bourkina?« sagte Seremeter sanft. Bevor Bourkina antworten konnte, fuhr sie fort: »Wie ein Zuchtstier, sagst du. Das würde ich gern einmal erleben.«

Bourkina schüttelte den Kopf. »Er würde dich in Stücke reißen.«

»Ist es wirklich wahr, daß du mit allen dreien geschlafen hast, Bourkina? Mit Kublai Khan, mit Tuli und sogar mit dem alten Dschinghis Khan? Was hältst du davon, Taniko? Würdest du Kublai Khan nicht gern als Zuchtbullen erleben?«

Taniko hätte sich geniert zuzugeben, daß Kublai noch gar nicht mit ihr geschlafen hatte. »Ich finde ihn wunderbar, so wie er ist.« Bourkina sah sie durchdringend an. Wahrscheinlich wußte sie Bescheid.

Sie waren vor dem Palast der Frauen angelangt. Die Wachen salutierten. Taniko ging auf ihr Zimmer. Sie öffnete das Fenster. Musik und Gelächter hallten herüber. Die Dienerin kam und half Taniko beim Auskleiden. Sie legte sich zu Bett, aber der Schlaf ließ auf sich warten. Zu aufrüttelnd waren die Ereignisse dieses Tages gewesen. Jebu lebt, dachte sie.

Erst als sie Bourkina über sich sah, merkte sie, daß sie eingenickt war.

»Ist es schon Morgen?«

»Es ist Mitternacht, Taniko. Komm! Kublai Khan will dich sehen.«

»Mich? Warum mich?«

»Es gebührt uns Frauen nicht, solche Fragen zu stellen. Der Khan hat dich rufen lassen, also beeile dich!«

17. Kapitel

Taniko empfand dieselbe Angst wie bei ihrem ersten Besuch, als sie die Gemächer des Khan betrat. Der Boden war mit chinesischen Teppichen ausgelegt. Stoffbahnen aus Seide hingen von der Decke. Der Großkhan schlief in einem Zelt, auch wenn dieses Zelt aus Stein und Seide bestand.

Verborgene Musikanten spielten sanfte Melodien. Aus einer Schale stieg wohlriechender Rauch auf. Auf einem Marmorsockel breitete ein silberner Schwan seine Flügel aus.

Dann sah sie das Bett. Es stand auf einem kreisrunden Podium, das die Hälfte des Raumes einnahm. Ein Himmelbett mit schweren Brokatvorhängen. Ein Zelt im Zelt, dachte sie.

Niemand hätte zu sagen vermocht, ob es draußen Tag oder Nacht war, denn es gab keine Fenster. Der Lauf der Sonne schien für den Mann, der auf der prunkvollen Bettstatt ruhte, keine Rolle zu spielen.

Kublai räkelte sich in den Kissen. Er trug ein einfaches Gewand aus grünem Tuch, das von einem Gürtel gehalten wurde. Taniko verbeugte sich.

»Nun, meine kleine Frau, wie hat dir der heutige Abend gefallen?« sagte er lächelnd und erhob sich. Seine schwarzen Augen funkelten. Sie wußte nicht, was sie antworten sollte. Angst schnürte ihr die Kehle zu. Unsicher verbeugte sie sich ein zweites Mal.

»Sprich ganz offen«, ermunterte er sie. »Stell dir vor, ich sei ein ganz normaler Mann.« Langsam ging er auf sie zu.

Warum ich? dachte sie. Warum von vierhundertfünfzig Frauen ausgerechnet ich?

»Ihr beschämt mich, Hoheit. Ihr habt so viele schöne Frauen, die alles darum gäben, diese Nacht an Eurer Seite zu verbringen.«

Kublai zuckte die Schultern. »Mag sein, daß andere so schön sind wie du. Aber keine ist so klug wie du.«

»Wenn Ihr Klugheit sucht, Hoheit, es gibt in Shangtu Hunderte von Gelehrten. Jedes Wort dieser Männer ist mehr wert als eine ganze Nacht mit mir.«

»Weise Männer?« Er machte eine verächtliche Geste. »Ich brauche niemanden, der mir nach dem Munde redet. Heute nacht brauche ich die Gesellschaft einer Frau!« Er umfing sie mit einem Blick aus seinen unergründlich dunklen Augen. »Frauen sind für uns Mongolen sehr wichtig, mußt du wissen. Im Geschlecht des Dschinghis Khan werden die Herrscher von Frauen erzogen«, erklärte er.

»Ich verstehe Euch nicht, Hoheit.«

»Dschinghis Khan, mein Großvater, war elf, als sein Vater vergiftet wurde. Die Mutter übernahm die Führung des Stammes, bis mein Großvater volljährig war. Alle vier Söhne wurden von der Mutter erzogen. Sie und die anderen Frauen des Stammes bestimmten, was zu geschehen hatte. Ich selber war sechzehn, als mein Vater starb. Die Familie war in großer Gefahr. Die Sippe der Ogodai hatte unsere Ermordung geplant. Meine Mutter, Prinzessin Sarkuktani, hat uns Kinder durch jene gefährlichen Jahre geleitet. Sie stellte einen chinesischen Lehrer an, der uns Lesen und Schreiben beibrachte. Sein Name war Yao Chow. Sie lehrte uns, gute Miene zum bösen Spiel zu machen, wenn wir mit den Kindern der Ogodai-Sippe zusammentrafen. Rache ist ein Gericht, das kühl genossen wird, pflegte sie zu sagen. Ich habe diese Worte nie vergessen.«

»Ihr Mongolen seid ein seltsames Volk«, sagte Taniko. »Bei uns in Japan wäre es unvorstellbar, daß eine bettelarme Halbwaise zum Herrscher über das ganze Land gewählt wird.«

»Armut«, sagte Kublai gedankenversunken. »Aus der Armut kommt unsere Kraft. Mein Großvater Dschinghis Khan war der Ärmste der Armen. Sein Stamm war in alle Winde zerstreut. Als er zum ersten Mal in die Gefangenschaft seiner Feinde geriet, steckten sie seinen Hals in ein hölzernes Joch und ließen ihn als Sklaven arbeiten. Mein Großvater war stark und stolz. Aber damals war er auf dem Tiefpunkt seines Lebens angelangt. Er besaß nichts mehr, nicht einmal seinen eigenen Körper. Wer hätte damals ahnen können, daß dieser Sklave später der Herr der Welt sein würde?

Welches Ziel er sich ursprünglich gesteckt hatte, ist immer ein Geheimnis geblieben. Als er aus der Gefangenschaft entkam, war sein Sinnen und Trachten darauf gerichtet, Rache zu nehmen. Man könnte Dschinghis Khan mit einem Bergsteiger vergleichen, der Schritt für Schritt hinansteigt, der unbeirrt ein Hindernis nach dem anderen überwindet. Plötzlich hören die Hindernisse auf. Keine Felsen mehr, keine neuen Höhen. Der Gipfel ist erklommen. Erst jetzt merkt der Mann, wie hoch er gestiegen ist.«

Taniko überlegte, ob es Kublai Khan am heutigen Tag ähnlich ergehen mochte.

Kublai ging zum Schwan in der Mitte des Raumes und hielt einen Becher an seinen Schnabel. Mit der anderen Hand betätigte er eine Glocke. Aus dem Schnabel ergoß sich ein Strahl Wein in den Becher. Nachdem Kublai auch Tanikos Trinkgefäß gefüllt hatte, gab er es ihr und sah sie abwartend an.

»Das ist ja Zauberei, Hoheit«, lachte sie.

Fröhlich prostete er ihr zu und trank. Dann senkte sich ein Schatten über seine Stirn. »Der Wein hat viele Mitglieder meiner Sippe zugrunde gerichtet. Alle vier Söhne des Dschinghis Khan starben einen frühen Tod. Mein Großvater wurde zweiundsiebzig Jahre alt, keiner von seinen Söhnen wurde älter als fünfzig. Auch mein Vater war dem Wein verfallen, er starb schon mit vierzig. Ogodai, mein Onkel, wurde nur sechsundfünfzig. Keinen von ihnen habe ich je nüchtern gesehen.« Er hob die Achseln. »Kuyuk, der dritte, erlitt das gleiche Schicksal wie mein Vater. Er war bereits todkrank, als er vom Kuriltai zum Herrscher erhoben wurde. Er überlebte die Wahl nur um zwei Jahre.«

Taniko hatte sich auf ein Kissen gesetzt. »Was ist dabei, wenn ein Mann trinkt?« sagte sie. »Man trinkt, um sich zu entspannen, habe ich recht?«

»Das galt für den Dschinghis Khan«, sagte Kublai. »Aber für seine Söhne wurde der Wein zum Fluch. Früher, als der Stamm noch bettelarm war, trank man die vergorene Milch der Stuten. Ein berauschendes Getränk, aber nicht so stark wie Wein. Wein lernten die Mongolen erst kennen, als sie die Grenzen der Steppe überwanden. Der Wein wurde zur Pest. Jetzt tranken die Krieger aus Langeweile. Für die Arbeit gab es Diener und Sklaven. Die *Yassa*, das Gesetz des Dschinghis Khan, verbietet den Kampf gegen den Bruder. Frauen, ja. Aber man kann nicht Tag und Nacht der Liebe frönen. Was bleibt? Schreiben und Lesen lernen die Mongolen nicht. Die meisten von uns sind ungebildeter als ein chinesischer Tagelöhner.« Er betrachtete den Wein, der in seinem Glas perlte. »Das Wasser fließt bergab, und der Mensch geht den Weg des geringsten Widerstandes. Wenn man nichts zu tun hat, beginnt man zu trinken. Der Rausch scheint das Leben bunt und reich zu machen.« Bitterkeit legte sich über seine Züge. »Wir trinken nicht mehr, um uns zu zerstreuen, Taniko. Wir trinken, um unser Ich zu zerstören. Wir, die Herren der Erde . . .«

Taniko starrte auf den Becher in Kublais Hand. Wie merkwürdig, daß die Mongolen so empfindlich waren. Empfindlich wie Blumen, die man aus dem Waldboden ausgrub und ins Haus brachte.

»Es gibt noch andere Gründe«, fuhr Kublai fort. »Wir haben zuviel gesehen. Wir sind stolz, übermütig, grausam. Wenn wir eine Stadt einnehmen, töten wir die Menschen zu Tausenden.«

Entsetzen spiegelte sich in Tanikos Antlitz. »Ich habe von der Grausamkeit der Mongolen reden gehört, Hoheit. Aber ich habe es für eine jener Lügen gehalten, die Eure Feinde über Euch verbreiten.«

Kublai sah sie düster an. »Was du gehört hast, ist wahr. Ich selbst habe solche Massaker immer vermieden. Es ist unsinnig, Menschen niederzumetzeln, die einem nicht mehr gefährlich werden können. Aber Dschinghis Khan pflegte zu sagen: Nur ein toter Feind ist ein guter Feind. Als er Yenking, die Hauptstadt von Nordchina, einnahm, ließ er alle Bewohner hinrichten und Feuer legen. Yenking brannte dreiunddreißig Tage.« Ein heller Schimmer erschien in Kublais Augen. »Eines Tages werde ich Yenking wieder aufbauen. Es wird die Hauptstadt von Kublai Khan werden – *meine* Stadt.«

»Was fühlt Ihr, wenn Ihr einen Menschen tötet?«

»Nichts. Weder Bedauern noch Freude. Für den Mongolen ist Töten eine Arbeit wie das Bestellen eines Feldes oder das Züchten von Vieh. Man schlachtet ein Schaf, weil man sein Fleisch essen will. Man tötet einen Menschen, weil er ein Feind ist. Wenn jeder Mongole fünf Feinde tötet, dann vermag eine Armee von zwanzigtausend Mann eine ganze Stadt mit hunderttausend Bürgern auszulöschen.«

Eine Stadt wie Heian Kyo, dachte Taniko.

»Wir töten sie aus Ratlosigkeit und aus Mangel an Vorstellungskraft«, fuhr er fort. »Wir wissen nicht, was wir sonst mit den Besiegten anfangen sollen. Zudem verbreitet es Angst und Schrecken unter unseren Feinden. Sind die Einwohner der ersten Stadt getötet, geben die Bürger der nächsten Stadt kampflos auf. Dann gibt es noch jene Fälle, wo Botschafter der Mongolen erschlagen wurden, etwa in Khwaresmien. Die Stadt Merv wurde daraufhin belagert und gestürmt. Mein eigener Vater leitete die Belagerung von einem goldenen Thron aus, der mitten auf der Ebene vor der Stadt aufgestellt wurde. Er ließ die Einwohner in drei großen Gruppen auf die Ebene treiben, Männer, Frauen und Kinder getrennt. Die Menschen akzeptieren den eigenen Tod leichter, wenn die Familie zuvor zerbrochen wird. Die Unglücklichen mußten sich auf den Boden legen. Dann wurden sie einer nach dem anderen enthauptet, um sicherzugehen, daß sich niemand totstellt. Die Köpfe der Männer, der Frauen und Kinder wurden in drei Pyramiden aufeinandergestapelt. Sogar die Hunde und Katzen jener Stadt wurden enthauptet. Dann wurde die Stadt niedergebrannt und die Mauern geschleift. Ein paar tausend Einwohner überlebten, indem sie sich in den Kellern verbargen. Als mein Vater davon erfuhr, schickte er eine Kompanie Krieger, um sie niederzumetzeln. Niemand entkam dem Massaker. Es war nicht die einzige Stadt, die auf diese Weise ausgelöscht wurde.«

»Wie konnte Euer Vater so etwas tun?«

»Er hat dafür bezahlt. Die Geister der Getöteten verfolgten ihn. Viele von den Kriegern, die an solchen Massakern teilnahmen, sind später verrückt geworden. Sie haben sich selbst den Tod gegeben, weil die Erinnerung an die furchtbare Tat sie nicht mehr losließ.«

Taniko hatte ihren Becher geleert. Ihre Hand zitterte. Erwartete dieser Mann wirklich, daß sie Verständnis aufbrachte für die Seelenpein jener Krieger, die wehrlose Menschen abschlachteten? Das Bild ihrer kleinen Tochter, die von Horigawa in den Wasserfall geschleudert wurde, erstand vor ihr.

»Warum bringt Ihr Kinder um?« fragte sie.

Kublai war zur Mitte des Raumes gegangen. Mit einem vollen Becher kehrte er zurück. Er reichte ihr den Wein. Wie ein Baum stand er vor ihr, ein Koloß aus Muskeln, Willen und Lebenslust.

»Weil sie sonst verhungern würden.«

»Ihr bringt sie also aus Mitleid um, wenn ich Euch richtig verstehe.«

Kublai sah sie unsicher an. »Ich sagte dir schon, daß ich selbst solche Massaker nie angeordnet habe. Außerdem bestimmt das Gesetz der meisten Länder, daß die Sippe für die Verfehlungen des einzelnen haftet. Bricht der Vater das Gesetz, wird die ganze Familie bestraft, auch die Kinder. Sogar in Japan ist das so.«

»Das stimmt.« Voller Angst erinnerte sie sich der vielen Fragen, die er ihr über ihre Heimat gestellt hatte. »Wie lange wird das Morden weitergehen? Wann wird die Gier der Mongolen nach Blut befriedigt sein?«

»Unsere Ziele ändern sich«, sagte Kublai bedächtig. »Mein Großvater zog nicht mit der Absicht aus, die Welt zu erobern. Er wollte seine Feinde bestrafen, wollte ihnen die Pferde, das Vieh, die

Frauen wegnehmen. Aber bei jedem Sieg, den er davontrug, machte er sich neue Feinde, und auch diese mußten bezwungen und bestraft werden. Zum Schluß seines Lebens hatte er so viele Schlachten gewonnen, daß manche Menschen in ihm einen Gott sahen. Er selbst allerdings hielt mehr auf die irdische Macht. Es gibt nur eine Sonne am Himmel, pflegte er zu sagen. Es gibt nur einen Gott. Und deshalb sollte es auch nur einen Großkhan auf der Erde geben. Er sandte Botschafter in aller Herren Länder und forderte, daß sie ihre Abgesandten nach Karakorum schickten, um den Mongolen Tribut zu leisten.«

»Er liebte den Reichtum?«

»Nein, Gold bedeutete ihm nichts. Mein Großvater träumte von einer paradiesischen Welt, einer riesigen, saftigen, grünen Weide.«

»Unsere Dichter in Japan haben so etwas oft beschrieben«, sagte Taniko. »Man will, daß alles so wird, wie es früher einmal war.«

»Nicht ganz«, widersprach Kublai. »Dschinghis Khan scherte sich den Teufel darum, ob etwas alt oder neu war. Hauptsache, es verhalf den Mongolen zu Macht.«

»Warum dann dieser Haß auf die Städte?«

»Er hat sich gegen Ende seines Lebens geändert. Er sah ein, daß sich die Mongolen selbst schadeten, wenn sie die Städte dem Erdboden gleichmachten. Aus den Städten kommen Macht und Wohlstand, Kräfte, die der Zerstörungswut der Mongolen auf lange Sicht überlegen sind. Heute sind die Städte Bestandteil unseres Imperiums. Die mongolischen Reiter zur Zeit meines Großvaters benahmen sich wie Menschen, die lange gehungert haben. Sie schlingen das Essen hinunter, können es aber nicht verdauen. Die Mongolen von heute sind immer noch mutig genug, sich fremde Länder untertan zu machen. Aber sie sind zugleich zivilisiert genug, um die Früchte ihrer Eroberungen mit Bedacht zu genießen. Nomadentum ist nicht gleichbedeutend mit Barbarei. Wir leben seit vielen Generationen Seite an Seite mit China, und natürlich ist vieles von dem Wissen, das China angesammelt hat, auf uns übergegangen. Ich gebe zu, daß wir uns oft mit Gewalt genommen haben, was wir brauchten.«

»Und wie war es vor der Befruchtung durch die chinesische Kultur?«

»Das weiß niemand. Man weiß nur, daß die Mongolen bereits eine Kultur besaßen, als sie ihre Eroberungszüge begannen. Es waren zivilisierte Menschen, die Viehzucht betrieben. Es gibt ein altes

Gesetzeswerk, das die Mongolen aneinanderbindet wie die Lederriemen die Filzbahnen unserer Jurten. Auf der Suche nach neuem Weideland kamen meine Vorfahren in die fruchtbaren Ebenen Chinas. Um sich gegen die Ureinwohner durchzusetzen, entwickelten sie die Kriegskunst. Was sie wußten, gaben sie weiter an Menschen, die bis dahin in den Wäldern gelebt hatten. So entstand mein Volk. Was China angeht, so herrscht seit Menschengedenken ein Tauziehen mit den Mongolen. Wenn die Chinesen stark sind, greifen sie die Mongolen an und umgekehrt. Die Chinesen sind Bauern, wir sind Hirten; zusammen sind wir wie die rechte und die linke Hand eines Menschen. Sie tun verschiedene Dinge, und trotzdem gehören sie zusammen.«

»Ihr meint, es wird Frieden geben, Hoheit?«

Kublai nickte ernst. »Einen mongolischen Frieden, ja. Städte und Provinzen sind jetzt vereint. Wo immer Mongolen herrschen, regierten Wohlstand und Ordnung. Es gibt keinen Grund, warum die Welt nicht unter der Herrschaft der Mongolen leben sollte. Auf der Grundlage des Steppengesetzes, der *Yassa,* und der Weisheiten Chinas können wir die Welt regieren. Der Geist wird aus China kommen, die Kraft, um ihn durchzusetzen, von den Mongolen. Wir könnten nach dem erprobten System des Kungfutse geeignete Verwalter in den eroberten Provinzen und Städten einsetzen. Sein Regierungssystem ist das beste der Welt. Der Fähigste wird mit dem höchsten Amt betraut.« Er trat in die Mitte des Raumes und kam mit einem chinesischen Jadestein zurück. Aufmerksam betrachtete er die verschlungenen Zeichen, die in die schimmernde Oberfläche eingeritzt waren. »Natürlich müssen wir darauf achten, daß die Chinesen nie die Oberhand gewinnen. Wir werden uns ihrer Ideen, ihrer Erfindungen bedienen, aber wir werden dafür sorgen, daß sie nie in Machtpositionen gelangen. Ich werde Türken und Araber in die eroberten Landstriche bringen, Franken und Perser, die über die Chinesen wachen. Ließen wir sie in wichtige Positionen gelangen, so würden sie uns Mongolen korrumpieren und schwächen. Jeder weiß, daß die Chinesen die Gabe der Weisheit mit der Dekadenz ihres ganzen Volkes bezahlt haben. Wenn wir uns ihrem Einfluß preisgeben, würde es eines Tages nur noch Chinesen geben. Chinesen, in deren Adern Mongolenblut fließt.« Er schüttelte sich. »Ich werde dafür sorgen, daß es nicht dazu kommt. Ich werde mir China einverleiben, anstatt mich von ihm fressen zu lassen.«

»Und was kommt nach China?«

»Sobald China in unserer Hand ist, werden wir uns nach Westen wenden. Wir werden das Land der Franken überrennen. Das wird ein Spaziergang. Die Franken können nicht kämpfen. Wir hätten Europa dem Mongolenreich schon vor zwanzig Jahren einverleiben können, aber mein Onkel Ogodai starb im falschen Moment. Du hast gefragt, was nach China kommt. Ein Blick auf die Landkarte gibt dir die Antwort. Was bleibt von der Welt, wenn China und Europa erobert sind? Nichts von Bedeutung.

Wir Mongolen werden die Herren der Welt sein. Wir werden über die Reichtümer dieser Erde verfügen. Nicht nur über Edelsteine, Häuser, Sklaven und Vieh, sondern über den Reichtum des Wissens, über Wohlstand und Zufriedenheit der Bürger.«

»Was Ihr wollt, Hoheit, läßt sich nur durch Frieden erzielen und erhalten«, sagte Taniko.

Kublai betrachtete sie prüfend. »Japan muß reich sein, denn es ist nie erobert worden.«

»Ihr irrt, Hoheit. Meine Heimat ist arm. Erst als ich China kennenlernte, habe ich verstanden, was wirklicher Reichtum ist.«

Er schmunzelte. »Du hast Angst, daß wir über dein Land herfallen, Kleines. Deshalb behauptest du, Japan sei arm.«

»Ihr seid der mächtigste Mann unter der Sonne. Wie sollte ich keine Angst vor Euch haben?« entgegnete sie.

Seine Augen durchbohrten sie. »Du weißt, daß du mich nicht zu fürchten brauchst.«

Sie bemerkte eine Veränderung an ihm. Sein Atem ging schneller. Seine Wangen röteten sich. Wild wie ein Zuchtbulle im Frühling, hatte Bourkina gesagt. Zu ihrer Verwunderung spürte sie eine plötzliche Wärme zwischen ihren Schenkeln. In den zwei Jahren seit Kiyosis Tod war sie mit keinem Mann mehr zusammen gewesen. Er ist so riesig, dachte sie. Wenn er sich auf mich legt, erdrückt er mich.

»Eure Elefantenführer kennen ihre Tiere, Hoheit, und trotzdem fürchten sie sie.«

»Hör auf, mich Hoheit zu nennen. Es erinnert mich an Dinge, die ich im Augenblick lieber vergessen möchte.«

»Wie soll ich Euch denn nennen, Hoheit?«

Er hatte sich auf die Lagerstatt gerollt. Taniko stützte sich auf. Sie legte ihre Hand auf seine Brust und spürte das Herz des Mannes schlagen, vor dem die Heere Chinas zitterten.

»Denk dir einen Namen für mich aus«, sagte er. »Es muß allerdings etwas Besonderes sein.«

Ein Elefant, dachte sie. Kublai war stark und gutmütig wie ein Elefant.

»Ich werde Euch Elefant nennen.«

Kublai lachte. Dann zog er sie zu sich hinab, bis ihre Brüste seine Schultern berührten. Sie fühlte, wie er ihr die Gewänder vom Körper schälte. Zu Tanikos Erstaunen hörte Kublai erst auf, als sie splitternackt war.

»Es gefällt mir, dich so zu sehen. Aber warum errötest du?« Zart glitten seine Finger über ihren Körper.

»Es ist seltsam, daß Ihr mich nackt lieber seht als bekleidet«, sagte sie. »Ich bin nicht daran gewöhnt, nackt zu lieben.« Sie seufzte. »Aber was Ihr mit mir tut, ist wunderschön.«

Die Angst war wie weggeblasen. Der Elefant würde das Mäuslein nicht zertreten. Mit seinen mächtigen Armen hob er sie hoch und legte sich auf den Rücken. Sie war bereit für ihn, als er sie zu sich hinabzog.

Sie erwachte von einem Streit, der in unmittelbarer Nähe geführt wurde.

»Es ist mir egal, ob es sich schickt oder nicht«, schimpfte ein Mann. »Wenn Ihr ihn nicht sofort weckt, lasse ich Euch den Kopf abschlagen.«

Eine Frauenstimme versuchte, ihn zu besänftigen. Taniko riß die Augen auf. Ein Mongolenzelt, dachte sie. Aber wie bin ich da hingekommen? Dann fiel ihr ein, daß Kublais Himmelbett einer Jurte nachempfunden war. Sie drehte sich auf die Seite. Ihr Becken schmerzte. Ein wohltuender Schmerz. So muß sich ein Weidenzweig fühlen, dachte sie, der nach langer Trockenheit von einem Gewitterregen überspült wird. Ihr Knie stieß an einen Körper. Kublai schlief. Die Vorhänge wurden zur Seite gerissen, und das Gesicht eines Mongolen erschien. Sie schrak zurück. Kublai war aufgewacht. Mit einem Ruck richtete er sich auf.

Der Mann sagte etwas auf mongolisch. Taniko bekam das Wort »Karakorum« mit. Jetzt erkannte sie auch den Störenfried. Es war Tarkhan Bayan. Der General schien sie gar nicht zu bemerken. Eindringlich redete er auf Kublai ein.

Kublai sprang auf und ließ sich eine Robe bringen.

»Was ich befürchtet habe, ist eingetreten, Taniko. Während unseres Kuriltai hat sich Arik Buka in Karakorum zum Großkhan wählen lassen. Jetzt gibt es zwei oberste Heerführer, und das bedeutet Krieg. Es werden Jahre vergehen, bis wir an einen neuen Angriff auf die Sung-Dynastie denken können.«

Solange China verschont wird, ist Japan sicher, dachte Taniko mit leiser Befriedigung.

»Ich mache mir Sorgen um Euer Volk, Hoheit«, sagte sie. »Ein Bürgerkrieg ist das Schlimmste, was einem Land passieren kann.«

»Ich weiß«, sagte Kublai. »Um ihn zu vermeiden, wäre ich sogar bereit, Arik Buka die Herrschaft über die Mongolen zuzugestehen. Aber er hat keine Ahnung, wie das Imperium zu regieren ist.«

Seine Rechte liebkoste ihre Wange, dann war er fort. Es wird Kampf geben, dachte Taniko. Mongolen liebten den Kampf. Für sie war das ein Spiel.

18. Kapitel

Jebu kämpfte mit dem Rücken an einer Weide gegen vier Chinesen. Er parierte Hieb um Hieb. Trotzdem gelang es den Chinesen, ihn immer weiter die Böschung hinabzudrängen. Aus dem nahen Gehölz tönten Kampfgeschrei und Waffengeklirr. Zu sehen war nichts. Ein dichter Nebel hüllte das Tal ein. Seit Stunden dauerte der Kampf an. Jebu war erschöpft. Schnaufend wich er einem Baumstumpf aus, sprang wieder vor, trieb die Angreifer mit ein paar wohlgesetzten Schlägen seines Schwertes zurück. Dann ging er in die Hocke und schnellte hoch. Seine Linke bekam einen Ast zu fassen, und er hangelte sich hoch. Die Hiebe der Chinesen gingen ins Leere.

Es war ein mächtiger, weitverzweigter Baum. Jebu balancierte einen Ast entlang. Dann sprang er. Er landete mit den Füßen voraus im Fluß. Das Wasser war tiefer, als er vermutet hatte. Dies war einer der Zuflüsse, die das Rote Becken speisten. Mit dem Schwert in der Rechten begann er, den Stimmen der Kampfgefährten nachzuschwimmen. Dann kletterte er ans Ufer, wo im milchigen Dunst die Umrisse von zwei Samurai zu erkennen waren.

»Wir haben gewonnen«, sagte einer der beiden. »Der Feind ergreift die Flucht.«

»Wer weiß«, gab der andere zu bedenken. »In diesem Nebel ist nicht zu erkennen, ob die Chinesen wirklich abziehen oder ob sie sich neu zum Kampf sammeln.«

»Wo ist Fürst Yukio?« fragte Jebu.

»Wir wissen es nicht. Als der Angriff begann, haben wir ihn aus den Augen verloren.«

Zu dritt gingen sie am Ufer entlang und suchten den jungen Fürsten. Sie fanden ihn nach kurzer Suche auf einem Felsen sitzend. Der Helm mit dem Drachen lag neben ihm. Rundum eine dicke Nebelwand. Zu Yukios Füßen erkannte Jebu drei Tote.

»Haben wir sie in die Flucht geschlagen?« fragte Jebu. Er wischte sein Schwert ab und setzte sich zu Yukio.

»Das möchte ich meinen«, antwortete Yukio. »Sonst würde ich wohl kaum hier sitzen.«

»Und wo sind die anderen?«

»Sobald der Nebel sich lichtet, werden wir die Überlebenden zählen.« Er sah Jebu in die Augen. »Ich habe es satt hier. Wir sollten uns endlich nach Süden wenden, nach Nan Chao.«

»Ich bleibe dabei, daß wir weiter nach Norden marschieren sollten«, gab Jebu zurück.

»Seit acht Monaten stapfen wir durch das Land des Nebels. Nicht einmal du kannst mir sagen, wozu. Wenn ich dich frage, ergehst du dich in dunklen Andeutungen.«

»Ich habe alles gesagt, was ich weiß«, widersprach Jebu. »Der Rat, nach Norden zu maschieren, stammt von Gouverneur Liu. Er wird schon seine Gründe gehabt haben. Aber wenn du meinst, daß wir umkehren sollen, brauchst du nur den Befehl zu geben. Dann marschieren wir nach Süden und bieten dem König von Nan Chao unsere Dienste an.«

Yukio hielt den Kopf gesenkt. »Auf mir ruht die Last der Entscheidung«, seufzte er.

»Du machst es dir zu schwer, Yukio.«

»Und du machst es dir zu leicht! Wir vertun hier nur unsere Zeit. Für die Chinesen sind wir nichts als eine Räuberbande. Sie haben ein Kopfgeld auf uns ausgesetzt. Sie hetzen uns ihre Truppen auf den Hals. Unsere Vorräte sind erschöpft. Wir stehlen und plündern, wir beuten die Bauern aus. Kein Wunder, daß wir im ganzen Land verhaßt sind.«

»Hattest du erwartet, daß die Chinesen vor uns auf die Knie fallen?«

Yukio war aufgestanden. »Du machst dich über mich lustig.«

Jebu nickte. »Stimmt.«

Yukio schlug auf den Knauf seines Schwertes. »Ich bin Muratomo no Yukio, Sohn des Muratomo no Domei, Sippschaftsführer der Muratomo, Enkel des größten Kriegers der japanischen Geschichte.«

»Das bedeutet den Chinesen nichts.«

Yukio musterte seinen Freund. »Du willst mich herausfordern.«

»Mag sein.« Ich tue ihm unrecht, dachte Jebu. Er ist ein Krieger, ein Mann, der den geraden Weg geht. Ich aber führe ihn durch ein Labyrinth, aus dem ich selbst keinen Ausweg mehr weiß. Kein Wunder, daß er ungeduldig wird.

Moko war zu den beiden Freunden getreten. »Ich bitte Euch, streitet Euch nicht! An wen sollen wir uns halten, wenn unsere Führer uneins sind?«

Jebu betrachtete den Getreuen, der ihm nun seit vielen Monaten folgte. Moko war so etwas wie der Quartiermeister der Samurai geworden. Er sorgte für Nachschub an Waffen, kümmerte sich um das Essen für die Truppen, unterschrieb Quittungen, wenn sie bei einem Bauern Reis oder Fleisch requirierten.

»Die Soldaten, die wir in die Flucht geschlagen haben, stehen im Dienst des Gouverneurs von Hechuan«, sagte Moko.

»Und auf wessen Seite steht der Gouverneur von Hechuan?« fragte Jebu.

»Das weiß er vermutlich selber nicht«, gab Moko zur Auskunft. »Unsere Kundschafter berichten, daß er seit Monaten weder von den Mongolen noch vom Sung-Kaiser irgendeine Nachricht erhalten hat.«

»Warum greift er uns dann an?«

»Sehr einfach. Er weiß, daß beide uns als ihren Feind betrachten.«

»Haben wir Gefangene gemacht?« erkundigte sich Yukio.

»Über ein Dutzend, Fürst Yukio.«

»Hinrichten!«

Jebu krampfte sich das Herz zusammen.

»Warum?«

»Weil wir Samurai sind. Ich wünsche, daß alle Gefangenen enthauptet werden.«

»Aber . . .«

»Ich wünsche keine weitere Diskussion.«

»Sehr wohl, Fürst Yukio.« Moko verneigte sich. »Da wäre noch etwas.«

Yukio sah ihn unwillig an.

»Ein Mönch möchte Euch sprechen.«

»Uns beide?«

»So ist es, Fürst Yukio.«

»Wie sieht er aus?« fragte Jebu.

»Er trägt eine graue Kutte, wie ein Zinja.« Jebus Herz schlug schneller.

»Soll ich den Mann herbringen?« fragte Moko.

»Sofort!« befahl Jebu.

Wie eine überirdische Erscheinung tauchte der Alte aus dem Nebel auf. Er hatte sich kaum verändert seit jener Nacht, in der er sich von Jebu verabschiedet hatte, während über ihnen der Tempel der Wasservögel in Flammen stand.

Schweigend sahen sich der Abt und sein Sohn an.

»Ich habe lange auf Euch gewartet, Sensei«, sagte Jebu.

»Ich konnte nicht eher kommen, mein Sohn.«

Jebu wandte sich an Yukio. »Muratomo no Yukio, das ist mein Vater. Taitaro, ehemals Abt des Tempels der Wasservögel.«

Yukio verbeugte sich tief. »Sensei.«

Taitaro erwiderte die Begrüßung. »Ich habe schon viel über Euch gehört, Fürst Yukio. Der Ruhm Eurer Heldentaten ist über die Grenzen Japans hinaus bis nach China gedrungen. Die künftigen Generationen der Muratomo werden mit Stolz an ihren tapferen Ahnherrn zurückdenken.«

»Ihr schmeichelt mir, Taitaro«, sagte Yukio. »Ich freue mich, daß Ihr zu uns gefunden habt. Jebu hat mir viel über Euch erzählt.«

Erst jetzt umarmten sich Vater und Sohn. Jebu war außer sich vor Glück. Die Liebe zu seinem Vater gab ihm den Frohsinn zurück, den er verloren glaubte. Moko, der den Abt zum ersten Mal zu Gesicht bekam, war zur Seite getreten. Tränen der Rührung liefen ihm über die Wangen.

»Hat Gouverneur Liu Euch verraten, wo wir zu finden sind?« erkundigte sich Yukio.

»Ich habe mich an die Äbte der Zinja-Klöster gewandt«, erklärte Taitaro. »Was den Gouverneur betrifft« – er zögerte –, »sie haben diesen guten, weisen Mann getötet.«

»Die Mongolen?«

Der Alte schüttelte traurig den Kopf. »Seine eigenen Landsleute, Jebu. Chia Ssu-tao hat ihn hinrichten lassen, weil er dich entkommen ließ.«

Jebu hatte das Gefühl, als legte sich ein Stein auf sein Herz. »Ich habe dem Gouverneur abgeraten, in die Hauptstadt zu gehen. Heute verneige ich mich in Ehrfurcht vor seinem Opfer.«

»Liu war ein Zinja«, sagte Taitaro. »Du weißt, Jebu, daß wir nicht trauern um unsere Toten.«

»Chia Ssu-tao hätte Kweilin den Mongolen preisgegeben«, warf Yukio ein. »Er wollte uns bestrafen, weil wir die Stadt verteidigt haben. Und jetzt hat er auch noch einen der fähigsten Beamten des Chinesischen Reiches hinrichten lassen. Wie kann China mit diesem Krebsgeschwür überleben?«

»Wichtiger ist, wie Ihr beide überlebt«, sagte Taitaro. »Ich bitte Euch, mich zum *Ch'in-cha*-Tempel am Min-Fluß zu begleiten. Er ist eine Tagesreise von hier entfernt.« Der Blick des greisen Zinja blieb auf Jebu hängen. »Ich hoffe auf eine Vision, die uns den Weg in die Zukunft weisen wird.«

»Nur wir drei?« fragte Yukio. »Ist die Gegend denn sicher?«

»Ihr habt die Soldaten des Gouverneurs von Hechuan in die Flucht geschlagen. Jetzt habt Ihr nichts mehr zu befürchten.«

»Ich schlage vor, daß nur Jebu mit Euch geht. Er ist Euer Sohn und ein Zinja.«

»Ihr seid der Sippschaftsführer der Muratomo und die Hoffnung Japans«, sagte Taitaro. »Ich habe von einer Vision gesprochen. Es ist auch Eure Vision, Yukio.«

Er muß geahnt haben, daß wir Streit hatten, durchfuhr es Jebu.

19. Kapitel

Mit letzter Kraft erkletterten die drei Pferde den steilen Hügel. Auch die Reiter waren erschöpft. Vor Sonnenaufgang waren Taitaro, Jebu und Yukio aufgebrochen. Es war ein heißer Sommertag geworden. Als sie am Fuß des Tempelberges ankamen, war es bereits dunkel. Der Vollmond stieg hinter den Bäumen empor. Es war im siebten Monat im Jahr des Affen.

Der Nebel war verschwunden. Die Sicht war klar. Auf der Kuppe des Berges leuchtete der Tempel im Mondlicht, eingerahmt von hohen Pinien. Erst als sie näher kamen, erkannte Jebu, daß nur die Frontseite des Tempels offen dalag. Das Gebäude selbst war in den Berg hineingebaut.

Taitaro hatte ein Talglicht entzündet. Er ging voran. Der Raum, den sie betraten, war fünfeckig. In jeder Ecke führte eine Treppe in die Tiefe.

»Kommt!«

Taitaro ging zielstrebig auf eine der Treppen zu. In dem darunterliegenden Gewölbe angekommen, deutete er auf eine dreieckige Öffnung in der Wand.

»Eine Fluchtburg, Sensei?« fragte Jebu.

»So ist es, mein Sohn. Dieses Ch'in-cha-Kloster ist viele hundert Jahre alt.«

»Ist es verlassen?«

»Ja.«

»Die Mongolen?«

»Nein. Die Mongolen respektieren die Religion der unterworfenen Völker. Die Ch'in-cha in diesem Land leben seit langem nicht mehr in Ordensgemeinschaften. Der Tempel wird nur noch ab und zu benutzt.«

Der Alte betrat den Tunnel. Er und Yukio konnten aufrecht gehen, während Jebu sich bücken mußte. Es roch dumpf und modrig.

Schließlich weitete sich der Tunnel zu einer Halle. Der Boden war mit einem sternförmigen Mosaik in den Farben des Regenbogens ausgelegt. Taitaro trat in die Mitte des Sterns.

Jebus Blick fiel auf ein Auge, das auf den Felsen gemalt war. In der Pupille waren die Symbole des Yin und Yang zu erkennen.

Jebus Blick folgte den Linien, die sich zu den Füßen des Abtes zu konzentrischen Ringen ausweiteten. Ein merkwürdiges Muster ... Dann wußte er plötzlich, wo er diese Linien schon einmal gesehen hatte. Der Baum des Lebens, der ihm bei der Betrachtung des Zaubersteins erschienen war.

Der Abt hatte sich niedergesetzt. »Beherrscht Ihr die Kunst der Meditation, Fürst Yukio?«

»Ich habe einige Jahre in einem Kloster zugebracht, Sensei. Aber ich habe nie verstanden, wozu es gut ist, sich hinzusetzen und an nichts zu denken.«

»Heute abend werdet Ihr es erfahren. Setzt Euch und meditiert. Jebu, gib mir den Stein des Lebens und des Todes.«

Jebu steckte die Fackel in einen Eisenring neben dem Eingang. Dann zog er den Stein aus seinem Gewand und trat zu Taitaro ins Zentrum des Sterns.

»Was ist das?« flüsterte Yukio.

»Ein Shintai«, antwortete Jebu.

»Und du trägst diesen Stein schon die ganze Zeit mit dir herum? Dann hätten wir mehr Glück haben müssen.«

»Der Mensch ist nicht in der Lage zu erkennen, ob das, was er erlebt, Glück ist oder Unglück«, sagte Taitaro. Er nahm den Stein aus Jebus Hand. »Erst nach Jahren wissen wir, was gut für uns war und was nicht. Weder durch Gebete noch durch gute Taten können wir unser Karma beeinflussen.«

Taitaro fixierte den Stein, der wie ein Diamant glänzte.

»Lösch die Fackel aus, Jebu.«

Jebu tat, wie ihm geheißen. Dann kehrte er in den Mittelpunkt des Sterns zurück. Von der Decke fiel ein bleicher Lichtstrahl auf das Mosaik. Jebu blickte nach oben. Es war das Licht des Mondes, das durch eine Öffnung im Gewölbe hereindrang. Dies mußte eine besondere Stunde sein. Nur wenn der Mond an einer ganz bestimmten Stelle stand, traf der Strahl ins Zentrum des Sterns, der zugleich die Wurzel des Lebensbaums bildete.

Sie saßen und schwiegen. Jebu hatte das Gefühl für die Zeit verloren. Er hielt den Blick auf den Stein des Lebens und des Todes gerichtet, der auf Taitaros Schoß lag. Der Lichtstrahl des Mondes war vom Mosaik Taitaros Knie hinaufgewandert. Dann glitt er die Falten des Gewandes entlang und erfaßte den Stein. Ein kaltes, grünes Licht erfüllte den Raum. Auch das Auge, das auf die Wand gezeichnet war, leuchtete jetzt auf.

Das grüne Feuer war stärker geworden. Es schien den Raum auszufüllen. Plötzlich erlosch der Schein.

»Ihr werdet nach Norden gehen«, sagte Taitaro. »Ihr werdet den Weisen treffen, der mit dem Hüter der Heimat in Fehde liegt. Er versammelt Krieger aus aller Herren Länder um sich, und ihr werdet ihm dienen. Ihr werdet für ihn große Siege erringen, dann erst werdet ihr auf die Heiligen Inseln zurückkehren. Einer von euch beiden wird von seinen eigenen Leuten verraten werden. Der andere wird sterben und dennoch leben. Die Edelsteine, die von Izanami und Izanagi geschaffen wurden, werden beschützt werden vom Wirbelsturm des Kami. Jeder von euch beiden wird seinen Ahnen Ehre machen.«

Die Stimme erlosch. Reglos saß Taitaro da.

»Ich gebe dir den Stein zurück, Jebu«, sagte er nach einer Weile. Die Stimme klang verändert. War es wirklich Taitaro, der vorhin gesprochen hatte?

Jebu erhob sich und nahm den Stein aus der Hand seines Stiefvaters entgegen.

Taitaro war aufgesprungen. Er reckte sich, als hätte er nur ein Schläfchen gemacht.

»Gehen wir«, sagte er. »Wir werden uns draußen einen Platz zum Übernachten suchen.«

Sie hatten ihre Pferde an den Stamm einer Pinie gebunden. Jebu ließ sich neben Taitaro auf dem Waldboden nieder. Yukio sah ins mondbeschienene Tal hinab, aus dem die Nebel hochwallten.

»Ihr habt rätselhafte Dinge gesagt, Sensei.«

»Mir war, als träumte ich«, sagte Taitaro. »Die Worte, die ich sagte, kamen nicht von mir. Es war eine Eingebung.«

»Wer ist der Weise, von dem Ihr gesprochen habt?« fragte Jebu. »Und wer ist der Hüter der Heimat?«

»Es sind die Beinamen von zwei Mongolenfürsten, die sich beide um die Nachfolge des Großkhans bewerben. Der Weise ist Kublai Khan. Sein Großvater Dschinghis Khan nannte ihn *Sechen,* das bedeutet der Weise. Seinen Bruder Arik Buka nennt man den Hüter der Heimat, weil die Mongolen ihn zum Schutz der heimatlichen Steppen bestimmt haben. Die Prophezeiung bedeutet, daß ihr in die Dienste des Kublai Khan treten werdet. Unter seinem Banner werdet ihr Siege für die Mongolen erringen.«

»Und wo finden wir Kublai Khan?«

»In Lanzhou, nördlich von hier.«

»Die Götter planen wieder einmal meine Zukunft«, sagte Yukio voller Bitterkeit. »Ich brauche nur nach Lanzhou zu gehen und mich dem Befehl des Kublai Khan zu unterstellen. Wie einfach.«

»Was hast du, Yukio?« fragte Jebu teilnahmsvoll.

Yukio machte eine wütende Geste. »Nur zweimal in meinem Leben habe ich frei entscheiden können. Das erste Mal, als ich aus dem Rokuhara-Palast ausbrach. Und das zweite Mal, als ich mich an die Spitze meiner Samurai stellte. Wenn mein Vater Fehler gemacht hat, dann waren es wenigstens seine Fehler. Und die Erfolge waren seine Erfolge. Was er gespürt haben muß, wenn er siegte, habe ich erst verstanden, als ich über die Mauern der Rokuhara-Feste kletterte.«

»Warum seid Ihr so verbittert?« fragte Taitaro.

»Seit wir Kweilin verlassen haben, bin ich Eurem Sohn in blindem Vertrauen gefolgt. Jebu wollte die Provinz Sichuan durchqueren. Also haben wir Sichuan durchquert. Jetzt kommt Ihr und sagt, wir müssen nach Norden reiten und für Kublai Khan kämpfen.«

»Ihr müßt nicht, Yukio. Es war nur ein Vorschlag. Was Kublai Khan angeht, so werdet Ihr feststellen, daß er ein weiserer und großzügigerer Herrscher ist als der Kaiser von China.«

»Ihr meint wirklich, ich diene unserem Vaterland am besten, indem ich mich dem Befehl des Kublai Khan unterstelle?«

»Ich habe viel über diese Frage nachgedacht. Bis ich die Prophezeiung im Zauberstein las, war ich nicht sicher. Aber jetzt habe ich nicht mehr den geringsten Zweifel. Wenn Ihr diesen Weg wählt, werdet Ihr am Ende mit Triumph beladen heimkehren auf die Heiligen Inseln.«

»Heimkehren . . .« flüsterte Yukio. »Ich möchte heimkehren, Sensei. Ich bin in die Fremde gezogen, um meine Sippe zu rächen. Aber ich möchte nicht in fremder Erde begraben werden.«

»Ihr werdet Japan wiedersehen«, sagte Taitaro. »Der Weg führt über Lanzhou.«

»Ich weiß nicht, was ich davon halten soll, Sensei. Ihr erinnert mich an die Feldherren, die den Ausgang der Schlacht aus dem Vogelflug ablesen wollen. Ihr habt eine Vision gehabt. Ob sie sich bewahrheiten wird, ist eine andere Frage.«

»Ihr braucht nicht an Visionen zu glauben«, entgegnete der Alte. »Laßt Euch von Eurem Verstand leiten. Ihr seid nicht nur nach China gekommen, um den Takashi zu entgehen, sondern auch, um Euch in der Kriegskunst zu vervollkommnen. Und die Mongolen verstehen von Kriegführung mehr als Japan und China zusammen. Man sagt, daß Dschinghis Khan der genialste Feldherr aller Zeiten war. Es gibt kein Heer, in dem Ihr mehr lernen könntet als bei dem des Kublai Khan.«

Yukio nickte. »Ich werde mich dem Ruf nicht entziehen. Die Feinde des Kublai Khan sollen zittern vor dem Führer der Muratomo.«

»Ich bin stolz auf Euch«, sagte Taitaro. Er hatte die Hand auf den Arm des jungen Mannes gelegt. »Ich kann sehr gut verstehen, daß Ihr Euch herumgestoßen fühlt. Aber vergeßt nicht, Ihr seid erst fünfundzwanzig. Ihr werdet einmal ein berühmter General werden.«

»Vergebt mir, Sensei, wenn ich uneinsichtig war.« Er trat zu seinem Pferd. »Ich möchte jetzt etwas allein sein.«

Er nahm seine Flöte aus der Satteltasche und ging den Hügel hinauf. Wenig später waren Flötenklänge zu hören.

»Sensei, ich muß Euch etwas fragen«, sagte Jebu.

»Warte, mein Sohn. Warte, bis das Flötenspiel zu Ende ist.«

Sie lauschten den Klängen, die vom Nachtwind herübergeweht wurden. Als die Weise schließlich verstummte, brach Jebu das Schweigen.

»Vor Jahren, als Ihr Euch zur Meditation zurückgezogen habt, Sensei, habt Ihr Euch zugleich von Mutter losgesagt. Ich weiß, daß Ihr ein guter Mensch seid. Aber warum habt Ihr Mutter damals allein gelassen?«

Der Alte ließ sich mit der Antwort Zeit. Als Jebu schon glaubte, Taitaro werde auf die gestellte Frage überhaupt keine Erwiderung geben, kam der Schlag. »Deine Mutter ist tot.«

»Was sagt Ihr da?« Jebu fühlte sich jäh in einen Alptraum versetzt.

»Ich habe Nachricht aus Japan bekommen, mein Sohn. Es gibt leider keinen Zweifel. Die beste Frau, die ich je kannte, ist tot.«

»Wußte sie, daß Ihr so über sie dachtet?« fragte Jebu bitter. Er spürte, wie ihm die Tränen kamen. Was Taitaro sagte, hatte sich zunächst angehört, als setze der Abt zu einem seiner philosophischen Exkurse an. Erst die Trauer in seiner Stimme gab ihm Gewißheit. Seine Mutter war tot. Ihm war, als verlöre er den Boden unter den Füßen. »Ja, sie wußte es«, sagte der Alte.

»Trotzdem habt Ihr sie verlassen«, sagte Jebu. »Warum?« Seine Stimme brach. Er begann zu schluchzen.

»Wir sind auseinandergegangen«, gab Taitaro zur Antwort, »aber es war keine Trennung. Unser beider Ich blieb beim anderen. Jeder von uns blieb dem anderen im Geiste nahe.«

»So kann nur ein Mönch reden«, widersprach Jebu. »Mutter wußte sehr wohl den Unterschied zwischen dem Geist eines Mannes und seinem Körper.«

»Sie lebt in dir, Jebu«, sagte Taitaro leise. »Und in mir.«

»Ich will wissen, woran sie gestorben ist!«

»Was ich dir sagen werde, wird dir weh tun.« Taitaro senkte den Kopf und stützte die Stirn auf die Hand.

»Du weißt, daß Kiyosi in der Seeschlacht vor Hakata gefallen ist?«

»Ja. Ich selbst habe ihn getötet. Allerdings ohne zu wissen, daß er es war.«

»Ich wußte nicht, daß du es warst, der seinen Bogen auf Kiyosi richtete.«

»Niemand außer Yukio und Moko weiß es.«

»Aber Sogamori muß es geahnt haben. Sein Haß gegen die Zinja kannte keine Grenzen.«

»Ist er für den Tod von Mutter verantwortlich?«

»Es war im Jahr des Pferdes, als Sogamori seinen Rachefeldzug gegen die Zinja begann. Zuerst ließ er Kiuschu auskundschaften. Das war im Sommer. Im Herbst kam der große Angriff, der über die Meerenge von Shimonoseki erfolgte. Alle Fluchtwege vom Tempel der Wasserlilien waren abgeschnitten. Das Kloster wurde von zehntausend Samurai umzingelt und in Brand gesteckt. Natürlich wehrten sich die Mönche bis zum letzten Mann. Abt Weicho starb im Nahkampf mit einem Samurai. Die Frauen und Kinder suchten im Tempel Zuflucht. Sie wurden ein Opfer der Flammen. Ihre Todesschreie waren über ganz Kiuschu zu hören. Niemand entkam der Katastrophe. Es muß fürchterlich gewesen sein.«

Jebu saß da, ohne zu begreifen. Seine Stimme klang seltsam teilnahmslos, als er fragte: »Ist Mutter verbrannt?« Vor ihm erstand ein Bild des Grauens. Seine Wangen waren bleich geworden.

Taitaro ergriff den Arm seines Stiefsohnes. »Du bist nicht der einzige, der seine Mutter auf so furchtbare Weise verloren hat. Du wirst lernen müssen, die Wahrheit zu ertragen. Vergiß nicht, daß du ein Zinja bist!«

Vergeblich versuchte Jebu, die Augen seines Vaters zu erkennen. Der Mond blendete ihn.

»Ich hasse diese Welt«, sagte er unvermittelt.

»Es gibt keine andere«, entgegnete der Alte.

»Dann möchte ich nicht mehr leben. Die Samurai haben recht, wenn sie den Tod als Erlösung herbeisehnen.«

»Weder dein Vater noch deine Mutter haben den Tod gesucht, vergiß das nicht. Wenn du Hand an dich selbst legst, würdest du das Andenken deiner Eltern verraten.«

Jebu erinnerte sich daran, wie seine Mutter vor Jahren zu ihm gesagt hatte: »Du wirst leben, Jebu.« Er begann erneut zu schluchzen.

»Eines Tages werde ich nach Kiuschu zurückkehren«, sagte er dann. »Ich werde eine Blume in die Asche des Tempels legen. Und dann werde ich Sogamori töten.«

»Du hast schon seinen Sohn getötet, Jebu.«

»Ihr seid so weise, Sensei. Ich zweifle daran, daß Ihr je eine Träne vergossen habt.«

»Ich habe keine Tränen mehr, Jebu. Die ich hatte, habe ich um Nyosan geweint.«

Jebu hätte am liebsten die Knie des Alten umschlungen. Statt dessen wiederholte er die Frage, die ihm seit Beginn des Gesprächs auf dem Herzen lag.

»Warum habt Ihr Mutter verlassen, Sensei? Ihr wart Tausende von Meilen entfernt, als sie starb. Warum habt Ihr sie jahrelang allein gelassen?«

»Wenn du sprichst«, sagte Taitaro, »meine ich deine Mutter reden zu hören. Sie war wie du. Die gleiche Ungeduld, die gleiche Leidenschaft. Eines Tages wirst auch du, Jebu, die Einheit der Dinge verstehen lernen. Wir Zinja lehren die Einheit all dessen, was getrennt ist. Vielleicht muß man ein alter Mann werden, um diese Wahrheit zu erfassen.«

»Und die Liebe?«

»Ich habe deine Mutter geliebt, und ich liebe sie immer noch!«

»Wie konntet Ihr sie dann verlassen?«

»Ich hatte eine Mission zu erfüllen, Jebu. Wir stehen an der Schwelle eines neuen Zeitalters. Ich habe Jahre in tiefer Versenkung verbracht. Ich habe die Dinge gedacht, die gedacht werden müssen.«

»Wie könnt Ihr behaupten, daß Ihr Mutter geliebt habt, wenn Euch die Philosophie wichtiger war als sie?«

»Das fragst du, Jebu? Ein Mann, der seine große Liebe verlassen hat, um seiner Berufung als Krieger zu folgen?«

Jebu starrte seinen Stiefvater an. Erst jetzt erkannte er, daß sie den gleichen Weg gegangen waren.

»Als wir uns das letzte Mal gesehen haben, mein Sohn, hattest du keine Gelegenheit, mir von deiner Liebe zu Taniko zu berichten. Erst später, im Zinja-Kloster, habe ich davon erfahren. Weißt du noch, daß ich es war, der dich mit Taniko auf die Reise schickte?«

Jebu nickte unter Tränen.

»Es war die erste Aufgabe, die ich dir zuteilte, mein Sohn, und du hast sie unvollendet gelassen. Ihr Leben und das deine sind untrennbar miteinander verknüpft, auch wenn ihr das beide nicht wahrhaben wollt.«

»Ich habe Taniko viele Jahre lang nicht mehr gesehen. Ich glaube nicht . . .«

»Ich weiß, daß du sie liebst«, schnitt ihm Taitaro das Wort ab. »Sie bedeutet dir mehr als jede andere Frau auf der Welt, und du bedeutest ihr mehr als jeder andere Mann. Trotzdem gibt es Kräfte, die euch trennen.

»Wie recht Ihr habt.«

»Aber sie ist dir näher, als du glaubst, mein Sohn.«

»Ist das wieder eine Eurer Zinja-Weisheiten, Sensei?«

»Keineswegs, Jebu-chan. Taniko ist hier in China. Sie lebt bei Kublai Khan!«

20. Kapitel

Seit dem frühen Abend hatte es gestürmt. Ein heißer Wind, der aus dem Süden kam. Der Himmel war klar, von unzähligen Sternen übersät.

Die Mongolen verstanden sich auf das Lesen der Sterne. Die Vorzeichen sind gut, hatten Kublais Astrologen gemeint, als er sie nach seiner Wahl zum Großkhan über die Zukunft befragte. Der Fisch stand in vertraulicher Nähe des Großen Hundes. Eine Konstellation, wie sie nur einmal im Jahr vorkam.

Das Donnern von Hufen mischte sich in den Wind. Tausende von Pferden preschten durch das Gras der Steppe. Die düsteren

Gesichter der Reiter waren mit Tüchern gegen Staub und Hitze geschützt. Dem Heer der Reiter folgten die Streitwagen, die von Ochsen gezogen wurden. Sie flankierten die Gruppe der Kriegselefanten, die als große, graue Schatten über die Ebene stampften. Die Söldner des Kublai Khan hatten die Durchquerung der Wüste Gobi begonnen. Es war der zehnte Monat im Jahr der Ratte. Seit vier Jahren tobte der Kampf zwischen den Anhängern Kublais und der Gefolgschaft seines jüngeren Bruders Arik Buka. Seit Jahrtausenden trugen Nomadenstämme hier am Rande der Wüste ihre zahllosen Kämpfe aus. Der Boden der Steppe war getränkt vom Blut derer, die hier ihr Leben hatten lassen müssen.

Im Osten stieg das Licht der aufgehenden Sonne über den Horizont. Yukios Kundschafter waren mit aufregenden Nachrichten zurückgekommen. Jenseits der Hügel waren die Lagerfeuer des Gegners zu erkennen. Mit Lichtsignalen wurde den eigenen Bannerträgern Halt befohlen. Arik Buka saß in der Falle. Hinter ihm lag die Wüste Gobi. Flohen seine Truppen dorthin, so war ihr Schicksal besiegelt. Yukio war entschlossen, jetzt die Entscheidung zu erzwingen. Fuhrwerk um Fuhrwerk rollte nach vorn, mit Waffen und Jurten beladen. Schamanen bereiteten Opfertiere vor, buddhistische Mönche ließen ihre Gebetsmühlen surren, der lateinische Singsang christlicher Priester hallte über die Steppe, mischte sich mit dem Gebetsruf der Muezzin, die das Wort Allahs verkündeten. Ein buntes Rassengemisch hatte sich unter dem Banner des Mongolenherrschers Kublai zusammengefunden.

Dic Samurai, die Yukio anführte, ritten inmitten des Linken Flügels. Das Banner des Orkhonen Uriangkatai flatterte ihnen voran. Als die Sonne aufging, sprangen die Samurai vom Pferd und verneigten sich in Richtung der Heiligen Inseln. Jebu betrachtete seinen Freund, in dessen Augen Tränen standen.

Einige Samurais waren Shintoisten. Sie vollzogen vor Beginn des Kampfes das Ritual der spirituellen Reinigung. Andere wiederum nahmen an den Zeremonien der tibetischen Mönche teil. Sie mochten nicht verstehen, was sie sagten, aber sie nahmen den Trost in sich auf, der von den Gebeten ausging.

Taitaro hielt einen Gottesdienst unter freiem Himmel ab. Er wiederholte die Glaubenssätze der Zinja, die vielen Generationen von Mönchen Kraft und Erfüllung gegeben hatten: »Deine Waffe sei der Geist. Denke nicht an die Folgen deines Tuns, sondern handle! Der Tod ist weder gut noch böse.«

Yukio und Jebu hatten sich zu Uriangkatai begeben. Der Orkhon war ebenso groß wie Jebu. Sie fanden ihn von seinen Tuman-bashis umgeben. Als Standarte diente ein eiserner Speer, um den ein Pferdeschwanz geschlungen war.

»Der linke Flügel greift zuerst an«, sagte Uriangkatai. »Die Truppen auf der Gegenseite werden von Arghun Baghadur befehligt.«

Jebu und Yukio wechselten einen schnellen Blick.

»Was habt Ihr?« fragte Uriangkatai.

»Arghun Baghadur ist für uns kein Unbekannter«, antwortete Jebu. »Wir haben ihm vor vier Jahren in Kweilin gegenübergestanden, als wir für den Sung-Kaiser kämpften.«

»Diesmal kämpft Ihr für eine gerechte Sache«, kommentierte der Orkhon. »Kublai Khan will die Truppen in einer Formation aufmarschieren lassen, die wir *Tulughma* nennen. Arik selbst kann seine Truppen nicht in der gleichen Weise führen, weil er die Wüste im Rücken hat. Er kann also nur nach vorn ausweichen. Das heißt, wir müssen mit einem Angriff rechnen. Von Vorteil für uns ist, daß Arik unsere Truppenstärke nicht kennt. Unser rechter Flügel unter dem Oberbefehl von Bayan bleibt vorerst in der Reserve, während die Truppen des Großkhan vorrücken. Sie werden die gegnerische Armee von der Mitte her aufbrechen. Dann lassen sie sich zurückdrängen. Auf diese Weise geht uns der Gegner in die Falle.«

»Was machen wir, wenn Arik Buka mit dem rechten Flügel angreift?« meinte ein Tuman-bashi.

»Es wird unsere Aufgabe sein, ihn dort festzuhalten. Wenn wir unsere Truppen auf den rechten Flügel konzentrieren, wird Arik Buka zurückweichen, um Zeit zu gewinnen. Er verfügt über eine starke Kavallerie. Seine Bogen reichen weiter als die unseren. Arik Bukas Männer werden kämpfen wie die Teufel.« Er heftete seinen Blick auf Jebu und Yukio. »Unsere Chance liegt im strategischen Rückzug. Wir müssen alles daransetzen, daß der Gegner auf diese List hereinfällt. Sobald Arik Buka vorrückt, werden wir seine Truppen von der Flanke her erfassen und vernichten.«

Aufmerksam war Jebu dem Vortrag des Heerführers gefolgt. Die List, die Uriangkatai vorschlug, erinnerte ihn an das Rückzugsmanöver der Takashi, das einst den Regimentern von Kiyosi zum Verhängnis geworden war.

»Und noch etwas!« hörte er Uriangkatai sagen. »Wenn wir siegen, werden wir mit reichen Schätzen belohnt. Die Kriegsbeute aus fünfzig Jahren, die in Karakorum gehortet liegt, gehört uns. Jeder von uns wird reich sein wie ein Khan!«

»Wenn man den General reden hört, ist der Kampf gegen Arik Buka ein Kinderspiel«, sagte Yukio. Er ritt an Jebus Seite zurück zu seinen Leuten. Der Großkhan hatte sie mit Ponys aus seinen schier unerschöpflich scheinenden Reserven ausgestattet. Es waren zähe und genügsame Tiere.

Die Sonne war über den Horizont gestiegen. Ihre Strahlen brachen sich in den Waffen der Samurai. Wir werden in vorderster Linie kämpfen, dachte Jebu. Es war gut, daß Uriangkatai die Japaner als Speerspitze gegen den Feind führte. Unter dem Kommando von Yukio würden die Söldner aus Ge-pen den Sieg erringen. Obwohl der junge Muratomo den militärischen Rang eines Tuman-bashi bekleidete, hatte er weniger als zehntausend Mann unter sich.

Nur die Hälfte der Kämpfer, die Yukio nach China gefolgt waren, hatte Kweilin überlebt. Statt ihrer füllten jetzt Chinesen, Türken, Tataren, Tibeter, Koreaner und Araber die Reihen auf.

Jebu verspürte, wie immer vor einer Schlacht, ein flaues Gefühl in der Magengegend. Um die Unsicherheit zu vertreiben, ritt er die Phalanx seiner Leute ab. Schließlich gelangte er zu dem jungen Standartenträger. Der Blick der Männer war auf das Banner geheftet, auf den Weißen Drachen.

Ein Hornsignal verkündete den Beginn des Angriffs. Jebu verstärkte den Druck seiner Schenkel, das Pony setzte sich in Bewegung. Er griff nach dem Bogen und prüfte die Sehne.

Er ritt einen Hügel hinauf. Auf der Kuppe angekommen, straffte er die Zügel. Ein herrliches Tal mit einem prachtvollen Blumenteppich lag vor ihm. Eine leichte Brise strich über die Köpfe der Blumen. Tautropfen hingen an den Blütenblättern. Millionen winziger Spiegel, die das Licht der Morgensonne zurückwarfen. Ein Tag von unglaublicher Schönheit – der Morgen vor dem Kampf. Warum richteten die Menschen ihr Denken und Trachten darauf, sich gegenseitig umzubringen, anstatt die Herrlichkeiten dieses Lebens zu genießen? Inmitten einer paradiesischen Landschaft würde der Kampf stattfinden. Mongolen gegen Mongolen, Brüder gegen Brüder. Jebu galoppierte in die Ebene hinunter. Am Ende des Tales hatte sich eine Staubwolke erhoben. Wenig später waren die Lanzenträger des Feindes zu erkennen. Die Kavallerie! Welle um Welle preschten die fremden Reiter durch das Gras heran.

Die ersten Pfeile flogen. Jebu hörte die Geschosse an sich vorbeizischen. In den hinteren Reihen der Samurai erschollen Schmerzensschreie.

Irgendwo dort kommt Arghun Baghadur, dachte Jebu. Vielleicht würde sie das Karma heute zusammenführen. Es gab noch eine alte Rechnung zu begleichen.

»Vorwärts im Galopp!« schrie Yukio. Er kam von rechts, gab Jebu ein Zeichen, ihm zu folgen, und setzte sich an die Spitze der Truppen. Mit Hornsignalen wurde die Weisung weitergegeben.

Der Gegner wich aus. Wie ein Pfauenrad schwärmten die Kavallerieregimenter in die Gegenrichtung. Jebu hatte einen Pfeil an die Sehne gelegt. Dann fiel ihm die alte Zinja-Regel ein: *Schieße nur, wenn dein Schuß tötet.*

Die Reiter Arik Bukas drehten sich in ihren Sätteln um und überschütteten die Truppen des Kublai Khan mit einem Hagel von Pfeilen. In den Reihen der Samurai klafften immer größere Lücken.

Jebus Pony wurde in die Brust getroffen. Das Tier ging in die Knie, Jebu wurde über seinen Kopf geschleudert und landete auf der rechten Schulter. Drei, vier Atemschläge lang lag er benommen da, dann rappelte er sich auf.

Die rückflutenden Regimenter des Gegners waren zum Stillstand gekommen. Ein zweiter Angriff folgte. Jebu sah, wie sechs Reiter auf ihn zugaloppierten. Verbergen konnte er sich nicht mehr. Er beschloß, sich totzustellen.

Er spürte die Erschütterung der Erde, als die Hufe näher kamen. Dann Stille. Er hatte sich auf die Seite gewälzt. Durch das hohe Gras erkannte er die Silhouette des Pferdes. Der Mongole hielt seine Lanze erhoben. Er würde zustechen.

Mit einem Ruck ergriff Jebu seine Lanze und rammte sie in den Boden. Der Mongole, nicht gefaßt auf das plötzliche Manöver, wurde aus dem Sattel gehoben. Mit krachender Rüstung fiel er zu Boden. Sein Pferd galoppierte davon.

Der Gegner lag im Gras und stöhnte. Jebu kroch zu ihm und zerschmetterte ihm die Luftröhre mit einem Handkantenschlag. Dann sprach er das Gebet für den gefallenen Feind, während er fieberhaft nach den anderen Reitern Ausschau hielt. Sie warteten in einiger Entfernung. Jebu kroch auf sein totes Pferd zu. Die Satteltasche. Der Bogen. Er legte einen Pfeil ein, zielte und schoß. Der Pfeil drang durch die Rüstung eines heranpreschenden Reiters direkt ins Herz. Der nächste Pfeil traf einen zweiten Mann in die

Schulter. Der Angeschossene ließ seine Lanze fallen und wandte sich zur Flucht. Inzwischen hatten die anderen drei ihre Bögen aus der Satteltasche geholt und Pfeile eingelegt. Jebu duckte sich hinter den Kadaver seines Pferdes.

Dann sah er die Reiter, die von der anderen Seite kamen. Zwei Lanzen wurden auf ihn geschleudert. Es gelang ihm, dem ersten Geschoß auszuweichen. Das zweite traf ihn in den linken Oberarm. Er versuchte, einen Reiter vom Pferd zu ziehen. Aber der Mongole hielt seine Lanze fest umklammert, stieß sie noch tiefer in Jebus Arm und versuchte ihn in den Boden zu spießen.

Vorsichtig tastete Jebu nach dem Pusterohr, das er unter der Zinja-Kutte verborgen trug. Er legte einen Giftpfeil ein und zielte auf die Gurgel des Gegners. Der Pfeil traf. Jebu sah, wie der andere die Lanze fallen ließ und nach dem Giftpfeil griff. Es gelang ihm, den Pfeil herauszuziehen. Aber es war zu spät. Das Gift hatte bereits seine Wirkung entfaltet. Der Mongole kippte aus dem Sattel und fiel zu Boden. Zuckungen schüttelten seinen Körper.

Das Pony des Sterbenden war bei dem Krieger stehengeblieben. Mit zwei Sätzen war Jebu im Sattel. Sofort tastete er nach dem Bogen. Die zwei anderen Reiter würden kommen, um den Kameraden zu rächen.

Da kamen sie auch schon mit wirbelndem Säbel und wilden Verwünschungen auf ihn zu.

Ein stechender Schmerz im linken Arm machte Jebu klar, daß er den Bogen nicht mehr führen konnte.

Ich muß fliehen, dachte er. Er wandte sein Pferd um, gab ihm die Sporen. Schnell wie der Wind glitt das Pony über die Steppe, direkt auf die Wüste zu.

Als er sich umwandte, sah er, daß die beiden Reiter eine Steinwurfweite zurücklagen. Ein kalter Wind war aufgekommen, zu kühl für die sommerliche Jahreszeit. Über dem Horizont türmten sich schwefelgelbe Wolkengebirge. Staub wirbelte auf und drang in seine Augen. Er legte sich das Tuch um den Mund. Ein Blick nach hinten. Die Verfolger waren ihm dicht auf den Fersen. Er wandte sein Pony nach rechts. Dort, hinter den Hügeln, mußte die Armee von Kublai Khan stehen. Der Schmerz im Arm war stärker geworden. Er zog sich von der Schulter bis in die Fingerspitzen. Blut tropfte von seiner Hand. Mit dem Schwert schnitt er einen Streifen aus seiner Kutte und verband sich den Arm. Die Wunde würde sich entzünden, weil sie voller Sand und Staub war.

Das Heulen des Windes ließ ihn zusammenfahren. Staubwolken trieben über die Ebene dahin. Von den eigenen Truppen war nichts zu sehen, auch nicht von den Gegnern. Die Verfolger schienen sich in Nichts aufgelöst zu haben.

Wenig später erstarb der Wind, so plötzlich wie er gekommen war. Als sich der Staub gesetzt hatte, sah er die Toten. Die reglosen Körper lagen im Steppengras, blutüberströmt, mit zerschmetterten Gliedern.

Als ein Truppensignal ertönte, schrak Jebu zusammen. Dann sah er die Männer. Sie kamen aus nördlicher Richtung. Mongolen, Kavallerie, Araber auf kraftvollen Hengsten. Inmitten des Zuges, der sich auf die Hügelkette zubewegte, war eine Plattform zu erkennen, die von vier Elefanten getragen wurde. Sie diente als beweglicher Aussichtsturm.

Der Zug kam näher. Dann erblickte Jebu den Mann, der auf der Plattform stand. Es war Kublai Khan! Ein Gott, dachte Jebu. Der Gott des Krieges. Kublai Khan war mit einem prächtigen Umhang geschmückt. Sein Helm blitzte, sein Blick war auf die Wüste Gobi gerichtet.

Jebu ritt nach vorn. Ein Offizier vertrat ihm den Weg. Wo der linke Flügel sei, erkundigte sich der Zinja. Der andere deutete nach Westen.

Jebu hatte sich ganz auf seinen Arm konzentriert, um die Schmerzen nicht mehr zu spüren. Er wußte, in welcher Gefahr er schwebte. Der Arm mußte bald behandelt werden.

Er wandte sich gen Westen. Der Schmerz war abgeebbt. Jebu legte die flache Hand auf den Hals des Ponys. »Bring mich zu den Samurai«, flüsterte er.

21. Kapitel

Es war üblich, daß die Mongolen ihren Feldzug im Herbst unterbrachen. Doch für den Bruderkrieg galten andere Regeln. Seit vier Jahren dauerte der Kampf zwischen Arik Buka und Kublai Khan jetzt schon an.

Im Jahr des Affen, nachdem Kublai zum Großkhan ausgerufen wurde, hatte er Shangtu verlassen, um seine Truppen an die Südseite der Chinesischen Mauer zu führen. Yukio war mit seinen Samurai nach Lanzhou geritten, wo sie sich, wie Taitaro vorgeschlagen hatte, der Armee des Orkhonen Uriangkatai anschlossen. Es gehörte zur Politik des Großkhan, Söldner aus allen Ländern in Dienste zu nehmen, und so waren auch die Samurai willkommen.

Der Kampf zwischen Kublai und seinem Bruder fand am Rande der Wüste Gobi statt. Wie erfahrene Samurai, die den Gegner mit mancherlei Listen täuschten, schlichen die Armeen der beiden Brüder umeinander herum, taktierten, fintierten, wichen aus, holten sich wieder ein. Keinem von beiden gelang der entscheidende Schlag. Als die Kälte kam, zog sich Arik Buka in sein Winterlager auf der Nordseite von Karakorum zurück.

Kublai Khan hatte eine Garnison in Karakorum zurückgelassen. Den Hauptteil seiner Armeen führte er zur Überwinterung nach Süden, nach China. Dann begann das Jahr des Hahns. Der Schnee schmolz, die Flüsse schwollen an. Arik Buka griff Karakorum an und errang einen Sieg.

Kublai Khan machte sich sofort auf den Weg nach Norden, um seinen Bruder aus der Hauptstadt zu vertreiben. Im Norden der Wüste Gobi trafen die beiden Armeen aufeinander. Arik Buka unterlag. Schon zehn Tage später kam es zu einem erneuten Zusammenstoß, bei dem beide Seiten fürchterliche Verluste erlitten. Wieder begann der Krieg der Finten und taktischen Manöver.

Im Jahr des Hundes kehrte Kublai nach China zurück. Arik Bukas Truppen hatten sich nach Westen gewandt, die Völkerschaften Mittelasiens überrannt, deren Stammesführer soeben dem Großkhan Kublai den Treueid geschworen hatten, und Leute seines Vertrauens eingesetzt.

Kublai wartete ab. Er ließ den Bruder gewähren. Das Jahr des

Hahns verging, das Jahr des Schweins begann. Arik Buka unterwarf Provinz um Provinz, vergeudete seine Kräfte im Kampf gegen die Stämme. Als das Jahr der Ratte begann, sah Kublai die Zeit zum Gegenangriff gekommen.

Jebu war bei allen Schlachten am Rande der Wüste Gobi dabeigewesen. Oft dachte er an Taniko. Doch es gab keine Möglichkeit, die Geliebte wiederzusehen. Inzwischen hatte Taitaro in Erfahrung gebracht, wie Taniko in den Harem des Mongolenfürsten geraten war, und berichtete Jebu darüber.

»Horigawa und Sogamori sind schuld«, sagte Jebu. Er hielt die Fäuste geballt und starrte auf den Teppich seiner Jurte. »Horigawa hat Taniko gedemütigt und mein Kind getötet. Sogamori hat meine Mutter getötet. Ich schwöre, daß beide von meiner Hand sterben werden, sobald ich auf die Heiligen Inseln zurückkehre.«

»Hast du die Tugenden der Zinja vergessen?« wandte Taitaro ein. »Halte öfter Zwiegespräch mit dem Stein des Lebens und des Todes. Ist dir übrigens aufgefallen, daß die Muster der Teppiche in unseren Jurten dem Lebensbaum ähneln?«

Die Gedanken an Taniko ließen sich mit solchen Hinweisen nicht verscheuchen. Doch selbst jetzt, während nicht gekämpft wurde, war es unmöglich, sich Taniko zu nähern. Kublai Khan ordnete an, daß die Samurai sich nach Suchow im Süden der Wüste Gobi zu begeben hatten.

Zwei Jahre vergingen. Jebu und seine Samurai ritten von Stadt zu Stadt, von Schlacht zu Schlacht. Taitaro begleitete seinen Stiefsohn. Er nutzte die Gelegenheit, um mit Priestern und Predigern anderer Religionen zusammenzutreffen. Die Mongolen hatten die Freiheit des Glaubens verkündet. Jeder konnte sich zu seinem Gott bekennen – solange er den Herrschaftsanspruch des Großkhan nicht in Frage stellte. So kam es, daß Taitaro mit Muslimen Gespräche führen konnte, mit Buddhisten, mit römischen Christen, ja selbst mit jüdischen Rabbis. Die Streitgespräche fanden in der Öffentlichkeit statt und zogen ein buntes Publikum an.

Kublai Khan liebte es, solche Diskussionen zu veranstalten. Taitaro schlug sich vortrefflich bei solchen Wortgefechten. Er zerpflückte die Thesen der anderen, ohne selbst Angriffsflächen zu bieten. Seine Widersacher brachte er zur Verzweiflung, indem er sie nicht nur rhetorisch an die Wand spielte, sondern ihnen auch für das nächste Leben die schlimmsten Strafen androhte. Sie alle, so sagte der Alte, hingen einer verhängnisvollen Irrlehre an.

Ein nestorianischer Mönch trat Taitaro bei einer solchen Gelegenheit entgegen. »Ihr seid kein Priester«, rief er voller Zorn. »Ihr seid auch kein Prophet! Was zum Teufel – und ich gebrauche dieses Wort nicht etwa zufällig –, was zum Teufel seid Ihr?«

Taitaro hob die Hände. »Ich bin ein Hofnarr des Glaubens«, sagte er schlicht. Kublai Khan brach in dröhnendes Gelächter aus.

Mit Interesse beobachtete Jebu, wie sein Stiefvater sich mit Abgesandten aus fremden Ländern traf, die offensichtlich nicht als Missionare kamen, schwarzgekleidete Kreuzritter, moslemische Heilige in ihren weißen Gewändern und tibetanische Mönche in ihren roten Umhängen.

»Wer sind diese Gesandten? Woher kommen sie?«

»Kreuzritter, Ismaeliten, tibetische Mönche, Muslime . . .«

»Die Namen bedeuten mir nichts.«

Taitaro lachte. »Wie sollten sie auch, Jebu-san?«

Als Jebu vor der Jurte seines Stiefvaters ankam, fand er das Zelt von Verwundeten umgeben. Sie alle warteten darauf, von Taitaro behandelt zu werden. Die medizinischen Kenntnisse des Alten hatten sich herumgesprochen. Sogar Mongolen kamen zu Taitaro, wenn sie sich krank glaubten. Mit schlechtem Gewissen freilich, hatten sie doch diesen Seitensprung vor ihrem Schamanen geheimzuhalten. Jebu mischte sich unter die Menge. Er würde warten, bis er an der Reihe war.

Das Gespräch der Wartenden drehte sich um Kublai Khan und seinen Krieg. Beim letzten Angriff Arik Bukas waren Tausende von Kublais Leuten ums Leben gekommen. Sechs Kriegselefanten waren getötet worden. Um ein Haar wäre der Großkhan selbst in Gefangenschaft geraten. Arik Bukas rechter Flügel, der von Arghun Baghadur befehligt wurde, hatte einen großen Sieg errungen.

»Es ist kein sehr kluger Krieg, den wir führen«, hörte Jebu einen alten Mongolen sagen. »Wir schwächen uns selbst. Sobald die Chinesen merken, daß unsere Truppen mit sich selbst beschäftigt sind, werden sie sich gegen die Fremdherrschaft auflehnen. Wir haben bereits ein Viertel unserer Leute verloren. Wie lange soll der Aderlaß noch weitergehen?« Ein jüngerer Mann antwortete ihm. »Dschinghis Khan hat ganz China unterworfen und dazu weit weniger Truppen eingesetzt, als wir heute haben.«

»Die Mongolen zu Zeiten Dschinghis Khans waren zehnmal so tapfer wie die Mongolen heute«, hielt ihm der Alte entgegen.

Als Jebu an die Reihe kam, fragte Taitaro: »Was wurde aus dem Gegner, der dir diese Verletzung zugefügt hat, Jebu-san?«

»Ich habe ihn mit einem vergifteten Pfeil getötet.«

Er sah sich um. Außer Taitaro waren tibetische und arabische Ärzte im Zelt, die dem alten Zinja bei der Behandlung der Verwundeten halfen.

»Du spürst keinen Schmerz«, sagte Taitaro.

»Ich spüre keinen Schmerz«, wiederholte Jebu. Es war eine alte Zinja-Technik, den verwundeten Körperteil geistig abzutrennen, so daß man keinen Schmerz mehr empfand.

Taitaro goß heißes Wasser über Jebus Wunde. Dann träufelte er einen Kräutersud auf die Stelle und verband den Arm.

»Mit diesem Arm kannst du nicht weiterkämpfen.«

»Ich muß, Sensei. Die Dinge stehen nicht zum besten.«

Taitaro hob die Schultern. »Wenn du noch am Leben bist, komm morgen wieder, dann wechsle ich den Verband.«

Es dauerte Stunden, bis Jebu sein Regiment wiederfand.

»Was willst du denn hier?« fragte Yukio übelgelaunt. »Du bist verletzt. So kannst du nicht einmal einen Bogen spannen. Du hättest bei deinem Vater bleiben und ihm bei der Behandlung der Verwundeten helfen sollen.«

»Den Mann, der mir diese Wunde zugefügt hat, habe ich getötet – trotz meiner Verletzung. Ich denke, ich könnte dir von Nutzen sein.«

»Vielleicht hast du recht«, murmelte Yukio. »Wir können jetzt jeden Mann brauchen.«

Ein Bote galoppierte heran. »Uriangkatai plant einen Angriff. Die Samurai sollen sich bereithalten.«

Wenig später ein zweiter Bote. »Die Samurai sollen den rechten Flügel des Gegners angreifen. Arghun Baghadur hat seine Truppen umgruppiert. Seine Männer stehen westlich von hier, das Zentrum der gegnerischen Armee steht im Nordwesten. Greift an, ohne Rücksicht auf Verluste!«

»Arghun stand im Norden«, bemerkte Yukio. »Jetzt ist er auf einmal im Westen. Ich wette, er will uns einkreisen.«

Yukio hatte den Befehl zum Angriff gegeben. In breiter Front rückten die Samurai vor. Jebu stellte sich in den Steigbügeln auf. Die Reihen der Reiter waren kürzer geworden. Die Verluste mußten furchtbar gewesen sein. Er schätzte, daß ein Drittel der Männer getötet oder verletzt worden war.

Langsam drangen sie vor. Das Gelände war mit Toten übersät. Ob sich die Männer für Arik Buka oder für Kublai Khan geschlagen hatten, war nicht zu erkennen.

Jebu kniff die Augen zusammen. Weiter vorn flimmerten die gegnerischen Lanzen wie ein Bambusfeld, dessen Blätter sich im Wind wiegten.

Die Sonne stand hinter ihnen. Das gab ihnen einen Vorteil. Bald würde ein Pfeilregen auf sie niedergehen. Nur Arghuns Männer besaßen so weitreichende Bögen. Es war eine ganz andere Art zu kämpfen, dachte Jebu. Die Mongolen kämpften in der Gruppe. In Japan hingegen standen sich jeweils zwei Samurai gegenüber. Überdies war ein Duell nur zwischen Gleichrangigen möglich. Inzwischen hatten seine Gefährten von den Mongolen gelernt. Die Samurai kämpften jetzt wie Mongolen – die, die überlebt hatten.

Er gab seinem Pferd die Sporen. Die Reihen des Gegners waren näher gekommen. Er sah ihre Bogen, dunkle Striche gegen den Horizont. Er tastete nach seinem Zinja-Schwert. Den Bogen konnte er nicht führen. Er versuchte zu brüllen, wie es die Mongolen taten, wenn sie auf den Feind zustürmten. Aber der Staub, der von den Hufen der Pferde hochgewirbelt wurde, war so dicht, daß er jeden Laut erstickte. Immer noch keine Pfeile. Jebu sah zu den Bannerträgern von General Uriangkatai hinüber, die in der Ebene ritten. Kein Zeichen. Also weiter in gleicher Richtung. Das Gras wurde dünner, die Staubwolken dicker. Hügeliges Gelände, das sich in ockergelben Wellen bis zum Horizont zu erstrecken schien. Die Wüste Gobi. Sie waren in der Wüste Gobi! Überall lagen Tote. Die Gefallenen des Vortags. Jebu mußte seinem Pony die Peitsche geben, damit es geradeaus weitertrottete. Es kam nicht mehr darauf an, ob diese Körper von einem Pferdehuf entstellt wurden.

Er gab Yukio ein Zeichen. »Sie locken uns in einen Hinterhalt«, rief er.

»Nein!« rief Yukio zurück. Er deutete lachend auf die Ebene. Die Streitelefanten des Kublai Khan! Tausende von Reitern. Tausende von Freunden, die sich mit ihnen zum Kampf gegen Arik Buka vereinten.

»Nicht wir sitzen in der Falle, sondern Arghun Baghadur!« rief Yukio. »Kublais Truppen greifen Arghuns mittleren Flügel an.«

Aber Kublais Truppen dachten nicht daran, Arghun Baghadur anzugreifen. Sie hatten sich mit Arghuns Kavallerie zusammengetan und galoppierten im Verband gen Süden.

General Uriangkatai kam angeritten. »Es gibt Neuigkeiten«, sagte er mit bedeutsamer Stimme. »Ihr werdet Arghun nicht angreifen, habt Ihr verstanden? Das ist ein Befehl!«

»Was ist passiert?« fragte Yukio.

»Der Große Khan hat Arghun Baghadur auf unsere Seite gezogen. Gemeinsam werden wir Arik Buka schlagen.« Er ritt in die Richtung zurück, aus der er gekommen war. »Was sollen wir tun?« fragte Yukio.

»Wir folgen dem Befehl, was sonst?« gab Jebu zurück.

»Ich traue der Sache nicht«, wandte Yukio ein. »Wir können doch nicht einfach zu Arghun Baghadur hinüberreiten.«

»Wir haben die Hauptlast der Gefechte auf unsere Schultern genommen. Und nun, wo Arik Buka endlich bezwungen wird, sollen wir abseits stehen?« Er schüttelte den Kopf.

Yukio schwieg. Dann gab er den Befehl, dem Banner Arghuns zu folgen, dessen Farben über den Sanddünen zu erkennen waren. Arghuns Truppen, so sagte er, durfte hinfort kein Haar mehr gekrümmt werden. Die Krieger, die sich in erbittertem Kampf gegenübergestanden hatten, waren Waffengefährten geworden.

Die Ponys erklommen die Düne. Jebu hatte erwartet, dahinter Schlachtengetümmel zu sehen. Arghuns schwere Kavallerie und Kublais Bogenschützen im Kampf gegen Arik Bukas Armee. Statt dessen fiel sein Blick auf Berge von Gefallenen, Pferde, denen die Gedärme aus dem Leib quollen. Die Schlacht war über sie hinweggerollt und hatte sich zu einem anderen Schauplatz verlagert.

Die Sonne begann zu sinken. Ein Trupp Reiter kam langsam näher. Weitere Reitergruppen. Es mußten Tausende sein, die vom Schlachtfeld zurückkehrten. Truppen von Arghun Baghadur, wie Jebu erkennen konnte.

»Das verstehe ich nicht«, sagte Yukio. »Ich denke, Arghuns Männer reiten mit uns gegen Arik Buka.«

Einer der Standartenträger Arghuns hatte sich aus dem Pulk der Reiter herausgelöst und kam auf sie zu.

Yukio hob die Hand und ließ seine Männer anhalten.

Der Standartenträger beugte sich vor. Da sah Jebu die Bogenschützen. Ein Schauder durchfuhr ihn. Er kannte den Mann, der die Bogenschützen befehligte.

»Da ist Torluk«, sagte er zu Yukio. Torluk hatte den Arm erhoben. Wie ein Henker ließ er ihn niedersausen. Die Bogenschützen hinter ihm gaben die Sehnen frei.

22. Kapitel

Jebu konnte nicht erkennen, wie viele Samurai der heimtückischen Attacke zum Opfer fielen. Torluk hatte seinen Säbel erhoben und seinem Pferd die Sporen gegeben. Im gestreckten Galopp kam er auf Jebu zu. Der Zinja hob die Lanze. Kurz vor dem befürchteten Zusammenprall brachte Torluk sein Pferd zum Stehen. Sein Säbel zielte auf Jebus Hals. Der parierte mit der Lanze, die in zwei Teile zersprang.

Jebu behielt die Spitze in der Hand. Es gelang ihm, den Widerhaken in Torluks Brustpanzer zu stoßen. Der Mongole stürzte zu Boden. Jebu folgte ihm. Er hatte das Lanzenstück fortgeworfen und sein Schwert gezogen.

Während Torluk sich am Boden wälzte, sah Jebu sich um. Im Tal tobte ein erbarmungsloser Kampf, Mann gegen Mann. Die Samurai sollten ausgelöscht werden, und mit ihnen Jebu. Zu diesem Zweck hatte Baghadur nicht weniger als zehntausend Mann in Bewegung gesetzt.

Jebu fühlte sich leicht, frei von Angst. Es war ein wunderbares Gefühl. Ob er gewann oder verlor, ob er starb oder am Leben blieb, spielte jetzt keine Rolle. Selbst der Schmerz in seinem Arm schien verschwunden.

Er wich aus, als die Keule eines hünenhaften Mongolen auf ihn niederging. Jebu parierte den Schlag mit seinem Zinja-Schwert. Der Griff der Keule sprang entzwei. Die Eisenkugel donnerte auf seinen Helm. Doch er spürte keinen Schmerz.

Als Jebu wieder zu sich kam, war der Schmerz schier unerträglich. Seine Lippen waren sandverklebt. Das Atmen tat weh. Ich bin niedergeritten worden, dachte er. Oder ich liege unter einem gestürzten Pferd. Das Geräusch von Hufen war zu hören. Ein Reiter, der sich gemächlich seinen Weg über das Schlachtfeld bahnte. Stimmen. Dann die Schreie der Verwundeten und Sterbenden. Niemand half ihnen. Die Überlebenden waren weitergezogen.

Er ließ sein Bewußtsein den Körper durchwandern, wie er es bei den Zinja gelernt hatte, von den Zehen über die Beine in Oberkörper, Arme und Kopf. Man brachte den Zinja bei, ihre Verletzungen zu diagnostizieren. Er holte tief Atem. Der Schmerz wurde stärker, aber das befürchtete Geräusch blieb aus. Ein paar Rippen waren wohl gebrochen, aber offensichtlich war keine Knochenspitze in die Lunge gedrungen.

Schreie waren zu hören, Rufe, Bitten und Verwünschungen. Die Schlächter gingen durch die Reihen, um verwundete Feinde zu töten. Ihre Schwerter schnitten durch Fleisch und Knochen. Ein dumpfer Laut - ein Kopf wurde abgeschlagen. Ein Schmerzensschrei erstarb.

Das mußten Torluks Leute sein, dachte Jebu. Die Schritte kamen näher. Eine Waffe, dachte er. Aber seine Hand griff ins Leere. Nur Sand und Blut. Ich werde nichts mehr denken, sagte er zu sich selbst.

Die Männer standen über ihm. »Das ist er! Ich erkenne ihn an der Kutte. Das ist der Mönch, den der Tuman-bashi haben will.«

»Aber er ist tot«, sagte eine andere Stimme.

Ein Finger fühlte den Puls an Jebus Nacken. Ohne zu überlegen, sprang Jebu auf und versetzte dem Mann, der über ihm kniete, einen Schlag ins Gesicht. Erst als der Getroffene zur Seite kippte, wurde Jebu klar, daß er den verletzten Arm benutzt hatte. Er sprang hoch, landete mit den Füßen auf dem Arm des Feindes. Der Armknochen zersplitterte, die Hand gab das Schwert frei.

Er ergriff das Schwert. Als er es gegen den nächsten Gegner hob, spürte er einen Schmerz, der von allen Seiten gleichzeitig in seinen Körper einzudringen schien. Er sah die drei Männer, die ihre Schwertspitzen auf ihn gerichtet hielten. Dann wurde es dunkel um ihn. Ich bin tot, dachte er.

Er erwachte mit rasenden Schmerzen. Er lag auf dem Rücken. Als er versuchte, seine Glieder zu bewegen, bemerkte er, daß er gefesselt war. Jemand hatte ihm Wasser ins Gesicht gespritzt. Schließlich gelang es ihm, die Augen zu öffnen. Sein Blick fiel auf Arghun. Im Schein der Fackel erkannte er auch Torluk, der ihn überwältigt hatte.

»Ist er das?« hörte er Torluk auf mongolisch fragen.

»Er ist es«, flüsterte Arghun. Es war fünf Jahre her, als sie sich zum letzten Mal gesehen hatten. Der rote Schnauzbart des Gegners hatte graue Strähnen bekommen. Tiefe Furchen lagen um die Mundwinkel. Die Falten um die blauen Augen waren länger geworden. In ihnen lag noch immer dieselbe Kälte.

»Habt Ihr Arik Buka verraten, um mich in Eure Gewalt zu bringen?« fragte Jebu.

Arghun schüttelte den Kopf. »Ich verrate niemanden. Ich habe geschworen, daß ich den Befehl des Dschinghis Khan ausführen werde. Und ich werde diesen Schwur erfüllen!«

Er wandte sich zur Seite. »Rollt ihn auf den Bauch!«

Zwei Männer ergriffen ihn und drehten ihn auf den Bauch. Jebu stöhnte auf vor Schmerz.

»Tut ihm nicht unnötig weh«, sagte Arghun. »Er ist ein tapferer Krieger. Deshalb sollst du bei Bewußtsein sein, wenn ich dich töte. Du hast ein Recht darauf, zu erfahren, wer dich tötet und warum du stirbst. Ich töte dich, weil Dschinghis Khan es so befohlen hat. Ich habe gelobt, daß ich dich ohne Blutvergießen töten werde. So soll es geschehen.« Er wandte sich zu einem seiner Begleiter. »Gib mir den Bogen!«

»Ihr wünscht mir den Tod eines Kriegers? Dann laßt mich mit Euch kämpfen.«

Arghun lachte. »Ich bin viel älter als du.«

»Und ich bin verwundet«, entgegnete Jebu. »Mein linker Arm ist verletzt. Es wird ein fairer Kampf werden.« Warum will ich nicht wahrhaben, daß es zu Ende ist? dachte er. Er wird mich töten. Aber sein Ich klammerte sich an das Leben. Ich bin ein Zinja. Ich habe keine Angst vor dem Sterben.

Arghun setzte sein Knie auf Jebus Rücken und streifte ihm die Sehne des Bogens über den Kopf. Dann begann er den Bogen zu drehen. Die Sehne schnitt in den Hals wie ein Schwert. Die Luftröhre wurde zusammengequetscht. Noch eine Umdrehung.

Etwas wie Dämmerung senkte sich hernieder. Musik war zu hören. Oder waren es Stimmen? Der Schmerz am Hals war fort. Trotzdem merkte Jebu, daß die Sehne tiefer schnitt. Der Bogen war ein weiteres Mal gedreht worden.

Dann wich das Gewicht von seinem Rücken. Der Druck auf den Hals hörte auf. Erlösend strömte frische Luft in seine Lungen.

Jemand kniete neben ihm. Er öffnete die Augen. Yukio.

»Ich danke dem Gott des Krieges«, flüsterte Yukio.

Ein Wutschrei ertönte. »Ich schwöre beim Immerwährenden Himmel, daß ich dich umbringen werde!« fauchte Arghun.

General Uriangkatai war neben Arghun getreten. »Was ist Euer Schwur schon wert, Baghadur?« sagte er kühl. »Ihr seid ein zweifacher Verräter. Ihr habt erst Arik Buka verraten und jetzt Kublai

Khan. Ihr habt einem Tuman Eures Heeres befohlen, unsere Bundesgenossen aus Ge-pen anzugreifen. Ihr seid verantwortlich für den sinnlosen Tod von Hunderten meiner Krieger.«

»Fremde«, sagte Arghun geringschätzig.

»Sie standen im Dienste des Großkhan. Ihr habt Männer getötet, die unter meinem Kommando standen. Dafür werdet Ihr bezahlen.«

»Wenn Ihr mich töten wollt, dann werde ich Euch noch einen Grund geben«, sagte Arghun. Er zog sein Schwert und richtete die Spitze auf Jebu.

General Uriangkatai hob die Hand. »Halt, Arghun! Sobald ich die Hand senke, werdet Ihr von Dutzenden von Pfeilen durchbohrt.«

Jebu hob den Kopf. Eine Reihe von Bogenschützen hatte am Rand der Senke Aufstellung genommen. Ihre Pfeile waren auf Arghun Baghadur gerichtet.

Arghun stieß verächtlich die Luft aus. Dann steckte er das Schwert in die Scheide. Er muß vor Wut zerspringen, dachte Jebu. Seit Jahren verfolgt er mich. Und jetzt, wo ich in der Falle sitze, fährt ihm Uriangkatai dazwischen.

Aber Arghun gab sich noch nicht geschlagen. »Hachiman, der Gott des Krieges, ist mein Zeuge. Es ist der Wille des unsterblichen Dschinghis Khan, daß dieser Zinja stirbt. Dieser Mann ist ein Sohn von Jamuga, dem Erbfeind der Mongolen. Euer Vater, General, hätte es nie gewagt, sich dem Mann entgegenzustellen, der den Fluch des Dschinghis Khan erfüllen will.«

»Ich werde Euch sagen, wie der wahre Wille des Dschinghis Khan lautet. Wer innerhalb unseres Volkes einen Krieg beginnt, soll mit dem Tode bestraft werden. Ihr habt Hunderte von treuen Kriegern niedergemetzelt. Damit habt Ihr Euer Leben verwirkt, so steht es in der *Yassa*.«

»Allein heute sind Zehntausende gefallen. Es ist unsinnig, daß wir über das Leben eines unbedeutenden Zinja rechten.«

»Unbedeutend ist er, sagt Ihr? Warum habt Ihr dann Hunderte von Unschuldigen geopfert, um seiner habhaft zu werden. Der Großkhan wird entscheiden, was mit Euch zu geschehen hat.«

»Tötet den Zinja!« schrie Arghun, zu Torluk und dessen Kriegern gewandt. »Erdrosselt ihn!«

General Uriangkatai hob die Hand. Sein Blick war auf die Bogenschützen gerichtet. »Wer den Zinja anrührt, wird erschossen.«

Torluk und seine Leute verharrten unentschlossen.

»Du verweigerst mir den Gehorsam, Torluk?« sagte Arghun ungläubig.

»Wenn ich Euch gehorche, Herr, wird es zum Kampf kommen. Wir haben Arik Buka verraten, damit der Kampf ein Ende hat. Wenn das Töten jetzt von neuem anfängt, wird alles zerstört werden, was Dschinghis Khan aufgebaut hat.« Er kniete vor Baghadur nieder. »Vergebt mir, Tarkhan, vergebt mir meinen Ungehorsam. Aber Orkhon Uriangkatai hat recht. Kublai Khan soll entscheiden.«

Arghuns Augen flackerten wie die Augen eines beutegierigen Tigers. »Ich habe keine andere Wahl«, murmelte er. »Kublai Khan soll entscheiden.«

23. Kapitel

Jebu lag in Taitaros Jurte. Zwei Samurai hoben ihn auf eine Bahre, um ihn zum Zelt des Großkhans zu tragen. Taitaro hielt die Hand seines Sohnes.

Eine Garde von vierhundert Kriegern umgab das Zelt des Großkhans. Sie wich zur Seite, als Orkhon Uriangkatai erschien. Der General wartete, bis er Kublai Khan gemeldet wurde. Yao Chow, der chinesische Gelehrte und Berater des Großkhans, trat aus dem Zelt.

»Ich bitte um Vergebung, Sohn des Subotai«, dienerte der Chinese, »aber der Großkhan sitzt zu Gericht. Er wird Euch beide gern empfangen. Aber Ihr solltet nicht Euren Zwist vor ihm ausbreiten.«

»Es wird Krieg geben, wenn der Streit zwischen Baghadur und mir nicht bereinigt wird«, sagte Uriangkatai.

Yao Chow warf einen abschätzenden Blick auf die bewaffneten Begleiter, die hinter den beiden Orkhonen standen.

»Sie können unmöglich alle in die Jurte des Großkhans kommen.« Er wandte sich an Uriangkatai. »Wen wollt Ihr mitnehmen?«

»Den Tuman-bashi Yukio, den Mönch Jebu und seinen Begleiter, den Zinja Taitaro.« Er deutete auf Jebu, der halb bewußtlos auf der Bahre lag. Seine Kehle fühlte sich an, als hätte er glühende Kohlen geschluckt. Das Atmen tat weh, jede Bewegung verursachte ihm schier unerträgliche Schmerzen. Taitaro hatte seinen Sohn verbunden, so gut es in der Eile ging, hatte ihm die Rüstung abgestreift und ihm einen wohlschmeckenden Kräutersud eingeflößt. Das Training der Zinja erwies sich jetzt als kostbare Errungenschaft. Nur sein Wille hielt ihn jetzt bei Bewußtsein.

»Und Ihr, Orkhon Baghadur?«

»Ich nehme Tuman-bashi Torluk mit.«

Yao Chow nickte. »Ich bitte alle Beteiligten, die Waffen abzulegen. Ich werde inzwischen gehen und nachsehen, wie weit die Verhandlung gediehen ist.«

»Dort kniet Arik Buka, Euer Herr, den Ihr verraten habt«, sagte Uriangkatai, zu Baghadur gewandt. »Er unterwirft sich der Gnade des Großkhans. Wenn Ihr ins Zelt geht, müßt Ihr an ihm vorüber. Könnt Ihr ihm noch in die Augen sehen?«

Der Vorhang zur Jurte des Großkhans war geöffnet worden. Vor dem Eingang kniete Arik Buka. Er war von brauner Gesichtsfarbe. Sein Haar war zu Zöpfen geflochten, die ihm bis auf die Schultern hingen. Zum Zeichen der Unterwerfung trug er den Gürtel um den Nacken gelegt. Er wurde von zwei Mongolenkriegern bewacht, die die Spitzen ihrer Lanzen auf ihn gerichtet hielten.

»Ich kann jedem Menschen in die Augen sehen«, sagte Arghun. »Ich habe ein gutes Gewissen. Ich führe den Willen des Dschinghis Khan aus.«

Yao Chow war zurückgekehrt. Er bedeutete ihnen, ihm zu folgen. Vor dem Eingang der Jurte blieben sie stehen. Arik Buka heftete seinen Blick auf Arghun. »Ich knie hier, weil Ihr mich verraten habt. Ihr, zu dem ich mehr Vertrauen hatte als zu jedem anderen Tarkhan.«

Arghun gab sich unbeeindruckt. »Ich schulde nicht Euch Treue, sondern dem Dschinghis Khan, dem Ahnherrn der Mongolen. Lange habe ich geglaubt, daß Ihr als Herrscher die Traditionen der Mongolen hochhalten würdet. Aber ich habe mich getäuscht. Ihr mögt ein Tiger sein, aber Kublai ist Tiger und Fuchs zugleich. Dschinghis Khan hat das gewußt. Ich habe einen Fehler begangen, und ich werde dafür bezahlen.« Entschlossen ging er an Arik Buka vorbei in das weiße Zelt. Torluk, Uriangkatai, Taitaro und Yukio folgten. Jebu wurde von Taitaro und Yukio getragen.

Kublai Khan empfing sie in einem Gewand aus rotem Satin, das mit goldenen Drachen bestickt war. Sein Zelt war viermal so groß wie eine gewöhnliche Jurte. Wände und Decke waren mit golddurchwirkten Stoffen behängt. Im Halbkreis um den Mongolenherrscher hatten die Orkhonen und Tarkhanen Platz genommen, die den Sieg für ihn errungen hatten. Den restlichen Platz nahmen junge Offiziere ein. Die meisten standen. Sklaven boten den Gästen des Herrschers Fleisch, Wein und *Kumiss,* vergorene Stutenmilch, an. Das Gemurmel im Zelt erstarb, als Uriangkatai und Arghun eintraten. In der Mitte wurde Platz für Jebus Bahre gemacht. Aller Aufmerksamkeit richtete sich auf den Verletzten.

Kublai schien wütend. Sein Gesicht war gerötet, wildes Feuer brannte in seinen Augen. Noch nie hatte Jebu den Herrscher der Welt aus solcher Nähe gesehen. Die Ähnlichkeit mit Arik Buka sprang ins Auge, aber Kublai wirkte reifer und erfahrener. Und er trug den Bart lang wie die Chinesen.

»Warum kommt Ihr so spät, Uriangkatai?« herrschte er den Orkhonen an. »Das gleiche frage ich Euch, Arghun Baghadur! Seit Sonnenuntergang ist die Schlacht beendet. Der Sieg ist unser.« Er kniff die Augen zusammen. »Man hat mir gesagt, daß Ihr Streit habt. Begrabt ihn, ich will nichts davon hören!«

»Es ist ein Streit, der sich nicht begraben läßt, Herr«, sagte Arghun. »Es geht um einen Befehl des Dschinghis Khan.«

Kublai seufzte. »Mein Ahnherr hat unzählige Befehle gegeben. Einige waren wichtiger als andere. Dschinghis Khan hat zum Beispiel verfügt, daß sich ein Mongole nur dreimal im Monat betrinken darf. Diesen Befehl übertritt jeder Mongole siebenundzwanzigmal im Monat.« Er ergriff einen goldenen Becher und leerte ihn. Die jungen Offiziere lachten. »Kennt Ihr diesen Thron, Arghun? Es ist der Thron, auf dem mein Vater saß, als er Merv belagerte. Habt Ihr vor Merv gekämpft, Arghun?«

»Ich war damals noch ein Kind, Herr.«

»Ich erbeutete diesen Thron im Zelt meines Bruders. Was glaubt Ihr, hätte Arik Buka getan, wenn er den Kampf gewonnen hätte? Er hätte sich auf diesen Thron gesetzt und zugesehen, wie man die Besiegten vor seinen Augen enthauptet.«

»Euer Bruder liebt die Tradition, Herr«, sagte Baghadur. Gelächter unter den Offizieren.

Das Gespräch verlief ungünstig für Orkhon Uriangkatai. Wenn der Großkhan für Arghun entschied, war Jebu verloren.

»Das Gericht über die Verräter wird morgen stattfinden«, fuhr Kublai Khan fort. »Ich werde auf diesem Thron sitzen, und man wird meinen traditionsliebenden Bruder und seine ehrgeizigen Offiziere vorführen. Ich werde über diese Männer das Todesurteil verhängen. Mein Bruder allerdings bleibt für den Rest seines Lebens bei mir – als Gast. Alle anderen aber, die am Verrat beteiligt waren, werden sterben. Man wird sie unter Haufen von Filz erstikken. Denkt daran, Arghun Baghadur. Der gleiche fürchterliche Tod wäre Euer Schicksal gewesen, hättet Ihr Euch nicht rechtzeitig für mich entschieden.«

»Hätte ich mich nicht auf Eure Seite geschlagen, Herr, dann hättet Ihr die Schlacht gegen Euren Bruder nicht gewonnen.« Flüstern unter den jungen Offizieren. Kublai Khan reagierte mit einem beherrschten Lächeln.

»Das mag sein, Arghun Baghadur. Ihr werdet sehen, daß ich Eure Dienste zu belohnen weiß.« Er räusperte sich. »Was ist das für ein Streit, mit dem Ihr zu mir kommt?«

Uriangkatai stand auf. Er war ebenso groß wie Arghun, aber muskulöser. »Was ich Euch zu sagen habe, Herr, mag Euch überraschen. Aber meine Treuepflicht gebietet mir zu sprechen. Nachdem Arghun mit seinen Truppen zu uns übergelaufen war, gab er seinem Tuman Torluk den Befehl, unseren linken Flügel anzugreifen, während wir die entscheidende Schlacht gegen Euren Bruder schlugen. Hunderte treuer Krieger starben. Baghadur ist ein Verräter. Er ist ein Mörder. Und er hat gegen die *Yassa* gefrevelt.«

Jebu konnte sich nicht vorstellen, daß japanische Krieger in diesem Ton mit ihrem Kaiser redeten. Diese Männer ließen im Gespräch mit ihrem Gebieter jede Höflichkeit außer acht. Sie wagten offenen Widerspruch, forderten den Herrscher heraus. Und dabei war Kublai Khan ein Herrscher, der über ein Gebiet tausendmal größer als Japan gebot.

Kublai wandte sich zu Torluk. »Ich erkenne Euch wieder. Ihr habt vor vier Jahren am Kuriltai in Shangtu teilgenommen. Ihr habt mir damals davon abgeraten, die Khanwürde anzunehmen. Seid Ihr jetzt in den Streit verwickelt?«

Arghun kam der Antwort seines Untergebenen zuvor. »Torluk hat auf meinen Befehl die Truppen aus dem Land der Zwerge angegriffen.«

»Ich habe Torluk gefragt!« sagte Kublai ruhig.

»Es ist, wie mein Befehlshaber sagt«, beeilte sich Torluk zu versichern. »Arghun gab mir die Weisung, meine Truppen aus dem Kampf gegen Arik Buka zurückzuziehen. Wir sollten die fremden Zwerge töten. Vor allem Jebu, der Zinja-Mönch, sollte umgebracht werden.«

Kublais Blick ruhte auf Jebu. »Ihr seid mir bereits bei anderer Gelegenheit aufgefallen«, sagte er nachdenklich. »Ihr gehört zu den Samurai-Zwergen, aber Ihr selbst seid kein Zwerg. Ihr seht eher aus wie ein Mongole.« Er wandte sich an Baghadur. »Warum habt Ihr Eurem Tuman befohlen, diesen Mann zu töten?«

Arghun blickte Jebu an, als wollte er ihm jeden Augenblick an die Kehle springen. »Er ist der Sohn von Jamuga«, sagte er haßerfüllt. Ein Raunen ging durch die Versammlung.

»Ich hatte geglaubt, die Jamuga-Sippe sei längst ausgelöscht«, sagte Kublai. »Sprich, Mönch! Stimmt es, daß Jamuga Euer Vater war?«

»So ist es«, flüsterte Jebu.

Kublai beugte sich nach vorn und runzelte die Stirn.

Taitaro meldete sich zu Wort. »Man hat ihn fast erdrosselt, er kann kaum sprechen.«

Kublai lächelte. »Du bist der Mann, der sich Hofnarr der Religion nennt, nicht wahr? Was hast du mit diesem Zinja zu schaffen?«

»Ich komme aus dem Land der aufgehenden Sonne. Dieser Mann ist mein Stiefsohn.«

»Faszinierend«, bemerkte Kublai. Er reichte seinen leeren Becher dem Diener zurück. »Ich frage Euch, Arghun, habt Ihr zehntausend Mann eingesetzt, um den Sohn Jamugas zu töten?«

»So ist es, Herr. Schon dreimal stand ich kurz vor dem Ziel, aber er entkam meiner Rache. Deshalb habe ich zehntausend Krieger aufgeboten, die Jebu töten sollten.«

Kublai zog die Augenbrauen hoch. »Es scheint, als ob Eure zehntausend Getreuen jämmerlich versagt haben, oder irre ich mich?« Sein Blick schweifte über die Offiziere. »Mancher von Euch mag die Geschichte von Jamuga nicht kennen. Erzählt sie ihnen, Arghun!«

Arghun verbeugte sich. »Jamuga war der gefährlichste Feind, den Dschinghis Khan je gehabt hat. Er war ein Vetter unseres berühmten Ahnherrn, ein Blutsbruder. Er hat dem Dschinghis Khan viele Male das Leben gerettet. Aber zum Schluß hat er ihn verraten. Jamuga lebte unter den Hirten vom Stamme der Yakka-Mongolen, die seither den Adel unseres Volkes bilden. Es gelang ihm, die benachbarten Stämme zu unterjochen. Er verbündete sich mit den Truppen von Temujin – so hieß Dschinghis Khan damals. Aber dann kam es zum Streit. Jamuga wollte sich mit dem bescheiden, was erreicht worden war. Die Mongolen sollten in Frieden leben, in gesicherten Grenzen. Alle Stämme sollten die gleichen Rechte haben. Die Mongolen würden ein starkes, friedliebendes Volk sein, eine Nation, vor der die angrenzenden Länder sicher waren, weil die Herrscher nicht an eine Ausweitung des Gebietes dachten.

Temujin allerdings hatte ganz andere Vorstellungen. Er wollte die Welt beherrschen. Zu diesem Zweck versicherte er sich zunächst des Beistands der anderen Herrscher und Fürsten. Er versprach ihnen die Reichtümer, die man in der Fremde erbeuten würde.«

Ein Lächeln spielte um Kublais Lippen. »Wäre es nach Jamuga gegangen, dann wären alle Mongolen gleich, aber arm. Wie wir wissen, war es der Dschinghis Khan, der sich damals durchsetzte. Jetzt sind alle Mongolen ungleich, aber reich.«

Arghun nickte. »Der Streit zwischen den beiden Vettern brach aus, als Temujin einen Kuriltai einberief und sich zum Alleinherrscher über die Völker Asiens wählen ließ. Jamuga beantwortete die Herausforderung, indem er sich zum *Gur-Khan*, zum Herrscher über alle Mongolen, ausrufen ließ. Es kam zum Bruderkrieg.

Bei Koyitan stießen die beiden Armeen aufeinander. Die Truppen von Jamuga unterlagen, aber ihrem Anführer gelang die Flucht. Jamuga wurde in Abwesenheit zum Tode verurteilt. Das Urteil gegen seine Sippe wurde vollstreckt. Jamugas Frauen und Nebenfrauen, seine Kinder und Vettern wurden ergriffen und getötet. Die entferntesten Verwandten wurden in die Sklaverei verkauft. Der Stamm der Jamuga hatte aufgehört zu existieren.

Fünf Jahre lang dauerte die Flucht Jamugas. Wo er hinkam, versuchte er die Stämme gegen die Herrschaft des Dschinghis Khan aufzubringen. Er wiegelte die fremden Nationen zum Widerstand gegen die Mongolen auf. Aber Dschinghis Khan war stärker. Er ließ den abtrünnigen Blutsbruder verfolgen bis in den letzten Winkel. Aber immer wieder griffen die Häscher ins Leere. Die Spur verlor sich. Man brachte schließlich in Erfahrung, daß Jamuga mit fremden Frauen Kinder gezeugt hatte. Diese Kinder ließ der Großkhan aufspüren und erschlagen.«

Jebu folgte der Rede des Orkhonen mit ungläubigem Erstaunen.

Alle Mongolen, so schien es, haßten seinen Vater wie den leibhaftigen Teufel. Jebu aber achtete diesen Mann, der für seine Überzeugung durchs Feuer gegangen war, wie keinen anderen. Jamuga hatte sich dem Kampf mit der Übermacht gestellt. Man hatte ihn vernichtet – seinen Willen hatte man nicht brechen können.

Die Gedanken des Zinja wanderten zum Tempel der Wasservögel und zu seiner Vision zurück. Im Traum hatte er China gesehen. Der Drache hatte ihn über die Chinesische Mauer hinweggetragen. Er hatte das Meer gesehen, die Steppe, das verbrannte Braun der Wüste und tief unter sich die mongolischen Reiterhorden. Jetzt wußte er auch, wer jener Riese war, der ihn »Kleiner Cousin« genannt hatte. Es war der Mann, den Jamuga bekriegt und gehaßt hatte, der den Befehl gegeben hatte, seine Sippe auszurotten und Jebu zu töten – Dschinghis Khan!

Arghun fuhr fort. »Als Dschinghis Khan Nordchina eingenommen hatte, erfuhr er, daß Jamuga nach Korea geflohen sei. Ich war damals noch ein junger Mann, der voller Stolz in der Armee des Großkhans diente. Es gefiel dem Dschinghis Khan, mir den Ehrentitel *Baghadur,* der Mutige, zu verleihen. ›Vernichte Jamuga und seine Brut‹, lautete sein Befehl. Ich folgte dem Verräter nach Korea, nur um festzustellen, da er sich gerade zu den Heiligen Inseln eingeschifft hatte. Ich ließ mich nach Kiuschu übersetzen und verkleidete mich als Wandermönch. Ich fand Jamuga und tötete ihn. Erst später erfuhr ich dann, daß er während der Jahre seiner Flucht eine Japanerin zur Frau genommen und einen Sohn mit ihr gezeugt hatte.«

Nyosan, dachte Jebu, meine Mutter. Wie schön, wie anmutig mußte sie gewesen sein, als Jamuga sie kennenlernte. Jetzt war sie tot, verbrannt, vermodert. Jebu bezwang seine Tränen. Wenn die Qual doch nur ein Ende nähme, dachte er. Er war todmüde.

»Jamuga hatte seinen Sohn in ein Zinja-Kloster gegeben«, fuhr Arghun in seiner Erzählung fort. »Es gelang mir, das Kloster aufzuspüren, aber die Zinja kämpften wie die Teufel. So ritt ich in meine Heimat zurück und übergab dem Dschinghis Khan den abgeschlagenen Schädel von Jamuga.

In der Regierungszeit des Khan Kuyuk kehrte ich auf die Inseln der Zwerge zurück. Wie ich vermutet hatte, lebte Jamugas Sohn Jebu immer noch im Zinja-Kloster. Es kam zum Kampf, aber Jebu gelang die Flucht.

Inzwischen war der Großkhan Kuyuk gestorben, ich mußte in

die Heimat zurück. Der neue Herrscher der Mongolen hieß Khan Mangu, er ernannte mich zum Tarkhan über die Armeen des Südens. Bei der Belagerung der Stadt Kweilin fand ich die Spur Jebus wieder. Er war bei den Zwergen, die mit den Chinesen gemeinsame Sache machten. Meine Hoffnung war, daß die Stadt früher oder später fallen würde. Dann würde ich Gelegenheit erhalten, das Todesurteil des Dschinghis Khan zu vollstrecken. Aber der Immerwährende Himmel wollte es anders. Großkhan Mangu segnete das Zeitliche, die Belagerung von Kweilin mußte abgebrochen werden.«

»Ihr hattet es in der Tat sehr eilig, Eure Truppen meinem Bruder zu unterstellen«, sagte Kublai trocken. »Die Entscheidung unseres Kuriltai interessiert Euch wohl nicht. Ich muß schon sagen, Ihr habt eine seltsame Art, dem Dschinghis Khan die Treue zu halten. Seit dreißig Jahren reitet Ihr durch die Welt, auf der Jagd nach Jamugas Sohn. Ihr könnt Euch glücklich schätzen, daß mein Ahn nicht mehr unter den Lebenden weilt. Was glaubt Ihr, was er mit einem Krieger gemacht hätte, der es in dreißig Jahren nicht schafft, einen Befehl auszuführen?«

Die Offiziere quittierten den Spott mit schadenfrohem Gelächter. Uriangkatai, Yukio und Taitaro schlossen sich an. Selbst Jebu brachte ein Lächeln zustande. Arghun Baghadur verharrte mit steinernem Gesicht.

»Was meint Ihr dazu, Uriangkatai?« sagte Kublai Khan. »Ihr habt gehört, was Arghun Baghadur vorzubringen hat. Hatte er das Recht, Eure Samurai zu überfallen?«

Uriangkatai trat in den Kreis. »Ich habe das Kriegerhandwerk unter Subotai, dem erfolgreichsten Feldherrn unter Dschinghis Khan, gelernt. Viele Jahre lang sind wir Seite an Seite geritten. Die erste Regel, die mir General Subotai beibrachte, war, nicht leichtsinnig das Leben der Männer, die einem anvertraut sind, zu vergeuden. Mehr als einmal wurde ich Zeuge, wie Offiziere degradiert wurden, weil sie im Kampf Männer geopfert hatten, deren Tod vermeidbar war. Arghun Baghadur hat sich über diesen Grundsatz des Dschinghis Khan schändlich hinweggesetzt. Er hat Hunderte in den Tod geschickt, auch seine eigenen Leute. Arghun hat das Blut seiner Brüder vergossen.«

»Wo in der *Yassa* steht geschrieben, daß eine Weisung des Dschinghis Khan mißachtet werden darf?« brüllte Arghun.

»Alle Weisungen des Dschinghis Khan sind auszuführen«, sagte

Uriangkatai. Er war unsicher geworden. »Aber der Preis in diesem Fall war zu hoch«, fügte er hinzu. »Viel zu hoch ...«

»Der Preis ist fast bezahlt«, sagte Arghun wieder ruhiger. Er deutete auf Jebu. »Ein Leben noch. Laßt mich diesen Mönch töten, Kublai Khan, dann ist das Urteil Eures Ahnherrn vollstreckt!«

Jebu sank auf die Bahre zurück. Arghun schien sein Ziel erreicht zu haben. Was bedeutete den Mongolen schon das Leben eines Fremden? Um diesen Streit beizulegen, würde Kublai Khan ohne Zweifel das Todesurteil aussprechen.

24. Kapitel

Die Blicke der Anwesenden waren auf den Großkhan gerichtet. Kublai hatte die Hände über dem Bauch verschränkt. Er schien zu lächeln. Wenn man von dem Bart absah, dachte Jebu, hatte er Ähnlichkeit mit Buddha. Die gleiche innere Stärke.

Minuten verstrichen. »Hat noch irgend jemand etwas vorzubringen?« fragte Kublai. Im Raum herrschte atemlose Stille. Wie ein Donner fuhr die Frage des Herrschers dazwischen.

Jebu überlegte, ob Taniko diesen Mann wohl liebte. Den jungen Kiyosi hatte sie geliebt. Die menschlichen Qualitäten des Großkhans waren mit denen von Kiyosi durchaus zu vergleichen. Ich habe Kiyosi, den Mann, den sie liebte, getötet. Jetzt wird ein Mann, den sie vielleicht ebenfalls liebt, das Todesurteil über mich sprechen. Die Gerechtigkeit geht ihre eigenen Wege.

Kublai Khan richtete sich auf. »Ich verkünde mein Urteil«, begann er. »Ihr, Arghun, hattet ungezählte Möglichkeiten, den Befehl meines Ahnen auszuführen. Ihr habt die schlechteste gewählt. Ihr habt Verrat begangen. Ihr habt Hunderte von Kriegern geopfert. Ihr habt die *Yassa* gebrochen. Ihr habt zu einer List gegriffen, weil Ihr nicht sicher wart, daß ich es zulassen würde, daß Ihr Jebu tötet. Ihr habt das Vertrauen schmählich mißbraucht, das ich in Euch gesetzt habe.«

Arghun sprang vor. Noch bevor er protestieren konnte, hob Kublai die Hand. »Schweigt! Ich weiß, was Ihr zu Eurer Entschuldigung vorbringen werdet. Ihr habt im guten Glauben gehandelt, den Befehl des Dschinghis Khan auszuführen. Nun, ich darf Euch und alle anderen daran erinnern, daß Dschinghis Khan seit siebenunddreißig Jahren tot ist!«

Gemurmel erhob sich. »Was Dschinghis Khan sagte und befahl, war auf die Umstände bezogen, die damals herrschten. Wissen wir, ob er heute, nach siebenunddreißig Jahren, noch die gleiche Meinung vertreten würde? Eine seiner typischen Eigenschaften war seine Unberechenbarkeit. Er hat nie einen Freund verraten und nie einen Vertrag gebrochen. Aber davon abgesehen war er immer bereit umzudenken. Dschinghis Khan ist tot. Die Zeit ist deswegen nicht stehengeblieben. Wir müssen unser Denken und Handeln den Erfordernissen der Zeit anpassen. Der Kuriltai hat mich zum Großkhan bestimmt. Ich werde mir meine Handlungen nicht von anderen vorschreiben lassen – auch dann nicht, wenn sie sich auf einen angeblichen Befehl des Dschinghis Khan berufen. Wollte ich meine Entscheidungen von der Zustimmung anderer abhängig machen, hätte ich den Titel des Großkhans nicht verdient. Ob mein Großvater es gutgeheißen hätte, daß Arghun Hunderte von Menschen geopfert hat, um einen einzigen in seine Gewalt zu bringen, weiß ich nicht. Also muß ich selbst darüber entscheiden. Auch mein Bruder Arik Buka hat sich gegen mich gestellt, weil er wußte, daß ich als Großkhan vieles ändern würde. Ihr, Baghadur, seid ebenfalls ein Feind aller Neuerungen. Ihr seid zu mir übergelaufen, aber Ihr lügt, wenn Ihr mir Treue schwört. Ihr wollt mir vorschreiben, was ich zu tun habe. So wißt denn, Arghun, daß der Großkhan der Mongolen sich von keinem Menschen etwas befehlen läßt!

Das Gesetz unseres Volkes gibt mir das Recht, über Euch das Todesurteil zu verhängen, Baghadur. Ihr seid des Hochverrats schuldig. Unter dem Dschinghis Khan wärt Ihr erdrosselt worden. Aber ich werde Gnade walten lassen. Ihr habt für mich gekämpft, bis die Schale des Sieges sich auf unsere Seite neigte. Ich habe Euch versprochen, daß ich die guten Dienste eines Freundes zu belohnen weiß.« Er wandte sich an Uriangkatai. »Euch, Orkhan Uriangkatai, spreche ich meinen Dank und meine Hochachtung aus. Ihr habt der Versuchung widerstanden, das Recht selbst in die Hand zu nehmen. Ich schließe mich in allen Punkten der Anklage an, die Ihr gegen Baghadur vorgebracht habt. Ihr sollt über sein Leben entscheiden. Die Krieger, die er töten ließ, standen unter Eurem Kommando, also ist die Rache Euer. Ihr habt gehört, daß ich nicht den

Tod des Verräters fordere. Ich überlasse Euch die Entscheidung. Soll Arghun Baghadur leben oder sterben?«

Uriangkatai überlegte lange, bevor er antwortete. »Das Blut der Ermordeten schreit nach Gerechtigkeit, Herr. Aber Ihr, Herr, habt Euch dafür ausgesprochen, Baghadur das Leben zu schenken, und Eure Weisheit übersteigt mein Wissen. So sei denn Arghun Baghadur wegen seiner Verdienste für den Großkhan das Leben geschenkt.«

Kublai streckte die Arme aus und umfing die Hände des Generals. »Ihr seid ein würdiger Sohn Eures Vaters, Uriangkatai!«

Beifall und Hochrufe füllten die Jurte. Nur Arghun Baghadur schwieg. Sein Gesicht war ausdruckslos.

»Kommen wir nun zu diesem Mönch«, sagte Kublai. »Dieser Mann ist Jamugas Sohn, und Arghun behauptet, der Dschinghis Khan habe den Tod für Jamugas Sippe verfügt. Aber sein wahrer Vater ist der Zinja-Mönch Taitaro. Er hat Jebu aufgezogen, nicht Jamuga. Seit über vier Jahren steht dieser Jebu in meinen Diensten. Zusammen mit den Samurai aus Ge-pen ist er für mich in den Kampf gezogen. Er steht unter dem gleichen Schutz wie alle Krieger, die für den Großkhan ihr Leben einsetzen. Darüber hinaus ist Jebu Mönch, und die *Yassa* verbietet uns, Gewalt gegen ihn auszuüben. Ich bestimme hiermit, daß der Bann meines Großvaters gegen die Sippe Jamuga aufgehoben wird. Der Mönch Jebu soll leben. Er steht unter meinem Schutz. Euch, Arghun Baghadur, ist es untersagt, die Hand gegen Jebu zu erheben. Ich, der Großkhan, nehme von niemandem Befehle entgegen, nicht einmal von Dschinghis Khan – und schon gar nicht von Arghun Baghadur!«

Das Urteil des Großkhans wurde mit Beifall aufgenommen, in den sich Äußerungen des Mißfallens mischten. Arghun stand wie versteinert da. Kublai starrte ihn aus seinen dunklen Augen an. Er schien auf eine Entgegnung des Generals zu warten.

»Ich bin mir keiner Schuld bewußt«, begann Baghadur schließlich. »Seit dreißig Jahren stehe ich treu in Euren Diensten.«

Yukio stieß Taitaro in die Rippen. »Warum verübt er nicht Harakiri?« flüsterte er. »Er hat das Gesicht verloren.«

»Die Mongolen kennen kein Harakiri«, erklärte der alte Zinja.

»Ich weiß, daß Ihr Eure Verdienste habt, Baghadur«, sagte Kublai Khan. »Deshalb seid Ihr auch begnadigt worden. Ich verstehe, daß Euer Haß auf Jamugas Sohn dem Wunsche entsprang, das Vermächtnis des Dschinghis Khan zu erfüllen.«

Unwillig schüttelte Baghadur den Kopf. »Angesichts der heutigen Entscheidung kann der Geist des Dschinghis Khan keine Ruhe finden. Er hat einmal gesagt: ›Meine Söhne und deren Söhne werden sich in goldgewirkte Gewänder kleiden. Sie werden die kostbarsten Speisen essen und auf edlen Rappen reiten. Die schönsten Frauen der Welt werden in ihren Armen liegen, und sie werden vergessen, daß sie das alles mir verdanken.‹ Dschinghis Khan hat wahr gesprochen.«

Kublai Khan war aufgestanden. »Ihr habt nichts verstanden, Arghun Baghadur. Wir leben im Geiste des Dschinghis Khan. Er will nicht, daß wir unser Denken und Handeln nach toten Buchstaben ausrichten. Ihr sagt, Ihr habt mir treu gedient. Aber Ihr seid zu Arik Buka übergelaufen. Sobald ich Euch enttäusche, werdet Ihr auch mich verraten. Ihr seid keinem Menschen treu, sondern einer Vision. Darin seid Ihr Jamuga ähnlich. Und das macht Euch gefährlich. Es wäre vielleicht besser gewesen, Euch zum Tode zu verurteilen. Aber ich will meine Entscheidung nicht umstoßen. Und jetzt geht mir aus den Augen!«

Arghun hatte auf dem Absatz kehrtgemacht. In seinen Augen glomm ein kaltes Licht. Er hielt den Blick zu Boden gerichtet, als er an Jebu vorbeikam. Von vier Offizieren wurde er aus dem Zelt eskortiert.

»Ich möchte jetzt mit dem jungen Zinja sprechen«, sagte Kublai Khan.

Yukio, der hinter Jebu stand, beugte sich hinunter. Jebu ergriff ihn am Arm. »Warte!«

Er hatte einen Plan gefaßt. Vielleicht war die Idee wahnwitzig. Aber er mußte es wagen. Er würde den Großkhan bitten, Taniko freizugeben!

Es war ein Spiel, das für sie beide tödlich enden konnte.

»Hilf mir aufzustehen, Yukio«, flüsterte er. Er würde Kublai Khan nicht als Verletzter auf einer Bahre begegnen, sondern von Angesicht zu Angesicht.

»Du bist zu schwach«, sagte Yukio.

»Hilf mir aufzustehen, habe ich gesagt!«

Yukio ging in die Knie und legte den Arm des Freundes über seine Schulter. Taitaro stützte ihn von der anderen Seite. Von den jungen Offizieren, die das Zelt des Herrschers füllten, war beifälliges Gemurmel zu hören. Stärke und Härte waren Eigenschaften, die alle Mongolen bewunderten.

Vor dem Thron des Großkhans verneigte sich Jebu. Der Herrscher hob die Hand.

»Spart Euch die Begrüßung, Jebu. Wenn Ihr gesund seid, kehrt zurück und verbeugt Euch neunmal, wie es die Sitte gebietet. Ich weiß, daß Ihr ein tapferer Krieger seid. Kein Wunder, Ihr seid der Sohn eines Mongolen. Ihr seht nicht nur wie ein Mongole aus, Ihr handelt auch wie ein Mann meines Volkes.« Beifall und Flüstern.

»Ich habe nur überlebt, Hoheit, weil ich bei den Zinja die Tugend der Ausdauer und der Härte erlernt habe. Und weil ich Mongolenblut in den Adern habe.« Er lächelte.

»Ich würde gern mehr über Eure Religion erfahren. Wir Mongolen brauchen auf die Fragen des Lebens bessere Antworten, als unsere Schamanen sie geben können. Wie heißt Euer Gott?«

Jebu schüttelte den Kopf. »Wir beten keinen Gott an, Hoheit.«

»Ihr habt keine Götter? Ein trauriges Dasein. Wie kommt es dann, daß Ihr soviel Mut entwickelt? Es ist kein Zufall, daß wir die besten Kämpfer bei den Muselmanen und den Christen finden. Und bei den Mongolen natürlich. Nun, wir werden Gelegenheit haben, über Eure Religion zu diskutieren, wenn Eure Verletzung ausgeheilt ist. Ich weiß, daß Euch durch mein Urteil keine volle Gerechtigkeit widerfahren ist.«

»Euer Urteil ist ohne Fehl, Hoheit.«

Der Großkhan wandte sich an Yukio. »Wie viele Samurai habt Ihr durch den Angriff Baghadurs eingebüßt?«

Yukio verbeugte sich. »Dreihundert Mann, Herr.«

»Ich lasse sechshundert Mongolen unter Euren Befehl stellen. Außerdem werdet Ihr aus meiner Schatulle für jeden Krieger eine Entschädigung in Gold erhalten.«

Torluk, der Vertraute Baghadurs, war aufgesprungen.

»Kein Mongole wird unter einem Fremden dienen«, sagte er mit verschlossenem Gesicht.

Kublai musterte den Mann, der ihm widersprach, in aller Ruhe. »Ihr selbst, Torluk, werdet die Männer für Yukio aussuchen, und sorgt dafür, daß es gute Männer sind. Wer sich weigert, dem Tuman-bashi Yukio Gefolgschaft zu leisten, dem wird die Hand abgeschlagen. Er wird aus der Kriegergemeinschaft ausgestoßen.«

Torluk erbleichte. »Wie Ihr befehlt, Herr.«

Kublai Khan kniff die Lippen zusammen. »Was Euch betrifft, Jebu, so bedaure ich, was Ihr durch den Unverstand Arghuns erlitten habt.«

»Arghun hat getan, wozu er sich verpflichtet fühlte, Hoheit«, gab Jebu zurück. »Ich habe Euch zu danken für die Aufhebung des Bannspruchs gegen meine Sippe.«

Kublai Khan schwieg. »Die Eroberungen der Mongolen sind nicht möglich ohne Leiden«, sagte er nach einer Weile. »Und ich möchte Euch dafür danken, daß Ihr diese Leiden auf Euch nehmt. Ihr seid mutig und beständig – wie sich der Dschinghis Khan seine Krieger gewünscht hat. Habt Ihr einen Wunsch, den ich Euch erfüllen kann?«

»Ja, Hoheit. Ihr könntet mir einen großen Wunsch erfüllen.«

Kublai Khan lächelte überrascht. »Wenn es in meiner Macht steht, werde ich Euer Begehren erfüllen.«

Jebus Herz klopfte wild. »Was ich von Euch erbitte, Hoheit, ist für den Großkhan von geringer Bedeutung. Für mich hingegen ist es wichtiger als mein Leben. In Eurem Haushalt, Hoheit, gibt es eine Dienerin aus dem Land der aufgehenden Sonne. Ich kenne diese Frau. Ich bitte Euch, sie mir zum Geschenk zu machen.«

Die Gespräche, die den Urteilsspruch des Großkhans begleitet hatten, verstummten schlagartig. Kublais Antlitz verdunkelte sich. Er wird uns zum Tode verurteilen, dachte Jebu. Taniko und mich. Statt sie zu retten, habe ich ihr den Tod gebracht.

»Wie heißt die Frau, von der Ihr sprecht?«

Jebu versuchte sich zu verbeugen. Ein stechender Schmerz in der Schulter hinderte ihn daran. »Ihr Name ist Taniko, Hoheit. Sie entstammt der Sippe der Shima in Kamakura.«

Schweigen. Kublais Blick lastete auf Jebu. »Ihr wagt es, mich um eine meiner Frauen zu bitten?«

Jebu war rot geworden. »Ihr habt so viele Frauen, Hoheit, daß Ihr die eine nicht vermissen werdet.«

Gelächter unter den Offizieren. Sein Selbst hatte Jebu den richtigen Weg gewiesen. Die Sympathien im Zelt waren auf seiner Seite.

»Ihr mißbraucht meine Großmut«, polterte Kublai. »Woher wißt Ihr überhaupt, daß diese Frau bei mir lebt? Habt Ihr etwa mit ihr gesprochen?« – Jebu schüttelte den Kopf. »Natürlich nicht, Hoheit. Ich habe gehört, daß sie bei Euch lebt, das ist alles. Ich bin nicht einmal sicher, daß sie sich noch an mich erinnert.«

Kublais Miene war undurchdringlich. »Ich gebe Euch einen guten Rat, Mönch. Laßt Eure Finger von meinen Frauen. Ihr Mönche seid doch wahrhaftig die verderbtesten und wollüstigsten Kreaturen auf dem Erdenrund.«

Johlender Beifall bei den Offizieren.

»Da diese Frau dem Großkhan offenbar sehr viel bedeutet, ziehe ich meine Bitte zurück«, sagte Jebu kühn.

Kublai machte ein Gesicht, als zweifelte er an Jebus Verstand.

»Warum bittest du den Großkhan nicht um ein Pferd?« feixte ein junger Offizier, der hinter Jebu stand. »Der Kublai hat vierhundertfünfzig Frauen, da bleibt ihm zum Reiten nicht viel Zeit.«

Dröhnendes Gelächter.

Kublais Antlitz hatte sich mit Zornesröte überzogen. »Ich verbiete Euch, noch ein einziges Wort über diese Frau zu verlieren. Geht jetzt und laßt Eure Verletzung versorgen.«

Uriangkatai war in den Kreis getreten. »Es ist das Recht jedes Kriegers, einen Gefallen vom Großkhan zu erbitten«, protestierte er.

»Und es ist das Recht des Großkhans, die Bitte zu erfüllen oder zu verweigern«, gab Kublai Khan zurück.

Taitaro und Yukio hatten die Bahre ergriffen. Sie trugen Jebu hinaus. »Ich muß es dir sagen«, flüsterte Yukio, »auch wenn du vor Schmerzen halb ohnmächtig bist: Du hast dich benommen wie ein verdammter Narr!«

Jebu antwortete nicht. Er war zu erschöpft. Alle Hoffnung war dahin. Er hatte gespielt und verloren. Er hatte Kublais Wohlwollen durch eigene Schuld zunichte gemacht. Die Rache würde nicht auf sich warten lassen. Mongolen konnten nachtragend sein. Und auch Taniko würde dafür bezahlen müssen.

Vielleicht wäre es doch besser gewesen, wenn Arghun ihn umgebracht hätte.

25. Kapitel

Aus dem Kopfkissenbuch von Shima Taniko:

Ich habe meinen Elefanten nicht gesehen, seit er vor drei Monaten in den Kampf gegen Arik Buka gezogen ist. Während des Krieges hatte er noch mehr Zeit für seine Frauen als jetzt, wo er den Sieg errungen hat. Kein Mensch hat mir etwas über die Truppen aus dem Land der aufgehenden Sonne berichtet, die in der großen Entscheidungsschlacht am Rande der Wüste Gobi mitgekämpft haben. Ich wünschte, der Kami würde mir noch einmal den weißhaarigen Mönch mit guten Nachrichten von Jebu senden. Oder noch besser Jebu selbst. Es scheint, daß ich die meiste Zeit meines Lebens damit zubringe, mich zu fragen, ob Jebu noch am Leben ist.

Kublai, so sagen die Kundschafter, hält sich an der Westgrenze des Reiches auf. Gut möglich, daß es bald wieder Krieg gibt. Sein Traum von der Herrschaft über die ganze Welt scheint allmählich in weite Ferne zu rücken. Als Kublais Bruder Mangu noch Großkhan war, erstreckte sich der Herrschaftsbereich der Mongolen vom Chinesischen Meer bis nach Rußland und Persien. Der Bruderkrieg mit Arik Buka hat das Imperium empfindlich geschwächt. Kaidu, ein Vetter von Kublai, der ein Khanat nordwestlich von hier verwaltet, verweigert ihm die Gefolgschaft. Berkai, ein anderer Vetter, der ein Khanat im fernen Rußland hat, liegt im Zwist mit Kublais Bruder Hulagu, der als Statthalter in Persien eingesetzt ist. Kublai kann nicht eingreifen, weil er sonst das Khanat von Kaidu durchqueren müßte. Und dann würde es zum Kampf kommen. Wie die Dinge liegen, besteht das Imperium des Großkhans jetzt also aus vier Khanaten.

Vielleicht hat Kublai deshalb Karakorum verlassen, die alte Hauptstadt Dschinghis Khans in der Mongolei. Er läßt eine neue Hauptstadt neben den Ruinen von Yenking erbauen, das unter den Tataren die Hauptstadt des nördlichen China war. Khan Baligh soll sie heißen, die Stadt des Khan. Er ist von der Idee dieser neuen Hauptstadt ganz besessen.

Am siebenten Tag des zwölften Monats
Im Jahr der Ratte

Kublai war heute anders als sonst, dachte Taniko.

»Habt Ihr Sorgen, Hoheit. Soll ich Euch etwas auf der Laute vorspielen?«

Taniko hatte auf der dreizehnsaitigen chinesischen Laute spielen gelernt, deren Klänge das Herz des Mongolenfürsten rührten.

»Ich mache mir keine Sorgen.«

»Ich bin erleichtert, das zu hören, Hoheit. Soll ich Euch trotzdem etwas vorspielen?«

»Meinetwegen.«

Der Fischerjunge hieß das Lied, das Taniko ihrem Gebieter vorspielte. Ein japanisches Lied. Obwohl der Mongole den Text nicht verstehen konnte, liebte er das Lied.

Seit Monaten hatten sie sich nicht gesehen. Jetzt befanden sie sich in den Schlafräumen des neuerbauten Palastes von Khan Baligh. Kublai Khan hatte seine vierhundertfünfzig Frauen aus dem kühlen Shangtu in die neue Hauptstadt bringen lassen. Taniko sehnte sich nach seiner Umarmung und war außer sich vor Freude, als er sie rufen ließ. Doch seit ihrer Ankunft saß er auf einem Kissen, nippte an seinem Weinbecher und starrte auf den Wandteppich.

Als das Lied zu Ende war, suchte Taniko nach einem unverfänglichen Thema, um Kublai zum Reden zu bringen.

»Wie seid Ihr zufrieden mit der neuen Hauptstadt?« fragte sie schließlich.

»Warum? Gefällt sie dir nicht?«

»Mir schon. Aber einige Leute sind schockiert, daß Ihr die Hauptstadt aus der Mongolei nach China verlegt habt. Was mich angeht, ich finde China aufregend. Stimmt es übrigens, daß der Palast in Karakorum aus Lehm gebaut war?«

Kublai zwang sich zu einem Lächeln. »Für einen Mongolen ist Lehm ein widerstandsfähiges und dauerhaftes Baumaterial.«

Taniko schüttelte den Kopf. »Ich kann mir nicht vorstellen, daß Ihr Euch in einem Palast aus Lehm wohl fühlen würdet.« Wie in Shangtu, so war auch hier das Schlafgemach nach der Art eines Mongolenzeltes ausgestattet worden. Die vorherrschende Farbe war Grün. Grüne Tapeten, grüne Kissen. In einer Ecke stand ein bemalter Wandschirm. Berge, dahinter dunkle Nadelbäume.

»Ich bin sicher, daß die Häuser in deiner Heimat sehr prachtvoll sind.« Es gehörte zu Kublais Gewohnheiten, sie ständig mit der angeblichen Überlegenheit Japans zu necken.

»Japanische Häuser sind zumeist nur aus Holz und Papier, Hoheit. Aber sie sind trotzdem sehr schön, da habt Ihr recht.«

»Hast du eigentlich oft Heimweh, Taniko?«

»Ja, Elefant. Ich sehne mich nach den Heiligen Inseln zurück.«

»Ich könnte dich zurückschicken.«

Sie erschrak. Worauf wollte er hinaus? Was hatte sie falsch gemacht. Oder machte er sich nur einen Spaß mit ihr?

»Ich wüßte nicht, wo ich in Japan hingehen sollte«, sagte sie vorsichtig. »Horigawa hat mich bis ans Ende der Welt geschleppt, um mich loszuwerden. Und meine Familie betrachtet mich als schwarzes Schaf. Ist Eure Hoheit meiner Dienste überdrüssig?«

»Keineswegs. Aber ich frage mich, was du für mich empfindest.«

Das war neu. Der Herrscher der Welt interessierte sich dafür, was eine seiner vierhundertfünfzig Frauen für ihn fühlte! Um gerecht zu sein, Kublai hatte Taniko immer gut behandelt. Er hatte ihr Zeit gegeben, sich an ihn zu gewöhnen. Er hatte nichts erzwungen. Er hatte gewartet, bis sie bereit war, sich ihm hinzugeben. Vier Jahre waren so vergangen. Taniko hatte sogar gehofft, schwanger zu werden. Nach mongolischer Sitte würde sie dann von der Konkubine zur Nebenfrau aufsteigen. Die Achtung und Zuneigung der anderen Frauen waren ihr in dieser Stellung gewiß.

»Wenn Ihr mit dem Gedanken spielt, mich nach Japan zurückzuschicken, dann findet Ihr wohl keinen Gefallen mehr an mir, Elefant.«

»Ich habe nur gesagt, daß ich dich zurückschicken könnte, wenn du das möchtest. Schließlich bist du gegen deinen Willen hierhergebracht worden.«

»Seit wann kümmern Euch meine Wünsche?«

»Kennst du einen Mönch namens Jebu?« Er hatte sich vorgebeugt. Sie spürte seinen Atem auf ihrer Stirn.

Jebu. Wie seltsam klang das Wort, wenn Kublai es sagte. Jebu. Erst dann begann ihr Bewußtsein zu arbeiten. Ein kalter Schauder fuhr ihr über den Rücken.

»Du bist bleich, Kleines«, sagte er. »Was ist dir?«

Tanikos Hände hatten zu zittern begonnen. Es war nicht nur die Angst vor Kublai, sondern die Tatsache, daß Jebu plötzlich wieder in ihr Leben trat, nachdem er so lange nur in ihrer Vorstellung existiert hatte.

Freilich, Angst vor Kublai hatte sie auch. Sie erinnerte sich an ihre erste Begegnung mit Mongolen, auf der Straße nach Wuchow, daran, wie sie über die hilflose Dienerin hergefallen waren, sie vergewaltigt und ihr dann noch den Kopf abgeschlagen hatten; an Kublais Berichte von grauenhaften Massakern; an die Kinder, die sie abschlachteten mit der Begründung, daß sie sonst ohnehin nur verhungern würden.

Sie blickte auf den Koloß neben sich. Grausam, unberechenbar, rachsüchtig. Sie war in seiner Gewalt. Und auch Jebu war ihm ausgeliefert. Aber vielleicht war Jebu schon tot.

»Es ist seltsam, einen Namen aus der Vergangenheit zu hören«, sagte sie, wobei sie sorgfältig auf die Wahl ihrer Worte achtete. »Ja, ich kenne einen Mönch namens Jebu. Er gehört zum Orden der

Zinja. Als kleines Mädchen begleitete er mich von meinem Elternhaus in Kamakura zur Hauptstadt Heian Kyo, wo ich Prinz Horigawa angetraut wurde.«

Tanikos Gedanken überstürzten sich. All diese Jahre habe ich gewußt, daß er in China ist. Um uns vor Unheil zu bewahren, habe ich es vermieden, mit ihm Verbindung aufzunehmen. Nun sorgen die Kami dafür, daß unsere Lebensfäden wieder zusammengeführt werden.

»Ein seltsamer Mann«, sagte Kublai. »Sein Vater ist Mongole. Daher das rote Haar und die grauen Augen. Wie mein Großvater übrigens.« Er lächelte. »Wir nennen Männer mit rotem Haar und grauen Augen *Borschikun.* Jamuga, Jebus Vater, war ein Borschikun.«

Taniko nickte. »Jebu hat mir auf der Reise nach Heian Kyo von seinem Vater erzählt. Er sprach von einem mongolischen Krieger, der seinen Vater verfolgt und getötet hat. Ein rothaariger Riese mit blauen Augen.«

»Arghun Baghadur«, sagte Kublai. »Das Schicksal geht seltsame Wege. Heute steht Jebu in meinen Diensten. Baghadur hat versucht, ihn zu töten. Ich sollte ein Urteil sprechen. Ich habe entschieden, daß der Bannfluch des Dschinghis Khan gegen die Sippe Jebus aufgehoben wird. Und dann ist etwas Ungeheuerliches passiert. Der Mönch hat gefragt, ob er dich als Geschenk bekommen kann!« Aufmerksam betrachtete er ihr Mienenspiel.

Aber Tanikos Stirn blieb ruhig. Welche Kühnheit, dachte sie. Oder war es eine Dummheit, die für sie beide mit einer Katastrophe enden würde?

»Wußtest du eigentlich, daß Jebu hier in China ist?« fragte Kublai.

Bourkina hat mich verraten, schoß es ihr durch den Kopf. Sie war dabeigewesen, als Taniko mit Taitaro sprach. Inzwischen hatte auch Jebu mit Kublai gesprochen. Was er dem Mongolenfürsten verraten hatte, war offen.

»In der Nacht, als Ihr zum Großkhan ernannt wurdet, sah ich Jebus Stiefvater. Er sagte mir, daß Jebu sich bei der Verteidigung der Stadt Kweilin hervorgetan hat.« Jetzt stürzten Taniko die Tränen aus den Augen. »Elefant«, schluchzte sie. »Jebu bedeutet mir mehr, als Ihr ahnt. Wir hatten ein Kind zusammen, ein Mädchen. Horigawa hat es getötet.«

»Es war sein gutes Recht, das Kind eines anderen zu töten.« Er senkte seine Stimme. »Sag mir die Wahrheit, Taniko. Willst du mich verlassen und mit Jebu gehen?«

Ihr Herz klopfte jetzt so wild, daß sie kaum noch Luft bekam. Ihre Antwort konnte den Tod für sie und Jebu bedeuten. Ihre Liebe zu verraten, würde bedeuten, daß der Rest ihres Lebens von einer Lüge überschattet sein würde. Noch nie war ihr der Gedanke gekommen, selbst das Messer gegen sich zu führen, wie es die Samurai taten. Ich werde die Wahrheit sagen, beschloß sie. Wenn Kublai mich mit dem Tode bestraft, so werde ich sterben in der Gewißheit, daß ich mich zu meiner Liebe bekannt habe.

Sie wäre allerdings keine Japanerin gewesen, hätte sie nicht bei ihrer Antwort diplomatisches Geschick bewiesen.

»Elefant«, flüsterte sie, »Hoheit, ich bin sehr glücklich gewesen mit Euch. Als ich zum ersten Mal in Eure Jurte gebracht wurde, war ich außer mir vor Angst. In den fünf Jahren mit Euch habe ich erfahren, was Güte ist. Ihr habt viele Stunden mit mir verbracht. Ihr habt mich Euren anderen Gefährtinnen vorgezogen. Wenn ich jetzt den Rest meines Lebens in Eurem Palast zu verbringen hätte, so wäre ich zufrieden. Doch ich will ehrlich sein. Es gibt nichts auf dieser Welt, wonach ich mich mehr sehne als nach Jebu. Mit ihm vereint zu sein, wäre ein Glück, von dem ich kaum zu träumen wage.«

Er fuhr ihr mit den Fingerkuppen über die Stirn. Er ist ein Mongole, dachte sie. Und er wird handeln wie ein Mongole.

»Ich wiederhole nicht die kühne Bitte, die Jebu an Euch gestellt hat«, fuhr sie fort. »Ich bitte Euch nicht darum, mich diesem Mann zur Frau zu geben. Ich bitte Euch nur um Gnade für Jebu, der Euren Zorn erregt hat, weil er die Stirn besaß, eine solche Bitte auszusprechen. Laßt mich Jebu ein einziges Mal sehen, bevor Ihr mich tötet. Ich habe Euch alles gegeben, was ich besaß. Gewährt mir dafür diese Bitte.«

Jetzt wird er die Wachen rufen, dachte sie. Die Angst, die Taniko zu Beginn des Gesprächs befallen hatte, war verschwunden. Sie fühlte sich erleichtert. Die Verantwortung für die Zukunft lag jetzt bei Kublai.

Er nahm ihre Hand zwischen seine braunen Pranken. Sie saß da mit gesenktem Kopf. Der Druck auf die Hände nahm zu. Als sie den Schmerz nicht mehr ertragen konnte, entfuhr ihr ein Seufzer. Hastig ließ er sie los. Er ging zur Mitte des Raumes und schenkte sich Wein ein. Vor dem Wandschirm blieb er stehen.

»Als ich acht Jahre alt war, nahm mich mein Großvater mit auf den Feldzug nach China. Ich hatte noch nie einen Baum gesehen. Die Bäume in China hielt ich für Zauberwesen. So hoch waren diese Geschöpfe, daß ihr Arm bis in den Immerwährenden Himmel reichte. Als wir in die Steppe zurückkehrten, sah ich, wie ärmlich wir dort lebten. Unfruchtbarkeit, Trockenheit, Mangel. Ich schwor, daß ich mein künftiges Leben fern der Steppe verbringen oder zumindest so viele Bäume pflanzen würde, daß ein Wald von Persien bis China entstand.« Er lächelte schmerzlich. »Dschinghis Khan hingegen haßte Bäume. Am liebsten hätte er alle Bäume in China abgeholzt, um das Land der heimatlichen Steppe gleichzumachen. Ich liebe die Berge. Die Weite der Steppen macht mir Angst.« Er suchte nach Tanikos Blick. »Hier in Khan Baligh werde ich meinen eigenen Berg errichten. Und ich werde in allen Ländern der Welt Bäume ausgraben und nach Khan Baligh auf meinen Berg bringen lassen. Und dort soll auch mein Palast entstehen.« Traurig wandte er sich ab. »Du wirst den Palast nicht mehr sehen, Taniko.«

Sie wollte antworten. Aber Kublai hob die Hand und gebot ihr zu schweigen. Sie verneigte sich demütig.

»Es stimmt, daß du mir alle Lust bereitet hast, die eine Frau dem Mann schenken kann«, sagte er. »Ich wünschte, wir hätten mehr Nächte miteinander verbracht. Ich glaube, daß du glücklicher wärst, einen Mann ganz für dich zu haben. Ich habe mir oft vorgestellt, wie es wäre, nur eine Frau zu lieben, wie es die japanischen Dichter beschreiben. Jedenfalls kann ich verstehen, daß Jebu dich liebt, dich und keine andere Frau. Es ist mir schmerzlich, dich zu verlieren, Taniko, auch wenn ich vierhundertfünfzig Frauen habe. Aber so bin ich eben. Wenn mir die ganze Welt bis auf ein kleines Fleckchen Erde gehörte, würde ich darum kämpfen.« Er hob ihr Kinn hoch. »Noch bevor dieser Mönch von dir sprach, habe ich dich geliebt, Taniko. Nicht nur deinen Körper, auch deine Seele.« Er ballte die Fäuste. »Jetzt, wo ich weiß, daß Jebu dich begehrt, erscheint es mir unvorstellbar, dich freizugeben. Nie wieder dein Saitenspiel zu hören, deinen Gesang. Nie wieder deine zarten Hände zu spüren. Wer wird mir denn Geschichten aus Japan erzählen? Mit wem kann ich über die Sorgen sprechen? Nein, ich kann dich nicht freigeben.«

Er stellte seinen Becher auf ein Tischchen und kam an ihr Lager. »Glaubst du mir, daß ich dich liebe?« fragte er. »Ich will, daß du bei mir bleibst. Wenn du gehst, wird es sein wie damals, als ich von

China in die Steppe zurückkehrte. Ich werde mich verlassen fühlen und unglücklich.«

Die Freude, die Taniko bei dem Namen Jebu erfüllt hatte, war verschwunden. Hoffnungslosigkeit schnürte ihr den Hals zu.

»Ich verstehe, Hoheit«, flüsterte sie.

Sie hatte wirklich verstanden. Aber sie haßte ihn, weil er sie liebte.

Kublai war aufgestanden. »Du kannst jetzt gehen, Taniko.«

Sie verneigte sich. »Ich danke Euch, Hoheit.«

Er sah sich nicht um, als sie das Gemach verließ. Die Hände auf dem Rücken verschränkt, stand er vor dem Wandschirm, der die Schönheit chinesischer Nadelbäume zeigte.

26. Kapitel

Nett vom Großkhan, daß er mich ausreiten läßt, dachte sie. Khan Balighs Wälder lagen jetzt unter einer weißen Kappe. Ein eisiger Wind strich von der Ebene herüber. Taniko, Bourkina und Seremeter waren in Pelze gehüllt. Bourkina ist mitgeschickt worden, um auf mich aufzupassen, dachte sie.

Sie dachte nicht an Flucht. Solange sie in Khan Baligh blieb, konnte sie hoffen, Jebu eines Tages wiederzusehen. Sie hatte Kublai um die Gnade gebeten, hatte aber keine klare Antwort erhalten. Also blieb ihr nichts als abzuwarten.

Schweigend ritten sie durch den Park, an den Zypressen vorbei, die Kublai hatte anpflanzen lassen. Gewundene Wege waren angelegt worden, die zu den aufgeschütteten Hügeln hinaufführten. Den Sumpf in der Ebene hatte man trockengelegt. Künstliche Seen waren entstanden. Die Stadtmauer umgab ein Gebiet, das dreimal so groß war wie Heian Kyo. In der Mitte der neuen Hauptstadt wurde der Berg aufgeschüttet, von dem Kublai träumte. Auch die Arbeit an den künftigen Palästen hatte begonnen. Man setzte sogar die Kriegselefanten ein, um die Säulen für die prachtvollen Fassaden heranzuschleppen.

Nördlich des Palastbezirkes schoß eine Stadt aus dem Boden –

Beamte, Botschafter befreundeter Länder, Missionare, Priester, Kaufleute, Dirnen, Wahrsager, Diebe und Strolche. Westlich des Palastes waren die Jurten aufgebaut worden, in denen die Mannschaften hausten.

»Schau nur, Taniko«, sagte Bourkina, »dort drüben liegen die Ruinen von Yenking.« Die Mongolin deutete nach Süden. Taniko erinnerte sich, daß die Mongolen Yenking dem Erdboden gleichgemacht und die Bevölkerung bis zum letzten Kind niedergemetzelt hatte.

Bourkina, so mutmaßte Taniko, hatte sie verraten. Gewiß bereitete es ihr Genugtuung, daß Kublai sie so lange zappeln ließ. Was war inzwischen wohl aus Jebu geworden?

»Kennst du den tibetanischen Tempel schon?« fragte Bourkina.

Taniko verneinte.

»Dort links, hinter den Büschen. Du wirst ihn dir sicher ansehen wollen, Taniko. Du bist ja Buddhistin. Wir werden dort vorn bei den Fichten auf dich warten.« Sie gab Seremeter ein Zeichen. »Komm, wir sehen uns den Park an.«

»Bleib bei mir, Seremeter«, bat Taniko ängstlich.

»Tempel machen mich traurig«, sagte die Perserin. »Sie erinnern mich nur daran, daß ich hier nirgends zu Ahura Mazda beten kann.«

»Komm jetzt!« drängte Bourkina. Die beiden Frauen gaben ihren Ponys die Sporen und galoppierten davon.

Man wird mich töten, dachte Taniko. Deshalb hatte Bourkina sie in den Park gelockt. Ihre Henker wartete bereits auf sie.

Immerhin würde es ein schneller Tod sein. Angenehmer als das Dahinsiechen in einem Hurenhaus. Aber dorthin kamen nur blutjunge Frauen, keine dreiunddreißigjährigen Matronen wie Taniko. Wie ist es nur möglich, dachte sie, daß Kublai eine alternde Frau wie mich anziehend findet? Er hatte ihr versichert, daß er ohne sie nicht leben könne. Was hatte sie, was den anderen vierhundertfünfzig Frauen des Großkhans fehlte?

Die Pagode kam in Sicht. Den Abschluß des Kupferdaches bildeten Tausende von Glöckchen, die vom eisigen Steppenwind in Schwingung versetzt wurden. Kälte macht Musik, dachte sie. Seltsam, daß Kublai eine Pagode ausgewählt hatte, um seiner japanischen Konkubine den Kopf abzuschlagen.

Die Jahre mit dem Mongolenfürsten glitten an ihr vorüber. So merkwürdig es schien – sie war glücklich gewesen mit diesem

Mann! Nicht so glücklich wie mit Kiyosi und nicht so glücklich wie in ihrer Kindheit in Kamakura. Im Zusammenleben mit dem Mongolen mußte Taniko immer mit Gewalt rechnen. Aber es waren faszinierende Jahre gewesen, die sie in der Nähe jenes mächtigen und weisen Herrschers erlebt hatte, dem Gold und Reichtümer wenig galten. Sie hatte immer gewußt, daß dieses Glück an einem seidenen Faden hing. Und der allgewaltige Herrscher hatte die Schere in der Hand. Jetzt ließ er sie zuschnappen.

Der Weg beschrieb eine Biegung. Sie sah den Reiter so spät, daß sie ihm nicht mehr ausweichen konnte. Ein Mongole in einem schweren Pelz. Der Fremde hatte einen roten Schnauzbart und graue Augen.

Er hatte sein Pferd gezügelt. Der Henker, dachte sie. Oder ein Offizier, dem sie als Geschenk ausgehändigt wurde.

»Die Wasservögel fliegen gen Süden«, sagte er.

Seltsam. Der Fremde sprach Japanisch. Und die Stimme kam ihr bekannt vor. Sie ritt näher. Dann erkannte sie ihn.

Sie brach in Tränen aus. »Er – er ist einverstanden?« fragte sie zögernd.

»Ja«, sagte Jebu. »Ich kann es auch noch nicht glauben, aber er ist einverstanden.«

Er gab seinem Pony die Sporen. Wie ein Mongole, dachte sie. Mit einem Satz war er bei ihr, hob sie aus dem Sattel und setzte sie vor sich aufs Pferd. Dann gab er ihrem Pony einen Klaps. Sie sahen ihm nach, wie es auf dem verschneiten Weg heimwärts galoppierte.

Tanikos Kopf war voll von Gedanken, aber sie brachte kein Wort hervor. Immer noch rannen ihr die Tränen die Wangen hinunter. Sie war wütend auf ihn. Er hatte sie überrascht. Sie hatte sich nicht einmal für ihn schminken können. Sie versuchte sich umzudrehen, aber er hielt sie so fest, daß sie sich kaum bewegen konnte. Der Wind riß ihr die Worte von den Lippen.

Sie schrie, bis er sie hörte und das Pony zum Stehen brachte.

»Was ist los?«

»Das fragst du noch? Tu doch nicht so, als ob unser Treffen vor der Pagode ein Zufall wäre! Du wußtest lange vor mir Bescheid. Währenddessen bin ich tausend Tode gestorben.« Sie trommelte mit ihren Fäusten gegen seine Brust.

Jebu ließ es geschehen. Lächelnd strich er ihr übers Haar.

»Kublai hat es mir erst heute morgen gesagt. Auch ich bin unzählige Tode gestorben.«

Jetzt lachte sie, klammerte sich an ihn, schmiegte ihren Kopf an seine Schulter. »Jebu«, seufzte sie. »Ich bin so glücklich wie noch nie in meinem Leben.«

Jebu nickte. »Ich wußte, daß wir uns wiedersehen würden. Ich habe nie die Hoffnung verloren. Nach den Regeln meines Ordens ist es sinnlos, dem Glück nachzujagen. Glück ist eine Illusion. Ich glaube nicht mehr an diesen Satz. Jetzt, in diesem Augenblick, bin ich so glücklich, daß ich sterben könnte.«

Taniko war trunken vor Freude. Dieser Mann, der sie in seinen starken Armen hielt, war keine Illusion. Sie hielten einander fest umschlungen, achteten nicht auf die tänzelnden Schritte des Pferdes. Nach einer Weile beugte er sich zu ihr hinunter und küßte sie. Rauh fühlte sich sein Mund an, bitter, fremd und erregend. Sein Bart kitzelte ihre Wange. Er ist anders, dachte sie. Anders, als ich ihn von unserer ersten Nacht in Erinnerung habe.

Sie lächelte. »Bist du wirklich Jebu?«

»Nicht mehr der Jebu, den du kennst«, erwiderte er. Sein Blick ruhte auf ihr. Gute, graue Augen, dachte sie. Sie hatten sich nicht geändert.

»Was nun?« fragte sie.

»Ich hatte noch keine Zeit, Pläne zu machen. Erst heute morgen habe ich erfahren, daß Kublai meine Bitte gewährt hat.«

»Es ist merkwürdig, daß Kublai nicht mit mir darüber gesprochen hat«, sagte Taniko. Sie verspürte leise Enttäuschung.

»Als ich ihn bat, dich freizugeben, hatte ich den Eindruck, daß ihm das sehr schwerfallen würde. Aber warum zerbrechen wir uns den Kopf um die Sorgen anderer Leute? Es gibt so viele Dinge, über die wir reden müssen. Dinge, die man nicht auf einem Pferderücken besprechen kann.«

Sie schürzte die schönen Lippen. »Bist du sicher, daß du nur mit mir *sprechen* willst?«

»Wir könnten in meine Jurte gehen«, schlug er vor. »Ich wohne im Lager der Armee. Bist du . . . einverstanden?«

»Ich bin einverstanden.« Eigentlich hat er sich doch nicht sehr verändert, dachte sie. Er ist Jebu geblieben.

Langsam ritten sie den Pfad hinunter. Der Hufschlag des Pferdes störte ein paar Wachteln auf, die sich im Unterholz verborgen hatten. Erschreckt flatterten die Vögel davon. In den Wäldern, die Kublai angelegt hatte, war das Jagen verboten, und so gab es jede Menge Vögel, Rotwild und Eichkatzen, Wiesel und Marder.

Schließlich erreichten sie die Pferdekoppeln vor dem Zeltlager der Kavallerie. Tausende von Ponys grasten hier.

Der Anblick von Hunderten von Jurten erinnerte Taniko an den Tag ihrer Ankunft bei Kublai vor fünf Jahren. Damals hatte Krieg geherrscht. Inzwischen lebten die Mongolen im Frieden. Frauen und Kinder lebten im Lager. Die fröhlichen Schreie der Kleinen mischten sich in das geschäftige Treiben, das ringsum herrschte.

Vor einem grauen Filzzelt brachte Jebu das Pferd zum Stehen. Er sprang ab und hob sie aus dem Sattel.

»Fürstin Shima Taniko«, flüsterte er. »Ich heiße Euch in meinem bescheidenen Zelt willkommen.«

Lächelnd trat Taniko ein. Sie war so klein, daß sie sich nicht bükken mußte. Drinnen brach sie aufs neue in Tränen aus. Jebu schloß sie in seine Arme.

»Warum weinst du, mein Kleines?«

»Es ist so lange her, daß jemand zu mir auf japanisch gesprochen hat«, sagte sie. »Du hast mich willkommen geheißen mit der Förmlichkeit, wie sie auf den Heiligen Inseln üblich ist. Ich wußte selbst nicht, daß mir das soviel bedeutet.« Ihre Tränen netzten seine Hand. »Du machst mich so glücklich, Jebu. Ich kann noch gar nicht daran glauben, daß wir wieder zusammen sind.«

Er zog sie an sich, hob sie hoch und trug sie aufs Lager. »Ich werde dir *ch'ai* zubereiten«, sagte er. Mit wenigen geschickten Griffen hatte er ein Holzfeuer entzündet. Bald darauf brodelte das Wasser. Jebu brachte einen kleinen schwarzen Jadetisch und stellte ihn neben das Lager.

Taniko ließ den Blick durch die Jurte schweifen. Der Raum war durch Seidenvorhänge in verschiedene Bereiche unterteilt, der Boden mit kostbaren Teppichen bedeckt. In der Ecke stand die Statue einer chinesischen Göttin.

»Du scheinst dem kargen Leben der Zinja-Mönche abgeschworen zu haben«, stellte sie fest.

Er lächelte. »Ich bin vom Großkhan reich beschenkt worden, aber alle meine Schätze werden dir gehören.«

»Willst du wirklich, daß ich bei dir bleibe, Jebu?«

»Die Entscheidung darüber liegt in Eurer Hand, Fürstin Shima Taniko.«

Sie forschte in seinen Augen. Was er gesagt hatte, blieb rätselhaft. »Du hast mich von Kublai als Geschenk erbeten. Ich gehöre dir.«

»Ich habe meinen Wunsch so formuliert, weil das die Ausdrucksweise ist, die ein Mongole versteht. Bei diesem Steppenvolk ist die Frau das Eigentum des Mannes. Ich wollte nur, daß du freigelassen wirst.«

Sie zwang sich, Jebu genau anzusehen, um festzustellen, wie sehr er sich verändert hatte. Sie tat es nur widerwillig, denn das würde bedeuten, daß sie sich auch ihre eigene Veränderung eingestehen mußte.

Sein Mund war hart, die Augen lagen tief in den Höhlen. So sah ein Mongolenkrieger aus oder ein Eremit. Unzählige Fältchen durchzogen sein Gesicht, die Spuren des Lebens in der Steppe. Die Oberlippe war von einem dichten roten Schnauzbart überwuchert. Über die Mitte des Schädels verlief ein kahlrasierter Streifen. Das lange Haar war nach Art der Mongolen zu kleinen Zöpfen geflochten, die im Nacken mit einer Schnur zusammengehalten wurden. In das Rot der Strähnen mischten sich die ersten silbernen Streifen.

Immer noch war Jebu ein Mann, der das Herz einer Frau höher schlagen lassen konnte. Aber was ist mit mir? fragte sich Taniko. Sie war dreiunddreißig, eine Frau, die sich der Erziehung der Kinder und den Familienpflichten zu widmen hatte, während der Mann Nachkommen mit jüngeren Frauen zeugte. Er hatte ihre Freilassung erbeten, weil er Mitleid mit ihr hat. Ein Akt der Nächstenliebe, sonst nichts.

»Erinnerst du dich an unsere erste Nacht?« fragte Jebu. »Wir haben auf Heian Kyo hinabgesehen. Ich habe dich in meinen Armen gehalten. Und ich habe dir geschworen, daß mein Herz für immer dir gehören wird.«

»Ich erinnere mich«, flüsterte sie traurig und dachte daran, wie wenig ihr dieses Versprechen geholfen hatte. Schon am nächsten Morgen hatte er sie verlassen. Sie mußte sich allein durchschlagen, während er als Wandermönch und als Krieger die Welt durchstreifte. Ihr Schluchzen ging in stilles Weinen über.

Ich bin selbstgerecht, dachte sie. Ich mache ihm Vorwürfe, aber obwohl ich ihn nicht vergessen habe, gab es für mich andere Männer. Habe ich nicht Kiyosi geliebt? Und Kublai Khan? Jeder von uns hat das Gespenst des anderen geliebt, dachte sie.

Er schien ihre Gedanken zu ahnen. »Unsere Liebe ist für mich nicht nur Erinnerung«, sagte er. »Ich liebe dich immer noch. Wir haben uns die Treue versprochen und wir haben unser Versprechen gehalten.«

»Haben wir das wirklich?«

»Ja, Taniko! Ich bin dir nie so nahe gewesen wie in den Jahren unserer Trennung. Ich weiß, daß wir zueinander gehören.«

Er goß ihr Tee ein und sah zu, wie sie trank. »Ich möchte dich etwas fragen«, sagte er nach einer Weile. »Bist du mit Kublai Khan glücklich gewesen? Willst du überhaupt, daß er dich freigibt?«

Da war sie, die Frage, die sie befürchtet hatte. Auf die sie keine Antwort wußte.

»Glaubst du denn nicht auch, daß unter den Mongolen zu leben das Schlimmste war, was mir passieren konnte? Horigawa jedenfalls war dieser Ansicht.«

Er betrachtete sie aufmerksam. »Horigawa nahm an, daß die Mongolen dich mißhandeln, dich als Dirne mißbrauchen würden.« Er sah in ihre verweinten Augen. »Willst du wirklich den Palast verlassen, um in der Jurte eines Kriegers zu leben?«

»Wie kannst du daran zweifeln, Jebu-san?« Zum ersten Mal seit jener ersten Nacht verwendete sie wieder den Kosenamen.

Jebu zuckte die Achseln. »Ich weiß nicht, was zwischen dir und Kublai Khan geschehen ist. Kublai hat viele Frauen. Während seine Truppen den Sieg über Arik Buka errangen, hätte Arghun Baghadur mich um ein Haar getötet. Der Großkhan hat mich entschädigen wollen für den Übergriff, den sich sein Orkhon hat zuschulden kommen lassen. Ich habe um deine Freilassung gebeten. Vielleicht wärst du lieber bei ihm geblieben.«

Sie wischte sich die Tränen fort. »Er hat mich gefragt, ob ich bei ihm bleiben will. Ich habe ihm gesagt, daß ich zu dir zurückkehren möchte. Oh, Jebu, warum glaubst du mir nicht? Warum hast du kein Vertrauen in meine Liebe?«

»Ich verstehe nicht, warum du das sagst.«

»Schau mich an, Jebu. Sehe ich noch so aus wie das Mädchen, daß du einst in den Armen gehalten hast? Ich war sechzehn, damals in jener Nacht. Inzwischen sind siebzehn Jahre vergangen. Du liebst nicht mich, sondern die Erinnerung an mich!« Sie ließ ihr Haar durch die Finger gleiten, strich sich über die ungeschminkten Wangen. »Schau mich an, Jebu, und sage mir, ob du diese Frau noch liebst.«

Jebu legte traurig die Stirn in Falten. »Ich verstehe«, sagte er schließlich. »Du willst, daß ich dich zu ihm zurückschicke.«

Sie sprang auf. »Das will ich nicht! Ich möchte nur vermeiden, daß du dich selbst betrügst.«

Er schüttelte den Kopf. »Ich versuche die Wahrheit herauszufinden, Taniko. Die Wahrheit über dich und Kublai Khan. Hat er mit dir über deine Freilassung gesprochen?«

»Er hat mir gesagt, daß du mich als Geschenk verlangt hast, und er hat mich gebeten, bei ihm zu bleiben. Ich habe Kublai Khan die Wahrheit gesagt. Ich bin glücklich gewesen mit diesem Mann. Ich habe mich ihm hingegeben ohne Zwang. Aber ich habe nie aufgehört, dich zu lieben. Der Großkhan weiß, daß ich dich liebe. Er war außer sich vor Zorn, als ich ihm das gestand.«

Jebu nickte. »Ich weiß, daß ihm diese Entscheidung nicht leichtgefallen ist. Vielleicht werden wir nie erfahren, warum er dich schließlich doch freigegeben hat. Ich weiß, daß er dich unter den vielen Frauen, die ihm zu Füßen liegen, bevorzugt hat. Du bist eine begehrenswerte Frau. Ich kann gut verstehen, daß Kublai dich nicht verlieren wollte.«

Seine Worte brachten sie aus der Fassung. Sollte er wirklich recht haben? Warum wehrte sie sich dann gegen die Vorstellung, daß sie die Leidenschaft eines Mannes entfachen konnte? Doch gleich fand sie wieder eine andere Erklärung für Kublais Verhalten, und die wohlige Wärme, die sie für Augenblicke empfunden hatte, war verschwunden.

»Er wollte mich nicht gehen lassen. Das hat er mir selbst gesagt. Er ist wie sein Großvater. Ganz gleich, wie wenig wichtig oder erstrebenswert etwas ist – solange er es nicht besitzt, will er es unbedingt haben. Wie ein kleines Kind.« Nachdenklich nippte sie von ihrem Tee, ohne Jebu anzublicken.

»Ich glaube, es gibt nur einen Weg, dich von meiner Liebe zu überzeugen«, sagte er lächelnd.

Sie erstarrte. Ich bin alt, dachte sie. Mein Körper ist verbraucht. Aber wozu sollte sie sich wehren? Sie würde seine Liebkosungen über sich ergehen lassen. Ich bin sein Spielzeug, dachte sie. So wie ich fünf Jahre lang Kublais Spielzeug gewesen bin. Kein Mensch ist frei. Jeder gehört einem anderen.

Eine unsinnige Hoffnung keimte in ihr auf. Er begehrt mich. Er liebt nicht nur meinen Körper, er liebt mich. Ich bin schön. Ich bin klug. Ich bin begehrenswert.

Wieder befielen sie Zweifel. Siebzehn Jahre waren vergangen. Er liebt ein Gespenst. Das Mädchen, das in jener Nacht in seinen Armen lag, gab es nicht mehr.

Trotz aller Zweifel war ihr, als träumte sie. Sie glitt dahin auf einem schneeweißen Nachen, galoppierte über eine unendliche Steppe. Sie war ein Falke, dem man die Fußkette gelöst hatte. Die Gegenwart verschmolz mit der Vergangenheit. Sie lag wieder in den Armen des jungen Zinja-Mönchs und blickte auf Heian Kyo hinab. Dann sah sie sich in einem Spiegel. Ich bin die einzige Frau, die Jebu liebt. Es spielt keine Rolle, wie alt ich bin. Er wird mich noch lieben, wenn mein Haar schon weiß geworden ist. Ich weiß, daß er mir gehört, so wie ich ewig ihm gehören werde.

Die Freude über die neugewonnene Harmonie erfüllte sie, brachte ihr Herz zum Singen. Jebu war der einzige, der Liebste, der Beste. Und sie war seine Frau.

Sie öffnete die Augen. Es war dunkel geworden. Eng umschlungen lagen sie auf dem prachtvollen Teppich, und jeder lauschte dem Atem des anderen. Taniko konnte sich nicht erinnern, je einen so tiefen, inneren Frieden empfunden zu haben.

Dann wieder kehrten die Zweifel zurück. Er liebte ihren Körper, gewiß. Die Gedanken hinter seiner Stirn aber blieben ihr verborgen.

Da sah sie die Narben auf seinem Körper, den Verband um seinen Arm.

»Wo ist das passiert?« erkundigte sie sich.

Er hob die Schultern. »Im Kampf gegen Arghun Baghadur.«

»Arghun war der Mann, der deinen Vater getötet hat, nicht wahr?«

»So ist es. All die Jahre hat er mich verfolgt.«

»Du mußt mir erzählen, wie es dir in dieser Zeit ergangen ist, Jebu«, flüsterte sie. »Ich will alles wissen, hörst du. Deine Erfolge und deine Niederlagen. Siebzehn Jahre hatten wir uns nicht gesehen. Jetzt mußt du mir siebzehn Jahre lang über deine Abenteuer erzählen. Siebzehn Jahre oder das ganze Leben.« Sie küßte ihn.

Ein seltsam gehetzter Ausdruck war in Jebus Antlitz getreten. »Ja, ich werde dir alles erzählen«, flüsterte er. »Es ist so viel geschehen. Es wird eine Weile dauern.«

Sie hatte eine Öllampe entzündet und betrachtete den Widerschein des Lichtes in seinen Augen. Wie merkwürdig, daß graue Augen soviel Wärme ausstrahlen konnten. Aber über dieser Wärme lag ein Schatten. Es gab etwas, das er vor ihr geheimhielt. Er hatte sich verändert. Der Jebu jener ersten Nacht hätte kein Geheimnis vor ihr gehabt.

Trotzdem bin ich glücklich, dachte sie. Glücklicher, als ich je in meinem Leben war. In den Gedichten der japanischen Poeten steht, daß Liebe keine Zweifel kennt. Aber das ist nicht wahr. Angst und Traurigkeit, Eifersucht und Zweifel gehören dazu. Nur Träume sind ungetrübt.

27. Kapitel

Aus dem Kopfkissenbuch von Shima Taniko:

Ich habe gesehen, wie der Große Khan lebt. Jetzt erlebe ich, wie es bei den Kriegern des Khans zugeht. Jebu hat Dienerinnen, die für ihn kochen und saubermachen. Er liebt die Speisen der Mongolen: Milch und Käse. Fleisch gibt es nur bei besonderen Gelegenheiten. Jebu sagt, das Vieh sei der Reichtum der Mongolen. Man schlachtet seinen Reichtum nicht, sondern man lebt von den Erträgen.

Es ist nicht einfach für einen Japaner, sich an diese Eßkultur zu gewöhnen. Immerhin gibt es auf dem Markt Sellerie, Zwiebeln, Rüben und Reis. Wenigstens etwas, das wir gewohnt sind.

Kublai scheint Sorgen zu haben. Die Beziehungen zwischen den Enkeln des großen Dschinghis Khan sind gespannter denn je. Es scheint, daß die Mongolen unglücklich sind, wenn Frieden herrscht. Die Krieger haben nichts zu tun, also stürzen sie sich auf Jagd, Spiel, Weiber und Wein. Vor allem Wein. Es ist ein Jammer.

Es heißt, daß Kublai den Kampf gegen den Sung-Kaiser wieder aufnehmen will. Das würde bedeuten, daß Jebu und Yukio gegen die Chinesen, ihre früheren Verbündeten, zu Feld ziehen müßten. Ich glaube nicht, daß sie große Gewissensbisse haben, nachdem die Chinesen ihnen so übel mitgespielt haben. Und schließlich ist Kublai uns allen ein guter Herrscher.

Am zweiten Tag im zweiten Monat
Im Jahr des Ochsen

Drei Tage nach ihrem unverhofften Wiedersehen nahm Jebu seine Gefährtin zur Chinesischen Mauer mit.

Man konnte spüren, daß der Frühling nahte. Aber der Wind, der aus der Mongolei herüberwehte, war noch kühl. Jebu trug einen Mantel aus Schafsfell, Taniko einen Umhang aus Hermelin, den Kublai Khan ihr einst zum Geschenk gemacht hatte.

Sie übernachteten in einem kleinen buddhistischen Kloster, mit dessen Mönchen Jebu vor einiger Zeit Freundschaft geschlossen hatte. Drei Tage dauerte der Ausflug. Taniko bewunderte das Bollwerk der Chinesischen Mauer, die der Kaiser Ch'in Shih vor tausend Jahren zum Schutz gegen die Mongolen hatte errichten lassen. Inzwischen gab es keine Soldaten mehr, die hier die Stellung hielten. China bot den räuberischen Grenzvölkern eine offene Flanke.

»Die Mauer war nicht nur ein Schutz gegen die Mongolen«, erklärte Jebu seiner Geliebten. »Der chinesische Kaiser konnte damit auch die Bauern im nördlichen China unter Kontrolle halten. Der Boden hier ist arm, und die Leute fühlen sich den Nomaden mehr verbunden als den fetten Beamten in der fernen Hauptstadt. Das Leben der Mongolen hat seine Vorzüge.«

Sie kniff ihn in die Wangen. »Die Bauern scheinen nicht die einzigen zu sein, die das bemerkt haben.«

Sie sprachen nicht viel über die Jahre, die sie getrennt voneinander verbracht hatten. Wahrscheinlich lag es daran, daß Jebu die Erinnerung an Kiyosi und Kublai Khan verdrängen wollte. Es waren Männer, die der Vergangenheit angehörten, gewiß. Aber beide hatten mit Taniko geschlafen. Für Jebu eine bittere Vorstellung.

So verging die Zeit mit Gesprächen über die Kultur der Chinesen, über den Buddhismus und den Taoismus des Lao-tse, die Chinesische Mauer, die Eroberungszüge der Mongolen.

Als sie von ihrem Ausflug zurückkehrten, kam Muratomo no Yukio in ihre Jurte. Taniko verspürte eine instinktive Abneigung gegen diesen gutaussehenden jungen Mann mit den vorstehenden Zähnen. Der Opfertod Kiyosis war unvergessen. Sie spürte, daß es eine geheimnisumwobene Beziehung gab zwischen jenem Ereignis und Yukios Flucht aus Hakata.

Sie erwiderte die Verbeugung, dann bat sie ihn ins Zelt. »Ich heiße Euch willkommen, Fürst Yukio. Ihr wißt vielleicht, daß ich Eure Eltern kenne. Ich habe mit Eurer Mutter, der Hofdame Akimi, zusammen am Hofe des Kaisers gedient. Und ich hatte auch die Ehre, die Bekanntschaft mit Eurem Vater zu machen.«

»Ich weiß«, lächelte Yukio. »Ihr seid mein Schutzengel.«

»Euer Schutzengel?«

»Mutter hat mir von Euch erzählt. Ihr wart es, der sie mit Sogamori zusammenbrachte. Euch haben mein Bruder und ich es zu verdanken, daß wir nicht hingerichtet wurden.« Er fiel auf die Knie und berührte mit seiner Stirn den Boden.

Taniko hielt den Blick gesenkt. »Nicht ich habe Euer Leben und das Eures Bruders gerettet, Fürst Yukio, sondern Eure Mutter. Sie tat es unter den größten Opfern. Sie wurde die Gefährtin eines Mannes, den sie verabscheute.«

»Ich war damals noch ein Kind«, sagte Yukio ernst. »Aber ich erinnere mich an ein Gespräch mit meiner Mutter. Sie ließ mich schwören, daß ich Euch meine Dankbarkeit bezeugen würde.«

»Setz dich zu uns und trinke eine Schale Tee mit uns«, unterbrach Jebu den Austausch der Artigkeiten. »Ihr habt noch Zeit genug, euch gegenseitig mit Dankesworten einzudecken.«

Taniko erinnerte sich an jenen Morgen vor achtzehn Jahren, als sie Yukios älterem Bruder Hideyori zum erstenmal begegnet war; an seinen jungenhaften Charme, als er sie gebeten hatte, hinter dem Wandschirm hervorzukommen, und an die kalte Wut, mit der er reagierte, als sie seinen Halbbruder Yukio erwähnte.

»Ihr schuldet mir keinen Dank, Fürst Yukio«, sagte sie. Der Tee war fertig. Sie schenkte dem Gast und Jebu ein. Sie lächelte. »Ich fürchte, Ihr habt vergessen, daß unsere Sippen verfeindet sind. Ich bin eine Takashi.«

»Es ist nicht so einfach, wie Ihr wohl wißt, Taniko«, entgegnete Yukio. »Immerhin hat Euer Vater, Fürst Shima Bokuden, meinem Bruder in seinem Haus Unterkunft und Schutz gewährt.«

»Er hat recht«, sagte Jebu. »Ich selbst habe Hideyori zu Fürst Shima Bokuden gebracht.«

Sie schwieg. Was ihr auf den Lippen lag, war so schmerzlich, daß sie es Yukio gern ersparen wollte. Und doch war es ihre Pflicht, ihm die Augen zu öffnen.

»Das Schicksal Eures Bruders ist ungewiß«, begann sie vorsichtig.

»Was wollt Ihr damit sagen, Taniko?«

»Ihr werdet die Takashi hassen, wenn ich Eure Frage beantworte, Fürst Yukio.«

»Sagt mir, was geschehen ist. Ich bitte Euch darum.«

»Ich weiß nicht genau, was geschehen ist«, antwortete sie. »In Heian Kyo war ich die Gefangene meines Mannes, so daß ich nichts Verläßliches über Euren Bruder in Erfahrung bringen konnte. Aber was ich herausbrachte, war beunruhigend genug. Sogamori hat die Hinrichtung Eures Bruders angeordnet.«

»Er wollte ihn umbringen lassen? Aber warum denn jetzt, nach all den Jahren?«

»Das weiß ich nicht. Aber ich vermute, es hat mit dem Tod seines ältesten Sohnes zu tun. Kiyosi wurde bei der Seeschlacht vor Hakata getötet. Sogamori glaubt, daß Ihr für seinen Tod verantwortlich seid. Die Hinrichtung Eures Bruders schien ihm die einzige Möglichkeit, sich für den Verlust seines Sohnes zu rächen.«

»Warum hat Hideyori sterben müssen?« sagte Yukio. »Ich hätte mein Leben hingegeben, um ihn zu retten. Jetzt ist unsere Sippe ohne Führer.«

»Das ist nicht wahr«, entgegnete Jebu. »Du bist jetzt der Führer der Muratomo.«

Yukios Lippen waren starr geworden. »Ich muß gehen«, sagte er. »Ich möchte jetzt allein sein.«

Er verbeugte sich und eilte aus der Jurte.

Du sollst ruhig leiden, Yukio, dachte Taniko. Auch ich habe um Kiyosi gelitten.

Peinliches Schweigen. Sie tastete nach Jebus Hand. Kalt und leblos lag sie in der ihren.

»Machst du dir Vorwürfe, weil du Hideyoris Tod nicht verhindern konntest?«

Er nickte.

»Was hättest du denn tun können?« entgegnete Taniko. »Du weißt ebenso gut wie ich, daß Sogamori in Japan das Sagen hat.«

Er hob den Blick. »Du willst mich trösten.«

Durch die Zeltwand war die Stimme eines Mannes zu hören. Sekunden später trat Moko ein.

Viele Jahre waren es her, daß Taniko den Zimmermann zuletzt gesehen hatte. Ihr Herz tat einen Freudensprung, als sie den Getreuen Jebus erkannte.

Als Moko die Gefährtin seines Herrn erblickte, fiel er zu Boden und küßte den Teppich. »Ich bin so froh, Euch wieder mit Jebu vereint zu sehen«, sagte er.

Sie bedeutete ihm, sich zu erheben. »Und ich bin froh, daß du Jebu all die Jahre lang die Treue gehalten hast.« Ein spitzbübisches Lächeln stahl sich auf ihre Züge. »Wie kommt es, Moko, daß sich ein ehrlicher Bürger wie du einem streunenden Banditen anschließt?«

»Der Bandit ist reich, Herrin«, sagte Moko. »Reicher als Ihr denkt. Und er ist großzügig zu Moko, seinem treuen Diener.«

Er verneigte sich, als Taniko ihm eine Schale Tee reichte. Dann wandte er sich zu Jebu. »Ich sah Fürst Yukio Euer Zelt verlassen, Herr. Sein Gesicht war düster wie der Himmel vor dem Ausbruch eines Taifuns. Habt Ihr Streit gehabt?«

»Fürst Yukio hat erfahren, daß sein älterer Bruder Hideyori wahrscheinlich tot ist.«

»Das würde bedeuten, daß Fürst Yukio zum Sippschaftsführer der Muratomo aufrückt«, warf Taniko ein. »Fürst Domei hatte fünf Söhne«, erklärte sie. »Yukio ist als einziger noch am Leben.«

Der Krieg, dachte sie. Er riß die Familien auseinander, auch ihre eigene. Merkwürdig, daß Yukio kein Wort der Anteilnahme für sie gefunden hatte. Er hatte diesen Mann gekannt und wußte, daß sie seine Geliebte gewesen war.

»Es fällt mir schwer, mit Fürst Yukio Mitleid zu empfinden«, sagte sie unvermittelt. Dann merkte sie, daß sie einen Fehler begangen hatte. Jebu starrte sie an. Ihre Abneigung gegen Yukio machte deutlich, wieviel Kiyosi ihr bedeutet hatte.

»Ich kann gut nachfühlen, was in Yukio vorgeht«, bemerkte Jebu. »Er hat soeben erfahren, daß sein letzter Bruder getötet worden ist.«

Taniko schüttelte den Kopf. »Ich habe, als ich Hideyori kennenlernte, mit ihm über Yukio gesprochen. Die beiden waren nicht gerade ein Herz und eine Seele. Die beiden hatten außerdem nicht dieselbe Mutter. Yukios Mutter, die Hofdame Akimi, war nicht mit Fürst Domei verheiratet. Nein, Yukio hat Hideyori nie gemocht, und die Abneigung war beiderseitig.«

»Ich kann dir nicht recht geben«, widersprach Jebu. »Ich habe immer den Eindruck gewonnen, daß Yukio seinen Halbbruder Hideyori bewunderte, ja vergötterte. Es mag ein Quentchen Neid dabeigewesen sein. Trotzdem hat Yukio nie einen Zweifel daran gelassen, daß er Hideyori als den legitimen Nachfolger seines Vaters Domei betrachtete.«

»Verzeih mir«, sagte Taniko. »Ich hätte besser schweigen sollen.«

Sie hielt seinem Blick stand. Eines Tages werde ich dir die Wahrheit über Kiyosi sagen, dachte sie. Ich werde dir gestehen, daß ich diesen Mann auf meine Weise mehr geliebt habe als ich dich liebe. Zehn Jahre haben Kiyosi und ich zusammengelebt wie Mann und

Frau. Ich habe Kiyosi einen Sohn geboren, Jebu. Einen wunderschönen Sohn. Kiyosi ist gefallen. Ein Pfeil hat seinem Leben ein Ende gesetzt.

Ihr Blick glitt zu Moko, der wartend in der Ecke stand. Der Zimmermann erwiderte die Aufmerksamkeit mit einem Grinsen. Etwas war anders. »Was ist mit deinen Zähnen passiert, Moko?«

Er öffnete den Mund. Stolz zeigte er seine makellos weißen Vorderzähne.

»Das ist Zauberei, Moko.«

»Ich sagte Euch, Taniko, daß mein Gebieter sehr großzügig ist. Und wer Gold hat, kann alles kaufen. Selbst neue Zähne. Diese hier« – er tastete auf seine Schneidezähne – »sind aus Elfenbein. Leider habe ich nicht genügend Gold für Zähne aus schwarzem Jadestein, obwohl die natürlich viel besser ausgesehen hätten.«

»Und wie geht es mit dem Essen?« erkundigte sich Taniko. Es fiel ihr schwer, sich das Lachen zu verkneifen.

»Leidlich gut«, gab Jebus Diener zur Antwort. »Aber meine Erfolge bei den Frauen entschädigen mich dafür.«

Tanikos Miene war ernst geworden. »Ich sehe, du hast dein Versprechen wahr gemacht, Jebu bis nach China zu folgen. Hast du eigentlich Gelegenheit gehabt, deinen Beruf wieder auszuüben?«

Moko nickte. »Ich verstehe heute mehr von Holzbearbeitung als alle Zimmerleute der Heiligen Inseln zusammen«, prahlte er. »Ich weiß, wie man Häuser und Paläste baut. Ich kann die Planken der Dschunken zusammenfügen. Und ich weiß, wie man ein Kriegsschiff mit sechzehn Masten baut.«

»Ein Kriegsschiff in der Steppe?«

»Ich wollte damit nur sagen, daß ich viel gelernt habe. Ich würde nie freiwillig ein Kriegsschiff bauen.«

Wenigstens er hat nicht vergessen, daß Kiyosi an Bord eines Kriegsschiffes starb, dachte Taniko. Sie mochte diesen alten Mann. Dann fiel ihr ein, daß Moko damals die Hinrichtungen der Muratomo aus der luftigen Höhe eines Baumes beobachtet hatte und von Kiyosi entdeckt worden war. Aber Kiyosi hatte beide Augen zugedrückt. Ja, Moko hatte allen Grund, Kiyosis Tod zu betrauern.

»Ich habe mich auch bei den Samurai nützlich gemacht«, fuhr Moko fort. »Ich war der Quartiermeister und habe mich um das leibliche Wohl der Männer gekümmert. Außerdem habe ich Jebus Vater geholfen, die Verletzten zu betreuen.«

Taniko wandte sich zu Jebu. »Wo ist dein Vater, Jebu?« fragte sie. »Ich wollte dich das schon die ganze Zeit fragen.«

»Mein Vater ist auf einer seiner geheimnisvollen Reisen«, sagte Jebu. »Er trifft sich mit Abgesandten des Zinja-Ordens, die aus China und Tibet anreisen.«

»Ich möchte Euch beiden danken für alles, was Ihr für mich getan habt«, sagte Moko. Er hatte sich vor Jebu auf den Boden geworfen.

Jebu half ihm auf. »Du schuldest mir keinen Dank, Moko.«

Taniko trat hinzu. »Wir stehen in deiner Schuld, Moko. Du hast mir das Leben gerettet.«

Moko wies das Lob zurück. »Ich habe getan, was jeder in meiner Situation getan hätte. Nein, Ihr werdet mich nicht daran hindern können, Euch zu danken. Ich werde Euch ein Haus bauen. Ein richtiges Haus. Es wird das schönste Gebäude von ganz Khan Baligh werden. Nicht das größte und auch nicht das teuerste, aber das schönste. Der Großkhan wird Euch beneiden.«

Taniko war gerührt. Sie wußte, was dieses Geschenk für Moko bedeutete. Es gab wohl kaum eine Möglichkeit, es abzulehnen.

»Du beschämst uns«, sagte Jebu.

»Ihr beschämt mich, wenn Ihr das Geschenk zurückweist, Herr«, entgegnete Moko.

»Ich würde vorschlagen, daß du das Haus in Heian Kyo baust!« ertönte Yukios Stimme.

Die drei fuhren herum. Yukio stand im Eingang des Zeltes. Ein grimmiges Lächeln spielte um seine Lippen.

»Entschuldigt, daß ich nicht geklopft habe«, sagte er. »Ich habe über unser Gespräch nachgedacht. Ich nehme mein Karma auf mich. Ich bin jetzt der Sippschaftsführer der Muratomo. Ich schwöre, daß wir Sogamori töten werden. Dreihundert Samurai, die Überlebenden unserer Truppe, werden die Aufgabe ausführen, und ich werde an ihrer Spitze reiten, gefolgt von dir, Jebu. Es hat keinen Sinn, unsere Kräfte gegen den Sung-Kaiser zu vergeuden. Wir sind Japaner, wir müssen uns um die Ordnung in unserem eigenen Hause kümmern. Unser Feind ist Sogamori, der meinen Bruder hinrichten ließ. Ihn gilt es zu töten.« Yukio tastete nach dem Knauf seines Schwertes. »Es ist Zeit, daß wir nach Japan zurückkehren!«

»Bist du sicher, daß das der richtige Zeitpunkt für einen Feldzug gegen den Fürsten Sogamori ist?« wandte Jebu ein.

Yukio machte eine wegwerfende Handbewegung. »Diese Frage werden wir klären, wenn wir in Japan sind. Und noch viele andere. Aber die Muratomo werden siegen! Mein Ziel steht unverrückbar fest. An der Spitze unserer tapferen Samurai werde ich in die Heimat zurückkehren und den Tod meines Bruders sühnen. Das Geschlecht der Takashi ist zum Untergang verurteilt!«

Sie starrten Yukio an. Mit der wilden Gewalt eines Wirbelsturms war die alte Feindschaft zwischen Muratomo und Takashi in Gestalt dieses Mannes in das Zelt eingebrochen. Angst und Traurigkeit hielten das Herz Tanikos umfangen. Jebu würde sie verlassen. Es war unsicher, ob er je zurückkehrte. Japan würde in Strömen von Blut versinken. Einmal mehr würde der Drachen des Krieges seine verheerende Spur durch das Land ziehen.

28. Kapitel

Es war später Nachmittag. Die fernen Ruinen von Yenking lagen im goldenen Schimmer des sinkenden Tages. Jebu und Taniko standen Arm in Arm auf einem der westlichen Hügel und betrachteten das Panorama.

»Eine seltsame Stadt, dieses Khan Baligh«, sagte Jebu. »Exotisch, teuer, bunt und grell. Sie haben eine andere Vorstellung von Schönheit als wir.«

»Sie?«

»Die Mongolen.«

Taniko lächelte. »Du betrachtest dich also nicht als Mongolen?«

»Ich bin in Japan aufgewachsen.«

Sie schmiegte sich an ihn. »Du verschweigst die Hauptsache«, flüsterte sie. »Du bist ein Nachkomme der Sonnengöttin. Genau wie ich.«

Hand in Hand gingen sie zum nahen Tempel hinüber. Hier war die Seele Buddhas begraben gewesen, bevor der Erleuchtete sich den Menschen zeigte. Vor fünfzig Jahren war der Tempel von den mongolischen Eroberern auf Befehl des Dschinghis Khan verwüstet worden. Kublai Khan plante den Wiederaufbau.

Sie traten in die Halle. Das geschmolzene Metall einer Buddha-Statue lag am Boden. Die Fresken an den Wänden waren von einer Schicht Staub bedeckt.

Er bedeutete ihr, ihm zur Säulenhalle des Seitenschiffes zu folgen. »Du willst doch nicht etwa hier, im Tempel, mit mir schlafen?« fragte sie entsetzt. »Dies ist eine heilige Stätte.«

»Die Vereinigung der Körper ist ein heiliger Vorgang«, sagte Jebu. »Ich sehe, daß ich dir die Zinja-Philosophie noch nicht sorgfältig genug erklärt habe. Aber ich werde dir die nötigen Erklärungen geben, damit auch dir Einsicht und Erleuchtung zuteil wird. Im Stundenbuch heißt es . . .«

Sie hatte ihre Hände unter Jebus Kutte geschoben und streichelte seine Brust. »Das kannst du mir später erklären«, hauchte sie.

Als sie einige Tage danach ins Zeltlager zurückkehrten, fanden sie Taitaro, Jebus Stiefvater, vor. Er erwartete sie in Jebus Jurte.

»Heute ist der schönste Tag meines Lebens«, sagte der Alte. »Ich kann Euch gar nicht sagen, wie sehr ich mich freue, daß Ihr beiden wieder vereint seid.«

Bescheiden hielt Taniko den Blick auf den Boden gerichtet.

»Wann werdet Ihr heiraten?«

»Ich kann noch nicht heiraten«, sagte Taniko. »Nicht, solange Horigawa lebt.«

»Ich werde mich darum kümmern, sobald ich wieder in Japan bin«, sagte Jebu.

»Du löst die Probleme mit dem Schwert«, sagte Taitaro. »Denke an die Zinja-Regeln!«

»Ihr würdet das Problem wohl mit dem Stein des Lebens und des Todes lösen?« spottete Jebu.

»Was ist das für ein Stein?« mischte sich Taniko ein.

»Eines der vielen Dinge, die ich dir noch erklären muß«, sagte Jebu. Er wandte sich zu seinem Vater. »Habt Ihr Yukios Plan vernommen, Sensei?«

»Ja, deshalb bin ich hier. Ich möchte Euch bitten, mir zu Yukios Jurte zu folgen. Es scheint Neuigkeiten zu geben. Die Dinge haben eine unerwartete Wendung genommen. Erinnerst du dich an die Vision, die ich in deinem Beisein erlebte?«

»Dann seid Ihr also mit Yukios Vorhaben einverstanden?«

»Wir Menschen müssen das Glück des Augenblicks trinken,

Jebu«, sagte der Alte ernst. »Der Trank wird bitter, wenn wir auf die Zukunft warten.«

»Was hat das zu bedeuten, Taitaro-san?«

Der Zinja konnte nicht mehr antworten. Taniko war aufgesprungen. »Wißt Ihr, was die Rückkehr Yukios nach Japan für Folgen haben wird, Taitaro-sensei?« rief sie erzürnt. »Ströme von Blut werden fließen. Die bisherigen Schlachten zwischen den Muratomo und den Takashi werden uns wie ein Kinderspiel erscheinen.«

»Ich verstehe Eure Warnung, Taniko«, sagte Taitaro. »Aber das ändert nichts an der Vision.«

Taniko weinte. »Ihr verkündet Unglück, Taitaro. Eure Vision ist ein Fluch. Ein Traum aus Blut.«

Es war Frühling. Die frischgepflasterten Straßen der Hauptstadt Khan Baligh hallten wider von den Hammerschlägen der Handwerker und Zimmerleute. Von Sonnenaufgang bis Sonnenuntergang wurde gearbeitet.

Vom Zeltlager der Mongolenkrieger quoll der blaue Rauch unzähliger Feuer hoch. Das Schreien und Lachen spielender Kinder war zu hören. Eine Horde Halbwüchsiger galoppierte auf Ponys durch die Straßen. Jebu und Taitaro mußten zur Seite springen, um nicht über den Haufen geritten zu werden.

Jebus Blick wanderte zu den Hügeln hinüber, auf denen die Pferde weideten. Die Mongolen kannten keine Zäune. Ein Garten Eden, ging es ihm durch den Kopf. Wie vertraut ist mir das alles, dachte er. Meine Heimat wird mir fremd vorkommen nach all den Jahren bei den Mongolen. Keine Filzzelte mehr, keine unermeßliche Weite, keine frei grasenden Pferde. Wie klein sind doch die Heiligen Inseln im Vergleich zur Mongolei.

»Wann wirst du mich zum Großvater machen?« fragte Taitaro in seine Gedanken hinein.

Jebu seufzte. »Es gibt ein Problem.« Und er erzählte ihm, was er von Taniko und Kiyosi wußte.

»Das ist Vergangenheit. Taniko wird dir eine treue Gefährtin sein.«

»Ihr versteht mich nicht, Taitaro-sensei. Taniko hat diesen Mann geliebt. Sie weiß nicht, daß ich der Schütze war, der den tödlichen Pfeil auf Kiyosi abgab!«

Jebu erzählte seinem Vater vom Verlauf der Seeschlacht in der

Bucht von Hakata, die mit dem Tod des Takashi-Anführers geendet hatte.

»Wie kann ich es ihr sagen, ohne ihre Liebe zu verlieren?«

»Du wirst es ihr bei einer passenden Gelegenheit sagen«, riet Taitaro.

»Nur Yukio und Moko wissen, was damals geschehen ist. Und jetzt Ihr. Sie braucht es nie zu erfahren.«

»Das mag sein, mein Sohn. Aber zwischen dir und Taniko wird eine Lüge stehen. Denke daran, daß du und Taniko die Manifestation des gleichen Selbst seid. Im Rätsel Eurer Liebe erfüllt sich das Glück der Einswerdung. Die Lüge aber ist dabei ein Hindernis. Du würdest dich dadurch der größten Freude berauben, die das Leben dem Menschen zu bieten hat.«

»Wäre es nicht möglich, ohne das Glück der höchsten Erfüllung zu leben?«

Taitaro lächelte. Der Wind spielte mit seinem weißen Bart. »Jeder Mensch trifft seine eigenen Entscheidungen. Du aber willst Entscheidungen für andere treffen.«

Sie waren vor Yukios Jurte angekommen. Das weiße Banner der Muratomo, der Drachen, flatterte an einer Zeltstange. Vor dem Eingang des Zeltes hielten zwei Samurai Wache. Der junge Muratomo, dachte Jebu, war ein geborener Führer. Erstmalig konnte er sich jetzt auch mit den Insignien der Macht schmücken.

Die Wachen salutierten, dann gaben sie den Eingang frei. Yukio lagerte auf einem der Ruhebetten im Empfangsraum. Ihm gegenüber saß ein Mann, dessen Gesicht Jebu nicht erkennen konnte. Beim Geräusch der Schritte wandte sich der Fremde um. Es war Arghun Baghadur. Der Mongole stand auf und verbeugte sich. Jebu war sprachlos. Yukio brach das Schweigen.

»Der Bannfluch des Dschinghis Khan gegen das Geschlecht der Jamuga ist aufgehoben. Es gibt keine Feindschaft mehr zwischen Arghun und dir.«

Baghadur hielt dem Blick des jungen Zinja stand. »Es ist so, wie Yukio sagt! Ich hoffe, das gilt auch für Euch.«

Jebu glaubte zu träumen. Wie war es möglich, daß Arghun Baghadur den Sippschaftsführer der Muratomo aufsuchte? Und wie war es zu erklären, daß jener den Besucher empfing? Was war von dem Freundschaftsangebot des Mongolen zu halten? Konnte man den Worten eines Mannes Glauben schenken, dessen Augen unversöhnlichen Haß ausstrahlten?

»Ich kenne die Entscheidung des Großkhans«, sagte Jebu kühl. »Aber ich erinnere mich nicht daran, daß der Großkhan mir auferlegt hätte, Arghun die Ermordung meines Vaters zu vergeben. Ich bin nicht gehalten, Arghun Vertrauen zu schenken oder mit ihm Freundschaft zu schließen. Du selbst, Yukio, hast mir das eherne Gebot der Samurai ins Gedächtnis gerufen. *Du sollst nicht unter dem gleichen Himmel leben mit dem Mörder deines Vaters.* Selbst wenn ich Arghun Baghadur nicht nach dem Leben trachte, wie kann ich mit ihm unter dem gleichen Zeltdach sitzen?«

»Ich bitte dich darum«, sagte Yukio ruhig.

»Hast du vergessen, daß dieser Mann Hunderte unserer treuen Samurai umgebracht hat? Hast du vergessen, mit welcher Hinterlist er uns in den Rücken gefallen ist?«

»Ich habe nicht vergessen, daß du und Arghun Baghadur erbitterte Feinde wart. Aber es gehört zu meinen Pflichten als Sippschaftsführer, alle Beteiligten zu hören. Ich wünsche, daß du und dein verehrter Vater euch anhört, was Arghun Baghadur vorzutragen hat.«

»Bitte«, sagte Jebu.

»Setzt Euch.« Jebu nahm auf einem Schemel Platz. Taitaro setzte sich auf den Teppich.

»Es ist jetzt schon einige Jahre her, Jebu, daß Ihr und eine Gruppe Samurai Eure Heimat verlassen habt«, begann Baghadur. »Ihr seid damals nach China übergesetzt und habt Eure Dienste dem Sung-Kaiser angeboten. Ich bin heute in einer ähnlichen Situation. Nach dem, was geschehen ist, kann ich nicht im Dienst des Großkhans bleiben. Ich biete Fürst Yukio und allen seinen Freunden meine aufrichtige Gefolgschaft an.«

Jebu glaubte nicht richtig zu hören. »Ihr habt versucht, uns meuchlings umzubringen, und jetzt habt Ihr die Stirn, uns Eure aufrichtige Gefolgschaft anzubieten?«

Arghun Baghadur sah ihn ernst an. »Es ist nicht das erste Mal, daß ehemalige Feinde sich verbünden.«

»Es gibt Kühnheit und es gibt Dummheit«, entgegnete Jebu.

»Und es gibt Weisheit«, fügte Taitaro hinzu. »Fürst Yukio ist gut beraten, wenn er sich für die Entscheidung über Baghadurs Angebot Zeit nimmt.«

Jebu trat vor. »Seid Ihr wirklich bereit, Arghun, Befehle von einem Japaner entgegenzunehmen? Befehle von dem Angehörigen eines Volkes, das Ihr immer verachtet habt?«

Arghun hob die Hände. »Ich habe die Japaner immer bewundert.«

»Eurer Bewunderung habt Ihr Ausdruck gegeben, indem Ihr Euch mit den Takashi verbündet habt«, entgegnete Taitaro.

»Auch die Takashi sind Japaner«, sagte Baghadur gleichmütig. »Ich war mit der Mission betraut worden, Jebu aufzuspüren. Was lag näher, als mich mit seinen Feinden zu verbünden? Was geschieht im Zinja-Orden denn anderes? Der gleiche Zinja kämpft einmal auf der einen, dann wieder auf der anderen Seite, und das mit dem Segen des Abtes.«

»Ihr habt recht«, nickte Taitaro. »Aber ich verstehe nicht, warum Ihr auf die Position und die Macht verzichten wollt, mit denen Euch der Großkhan ausgestattet hat?«

Düsternis umwölkte die Stirn des Mongolen. »Der Großkhan hat mich vor meinen eigenen Leuten brüskiert. Ich habe mein Leben dem Gelübde gewidmet, den Befehl des Dschinghis Khan auszuführen, aber der Enkel hatte für meine Treue nur Worte des Spottes. Ich denke nicht daran, als Verfemter für den Großkhan zu kämpfen. Als ich hörte, daß Muratomo no Yukio seine Truppen mit der Erlaubnis des Großkhans nach Japan zurückführt, habe ich keinen Augenblick gezögert, ihm meine Gefolgschaft anzubieten.« Er senkte seine Stimme zu einem Flüstern. »Ich habe das Vertrauen in Kublai verloren.«

Yukio nickte. »Jebu, wirst du deine Feindschaft mit Arghun hintanstellen, wenn ich ihn in unsere Reihen aufnehme?«

Jebu schüttelte den Kopf. »Du solltest das Angebot des Mongolen ablehnen. Er ist ein Mann, dem nicht zu trauen ist.«

Baghadur war aufgestanden. »Ich habe meinem Vorschlag nichts hinzuzufügen, Fürst Yukio. Meine Zukunft liegt in Euren Händen. Beratet Euch mit Euren Freunden. Ich werde auf Eure Entscheidung warten.«

Jebu war erleichtert. Der Mongole würde gehen. Er und Taitaro würden Yukio schon zur Vernunft bringen.

»Noch etwas«, sagte Arghun. »Wenn meine Informationen stimmen, dann verfügt Ihr derzeit über zweitausend Kämpfer. Ihr solltet wissen, daß ich nicht mit leeren Händen komme. Es gibt unter den Reitern des Großkhans viele, die mir bedingungslos ergeben sind, die unter Arik Buka gekämpft haben und aus diesem Grunde nicht für den Großkhan ins Feld ziehen wollen. Diese Männer werden mir folgen.«

Yukios Augen glänzten. »Wie viele sind es, Arghun?«

»Ein ganzer Tuman«, sagte Arghun. Er deutete ein Lächeln an. »Zehntausend Mann.« Er verbeugte sich und verließ das Zelt.

Jebu musterte Yukio eingehend. Der Traum von Sieg und Triumph leuchtete in seinen Augen. Es würde unmöglich sein, Yukio umzustimmen. Aber versuchen mußte man es trotzdem. Jebu wartete, bis Yukio das Wort ergriff.

»Zehntausend Reiter, Jebu . . .«

»Es kommt darauf an, welchem Befehl diese zehntausend Reiter gehorchen.«

»Er hat gesagt, daß er sie mir unterstellen will.«

»Er sagt viel.«

Yukio war aufgesprungen und fuchtelte mit den Fäusten. »Willst du mich um den Sieg bringen? Stell dir vor! Zehntausend mongolische Reiter! Gegen diese Kämpfer hat Sogamori keine Chance!«

»Glaubst du wirklich, daß die Samurai Seite an Seite mit den Mongolen kämpfen werden, die erst vor wenigen Tagen Hunderte ihrer Kameraden niedergemetzelt haben?«

»Meine Samurai kämpfen seit vier Jahren Seite an Seite mit den Mongolen.« Er legte dem Zinja die Hand auf die Schulter. »Ich weiß, was du fühlst, Jebu. Ich weiß, daß du den Tod deines Vaters nicht vergessen kannst. Aber die Zeit ist weitergegangen. Du trauerst um einen Mann, den du nie gekannt hast. Arghun bietet uns die Kampfkraft seiner Truppen an. Er bringt uns den Sieg, verstehst du? Kannst du dafür nicht deine Feindschaft vergessen?«

Jebu sah Yukio in die Augen. »Genausowenig wie du dic deine mit Sogamori.«

Yukio schwieg. Er hatte die Hände auf den Rücken gelegt und ging im Zelt auf und ab. »Baghadur ist dein persönlicher Feind. Sogamori aber ist der Feind aller Muratomo. Der Feldzug gegen Sogamori wird nicht unternommen, um meine Rachegelüste gegen diesen Mann zu befriedigen, sondern um die Heiligen Inseln von Tyrannei und Mißwirtschaft zu befreien.«

»Die Truppen Baghadurs sind unseren Samurai um das Fünffache überlegen. Es wird kein Befreiungskampf, sondern eine Besetzung der Heiligen Inseln durch die Mongolen. Du hast keinerlei Kontrolle über Baghadurs Männer.«

Yukio setzte sich wieder. Verbitterung und Entschlossenheit sprachen aus seinem Blick. »Du verkennst die Situation in Japan, Jebu. Schon als wir das Land verließen, gab es Unzufriedenheit mit dem Takashi-Regime. Sobald wir auf den Heiligen Inseln das Banner des Weißen Drachen hissen, werden die Samurai aus allen Teilen des Landes zu uns strömen. Die Mongolen von Baghadur werden bald in der Minderzahl sein. Mit zehntausend Mann werden wir den entscheidenden Schlag gegen die Verräter führen. Einen Schlag, von dem sich die Takashi nie mehr erholen werden.«

Yukio war aufgestanden. Er ging zur Mitte des Zeltes. Dann wandte er sich an Taitaro. »Ihr schweigt, Sensei. Aber Ihr seid ein Meister der Kriegskunst. Seid Ihr nicht auch der Meinung, daß ein Bündnis mit Baghadur die Lösung unserer Probleme darstellt? Oder teilt Ihr den blinden Haß Eures Sohnes für Arghun Baghadur?«

Der Alte lächelte. »Es ist wie beim Go-Spiel. Die beiden Spieler sind in ihre Züge vertieft. Der Zuschauer hingegen sieht Aspekte, die den beiden entgehen. Obwohl ich gelegentlich gegen Arghun gekämpft habe, hege ich keinen Haß gegen ihn. Trotzdem hielte ich es für einen großen Fehler, Arghuns Angebot anzunehmen, Fürst Yukio. Er ist einer der gefährlichsten Männer, die mir je begegnet sind. Und mit ihm wollt Ihr Euch verbünden? Ich weiß, daß meine Vision sich erfüllen wird. Ihr werdet siegen. Aber die Freude über Euren Sieg wird getrübt werden, wenn Ihr Euch beim Kampf gegen Sogamori unlauterer Mittel bedient.«

Yukios Miene hatte sich verdüstert. »Unlautere Mittel, sagt Ihr? Meint Ihr, es sei unehrenhaft, sich mit anderen Truppen zu verbünden?«

Taitaro faltete die Hände in seinem Schoß. »Unter Eurem Befehl, Fürst Yukio, stehen zweitausend Krieger, die Ihr selbst ausgebildet habt, die Euch blind ergeben sind. Es sind Samurai, auf die unser Vaterland stolz sein kann. Bei aller Bewunderung für den Wagemut der Mongolen sollten wir die Tugenden unserer Landsleute nicht gering achten. Arghuns zehntausend Söldner sind aus aller Herren Länder zusammengewürfelt. Eine Horde Barbaren, die unser Vaterland verwüsten werden, wie sie schon den größten Teil Asiens verwüstet haben. Sie werden nie wirklich Eure Männer sein, und Ihr werdet keine Kontrolle über sie haben.«

Wütend schüttelte Yukio den Kopf. »Ihr denkt wie Euer Sohn.«

»Im Gegenteil«, entgegnete der alte Zinja. Er wandte sich um und suchte Jebus Blick. »Aus deiner Stimme klingen Haß und Rachsucht, Jebu. Viele Jahre sind vergangen, seit du im Tempel der Wasservögel zum ersten Mal Arghun Baghadur begegnet bist.

Du hast eine Niederlage erlitten, aber du hast nichts daraus gelernt.«

Jebu war rot geworden. »Eure Ratschläge sind zu schwer zu befolgen.«

»Sonst wären sie auch nichts wert.« Taitaro wandte sich wieder an Yukio. »Ich weiß, daß auch Ihr meinen Rat als schwer zu befolgen empfindet. Aber wenn Ihr der Wirklichkeit nicht ins Auge seht, werdet Ihr scheitern.«

»Ich habe Euch schon einmal gesagt, Sensei, daß ich als Feldherr nichts von Visionen halte. Was Ihr vorgetragen habt, vermag mich nicht umzustimmen. Arghun Baghadur bietet mir zehntausend Reiter an. Ich werde dieses Angebot annehmen. Ihr und Euer Sohn werdet Euch damit abzufinden haben.«

Jebu sank der Mut. »Wenn du zwischen Baghadur und mir wählen müßtest, würdest du dich für Baghadur entscheiden?«

»So ist es!« sagte Yukio mit fester Stimme. Er hob den Blick. Zorn sprühte aus seinen Augen. »Ich treffe meine Entscheidungen selbst! Ich brauche keine Mönche, die mir meine Gedanken vorkauen. Eine Armee kann nur einem Führer folgen, und das bin ich!«

»Das ist richtig«, entgegnete Jebu. »Aber sieh nur zu, daß dieser Führer du bist und die zehntausend Reiter nicht Baghadur folgen.«

»Geht jetzt!« sagte Yukio schroff.

Taitaro und Jebu verneigten sich, dann verließen sie das Zelt.

Es war kühl geworden. Die Sterne standen am Himmel.

»Es war alles vergebens«, sagte Jebu. »Ich hatte so gehofft, wir könnten ihn überzeugen.«

»Wir konnten keinen Erfolg haben«, antwortete Taitaro. »Die Prophezeiung lautet, daß der Schatten des Unheils über Yukios Triumph liegen wird. Keine Macht der Welt kann daran etwas ändern.«

29. Kapitel

Zwanzig seetüchtige Dschunken lagen an der Flußmündung bei Haicheng, zwei Tagesritte von Khan Baligh entfernt. Jede dieser Dschunken konnte zweihundert Kämpfer und zweihundert Pferde aufnehmen. Da in Haicheng nicht genügend Schiffe aufzutreiben waren, hatte Yukio die übrigen Krieger zu anderen Häfen in der Nähe dirigiert. Die ersten Dschunken sollten am fünften Tag des dritten Monats von Haicheng aus in See stechen.

Am Vorabend gab Yukio in einem der größten Gasthäuser ein Fest für die mongolischen Offiziere.

Auch Taitaro war eingeladen worden. »Sag Yukio, daß ich im Tempel Niang Niang Weihrauch verbrennen und für den Erfolg der Invasion beten werde«, trug er Jebu auf. »Ich habe nicht viel für Mongolenfeste übrig.«

Jebu lächelte. Niang Niang war die örtliche Gottheit. Eine Meergöttin, die den Bewohnern von Haicheng in Gestalt eines Fischermädchens erschienen war.

Jebu betrat das Gasthaus, das am Marktplatz lag. Lärmen, Stimmengewirr, Gejohle. Zwei Mongolen waren in Streit geraten. Die Auseinandersetzung wurde mit den Fäusten ausgetragen.

Er ging die Treppe hinauf in den Raum, wo die Offiziere tafelten. Gesang, Hochrufe, der würzige Geruch gebratenen Fleisches, verschütteter Wein auf den Tischen. Die Offiziere klatschten in die Hände, jubelten den Mädchen zu, die halbentkleidet oder nackt auf den Tischen tanzten.

Am Ende der Tafel entdeckte er Yukio. Er hatte ein mongolisches Gewand angelegt. Hinter ihm hing das Banner des Weißen Drachens. Daß Yukio sich nicht schämte, das Wahrzeichen seiner Familie durch ein wüstes Gelage entehren zu lassen. Wie anders pflegten doch die Samurai zu feiern! Ihre Feste verliefen ruhig, höchstens begleitet von etwas Musik im Hintergrund. Der Gastgeber pflegte aufzustehen und jeden einzelnen Besucher zu seinem Platz zu geleiten. Und dann das Essen! Man aß edlen, unverfälschten Reis. Allein der Gedanke an Fleisch würde den Samurai Übelkeit bereiten. Hatte Yukio das alles vergessen?

Yukio hatte den Freund erkannt. Er winkte ihm zu.

Jebu kam an seinen Tisch, an dem noch zwei Männer saßen: Arghun und – zu seiner Überraschung – auch Torluk. Die Erinnerung an das lächelnde Gesicht des *Tuman-bashi* kam wieder, als jener den Befehl zum Angriff auf die Samurai gegeben hatte. Sekunden später hatten sich die Japaner in ihrem Blute gewälzt.

»Setz dich zu uns!« rief Yukio.

Jebu wandte sich ab. Der Anblick des Freundes, der sich mit Mördern und Verrätern anbiederte, war unerträglich. Er drängte hinaus, ins Freie.

Als er den Marktplatz überquerte, bemerkte er, daß er verfolgt wurde. Diebe waren nichts Ungewöhnliches in Hafenstädten. Jebus Hand tastete nach dem Schwert. Nach wenigen Schritten bog er in eine Seitengasse ab. Der Unbekannte folgte ihm.

Er wirbelte herum, mit gezogenem Schwert.

»Yukio!«

»Du hast mich beleidigt. Warum hast du dich nicht zu mir an den Tisch gesetzt?«

»Ich konnte nicht ahnen, daß dir meine Gesellschaft so viel bedeutet.«

»Du machst alles zunichte, was wir in Japan zusammen aufgebaut haben. Dein Haß auf Arghun macht dich blind.«

»Du tust mir unrecht, Yukio«, sagte Jebu leise. Er legte dem jungen Muratomo die Hand auf den Arm. »Du bedeutest mir sehr viel. Mehr als ich sagen kann. Aber, daß du dich mit Arghun Baghadur verbündest, halte ich für einen verhängnisvollen Fehler.«

Yukios Antwort kam ruhig. »Du glaubst, ich schenke dem Mongolen blindes Vertrauen, aber du irrst dich. Ich weiß, daß Arghun und seine Männer gefährlich sind. Aber das Leben eines Feldherrn besteht aus Gefahren. Wie könnten wir je einen Sieg erringen, wenn wir die Gefahr scheuen?«

Die Häuserreihe endete, der Blick auf den Hafen öffnete sich. Sie gingen an den Docks entlang.

»Dein Fehler ist, daß du nur an den Sieg denkst, Yukio.«

»Ich habe diesen Teil der Zinja-Philosophie nie verstanden«, sagte Yukio. »Die Zinja sprechen vom Kampf, nie vom Sieg.«

»Weil nur der Kampf wichtig ist.«

»Was könnte süßer sein als der Triumph über den Gegner?«

»Der Triumph über dich selbst, Yukio.«

Der Muratomo schüttelte den Kopf. »Das sind Regeln, mit denen sich im Krieg nichts anfangen läßt.« Er war stehengeblieben und sah dem Freund in die Augen. »Du weichst mir aus, Jebu. Du weist meine Gastfreundschaft zurück. Weißt du, daß du mich damit lächerlich vor den anderen Kriegern gemacht hast?«

Sie sahen auf den Hafen hinaus. »Du bedeutest mir sehr viel, Jebu. Ich habe sogar erwogen, auf das Angebot Baghadurs zu verzichten, nur um mir deine Freundschaft zu erhalten.«

»Das glaube ich nicht.«

»Jebu, wir kennen uns jetzt seit fünfzehn Jahren. Erinnerst du dich an die Nacht, als du mich aus Heian Kyo hinausbrachtest? Ohne dich würde ich nicht mehr leben. Seit jener Nacht stehe ich unter dem Schutz deines Schwertes. Du hast für mich gekämpft, hast dein Leben gewagt für mich. Du hast mich aufgerichtet, wenn ich verzagt war. Du warst mein Ratgeber, mein Kritiker, mein Freund. Wenn ich all das in die Waagschale lege, dann wiegt es schwerer als Baghadur und seine zehntausend Reiter.«

Sie hatten sich ans Flußufer gesetzt. Das Knarren der Taue war zu hören. »Du hast eine hohe Meinung von mir, Yukio. Warum folgst du dann nicht meinem Rat?«

»Wir müssen tun, was uns das eigene Gewissen befiehlt.«

»Bist du sicher, daß dein eigenes Gewissen deine Handlungen bestimmt und nicht vielmehr Baghadur?«

»Du selbst stellst das eigene Gewissen über alles andere«, antwortete Yukio. »Du sagst selbst, daß es auf den Kampf ankommt, nicht auf den Sieg. Genau daran halte ich mich. Ich werde mit Arghuns und Torluks Hilfe gegen Sogamori kämpfen. Mag sein, daß die Mongolen abtrünnig werden. Aber sicher nicht vor dem Sieg über die Takashi. Und ist die Macht der Takashi einmal gebrochen, kann ich auf die zehntausend Reiter aus der Mongolei verzichten. Ich werde unbesiegbar sein, Jebu! Die Heiligen Inseln werden auf mein Wort hören.«

»Du gehst einen gefährlichen Weg, Yukio.«

»Wenn du das glaubst, dann begleite mich auf diesem Weg! Wir sind Freunde. Wenn ich je deine Hilfe gebraucht habe, dann jetzt. Ich stehe an der Schwelle zum Sieg. Mein ganzes Leben habe ich auf diesen Augenblick gewartet. Geh jetzt nicht fort!«

In der Tat hatte Jebu mit dem Gedanken gespielt, den Freund zu verlassen. Das Leben bestand nicht nur aus Kampf. Er ging jetzt auf die Vierzig zu. Die anderen Zinja waren in diesem Alter längst verheiratet. Wenn er an dem Feldzug gegen Sogamori teilnahm, mußte Taniko in China zurückbleiben. Wenn sie ihm verzieh, daß er Kiyosi getötet hatte, gab es für ihrer beider Liebe eine Zukunft. Dann konnten sie auf einer der Heiligen Inseln zusammen leben und in Frieden alt werden. Er schob den Traum beseite. Treue hieß auch, zu einem Freund stehen. Er ergriff Yukios Rechte.

»In jener Nacht vor der Rokahura-Feste habe ich dir die Treue geschworen, Yukio! Ich werde meinen Schwur halten. Mein Schwert wird dir Schutz sein, wohin du auch gehst.«

Der Morgen kam. Die Samurai standen am Hafen und betrachteten die aufgehende Sonne. Yukio und Jebu waren unter den ersten, die an Bord der Führungsdschunke gingen. Es war ein Schiff mit sieben Masten und wenig Tiefgang, das in Flüssen und seichten Gewässern vor der Küste laufen konnte.

Sie betrachteten die Samurai, die in langer Reihe an Bord kamen. Während der Kämpfe in der Steppe hatten die meisten die Kleidung der Mongolen getragen. Jetzt, für die Invasion der Heiligen Inseln, hatten alle japanische Rüstung angelegt.

Yukio war an die Reling getreten. Das Stimmengewirr am Kai verstummte. Zunächst wandte er sich an die dreihundert Samurai. Zu den Mongolen würde er später in ihrer Sprache sprechen.

»Meine treuen Samurai!« begann er. »Vor fünf Jahren haben wir unsere Heimat verlassen müssen. Wir trugen die Schmach der Niederlage auf unseren Schultern. Seitdem haben wir Sieg um Sieg errungen. Wir haben den Mongolen vor Kweilin Einhalt geboten, wir haben Kublai Khans Kampf gegen Arik Buka mit entschieden. Wir verfügen über neue Waffen und wissen sie zu gebrauchen. Nicht in Armut kehren wir heim, sondern reich beladen mit Schätzen, die uns der Großkhan der Mongolen zum Geschenk gemacht hat. Diese Schätze werden uns den Weg zur Herrschaft ebnen. Heute beklagen wir den Tod jener Kameraden, die fern der Heimat in den Immerwährenden Himmel eingegangen sind. Sakamoto Michihiko, Imai, Kiyowara, Tajima, Jomyo, Oba, Saito. Sie und unzählige andere begleiten uns auf dem Weg zum Sieg. Wir alle wissen, daß wir nicht für Gold und Macht kämpfen, sondern für das Weiterbestehen des Hauses Muratomo. Sobald wir den Boden der Heiligen Inseln betreten und zum Kampf gegen Sogamori rüsten, werden sich uns Samurai aus allen Teilen des Landes anschließen. Unsere Ahnen werden stolz auf uns sein. Heute beginnt die Rückeroberung unseres Heimatlandes. Unser Kampf für Japan wird in die Geschichte eingehen.«

Er hob beide Arme. Die Samurai stimmten in Hochrufe ein. »Muratomo!« schrien sie. »Muratomo! Muratomo!«

Die Samurai, die sich noch an Land befanden, gingen an Bord. Dann war am Kai Bewegung zu erkennen. Yukio verließ sein Schiff hoch zu Pferde, gefolgt von Arghun Baghadur und Torluk. Sie übernahmen die Beaufsichtigung der mongolischen Krieger, die sich auf die anderen Dschunken einschifften.

Die Mongolen hatten einen Halbkreis um ihre Anführer gebildet. Etwas abseits standen Moko und Taitaro. Neben Taitaro war eine Sänfte niedergesetzt worden, in der Taniko saß.

Ein Hornsignal übertönte das Stimmengewirr.

Die Standarten der Mongolen waren mit weißen Bändern zusammengebunden worden. Einigkeit. Ein Schamane hatte ein weißes Band von den Standarten zu Yukio und Arghun geführt. Die beiden Verbündeten traten vor, setzten den Fuß auf das Band. Der Schamane begann die Anrufung der mongolischen Gottheiten.

In diesem Augenblick war das Geklapper von Pferdehufen zu hören. Eine Gruppe von Reitern in schwarzen Umhängen preschte die Straße entlang. Jebu sah, wie Baghadur nach seinem Schwert griff.

»Der Großkhan kommt!« rief der Offizier, der die schwarzen Reiter anführte.

Jebu hatte nach dieser Ankündigung die Streitelefanten des Mongolenherrschers erwartet. Statt dessen kam der Großkhan auf dem Rücken seines Ponys. Jebu erkannte ihn sofort. Er war größer als die anderen, das Gesicht braun gebrannt, die Haltung stolz, unbeugsam, ehrfurchteinflößend.

Erst inmitten der Mongolenkrieger hielt er an. Ein schneeweißer Umhang wallte von seinen breiten Schultern bis auf die Flanken des Schimmels hinunter. Jebu kannte die Rasse. Jedes Jahr wurden tausend Ponys aus dem Inneren der Mongolei zum Zeltlager des Mongolenfürsten gebracht.

Yukio, Arghun und Torluk fielen auf die Knie. Die Krieger Baghadurs sprangen von ihren Pferden, knieten sich ebenfalls hin und verbeugten sich dann neunmal zum Zeichen ihrer Ehrerbietung.

Es gefiel Jebu nicht, den Sippschaftsführer der Muratomo vor einem Mongolen knien zu sehen. Gewiß, solange sie auf chinesischem Boden standen, unterstand Yukio dem Großkhan. Aber war Yukio nicht längst ein anderer geworden, das Idol des neuen Japan, die Hoffnung der Entrechteten auf den Heiligen Inseln?

Kublai hatte den Arm gehoben. »Die Falkenjagd hat mich nach Haicheng geführt. Meine Segenswünsche für Euch vereinen sich mit dem Gebet der Schamanen. Ich grüße Euch, Söhne der Steppe, Stolz Asiens, Schrecken des Erdenrunds. Ich grüße Euch, Muratomo no Yukio, das gute Gewissen unseres japanischen Nachbarlandes. Möge Eurem Kampf gegen den Tyrannen Erfolg beschieden sein. Möge Euer Schwert den Drachen töten, dessen giftiger Odem das Land der Heiligen Inseln verpestet.«

Krieger kamen und reichten Kublai Khan und den Anführern der Invasionstruppen Schalen mit Stutenmilch. Sie tauchten die Finger in die Milch und spritzten das geweihte Naß auf die Standarten.

Die Trommeln hatten zu dröhnen begonnen. Sie wurden übertönt von dem Kriegsruf der Mongolen, der wie ein gewaltiger Donner zum Himmel aufstieg.

Kublai Khan ritt an den Kriegern vorbei. Er lächelte, als er Jebu erkannte. Jebu verneigte sich.

Mit klopfendem Herzen beobachtete er, wie der Mongolenherrscher sein Pony vor der Sänfte zügelte. Kublai Khan beugte sich hinunter und zog den Vorhang zur Seite. Jebu stand der kalte Schweiß auf der Stirn, als er den Großkhan mit Taniko sprechen sah. Dann ließ er den Vorhang wieder zurückgleiten und gab seinem Pferd die Sporen. Sekunden später war er in einer Staubwolke verschwunden. Die schwarzen Reiter galoppierten hinter ihm her.

Die Einschiffung der Truppen ging weiter. Jebu und Yukio hatten sich wieder an Bord ihrer Dschunke begeben.

»Der Große Khan hat uns Glück gewünscht«, sagte Yukio leise. »Weißt du, daß heute der glücklichste Tag meines Lebens ist?«

Jebu nickte.

Die Sonne stand im Zenit, als die Anker gelichtet wurden. Die Trommler schlugen den Takt für die Ruderer, die die Dschunken aus dem Hafen ins offene Wasser bringen würden. Majestätisch glitt die Führungsdschunke auf die Mitte des Stroms zu. Günstige Winde und der Sog der beginnenden Ebbe würden sie auf das Meer hinaustreiben.

Jebu sah zu den Rahen hinauf, wo die Segel gesetzt wurden. Yukio hatte sich von einem Boot zu einer der anderen Dschunken übersetzen lassen, um sich mit den Tuman-bashi zu besprechen. Ein starker Salzgeruch lag in der Luft.

Eine Hand berührte Jebus Rechte. Er fuhr herum.

»Die Heiligen Inseln«, flüsterte Taniko. »Ich hatte die Hoffnung verloren, mein Vaterland je wiederzusehen.«

»Was hat Kublai Khan zu dir gesagt?« fiel er ihr ins Wort.

Tanikos Blick verdüsterte sich. »Davon möchte ich jetzt nicht sprechen, Jebu.«

Ihre Augen waren auf den Horizont gerichtet.

»Bitte!« beharrte er.

»Er sagte: ›Vergiß mich nicht, mein Kleines. Erzähle den Menschen deines Landes von den Mongolen und von dem Mann, der sie befiehlt. Ich werde dich wiedersehen, ich weiß es.‹«

Jebu schwieg.

»Ich bin traurig, Jebu.«

»Weil du ihn verloren hast?«

»Nein, weil wir Leid und Tod nach Japan bringen. Wir tragen die Fackel des Krieges in unseren Händen. Tod und Zerstörung werden über Japan dahinrasen wie ein Flächenbrand, sobald Yukio den Fuß auf die Inseln setzt. Es steht in den Sternen, ob wir die Takashi bezwingen werden oder ob uns unser Untergang erwartet. Wir fühlen uns mächtig, Jebu. Aber ein einziges Regiment des Großkhans ist stärker als alle unsere Samurai.«

Sie hat recht, dachte er. Wir tragen den Krieg von China nach Japan.

»Wir müssen tun, was uns unser Gewissen befiehlt, Taniko. Jeder Mensch muß wählen. Der Sieg des einen ist der Untergang des anderen.«

»Ich habe Angst.«

»Vor dem Tod?«

Sie lächelte. »Nein. Angst vor der Zukunft.«

»Ich liebe dich. Ich werde an deiner Seite sein.«

»Ich weiß, Jebu.« Tränen schimmerten in ihren Augen. »Aber er hat gesagt, er wird mich wiedersehen.«

GOLDMANN
VERLAG

Internationale Bestseller

6680/

6524

6701

6606

6733

6407

6660

6696

6444

GOLDMANN
VERLAG

Goldmann Taschenbücher

Informativ · Aktuell
Vielseitig · Unterhaltend

Allgemeine Reihe · Cartoon
Werkausgaben · Großschriftreihe
Reisebegleiter
Klassiker mit Erläuterungen
Ratgeber
Sachbuch · Stern-Bücher
Indianische Astrologie
Grenzwissenschaften/Esoterik · New Age
Computer compact
Science Fiction · Fantasy
Farbige Ratgeber
Rote Krimi
Meisterwerke der Kriminalliteratur
Regionalia · Goldmann Schott
Goldmann Magnum
Goldmann Original

Goldmann Verlag · Neumarkter Str. 18 · 8000 München 80

Bitte
senden Sie
mir das neue
Gesamtverzeichnis

Name ____________________

Straße ____________________

PLZ/Ort ____________________